Stella Tack
Black Bird Academ
Fürchte das Licht

AF634924

Stella Tack

BLACK BIRD ACADEMY

FÜRCHTE DAS LICHT

Roman

penhaligon

Der Verlag behält sich die Verwertung des urheberrechtlich geschützten Inhalts dieses Werkes für Zwecke des Text- und Data-Minings nach § 44 b UrhG ausdrücklich vor. Jegliche unbefugte Nutzung ist hiermit ausgeschlossen.

FSC www.fsc.org MIX Papier | Fördert gute Waldnutzung FSC® C083411

Penguin Random House Verlagsgruppe FSC® N001967

Originalausgabe 2024 by Penhaligon, einem Unternehmen der Penguin Random House Verlagsgruppe GmbH, Neumarkter Str. 28, 81673 München
Copyright © 2024 by Stella Tack
Dieses Buch wurde vermittelt von der Literaturagentur erzähl:perspektive, München (www.erzaehlperspektive.de)
Redaktion: Ulrike Gerstner
Umschlaggestaltung und Artwork: © Isabelle Hirtz, Inkcraft, unter Verwendung mehrerer Motive von Shutterstock.com (Chris.Tea; Zvereva Yana)
Karte und Wappen: © Thilo Corzilius
DK · Herstellung: kw
Satz: satz-bau Leingärtner, Nabburg
Druck und Bindung: CPI books GmbH, Leck
Printed in the EU
ISBN 978-3-7645-3283-3

www.penhaligon-verlag.de

Für Steffi & Jenny

Ich würde ja echt gern was Sentimentales sagen,
aber mir fällt einfach nichts ein.
Weil ich euch jetzt aber diesen Schinken gewidmet habe,
müsst ihr ihn auch lesen.

In Liebe
Eure Stella

1. Lektion

»Die größte Verwundbarkeit ist die Unwissenheit.«

Sunzi

Prolog

Lore

Licht zuckte über nasse Haut, als die Frau mit den braunen Locken ihren Kopf zurückwarf und dabei ihre Nägel in meine Haut grub, bis es schmerzte. Ich fühlte ihr Stöhnen an meiner Brust vibrieren, während ich ihren Nacken packte und tiefer zustieß, bis ich ihr einen weiteren heiseren Schrei entlockte. Scheiße, das hatte ich vermisst. Der Geschmack nach salziger Haut auf der Zunge, atemloses Keuchen in meinen Ohren, der Geruch nach Sex in der Luft. Das Pulsieren von reiner Energie zwischen Haut und Knochen. Die Lust in mir, die einem unbändigen Hunger wich, sobald die Spannung nachließ und so viel Seele aus dem Menschen an meiner Seite herausströmte, dass ich nur noch davon trinken musste wie ein Verdurstender, bis ich voll und satt war. Der Orgasmus war auch ein ganz nettes Ad-on.

Die Frau über mir stöhnte laut auf, als ich sie an der Hüfte packte, mit einer geschmeidigen Bewegung auf das verschwitzte Bettlaken drückte und ihre Knie gegen meine Brust stemmte, sodass ich noch tiefer stoßen konnte. Ich wurde mit einem Schauer aus reiner Energie belohnt, die ich nur von ihren vollen roten Lippen küssen musste.

Ich war so damit beschäftigt, von ihrer Seele zu trinken, dass ich beinahe zusammenschreckte, als zwei Hände auf meinem Rücken landeten. Große Hände, starke Hände. Der nackte Kerl neben mir lächelte wie eine Katze, die den

Sahnetopf ausgeleckt hatte. Mit den blonden Haaren, dem eckigen Kinn und den blauen Augen erinnerte er mich an meine letzte Hülle, Henry Lancester. War es abgefuckt, wie sehr mich das anmachte? Hölle ja, und mehr bitte!

Grinsend zog ich den Blonden an den Haaren zu mir heran, ließ meine Zunge zwischen seine Lippen gleiten, kostete den Geschmack der Erregung, während die Frau unter mir den Rücken zurückbog. Schweiß, Haut, Lippen, Nippel, Zunge, Energie, all das verschwamm zu einem Rausch, der mit nichts vergleichbar war. Das dunkle Loch, wo meine Seele sein sollte, füllte sich, bis meine leeren Zellen vor Energie vibrierten. Der Blonde ließ von meinen Lippen ab und begann sich einen Weg an meinen Rückenmuskeln hinabzuküssen. Seine Zunge war geschickt, und ich ließ ihn machen, während ich die Hüfte der Brünetten fester griff und so hart zustieß, dass sich ihre schlammbraunen Augen weiteten. Ihr Atem wurde flach, gepresst. Ihr Innerstes zog sich zusammen, genauso wie meines, während ich mir vorstellte, ihre Augen wären von einem dunklen Grün, ihre Brüste voller, ebenso wie der Hintern in meiner Hand. Ihre Haare waren zu glatt, sie müssten lockiger sein und ihre Unterlippe voller. Ein Muttermal fehlte. In Form eines kleinen Halbmondes, an ihrer Wange.

Bei diesem Gedanken zog sich erneut etwas in mir zusammen, nur diesmal nicht vor Hunger oder wegen des Orgasmus, den ich der kleinen Brünetten soeben entlockte, sondern vor einer Sehnsucht, die ich nicht genauer benennen konnte. Es fühlte sich am ehesten wie … Heimweh an.

»Leaf.« Ihr Name entkam meinem Mund, bevor ich ihn zurückhalten konnte.

Die Brünette keuchte auf. »W…was?«

Doch da presste ich bereits meinen Mund auf ihren und drängte meine Zunge zwischen ihre Lippen. Fickte ihren

Mund, bis sie sich endlich unter mir aufbäumte und ich mit einem Aufwallen an Energie belohnt wurde, an der ich mich satt essen konnte, ohne dass sie es bemerkte. Mein eigener Unterleib krampfte sich zusammen, und während ich in tiefen Zügen ihre Seele trank, entlud sich in mir die Vorstellung von grünen Augen und vollen Lippen, die sich zu einem Stöhnen öffneten, bevor ihre Stimme in mein Ohr flüsterte: »Ich hasse dich, Lore.«

Oh Scheiße, ja! Ich schauderte am ganzen Körper, jeder Muskel bis zum Zerreißen angespannt, bis die Brünette unter mir keuchend zusammenbrach.

Sie war so sehr damit beschäftigt, nach Atem zu ringen, dass ich aus ihr herausglitt, mich umdrehte und den blonden Kerl packte. Nahtlos ging ich von ihr zu ihm über. Sein Schrei wurde von einem Stöhnen abgelöst, als ich ihn in Position brachte, seine Pobacken spreizte und dort weitermachte, wo ich mit der Frau aufgehört hatte. Das Kingsizebett wackelte. Mit einem Mann war es immer etwas rauer, härter, weniger weich. Aggression und Schmerz lösten sich hier mühelos mit Lust ab, und während der Kerl unter mir aufschrie, stellte ich mir vor, wie es sein würde, Leaf Young zum Schreien zu bringen. Auf welche Art und Weise auch immer, aber hauptsächlich auf die gute. Der Hunger in mir wallte wieder auf. Gleichgültig, wie viel Seele ich zu mir nahm, es schien immer zu wenig zu sein.

Ich lächelte, als der Kerl begann, sich hektisch zu reiben. Sein Innerstes krampfte zusammen, bis es beinahe wehtat. Seine Seele schlug wie eine Welle über mir zusammen. Ich musste nicht mehr tun, als zu schlucken.

Ich trank und trank, bis ich zu platzen drohte, bis die Energie unter meinen Fingern vibrierte. Meine Oberschenkel und Hüften versteiften sich, während sich die Anspannung in tiefen Schüben löste. Der Kerl unter mir stammelte etwas Unverständliches, während ich schweißüberströmt über ihm zusammenbrach. Beide Menschen keuchten neben mir, als hätten wir einen Marathon hinter uns. Da ich nicht mehr wusste, die wievielte Runde wir gerade hinter uns hatten, war das auch nicht so abwegig. Und davor hatte ich drei andere im Bett gehabt … oder waren es vier? Ich hatte aufgehört zu zählen, doch als ich es schaffte, den Blick zu heben, lagen am Boden einige Körper. Die meisten bewusstlos, alle geschwächt und ihre Seelen matt und dumpf. Aber immerhin waren sie am Leben.

Ich saugte meine Sexpartner nur ungern bis auf den letzten Tropfen aus. Neben Leichen aufzuwachen, war deprimierend. Ich mochte es, wenn die Haut warm blieb, ihr Lächeln weich und ihre Augen sanft. Da ich bereits so voll war, dass ich überzulaufen drohte, wenn ich noch mehr Seele nahm, brachen die Menschen neben mir nicht sofort zusammen wie die anderen, dennoch lagen sie völlig fertig auf dem Bett und blickten mich an. Schweiß verklebte ihre Haare im Nacken, die Lust und die Müdigkeit verschleierten ihre Augen.

»Das war … mal was anderes«, keuchte die Frau.

Blondie neben ihr konnte nur zustimmend etwas in das Kissen brummen.

»Freut mich, dass es euch gefallen hat«, murmelte ich und richtete mich auf. Mein neuer Körper war ein Wunderwerk. Jeder Muskel perfekt, als hätte man ihn maßgeschneidert. Eines musste man Una, dieser Verrückten, lassen. Sie hatte hier gute Arbeit mit MJ Brown geleistet. Das Q-Gen, mit dem sein Körper in wenigen Wochen vom unreifen Teenager zu einem erwachsenen Mann mit der Kondition eines Soldaten herangezüchtet worden war, lenkte sich wie eine Waffe.

»Wo … wo bin ich?«, fragte eine unsichere Stimme in mir.

Ich seufzte. »Seit wann bist du wach? Das solltest du nicht

sehen«, sagte ich zu MJ, der noch immer in mir steckte und sich vehement weigerte zu sterben. Wie seine Schwester. Was hatte diese Familie nur an sich, das sich so irritierend dagegen sträubte, Naturgesetze zu befolgen.

»Träume ich?«, fragte der Kleine in mir und wirkte so verwirrt und verängstigt, dass ich Mitleid bekam.

»Ja, das tust du. Das hier ist alles nur ein Traum, schlaf weiter, MJ. Du bist bei mir sicher. Ich passe auf dich auf«, flüsterte ich und drückte ihn sanft, aber bestimmt in den hintersten Winkel seines Verstandes. zurück. Er war schwächer als seine Schwester, biegsamer, jünger, und das Letzte, was ich tun konnte, war, ihn zumindest vor den Dingen zu beschützen, die er hier sehen würde.

»Schlaf, Kleiner«, flüsterte ich wieder und spürte, wie MJ Browns Verstand zurück in die schützende Bewusstlosigkeit abdriftete. Wenn mit dem Kleinen etwas passierte, würde Leaf mir den Hals umdrehen, und wenn ich schon auf der Flucht mit dem Körper ihres Bruders war, würde ich mich zumindest um ihn kümmern. Seufzend wollte ich mich aufrichten, als mich jemand an der Schulter packte.

»Geh noch nicht«, schnurrte mir die Brünette ins Ohr, und ich spürte, wie sich ihre straffen Brüste gegen meinen Rücken pressten.

»Ich glaube, noch eine Runde, und *du* kannst nicht mehr gehen«, scherzte ich und blickte zu ihr hoch. Ihr Kinn war falsch. Zu spitz. Es hätte runder sein müssen, und die kleine Kerbe fehlte. Ich musste zu betrunken gewesen sein, um in ihr eine Ähnlichkeit mit Leaf zu sehen.

»Ich kann noch, so oft du willst«, raunte sie mir ins Ohr, und wieder gruben sich ihre Nägel in meine Haut, während sie mich küsste. Ihre flinke Zunge schnellte hervor und leckte über jene Stelle, an der mein Puls trügerisch pochte.

»Das bezweifle ich«, gab ich zurück. Noch zwei oder drei

Runden, und sie wäre so leer, dass man sie selbst für einen Dämon halten konnte. Manche Menschen besaßen so faszinierend wenig Selbsterhaltungstrieb, dass sie nicht einmal merkten, dass sie kurz davor waren, ihre Seele zu verlieren. An einen One-Night-Stand wohlgemerkt. So wie meine Leaf, als wir uns das erste Mal trafen und ich mich anschließend in ihren süßen weichen Körper eingenistet hatte.

Hach, ich wurde nostalgisch. Wieder zog sich mein Herz heftig vor Schmerz zusammen, und das hatte nichts damit zu tun, dass mir gerade die falsche Frau in den Nippel biss. Ich hob eine Augenbraue und blickte hinab. Sie grinste mich verschmitzt an, hob den Kopf und küsste mich. Prompt jagte mein Puls los, allein bei dem Gedanken an ihre Zungenspitze auf meinen Lippen.

Ich seufzte in den Kuss hinein und ließ zu, dass ihre Zunge in meinen Mund glitt, um meine tanzte, während sie ihre Finger in mein dunkles Haar vergrub.

Ich erwiderte den Kuss, während die Brünette auf meinen Schoß kletterte und sich wieder in Position brachte. Ich war kurz davor, doch noch eine Runde in Betracht zu ziehen, da riss mich ein lautes Klopfen aus den lustvollen Gedanken in meinem Kopf.

»Lore? Mach endlich auf! Es stinkt hier wie in einem Bordell. Ich erwarte, dass du jedes einzelne Bettlaken verbrennst. Und wenn ich auch nur einen weißen Fleck auf meiner Wand sehe, piss ich dir in den Kaffee!«

Ich riss mich von den Lippen der Brünetten los, was sie jedoch nicht davon abhielt, meinen steifen Penis in den Mund zu nehmen. Eine Sehne an meinem Hals trat hervor, als ich in ihr Haar griff.

»Lore!«, donnerte die Stimme, und es klopfte so heftig an die Tür, dass sie in den Angeln zitterte. »Ich weiß, dass du da drinnen bist.«

»Verpiss dich, Kain«, brüllte ich zurück, was das Klopfen an der Tür jedoch nur aggressiver werden ließ.

Die Brünette unter mir zögerte. »Vielleicht solltest du …«, setzte sie an.

»Ignorier ihn einfach, das mache ich schon seit dreitausend Jahren so«, gab ich amüsiert zurück.

»Was?«, fragte sie verdutzt, doch da hob ich sie bereits an der Taille hoch und stieß direkt in sie hinein. Sie war weich und zart wie Butter und so nass. Sie schauderte und klammerte sich an meinen Schultern fest, während ich an ihrer Haut die Spuren der Energie aufleckte, die aus ihr heraustropfte.

Das Klopfen wurde so laut, dass es klang, als würde Kain mit der Faust durch das dicke Mahagoni brechen wollen. »Lore, hör endlich auf zu vögeln! Ich habe die Information, die du haben wolltest.«

»Was?« Ruckartig hielt ich inne, was die Frau auf mir zusammenzucken ließ.

»Ich hab die Information«, brüllte Kain gereizt zurück.

»Warum sagst du das nicht gleich? Komm rein«, rief ich, und mit einem Wink meiner Hand entsperrte sich die Tür von selbst und schwang auf.

Kain. Der Stellvertreter des Prinzen des ersten Dämonensyndikats. Also von mir. Zumindest war er es gewesen, bevor ich vor meiner Schwester und dem eigenen Syndikat hatte fliehen müssen und alles verlor, was ich in Jahrtausenden aufgebaut hatte. Nachdem ich geflüchtet war, hatte Kain die Geistesgegenwart besessen, unterzutauchen, und war demnach das, was ich am ehesten als besten Freund bezeichnen würde – wenn Dämonen so etwas wie echte Freunde hätten. Er trat jetzt in das große Schlafzimmer und blieb ruckartig stehen, als er all die reglosen Körper auf dem Boden sah. Die Brünette auf mir keuchte auf und versuchte, sich von mir loszumachen, doch ich packte sie an der Taille und hielt sie fest.

»Wo willst du hin?«, raunte ich ihr ins Ohr.

»Ich … er … vielleicht sollten wir …«, stotterte sie und sah mit nervös flackerndem Blick zu Kain hinüber, der den Kopf schüttelte und aussah, als wollte er am liebsten den Putzservice rufen. Oder alles niederbrennen. Ich traute Kain beides zu.

»Ignorier ihn, es gibt nichts, was der Kerl nicht schon gesehen oder selbst getan hätte«, sagte ich amüsiert und begann, mich wieder zu bewegen.

Die Brünette quiekte, und Kain sah genervt auf. Der Körper, in dem er gerade steckte, war der eines Koreaners von etwa Anfang dreißig. Schlanke Gesichtszüge, dunkle Haare, gerade Nase und volle Lippen deuteten auch auf ein paar Schönheitskorrekturen hin. Kain war schon immer eitel gewesen, was seine Hüllen betraf, und ließ sich penibel viel Zeit, um sich diese auszusuchen. Und wenn ihm am Ende dennoch etwas nicht passte, hatte er keine Skrupel, sie nach seiner Vorstellung *passend zu machen*.

»Scheiße, Lore, wie viel hast du gegessen?«, fragte mein ehemaliger Stellvertreter und rümpfte erneut die Nase.

»Ich war am Verhungern«, schnurrte ich und küsste die Brüste der Brünetten, die sich unter meiner Berührung anspannten.

In Leaf hatte ich gelebt wie ein Parasit und von ihren Mahlzeiten immer kleine Portiönchen abgezwackt. Doch stur, wie sie war, hatte sie bis zum Ende viel zu wenig Energie aufgenommen, und ich hatte es nicht über mich gebracht, sie wegen meines Appetits noch hungriger zu machen, als sie ohnehin schon war. So fühlte es sich an, als wäre ich die letzten Wochen auf Diät gewesen. Ich hatte Diäten schon immer für die Erfindung eines sehr sadistischen Dämons gehalten.

Kain schnalzte mit der Zunge, während die Frau auf mir keuchte und dabei ihren Blick zwischen mir und Kain hin- und herwandern ließ, als wüsste sie nicht, ob sie sich auf das Spiel einlassen sollte oder nicht. Doch da wir bereits mit einem Dreier gestartet hatten, dauerte ihre Hemmung nur wenige Sekunden, ehe sie Kain anlächelte. »Möchtest du uns Gesellschaft leisten?«, murmelte sie und begann wieder, ihre Hüften zu heben.

»Ja, willst du?«, bot ich an, doch mein Stellvertreter verschränkte nur die Arme.

»Konzentrier dich, Lore!«

»Ich bin ganz Ohr«, stimmte ich zu und küsste das Kinn der Frau. Noch immer zu eckig, und noch immer fehlte das Grübchen. Mir fehlte Leaf.

»Lore!«

»Mhm?«

»Zum Teufel …«, murrte Kain, trat nach vorn und packte den Nacken der Frau, die sich ihm prompt entgegenreckte. Doch statt sie zu küssen, machte er eine ruckartige Bewegung und drehte ihr den Hals um. Das kleine fragile Genick brach mit einem Knacken, und der Köper sackte augenblicklich auf mir zusammen.

Ach, komm schon …

Der Kerl neben mir regte sich und blickte auf die schlaffe Frau, deren Kopf in absolut falschem Winkel abstand. Das Haar hing ihr ins Gesicht. »Was ist los?«, murmelte er, und ich hörte die wachsende Panik in seiner Stimme.

»Scheiße noch mal, was soll das?«, fuhr ich Kain an, während ich mit den Fingern schnippte und Blondie ins Reich der Träume schickte, damit Kain ihm nicht auch noch das Genick brechen musste. Ich legte die Brünette auf dem Bett ab und verzog mitleidig das Gesicht. »Das war absolut unnötig«, schnauzte ich Kain an und merkte, dass mich ihr

Tod mehr mitnahm, als es das sollte. Als es das *überhaupt* sollte. Ich hatte Dutzende, Hunderte, wenn nicht Tausende Menschen und Dämonen getötet und mit keiner Wimper gezuckt, doch etwas war anders. *Ich* war anders, und auch dafür gab ich Leaf die Schuld. Ich hasste und vermisste sie gleichermaßen dafür.

Kain funkelte mich an. »Du hast mich die letzten Tage quer durch New York rennen lassen für diese Informationen. Weißt du, wie schwer die zu beschaffen waren? Wie viele Gefallen ich einlösen musste und wie viele Leute ich bestechen musste? Ganz zu schweigen davon, dass ich beinahe von Unas Leuten erwischt wurde und mir die Black Birds fast ihren Rosenkranz in den Arsch geschoben haben …«

»Du bist Exorzisten begegnet?«, fragte ich scharf, doch Kain sprach bereits weiter.

»Unser ganzes Syndikat ist zerschlagen. Die meisten sind tot oder auf der Flucht, und ich habe wirklich hart daran gearbeitet, nicht ebenfalls draufzugehen. Allein dich hier zu verstecken, kostet mich zweihundert Jahre meines Lebens und einige Nerven. Du hast andere Dinge zu tun, als Orgien zu feiern und den ganzen Tag Trübsal zu blasen«, brauste Kain auf. Ich hob die Hände, bevor er mir weiter den Arsch aufreißen konnte.

»Wie lange kennen wir uns jetzt schon?«, fragte ich.

»Zu lange«, gab er zu.

»Verdammt lange, und in all den Jahren haben wir zusammen eines der mächtigsten Dämonensyndikate der Welt aufgebaut. Du warst immer hervorragend in deinem Job. Und bist es noch immer, obwohl du es nicht sein müsstest.« Kain schnaubte, doch ich fuhr fort: »Wir haben gute und schlechte Tage miteinander erlebt, und ich gebe zu, die letzten Monate gehören eher zu den schlechten.«

»Schlecht? Wir haben alles verloren und stehen auf der

Abschussliste deiner Schwester. Und wenn sie recht hat und euer Vater wieder da ist …«, presste er hervor, doch ich unterbrach ihn: »Das ist unmöglich. Ich wüsste, wenn er wieder da wäre. Una lügt!«

Kain atmete tief durch. »Vielleicht weiß sie einfach auch mehr als wir.«

»Nein, sie versucht uns nur Angst zu machen. Niemand ist so dumm, meinen Vater zurück ins Leben zu holen. Nicht mal Una.«

Für einen kurzen Augenblick funkelten wir uns an, und ich spürte tatsächlich so etwas wie Angst unter meine Haut kriechen. Doch ich blieb bei meiner Meinung. Mein Vater war nicht mehr als Rauch und Asche, das wusste ich, weil ich ihn getötet hatte …

»Wir hatten ein paar verdammt schlechte Jahrzehnte«, räumte ich schließlich ein. »Aber …«, fuhr ich fort, bevor er wieder losmeckern konnte, »… du kennst mich. Du weißt, ich wäre nicht derjenige, der ich bin, wenn ich keinen Plan hätte.«

»Dann wäre es vielleicht an der Zeit, ihn mir zu mitzuteilen, denn aktuell säufst du nur, vögelst, ab und zu heulst du …«, sagte mein Stellvertreter voller Verachtung.

»Tränen sind Ausdruck wahrer Stärke«, entgegnete ich mit würdevoller Miene.

Kain seufzte. »Willst du jetzt die Informationen haben, für die ich fast mein Kopf verloren hätte?«

»Gib mir zwei Minuten, meine Hose zu finden«, gab ich zurück, doch sie klatschte mir im nächsten Augenblick ins Gesicht.

»Wir sehen uns draußen.«

~

Fünfzehn Minuten später – ich hatte noch die Leiche entsorgen müssen – stand ich in Kains Marmorküche, die wahrscheinlich noch nie benutzt worden war, und durchstöberte den Kühlschrank nach mehr als nur Proteinshakes.

»Warum noch mal trinkst du diese Dinger?«, fragte ich irritiert.

Kain krempelte die Ärmel seines blauen, perfekt gebügelten Hemds hoch und warf mir dabei einen scheelen Blick zu. »Dajung mochte sie, und ich habe gelernt, dass es ungesund ist, manche Vorlieben zu unterdrücken.«

»Wer ist Dajung?«, fragte ich verwirrt.

Mein Stellvertreter seufzte. »Der Körper, in dem ich gerade bin.«

»Oh.«

»Was suchst du denn in meinen Kühlschrank?«, fragte Kain irritiert.

»Nichts, nur …«, setzte ich an und hielt inne. Ich suchte nichts. Das hier war eine routinierte Bewegung gewesen, weil Leaf um diese Uhrzeit Hunger bekam. »Hast du Erdnussbutter da?«, hörte ich mich selbst fragen.

»Was?«

»Nicht so wichtig.« Ich schüttelte den Kopf, um diese seltsamen Gelüste in mir loszuwerden. »Schieß los«, sagte ich stattdessen, schloss den Kühlschrank fester als nötig und setzte mich auf den Barhocker vor dem Marmortresen.

Kain zückte sein Handy und drückte darauf herum, ehe er es vor mir auf den Tisch legte.

Für einen kleinen Augenblick starrte ich auf die kurze Zeile, die darauf zu sehen war. »Das ist die Adresse?«, hakte ich nach.

Kain nickte.

»Wie sicher bist du dir?«, fragte ich scharf.

»Todsicher.«

Der Kerl, dem er diese Info abgerungen hatte, war also tot. Sehr gut.

Kain seufzte. »Sag mir jetzt bitte nicht, dass du dort hingehst? Das war früher schon gefährlich, und in der aktuellen Situation wäre es reiner Selbstmord. Sie fressen dich dort mit Haut und Haaren.«

Ich winkte ab. »Wir sind schneller raus, als es drinnen dauern wird.«

»Wir?«

»Habe ich das noch nicht erwähnt? Du begleitest mich. Herzlichen Glückwunsch.«

Kain verschränkte die Arme vor der Brust. »Verrat mir einen Grund, warum ich das tun sollte?«

»Weil du mein Freund bist?«

»Tschüss, Lore.«

»Weil ich dich bezahle?«

»Ich verwalte die Konten. Sie sind alle gesperrt worden.«

»Nun gut, dann musst du mir eine Million in Gold leihen, wenn wir losgehen.«

»Du hast noch drei Stunden, bevor ich deinen Arsch auf die Straße setze.« Er wedelte mit einem Finger vor meinem Gesicht herum.

Seufzend strich ich mir durch die Haare. »Na schön, was willst du, Kain?«

Seine Mundwinkel hoben sich. Der Triumph quoll ihm förmlich aus den Poren.

»Den Vorsitz im New Yorker Syndikat, wenn wir das hier überleben, und das Haus auf Bali.«

»Muss es ausgerechnet das Haus auf Bali sein?«

»Du weißt, wo die Tür ist, oder?«

»Na schön, aber ich kann dir nicht versprechen, dass seit meiner Abwesenheit jemand die Leichen dort weggeräumt hat. Eventuell musst du also etwas aufräumen.«

Er lächelte.

»Das ist kein Problem. Nun, wie viel Geld brauchst du, und wann willst du los?«

Jetzt war ich derjenige, der lächeln musste. Bestechlicher Bastard. Ich liebte den Kerl.

»Auf dich ist immer Verlass, Kain«, brummte ich und schickte die Adresse von seinem Handy auf meins.

»Die Gerüchte stimmen also?«, hakte er plötzlich nach, und sein Blick wurde unangenehm bohrend.

»Was meinst du?«, fragte ich abgelenkt und ertappte mich dabei, die Küchenschränke zu mustern. Hatte er nicht einmal eine Tüte Chips da? Was war nur mit dem Kerl los? Selbst wenn wir nicht essen mussten, waren ein paar Extrakalorien ganz nett.

»Dass deine Schwester eine weitere Probe mit dem Q-Gen durchgeführt hat und neue Labore für Homunkuli aufzieht.«

Ich erstarrte.

»Wow, was für ein Themenwechsel!«, krächzte ich, doch so schnell ließ sich Kain nicht abwimmeln. Er verschränkte wieder die Arme vor der Brust und sah mich ernst an.

»Darum geht es hier doch, also sag mir endlich, was los ist, Lore. Dir zu helfen ist sonst Zeitverschwendung, und ich hasse es, meine Zeit zu verschwenden, vor allem mit dir.«

Sein Blick wanderte betont meinen Körper herunter, und ich sah ihm an, dass er es wusste. Oder zumindest ahnte. Der Körper von MJ Brown war in etwa so viel wert wie eine ganze Stadt. Jahrhunderte der Entwicklung steckten darin, Menschen und Dämonen waren für das Q-Gen gestorben, und ich hatte Una nicht nur die eine Probe gestohlen, sondern auch die zweite, und jetzt gehörten mir beide. Was mich prinzipiell zum Power-up-Dämon auf diesem Planeten machte – wenn ich nicht gerade auf der Flucht gewesen wäre.

»Kommt drauf an«, sagte ich schließlich.

»Worauf?«

»Ob ich dir wirklich vertrauen kann.«

Kain sah mich an, als ob ich verrückt geworden wäre.

»Natürlich kannst du mir nicht vertrauen, was soll diese absurde Frage?«

»Du hast recht, wie dumm von mir …« Ich seufzte, fuhr mir durchs Haar und sah ihn ernst an.

»Dennoch muss ich wissen, ob du auf meiner Seite bist oder auf der von Una. Wenn du mich verraten willst, tu es am besten gleich.«

Kain warf mir einen kühlen Blick zu. »Lore, wenn ich auf der Seite von Una wäre, würde dein Kopf bereits seit Tagen schockgefrostet im Eisfach liegen, damit ich daraus Margaritas schlürfen kann.«

»Aus dem Eisfach oder meinem Kopf?«, fragte ich träge nach.

»Ich würde dein Hirn auslöffeln, deine Augen ausschaben und das Ganze mit einem Cocktailschirmchen garnieren.«

»Wie bildhaft! Fehlt nur noch die mexikanische Musik.«

»Ganz genau. Aber ich tue es nicht, oder? Wir haben viel zusammen erlebt. Du kannst also davon ausgehen, dass ich in dieser Sache auf deiner Seite stehe. Tu uns beiden also einen Gefallen und sag mir, ob die Gerüchte mit dem Q-Gen stimmen.«

Ich seufzte und ließ den Kopf hängen. »Ja«, sagte ich knapp.

Kain sog scharf die Luft ein und schob hinterher: »Stimmt es auch, dass du mit diesem ganzen speziellen Gen abgehauen bist und gerade damit herumspazierst?«

Ich warf ihm einen misstrauischen Blick zu.

»Wer sagt das?«

»So ziemlich jeder, Lore.«

Ups.

Dämonen-Gossip war übel.

Kain fluchte, und wenn er nicht so ein penibler Kerl wäre, würde er sich jetzt durch die Haare fahren. Stattdessen rückte er nur wieder die Brille zurecht.

»Scheiße, Lore, hättest du es nicht einfach sein lassen können?«

»Nein.«

»Warum nicht?«

»Weil das hier wichtig ist und kompliziert, und wenn es stimmt, was ich denke, dann ist es noch komplizierter als ohnehin schon. Wir sind alle am Arsch, und ich rette gerade deinen, indem ich hier rumlaufe.«

Kain seufzte. »Du weißt nicht einmal genau, was das Q-Gen verursacht. Mit diesem Körper bist du eine tickende Bombe, und jeder wird dich jagen«, warf mein Stellvertreter ein.

»Ist das alles wichtig?«

»Ist es das nicht? Warum tust du das alles, Lore?«

»Das versuche ich selbst noch herauszufinden«, murmelte ich, doch Tatsache war: Wer das Q-Gen besaß, dem gehörte die Zukunft der Dämonen, und ich hatte vor, diese zu sein. Selbst wenn ich aktuell obdachlos war, mein Syndikat in alle Einzelteile zerschlagen und mein Ex-Stellvertreter schwer angepisst war. Wie gesagt, es gab auch schlechte Tage im Leben eines Dämons.

1

Leaf

Dämonen der Stufe 2
Dämonen

Lords Sie zählen zu den stärksten Dämonen. Sie besitzen keinen eigenen Körper, dafür jedoch einen mächtigen Geist. Sie versammeln niedere Dämonen zu Gruppen unter ihrer Führung, auch *Sippen* genannt. Ihre größte Schwäche ist das Aufspüren eines geeigneten *Wirtskörpers*. Bleiben sie länger in einem Köper, töten sie den bestehenden Geist – ähnlich wie ein Parasit – ab. Der Lord-Dämon hält den Körper am Leben; verlässt er ihn, stirbt auch der Körper. Im Laufe der Jahrhunderte gab es daher nur wenige Lords, die sich dauerhaft in der Welt der Menschen festsetzen konnten. Diese wenigen führen jedoch vehement Krieg gegeneinander.

Mieses Karma.

Das musste es sein.

Ich hatte richtig mieses Karma angehäuft. In meinem letzten Leben musste ich eine unfassbar schlechte Person gewesen sein. Ein Massenmörder, Kriegstreiber oder Politiker. Ein sehr korrupter Politiker, der Steuern hinterzog, seine Frau betrog und sich am Ende als Serienkiller entpuppte.

Ja, das musste es sein, denn anders ließ sich nicht erklären, warum gerade das Karma in Form einer ausgesprochen wütenden Exorzistin vor mir stand und mich ansah, als wäre ich Hundekot an der Schuhsohle ihres Verlobten.

»Du bist verlobt?«, entfuhr es mir mit einem Zischen, und ich stieß Falco von mir. So hart, dass es wehtun musste. Der Exorzist biss die Zähne zusammen, wich jedoch keinen Schritt zurück, um mir die Luft zum Atmen zu geben, die ich dringend benötigte.

»Ich kann das erklären«, sagte er, ohne genau zu spezifizieren, ob er es ihr, mir oder uns allen erklären wollte.

»Da bin ich aber gespannt«, presste ich hervor.

»Ich ebenfalls«, schnauzte die Exorzistin und verschränkte die Arme. Das schwarze Haar peitschte ihr um den Körper, während sie aussah, als wäre sie einem Modelkatalog für toughe Exorzistinnen entstiegen. Ihre Beine, die in extrahohen Overknees steckten, wollten gar nicht aufhören. Ein schwarzes Hemd schmiegte sich an jeden Zentimeter trainierter Muskeln. Ein Lederharnisch schloss sich über ihrem Kreuz und ihrer Taille, an dem vier Dolche befestigt waren, die in ihrer Form und Ausstrahlung anders waren als alle, die ich bisher gesehen hatte. Die Klingen waren gekrümmt, genauso wie der Schaft, und gaben ein leicht pulsierendes rotes Licht von sich. Als ich auf die Waffen blickte, schien sich roter Nebel beinahe kringelnd davon zu lösen.

Sie hob eine kühn geschwungene Augenbraue, und Falco richtete sich auf und zog sich seine Uniform zurecht. Er schaffte es, trotz dieser Situation absolut tadellos auszusehen.

Ganz im Gegensatz zu mir.

Die Haare seit über eine Woche nicht gewaschen, stinkend und mit verquollenen Augen. Noch immer pulsierte sein Arcanum in mir wie der Nachklang von Sex. Meine Zellen hatten sich mit seiner Seele vollgesogen wie ein trockener Schwamm mit Wasser. Erst jetzt bemerkte ich, wie ausgehungert ich gewesen war.

»Tempest«, setzte Falco warnend an, seine Stimme tief und grollend, doch Tempest beachtete ihn gar nicht, sondern starrte mich nur mit gerümpfter Nase an.

»Bei den Göttern, wie tief bist du nur gesunken, Falco? Es stinkt förmlich von dunklem Arcanum hier drinnen. Mir ist zu Ohren gekommen, dass du als Strafe für den Tod deines Partners dieses … dieses *Ding* zum Abrichten bekommen hast. Aber ich hätte nie gedacht, dass du einer von diesen Dämonophilen bist.«

»Dämonophil?«, wiederholte ich, und Falco schoss mir einen warnenden Blick zu.

»Nicht, Leaf. Ich mach das schon.«

»Du machst das schon?«, brüllte ich und spürte, wie sich mein Blickfeld verdunkelte. Ich ballte die Faust, während aus dem Handrücken schwarze Adern hervorquollen. Mein fettiges Haar stellte sich auf, und einige der Strähnen begannen sich zu bewegen, als hätten sie ein Eigenleben. Ich richtete mich auf und starrte die zwei Exorzisten fassungslos an. Beide sahen nicht aus, als kämen sie wirklich von dieser Welt, dafür waren sie zu groß, zu schön, kühl und hart wie geschliffener Stahl.

»Falco, wenn du jetzt nicht sofort sagst, was hier los ist, ramme ich dir meine Faust so tief in den …«

Ich hatte keine Chance, den Satz zu beenden. Tempest war so schnell, dass ich es nicht mal schaffte, zu blinzeln, ehe sie mich auch schon packte und mit solcher Wucht gegen die Wand donnerte, dass Risse durchs Mauerwerk knirschten. Im Bruchteil einer Sekunde hielt sie mir eines ihrer Messer an die Kehle, dessen Schneide unfassbar heiß zu glühen begann. Es zischte, als die Waffe meine Haut berührte und sich rote Schlieren von der Wunde lösten, die nach oben schwebten. Schmerz explodierte auf meiner Haut. Es fühlte sich an, als würde sich meine Haut abschälen.

Ich brüllte vor Schmerz auf, während Tempest mich noch fester packte und dabei auf mich herabsah. Wortwörtlich. Sie war mindestens zehn Zentimeter größer als ich.

»Ich kann mich nicht erinnern, dass dir jemand die Erlaubnis gegeben hat, zu sprechen, Dämon. Prinzipiell weiß ich nicht, warum du überhaupt noch Luft in der Lunge hast, aber ich werde diesen Fehler mit Freuden beheben, wenn du mir einen weiteren Grund lieferst.«

Der Schmerz war wirklich hässlich. Als würde mich die Klinge verbrennen. Ich versuchte auszuweichen, doch sie drückte nur noch fester zu. Keuchend blickte ich auf und starrte ihr mitten ins Gesicht. »Geh weg von mir«, brachte ich hervor.

Tempest verengte die Augen. Es zischte, als die Klinge tiefer schnitt, und noch mehr rote Schlieren lösten sich von meiner Haut. Es roch verkohlt. Ich biss die Zähne zusammen und spürte, wie sich ein weiterer Schmerzensschrei meine Kehle nach oben bahnte, da wurde Tempest mit einem Ruck von mir weggezogen. Keuchend schlug ich eine Hand an meine Kehle und blickte nach oben auf Falcos Rücken. Er schirmte mich von der Verrückten ab. Sein Schatten verschluckte mich beinahe komplett.

»Bist du völlig übergeschnappt? Leaf ist eine Novizin der Black Bird Academy, und genauso wirst du sie auch behandeln«, fuhr Falco sie an.

»Ob ich übergeschnappt bin?«, echote sie ungläubig, die gebogene Klinge noch immer in der Hand, die ihr Gesicht in rotes Licht tauchte.

»Fünf Jahre! Fünf Jahre ist es her, seit ich das letzte Mal von dir gehört habe. Kein Anruf, kein Brief, kein gar nichts, aber ich habe dich gelassen, habe stattdessen auf deine Familie gehört und dich diese … diese lächerliche Phase der Rebellion ausleben lassen. Er braucht Zeit, um sich im Orden zu beweisen. Er will erst im Orden aufsteigen. Er will seinen Platz finden. Das haben sie zu mir gesagt, und ich habe es akzeptiert. Ich habe dir jede erdenkliche Freiheit gewährt, Falco. Leb dich aus, so viel du willst, es ist mir völlig gleichgültig, aber das …« Sie zeigte mit dem Dolch auf mich. »Das geht zu weit. Du willst, dass ich *das da* als Novizin ansehe? Bist du noch ganz bei Trost? Ich hoffe, niemand außer mir hat das gesehen, oder muss ich dir erzählen, was mit Exorzisten passiert, die der Dämonophilie bezichtigt werden?«, zischte sie.

Ich bemerkte, noch immer nach Luft ringend, wie Falco die Kiefer aufeinanderbiss. In diesem Augenblick bestand er nur aus angespannten Muskeln und einer so dunklen Aura, dass sie mit meiner konkurrieren könnte. Er hatte seine Arme um ihre Taille geschlungen. Es wirkte wie eine vertraute Geste, und es überraschte mich selbst, mit welcher Wucht mich die Eifersucht überrollte.

»Unser«, zischte es in meinem Kopf, als wäre Lore noch immer darin, nur war diese Stimme anders. Verzerrter, dumpfer, eher wie ein Echo in mir. »Er gehört uns. Schneid ihr die Zunge raus, stich ihr die Augen aus, brich ihr die Finger, einen nach dem anderen, lass sie leiden, lass sie schreien … er gehört uns, er gehört uns, er gehört uns, er gehört uns, er gehört uns, er gehört uns …« Die Stimme in mir wurde so laut, dass ich das Gefühl hatte, sie würde sich gleich meiner Kehle entringen. Ein solch heftiger Besitzanspruch überkam mich, dass meine Sehnen sich hervorwölbten, in dem Versuch, mich nicht auf Falco zu stürzen und ihn an Ort und Stelle leer zu saugen.

»Ich kenne die Regeln des Ordens, Tempest«, knurrte dieser, während ich verzweifelt durch die Nase atmete und die Stimme in meinem Kopf keifte: »Brich ihr alle Knochen im Leib!«

Ich presste mir die Hände an die Stirn und atmete durch die Nase. Ein und aus, ein und aus … Tempest starrte indessen Falco fassungslos an. »Tatsächlich? Keine Affäre der Welt ist es wert, deine Karriere, dein Leben, den Ruf deiner Familie und noch dazu meinen in Gefahr zu bringen. Um Himmels willen, Falco, sie werfen dich aus dem Orden, wenn sie das sehen«, brüllte sie ihn an.

Falco knurrte. Die beiden waren so innig in ihren Streit vertieft, als hätten sie meine Existenz längst vergessen. »Mir ist bewusst, was hier auf dem Spiel steht, aber dir nicht, Tempest. Du hast keine Ahnung, was hier los ist.«

»Wie auch? Du kannst nicht erwarten, dass ich nach all den Jahren zurückkomme und so etwas toleriere.« Ich nahm an, mit »so etwas« war ich gemeint.

Falco ballte die Hände zu Fäusten. »Du hast gerade kein Recht, dich in mein Leben einzumischen, Tempest.«

»Ich habe jedes Recht …«, setzte sie an, doch Falco ließ sie nicht ausreden.

»Ich werde dir alles erklären, aber nicht hier! Nicht jetzt! Und bis es so weit ist, hältst du deinen Mund. Hast du mich verstanden?« Seine Stimme war so kalt, dass er damit die Luft um einige Grade abkühlen könnte.

Tempest wirkte jedoch alles andere als beeindruckt. Ihr Blick huschte zu mir zurück, ihre Augen verengten sich, und es kam mir so vor, als könnte ich den roten Schein ihrer Wut in ihren Augen widergespiegelt sehen.

»Töte sie! Töte sie! Töte sie!«

Ich tat es Falco nach und ballte meine Hand so fest zusammen, dass sich meine Nägel in die Haut gruben, während ich dem unerbittlichen Verlangen, dieser Fremden den Hals umzudrehen, zu widerstehen versuchte.

Für einen kurzen Augenblick sah ich die gleiche Mordlust in den Augen der Exorzistin, statt jedoch dem Drang nachzukommen, kühlte der rötliche Glanz in ihren Augen ab, als hätte sie ein Licht ausgeschaltet. »Na schön«, sagte sie, steckte das Messer zurück in die Schlaufe des Harnischs und richtete sich auf. »Ich verlange eine Erklärung. Und zwar eine gute«, sagte sie knapp.

Falco nickte steif. Sie presste die Lippen zusammen.

»Gib uns bitte noch zwei Minuten«, sagte er förmlich.

»Ich warte draußen, und nimm das Ding mit. Der Intendant will es sehen. Ihr habt für ordentlich Wirbel gesorgt. Die Gerüchteküche explodiert. Er wartet im Konsulat mit Direktor Gale auf euch.«

Was zum Henker war ein Konsulat?

Sie drehte sich um, ihre Haare schnalzten um sie herum, während sie die Kerkerzelle verließ und hinter ihr die Tür mit Wucht ins Schloss fiel. Für einen kurzen Moment war nichts zu hören, außer meinen Atemzügen, und Falco sah aus, als müsste er sich erst einmal sammeln. »Leaf …«, setzte er an.

»Meins!«

Die Kette, mit der ich die Dunkelheit in mir zurückgehalten hatte, war kurz davor, zu reißen. Mein Sichtfeld war so eng, dass ich nur ihn sah, während ich ausholte und ihn so heftig ohrfeigte, dass sein Kopf zur Seite flog. »Meins, meins, meins!«

Falco sah mich fassungslos an. Etwas Blut quoll aus seiner Unterlippe. »Was sollte das denn?«, fuhr er mich an, während er sich das Blut wegwischte.

»Das sollte ich dich fragen«, fauchte ich und deutete auf die Zellentür. »Wer ist das, Falco?«

»Das ist Tempest.«

»Deine Verlobte.«

»Ja.« Ein Wort. So schlicht, und doch fühlte es sich an, als würde er mir seine Faust in den Magen rammen. Ich kämpfte um Luft in meine Lunge, Stille in meinem Kopf und Ordnung in meinen Gedanken.

Ich ging auf ihn zu und pikte meinen Zeigefinger gegen seine Brust.

»All die Wochen, und du hast sie kein einziges Mal erwähnt. Du magst herrisch, selbstsüchtig, arrogant und ignorant sein, Falco Chepesch, aber ich habe dich zumindest für ehrlich gehalten. Was soll das? Wie konntest du mit keinem Wort deine Verlobte erwähnen, die da draußen gerade einen Scheiterhaufen für mich errichtet?« Meine Stimme hallte von der Wand wider und verklang mit all den Dingen, die noch immer ungesagt zwischen uns standen.

Falco sah auf mich herab. Ich starrte hoch. Die Spannung in der Luft wurde so dick, dass man kaum atmen konnte. Der Stoff seines Anzugs raschelte leise, als Falco sich zu mir hinabbeugte und meinen Zeigefinger nahm. Seine große Hand verschlang meine vollständig, und dennoch war ich in diesem Augenblick sicher, dass es mich nicht viel Mühe kosten würde, seine Hand mit nur einer Drehung zu brechen.

Doch das tat ich nicht.

Durch seine Augen wirbelten die Emotionen. Wut, Sehnsucht, Angst und etwas anderes. Für einen Augenblick dachte ich, er würde dieses *andere* in Worte fassen, doch seine Augen wurden dunkel, sein Griff härter und seine Stimme so distanziert, als würde er mit einer Fremden reden.

»Es gab keinen Grund, dir von Tempest zu erzählen, Leaf. Mein Leben hat nicht erst begonnen, seit du hier aufgetaucht bist, und Tempest geht dich nichts an.«

»Sie geht mich nichts an?«, blaffte ich.

»Ganz genau«, fauchte er zurück, »das hier ist mein Leben, Leaf. Ich habe dir nie etwas vorgespielt. Ich habe dich noch nicht einmal ermutigt. Ganz im Gegenteil, ich habe dir allen Grund gegeben, mich zu hassen, und das solltest du auch. Ich bin nicht dein Freund, Leaf, nicht dein Geliebter. Ich schulde dir auch nichts. Ich habe dir nie Gefühle vorgegaukelt. Was zwischen uns passiert ist, ist passiert, und ich schäme mich dafür nicht. Ich werde weiter die Verantwortung für dich tragen, aber du hast keine Ahnung von meinem Leben. Ich bitte dich, halte dich da raus.«

Raushalten.

Es fühlte sich an, als würde alles zurück in Perspektive rücken. Dahin, wo es hingehörte, und ich sah nicht Falco, sondern den Exorzisten, der mich vor so vielen Wochen an exakt diesem Ort fast um den Verstand gefoltert hatte. Die Erinnerung war wie ein eisiger Kübel Wasser, dessen Kälte sich bis in meine Knochen fraß. Egal, was passiert war, egal, was passieren würde, ich war der Dämon, und er war der Exorzist. In diesem Augenblick wurde mir wieder bewusst, dass er nicht zögern würde, mich zu töten, wenn ich zur Gefahr werden sollte.

»Ich verstehe«, sagte ich langsam und wich zurück. Meine Hand glitt aus seiner. Er wandte den Kopf ab, die Schultern angespannt. Dunkles Haar fiel ihm über das Gesicht, und er sah so schön und kalt aus wie eine Steinstatue.

»Es tut mir leid, dass diese Situation so ungünstig gelaufen ist. Ich hatte gehofft, wir hätten etwas länger Zeit gehabt, um …«

Er beendete den Satz nicht, als wüsste er selbst nicht, wofür wir beide mehr Zeit gebraucht hätten.

Ich verschränkte die Arme vor der Brust und atmete zittrig vor Wut und Schmerz ein. »Du hättest es mir dennoch sagen müssen«, presste ich hervor.

Falco kniff die Lippen zusammen. Er sah aus, als wollte er mich anfassen, doch er ließ es bleiben, wich stattdessen einen kleinen Schritt zurück.

»Vielleicht«, lenkte er ein, und sein Blick fand zurück zu meinem. »Allerdings ist Tempest aktuell unser kleinstes Problem. Dass der Intendant jetzt hier ist, war unvermeidlich. Es wäre nur hilfreicher gewesen, wenn du besser ausgebildet wärst.«

Innerlich rang ich darum, meine Fassung wiederzuerlangen. »Was will der Intendant von mir?«

Ein Schatten huschte durch Falcos Augen, ehe er mit dumpfer Stimme antwortete: »Er ist wahrscheinlich hier, um einen genauen Bericht über die Vorgänge rund um Una und die Dämonensyndikate zu erhalten. Und er wird nach Gründen suchen, dich zu töten.«

Ich schluckte heftig. »Aber Direktor Gale hat …«, setzte ich an, doch Falco schüttelte den Kopf.

»Direktor Gale hat nur eine bedingte Amtsgewalt. Der Ordensführer wird jedes Wort, das wir sagen, dreimal umdrehen, und wenn er am Ende zu dem Ergebnis kommt, dass du eine Gefahr bist, wird er deine Exekution veranlassen. Genau das müssen wir jetzt verhindern.«

»Was werden wir ihm erzählen?«, fragte ich leise.

Falco blickte mich ernst an. »Das kommt ganz darauf an.«

»Worauf?«

»Darauf, was damals passiert ist. Mit Zero und dir, als ihr alleine im Hotelzimmer gewesen seid. Wir hatten bisher keine Gelegenheit, darüber zu reden, und ich wollte dir Zeit lassen, damit du um deinen Bruder trauern kannst.«

Die Erwähnung von MJ trieb mir wieder jede Farbe aus dem Gesicht, und in mir tat sich jener düstere Gedankenabgrund auf. Ein Abgrund, den ich immer und immer wieder vor Augen hatte – wie Una meinen kleinen Bruder folterte. Wie sie seinen jungen, noch vom Teenageralter schlaksigen Körper mit dem Q-Gen zwang, zu wachsen, bis aus ihm diese fremde Person wurde, die nur aus Muskeln, Schmerz und Aggression zu bestehen schien. Meinen lieben, sensiblen Bruder, der am liebsten Dungeons und Dragons spielte und zu schüchtern war, um Mädchen anzusprechen, hatte sie in diese schreckliche Waffe verformt. Mir wurde schlecht.

Dann sah ich Lore vor mir, den Moment, als er in den bereits misshandelten Körper meines Bruders schlüpfte, seine Persönlichkeit auslöschte, bis seine Augen plötzlich schwarz waren, und ich mich unweigerlich fragte, was von ihm übrig geblieben war. Von meinem MJ. Meinem kleinen Bruder, den ich hätte beschützen sollen.

Ich fragte mich, ob er tot war, ich fragte mich, was ich hätte tun können, um ihn und meinen Stiefvater Bob zu retten.

Es gab so viel, was ich rückgängig machen wollte.

Allein der Gedanke, was meinem Stiefvater zugestoßen war, trieb mir die Galle hoch. Ich wollte Bob in die Arme nehmen, ich wollte von ihm gehalten werden, auf die Knie sinken und um Verzeihung bitten, ihm versichern, dass ich alles in meiner Macht Stehende tun würde, um MJ zurückzubekommen.

Doch ich konnte nichts davon tun. Ich konnte Black Rock nicht verlassen, ich konnte nicht sagen, was mit MJ war, und das schlimmste von allem war, dass es nichts gab, um all das Grauenhafte rückgängig zu machen. Die Hilflosigkeit, die Angst und Wut über diese Situation hatten mich zusammen mit dem Gefühl des Verlustes, dass Lore einfach im Körper meines Bruders verschwunden war und mich verlassen hatte, in ein tiefes Loch gestürzt. Und ich hatte keine Ahnung, wie ich mich davon erholen sollte.

Doch Falco sprach weiter und riss mich aus diesem Abgrund zurück, in den ich gerade wieder zu fallen drohte: »Ich habe Direktor Gale wegen einer Antwort vertröstet, doch jetzt haben wir keine Zeit mehr. Du musst es mir sagen, Leaf.«

»Was sagen?«, fragte ich und blinzelte, um zurück zum Gespräch zu finden. Um die dunklen Gedanken aus meinem Kopf zu vertreiben. Um nicht zurück an diesen finsteren Ort in mir zurückzukehren, an dem es nur Angst und Hoffnungslosigkeit gab.

»Du weißt, was ich meine. Denn das, was damals passiert ist, ist eigentlich unmöglich! Du solltest tot sein, Leaf. Wie konnte Lore aus dir weichen, ohne dich dabei zu töten?«

Falco trat näher und zwang mich, ihn anzusehen.

Ich presste die Lippen zusammen, und in diesem Moment wünschte ich mir, die Stimme von Lore zu hören, die mir sagte, was ich jetzt tun sollte. Das war unser Geheimnis, diese Sache, von der nur Zero wusste.

»Warum sollte das wichtig sein? Ich hätte doch schon sterben sollen, als Lore mich besetzt hat. Ich bin halt nicht normal«, schnaubte ich, aber Falco schüttelte nur den Kopf.

»Dieses eine Mal Nicht-normal-Sein hat dich interessant gemacht, das zweite Mal macht dich gefährlich. Der Intendant wird wissen wollen, *wie* gefährlich du bist. Und ich kann dir nur helfen, wenn ich die Wahrheit kenne, Leaf.«

»Ich nehme an, du hast dir bereits eine Meinung darüber gebildet, was mit mir los ist«, versuchte ich abzuwiegeln, doch Falco ließ sich nicht abwimmeln.

»Schluss mit den Lügen, Leaf. Wenn ich dir helfen soll, muss ich wissen, was genau mit dir los ist. Ich muss wissen, was ich beschützen soll und wie ich es beschützen kann. Du bist damals mit Zero in dieses Zimmer gegangen, und der

Dämon hat eure Körper getauscht. Du hättest an diesem Tag sterben müssen. Zero ist ein Homunkulus, er wurde dafür sprichwörtlich gezüchtet, um als Hülle eines Dämons zu fungieren. Aber du nicht! Du bist ein Mensch. In dem Moment, in dem Lore aus dir gefahren ist, hättest du sterben müssen. Etwas stimmt mit dir nicht, und ich weiß, dass du mich deswegen anlügst. Sag mir die Wahrheit. Was ist damals passiert?«

Ich schluckte.

~

Eine Woche zuvor …

Ich band mir die Haare zurück.

»Ich hatte dich vergessen«, murrte ich.

Lore lachte. Ich sah ihn streng durch den Spiegel an.

»Ich habe mir die Augen zugehalten«, log er.

»Oh, fick dich, Lore.«

»Das hat ja schon Falco übernommen.«

»Um Gottes willen.« Ich kniff mir in den Nasenrücken, doch die Absurdität der ganzen Situation ließ mich dennoch vor Lachen schnauben.

»Ich hoffe, du hast inzwischen einen Plan?«

Das Lächeln in seinem Gesicht verzog sich zu etwas Boshaftem.

»Das habe ich.«

»Gut. Wir haben keine Zeit mehr zu verlieren.«

Meine Stimme klang rauer, als ich es wollte, denn allein bei dem Gedanken, dass Lore sich aus mir entfernte, brach mir der Panikschweiß aus. Lores Blick wurde weicher, während er mich aus meinem eigenen Spiegelbild beobachtete. Der Sex, den ich eben mit Falco hatte, kam mir in diesem Augenblick absurd vor.

»Ich werde dir jetzt etwas anvertrauen, das dir nicht gefallen wird. Aber ich habe bisher nichts erwähnt, weil ich davon überzeugt war, dass es so sicherer für dich ist.«

Eine Gänsehaut rieselte über meinen Körper. »Was muss ich wissen?«

»Bevor wir zu Una gehen, musst du ein paar Dinge erfahren. Aber du darfst mit niemandem sonst darüber reden.«

»Warum?«

»Weil die Exorzisten dich töten werden, sobald sie wissen, was los ist. Damals hatte ich keinen Schimmer, wie lange wir beiden überleben, oder was die Exorzisten tun würden. Da war es sicherer, dich im Unklaren zu lassen.«

»Du machst mir Angst, Lore.«

»Ich würde liebend gern sagen, dass es keinen Grund gibt, Angst zu haben, aber ich werde dich nicht anlügen. Die Situation könnte besser sein«, räumte er ein.

Ich sog die Luft ein und starrte ihm in die schwarzen Augen, die wahrscheinlich für jeden anderen wie die eines Monsters erschienen, und das war er zweifellos auch. Lore war ein Monster, aber vielleicht war er jetzt *mein* Monster.

»Ich weiß nicht, was ich jetzt tun soll«, gestand ich und Lore zögerte.

»Du musst mir eins versprechen«, murmelte er.

»Was?«

»Mit Ausnahme von Zero darf niemand wissen, was ich dir jetzt sage. Nicht Falco, nicht Crain, kein Exorzist, und schon gar kein anderer Dämon.«

In mir sträubte sich alles, nicht weil ich nicht dazu in der Lage war, zu lügen, sondern es kam mir fast unmöglich vor, etwas vor Falco zu verbergen. Ein einziger Blick von ihm, und ich fühlte mich, als könnte er sich einen Weg durch meine Haut bis zu den blanken Knochen bahnen.

»Ich werde es so lange geheim halten, wie es mir möglich ist«, sagte ich ehrlich.

»Du weißt, was Zero ist, oder?«, bohrte er nach.

Ich runzelte die Stirn. »Du meinst einen Homunkulus?«

Lore neigte den Kopf.

»Homunkuli sind keine natürliche Dämonenrasse. Sie sind Züchtungen, Kreuzungen zwischen menschlicher und dämonischer DNA. Homunkuli werden gezüchtet und nicht geboren und sind die perfekten Hüllen für Lord-Dämonen. Sie sterben nicht, wenn wir sie besetzen, und sie werden viel langsamer wahnsinnig. Menschen selbst sind nur sehr begrenzt als Hüllen nutzbar, aber Homunkuli? Es brach ein Wettlauf aus, wer die besten, robustesten und fähigsten Hüllen züchten konnte, bis die Exorzisten das Erschaffen verboten, alle Labore niederbrannten und jeden noch lebenden Homunkulus töteten. Es war ein Massenmord. Ich erinnere mich an die Berge an Leichen. Ich erinnere mich an den Geruch nach Asche und Blut. Die Exorzisten haben ein unfassbares Exempel statuiert und den Lord-Dämonen damit einen heftigen Dämpfer verpasst. Zero stammt von einer illegalen Homunkulusstation, und seine Genbasis wurde damals mit einem V-Gen gekreuzt, das damals noch in den Kinderschuhen steckte, weil versucht wurde, die Essenz von sehr mächtigen Wiedergängern zu extrahieren und in den Gen-Code einzubinden.«

»Worauf willst du hinaus?«, fragte ich irritiert, doch Lore schüttelte den Kopf.

»Lass mich ausreden, Leaf, du musst verstehen, was ich dir jetzt sage. Komplizierte Fragen haben komplizierte Antworten.«

Ich schloss den Mund und hörte zu. Lore fuhr fort: »Die meisten Versuche schlugen damals fehl. Zero ist, soweit ich weiß, der einzige lebendige Homunkulus mit dem V-Gen, und nachdem die Exorzisten auch diese Stationen zerschlagen hatten, war es lange Zeit ruhig. Aber meine Schwester Una hat neue Experimente gestartet, mit einem Gen-Code, der zuvor noch nie verwendet wurde. Eigentlich war es wahnsinnig, es überhaupt zu versuchen, und es hat Millionen an Ressourcen verschlungen. Ich wurde damals aufmerksam, weil meine Schwester es geschafft hat, nicht nur andere Dämonenrassen, sondern auch Exorzisten in das Projekt einzubinden. Ich will nicht lügen, das hat mich verdammt beunruhigt. Mir war klar, dass das, was auch immer sie da zusammenbraut, nicht gut enden wird. Also kam ich nach New York, um Nachforschungen anzustellen, und fand heraus, dass sie es tatsächlich geschafft hatte, eine Probe eines neuen Homunkulusgens herzustellen. Sie nannte es das Q-Gen. Eine Probe, mit der jedoch kein Homunkulus gezüchtet werden sollte wie bisher, sondern der tatsächlich imstande war, in einen Menschen eingepflanzt zu werden, um ihn zu verändern.«

Er sah mich an, als ob mir die Tragweite seiner Worte bewusst werden sollte. Ich schluckte. »Wie lange hat es früher gedauert, um einen Homunkulus zu züchten?«

»Früher? Jahre, später einige Monate. Aber dennoch hat es einige Zeit in Anspruch genommen. Mit diesem Gen hätten sie nicht warten müssen, um eine Hülle von Grund auf zu erschaffen. Ein Stich, und die Veränderung wäre in wenigen Stunden vorüber gewesen. Mit Erfolg hätten sie in kürzester Zeit Hunderte, Tausende erschaffen können. Die Menschheit wäre am Ende gewesen. Und als ich herausfand, aus welchem Dämon die Abstriche extrahiert wurden, wusste ich, dass ich Una aufhalten musste.«

»Von welchem Dämon stammt das Q-Gen?«, bohrte ich nach, und ein Muskel an Lores Kinn zuckte. Er zögerte.

»Lore!«, fuhr ich ihn an.

»Von meinem Vater.«

»Von deinem … was?« Ich hatte mit vielem gerechnet, aber nicht damit.

Lore strich sich durch das Haar und ergänzte leise: »Er hatte verdammt viele Namen, aber ich denke, dir sagt ›Luzifer‹ am ehesten etwas.«

Mir fiel die Kinnlade herunter, und für einen Augenblick dachte ich, er würde mich veräppeln.

»Dein Vater ist Luzifer? *Der* Luzifer?«

Lore seufzte. »Ich bin nur ein Prinz. Mein Vater ist der König.«

Er sah auf, und der Blick, den er mir zuwarf, jagte mir Schauer über den Rücken.

»Ich habe die Hülle dieses Bastards in kleine Stücke zerteilt und seine Überreste auf der ganzen Welt verstreut. Ihn zu töten, ist unmöglich, aber ich dachte dennoch nicht, dass von ihm etwas Substanzielles übrig geblieben war. Nun, zumindest bis Una mit der Probe des Q-Gens auftauchte. Was sie da produziert hat, ist absolut böse, Leaf, und das sage ich. Dieses Gen sollte nicht existieren. Nichts von meinem Vater sollte auf dieser Welt existieren. Also brach ich in dieses Labor ein, stahl die Probe, legte alles in Schutt und Asche und versuchte, die Exorzisten und Dämonen aufzuspüren, die in die Entwicklung involviert waren, während gleichzeitig das ganze Syndikat auf mich Jagd machte.«

Seine Lippen pressten sich zusammen, und ich hatte eine ausgesprochen miese Ahnung, was als Nächstes kommen würde. Ich hoffte mit jeder Faser meines Seins, dass er es nicht aussprechen würde.

»Darum also bist du in New York gewesen und hast dich versteckt. In mir …«, sagte ich mit rauer Stimme. Der Dämon sah mich mit schuldbewusstem Blick an.

»Es war ein Unfall, Leaf. Alles daran. Ich war im Stress. Die Dämonen waren hinter mir her, genauso wie die Exorzisten. Henry Lancester war bereits eine Notlösung, aber sie hatten mich entdeckt, und ich wusste, ich brauchte jemanden anderen, um mich zu verstecken. Der Prozess, als ich versucht habe, dich einzunehmen, wurde von Falco unterbrochen, und dabei habe ich, eventuell, ganz aus Versehen, das Q-Gen in dir freigelassen«, sagte er.

Zittrig schloss ich die Augen. »Du. Hast. Was?«

Ich biss die Worte praktisch ab, und Lore seufzte. »Du wirst nicht zum Dämon, weil ich in dir war, Leaf. Du wirst zu einem Homunkulus, weil das einzige existierende Q-Gen in dir ist, und damit bist du Patient Null. Aber das kann und wird uns helfen.«

»Inwiefern?«

»Das bedeutet, ich kann dich wahrscheinlich verlassen. Deine Veränderung ist weit genug fortgeschritten.«

Ich schluckte. »Ist dieses Gen der Grund, warum ich nicht gestorben bin, als du mich in Besitz genommen hast?«

Er zögerte. Ein Flackern ging durch seine Augen, doch schließlich nickte er. »Ja. Ich denke schon. Und ich nehme an, darum konnte ich dich auch nie gänzlich verdrängen. Dein Hunger auf Seelen ist untypisch für Homunkuli, doch ich glaube auch, das ist eine Nebenwirkung aus der Essenz von Luzifer. Als ich in dir war, habe ich die Ausbreitung des Gens, so gut es mir möglich war, verhindert. Aber sobald ich aus dir raus bin, gibt es nichts mehr, was ich tun kann. Es wird sich weiter ausbreiten und dich verändern. Aus dir entsteht eine völlig neue Dämonenrasse, von der jedoch niemand sagen kann, was daraus wird. Du bist das Ergebnis jahrelanger Forschung. Jeder Dämon wird versuchen, dich in die Hände zu bekommen. Meine Schwester, um an dir weiterzuforschen und mehr von deiner Sorte herzustellen; meine Brüder, um dich als Waffe für ihre ewigen Kriege einzusetzen; und die Exorzisten werden dich töten, Leaf. Sie müssen dich töten. Alles an dir ist illegal und höchst gefährlich.«

Meine Gedanken kamen stotternd zum Stillstand, während mein Herz gleichzeitig viel zu schnell zu schlagen begann. Ich öffnete langsam die Augen.

Lore verzog entschuldigend das Gesicht. »Das war so nicht geplant«, versicherte er mir leise.

»Was du nicht sagst«, antwortete ich gepresst und knetete das Handtuch, das ich mir gegriffen hatte. Dieses Badezimmer fühlte sich zu falsch für dieses Gespräch an.

Zusammenreißen! Ich musste mich irgendwie zusammenreißen, sonst würde ich hier und jetzt in kleine Einzelteile zerbrechen und nicht mehr aufstehen. Zitternd stützte ich mich auf dem Waschbecken ab. Meine Hände fühlten sich heiß an. Verschwitzt. In meinen Ohren rauschte es, während die Worte des Dämons wie ein Echo in mir nachhallten. Lore sah aus, als wollte er am liebsten durch den Spiegel greifen und mich fassen, doch er sah mich nur an.

»Es tut mir leid«, versicherte er leise.

»Fick dich«, krächzte ich und schluckte. War mein Mund schon immer so trocken gewesen? Ich schnappte nach Luft.

»Nur um das noch mal zusammenzufassen«, presste ich hervor. »In mir ist ein experimentelles Gen mit Teilen von Luzifer persönlich, mit dem deine Schwester versucht hat, eine riesige Armee von Dämonen herzustellen. Ein Gen, von dem niemand sagen kann, was es genau aus mir macht. Du hast dieses Gen gestohlen, in mir freigesetzt, und jetzt werde ich mutieren und werde sowohl von Dämonen als auch den Exorzisten gejagt, wenn sie dahinterkommen.«

»Ja, das kommt ungefähr hin.«

»Und du hast es nicht für nötig erachtet, auch nur ein ganz klein wenig davon zu erzählen in den letzten Wochen?«

»Nun, ich habe es vermieden.«

»Du hast am Anfang sehr vehement versucht, aus der Akademie auszubrechen, bis du plötzlich sehr gelassen mit der Situation umgegangen bist. Warum?«

»Ich dachte mir, das beste Versteck ist mittendrin, und solange niemand weiß, dass in dir das Q-Gen steckt, haben wir eine Chance, aus der ganzen Nummer halbwegs unbeschadet rauszukommen.«

»Aber das sind wir doch gar nicht.«

»Noch nicht. Wir arbeiten daran«, erinnerte er mich.

Ruckartig hob ich den Kopf und blaffte ihn an: »Damit

was passiert? Damit du später wieder meinen Körper besetzen kannst und wir fröhlich zusammen in den Sonnenaufgang reiten?«

»Eher Sonnenuntergang, du bist kein Morgenmensch«, erinnerte er mich.

»Das ist nicht …«

»… lustig? Ich finde, etwas Galgenhumor gibt dem Ganzen die richtige Würze.«

Ich würde ihn umbringen! Sobald er aus mir draußen war, würde ich ihm den Hals umdrehen, bis es knirschte. Als hätte er meine Gedanken erraten, hörte ich ihn sagen: »Du darfst jetzt nicht ausflippen, Leaf. Tu es, wenn wir mit all dem fertig sind.«

»Und was genau ist für dich *fertig*, Lore?«, fragte ich, und etwas in seinem Blick flackerte wieder.

»Das werden wir sehen, wenn es so weit ist. Aber du darfst niemandem erzählen, was du jetzt weißt. Sonst bist du tot.«

»Was soll ich denn sagen, wenn ich da rausgehe?«, zischte ich, und er sah mich ernst an.

»Lüge um dein Leben. Sag ihnen, es war Zufall, dass du überlebt hast. Sag ihnen, es liegt daran, dass der Besetzungsprozess nie funktioniert hat und ich zu schwach war. Sie haben immer noch einen Teil meiner Seele in der dummen Akademie. Sag ihnen, ich war geschwächt, und deshalb hattest du weiterhin die Kontrolle über deinen Körper und hast überlebt, als ich ihn verlassen habe. Sie wissen grundsätzlich nur, dass ich dich besessen habe, aber in welchem Umfang, ist ihnen nicht klar. Bis auf diese paar kleinen Ausrutscher hat es immer gewirkt, als hättest du die volle Kontrolle gehabt. Lass sie das weiterhin glauben. Nur Crain hat mich wirklich in Aktion gesehen, und ich werde mit ihm aushandeln, dass er die Klappe hält. Wenn du willst, sagen wir ihnen sogar, du hast mich persönlich rausgeworfen. Egal wie, sage nur nicht die Wahrheit.«

»Falls es dir entgangen ist, hatte ich gerade Sex mit Falco, und er ist nicht dumm …«

»Er wird höchstens glauben, dass du unter dämonischem Einfluss stehst, aber von dem Q-Gen muss er nichts wissen.«

»Lore, du bist so …« Ich schnaufte tief durch, um meinen rasenden Puls zu beruhigen. »Okay, sagen wir, ich vertusche, dass ich ein neuer Homunkulus bin. Wie sollen wir das mit Una machen? Sollten wir nicht vermeiden, ihr in die Hände zu fallen, wenn ich genau das bin, was sie will?«, presste ich hervor.

Lore lächelte mich an. **»Una weiß aber nicht, dass ich in dir das Gen versteckt habe.«**

»Ich glaube nicht, dass es ihr lange entgeht, wenn wir zwei zusammen rumspringen.«

»Hier kommt Zero ins Spiel. Ihr zwei tauscht mich aus, und dann gehen wir zum Knotenpunkt meines Syndikats. Der ist im Chelsea Hotel.«

»Wohin?«

»Meine Schwester wird dort sein, nach dem Putsch wird sie einiges zu tun gehabt haben, um ihre Position in meinem Syndikat zu sichern.«

»Und dann tun wir was?«

»Wir geben ihr genau das, was sie will. Wir liefern dich aus …«

2

Leaf

Dämonen der Stufe 1
Wiedergänger

Homunkulus (Homunkuli pl.) Ein künstlich aus schwarzer Magie erzeugtes Wesen, wird oftmals als Hülle für Lord-Dämonen genutzt, da sie nicht sterben, wenn der Dämon ihren Körper verlässt.

Homunkuli gelten als niedere Art der Dämonen, und ihre Züchtung wurde vom Orden für illegal erklärt, dennoch finden sich überall im Land noch künstliche Homunkuluslaboratorien, deren Ursprung bereits im Mittelalter begann.

»Ich kann es dir nicht sagen.«

Falcos Blick verdüsterte sich.

»Du musst«, beharrte er. Doch ich presste die Lippen zusammen und trat einen Schritt zurück, während mir in Panik das Herz gegen den Brustkorb hämmerte. Ich durfte es ihm nicht sagen, ich konnte es ihm nicht sagen. Die Wahrscheinlichkeit, dass er mich danach sofort und ohne zu zögern umbrachte, anstatt mir zu helfen, lag bei fünfzig-fünfzig.

»Ich muss gar nichts, Falco. Zumindest in dieser Sache sind wir uns wohl einig.«

Sein Gesichtsausdruck wurde starr. Etwas blitzte in seinen Augen auf, und wenn es sich hier nicht um Falco Chepesch handeln würde, hätte ich behauptet, ihn verletzt zu haben. Ein Blinzeln, und der Ausdruck war wieder verschwunden.

»Willst du sterben, Leaf?«

»Ist das eine Drohung, Falco?«

»Eine Feststellung. Wie soll ich für dich einstehen, wenn du uns alle belügst?«

»Ich würde ja sagen, dass du mir einfach vertrauen musst, aber das tust du ganz eindeutig nicht.«

»Leaf!«, blaffte Falco mich an, und er verlor tatsächlich für einen Moment die Fassung. Ich sah echte Panik in seinen Augen aufblitzen.

»Das hier ist kein Spiel! Wenn wir jetzt rausgehen, weiß ich nicht, ob du diesen Abend noch erleben wirst. Du glaubst, du hast echte Exorzisten kennengelernt? Wenn der Intendant mit dir fertig ist, wird das, was dir mit uns passiert ist, wie ein Kindergeburtstag erscheinen. Der Intendant hat so viel Macht inne, dass er eine Naturgewalt ist. Es reicht ein Wimpernschlag, um dich von innen explodieren zu lassen.«

»Was für ein entzückender Gedanke«, sagte ich sarkastisch, doch Falco packte mich und sah mich eindringlich an.

»Das ist nicht lustig. Ich muss dich da draußen beschützen, aber ich weiß nicht, wie …«

Wieder flackerte sein Blick, und diesmal war es echte Angst, die ich sehen konnte. Ein Kloß steckte in meinem Hals, und die Erlebnisse der letzten Woche kamen wie Schluckauf in mir hoch.

~

Eine Woche zuvor …

Mit einer einzigen gezielten Bewegung rammte ich Zero einen Dolch ins Herz. Es war erschreckend, wie leicht mir das fiel. Bis vor wenigen Wochen hätte ich es noch nicht mal geschafft, daran zu denken, einen Menschen zu verletzen. Um ehrlich zu sein, hätte ich wahrscheinlich gar nicht gewusst, wie ich hätte zustechen müssen, um überhaupt das Herz eines Menschen zu treffen. Aber jetzt war es leichter als atmen. Die Wucht war so groß, dass ich fast sicher war, dass ich eine Rippe dabei brach. Die Klinge glitt durch Fleisch, Muskeln, Sehnen, zerschnitt Adern und traf das Hohlorgan, schnitt eine Schneise hinein, einen perfekten Zugang für Lore.

Für einen kurzen Moment starrten Zero und ich uns einfach nur an. Zero lächelte mich ermutigend an. Er musste unfassbare Schmerzen haben, doch er griff nur nach meiner Hand und drückte sie zärtlich.

»Gut gemacht«, brachte er hervor.

»Es tut mir so leid«, flüsterte ich.

Sein Lächeln sah müde aus. Die Worte kamen ihm nur noch schleppend über die Lippen. »Genau … genau … dafür … wurde ich … ersch… erschaffen.«

Sein Herz pochte, ich fühlte die Vibration am Griff des Dolches.

Zeros Blick wurde glasig. Seine Augen verdrehten sich in den Höhlen, und er brach zusammen. Dumpf schlug sein Körper auf dem Boden auf. Sein Atem ging so flach, dass ich förmlich das Leben aus ihm herausströmen sah. Es schmatzte leise, als ich mich hinkniete und dabei den Dolch aus seiner Brust riss. Angewidert warf ich das Messer weg, während sich rund um Zeros Körper langsam eine Blutlache auszubreiten begann. Ein intensiver, kupfriger Geruch stieg auf, und es kam mir vor, als wäre die Farbe dunkler, als sie sein sollte.

Zitternd rappelte ich mich auf und spürte, wie Lore sich in mir bewegte, wie eine Spinne, die ihre Beine ausstreckte. Meine Finger zuckten, meine Füße kribbelten, ein stechender Schmerz zog sich durch meinen Körper, und mein Herz begann zu rasen.

»Bist du sicher, dass das funktioniert?«, fragte ich angespannt.

Lore seufzte. **»Nein.«**

»Was soll das heißen – nein …«, setzte ich an, doch da kappte er die Verbindung. Ruckartig und blitzschnell wie der Biss einer Schlange. Dunkelheit füllte mein Blickfeld, ein taubes Gefühl breitete sich in mir aus, mein Magen hob sich, meine Muskeln zitterten, meine Knie gaben nach, und ich sank zu Boden, während sich mein Nacken knackend nach hinten bog. Etwas drückte sich aus mir heraus, schwer, zäh und ölig.

Mein Rückgrat knirschte, als würden meine Wirbel sich bis zur Spannungsgrenze durchbiegen, und ein solch furchtbarer Schmerz zerrte an meinen Nerven, dass ich schreien wollte. Ich wollte schreien, weinen, mich krümmen, ohnmächtig werden, aus meiner eigenen Haut kriechen, mir die Muskeln aus dem Leib reißen. Hauptsache, der Schmerz hörte endlich auf. Doch stattdessen kam ein Röcheln heraus, während es sich anfühlte, als würde ich meinen eigenen Magen hochwürgen.

Die Dunkelheit wurde immer dichter, schmolz über meinen Pupillen zusammen, und für einen Atemzug hatte Lore mich komplett verschlungen. Mein Leben hing am seidenen Faden, als müsste er nur eine Hand ausstrecken und mich in die Tiefe stürzen. Ich war mir sicher, dass ich nicht mehr daraus auftauchen würde. Ich spürte sein Zögern, als würde er diese Möglichkeit selbst in Betracht ziehen.

»Bitte, Lore …« Meine Gedanken waren wie ein endloses Echo, das im Nichts verhallte. Doch ich wusste nicht, ob ich ihn bat zu bleiben oder zu gehen …

Die ganze Zeit hatte ich versucht, diesen Dämon aus mir herauszubringen, doch jetzt versetzte mich allein der Gedanke daran, dass er mich verlassen könnte, in absolute Panik.

Denn ich hatte keine Ahnung, was von mir übrig blieb, wenn er ging. Ich würde leer sein, leer und alleine. Lore klammerte sich an mir fest, als würden ihm dieselben Gedanken durch den Kopf schießen.

Es war kaum noch zu unterscheiden, wo er anfing und wo ich aufhörte, als würde man versuchen, einen Teppich sauber aufzutrennen, ohne ihn dabei zu beschädigen. Schließlich spürte ich, wie Lore mich packte. Er hielt mich fest und drückte mich an sich, seine Arme schlossen sich fest um mich, während er mir mit heiserer Stimme ins Ohr flüsterte: **»Ich werde dich nicht im Stich lassen. Du bist das Aufregendste und wahrscheinlich Beste, was mir in meiner Existenz passieren konnte, Leaf Young. Ich habe mich nie lebendiger gefühlt, und egal, was passiert, du wirst immer mir gehören.«** Bevor ich noch etwas tun oder sagen konnte, stieß er mich von sich. Es klang in meinen Ohren wie ein Donnerschlag, und Lore brach aus mir heraus. Dunkelheit quoll aus meinen Augen, den Nasenlöchern und den Ohren. Mein ganzer Körper schüttelte sich, während Lore sich aus mir zurückzog. Diesmal schrie ich. Da war ich mir ziemlich sicher. Doch der gellende Schrei ging in ein Gurgeln über, während ich am Boden kollabierte und Lore als Rauch und Schatten aus mir wich. Mein Herz stotterte, und für einen Augenblick blieb es stehen. Wortwörtlich. Es hörte auf, zu schlagen, ohne die Energie des Dämons, der es am Laufen hielt. Die verkrustete Stichwunde, die mir Lore verpasst hatte, brannte, als hätte man sie mit Salz eingerieben, und ich trieb dahin ins Endlose, als würde ich tief unter Wasser schweben.

Und dann? Dann fühlte ich es plötzlich. Der Ursprung, wie eine Quelle, mitten in den Falten meines Herzens versteckt wie eine leuchtende, violette Kugel aus … aus etwas. Energie? Im ersten Augenblick dachte ich, es wäre das Licht am anderen Ende des Tunnels, und wich instinktiv zurück, doch das Leuchten wurde greller, und mit einem Holpern begann mein Herz wieder zu schlagen.

Der erste Schlag war regelrecht schmerzhaft und wummerte durch meinen ganzen Körper, eine Energie wie ein Stromschlag durchzuckte meine Muskeln. Eine Kraft durchströmte mich, die sich fremd und vertraut zugleich anfühlte. Bisher hatte ich immer gedacht, die Dunkelheit, all die Kraft, würde von Lore kommen. Alles, was ich bislang getan hatte, hatte ich auf Lores Kräfte zurückgeführt, in die ich schlüpfen konnte wie in einen Mantel. Doch diese Energiequelle in mir war nicht Lore. Dieses … dieses Ding war in mir, hatte bereits einige Wurzeln geschlagen, die sich durch meinen ganzen Körper zogen und mich mit sirrender Energie versorgten. Mit einem weiteren Pochen meines Herzens füllte Luft meine Lunge. Ruckartig setzte ich mich auf und hustete, während ich mich fühlte, als hätte mir jemand einen heftigen Stromschlag versetzt.

»Leaf?« Hände fassten mich, Arme bargen mich. Ich zuckte zusammen und sah Zero vor mir, nur dass es nicht Zero war. Dieser Blick, diese Augen, diese Schwärze …

»Lore«, keuchte ich und klammerte mich an ihm fest, während ich weiter mit dem Husten kämpfte.

»Gib dir ein paar Minuten. Die ersten Male sind immer am schlimmsten«, versuchte er mir zu helfen und strich mir durch das Haar, hielt mich fest, als würde es ihm unwohl sein, nicht bei mir zu sein. Ich krallte mich hilfesuchend an ihm fest und vergrub mein Gesicht an seiner Brust. Leer. Ich war so leer.

»Es hat funktioniert«, sagte Lore, und ich funkelte ihn an.

»Du solltest bei dieser Sache nicht so überrascht klingen.«

Er schmunzelte nur, strich über mein Gesicht, fuhr mir über den Nasenrücken und verharrte an meinen Lippen. Ein hungriger Ausdruck schlich sich in seinen Blick, und ehe ich etwas tun konnte, küsste er mich. Ich war so überrascht, dass ich nicht mehr tun konnte, als scharf einzuatmen. Seine Zunge schnellte hervor und drängte sich zwischen meine Lippen, nahm sich, als versuche er verzweifelt, sich mit mir zu verbinden. In meinem Leben hatte sich selten etwas so falsch und gleichzeitig richtig angefühlt.

Lore grollte, der Ton klang wie ein Schnurren, während er mich auf seinen Schoß zog. Seine Lippen schmeckten nach dem Blut, das überall an uns klebte. Meine Finger zogen eine schmierige Spur durch sein Haar, als ich es packte und beinahe schon wütend daran zog. Wütend, weil er sich damals in mir breitgemacht hatte, wütend, dass er mein Leben ruiniert und mich mit nichts als Scherben zurückgelassen hatte, und noch wütender, dass er mich jetzt wieder verlassen hatte. Ich zog so fest, bis es wehtun musste, doch Lore küsste mich nur mit noch mehr Inbrunst, rücksichtslos, bis kein Funken Atem in meinem Körper übrig blieb. Er packte meine Oberschenkel, bis ich seine Hände an meinem Po spürte. Keuchend riss ich mich von ihm los, holte aus und verpasste ihm eine so heftige Ohrfeige, dass sein Gesicht zur Seite schnellte. Für einen kurzen Moment herrschte schockierte Stille zwischen uns, wobei ich nicht sagen konnte, ob es wegen des Kusses, der Ohrfeige oder der Enttäuschung darüber, dass es aufgehört hatte.

Meine Hand brannte, und ein roter Abdruck davon zeichnete sich auf seiner Wange ab. Lore blinzelte und wandte den Kopf um. Eine weiße Haarsträhne fiel in sein Gesicht, das seltsam vertraut wirkte, weil es Zero war und dennoch … so anders, denn es war definitiv Lore, der mich aus den pechschwarzen Augen anblickte.

Ein kleines Rinnsal Blut tropfte von seiner Unterlippe. Ich hatte wohl noch heftiger zugeschlagen als gedacht. Mit einer nachlässigen Geste wischte er es ab und sah mich hungrig an. Mein Magen zog sich zusammen, und die kleinen Härchen auf meinen Armen stellten sich auf.

»Ich schätze, das habe ich verdient«, sagte er nur.

Wütend zischte ich ihn an: »Das und noch viel mehr …«

Seine Mundwinkel zuckten. Er griff nach mir und strich andächtig durch mein Haar, als versuche er, sich seine Farbe und Textur genau einzuprägen.

Ich hasste mich selbst dafür, dass ich das Gefühl genoss, von ihm angestarrt zu werden. Für einen Moment ließ ich es zu, bevor ich seine Hand festhielt.

»Lore?«

»Ja?«, murmelte er mit rauer Stimme, und ich starrte ihn finster an.

»Was ist das in mir?« Ich deutete auf meine Brust, auf die vernarbte Wunde, die erneut aufbrach und nässte. Man sah es nicht, aber ich spürte es. Diese fremde Essenz in mir, die sich wie Gift mit jedem Herzschlag weiter ausbreitete.

Lores Augen wurden dunkel, als er mir eine Haarsträhne hinter das Ohr strich: »Es ist das Q-Gen, Leaf. Ohne mich breitet es sich ab jetzt ungehindert in dir aus. Jetzt gibt es kein Zurück mehr.«

3

Leaf

Dämonen der Stufe 3
Geister

Nachtrabe Auch Black Bird genannt; Namensgeber der Exorzisten. Sie gelten als vom »Aussterben« bedroht bzw. gibt es immer weniger von ihnen. In freier Wildbahn würden die *Nachtraben* wehrlose Passanten an Weggabelungen auf grausame und aggressive Weise angreifen und ausweiden.

Inzwischen werden sie als Späher und Schutzgeister der Exorzisten betrachtet und werden nur noch im Notfall getötet.

Die Worte, die ich sagen wollte, aber nicht konnte, hingen wie ein Damoklesschwert über Falco und mir. Er starrte mich an, sein Blick fraß sich in mich, als könnte er mich mit seiner puren Willenskraft dazu bringen, Wörter auszuspucken.

»Es ist eigentlich alles nur ein Zufall«, hörte ich mich lügen.

»Ein Zufall?«, echote er, und ich verfluchte Lore innerlich für seine miserablen Pläne, mit denen er mich völlig alleine ließ. Ich versuchte, mich daran zu erinnern, was Menschen taten, wenn sie logen. Blinzeln, zucken, nach links oder rechts schielen? Ich blickte ihm direkt ins Gesicht.

Falco verengte die Augen und bohrte nach: »Was meinst du damit, Leaf? Sag mir, was mit dir los ist.«

Zittrig atmete ich durch und straffte die Schultern. »Wir haben nie deutlich darüber gesprochen, aber Lore war niemals komplett in mir. Ihr habt einen Teil von ihm einfangen können. Er war schwach, darum konnte ich die Kontrolle behalten, und darum habe ich überlebt.«

Falco runzelte die Stirn. »Lüg mich nicht an, Leaf. Ich erkenne einen Dämon, wenn er vor mir steht. Falls du es vergessen hast, bin ich derjenige, der ganz genau zu spüren bekommt, was du kannst.«

Ich zwang mich, nicht zusammenzuzucken. Ich zwang mich, ihn weiter anzulügen: »Einen Dämon in sich zu haben verändert einen, Falco. Aber ich habe es unter Kontrolle – jetzt, da Lore weg ist.«

»Das ist absolut …«, schnaubte Falco.

»An mir ist absolut nichts Besonderes, Falco!«, schrie ich ihm förmlich ins Gesicht.

Seine Miene wurde zu einer solch ausdruckslosen Maske, dass er mich an den Mann erinnerte, den ich vor Wochen zum ersten Mal gesehen hatte – kühl, reserviert und absolut kontrolliert. Ich war mir sicher, dass in diesem Moment nicht einmal eine Sturmböe das kleinste seiner Härchen in Bewegung bringen könnte, so starr stand er da.

»Dann muss es wohl wirklich ein Zufall gewesen sein«, stellte er frostig fest und trat einen Schritt zurück.

Ich schluckte. »Ich bin nichts Besonderes, das wusstest du«, murmelte ich.

»Ja, das wusste ich«, erwiderte er noch eine Spur eisiger und zog seine schwarzen Handschuhe höher.

»Nun, dann lass uns gehen und den Intendanten davon überzeugen, dass du nicht mehr als ein Mädchen aus New York bist.«

Er stolzierte an mir vorbei, ohne mich zu berühren, und ich brauchte drei Takte, bis ich mich losreißen konnte, um ihm zu folgen. Die letzten Tage, die ich mich im Kerker von der Außenwelt abgeschottet hatte, waren nicht spurlos an mir vorübergegangen. Ich war ein Wrack und musste mich zusammenreißen, nicht an den Achseln zu schnuppern, als wir die Zelle verließen und mein Blick auf Tempest fiel, die davor auf uns wartete. Sie war so perfekt, dass mir übel wurde, und sie passte ebenso perfekt zu Falco, dass mir noch übler wurde.

Als sie uns sah, stieß sie sich von der Wand ab und machte sich nicht einmal die Mühe, den Ekel in ihrem Blick zu verbergen, der eindeutig mir galt.

Ich versuchte, keine Reaktion zu zeigen, als ich aus dem Augenwinkel eine Bewegung sah. Grüne Haare blitzten auf, als Crain um die Ecke schoss wie ein muskelbepackter schwarzer Blitz.

»Falco! Was auch immer du gerade mit Leaf machst, hör auf damit. Deine durchgeknallte Verlobte ist hier, und sie ist …«, begann Crain. »Oh …« Als er uns sah, kam er ins Stocken. »Vergiss, was ich gesagt habe. Offensichtlich zu spät.«

»Offensichtlich«, knurrte Falco ihn an, während Tempest Crain mit einem Blick maß, den ich nicht einordnen konnte.

»Crain, ich würde ja sagen, es ist schön, dich wiederzusehen, aber ich weiß es besser, als an dir meine Manieren zu verschwenden«, sagte Tempest ungerührt.

Crain zuckte mit keiner Wimper, als Tempest an ihm vorbeirauschte und Falco ihr folgte. Ich ließ mich einen Schritt zurückfallen. Crain schielte zu mir hinüber, und ich zischte ihm zu: »Du wusstest von ihr und hattest keine Minute Zeit, mich zu warnen?«

»Erstens habe ich dir gesagt, dass du die Finger von Falco

lassen sollst. Und zweitens – hätte es denn etwas geändert, wenn du es gewusst hättest?«, gab Crain leise zurück.

»Ja, nein, vielleicht! Aber ihr habt mich hier ins offene Messer rennen lassen.«

»Es hätte nichts geändert, Leaf, und wenn sie euch da drinnen nicht beim Vögeln erwischt hat, kann sie auch nur spekulieren, was zwischen euch los ist. Wir halten also alle die Klappe. Falco und Tempest sind außerdem nicht mein Lieblingsthema. Die Beziehung der beiden ist verkorkster als jede meiner Beziehungen, und das will was heißen.«

»Als ob du jemals eine Beziehung hattest«, gab ich zurück.

Er zuckte nonchalant mit den Schultern. »Du wärst überrascht. Manchmal sogar drei gleichzeitig.«

Ich funkelte ihn an, doch dann wurden wir von einem Klirren unterbrochen, als Tempest etwas aus ihrer Tasche zog, das nach Handschellen aussah.

Falco riss die Augen auf, als sie mich auch schon packte und so fest gegen die Wand schleuderte, dass ich Sterne sah.

»Tempest! Das ist unnötig«, blaffte Falco, während Tempest meine Arme auf den Rücken drehte und die Handschellen um meine Handgelenke einrasten ließ. Dabei bohrte sich eine lange brennende Nadel durch meine Haut und Muskeln.

Der unglaublich unangenehme Schmerz erinnerte mich an die Spikes, die Falco am Anfang unseres Kennenlernens in mich gerammt hatte, um Lores Seele in mir festzunageln und mich daran zu hindern, einfach mit seiner Seele zu verschwinden. Ein weiterer Schmerzensschrei entrang sich mir.

»Unnötig ist deine offensichtliche Weigerung, in diesem Ding eine Gefahr zu sehen«, blaffte Tempest. »Was ist nur los mit euch? Es gibt Vorschriften, und ich werde den Dämon ganz bestimmt nicht ohne Sicherheitsvorkehrungen durch die Akademie spazieren lassen. Schon gar nicht, wenn sie dem Intendanten vorgestellt werden soll.«

Die lange Nadel aus Schmerz fühlte sich an, als würde sie meine Arme von innen verätzen. Ich wand mich, doch bei jeder Bewegung schmerzte es nur schlimmer.

»Halt still, Leaf, dann tut es nicht so weh«, bemerkte Crain. Zitternd gehorchte ich, und es wurde tatsächlich besser. Keuchend atmete ich durch.

»Na also. Geht doch«, sagte Tempest und ließ mich grob los. Ich lehnte meine Wange gegen die kalte Wand und versuchte, nicht in Tränen auszubrechen. Das würde schon werden. Ich hatte Schlimmeres erlebt. Und überlebt. Doch jedes Mal mit Lore in mir. Mit seiner Stimme, die mich anleitete, anblaffte oder beruhigte. Ohne ihn fühlte ich mich so verloren wie noch nie in meinem Leben.

Falco sah aus, als wollte er weiter diskutieren, doch Tempest packte mich am Arm und schob mich in den Aufzug.

Sie hielt eine Karte hoch, die ich bisher noch nie gesehen hatte, und knallte sie gegen einen Sensor. Dieser sirrte und leuchtete grün auf. Falco und Crain schlüpften zu uns, gerade noch rechtzeitig, ehe die Türen sich schlossen und wir nach oben fuhren. Für eine kurze Sekunde knisterte nur die Anspannung zwischen uns allen, zumindest, bis die Fahrstuhlmusik einsetzte.

»Was zum Teufel ist das denn?«, fauchte Tempest, während die Musik fröhlich vor sich hin klimperte, was die ganze Situation noch absurder machte als ohnehin schon.

Crain lehnte sich neben mich. Seine Hand streifte unauffällig meine, die noch immer vor Schmerz pochte. Fast so, als versuchte er, mich zu beruhigen, während er die Musik fröhlich mitsummte. Der Aufzug hielt an, und die Türen öffneten sich. Ich hatte erwartet, wir würden in der großen Halle oder der Trainingsarena herauskommen, doch stattdessen lag vor uns ein langer Flur mit grün-lila gestreifter Tapete, an dessen Ende eine riesige Tür mit Doppelflügeln zu sehen war. Obwohl ich mir inzwischen einbildete, die Black Bird Academy zu kennen, war ich mir sicher, hier noch nie gewesen zu sein.

Wo zur Hölle waren wir?

Ich stolperte, als Tempest meinen Ellenbogen packte und mit sich zog.

Unsere Schritte hallten in dem langen Flur, und ich betrachtete – halb verwirrt, halb angeekelt – die Gegenstände, die auf kleinen runden Tischen standen oder an den Wänden hingen.

Unter einer verstaubten Glasglocke sah ich eine vertrocknete, verkümmerte Gestalt, die ein wenig an eine Katze erinnerte, jedoch mit ledrigen Flügeln. An den Wänden hingen ausgestopfte Köpfe von Dämonen, von denen ich einige noch nie zuvor gesehen hatte, abgesehen von einem Kopf eines Wildschweins, den ich als Grollborste erkannte.

Doch daneben hingen noch viele mehr. Der Kopf eines Dämons, der vage an einen Affen mit langen Hauern erinnerte. Hörner ragten aus dem zotteligen Kopf, daneben gab es einen Schrumpfkopf. Als ich daran vorbeiging, kam es mir so vor, als würden mich die leeren Augenhöhlen noch immer anstarren.

Da waren auch Messer, Sicheln, Schwerter in Dutzenden Variationen, auf manchen klebte noch Blut, und als ich an einem matten Spiegel vorbeiging, knallte plötzlich etwas dagegen. Vor Schreck krachte ich in Falco hinein, der mich schnell auffing, während ich keuchend in den Spiegel starrte. Darin lungerte die halb durchsichtige Gestalt eines hageren Mannes mit schütteren braunen Haaren und hungrigen Augen. Er öffnete den Mund, als würde er schreien, doch es war nichts zu hören, während er wie ein Wahnsinniger gegen die Innenseite des Spiegels trommelte.

»Was ist das denn?«, fragte ich und versuchte immer noch, meinen aufgeregten Puls unter Kontrolle zu bringen.

»Das ist Carter. Keine Sorge, er ist nur ein Geist und eines von Gales Lieblingssammlerstücken«, teilte Crain mir mit, während der Mann im Spiegel weiter randalierte.

»Wer ist Carter? Und warum ist er hier?«, fragte ich.

Crain stupste gegen den Spiegel wie ein Kind, das versuchte, Goldfische zu ärgern. »Carter ist der Long-Island-Mörder. Ein Serienmörder aus den Neunzigern. Er war ein abtrünniger Exorzist.«

Erschrocken wich ich zurück, doch Tempest hielt mich eisern fest.

»Er ist ein Exorzist?«

»War«, präzisierte Falco.

»Er war ein Shintonist«, führte Crain aus, »der von einem Dämon besessen wurde und daraufhin dem Wahnsinn verfiel. Eine große Sache, vor allem, weil er Direktor Gales Partner gewesen ist.«

Mein Mund wurde trocken, als ich Craig im Spiegel ansah. »Und warum behält er den Geist seines verrückten Partners hier?«

»Weil ich sentimental bin«, unterbrach uns eine Stimme, und Gale stand vor der wuchtigen Tür, von der ich nicht mitbekommen hatte, dass sie geöffnet worden war.

Wieder zuckte ich zusammen und sah mir den älteren Exorzisten an, der in seinem lilafarbenen Anzug und einem kompliziert gebundenen grün-weiß-schwarz karierten Halstuch vor uns stand und sich auf einen Stock stützte. Nicht zum ersten Mal hatte ich das Gefühl, als würde Gale nicht ganz in diese Welt gehören.

Er sah seufzend in den Spiegel. »Carter war ein wundervoller Exorzist und ein noch besserer Freund. Ich habe mir nie verziehen, dass ich nicht verhindern konnte, was mit ihm passiert ist. Als er starb, kam seine Seele zurück, und weil ich es nicht über mich brachte, ihn exorzieren zu lassen, sperrte ich ihn hier ein.«

Tempest kniff die Lippen zusammen. »Es ist fahrlässig, einen so gefährlichen Geist einzusperren, Direktor Gale, und noch dazu illegal. Geister, die nicht exorziert, sondern gebunden werden, müssen ins Archiv des Ordens gebracht werden und nicht hier frei zugänglich hängen!«

Gale lächelte sie milde an. »Es gibt nicht mehr viel, was mir Freude bereitet, und ich kann mich schwer von Dingen trennen. Einmal stand dort auch eine Dose Bohnen, die ich einem Freund beim Poker abgeluchst hatte, und er versicherte mir, ein Dschinn würde darin wohnen. Erst als ich einmal Hunger bekam und aus Versehen die Dose öffnete, wurde mir bewusst, dass es tatsächlich nur Bohnen waren. Ich bin ein alter Mann, Tempest. Ihr könnt den Spiegel haben, wenn ich tot bin. Bis dahin jedoch wird er dort hängen, und ich werde auf meinen Freund achtgeben, so gut es mir möglich ist.«

Tempest sah aus, als würde sie sich alle Mühe geben, ihm nicht auch ein paar Ohrfeigen zu verpassen und wegzuschleifen. Stattdessen neigte sie den Kopf und sagte: »Verzeihung, Direktor Gale. Es lag nicht in meiner Absicht, Sie zu belehren.«

»Natürlich nicht«, gab dieser brüsk zurück und straffte sich. »Wie auch immer. Kommt rein. Wir haben eine Menge zu besprechen.«

4

Leaf

Exorzisten/Klassen
Stufe 1 Wiedergänger

Necromancer Zu den Aufgaben der Necromancer gehört vor allem die Sicherung eines Geländes. Darüber hinaus sind sie es, die den Ursprung von Wiedergängernestern aufspüren, sie beseitigen bzw. zerschlagen, da Wiedergänger durchaus in größeren Gruppen auftreten können.

Hierbei ist zwar keine Begabung für Arcanum vonnöten, aber durch die starke Zusammenarbeit mit Wiedergängern ist eine Mithridatisation erforderlich, also eine Giftresistenz. Dabei werden jeden Tag Gifte in kleineren Dosen verabreicht, um den Köper des Necromancers resistent zu halten. Die Wirkungen davon sind mannigfaltig, und bei dem Tod eines Necromancers muss seine Leiche verbrannt werden, um zu verhindern, dass er/sie selbst als Wiedergänger wiedergeboren wird.

Necromancer nehmen durch den starken Kontakt des Wiedergängergifts mehr Fähigkeiten eines Wiedergängers an und entwickeln dabei auch unmenschliche Stärke und Reflexe sowie bessere Nachtsicht.

Gales Blick blieb auf mir liegen, und eine Falte bildete sich zwischen seinen Augenbrauen. »Miss Young, ich habe gehört, Sie seien in den letzten Tagen unpässlich gewesen. Geht es Ihnen besser? Kann ich Ihnen etwas zu essen anbieten oder etwas … zur Erfrischung?«

»Es geht mir bestens. Danke«, presste ich hervor.

Gale sah nicht überzeugt aus, doch er nickte nur. »Ich werde uns etwas zu essen bringen lassen. Ich hoffe, es stört euch nicht, dass wir dieses Gespräch im Konsulat führen, anstatt in meinem Büro. Es erschien dem Intendanten angemessener, obwohl ich ihm versichert habe, dass Sie auch freiwillig kooperieren werden.«

Schon wieder! Was war denn nur dieses Konsulat?

Gale wirbelte herum und stieß die Türen auf, die sich ächzend öffneten.

Wir betraten einen Raum, dessen Fläche als Sechseck angeordnet war. Der Boden bestand aus dunkelblauem Material, das an Marmor erinnerte. Ich spürte die Insignien, die darin eingeprägt waren, sobald ich einen Fuß darauf setzte. Es fühlte sich an, als hätte man mich von Kopf bis Fuß unter leichten Strom gesetzt. Nicht schmerzhaft, aber dennoch unangenehm.

In jeder der sechs Ecken stand ein alter, unbequem aussehender Stuhl, auf dem Männer und Frauen saßen, die mich mit Blicken durchbohrten. Ansonsten war der Raum leer, zumindest bis auf einen Stuhl mit ungewöhnlich hoher Lehne.

Meine Nackenhaare stellten sich auf, als wir diesem Stuhl näher kamen, und je länger ich ihn anstarrte, desto größere Ähnlichkeit bekam er mit einem elektrischen Stuhl.

Die Blicke der fremden Exorzisten brannten sich in mich. Nur ein Gesicht war mir vertraut. Yamamoto saß im dritten Eck, mit seinem Salamanderspiritus auf der Schulter. Er sah mich unglücklich an.

»Bitte setzten Sie sich, Novizin Young«, sagte Direktor Gale gutmütig und deutete auf das Folterinstrument. Als ich zögerte, tätschelte er mir die Schulter. »Der Stuhl wird nur wehtun, wenn Sie uns anlügen oder versuchen wegzulaufen.

Aber ich weiß, dass Sie nichts davon tun werden«, sagte er, was leider nicht wirklich half, meinen rasenden Puls zu beruhigen. »Ich werde nicht …«, setzte ich an, doch da packte Tempest mich bereits im Nacken und stieß mich auf den Stuhl. Ich fiel auf die Knie, die Kante des Stuhls bohrte sich in meinen Bauch, während Tempest mich am Nacken festhielt wie ein Tier, um es daran zu hindern zu bocken. Ein Schnappen war zu hören. Der Spike glitt aus meinem Handgelenk heraus, und die Handschellen fielen ab. Bevor ich jedoch erleichtert sein konnte, packte sie mich an den Haaren, riss mich hoch und stieß mich auf den Stuhl, bis mein Po hart auf die Fläche prallte. Es zischte, das Prickeln in mir wurde stärker, und als Nächstes schossen verdammt noch mal hölzerne Hände aus dem Stuhl, griffen nach meinen Handgelenken, Knöcheln und meiner Stirn und drückten mich zurück.

»Heilige Scheiße«, entfuhr es mir entsetzt, während die Hände so fest zupackten, dass ich mir alle Knochen brechen würde, wenn ich versuchte, sie abzustreifen. Mein Blick glitt zu Falco. Sein Kiefer zuckte, doch als ein Murmeln durch die Gruppe ging, war sein Gesicht wieder so neutral, als wären wir Fremde. Ich hasste es, nicht zu wissen, ob er gerade etwas unternahm, um mich zu beschützen oder zu bestrafen.

»Danke, Tempest«, erklang eine tiefe Baritonstimme hinter mir, die bewirkte, dass sich mir die Nackenhaare aufstellten, ohne dass ich genau wusste, warum. Es war etwas an der Art, wie er die Worte betonte, oder vielleicht auch, was zwischen den Atemzügen mitschwang. Als könnte ein Ton ausreichen, um mich von innen nach außen zu stülpen. Obwohl ich ihm noch nie begegnet war, war ich mir in diesem Augenblick absolut sicher, dass der Intendant – der Ordensführer der Exorzisten – hinter mir stand, als wäre er aus dem Schatten selbst getreten. Ich versuchte, den Kopf zu drehen, doch die Holzhände hielten mich so fest, dass sicherlich alle fünf Finger Druckstellen hinterlassen würden. Ich gab mir alle Mühe, wie eine toughe Exorzistin und nicht wie eine heulende Kellnerin auszusehen. Da niemand beeindruckt schien, nahm ich an, dass es mir nicht wirklich gelungen war.

Ich blinzelte und zwang mich, ein- und auszuatmen, wir schaffen das … wir? Ich! *Ich* schaffe das. Es gab kein »Wir« mehr, weil Lore sich verpisst hatte und mich in diesem Scheißhaufen alleine zurückgelassen hatte. Die Wut, die auf diese Gedanken folgte, half mir, die Nerven zu behalten, während ich aus dem Augenwinkel ein paar blank geputzte schwarze Lederschuhe in Sicht kommen sah, zusammen mit einer schwarzen Anzughose.

»Das ist sie also? Das Mädchen, über das alle sprechen?«, sagte der Ordensführer.

»Das ist Leaf Young«, stimmte Direktor Gale zu, der auf einem der freien Stühle Platz nahm. Zitternd hob ich den Blick. Auf den Plätzen neben Direktor Gale saßen ein Mann und eine Frau, die ich mit Sicherheit noch nie in meinem Leben gesehen hatte. Der bärtige Mann mit den dunklen Haaren, die er sich im Nacken zusammengebunden hatte, war mindestens zwei Meter groß, mit Muskeln, mit denen er meinen Kopf wie eine Melone zerquetschen könnte. Er trug ein einfaches Flanellhemd und Jeans, dazu klobige Schuhe, als wäre er gerade aus einem Wald gestiefelt, in dem er dämonische Bäume gefällt hatte. Braune Augen musterten mich, und die gezackte Narbe in seiner linken Augenbraue erinnerte mich ein wenig an Jason Momoa.

Die Frau neben ihm war das krasse Gegenteil. Klein, schmal, und so blass, dass jedes Betttuch mehr Farbe hatte, und ihre Haare verblassten zu fahler Asche. Ihre Augen waren von einem durchdringenden Grau, und sie trug einen perfekt sitzenden Anzug, komplett in Schwarz. Ihre Nägel waren unpraktisch lang und rot lackiert, mit denen sie auf der Lehne des Stuhls in einem immer gleichmäßigen Rhythmus trommelte.

Vor ihr hatte ich instinktiv mehr Angst als vor dem Holzfäller. Ich zwang mich, meine Aufmerksamkeit zurück auf den Intendanten zu richten, der sich jetzt in meinem Blickfeld befand. Ich starrte ihn an. Vor mir stand eine ältere Version von Crain. Ein Irrtum war absolut ausgeschlossen. Es war alles da – das kantige Kinn, die starke Nase, die vollen Lippen, die arrogant geschwungenen Augenbrauen und das Haar, das so dunkel war, dass es beinahe schwarz wirkte. Statt grünen zogen sich jedoch graue Strähnen durch die Haare an seinen Schläfen. Ein paar Falten hatten sich in den Augenwinkeln eingeprägt, und eine Narbe führte von seinem Hals zu seinem Kinn hoch, als hätte jemand versucht, ihn auseinanderzureißen.

Die Narbe sah alt aus, vermutlich aus seiner Zeit, als er selbst ein Exorzist gewesen war.

Mein Blick schnellte herum und fraß sich in Crain, der an der Wand lehnte, die Arme vor der Brust verschränkt, ein Bein an die Wand gestemmt, und das Ganze mit einem Ausdruck betrachtete, als hätte er einen schlechten Geruch in der Nase. Der Intendant ignorierte ihn jedoch völlig.

Was ging hier ab? Wieso hatte es auch hier niemand für nötig empfunden, mir zu erzählen, dass Crain verwandt war mit dem obersten Exorzisten persönlich?

Es warf mich unangenehm aus der Bahn, wie wenig ich von den Exorzisten um mich herum wusste. Mir war zwar bewusst, dass wenige Wochen nicht ein ganzes Leben aufwiegen konnten, aber dennoch hätten hier ein oder zwei Informationen mehr eindeutig geholfen …

Ich biss die Zähne zusammen. Das würde noch ein bitteres Nachspiel haben. Sofern ich das hier überlebte.

Der Intendant musterte mich mit einem durchdringenden Blick, als wäre jedes Zucken von mir von Bedeutung. Der Ausdruck in seinen Augen war dabei weder besonders nett noch wirklich unfreundlich. Irgendwie fühlte es sich an, als würde er mich sezieren, Stück für Stück, um das verfaulte Innere in mir zu finden.

Ich erwartete, dass er weiter über mich sprechen würde, als wäre ich gar nicht anwesend, stattdessen schenkte er mir ein mildes Lächeln und neigte den Kopf.

»Leaf Young. Ich nehme an, du weißt, wer ich bin. Allerdings möchte ich mich noch einmal in aller Form vorstellen. Mein Name ist Calcius Paracelsus. Ich bin der Intendant des Paracelsus-Ordens. Es freut mich außerordentlich, unsere neueste Berühmtheit endlich kennenzulernen. Dein Ruf eilt dir voraus.«

Er lachte, als hätte er einen Witz gerissen. In seiner Stimmmelodie schwang ein britischer Akzent mit, den ich bei Crain definitiv noch nie gehört hatte. Auch die Art, wie er sich bewegte, wirkte so anders – kontrolliert, analytisch und mit jener unglaublichen Selbstsicherheit, die nur Menschen besaßen, die andere mit einem einzigen Zeigefinger zerquetschen konnten.

»Freut mich«, brachte ich knapp heraus, nicht sicher, was er jetzt von mir erwartete. Tempest starrte mich an, als wollte sie mir die Zunge herausreißen, sobald ich nur einen falschen Piep sagte. Wenn ich jetzt »Buh« rief, würden sie vor mir zurückweichen oder ihre Dolche ziehen? War es das Risiko wert?

Falco schüttelte den Kopf, als hätte er meine Gedanken gelesen.

»Nun, ich weiß, du bist noch nicht lange im Orden. Bevor dieser Gerichtsprozess beginnt, stelle ich dir Menschen vor, die über dein Schicksal entscheiden werden.

Hast du bereits etwas über die Strukturen des Rats gelernt?«, hakte der Intendant nach, als würden wir uns in einer Unterrichtsstunde befinden. Es stellten sich mir die Nackenhaare auf, und ich blickte unwillkürlich zu Yamamoto hinüber, der mir mit einem leichten Nicken bedeutete zu antworten.

»Ich weiß, dass der Rat aus demokratisch gewählten Exorzisten des Ordens besteht«, sagte ich und schob schnell ein »Sir« nach.

Seine Mundwinkel zuckten. »Das ist korrekt. Jeder im Rat ist ein ehemaliges Mitglied der Führungsriege, bestehend aus Ordensschützern, Priesterschaft und Bürokratie. Beim Eintritt in den Rat legen sie ihre vorherigen Ämter nieder und unterstehen fortan nur noch mir. In ihren gewählten Gebieten und Positionen haben sie absolute Entscheidungsgewalt. Von ihnen werden in Zusammenarbeit mit der Ordensverwaltung neue Regeln erlassen, Gesetze unterzeichnet und auch Gerichtsverhandlungen wie heute durchgeführt. Die Exorzisten hier sind nicht nur diejenigen mit den besten Kontakten und Einfluss, sie sind die Besten der Besten. Solltest du also auf die Idee kommen, dich aus dieser Verhandlung mit mehr als nur deinem hübschen kleinen Mund herausreden zu wollen, versichere ich dir, dass du schneller tot sein wirst, als du blinzeln kannst. Hast du mich verstanden, Leaf Young?«

Noch immer sah er mich mit diesem milden Lächeln an, doch sein Blick bohrte sich in mich wie der eines Raubtiers. Ein Kloß steckte in meinem Hals fest. Scheiße. Ich nickte.

»Ja, Sir.«

»Sehr schön. Dann will ich dir den Rat vorstellen.«

Er zeigte auf den bärtigen Koloss von Mann direkt vor mir. »Das ist Primus Exekutivus Rude van Betham. Er war früher Direktor an der Black Bird Academy in Holland und ist ein Experte für Dämonen der Stufe vier, also für Monster.«

Er deutete auf die Frau, die noch kein einziges Mal aufgehört hatte, mit ihren langen Nägeln gegen den Stuhl zu trommeln. »Tertius Exekutivus Gabriella Hall ist extra aus London angereist, um heute bei uns zu sein. Sie ist Expertin für Dämonen der Stufe zwei in nichtstofflicher Form. Es gibt keine Exorzistin, die in den letzten hundertfünfzig Jahren mehr für ihre Fähigkeiten geopfert hat.«

Gabriellas Blick bohrte sich in mich, und das erklärte mir jetzt auch, warum sie so … farblos zu sein schien. Shintonisten opferten Dinge von sich selbst, um stärker zu werden. Gabriella Hall hatte definitiv mehr als nur ihre Haut-, Augen- und Haarfarbe hingegeben. Ich nahm an, dass sie mich so anschaute, weil sie emotional völlig leer war. Das Trommeln ihrer Finger hielt ruckartig inne, doch sie sagte nichts weiter. Der Intendant fuhr fort: »Der Zweite, unser Secundus Exekutivus, wäre Tahir Chepesch, der jedoch leider wegen einer Frage der internen Sicherheit in London verhindert ist. Ich denke, dein Vater wird enttäuscht sein, dich nicht gesehen zu haben«, wandte er sich plötzlich an Falco, und bei mir fiel der Groschen.

Natürlich, ich hatte davon gelesen. Chepesch? Der zweite Secundus war also Falcos Vater.

Ich warf ihm einen bohrenden Blick zu, doch Falcos Gesicht blieb eine kühle und undurchdringliche Maske, als er respektvoll nickte. »Ich werde ihn bald besuchen«, versicherte er dem Intendanten nur.

Dieser seufzte. »Es ist eine Schande, dass ihr euch nur so selten seht. Ich bin jedoch sicher, die Sache in London wird bald besser werden. Da Tahir nicht hier sein kann, möchte ich, dass du seinen Platz in diesem Gespräch einnimmst. Ich nehme an, du wirst eine ergänzende Perspektive einbringen.«

Falco nickte nur, und der Intendant wandte sich an mich. »Ich möchte dir noch einen weiteren Exorzisten vorstellen. Primus Judicas Everson Vaughn.« Er deutete neben sich, und aus dem Augenwinkel sah ich eine hagere Gestalt, die sich in einer strengen, nachtschwarzen Militäruniform neben mich stellte. Eversons Blick traf mich, und mir drehte sich der Magen um. Seine Haare waren weizenblond und streng aus dem Gesicht gegelt. Die Wangenknochen stachen wie scharfe Messer hervor, und seine Augen lagen tief in den Höhlen. Mit etwas mehr Fett auf den Knochen und einem weniger psychopathischen Blick hätte Everson vielleicht als attraktiv bezeichnet werden können, aber so war es einfach nur unangenehm, von ihm gemustert zu werden.

»Everson ist der Führer unserer Ordensgarde«, teilte der Intendant mir mit. »Die Ordensgarde entspricht unserem Militär und besteht aus den besten Exorzisten, die die Akademie hervorbringt. Diese werden wiederum in Einheiten von Alpha, Beta, Delta und Omega eingeteilt. Everson ist einer der wenigen Exorzisten, die keine Präferenz in ihrer Ausbildung besitzen. Er ist genauso ein ausgezeichneter Shintonist wie auch Necromancer und Hunter. Er wird hier keine Entscheidungsgewalt haben, aber ich werde auf seinen Rat hören. Unser Secundus Judicas hingegen ist Exorzistin Sarapis.«

Wer war denn jetzt Exorzistin Sarapis? Ich ließ den Blick durch den Raum wandern, und als Tempest nach vorne ging, überkam mich so eine Ahnung. Ich seufzte lautlos, sie war das also. Wenn Falcos Verlobte wirklich die Ordensgarde anführte, hatte sie sehr, sehr viel Einfluss.

»Tempest ist eine ausgezeichnete Exorzistin. Sie liegt nur selten falsch mit ihrer Einschätzung.«

Tempest nickte respektvoll, während Everson Vaughn dort stehen blieb, wo ich ihn kaum noch sehen konnte, nur ein konstanter Schatten in meinem Augenwinkel, und das machte mich unfassbar nervös.

Der Intendant wandte sich an Direktor Gale. »Normalerweise brauchten wir für dieses Verhör auch einen Primus, doch den haben wir leider nicht, oder?«

»Unglücklicherweise befindet sich unser Primus noch immer auf der Flucht«, räumte Direktor Gale ein.

Der Intendant nickte. »Welch eine Schande. Das Konspirieren mit Dämonen ist einer der unverzeihlichen Fehler, die ein Exorzist begehen kann. Ab jetzt schneiden wir alle Stellen, die anfangen zu faulen, einfach heraus. Die Berichte über Exorzisten, die Geschäfte mit Dämonen machen, sind ausgesprochen brisant. Sobald die Dinge hier geklärt sind, schicken wir euch einen neuen Primus. Bis dahin wird Tempest hierbleiben und nach dem Rechten sehen.«

Die Exorzistin nickte. »Ich werde hier aufräumen, so gut es mir möglich ist, Intendant«, bestätigte sie kühl.

Mir drehte sich der Magen um, als die Bedeutung des Ganzen zu mir durchdrang. Tempest war also nicht nur zufällig hier. Sie würde bleiben. Ich zwang mich, nicht so zu wirken, als wäre diese Information schlimmer als Zähne ziehen. Stattdessen ließ ich den Blick wieder schweifen.

Nach einer drückenden Minute, in der niemand sprach, lächelte mich der Intendant an und trat einen Schritt auf mich zu.

»Nun, nachdem wir den Sachverhalt geklärt und uns vorgestellt haben, wird es vielleicht Zeit, deinen Fall genauer zu betrachten, Leaf Young. Bisher weiß ich jedoch nur das, was Direktor Gale mir berichtet hat.«

Mühsam löste ich meine Zunge vom Gaumen. »Über mich gibt es nicht viel zu berichten, Sir. Ich habe Sozialarbeit studiert und versuche, mich mit einem Nebenjob als Kellnerin über Wasser zu halten. Ich lebe in einer kleinen Wohnung in Chinatown und hatte nichts mit den Exorzisten oder den Dämonen zu tun, zumindest nicht, bevor ich dem Dämon Lore über den Weg gelaufen bin. Dieser hat versucht, mich zu besetzen, doch der Vorgang wurde von Falco und seinem damaligen Partner Crusher unterbrochen, sodass der Dämon sich nicht völlig in mir einnisten konnte. Es war nicht leicht, doch ich habe es geschafft, ihn auszutreiben.«

Stille war alles, was mir darauf antwortete, und ich sah aus dem Augenwinkel, wie sich der Umriss von Everson Vaughn bewegte, also würde er mit den Schatten selbst verschmelzen.

Der Intendant legte den Kopf in den Nacken. »Ist das alles?«

»Haben Sie denn mehr erwartet?«

»Um ehrlich zu sein, ja.«

»Dann tut es mir sehr leid, Ihre Zeit verschwendet zu haben«, sagte ich nüchtern.

»Weißt du, warum du hier bist, meine Liebe?«

»Weil Sie einen Sündenbock brauchen?«, platzte es aus mir heraus. Tempest und die anderen starrten mich an, als wollten sie mir die Zunge rausreißen. Sollten sie es ruhig versuchen; sie müssten dann feststellen, dass mir die Zunge nachwuchs. Was mir aber vermutlich hier gerade nicht half, alle zu überzeugen, wie normal ich war.

»Leaf Young, warum glaubst du, dass wir einen Sündenbock brauchen?«, fragte der Intendant.

Ich bemerkte, wie Falco mir einen leicht panischen Blick zuwarf und den Kopf schüttelte. Sogar Crain schüttelte den Kopf.

»Warum sollte Sie interessieren, was ich denke, Intendant?«, gab ich zurück.

Er lächelte milde. »Es interessiert mich sogar außerordentlich. Darum sei bitte ganz offen. Ich versichere dir, was auch immer du sagst, wird keine Konsequenzen nach sich ziehen.«

Crain und Falco schüttelten wieder den Kopf.

Ich blickte dem Intendanten in die Augen und straffte meine Schultern. »Sie wollen wissen, was ich denke? Ich denke, Sie suchen einen Weg, mich zu töten, weil ich Dinge gesehen habe, die dem Orden gefährlich werden können. Weil die Exorzisten korrupt sind. Sie wollen mich hier zum Sündenbock machen, weil es einfach ist. Weil ich eine einfache Erklärung auf schwierige Fragen bin. Damit nicht herauskommt, wie nah der Orden bereits dran ist, zu Trümmern zu zerfallen. Sie haben Angst, jemand wie ich könnte die scheinbare Ordnung stören, und jetzt täuschen Sie vor, aus einem Opfer einen Täter zu machen, damit mein Tod am Ende ein Sieg über den Feind und kein Akt der Schwäche und Furcht ist.«

Man hätte eine Stecknadel fallen hören können.

Der Intendant runzelte die Stirn. »Du siehst dich also hier als Opfer?«

»Das kommt darauf an, was Sie jetzt tun werden«, gab ich zurück.

Tempest trat nach vorne. »Intendant, soll ich …?«, setzte sie an, aber dieser unterbrach sie.

»Aber nicht doch. Ich habe um Ehrlichkeit gebeten, und die hat sie mir gewährt. Der Stuhl hat nicht reagiert. Also glaubt sie, die Wahrheit zu sagen. Wir sollten Ehrlichkeit immer der Lüge vorziehen. Wenn jemand in solch einer Situation ehrlich ist, spricht es für den Charakter.«

Tempest sah aus, als wollte sie jeden Funken Charakter aus mir herausprügeln. Ich lächelte sie spöttisch an und sah, wie sich gleichzeitig Crains Mundwinkel hoben, während Falcos Lippen sich nach unten verzogen. Ich spürte förmlich, wie er mich innerlich anflehte, den Mund zu halten.

Der Intendant richtete seine Aufmerksamkeit wieder auf mich. »Nun, bei einem Punkt stimme ich dir zu, meine Liebe. Der Orden hat schon bessere Tage gesehen. Auch wenn wir ein Prozent mehr Hirnkapazität nutzen können, sind wir letztendlich auch nur Menschen, die ihren Instinkten, Wünschen und Sehnsüchten erliegen und gelegentlich der Korruption verfallen. Um diesen Fall musst du dir jedoch keine weiteren Gedanken machen. Wir sind einzig und allein hier, um zu entscheiden, was wir mit dir machen.«

Sein Blick bohrte sich in meinen, als Falco sich räusperte und einen Schritt nach vorne trat. Es war das erste Mal, dass er sich zu Wort meldete. »Mit Verlaub, Intendant, ich habe die letzten Wochen zusammen mit Leaf Young verbracht und kann bestätigen, dass sich kein Dämon mehr in ihr befindet.«

»Ist das dein Ernst?«, fuhr Tempest auf und deutete auf mich. »Sie stinkt quasi nach dunklem Arcanum!«

Falco warf ihr einen scharfen Blick zu. »Jeder, der auch nur einen Funken Verstand besitzt, kann sehen, dass sie nicht mehr besessen ist. Der Lord-Dämon ist aus ihr gewichen. Von Leaf geht derzeit keine akute Gefahr aus. Ich plädiere dafür, sie entweder weiter als Exorzistin auszubilden oder sie zurück in ihr altes Leben zu lassen.«

Mir stockte bei seinen Worten der Atem.

Tempest schnaubte. »Alleine der Fakt, dass ein Dämon aus ihr gewichen ist und sie noch immer lebt, ist der Beweis, dass etwas nicht mit ihr stimmt.«

»Ich glaube nicht, dass es für eine Verurteilung reicht, nur weil sie von der Norm abweicht«, gab Falco kühl zurück.

Der Intendant schüttelte den Kopf. »Ich stimme in diesem Fall Tempest zu. Was Sie da sagen, überrascht mich, Mr. Chepesch. Es ist fahrlässig und noch dazu unbedarft, davon auszugehen, dass Leaf Young keine Gefahr mehr darstellt. Ihr Fall mag einzigartig sein, doch das spricht sie nicht von Schuld frei.«

»Sie hat nichts getan, womit sie sich schuldig machen könnte! Sie hat immer versucht, den Anordnungen der Exorzisten Folge zu leisten«, gab Falco scharf zurück.

Der Intendant sah ihn warnend an. »Ich hoffe doch, dass keine persönlichen Befangenheiten Ihr Urteilsvermögen trüben, Mr. Chepesch. Wir würden sie ungern aus der Position entfernen.«

Falcos Kiefer spannte sich an. »Ich versichere Ihnen, Intendant, mein Urteilsvermögen und meine Einschätzung in dieser Situation sind absolut nüchtern. Ich habe mit Leaf Young trainiert, und ich weiß, was sie kann. Sie mag nicht mehr gänzlich menschlich sein, aber sie ist auch kein Dämon. Sie arbeitet nicht mit ihnen zusammen. Sie ist unschuldig und verdient unsere Hilfe.«

»Wir haben die Filmaufnahmen aus der Arena gesehen«, schnitt ihm plötzlich Gabriella Hall das Wort ab. Ihre Stimme klang monoton, dennoch stellte sich bei mir jedes kleine Härchen auf. Aus ihrem Mund drang so viel Macht, dass mir schlecht wurde. Sie begann wieder, mit ihren langen Nägeln zu trommeln, diesmal noch schneller. »Wir haben gesehen, dass sie keine absolute Kontrolle über sich hatte. Ihre Augen waren schwarz, und sie hat Exorzisten getötet. Das ist für mich nicht unschuldig. Ich verstehe nicht, warum wir überhaupt über diese Sache diskutieren. Draußen gibt es Familien ohne ihre Väter. Töchter und Söhne, die tot sind, weil *sie* es verursacht hat. Eine Exekution ist das Mindeste, was wir als Wiedergutmachung anbieten sollten.«

»Wir können Leaf nicht für Tode verantwortlich machen, die sie prinzipiell nicht begangen hat. Der Dämon, der das getan hat, ist nicht einmal mehr in ihr. Dass so etwas noch mal passiert, ist also ausgeschlossen«, warf Falco ein.

»Es waren ihre Hände, also hat sie den Tod zu verantworten«, schoss Gabriella Hall zurück.

Direktor Gale lachte leise vor sich hin. »Ich stimme Falco zu. Hier stellt sich die Frage, ob Miss Young in dieser Sache Täter oder Opfer ist. Natürlich wäre es leichter, ihr die Schuld an all dem zu geben, aber hier haben wir ein Henne-Ei-Problem.«

»Sie hat aufgehört, in dem Moment unschuldig zu sein, als sie dem Drang des Dämons nachgegeben hat. Wir werden diese Sache nicht unnötig kompliziert machen«, sagte Gabriella Hall, ohne dabei auch nur eine Miene zu verziehen.

Mein Herz raste, während der Intendant Direktor Gale nachdenklich anblickte. »Mein lieber Freund, ich neige hier dazu, Exekutivus Hall zuzustimmen. Selbst wenn Leaf ein Opfer gewesen ist, entschuldigt es nicht die Morde, die mit oder durch sie verübt worden sind. Ich habe sehr viele wütende Ordensfamilien hier, die nicht verstehen, warum ich einen Dämon vor dem Gesetz schütze. Ich möchte gerne verstehen, was eure Überzeugung war, sie trotz des Risikos hier aufzunehmen und auszubilden. Ich habe die Berichte gesehen. Sie ist durch jeden Test gefallen. Sie verfügt über keine Kontrolle ihres Arcanums. Ihr wisst, wir schätzen eure unkonventionellen Ideen, aber es scheint mir doch sehr weit hergeholt, aus Miss Young einen Nutzen ziehen zu wollen, wenn sie ein Risiko darstellt.«

Direktor Gale mümmelte nur weiter an seinem Bonbon herum und warf dem Intendanten einen amüsierten Blick zu. »Mir ist die Einstellung des Ordens bekannt, aber es war mir dennoch wichtig, auf meine Beobachtungen hinzuweisen. Leaf Young ist nicht zwingend das Problem, sondern eine Auswirkung. Wir stehen hier vor dem Ergebnis jahrzehntelanger Unterdrückung, Misswirtschaft und Arroganz. Dort draußen braut sich ein Krieg zusammen, mein lieber Intendant, und wir tun so, als wäre es nichts. Als also Miss Young hier auftauchte, haben uns die paar Toten, gelinde gesagt, nicht weiter interessiert.«

Gabriella Hall sog scharf Luft ein. »Wie können Sie nur so etwas sagen?«, fragte sie.

Gale zuckte jedoch nur mit den Schultern. »Was interessieren mich zehn Tote, wenn wir bald Tausende haben werden? Miss Young mag labil sein und nicht gänzlich die Kontrolle gehabt haben, aber auch darum geht es nicht. Sie war in der Lage, die Fähigkeiten eines ausgesprochen mächtigen Dämons zu nutzen. Ich war neugierig, wozu sie in der Lage ist, und noch wichtiger, ob sie uns damit nützlich ist. Jeder Exorzist, den wir bisher ausgesandt haben, um als Maulwurf unter den Dämonen zu fungieren, ist gescheitert. Sie finden uns genauso, wie wir sie finden. Man kann keinen Raben in einem Nest aus Schlangen verstecken, auch dann nicht, wenn man ihm die Federn rupft. Aber Miss Young war da anders, und das ist keine Schwäche, sondern ein Vorteil, genauso wie die Fähigkeiten eines Dämons, die sie besessen hat. Wir könnten sie unter den Dämonen einschleusen, ohne aufzufallen. Wir könnten sie nutzen, so wie wir es tatsächlich brauchen. Ein Mensch mit den Fähigkeiten eines Dämons und der Ausbildung eines Exorzisten ist genau das, was wir benötigen, und deshalb habe ich Miss Young bei uns aufgenommen und über die Toten hinweggesehen.« Gabrielle Hall, Tempest und Everson Vaughn rümpften nach seiner Ansprache alle gleichzeitig die Nase.

»Für allein die Hälfte von dem, was Sie gerade gesagt haben, könnten und sollten wir Sie aus dem Orden ausschließen, Gale. Sie sind eine Gefährdung für die allgemeine Sicherheit«, spie Everson aus.

Gale lächelte und biss auf sein Bonbon, wodurch ein leises Knacken im ganzen Raum zu hören war. »Nur zu.«

Mehr sagte er nicht, und die Augen der Anwesenden richteten sich auf den Intendanten, als erwarteten sie, dass dieser Gale hier und jetzt hinauswarf. Doch Calcius Paracelsus schwieg, und es war zum ersten Mal Rude, der mit tiefer, warmer Stimme das Wort ergriff. »Ist sie überhaupt noch in der Lage, die Fähigkeiten des Dämons zu nutzen, nachdem dieser aus ihr gewichen ist? Ich habe die Berichte aus dem Hotel gelesen und finde sie doch etwas lückenhaft. Allem voran habe ich keine Ahnung, warum sie überhaupt noch am Leben ist.«

5

Falco

Exorzisten/Klassen
Stufe 2 Dämonen

Shintonisten *Shintonisten* gelten als die stärksten Kämpfer und Exorzisten, da sie nicht nur körperlich kraftvoll sind, sondern auch starkes Arcanum besitzen. Ihre Aufgabe ist es, den Dämon bei einer Besetzung auszutreiben, zu versiegeln oder zu töten.

Shintonisten opfern Teile von sich selbst, um Stärke zu gewinnen.

Kleine gängige Opfer können u. a. der Verlust einer der Sinne, die Farbe der Haare oder der Haut sein. Alte *Shintonisten* sind oftmals beinahe vollkommen farblos.

Ihre Verbindung zum Dämonenreich macht sie zudem höchst anfällig für Kontrollverlust.

Leaf versteifte sich. Es war eine so kleine Geste, dass sie wahrscheinlich von niemandem außer mir bemerkt wurde, doch ich sah sie. Das leichte Anheben ihres Kinns, der dunkle Ausdruck in ihren Augen – ich wusste, dass sie jetzt lügen würde. Ich konnte immer erkennen, wenn jemand log, denn niemand war so gut darin, Lügen zu identifizieren, wie jemand, der es ständig tat. Mein Blick blieb für einen kurzen Moment an Tempest hängen.

Es war schwer, diese wütende, schöne Exorzistin mit dem

Bild des kleinen Mädchens mit den Zöpfen und den schiefen Schneidezähnen in Einklang zu bringen. Wenn ich zurückdachte, konnte ich noch ihr helles Lachen hören, spürte ihre von Süßigkeiten klebrige Hand in meiner und erinnerte mich an ihre Lippen auf meinen. Mich verband ein halbes Leben mit Tempest. Ein anderes Leben. Ich hätte Bedauern darüber empfunden, wenn ich nicht gewusst hätte, dass es die richtige Entscheidung gewesen war, wegzugehen. Je mehr sie mich dafür hasste, desto besser. Denn es existierte jetzt weder das Mädchen mit den schiefen Zähnen noch der Junge, der ich einmal gewesen war. Lügen. So viele Lügen, und ich war der Beste darin. Deshalb ergriff ich das Wort, um Leaf davon abzuhalten, etwas zu sagen, woraus sie sich später nicht mehr befreien konnte. Ich hatte mehr Übung im Lügen als sie.

»Der Dämon konnte sich in Leaf nie völlig entfalten. Wie protokolliert, habe ich damals einen Teil seiner Essenz gefangen, doch Lore ist ein Prinz der Lord-Dämonen-Syndikate. Wir hatten von Anfang an kaum Informationen über ihn oder zu dem, zu was er imstande war. Was wir jedoch im Laufe der Zeit feststellen konnten, ist ihre schnelle Selbstheilung, die alles übersteigt, was ich je an einem noch lebendigen Wesen bemerkt habe. Eine Fähigkeit, die der Dämon an Leaf weitergegeben haben muss. Vielleicht starb sie deswegen nicht, als der Dämon sie verließ.« Es war eine schlüssige Antwort, doch niemand im Raum schien großartig überzeugt zu sein. Selbst Leaf sah aus, als wäre sie auf diesen Schluss noch nie gekommen.

»Das ist absolut unmöglich«, fauchte Gabriella Hall.

Ich funkelte Gabriella an. Ich mochte diese Frau nicht. Im Laufe ihrer Karriere als Shintonistin hatte sie so viel von sich geopfert, dass sie praktisch nur noch eine leere Hülle war, in der mehr Macht pulsierte, als erlaubt sein sollte. Warum sie überhaupt noch Teil des Rats war, war mir unerklärlich. Diese Frau hatte jeden Funken Menschlichkeit gegeben und war meiner Meinung nach nicht besser als ein Dämon.

»Sie ist der Beweis, dass es möglich ist«, erwiderte ich scharf.

»Kein Mensch überlebt das! Nur ein Dämon – und Dämonen werden getötet, so einfach ist das.«

»Miss Hall, Sie wissen, dass es eben nicht so einfach ist«, hielt ich dagegen. »Dämonen werden nicht so einfach erschaffen, außer Homunkuli, und diese werden gezüchtet. Leaf Young wurde geboren und war bis zu dem Überfall ein Mensch. Wie soll aus ihr ein Dämon geworden sein? Das ist absurd.«

Der Intendant hob eine Augenbraue. »Nun, ich denke, viel an dieser Situation ist absurd. Aber ob oder zu wie viel Prozent Leaf Young ein Dämon ist, lässt sich herausfinden.«

Er nickte Everson zu, und noch bevor ich eingreifen konnte, schnellte dieser nach vorn, zog eine Spike-Nadel aus seinem Gürtel und rammte sie Leaf in die Schulter. Die riss die Augen auf und stöhnte schmerzerfüllt auf, während Everson die Nadel so tief hineintrieb, dass die andere Seite sich bis in das Holz des Stuhls bohrte.

Leafs Schreie waren nichts Neues für mich, doch diesmal kam es mir so vor, als würde ich den Widerhall bis tief in meiner Seele fühlen, als würde es mich packen und in furchtbare Rage versetzen. Ich spürte, wie meine sorgfältig unterdrückten Emotionen in Aufruhr gerieten und wie Galle nach oben stieg. Meine Atemzüge bebten, mein Sichtfeld engte sich ein, während ich zusah, wie Everson Leafs Shirt nach unten zog, sodass wir das Blut sehen konnten, das über ihre helle Haut floss.

Die Wut quoll wie etwas sehr Dickflüssiges und Zähes

durch mich hindurch, das nicht zu mir zu gehören schien. Meine Haut spannte sich, als wollte dieses Etwas aus mir herausplatzen. Ich ging einen bedrohlichen Schritt auf Everson zu, bereit, ihm den Arm aus der Schulter zu reißen, mit dem er es gewagt hatte, sie anzufassen, als mich jemand am Oberarm packte. Crain stand plötzlich neben mir und hielt mich so fest, dass es schmerzte. Er sah mich mit einem strengen Blick an und schüttelte den Kopf.

Im selben Moment riss Everson die Spike-Nadel aus Leafs malträtierter Schulter. Ein Blutstrahl traf den Boden und bespritzte ihn.

»Was auch immer du gerade vorhast«, zischte Crain, »lass es. Du tust ihr keinen Gefallen. Sie werfen dich sonst aus der Verhandlung, und dann kannst du ihr nicht mehr helfen. Sie muss da jetzt durch.«

Der Damm in mir, mit dem ich alle Gefühlsregungen zurückhielt, war normalerweise fest und solide, doch wenn er überfloss, war es beinahe unmöglich, mich dagegen zu wehren. Ich würde in meinen Emotionen ertrinken wie ein hilfloses kleines Kind, das nie gelernt hatte zu schwimmen. Das durfte nicht passieren, und darum musste ich meine Emotionen mit brachialer Gewalt niederkämpfen.

Ich war so darauf konzentriert, nicht aus der Haut zu fahren und den Raum in Schutt und Asche zu legen, dass mir entging, wie sich die Wunde an ihrer Schulter nahtlos schloss. Leaf sackte in sich zusammen und funkelte unter strähnigen Haaren zu Everson hinauf. Ihre Wangen waren blass, und dunkle Ringe lagen unter ihren Augen. Ich rang den Drang nieder, sie von diesem Stuhl zu pflücken und ihr alles in und an mir anzubieten, nur um den hungrigen Ausdruck in ihren Augen nicht mehr sehen zu müssen. Wütend atmete ich durch.

»Geht's?«, erkundigte sich Crain leise. Ich nickte knapp,

obwohl die Bewegung meine angespannten Muskeln knacken ließ. Er klopfte mir auf die Schulter.

»Guter Junge«, murmelte er und trat zurück. Ich wusste die Geste durchaus zu schätzen. Diese Situation war für ihn nicht weniger stressig. Sobald diese Sache zu Ende war, würde Crain ein paar sehr unangenehme Stunden mit dem Intendanten verbringen müssen. Das letzte Mal, von dem ich wusste, war vor einem Jahr gewesen, als Crain bei einer Prüfung die halbe Arena in die Luft gesprengt hatte, was ihn zurück in den Anfängerkurs versetzt hatte, weil man ihn sonst nur noch hätte rausschmeißen können. Aber man warf einen Paracelsus nicht raus. Niemals.

Crain war also erneut sitzen geblieben, und nach dem Gespräch mit seinem Vater war er zwei Wochen durchgehend betrunken gewesen. Es hatte Zero und mich unmenschliche Anstrengung gekostet, ihn wieder nüchtern zu bekommen.

Es dauerte ein paar Atemzüge, bis ich es wieder über mich brachte, aufzublicken. Ich verschränkte die Arme vor der Brust.

»Nun, wie es aussieht, ist die Sache mit der Selbstheilung keine Lüge«, stellte Gabriella fest, griff die Sitzfläche ihres Stuhls und beugte sich nach vorne.

»Demnach ist sie kein Mensch«, stimmte Rude zu.

»Was ist sie also dann?«, sinnierte der Intendant.

»Ich schlage einen Exorzismus vor. Oder wurde bereits einer durchgeführt?«, sagte Gabriella.

»Das ist nicht nötig …«, setzte ich an, doch der Intendant nickte bereits.

»Versuchen wir es. Dann sehen wir, wie viel Dämon noch in ihr steckt.«

Gabriella stand auf, als hätte man eine Schnur straff gespannt. Sie schien nur aus Knochen, Sehnen und Kanten zu bestehen, als sie auf Leaf zuging. Ich sah das Glitzern in ihren Augen, bar jeglicher menschlicher Gefühle oder Mitgefühl, und erkannte an dem schwarzen Rosenkranz, der von ihren Händen fiel, dass alles, was jetzt folgen würde, nichts weiter als Folter war.

Leaf gab sich alle Mühe, keine Angst zu zeigen, doch ihre Augen wurden mit jedem Schritt, den Gabriella auf sie zuging, größer und größer. Die Exorzistin streckte ihre Hand aus, doch bevor sie noch etwas tun konnte, trat ich nach vorne und unterbrach sie. »Sie können sich wieder setzen, Exekutivus Hall. Ich werde Leaf exorzieren.«

Ich mied Leafs Blick. Sie würde mich hassen für das, was jetzt kam. Aber es war besser, sie hasste mich, und es war schnell vorbei, als das, was Gabriella Hall tun würde. Ich hatte ein paarmal das Vergnügen gehabt, bei ihrer Arbeit zuzusehen, und es war jedes Mal ein Albtraum gewesen. Wenn Hall fertig war, würde von Leaf nichts mehr übrig bleiben, über dessen Freilassung wir verhandeln könnten.

Ich spannte meine Schultern an und verbannte jeden Funken Emotion aus meiner Stimme.

»Miss Young steht unter meiner Verantwortung. Ich führe den Exorzismus selbst durch, wenn er nötig ist. Außer es gibt einen Grund, mich von meinen Pflichten zu entbinden?«

Ich ließ die Worte sacken. Mich von diesem Fall abzuziehen, würde nur funktionieren, wenn gegen mich ebenfalls ein Tribunal stattfinden würde. Das bedeutete, Gabriella Hall müsste ein Misstrauensvotum gegen mich in die Wege leiten. Bis dahin dürfte niemand Leaf befragen oder weiter in den Fall eingreifen, da erst geklärt werden müsste, inwieweit unsere beiden Fälle miteinander verbunden waren. Das Ganze würde im schnellsten Fall in einer Woche genehmigt werden, und so lange wollte niemand hier warten.

Sie funkelte mich an und trat zurück, ehe sie freundlich antwortete: »Natürlich steht es Ihnen zu, den Exorzismus selbst durchzuführen, Shintonist Chepesch. Ich wollte nur helfen.«

»Natürlich wollten Sie das«, gab ich trocken zurück und spürte das Brennen meines Rosenkranzes, als ich diesen mit einer nachlässigen Bewegung von meinem Handgelenk gleiten ließ. Das vertraute Gefühl der Kugeln, die zwischen meinen Fingern ruhten, schaffte es jedoch keineswegs, die Reue zu unterdrücken, die in mir aufkam, als ich vor Leaf trat.

»Falco … Bitte nicht«, presste sie hervor, und ich starb beinahe an Ort und Stelle. Ich starb vor Scham, Reue und Wut. Scham, dies hier tun zu müssen, Reue, sie nicht besser auf das vorbereitet zu haben, was passieren würde, und Wut, dass sie mir nicht genug vertraute, sodass wir jetzt in dieser Situation waren.

Doch ich sagte nichts davon. Alle Augen waren auf mich gerichtet und darauf, was ich als Nächstes tun würde. Wenn ich jetzt Schwäche zeigte, wäre alles vorbei. Leaf würde mich hassen für das, was jetzt geschah. Aber sie hätte immerhin noch genug Leben in sich, um mich zu hassen. Anstatt also vor ihr auf die Knie zu fallen und sie loszubinden, sagte ich: »Es tut mir leid«, und presste das Horusauge des Rosenkranzes gegen ihre Stirn. »*Adsisto tibi ut famulus vitae.*«

6
Leaf

Exorzisten/Klassen
Stufe 3 Geister

Conjurer *Conjurer* können mit jeder Art *Geister* in Kontakt treten, da sie eine starke Bindung zu ihrem dritten Auge haben. Außerdem besitzen sie die Fähigkeit, die Geister beschwören und für geraume Zeit festhalten zu können.

Da *Conjurer* eine starke Verbindung ins Jenseits besitzen, haben sie meist auch Begabungen wie das Vorhersagen der Zukunft oder das Sehen der Vergangenheit (→ hierbei wird oft die Substanz *Exogen* verwendet, um den Effekt noch zu verstärken, was jedoch leider eine starke Abhängigkeit zur Folge haben kann).

Mit einer Weiterbildung im dritten Jahr können sie sich auf die Vernichtung und Beseitigung von Geistern spezialisieren.

Wie dies genau vonstattengeht, wird meist von Land zu Land unterschiedlich gehandhabt.

Während ihrer Arbeit können sowohl Reliquien eingesetzt werden als auch die Benutzung eines *Spiritus* angeraten sein. Ebenso gehören das Aufspüren von *verfluchten Gegenständen* und das Ausgraben und Verbrennen von möglicherweise *verfluchten Geisterknochen* zu den Aufgaben des *Conjurers*.

»In manibus meis pondus justitiae. Sanguis temporis in corde meo fluit. In me spiritus puritas animae innocentis iacet.«

In meinem ganzen Leben hatte ich noch nie solche Schmerzen empfunden. Es fühlte sich an, als würde Falco mir mit seinen Worten direkt in den Schädel bohren und dort eine Operation am Gehirn durchführen. Und das alles ohne Narkose.

Seine Stimme klang verzerrt in meinen Ohren, stieß durch das Trommelfell, hämmerte sich durch meine Zellen, floss in meine Adern, breitete sich dort aus, verschlang mich mit Haut und Haaren, drehte meine Organe um und zerrte an ihnen, als versuchte er, sie von innen nach außen zu stülpen. In diesem Augenblick erkannte ich, wie schrecklich so ein Exorzismus tatsächlich war. Denn ich fühlte ihn.

Ich wusste, dass ich schrie. Ich schrie wie eine Wahnsinnige, während mir der Speichel von den Lippen spritzte, meine Muskeln sich verkrampften und meine Blase sich zu entleeren drohte, während ich versuchte, diesem unsäglichen Schmerz zu entkommen.

»Pedissequa mortis. Fregisti innocentiam. Vehementer premit justitiae proditio, nec tempus per venas fluit.«

»Bitte nicht …« Mein Schrei steigerte sich zu solcher Höhe, dass es nur noch ein schrilles Jaulen war. Tränen schossen mir in die Augen, doch ich spürte nur, wie sich sein Griff um mich verstärkte. Das Horusauge brannte sich durch meine Haut, brannte sich einen Weg zu meiner Schädeldecke, während Falco mit der Ruhe eines Priesters weiter rezitierte. *»Tibi manus meas vincla posui. Delebo tuas sanguine meo. Animo meo vinco tuum.«*

Ich spürte es. Den Moment, als sein Arcanum in mich eindrang. Als er mich berührte. Mein Wesen. Mein Sein. Es erfasste mich in seiner ganzen hässlichen, zerklüfteten Einzelheit. Ich sah, wie er begriff, was da in mir war, oder begann, in mir zu entstehen. Doch ich vergrub die Informationen über das Q-Gen so tief in mir, wie es ging. Falco spürte, dass ich immer noch ein Dämon war, aber wie das möglich sein konnte, würde ich nicht verraten. Wir starrten uns an, und ich hatte mich noch nie so ängstlich und schutzlos gefühlt. Als hätte Falco mich auf diesem Stuhl gehäutet und betrachtete nun das volle Ausmaß des Übels.

Ich war mir nicht sicher, ob ich diesen Ausdruck bereits an ihm gesehen hatte, doch er war ihm klar und deutlich ins Gesicht geschrieben.

»Was ist los? Bringen Sie es zu Ende, Shintonist Chepesch«, sagte eine Stimme hinter uns. Sie klang verzerrt. Ich konnte nicht sagen, von wem sie kam, doch ich spürte, wie Falco zitterte. Seine Hand fiel von mir ab, und ein Luftzug streifte mich, während ich glaubte, seine Stimme flüstern zu hören. »Es tut mir so leid«, wiederholte er.

Bevor ich die Frage auch nur in meinem Kopf ausformulieren konnte, sah ich das Aufblitzen von Metall. Scharf, lang und gebogen. Seine Sichel. Falco zückte sie und rammte sie mir mit einer einzigen, fließenden Bewegung in den Brustkorb.

7

Falco

Exorzisten/Klassen
Stufe 4 Monster

Hunter *Hunter* erhalten eine umfangreiche Ausbildung in Nahkampf und Waffen. Geschick, schnelle Reaktionen, rohe Kraft und Ausdauer sind hier vor allem erforderlich. Hunter werden, wenn nötig, auch bei Wiedergängern eingesetzt (→ hierbei ist im dritten Jahr erneut eine Spezialisierung nötig).

Hunter werden ausgeschickt, um Kreaturen aufzuspüren und einzufangen. Hierbei sind vor allem Geschick und Hinterlist unabdingbar, sowie ein umfangreiches Wissen und Können im Fallenstellen.

Hunter sind essenziell wichtig und auch am weitesten verbreitet. Sie gelten als die Typen für das »Grobe« und arbeiten meist in Zweierteams.

Die Luft verdichtete sich. Die Spannung, die der Exorzismus hinterlassen hatte, stellte mir die Nackenhaare auf, während die Sichel ohne jeden Widerstand in das Herz stieß. Ich hatte das hier tausendmal gemacht. Ich wusste, wie ich zustoßen musste, ohne eine Rippe oder das Brustbein zu treffen und daran abzuprallen. Junge Exorzisten hinterließen meist ein ekliges, blutiges Bündel, wenn sie fertig waren, doch der Stoß war so gezielt, dass im ersten Augenblick kaum Blut floss.

Ich hatte das Herz getroffen. Für einen Moment spürte ich pure Euphorie, als sich mein Arcanum komplett entfalten konnte. Der Geschmack von Macht war einzigartig, berauschend, gefährlich. Viel zu leicht konnte man sich darin verlieren. Der Geschmack nach Blut wurde süß, das Geschrei zu Musik und der Schmerz zu Hunger. Hunger nach mehr.

Wie viele Exorzisten waren diesem Hunger bereits verfallen? Waren schwach geworden? Doch ich war nicht schwach, darum schnitt ich den Hunger ab und zerrte die Sichel wieder hervor.

Leaf rang nach Luft. Aus der Wunde quoll Blut, aber kein Rauch trat mit ihrem rasselnden Atemzug aus. Keine Präsenz kam hervor, die auf einen Lord-Dämon deuten würde. Leaf verdrehte die Augen in den Höhlen und sackte in sich zusammen, soweit es der Stuhl zuließ. Schweißperlen glänzten auf ihrer Stirn. Ihre Lider zuckten, und es war schwer zu sagen, ob sie noch bei Bewusstsein war.

In einer geschmeidigen Bewegung schüttelte ich die Sichel ab, sodass das frische Blut auf den Boden spritzte, und reichte sie mit gesenktem Kopf dem Intendanten. »Sie ist kein Lord-Dämon«, versicherte ich ihm.

Die Spannung im Raum hatte sich nicht gelegt, während der Intendant mir die Sichel abnahm und das restliche Blut darauf mit einem Stirnrunzeln betrachtete.

»Faszinierend«, sagte er nur.

»Faszinierend?«, echote Gabriella Hall.

»Da kann etwas nicht stimmen, ich möchte den Exorzismus wiederholen«, blaffte sie. Ich warf ihr einen so kalten Blick zu, dass selbst die Frau ohne Emotionen innehielt.

»Wollen Sie mir unterstellen, schlechte Arbeit zu leisten?«, zischte ich.

»Aber nicht doch. Wir alle haben gesehen, wie präzise dein Exorzismus war, Falco. Du hast dich nicht zurückgehalten«, sagte Tempest, und zum ersten Mal, seit sie hier aufgetaucht war, schenkte sie mir ein Lächeln. Wenn auch ein knappes. Ich schaffte es nicht, die Geste zu erwidern.

»Mit dem Exorzismus war alles in Ordnung.«, wandte der Intendant ein und gab mir die Sichel zurück. Ich unterdrückte den Drang, sie abzuwischen, und steckte sie stattdessen ein.

»Sie ist nicht besessen und auch kein Lord-Dämon«, sagte ich, was den Intendanten nicken ließ.

»Sie ist und bleibt ein faszinierendes Rätsel«, murmelte er. »Wir werden schon noch herausfinden, was in ihr steckt. Sie sagen, der Dämon konnte sie nicht komplett in Besitz nehmen, weil Sie einen Teil von ihm eingefangen haben?«, bohrte er nach.

»Ja, Sir.«

»Ich möchte diesen Anteil des Dämons sehen, den Sie eingefangen haben. Ist er da?«

»Natürlich! Ich habe ihn holen lassen, sobald ich von Ihrer Ankunft gehört habe«, sagte Direktor Gale und zauberte etwas aus seinem Sakko hervor. Eine blaue Samtschachtel, die er aufklappte. Alle Anwesenden reckten die Köpfe, um einen Blick hineinzuwerfen.

»Das Kleinod, mit dem die Seele eines Dämonenprinzen gefangen wurde, ist … ein Löffel?«, fragte der Intendant schließlich.

»Ich musste improvisieren«, räumte ich ein.

»Was klebt da Braunes auf dem Löffel? Getrocknetes Blut?«, erkundigte sich der Intendant. Bevor ich etwas sagen konnte, steckte Direktor Gale sich den Löffel in den Mund und leckte unter dem entsetzten Blick aller ab. Er schmatzte, verzog den Mund, zuckte mit den Schultern. »Ich würde sagen, Nutella.«

Gabriella rümpfte die Nase. Einzig Rude schmunzelte und rieb sich durch den Bart.

»Ich wusste gar nicht, dass das möglich ist«, gab er zu.

»Die Nutella oder der Löffel?«, warf Crain zum ersten Mal ein, schwieg jedoch sofort, als er den Blick des Intendanten auffing.

»Man kann aus allem ein Kleinod schaffen, wenn man weiß, wie«, gab ich zurück.

»Hat man denn nie daran gedacht, ein neues zu schaffen?«, fragte Gabriella Hall entsetzt.

Direktor Gale zuckte mit den Schultern. »Wozu?«

Daraufhin schien es, als würde sie innerlich eine Liste von über tausend »Wozu«-Antworten durchgehen und sie trotzdem wieder hinunterschlucken.

»Nun denn, wenn ihr so nett wärt? Ich würde gerne sehen, was in diesem Löffel drinsteckt«, warf der Intendant ein.

Ich wollte nach dem Löffel greifen, doch Gabriella schnappte ihn mir mit ihren langen Nägeln weg und machte eine abwehrende Bewegung. »Ziehen Sie den Bannkreis, Shintonist Chepesch. Ich mache den Rest, damit diesmal wirklich alle Zweifel ausgeräumt sind.«

Ich biss die Zähne zusammen, doch ich wusste, wann es notwendig war, eine Schlacht zu schlagen. Das hier war kein solcher Moment. Stattdessen ging ich in die Hocke und murmelte eine einfache Beschwörung, während die Fingerspitzen meiner künstlichen Hand bläulich zu leuchten begannen, als das Arcanum durch die eingravierten Runen floss. Andere brauchten dafür Hilfsmittel wie einen Runenstab. Ich hatte meinen immer dabei. Ich zog den Handschuh ab, sodass das schimmernde Metall ohne jede Barriere den Boden berührte, und begann, einen bläulich schimmernden Kreis zu ziehen und diesen mit den passenden Runen zu versehen. Unten und oben zeichnete ich die Umrisse eines Hexagramms und setzte an das obere Ende das Zeichen eines Halbmondes.

Der fertige Bannkreis begann von Blau zu Bronze zu schimmern, als Gabriella Hall den Löffel mit spitzen Fingern nach oben hielt. Das Material fing erst an zu zischen, dann zu schmelzen und schließlich abzubrennen wie ein Streichholz.

So viel Macht rüttelte sogar Leaf aus ihrer Ohnmacht wach. Sie öffnete im selben Augenblick die Augen, als Gabriella den letzten Funken des Kleinods in den Bannkreis schnippte. Man musste kein Exorzist sein, um die böse Energie zu spüren, die von dem Ding ausging. Der Löffel fiel in den Bannkreis, und Rauch stieg daraus hervor, wirbelte nach oben, stieß gegen den Kreis wie bei einer unsichtbaren Kuppel. Zischend wich er zurück, als hätte er sich verbrannt.

Er sprang nach links und rechts, wie ein Gummiball, der verzweifelt zu entkommen versuchte, doch alles, was er schaffte, war, sich im Kreis zu drehen. Der dunkle Rauch grollte. Der Ton hallte durch den ganzen Saal, und ich spürte die Macht, die von dem Ding ausging. Es war sehr viel mehr, als ich gedacht hatte. Das Licht über uns begann zu flackern, während die Dunkelheit sich verdichtete, bis sie den Bannkreis komplett ausfüllte. Das Grollen wurde so laut, dass es in den Ohren schmerzte, und ein Riss zog sich knackend durch den Marmorboden.

»Sperrt es wieder ein«, bellte der Intendant, während Gabriella Hall bereits verzweifelt nach einem Ersatz für den zerstörten Löffel suchte.

Ich selbst wirbelte herum, während die Dunkelheit immer dichter und bedrohlicher wurde. Die Ränder des Bannkreises leuchteten blitzartig auf, und es zischte, als würde Fleisch auf offenes Feuer treffen.

Der Rauch verdichtete sich, bekam vier Ausbuchtungen, und ein Schauer ging durch ihn hindurch, bis sich eine Art Tier materialisierte. Ein schlanker Kopf mit spitzen Ohren und einer langen Schnauze – und im nächsten Augenblick trat aus dem Schatten das Abbild eines Dobermanns. Das Fell schien aus reiner Dunkelheit zu bestehen, die Augen waren ein seelenloses Nichts. Das Biest war so groß, dass es selbst mir bis zur Hüfte reichte.

»Was zum Teufel ist das?«, fragte Rude, der sich noch immer keinen Zentimeter aus seinem Sitz bewegt hatte. Irritiert starrten wir alle den Schattenhund an, der prompt wütend knurrte und die spitzen Ohren anlegte. Er sah wirklich aus wie ein Geschöpf aus der Hölle selbst. Leaf starrte das Monster ebenfalls an. Die Wunde an ihrer Brust hatte sich geschlossen, und es kehrte endlich wieder etwas Farbe in ihre Wangen zurück. Der Blick des Dobermanns richtete sich ruckartig auf sie, und er machte einen Satz, als er versuchte, durch die Barriere zu brechen. Gleichzeitig wichen wir alle zurück.

»Shintonist Chepesch? Sperren Sie dieses Ding zurück in ein Kleinod. Sofort«, kommandierte der Intendant. Ich machte einen Schritt auf den Bannkreis zu, was dem Dobermann sichtlich nicht gefiel. Er knurrte, und die Schatten im Raum wurden größer. Was zum Teufel hatten wir uns da eingefangen?

Der Dobermann knurrte warnend.

»Was ist das?«, fragte der Oberste.

»Ich weiß es nicht, so etwas ist mir noch nie passiert«, gab ich zu.

»Ich werde es umgehend exorzieren, Intendant«, erklärte Gabriella, doch dieser hob die Hand.

»Moment noch.« Er wandte sich um. »Leaf. Du hattest eine sehr enge Bindung zu dem Dämon. Spürst du auch etwas bei diesem Teil?«

»Ich … weiß nicht«, stammelte Leaf. Beim Klang ihrer Stimme hob der Hund blitzschnell den Kopf, und sein Knurren hörte auf. Leaf blinzelte überrascht.

»Nun, er scheint dich zumindest wiederzuerkennen«, stellte der Intendant fest. »Kannst du mit diesem Ding kommunizieren, Leaf Young?«, bohrte der Intendant nach.

Leaf starrte den Intendanten an. »Ich bin nicht sicher. Ich kann es versuchen.«

»Was soll das nutzen?«, fragte Gabriella entsetzt, doch der Intendant wedelte mit der Hand, um sie zum Schweigen zu bringen.

»Bitte versuch doch, mit dem Dämon zu kommunizieren, Leaf.«

»O-okay ...« Leafs Augen zuckten verunsichert zu dem Hund hinüber, der sie aufmerksam anblickte.

»Bitte setz dich ... ähm, Lore?«, sagte sie unsicher.

Der Hund starrte uns nur weiter an. Sein Knurren hatte etwas von einem spöttischen Lachen.

Gabriella schnaubte. »Das ist doch reine Zeit...«

Doch im selben Augenblick straffte sich Leaf und sagte scharf: »Setz dich hin, Lore!«

Und der Hund setzte sich. Es war schwer zu sagen, wer überraschter darüber war – Leaf, wir oder der Dämon.

Der Intendant hob beide Augenbrauen und rieb sich über das Kinn. »Interessant. Sag ihm, er soll sich hinlegen, Leaf.«

»Auf den Boden«, quetschte Leaf hervor, und der Schattenhund gehorchte.

»Sehr gut«, sagte der Intendant.

»Gut? Was soll daran gut sein?«, echote Gabriella entsetzt.

»Nun, ich gebe zu, dass Direktor Gale in einer Sache recht hat. Es ist nützlich, die Kräfte eines Dämons zu haben, und ich würde es vorziehen, ein so seltenes Stück wie das hier nicht zu verschwenden. Gabriella, wir werden den Dämon in ein Kleinod zurücksperren. – Mr. Chepesch. Bitte lösen Sie den Kreis und bannen ihn neu«, wies der Intendant an.

Direktor Gale reichte mir räuspernd einen Siegelring.

»Als Kleinod«, sagte er nur.

Nickend trat ich vor. Sofort knurrte der Hund mich an. Schwarze Schattenzähne entblößten sich dabei.

Vorsichtig ging ich in die Hocke und streckte eine Hand aus, um den Kreis zu unterbrechen. Der Hund folgte jeder meiner Bewegungen mit argwöhnischem Blick. Ich wappnete mich, Zähne abzubekommen, als ich den Bann mit einem Murmeln und einer wischenden Handbewegung unterbrach. Der Schutz brach in sich zusammen, der Dämon war frei, und die Hundegestalt sprang mir ohne zu zögern an die Kehle.

8

Leaf

Fragmente Fragmente sind zersplitterte Anteile einer Seele, die sowohl menschlichen als auch dämonischen Ursprungs sein können und oft während traumatischer Situationen abgespalten werden. Diese *Fragmente* sind rein theoretisch harmlos und äußern sich höchstens als leichter Temperaturabfall, leises Wispern oder spürbares Unwohlsein. Stärkere Fragmente können sich jedoch in seltenen Fällen manifestieren und wie ein Echo der verzerrten Situation, in der sie abgespalten wurden, agieren.

Der Schattenhund sprang Falco an den Hals, und mir blieb das Herz stehen. Für eine Sekunde sah ich nur, wie seine großen Pfoten sich in die Brust des Exorzisten bohrten und ihn hart zu Boden warfen. Falco schlug auf, der Ring, den ihm Direktor Gale gegeben hatte, flog ihm aus der Hand, und ich konnte wilde Rufe hören.

»Nein!«

»Ich wusste es!«

»Töte ihn!«

»Nein!«

»Falco!«

Mein Aufschrei ging unter, als die Exorzisten in Bewegung kamen. Der Schattenhund schnappte nach Falcos Kehle, doch dieser packte den Kopf des Hundes und entkam nur knapp dem Biss.

Falco brüllte auf, als der Schattenhund die Zähne in seiner Schulter vergrub.

Meine Sicht verschwamm vor Panik, während ich hilflos dasaß und nichts weiter tun konnte, als zuzusehen. Der Schatten von Lore bäumte sich wütend auf. Ein Blick hatte genügt, um mir das Herz in der Brust stillstehen zu lassen. Es hatte sich angefühlt, als wäre ein Teil von ihm zu mir zurückgekehrt. Es war nicht dasselbe wie mit Lore, doch allein ein Blick auf das Wesen hatte die Leere in mir gefüllt, die mich seit der Abwesenheit des Dämons gequält hatte. Als würden Schmerzen, von denen ich nicht einmal gewusst hatte, dass sie existierten, endlich leichter werden. Allein der Gedanke, dass die Exorzisten ihn töten wollten, ließ mich unruhig zappeln.

»Stopp!«, brüllte ich, und meine Stimme klang ganz anders. Als würde sich in mir etwas lösen. Der Befehl durchzuckte den Raum wie eine Peitsche, und obwohl er eigentlich nur dem Hund gegolten hatte, hielt der ganze Raum inne. Falco keuchte, Blut rann ihm aus der Wunde an seiner Schulter. Ich starrte den Schattenhund an und sagte scharf: »Runter von ihm.«

Der Hund gehorchte, sprang von Falco weg und lief auf mich zu. Instinktiv hielt ich die Luft an, als er auf mich zukam, sein Schritt weich und elegant. Als er vor mir stehen blieb, glaubte ich für eine Sekunde, er würde mir die Zähne in die Kehle schlagen, doch stattdessen wedelte er plötzlich mit dem Schwanz und leckte mir über die Hand. Es war ein seltsames Gefühl, als würde nasser Nebel über meine Hand streichen.

»Okay, ähm … das reicht?«, sagte ich, doch der Hund schnüffelte nur weiter fröhlich an mir rum, ehe er inbrünstig seine Schnauze in meinem Schritt vergrub.

»Das ist pfui. Aus! Sitz!«, kommandierte ich, und der

Hund ließ ab, legte seinen Kopf in meinen Schoß und sah treuherzig zu mir auf. Trotz allem, was er gerade getan hatte, verspürte ich den Drang, sein weiches schwarzes Fell zwischen meine Finger zu nehmen und den großen, bösen Dämonenhund zu liebkosen.

Falco setzte sich mit schmerzverzerrter Miene auf.

»Falco. Wie geht es dir?« Tempest war bei ihm und betrachtete kritisch die Wunde an seiner Schulter.

»Das wird schon«, winkte Falco ab, sah jedoch deutlich blass um die Nase aus.

In mir zog sich alles vor Sorge zusammen, bis mir der Geruch seines Arcanum in die Nase stieg. Es tropfte zusammen mit seinem Blut heraus, und prompt überkam mich Hunger. Scham verknotete mir den Magen. Wie konnte ich nur bei dem Anblick eines verletzten Menschen Hunger bekommen?

Galle stieg mir die Kehle hoch, und ich war in diesem Augenblick ganz froh, auf dem Stuhl gefesselt zu sein.

»Falco! Was tust du?«, fragte Tempest, als Falco sich aufrichtete, den Ring aufnahm, der in seiner eigenen Blutlache lag, und wieder auf mich zukam.

»Meinen Job.«

Ich folgte jedem seiner Schritte aufmerksam, während der Schattenhund zu knurren begann.

»Still«, zischte ich, was mir einen skeptischen Hundeblick einbrachte, doch er wurde tatsächlich leiser. Falco blieb vor mir stehen, als versuche er zu demonstrieren, wie wenig ihn diese Situation aus der Ruhe hatte bringen können.

Der Schattenhund drückte sich fester an mich, als versuche er, mich vor den Exorzisten abzuschirmen.

»Bitte …«, sagte ich, ohne genau zu wissen, worum ich ihn bat. Mir nicht böse zu sein? Mich nicht zu hassen? Dem Dämonenhund, der gerade versucht hatte, ihm die Kehle duchzubeißen, nicht wehzutun? Mir nicht wehzutun? Meinen Hunger zu stillen? Mich zu küssen und zu erfüllen, bis ich endlich nicht mehr so leer war?

Was ich fühlte, war so wirr, kompliziert, dass ich nicht wusste, wo der Anfang und das Ende waren.

Falco zückte den Ring, und aus seinem Mund flogen Worte, die ich nicht kannte, nur vage als Latein identifizierte.

Macht erfüllte die Luft. Sein Arcanum floss aus ihm heraus wie süßer, köstlicher Nektar und ließ meinen Mund wässrig werden, während sich gleichzeitig der Hund neben mir aufzulösen begann. Dunkle Schwaden woben sich aus seinem Fell, wurden dichter und dichter, bis er schließlich nicht mehr als Rauch war, der direkt in den Ring gezogen wurde. Einen Atemzug später leuchtete der Ring in Falcos Hand auf, und der Dämon war verschwunden. Mein Blick fixierte sich auf den magischen Gegenstand.

Falco sackte eindeutig erleichtert zusammen und streckte dem Intendanten den Ring hin, wie eine Geste der Kapitulation.

Ich musste mir auf die Zunge beißen, um nicht lautstark zu protestieren, als der Ordensführer den Ring entgegennahm und in seinem Sakko verschwinden ließ.

»Was für eine Aufregung«, sagte er nur trocken.

Tempest flüsterte Falco etwas ins Ohr, doch er schüttelte nur den Kopf.

»Das war ein klares Zeichen«, zischte Gabriella Hall wie eine giftige Viper. »Dieser … dieser Dämon, wie er auf sie reagiert. All das hier ist ein Risiko. Sie ist gefährlich. Ob Mensch oder nicht. Dieser Fall ist eine Farce, und wir sollten das hier beenden, bevor noch mehr Schaden angerichtet wird.« Sie ließ den Blick über den mittlerweile doch recht ramponierten Raum schweifen. Ein paar Stühle lagen umgekippt da, der Boden hatte Risse, und die Luft stank nach

Rauch und Arcanum. Alle Anwesenden sahen zudem deutlich weniger frisch gekämmt aus als noch zu Beginn der ganzen Show.

»Das hier ist in der Tat eine Farce. Die Diskussion ist lächerlich. Wir brauchen Miss Young. Wenn der Dämonenhund sich von ihr abrichten lässt, können wir ihn vielleicht nutzen. Wenn es wirklich ein Teil des Dämons Lore ist, ist er auch vielleicht in der Lage, seine andere Hälfte aufzuspüren. Leaf zu töten, bevor wir versucht haben, alle Optionen durchzuspielen, die mit und durch sie möglich sind, wäre Verschwendung«, warf Direktor Gale ein.

Der Intendant sah aus, als würde er Kopfschmerzen bekommen, während er auf den Ring in seiner Hand hinabstarrte.

»Sir. Ich stimme Exekutivus Hall zu. Wir können kein Risiko eingehen, nur weil sie uns nützlich sein könnte«, fuhr Tempest dazwischen.

»Ich denke, wir sollten erst herausfinden, was sie alles kann, um eine fundierte Entscheidung zu treffen. Wenn sie nützlich ist, wird sich das schnell herausstellen«, warf Rude mit brummender Stimme ein. Der Intendant neigte zustimmend den Kopf.

»Das wäre dasselbe, wie zu sagen, wir sollten einen tollwütigen Hund loslassen, um fundiert zu entscheiden, wie bissig er wirklich ist«, gab Gabriella Hall scharf zurück.

Der Intendant hob eine Augenbraue. »Nun, dann sollten wir vielleicht beobachten, was der Hund kann, wenn er an der Leine ist, ehe wir ihn loslassen.«

Er kam auf mich zu, sodass ich zu ihm aufsehen musste. Vielleicht lag es an dem Blick in seinen Augen, an der Art, wie er sich bewegte, seinem Geruch oder schlichtweg dem Fakt, dass er mit einem Wort meinem Leben ein Ende setzen konnte.

Ich zwang mich, nicht wegzusehen, als der Intendant mir den Ring unter die Nase hielt.

»Dieser Dämon hat auf dich sehr positiv reagiert«, stellte er fest.

»Das habe ich bemerkt«, gab ich zurück.

»Du spaltest hier deutlich die Meinungen, meine Liebe. Was soll ich nur mit dir machen?«

Ein Schweißtropfen rann mir den Rücken hinab, während ich mich fühlte, als wäre ich nur ein falsches Wort davon entfernt, geköpft zu werden. »Bei allem Respekt, Intendant, aber ich glaube, ich kann hier versprechen, was ich will, doch Taten zählen mehr als Worte. Wenn Sie wissen wollen, ob Sie mir vertrauen können, sollten Sie mir eine Chance geben, das auch zu beweisen.«

Der Intendant lächelte, und mich beschlich das Gefühl, ein Insekt zu sein, das sich in einem Spinnennetz verfing.

»Ich bürge für sie!«, unterbrach uns plötzlich Falco. Alle im Raum starrten den Exorzisten an, der ruhig nach vorne ging und wiederholte: »Ich bürge für sie.«

9

Falco

Dämonen der Stufe 3
Geister

Spiritus Ein spirituelles Tier oder *Begleiter*. Er kann vor allem Geister und andere unnatürliche Wesen aufspüren und hilft bei deren Beseitigung.

Ein *Spiritus* kann in der Familie bis zur dritten Generation weitervererbt werden. Dabei zu beachten ist jedoch: Wittert der Spiritus den nahenden Tod seines Besitzers, hockt er sich auf dessen Brust und frisst seine Seele. Der Besitzer der dritten Generation muss den *Spiritus* vor seinem eigenen Tod auslöschen, sonst gelangt dieser in Freiheit.

Ein *Spiritus* ist auf seinen Besitzer geprägt. Zweimal kann man den *Spiritus* weiterverkaufen, der dritte Besitzer kann ihn nicht mehr abschütteln. Man sollte also gut abwägen, einen *Spiritus* anzunehmen.

»Sind Sie sich sicher, dass Sie das tun wollen, Mr. Chepesch? Ist Ihnen bewusst, was Sie da sagen?« Der Intendant musterte mich aufmerksam.

»Falco!«, zischte Tempest entsetzt, doch ich zögerte nicht.

Leafs Blick fraß sich dabei förmlich in meinen Kopf, aber ich sah sie nicht an, während ich gerade begonnen hatte, mit ihrem Leben zu spielen.

»Ja, Sir.« Meine Stimme verhallte im Raum, doch weder

zögerte ich, noch bereute ich meine Worte, als ich die Arme hinter dem Rücken verschränkte.

Fahles Licht sickerte durch die hohen Fenster. Das dunkle Haar mit den hellen Strähnen an der Seite und der farblich abweichende weiße Anzug ließen ihn aussehen wie ein gefährliches Raubtier, das überlegte, ob es mich fressen sollte.

»Falco, was auch immer du da gerade tust, hör auf! Ich kann das selbst«, sagte Leaf. Ich brachte sie mit einem einzigen Blick zum Schweigen.

»Das kannst du nicht«, entgegnete ich schlicht, und sie wurde blass. Ob aus Angst oder vor Wut, konnte ich nicht sagen, doch sie schürzte die Lippen, als würde sie sich mit aller Macht weiteren Protest verkneifen.

Der Intendant seufzte.

»Ihnen ist bewusst, welche Konsequenzen es nach sich ziehen kann, wenn Sie für Miss Young bürgen. Direktor Gale mag sie Ihnen als Schülerin aufgedrückt haben, doch ich versichere Ihnen, dass Sie von Ihren Pflichten entbunden sind. Sie müssen das nicht tun.«

»Das ist mir bewusst, Sir«, entgegnete ich ruhig. Sein Blick durchbohrte meinen Schädel.

»Ihr Vorschlag, so interessant er auch sein mag, birgt doch Risiken.«

»Welche Risiken?«, fragte Leaf, doch keiner machte sich die Mühe, ihr zu antworten. Ich hatte die Zügel in die Hand genommen, und jetzt war es auch an mir, uns damit möglichst nahe ins Ziel zu bringen. Leaf würde auf weitere Erklärungen verzichten müssen. Wie sie so dasaß, wurde mir schmerzlich bewusst, wie wenig sie eigentlich über diese Welt wusste.

»Ich werde die volle Verantwortung tragen, Intendant. Ich bitte Sie, meinen Vorschlag in Betracht zu ziehen, während Leaf sich beweisen kann«, erklärte ich ruhig.

»Und wie soll sich Miss Young Ihrer Meinung nach behaupten?«, erkundigte sich der Intendant.

Ein Nerv an meinem Kinn zuckte, während ich versuchte, meine Emotionen unterdrückt zu halten.

»Sie bringen mich hier mit Ihrer Bitte in eine unangenehme Position, Mr. Chepesch, und sich selbst auch, wenn ich anmerken darf. Ich bin mir sicher, dass weder Ihre Verlobte noch Ihre Familie begeistert darüber sind, dass Sie Ihr Leben für einen Dämon aufs Spiel setzen. Im Orden wird man über Sie reden, und Ihr ausgezeichneter Ruf …«

»Ich werde für Leaf Young bürgen, weil ich überzeugt bin, damit das Richtige zu tun«, fiel ich ihm ins Wort. Leaf starrte mich aus großen Augen an. Ihr Blick war wie Finger, die über meinen Rücken glitten. Der Intendant runzelte die Stirn, sichtlich nicht sehr begeistert darüber.

»Das Richtige ist, Dämonen zu töten, nicht, sie zu retten, Mr. Chepesch. Gefühle für jemanden wie Miss Young zu haben, endet nur mit dem Tod. Sie haben eine wundervolle Verlobte, gehen Sie zu ihr, nehmen Sie sich ein paar Tage frei, und morgen wird die Sache erledigt sein. Sie können mit dem guten Gewissen leben, selbst in einem Dämon das Gute zu sehen. Das können nicht viele von sich behaupten, und es spricht für Ihren Charakter und Ihre Eignung für eine Führungsposition. Es wird mir eine Freude sein, wenn Sie die Position Ihres Vaters übernehmen«, sagte er schließlich.

Er bot mir einen Ausweg, und für einen kurzen Augenblick erwog ich, ihn zu nehmen. Den einfachen Weg zu gehen, bis ich mich erinnerte, dass es für mich keinen einfachen Weg gab. Ich spähte zu Leaf. Sie starrte mit blassem Gesicht zurück, und ich wusste, dass ich das Richtige tat.

»Ich werde die Verantwortung für Leaf übernehmen«, sagte ich daher erneut, und alle Ratsmitglieder wirkten gereizt. Bis auf Leaf. Sie blickte mich an, als würde sie mich zum ersten Mal sehen.

»Sie wird unter meiner Aufsicht auf der Akademie bleiben.«

»Das reicht schlichtweg nicht! Ihr Risiko …«, sagte Gabriella Hall.

»… ist nur so groß wie ihr Wert, das wurde klar und deutlich verständlich gemacht. Geben Sie mir ein halbes Jahr, und ich werde beweisen, dass Leaf eine Exorzistin werden kann, die dem Orden zugutekommt und keinen Schaden anrichtet.«

»Mr. Chepesch, ich habe Besseres zu tun, als jedes halbe Jahr hier anzutreten und nachzusehen, ob die kleine Dämonin noch immer einen Maulkorb trägt«, blaffte er.

Ich zuckte mit den Schultern. »Dann lassen Sie sie an den Spielen teilnehmen.« Hinter mir fuhren Crain und Tempest gleichzeitig so ungläubig wie entsetzt zusammen. Yamamoto hielt sich weiter zurück, aber er wirkte eindeutig nicht begeistert. Doch das hier war der einzige Ausweg, der mir noch einfiel.

»Er ist verrückt!«, sagte Gabriella Hall.

»Ich glaube, das müssen Sie uns näher erläutern«, sagte der Intendant.

»Die Spiele finden nächstes Semester in London statt«, setzte ich an. »Ich werde Leaf hier auf Black Rock überwachen und sie ausbilden. Danach bekommt sie die Chance, haben, zu zeigen, was sie kann. Wenn sie die Spiele gewinnt, sollte ihr Mehrwert mehr als ausreichend bewiesen sein.«

»Das ist doch völlig absurd! Wir können doch keinen Dämon bei den Exorzisten-Spielen zulassen!«, warf Gabriella Hall ein.

»Falco, was sagst du denn da?«, fuhr auch Tempest mich an.

»In London treten die besten Novizen der ganzen Welt an«, sagte Rude.

Die Anspannung im Raum wurde größer. Ich hatte ganz klar einen Nerv getroffen. Ich sah es an dem Ausdruck in den Augen des Intendanten.

»Wie gesagt, wenn sie gewinnt, sollte ihr Mehrwert hinreichend bewiesen sein. Bis dahin wird sie New York nicht verlassen, und sollte sie die Regeln des Ordens verletzen, werde ich ihre Strafe entgegennehmen.« Meine Worte hingen schwer im Raum, und Leaf wurde, wenn das überhaupt möglich war, noch blasser.

»Falco, das musst du nicht tun«, flüsterte sie, und obwohl ich wütend auf sie war, brach mir ihr Anblick auf diesem Stuhl das Herz.

»Lassen Sie mich das tun, Intendant. Für uns alle«, sagte ich, und meine Stimme hallte im Raum nach.

Die Lippen des Intendanten kräuselten sich. »Sie pokern sehr hoch, mein Lieber.«

»Ein halbes Jahr, mehr brauche ich nicht, und wenn sie versagt …«

»… werde ich sie öffentlich exekutieren lassen«, sagte der Intendant und sah mich wie eine hungrige Katze an. »Ich werde ein Exempel statuieren, von dem die Exorzisten noch in Hunderten von Jahren sprechen werden.«

»Falco!«, blaffte Tempest.

Ich atmete tief durch und löste meine Zunge vom Gaumen. »Abgemacht.«

Der Intendant seufzte, als hätte er gehofft, dass ich doch noch einen Rückzieher machen würde.

»Diese Entscheidung wird mir vor den anderen Direktoren der Akademien viel Überzeugungskraft abverlangen. Als Entschädigung für diese Mühe werden Sie endlich Tempest heiraten, das ist ohnehin längst überfällig, und in den

Dienst des Rats eintreten. Es reicht jetzt. Ich bin diese Spielchen langsam leid.«

»In Ordnung, Sir.«

Der Intendant lächelte, und ich wusste, dass ich gerade mein eigenes Grab geschaufelt hatte.

Für Leaf.

10

Leaf

Dämonen der Stufe 3
Geister
Elementargeister
Luftgeister

Sturmgeist Diese *Geister* erscheinen nur bei Gewitter. Woher sie genau stammen, ist unklar, ihr Eintreffen ist jedoch meist verantwortlich für die Bildung von Großkreisen. Sie verschwinden meist sofort wieder. Experimente, bei denen versucht wurde, *Sturmgeister* zu fangen und zu untersuchen, schlugen fehl.

»Nun, Leaf, wie es aussieht, hat dir gerade jemand Zeit erkauft. Ich hoffe, du weißt das zu schätzen«, sagte der Intendant, während ich noch immer entsetzt darüber war, was Falco just getan und versprochen hatte. Über was für ein Spiel hatten sie da gesprochen? Es schien auch niemand wirklich interessiert gewesen zu sein, mich zu fragen, ob ich an diesem Wettbewerb teilnehmen wollte, auch wenn es mir so vorkam, als hätte Falco mir damit soeben den Hintern gerettet. Hinter meinem Stuhl knackte es hölzern, und die Hände des Stuhls ließen mich ruckartig los.

Erleichtert schnappte ich nach Luft und rieb mir die Hände, traute mich jedoch nicht aufzustehen. Was war hier gerade passiert? Warum war es passiert? Und warum schien hier jeder zu wissen, worum es ging, außer mir selbst, obwohl dieser Prozess mein eigener war? Ich hatte Fragen, doch Falco wich meinen Blick aus, als hätte er Angst, mich anzusehen. Was hatte er gerade getan?

»Du kannst gehen«, sagte der Intendant generös zu mir. Echt jetzt? Misstrauisch und mit zitternden Knien stemmte ich mich nach oben. Der Exorzismus saß mir so schwer in den Knochen, dass ich nicht sicher war, ob ich noch lange bei Bewusstsein bleiben konnte. Ich wollte mich an dem Intendanten vorbeidrücken, doch er hielt mich auf, indem er mir etwas hinstreckte.

»Vergiss dein Kleinod nicht, mein Kind«, sagte er sanft. Ich blinzelte ihn ungläubig an.

»Ich soll den Dämon nehmen?«

Fältchen bildeten sich um seine Augen. »Nimm ihn. Es interessiert mich, ob du tatsächlich imstande bist, ihn abzurichten …«

Er drückte mir den Ring in die Hand. »Falco hat dir gerade sechs Monate deines Lebens geschenkt. Ich hoffe, du weißt das zu schätzen. Es ist eine lange Zeit«, raunte er mir zu, »und wir wollen doch nicht, dass dir langweilig wird, darum habe ich eine ganz persönliche Bitte an dich.«

»Sir?«, fragte ich angespannt, und seine nächsten Worte waren so leise, dass nur ich sie hören konnte: »Finde Lore, wo auch immer er sich verkrochen hat.« Mir gefror das Blut in den Adern, während er fortfuhr: »Es dürfte zu deinem Vorteil sein, den Dämon auszuliefern, und ich werde dafür auch genehmigen, dass du die Stadt betreten darfst, um nach diesem Abschaum zu suchen. Gale scheint überzeugt zu sein, dass du dich hervorragend als Spionin eignest, und davon würde ich mich gerne ebenfalls überzeugen. Aber ich warne dich! Ich werde jeden Schritt, jeden Atemzug, selbst jedes Wimpernzucken von dir beobachten, und wenn ich auch nur die leiseste Vermutung habe, dass du im falschen

Team spielst, werde ich dich schneller exorzieren lassen, als du *Dämon* sagen kannst.«

Er schnippte sich einen imaginären Fussel von der Schulter und sah mich abwartend an. »Haben wir uns verstanden, Leaf Young?«

Die Panik rann mir wie Eiswasser durch die Adern. Was er hier von mir verlangte, war praktisch unmöglich. »Ja, Sir«, presste ich jedoch hervor, weil ich das Gefühl hatte, sonst nicht mit heiler Haut aus dieser Sache herauszukommen. Himmel, selbst wenn er mich in diesem Augenblick darum gebeten hätte, Dinosaurier zu züchten und auf Black Rock einen Zoo anzulegen, hätte ich ohne zu zögern zugestimmt.

Der Intendant lächelte. »Wundervoll. Dann lassen wir unseren Hausdämon mal von der Leine.« Er trat zurück.

»Darf ich jetzt gehen, Sir?«, fragte ich durch zusammengebissene Zähne. Der Schwindel in mir wurde so heftig, dass es sich anfühlte, als würde ich mich auf einem Boot befinden.

Dieser nickte großmütig. »Natürlich, ich sagte ja schon, du bist entlassen. Wir sehen uns in sechs Monaten wieder … Wofür auch immer.«

Ich packte den Ring so fest, dass er sich in meine Haut grub, während ich langsam durch den Raum humpelte. Der versuchte Exorzismus fraß sich durch meine Knochen und lockerte meine Muskeln.

Als ich an Crain vorbeihinkte, sah ich die Schuldgefühle in seinem Blick. Sehr gut. Die sollte er auch haben, nachdem er mich die ganze Zeit nicht vor seinem absolut verrückten Intendanten-Vater gewarnt hatte.

Crain fuhr sich durch das Haar. »Ich komme mit dir …«, setzte er an, doch die scharfe Stimme des Intendanten knallte wie eine Peitsche durch den Raum.

»Du bleibst, mein Sohn. Ich habe noch ein Wörtchen mit dir zu reden.«

Crain versteifte sich, doch anstatt einer flapsigen Antwort nickte er hölzern.

»Kommst du … zurecht? Soll ich Zero suchen?«, fragte ich leise. Er lächelte schmal und drückte meine Schulter.

»Schon gut. Geh, solange du kannst. Ich komme nach, so schnell wie möglich«, flüsterte er mir zu.

Ich humpelte an ihm vorbei aus dem Konsulat. Jeder Atemzug tat mir weh. Ich schaffte es kaum, die Klinke nach unten zu drücken und mich auf den Flur zu zwängen, doch ich musste raus hier. Weg von den Exorzisten und dem, was hier gerade passiert war. Der Boden schwankte immer heftiger. Meine Sicht verschob sich. Ein bitterer Geschmack breitete sich auf meiner Zunge aus, und in meinen Ohren pulsierte das Blut.

»Leaf?« Mein Name drang nur verzerrt zu mir durch. Keuchend schnappte ich nach Luft, wandte mich um und sah Falco in der Tür stehen. Er war mir gefolgt. Ich wollte auf ihn zugehen, doch mein Magen drehte sich um, und ich verlor das Gleichgewicht. Der Boden raste auf mich zu, und das Letzte, was ich sah, als ich ohnmächtig wurde, war Falco, der mich sanft auffing.

~

Ich wachte mit den schlimmsten Kopfschmerzen meines Lebens auf. Sie pulsierten hinter meiner Schläfe, als würde jemand mit einem spitzen Gegenstand gegen meine Schädeldecke hämmern. Meine Augenlider waren verklebt, als ich mich zwang, sie zu öffnen, bereute es jedoch in derselben Sekunde, als grelles Licht meine Pupillen traf. Ich stöhnte und hörte im selben Augenblick, wie Schritte auf mich zukamen.

»Leaf, bist du wach?«

Ich zuckte zusammen, als mich etwas berührte.

»Leaf?«

Eine Stimme füllte meinen pochenden Kopf.

»Lore?«, murmelte ich, und der Griff um mein Gesicht wurde sanfter.

»Leaf, wach auf. Ich bin's, Crain«, murmelte eine Stimme.

Crain? Was machte Crain hier? Was war passiert? Wo war ich?

Ich schluckte und spürte ein Brennen in meinem Hals, als die Säure nach oben kam. Ich wand mich unruhig, zwang meine Augen gegen das Licht auf und versuchte, meinen Blick zu fokussieren.

»Wo zum Teufel bin ich?«, krächzte ich, und ein Gesicht schob sich in mein Blickfeld.

»In deinem Zimmer!«, teilte Crain mir mit, und für einen verwirrten Augenblick wunderte ich mich, wie ich nach Chinatown gekommen war, bis mir einfiel, dass mein Leben ja eine Katastrophe war und ich jetzt bei einem Haufen durchgeknallter Exorzisten in einem Turmzimmer lebte.

»Oh«, ächzte ich nur und blinzelte Crain an. »Und wie komme ich hi…?«, setzte ich an, zu fragen, da sah ich Crains Gesicht. Es war grün und blau geschlagen. Ein Veilchen ließ sein linkes Auge zuschwellen. Er hatte Prellungen an Kiefer und Stirn, seine Lippe war eingerissen.

Ich setzte mich ruckartig auf, und eine Welle der Übelkeit schwappte prompt in mir hoch. Ich schluckte Galle herunter. »Was ist mit dir passiert?«

Crain seufzte und fuhr sich durch die grünen Haarsträhnen, die heute noch wilder aussahen als üblich. »Nicht so schlimm«, versicherte er mir.

»Nicht so schlimm? Du siehst aus, als hätte dich ein Zug überrollt«, gab ich entsetzt zurück.

»Und du siehst aus, als hätte dich ein riesiger Wurm ausgeschissen. Damit sind wir quitt.«

»Crain. Was ist mit dir passiert?«, fragte ich alarmiert, doch ich bekam nur ein träges Lächeln zur Antwort.

»Nichts, womit ich nicht klarkomme, kleines Monster. Mach dir keine Sorgen. Es sind nur ein paar blaue Flecken, und meine Nase wird nur noch sexier, wenn sie schief steht.«

»Crain …«, setzte ich an, als die Tür aufging und Zero mit einem Tablett mit Wasser, Medikamenten und Essen hereinkam.

»Oh, du bist wach«, sagte er erleichtert und schloss die Tür hinter sich, stellte das Tablett am Bettende ab und lächelte mir zu. »Wie fühlst du dich?«

Ich verzog das Gesicht. »Als hätte jemand versucht, mich zu exorzieren«, sagte ich grimmig.

»Oh ja, davon habe ich gehört. Keine schöne Sache.« Zero legte den Kopf schief und reichte mir kommentarlos ein Glas Wasser und Schmerztabletten.

Mit einem gemurmelten Dank schluckte ich beides hinunter, während Zero dasselbe auch Crain anbot. Es sprach Bände, dass er nicht protestierte und ebenfalls seine Pillen schluckte.

»Ich sollte wohl eher fragen, woran du dich erinnerst«, setzte Zero wieder an, nahm mir und Crain das Glas ab und drückte uns stattdessen Sandwiches in die Hand. Erfreut stellte ich fest, dass Erdnussbutter herausquoll, und versenkte meine Zähne in das weiche Brot.

»Ich weiß ja nicht mal, wie ich hergekommen bin«, nuschelte ich um den Bissen in meinem Mund herum.

»Falco hat dich dramatisch in seinen Armen getragen und sich geweigert, dich loszulassen, während Zero Tempest aus dem Zimmer werfen musste. Es war äußerst amüsant«, klärte Crain mich auf.

Ich verschluckte mich fast an dem Lachen in meiner Kehle. Zero verdrehte die Augen und griff sich eine Tube

Salbe, quetschte einen großen Blob in die Hand und begann, Crains Prellungen damit einzuschmieren.

Crain lümmelte sich wie eine Katze in den einzigen vorhandenen Stuhl und ließ die Behandlung über sich ergehen, vielleicht, weil es ihm besser ging, oder vielleicht, weil es Zero besser tat, etwas zu tun.

»Falco hat mich also hergebracht?«, wiederholte ich und leckte mir die Finger ab. Mein Magen schmerzte noch immer vor Hunger, doch ich hatte berechtigte Sorge, dass ich trotzdem nicht satter werden würde, egal wie viele Sandwiches ich noch in mich hineinstopfte. Versuchen konnte ich es aber dennoch.

»Ja. Er sorgt mal wieder für eine Menge Gerüchte. Dass er für dich bürgt und dich für das Turnier hat aufstellen lassen, ist wirklich eine große Sache«, stimmte Crain zu.

Der Bissen blieb mir im Hals stecken.

»Was ist das für ein Turnier? Und warum hat Falco mich dafür gemeldet?«, echote ich. Zero grinste mich an, während er in sein Sandwich biss.

»Oh, das wird dir gefallen. Pass mal auf: Alle vier Jahre treffen sich einige der Black-Bird-Akademien in einem ausgewählten Land und halten dort die Paracelsus-Spiele ab.«

Ich traute mich kaum zu fragen. Ich musste es dennoch tun, während ich mir mit der Zunge Erdnussbutter von den Zähnen leckte. »Was passiert bei diesen Spielen?«

»Novizen schlagen sich vor versammeltem Publikum die Köpfe ein, und wer erfolgreich ist, klettert die Karriereleiter ein ganzes Stück weiter hoch. Ist eine große Sache, und wir beiden Glücklichen werden dieses Jahr mit von der Partie sein. Ich war bisher nur einmal dabei, in meinem zweiten Jahr, aber ich kann dir sagen, es wird heftig. Bin gleich in der ersten Runde rausgeflogen und hatte noch Wochen später ein Loch im Schädel.« Crain klopfte sich auf den Kopf.

»Was?«, brachte ich nur schwer heraus.

»Ja, es war ein Loch, so groß wie ein Daumen. Hat mir ein Ghul reingehauen«, setzte er an, doch ich unterbrach ihn.

»Nein, ich meine, was hat sich Falco dabei gedacht, mich da freiwillig zu melden? Warum soll ich so etwas tun? Ich habe kaum Ausbildung als Exorzistin. Mich dorthin zu schicken, ist reiner Selbstmord … oh.«

Mir ging im selben Augenblick ein Licht auf, als ich es aussprach, und ich spannte die Muskeln an.

»Das ist es, oder? Falco hat mir nur etwas Zeit gekauft. Anstatt mich gleich zu töten, kann der Intendant jetzt ein Exempel an mir statuieren, weil wir alle wissen, dass ich nicht die Möglichkeit habe, diese dummen Spiele zu überleben.«

»Aber, aber, nicht gleich zu dramatisch werden. Ich würde sagen, so schnell kriegt man dich nicht tot, und wir haben ein ganzes Semester Zeit, um dich fit zu bekommen. Wir helfen dir alle dabei.« Crain stand vom Sessel auf, ließ sich neben mich fallen und tätschelte mir den Kopf wie einem Hund.

Ich schielte zu ihm hoch. »Wenn du so weitermachst, beiße ich dich«, knurrte ich ihn an.

»Das will ich doch hoffen«, gurrte er zurück.

Zero räusperte sich in seine Hand, und ich schlug Crains Finger zur Seite, ehe ich meine schmerzende Schläfe massierte. »Ich fasse es nicht, was hier gerade passiert. Gibt es nicht wichtigere Dinge? Wie Una? Wollen sie das nicht ernst nehmen?«, fragte ich.

Crain seufzte verhalten. »Der Intendant tut doch was. Er vertuscht heftig, was Una und die Korruption der Exorzisten betrifft. Mit dir hat er jetzt auch das perfekte Ablenkungsmanöver …«

Er sagte *Intendant*, nicht Vater.

»Das ist alles?«

»Er sagte, er wird die Sache im Blick behalten.«

»Das ist alles?«

»Ja.«

»Du kannst mir nicht erzählen, dass der Orden das alles komplett ignoriert. Una ist gefährlich.«

»Das tun sie auch nicht, aber was auch immer sie vorhaben, werden sie mit Sicherheit nicht mit uns besprechen. Wichtiger ist es, für Stimmung zu sorgen. Und das hat die Nachricht mit dir und den Spielen eindeutig getan. Eines muss ich Falco lassen: Das war schlau von ihm. Er hat dir damit dort drinnen den Arsch gerettet«, sagte Crain trocken.

»Kann ich mich nicht weigern, bei diesen Spielen mitzumachen?«, erkundigte ich mich, obwohl mir die Antwort bereits klar war.

»Natürlich kannst du, aber dann hast du keinen Kopf mehr«, gab Crain schonungslos zurück.

Ich rieb mir wieder den pochenden Schädel. Die Unruhe in mir wurde immer bohrender. Ich fühlte mich leer und hungrig. Oh Gott, ich war so hungrig.

»Sieh es mal so: London bietet eine hervorragende Gelegenheit, mit sehr vielen Exorzisten in Kontakt zu kommen«, warf Crain ein und beugte sich zu mir vor. »Wenn wir Informationen sammeln wollen, wer mit Una zusammenarbeitet, dann dort. Unser alter Primus war kein Einzelfall. Der Kern des Ordens verrottet, und wenn wir wissen, wo wir ansetzen müssen, wird unser Job eindeutig einfacher.«

»Unser Job?«, wiederholte ich.

»Una zu töten und die Welt zu retten natürlich.«

»Das nenne ich mal eine ausgeklügelte Strategie«, sagte ich trocken. Er verschränkte zufrieden die Arme vor der Brust. »Manchmal sind die besten Pläne die simpelsten, meine süße Leaf.«

Seufzend griff ich mir an den Bauch und hörte ein lautes Gurgeln. Mir war inzwischen schlecht vor Hunger.

»Danke, dass ihr mir das gesagt habt, Jungs. Aber würde es euch etwas ausmachen, mich jetzt allein zu lassen?«, bat ich.

Crain hob die Augenbraue. »Sicher? Ich hatte gehofft, du hast Lust, dich mit mir so heftig zu besaufen, dass wir diesen Tag noch richtig lustig finden.«

»Nächstes Mal«, würgte ich hervor und konnte nicht anders, als gierig sein Arcanum anzustarren, das in Wellen von ihm ausging. Mein Mund wurde trocken, während Bilder vor meinen Augen erschienen.

Bilder, wie ich meine Lippen auf seine presste und bis auf den letzten Funken austrank. Oh, verdammt!

Ruckartig warf ich die Decke von mir, sprang aus dem Bett, taumelte ins Badezimmer und knallte die Tür hinter mir zu.

»Leaf? Was ist los?«, hörte ich hinter der Tür Crain rufen, während ich mit zitternden Fingern den Wasserhahn aufdrehte und mir kaltes Wasser ins Gesicht spritzte. »Ähm, danke für alles, ihr beiden, aber bitte geht! Ich brauche Zeit für mich«, rief ich verzweifelt.

Für einen kurzen Augenblick war gedämpftes Flüstern zu hören, ehe Zero vorsichtig fragte: »Leaf? Sollen wir dir etwas anderes zu *essen* holen?«

Oh Gott.

»Ich komme zurecht«, krächzte ich, während mir die Tropfen über das Gesicht liefen. Zitternd sah ich in den zerbrochenen Spiegel über mir und bemerkte, wie meine Augen vor Hunger immer dunkler wurden. Alles in mir schrie nach Falco, aber wie konnte ich jetzt noch nach Falco fragen, wenn ich wusste, dass er verlobt war? Oder dass ich ihm Schaden zufügte, mit jedem Schluck, den ich nahm.

Ich durfte Falco nicht mehr an mich heranlassen, schon alleine zu seinem Schutz und meinem. Es musste eine andere Möglichkeit geben, mich satt zu bekommen, selbst wenn ich dazu weiter Lideric aussaugen musste.

Ich griff so fest um das Porzellanbecken herum, dass sich ein kleiner Riss hindurchzog. Zu meiner Erleichterung hörte ich, wie kurz darauf die Tür ins Schloss fiel. Die Jungs waren weg. Erleichtert sackte ich in mich zusammen.

Mit fahrigen Bewegungen zog ich mich aus, ließ die dreckigen Klamotten in einem Bündel zu Boden fallen, kroch zur Badewanne und drehte den Wasserhahn auf. In den alten Leitungen rumorte es, ehe heißes Wasser herausströmte. Ich machte mir keine Mühe, zu warten, bis die Temperatur sich abgekühlt hatte, und stieg einfach hinein. Der Schmerz der Hitze zog durch meine Haut und hinterließ Rötungen, doch ich schlang nur meine Arme um die Knie, legte den Kopf darauf ab und ließ mich in den Dampf hüllen, während ich vor- und zurückwippte, um mich zu beruhigen.

Jetzt nur nicht ausflippen. Nicht wegen Falco, nicht wegen des Intendanten, nicht wegen dieser Spiele und schon gar nicht wegen all der endlosen Möglichkeiten, wie ich getötet werden könnte. Ich atmete tief den Dampf ein und zwang mich, meine Gedanken zu ordnen und alles davon in Ruhe zu Ende zu denken.

Lore war also verschwunden und hatte mich zurückgelassen. Der Intendant hatte mir zwar befohlen, ihn zu suchen, aber niemand konnte mir vorwerfen, wenn ich ihn nicht fand, oder? Zudem war ich mir nicht sicher, ob ich es verkraften würde, Lore aufzustöbern, nur um festzustellen, dass mein Bruder tot war. In den Wahnsinn getrieben von Una, getötet von Lore. Aber ich wusste es nicht mit Gewissheit.

In mir war ebenfalls das Q-Gen. Es hatte mich zu einer neuen Art Homunkulus gemacht und davor gerettet, zu sterben, als sich Lore in mir festgesetzt hatte. Vielleicht war es dasselbe bei MJ. Vielleicht lebte er noch. Aktuell war die Situation wie bei Schrödingers Katze. Er konnte genauso gut am Leben wie auch tot sein, und ich fürchtete mich davor, es endgültig herauszufinden. Weil ich nicht wusste, was ich dann tun sollte. Dazu kam, dass Una mir mit Sicherheit auf der Spur war, doch selbst sie konnte Black Rock nicht betreten.

Falco war verlobt. Seine Verlobte hasste mich. Zero wusste, dass in mir das Q-Gen war. Und ich wusste, dass ich dabei war, mich in einen Dämon zu verwandeln. Es gab nichts, was ich tun konnte, um es aufzuhalten, außer es zu akzeptieren und das Beste daraus zu machen. Ich hatte alle erfolgreich über das Q-Gen angelogen. Zumindest vorerst. Crain war der Sohn des Intendanten. Ich würde also nach London reisen, um mich mit anderen Exorzisten zu prügeln. Mir blieb noch ein halbes Jahr, um zu lernen zu überleben. Ein halbes Jahr war besser als gar keins.

Das Ordnen meiner Gedanken half. Das Chaos in mir beruhigte sich, und der brodelnde Hunger verwandelte sich in ein unangenehmes Ziehen, während ich auf meine angespannten Zehen unter dem Wasser starrte.

Der Schmutz auf meiner Haut rann in dicken Tropfen herab. Ich hatte mich dafür entschieden, zu überleben, und genau das würde ich tun. Egal, was dafür nötig war, egal, wie anstrengend es wurde, egal, wie oft ich joggen musste.

Überleben.

Der Gedanke kristallisierte sich heraus, und ich klammerte mich daran wie an eine Rettungsleine. Ich, Leaf Young, würde das hier überleben. Egal wie.

»Leaf?« Seine Stimme war durch den dichten Dunst zu mir durchgedrungen. Träge hob ich den Kopf von den Knien und sah ihn. Er stand dort, keine Ahnung, wie lange schon. Seine goldenen Augen bohrten sich in meine, als er auf mich hinabsah.

»Falco«, flüsterte ich und spürte, wie mich wieder ein Zittern erfasste. Mein Magen zog sich so fest zusammen, dass es schmerzte. Ich presste meine Knie enger an meine Brust, umklammerte sie so fest,bis meine Fingerknöchel weiß hervortraten.

»Weißt du nicht, dass es unhöflich ist, ohne Einladung ins Badezimmer zu spazieren?«, fragte ich. Falco seufzte und streifte einen Handschuh ab.

»Was tust du da?«, krächzte ich, während er auch seinen zweiten Handschuh auszog und seine künstliche, schimmernde Hand entblößte.

»Wonach sieht es denn aus? Ich bin dreckig und müde. Ich möchte ein Bad nehmen«, gab er zurück, und ich rückte so hektisch ab, dass das heiße Wasser über den Rand schwappte. Falco ließ sich nicht beirren und begann stattdessen, die Krawatte von seinem Hals zu lösen. Stoff strich über Stoff, und der Laut schickte mir ein heftiges Gefühl durch die Glieder, während er penibel alles faltete und auf den Waschbeckenrand legte.

»Du hast ein eigenes Badezimmer mit einer viel größeren Wanne, in der bestimmt schon deine Verlobte auf dich wartet«, krächzte ich, konnte jedoch meinen Blick nicht von ihm abwenden, als er begann, sein Hemd aufzuknöpfen und dabei Zentimeter für Zentimeter Haut entblößte.

»Tempest hat zu tun, und sie ist gerade nicht wichtig. Aber du bist es«, gab er zurück. Er blickte mich an, verfolgte jede meiner Regungen, während er sich das Hemd abstreifte und seine tätowierte braune Haut zum Vorschein brachte.

Mein Atem kam nur noch flach, während sich meine Brüste schwer anfühlten, Schweißtropfen rannen mir über das Gesicht und benetzten die kleinen Haare in meinem Nacken.

»Du bist verlobt, Falco«, betonte ich erneut, denn es schien mir, als würde das jeder andere ständig vergessen.

»Das sind wir, und dennoch schulde ich ihr rein gar nichts. Sie mir auch nicht. Tempest ist nicht zimperlich mit ihrem Liebesleben ... Einige ihrer Liebhaber kenne ich persönlich«, sagte er nur, und in der nächsten Sekunde fiel seine Hose herunter.

Mein Mund wurde trocken. Definierte Muskeln kamen zum Vorschein, während er sich splitterfasernackt zu mir umdrehte und die Haare aus dem Zopf löste, sodass sie über seine breite Brust fielen.

»Falco, so geht das nicht! Du kannst nicht erst mit einer Verlobten um die Ecke kommen, nur um mit mir weiterzumachen wie bisher. Ich hatte das schon mal, weißt du? Ich habe mich bereits einmal auf einen Mann eingelassen, von dem ich dachte, ich würde ihm etwas bedeuten, und am Ende war ich nicht mehr als ein Betthäschen. Das mache ich nicht noch einmal durch. Das ist weder deiner Verlobten noch mir gegenüber fair. Denn ich kann dabei meine Gefühle nicht so außen vor lassen wie du ...« Meine Stimme erstarb, und Falcos Augen wurden dunkler.

»Ich habe dir heute sehr wehtun müssen, um dich vor Gabriella zu beschützen. Ich verstehe, wenn du mich deswegen nicht sehen willst, aber solange Tempest hier ist, wird es schwierig für mich sein, mich um dich zu kümmern. Bitte lass es mich wiedergutmachen. Ich spüre deinen Hunger. Lass mich ihn stillen«, gab er mit rauer Stimme zurück.

Er wartete, als würde er tatsächlich gehen, wenn ich ihn jetzt darum bat. Ich sollte es tun, doch stattdessen sank ich tiefer in das Wasser. »Du kannst bleiben«, flüsterte ich und beobachtete, wie Falco sich vor Erleichterung entspannte. Durch den dichten Dunst kam er auf mich zu, seine Muskeln spannten sich an wie bei einem Raubtier auf der Pirsch. Ich folgte den Wölbungen seiner Muskeln, hinab zu dem V zwischen seinen Hüften, bis zu seinem harten Schwanz.

Mein Mund wurde wieder trocken, als er vor mir stehen blieb und sich einfach nur von mir anstarren ließ.

»Ich bin so hungrig, Falco«, schaffte ich es zu sagen.

Falcos Blick wurde weich, als er zu mir in die Badewanne stieg. Er zuckte angesichts der Hitze mit keiner Wimper und ließ sich ans andere Ende nieder. Das heiße Wasser schwappte über seine Brustmuskeln und lief erneut ab, während sein dunkles Haar im Wasser trieb.

»Ich gebe dir alles, was du brauchst«, sagte er schlicht, streckte seine Arme aus und zog mich zu sich. Das war der Moment, in dem ich aufspringen sollte, sein Gesicht in die Wanne drücken und schreiend ins Abseits rennen sollte. Aber ich schaffte es nicht. Er hatte mich in einem schutzlosen Augenblick erwischt, und allein der Gedanke, mich von ihm zu entfernen, tat körperlich weh. Seine nackte Haut schmiegte sich an meine. Meine Brüste drückten sich gegen ihn. Ein Seufzen entrang sich mir, als ich meine Stirn gegen seine Brust drückte und seinen darunter schlagenden Herzschlag spürte.

»Wie lange kennt ihr euch schon? Tempest und du?«, erkundigte ich mich leise.

Falco fuhr mir behutsam über die Haut. Jedes Streichen schien eine Bitte um Vergebung für den Schmerz, den er verursacht hatte.

»Seit wir Kinder sind«, antwortete er schließlich.

»Und wie lange seid ihr verlobt?«

»Seit etwa unserer Geburt.«

»Ich … was? Seit eurer Geburt? Wie ist das möglich?«

»Sie ist arrangiert. Viele Ehen im Orden sind das«, sagte er, als wäre es das Normalste der Welt.

Schockiert starrte ich ihn an.

»Euch ist aber schon klar, dass wir das Mittelalter schon eine Weile hinter uns haben, oder?«

Falco sah aus, als müsste er sich ein Augenrollen verkneifen. »Arrangierte Ehen haben nichts mit dem Mittelalter zu tun.«

»Doch!«

Falco zuckte leicht mit den Schultern. Wasser schwappte über uns beide hinweg. »Es wird nicht gern gesehen, wenn man außerhalb des Ordens heiratet. Vor allem bei alten und einflussreichen Familien. Unsere Verlobung wurde beschlossen, noch bevor wir geboren wurden.«

»Das ist mit Abstand das Vorsintflutlichste, das ich aus deinem Mund jemals gehört habe, Falco.«

»Es gibt schlichtweg nichts, was ich daran ändern kann. So ist der Orden. So ist meine Familie, Leaf. Es gibt viel, was du noch nicht über den Orden weißt. Für jemanden, der nicht in dieses System hineingeboren wurde, mag es überholt wirken, doch manche Regeln des Ordens haben durchaus ihre Berechtigung«, hielt er dagegen.

»Die hier nicht. Die ist Bullshit«, widersprach ich vehement. »Wie können eure Eltern euch verloben, ohne zu wissen, ob ihr euch mögen werdet?«

Falco sah mich unter seinen dunklen Wimpern hervor an. Sein Gesichtsausdruck wurde sanfter. »Es geht hier nicht ums Mögen, Leaf.«

»Wir reden hier doch vom Heiraten, oder?«

»Romantik ist bei so etwas Wichtigem wie einer Verbindung zwischen Exorzisten nebensächlich. Es geht um Macht, die gefährlich sein kann. Exorzisten können nicht wahllos jeden heiraten, den sie wollen. Unglückliche Verbindungen haben einen Preis.«

»Inzest?«, fragte ich düster, doch er sah mich ernst an.

»Unsere Fähigkeiten prägen sich nicht immer vorhersehbar aus, aber dennoch kann man gewisse Begünstigungen in die Wege leiten. Verbindungen mit mächtigen Familien, die bei den Kräften ganz und gar nicht kompatibel waren, haben schreckliche Konsequenzen nach sich gezogen. Kinder mit Fähigkeiten, die sie nicht kontrollieren können, wurden gebrochen. Menschen sind dabei gestorben, und zwar nicht zu wenige. Wahnsinn und Chaos können die Folge sein. Familien, die sich streiten, Fehden, die entstehen, und Kriege, die der Orden nicht gebrauchen kann, wurden angestiftet. Eine Verbindung zwischen Exorzisten ist mehr als nur eine romantische Beziehung.« Er seufzte leise und fuhr dann fort:

»Es ist eine Verbindung zwischen dem Arcanum der jeweiligen Personen, und es mischt eine völlig neue Machtnote in die Blutlinien. Scheidung ist bei uns nicht möglich. Einmal verbunden, kann man uns nicht trennen. Das wäre, als würde man versuchen, Farben zu trennen, die bereits miteinander vermischt sind. Du kannst aus Grün kein Gelb und kein Blau mehr machen. Meine Eltern haben lange nach der idealen Blutlinie für mich gesucht, nach der perfekten Verbindung, die möglichst wenig Risiko birgt. Tempest war das für mich, und diese Verlobung kann ich nicht lösen.«

Das musste ich erst mal sacken lassen. Ich schluckte das pelzige Gefühl in meinem Mund hinunter.

»Die Verlobung mit Tempest ist aber prinzipiell nicht freiwillig?«, bohrte ich nach und hasste es, wie rau meine Stimme dabei klang. »War sie der Grund, warum du damals nach New York gekommen bist? Um vor der Hochzeit zu flüchten?«

Er zögerte. »Es war einer der Gründe, aber nicht nur.«

Mehr sagte er nicht, doch die Sache juckte mich wie ein Ausschlag.

Falco sah auf mich herab, seine Haarsträhnen schwebten

im Wasser neben uns wie Seegras. »Ich liebe sie nicht, falls es das ist, was du wissen willst. Das ändert jedoch nichts daran, dass ich Tempest dennoch heiraten werde«, sagte er so leise, dass ich ihn kaum verstehen konnte. Das Blut rauschte mir in den Adern, und meine Wangen fühlten sich so heiß an, dass es mich wunderte, dass ich keine Rauchwolken ausstieß.

»Traditionen und Blutlinien hin oder her. Selbst wenn der Intendant versucht, dich zu zwingen! Du musst niemanden heiraten, den du nicht liebst«, erinnerte ich ihn.

Er schüttelte den Kopf.

»Er kann mich zwingen, Leaf, und er hat es getan. Ich habe mit Tempest darüber gesprochen. Wir werden heiraten.«

Scharf sog ich die Luft ein.

»Wann?«, fragte ich jedoch nur.

Er blickte zur Seite. »In ein paar Monaten, vielleicht einem Jahr.«

Ich hatte keine Ahnung, was ich darauf sagen sollte, und für einen Augenblick verfielen wir beide in bedrücktes Schweigen. Falco begann, andächtig mit seinen nassen Fingern durch mein Haar zu streichen, über meine angespannte Kopfhaut.

»Du bringst nichts als Ärger in mein Leben, Leaf Young«, sagte er leise, und seine tiefe Stimme vibrierte unter meinen Fingerspitzen. Wasser platschte, als ich durch den Dunst zu ihm aufblickte und meine Finger über seine Haut gleiten ließ. Ich war so hungrig, dass ich kaum einen klaren Gedanken fassen konnte.

»Das Gleiche könnte ich über dich sagen«, flüsterte ich. Sein Daumen fuhr die Konturen meines Kinns nach, hinab zu meinem Brustbein und folgte der Kurve meiner Brüste.

»Ich hasse mich selbst dafür, dass ich dir heute wehgetan habe. Es tut mir aufrichtig leid, Leaf«, gab er mit rauer Stimme zu, und mein Unterleib zog sich zusammen, als seine Daumen an den äußeren Rand meiner Brüste entlangstrichen und über meinem Bauchnabel innehielten.

»Ich hasse mich selbst dafür, dass ich dir verzeihen will«, gestand ich. Er kräuselte die Lippen, doch es sah traurig aus, als er vorrückte und seine Stirn gegen meine drückte.

Zittrig stieß ich die Luft aus. »Ich habe solchen Hunger«, flüsterte ich. Falcos Blick traf meinen.

»Dann nimm dir, was du brauchst«, flüsterte er zurück und zog mich an sich. Unsere Lippen kollidierten hart und fest. Seine Zunge drang ohne zu zögern in meinen Mund ein. Er verschluckte mein Stöhnen, während seine Erektion zwischen uns hart wie Stein wurde. Ich wand mich in seinem Schoß. Wasser plätscherte in alle Richtungen, während ich meine Arme um seinen muskulösen Nacken schloss und mich rittlings auf ihn setzte. Seine Erektion drückte gegen meinen Venushügel, schmiegte sich zwischen meine Labien. Alle meine Nervenenden standen in Flammen, und ich bog lustvoll den Rücken durch.

Ein Schnurren entrang sich meiner Brust, während ich meine Finger in Falcos Haar vergrub und meine Zunge tief in seinen Mund eintauchte, während ich nach seinem Arcanum tastete, das unter der Oberfläche brodelte. Falco stöhnte in meinen Mund hinein, ließ sich zurücksinken, sodass uns das Wasser beinahe komplett bedeckte, während er meinen Po packte und an sich zog, sodass die Spitze seiner Erektion gegen meinen pochenden Eingang drückte.

»Tu es«, kommandierte er barsch, und der letzte Rest meiner Selbstbeherrschung riss. Mit einem stöhnenden Aufbäumen griff ich nach seinem Arcanum, zerrte es an die Oberfläche, tauchte darin ein wie in süßen Honig und trank. Meine Nerven explodierten, meine Zellen vibrierten, und alles in mir wurde hart und weich zugleich, während mich der Geschmack von Falcos Macht in ein Delirium katapultierte. Stöhnend schloss ich die Augen und trank in tiefen Zügen, schluckte herunter, was er mir gab. Falco bockte unter mir, und für einen kurzen Moment hatte ich Angst, er hätte Schmerzen, bis ich den lustvollen Ausdruck in seinen Augen sah. Die Lippen hatte er zu einem stöhnenden O geöffnet, während im Wasserdampf Tropfen über sein Gesicht perlten.

Ich war mir sicher, in meinem ganzen Leben noch nie etwas Erotischeres gesehen zu haben. Allein der Anblick trieb mich gefährlich nah an den Rand eines Orgasmus. Zitternd zog ich ihn wieder an mich und nahm einen weiteren Schluck von seinem Arcanum. Mein Mund öffnete sich an seiner Pulsader, die in der Kuhle seiner Kehle pochte, und mit einem Fluch packte Falco meine Hüfte und, glitt mit einem einzigen langen Stoß in mich hinein.

Mein Aufschrei hallte durch das gesamte Badezimmer, während Falco mit tiefen Stößen in mich eindrang und mein Innerstes bis zur äußersten Grenze ausdehnte. Seine Erregung ließ das Arcanum nur noch schneller fließen, und ich zerschmolz vor Glücksgefühlen, die mich durchströmten, als ich seine Macht in mich aufnahm, während er rücksichtslos in mich eindrang. Seine Finger packten meine Hüften, drückten mich schnell und heftig auf ihn, Wasser spritzte in alle Richtungen, und wir stöhnten beide laut auf. Schaudernd griff ich mit einer Hand zwischen uns, fand meine Klitoris und begann, über das empfindliche Knötchen zu streichen. Es brauchte nicht mehr. Mein Innerstes krampfte sich zusammen, ergriff seine Erregung, und ein so intensiver Orgasmus brach über mich herein, dass mir schwindelig wurde.

Falco keuchte heftig. Sein Blick lag hungrig auf mir, während er schneller in mich hineinstieß und mir so viel von sich gab, dass ich in vollen Zügen von seiner Seele trank, während der Orgasmus über mich hinwegbrach. Mein Innerstes zuckte, ein Schluchzen entkam mir, und mit einem Aufschrei ergoss Falco sich in mir.

Seine Erektion pulsierte in mir, während unser beider Atem sich vermischte, als seine Lippen auf meine trafen. Er fickte mich mit seiner Zunge, und entlockte mir dabei einen weiteren Schauder, während ich das Arcanum von seinen Lippen küsste. Der süße Geschmack ließ mich an seiner Unterlippe saugen, während ich mich an seinen breiten Schultern festhielt.

Es dauerte ein paar Minuten, bis sich unser beider Atem beruhigte, aber keiner von uns bewegte sich. Seine Erektion blieb unverändert hart in mir, und seine Pupillen waren unnatürlich geweitet.

»Wie fühlst du dich jetzt?«, fragte er heiser.

Ich schauderte. »Noch immer verdammt hungrig«, murmelte ich, und seine Lippen verzogen sich. Im nächsten Augenblick packte er mich an der Hüfte, glitt aus mir heraus und hob mich aus der Badewanne.

Erschrocken klammerte ich mich an ihm fest.

»Was tust du?«, fragte ich, während er mich nach draußen trug und mich noch immer feucht auf das Bettlaken legte, sich dann zwischen meinen Beinen positionierte.

»Den zweiten Gang«, gab er zurück, und bevor ich etwas sagen konnte, spürte ich seine Zunge zwischen meinen Beinen.

»Ich … Oh mein Gott!« Mein Schrei ging in ein Stöhnen über. Mein Brustkorb fühlte sich zu eng an, als Falco über meine feuchten Schamlippen strich. Mit der Zunge glitt er zwischen meine Falten und tauchte schließlich gänzlich ein. Ein weiterer Schrei entkam mir, während sich erneut ein heftiger Druck in meinem Unterleib aufbaute und ich instinktiv nach seinem Arcanum griff.

Die Energie füllte mich genauso aus wie seine Zunge, während er ein leises Grollen ausstieß, als er meine inneren Lippen spreizte und einen dunklen Blick hineinwarf.

»So nass«, murmelte er.

»Könnte an der Badewanne liegen«, keuchte ich zurück, und seine Lippen verzogen sich zu einem Lächeln.

»Du tropfst über meine ganze Hand. Ich glaube, das liegt nicht an der Badewanne«, gab er zurück, und noch ehe ich etwas erwidern konnte, tauchte er erneut ab und leckte jeden Tropfen auf. Seine künstliche Hand strich über meinen Fuß, und im nächsten Augenblick drangen zwei Finger in mich ein, während er an dem kleinen Knoten zwischen meinen Beinen saugte.

Ich schauderte am ganzen Körper, und als er seine Finger krümmte, brauchte es nicht mehr viel. Alles in mir war ein zuckendes Bündel aus Nerven, doch alles, woran ich denken konnte, war mehr, mehr, so viel mehr, alles.

Ich wand mich unter Falco, der mich verschlang, und mit einem Schlag seiner Zunge fiel ich in mich zusammen. Mein Innerstes krampfte sich rhythmisch zusammen, während ich keuchend meine Finger in seinem Haar vergrub und an seinem Arcanum zog. Am Rande meines Bewusstseins erinnerte ich mich daran, nicht sofort alles zu nehmen, was er mir bot. Das letzte Mal hatte ich zu viel getrunken und ihn damit ausgeschaltet.

Doch Falco war wie eine Sonne. Seine Kraft brannte in mir, wärmte mich, füllte mich aus, und ich sank heftig atmend zusammen.

Falco ließ von mir ab. Er keuchte, und seine Muskeln bebten vor Anstrengung, damit er bei Bewusstsein blieb.

Ich richtete mich auf und stieß ihn zurück aufs Bett. Sein feuchtes Haar breitete sich auf dem Kissen aus, während er nach meiner Taille griff.

Die nächsten Stunden vergingen in einem Rausch. Fantasie und Realität verschwammen beinahe, als Falco mich auf eine Weise erfüllte, die ich nicht einmal benennen konnte. Alles in und an mir drehte sich nur um ihn. Seine Berührungen ließen mich verlangend zurück, seine Zunge spielte mit mir, seine Zähne, die sich in meinem Fleisch vergruben, reizten mich. Ich trank jedes Mal so viel, dass es ihn an die Grenze der Ohnmacht trieb, bevor ich meinen Heißhunger mit Küssen entschuldigte. Hungrig, gierig. Doch je mehr Falco mir von sich gab, desto stärker schien er zu werden. Die Wellen an Energie schwemmten über mich hinweg, strichen über mich, wie seine Finger es taten, und badeten mich in purer Kraft. Und dennoch wirkte sein Leben so fragil wie Glas. Als müsste ich nur eine Hand ausstrecken, und es würde zerbrechen. Der Rausch stieg mir zu Kopf, ließ mich die Zeit vergessen, während ich nahm und nahm.

Unsere Körper waren miteinander verwoben, sodass es unmöglich war, zu sagen, wo er anfing und ich aufhörte. Falco stöhnte auf, sein Rücken bog sich durch, doch er war so erschöpft, dass er kaum noch bei Bewusstsein blieb.

Es wirkte blass, und seine Augen waren dunkel und leer. Zu leer. Mit einem letzten Zucken brach er neben mir zusammen und blieb regungslos liegen.

Ganz im Gegensatz zu mir. Die Energie quoll förmlich aus meinen Poren, sodass ich mich ruckartig aufrichtete, als der Exorzist neben mir zusammenbrach.

»Falco?«, fragte ich alarmiert, doch er bewegte sich nicht.

»Falco!« Ich stemmte mich auf das Bettlaken, das sich um meine Beine gewickelt hatte, und drehte ihn auf den Rücken, was bei seiner Muskelmasse gar nicht so einfach war. Falco keuchte, Schweiß glänzte auf seiner Stirn, und die Augen unter seinen Lidern zuckten.

Verdammt. Ich hatte zu viel von ihm genommen.

Ich drückte meine Hand gegen seine Brust und gab etwas von seinem Arcanum zurück. Ich hatte sowieso zu viel, um es zu verarbeiten. Der Strom an Energie traf Falco wie ein elektrischer Schock, und im nächsten Moment riss er keuchend die Augen auf.

»Bei den Göttern«, stieß er hervor und griff sich an die Brust, unter der sein Herz hektisch schlug.

»Du Idiot! Warum sagst du nichts?«, fluchte ich und presste meine Stirn gegen seine. Unser beider Atem vermischte sich. Falco brauchte einige Sekunden, bevor er antworten konnte. Seine Hände griffen in meine Haare und zogen mich zu sich herunter.

»Es ist meine Entschuldigung und gleichzeitig ein Versprechen«, flüsterte er an meine Lippen.

Er umfasste mein Gesicht und strich mit den Daumen über meine Lippen. »Für alles, was passiert ist, und für alles, was noch passieren wird.«

Er küsste mich, doch die rohe Kraft war verschwunden. Seine Lippen waren weich und sanft auf meinen, und die Zärtlichkeit darin ließ mir Tränen in die Augen steigen.

»Warte.« Ich löste mich von ihm und blickte auf ihn herab, auf diesen unglaublich schönen Mann, dessen Seele mich vollkommen erfüllte. Ich wusste in diesem Moment mit erschreckender Klarheit, dass ich es nicht mehr schaffen würde, mich von ihm fernzuhalten.

»Ich will kein Mitleid, Falco. Nicht von dir, und ich will mich erst recht nicht zwischen dich und deine Verlobte stellen, indem ich deine heimliche Affäre mime, das ist dir klar, oder?«, sagte ich schroffer als beabsichtigt. Doch in diesem Moment schien es mir wichtig, das klarzustellen, selbst wenn es im Augenblick keine Lösung für dieses emotionale Durcheinander gab.

Er griff fester zu. »Das ist kein Mitleid, Leaf. Und ich

werde nichts tun, was du nicht willst, aber dein Hunger wird es schwierig machen, ihn vor den anderen geheim zu halten. Vor allem vor Tempest.« Mein Mund wurde trocken, doch er fuhr fort: »Und es kommt sehr viel Arbeit auf uns zu. Die Spiele in London sind keine Kleinigkeit. Das Training wird ab sofort knochenhart sein, aber ich werde alles dafür tun, dass du in den nächsten Monaten lernst, was nötig ist, um zu überleben. Du wirst mich hassen, aber das wird es wert sein, solange du am Ende überlebst. Das ist dir auch klar, oder?« Er wiederholte meine Worte, und ein Ausdruck, den ich nicht deuten konnte, lag in seinen schönen goldenen Augen. »Ich schenke uns diese Nacht. Nimm alles, was du brauchst, und danach beginnen wir mit deinem Training.«

Ich legte den Kopf schief und fuhr mit den Fingern über seine Brust. »Glaubst du denn wirklich, dass du aus mir eine Exorzistin machen kannst?«, fragte ich mit rauer Stimme.

»Ich werde aus dir keine Exorzistin machen«, murmelte er und zog mich fester an sich.

»Ich mache aus dir eine Legende.«

2. Lektion

»Denn in hundert Schlachten hundert Siege zu erringen,
ist nicht der Inbegriff des Könnens.
Der Inbegriff des Könnens ist,
den Feind ohne Gefecht zu unterwerfen.«

Sunzi

Sechs Monate bis London:

Tagesprotokoll

Ausbildung der Novizin Leaf Young, 1. Semester
Ort: Black Rock, NY, Black Bird Academy
Uhrzeit: 5.30–00.00
Protokollführer: Shintonist Falco Chepesch

Tagesordnung:

1:	5.30	Aufstehen
2:	6.00	Joggen 5 Kilometer (einfaches Laufziel)
3:	7.00– 7.30	30 Min. Meditation zur Steigerung der Konzentration
4:	7.30– 8.00	Frühstück
5:	8.00–12.00	Theorie in Dämonenkunde (Yamamoto)
6:	12.00–13.00	Mittagessen
7:	13.00–16.00	Praktische Übungen (Yamamoto) Kurs gesamt
8:	16.00–18.00	Arena Training 1 (Falco)
9:	19.00–20.00	Abendessen
10:	20.00–22.00	Arena Training 2 (Falco)
11:	22.00–24.00	Lernhilfe, stilles Studium, Rückfragen, Auffüllen von Wissenslücken (Zero)

Protokolleintrag zu Punkt 2: Joggen 5 Kilometer (einfaches Laufziel)
Zuständig: Falco Chepesch

Bestanden
Ja:
Nein: x

Anmerkungen: Novizin Young musste den Lauf nach 2,5 Kilometer abbrechen.
Anvisierte Dauer des Laufes: 50 Min.
Ergebnis: Mangelhaft.

Bericht: Novizin Young musste niesen und gab an, sich wegen juckender Nase nicht konzentrieren zu können. Sie wirkte abgelenkt und konnte nicht zur Ruhe kommen. Die Meditation wurde frühzeitig abgebrochen. Obwohl wir seit mehr als zwei Wochen trainieren, sind kaum Anzeichen von Besserung oder Steigerung in ihren Leistungen festzustellen. Selten ist mir jemand so Unsportliches begegnet wie Leaf Young. Auch wenn mir bewusst ist, dass man das Training vieler Jahre nicht in wenigen Wochen nachholen kann, so haben wir dennoch nicht mehr als 6 (in Worten: sechs) Monate, um diese Defizite aufzuholen oder zumindest so zu kaschieren, dass es nicht weiter auffällt.
Die Spiele in London werden nicht einfach. Mehr als nur ein Experte ist dabei bereits gestorben. Was ihr an Raffinesse und Können fehlt, wäre durch Ausdauer und Geschick auszugleichen, doch aktuell mangelt es ihr an allen diesen Attributen, und das besorgt mich mehr, als ich zugeben möchte. Wir können es uns nicht leisten, dass Novizin Young bereits in der ersten Runde wegen Seitenstechen von einem Dämon gefressen wird. Ich werde zusätzliches Krafttraining ansetzen. Bisher haben sich keine dämonischen Kräfte in Novizin Young gezeigt oder weiter ausgebildet, dennoch habe ich manchmal das Gefühl, als würde mir ein kalter Schauer über den Rücken laufen, wenn ich ihr den Rücken zukehre. Sie isst wenig und leidet offenbar unter Appetitlosigkeit. Ich habe die Necromancer Crain Paracelsus und Zero Five gebeten, mittags darauf zu achten, was und wie viel sie isst.
Novizin Young scheint schlecht zu schlafen. Nach meiner Rückfrage, ob sie gut schlafe, hat sie jedoch nur knapp von Albträumen gesprochen. Ich werde in den nächsten Tagen recherchieren,

ob ich alte Berichte über Besessene und Albträume finde. Der Gedanke besorgt mich, dass die dämonischen Einflüsse, auch wenn sie noch so klein sein mögen, nachts stärker sind und ihre Träume beeinflussen.
Von dem Lord-Dämon Lore selbst gibt es keine Neuigkeiten. Er scheint wie vom Erdboden verschluckt zu sein, und ich hoffe wirklich, dass es so bleibt.

Tagesprotokoll

Ausbildung Novizin Leaf Young, 1. Semester

Ort: Black Rock, NY, Black Bird Academy

Uhrzeit: 8.00–12.00

Protokollführer: Conjurer Ichiro Yamamoto

Theorie in Dämonenkunde
Zuständiger Exorzist: Conjurer Ichiro Yamamoto

Gruppe **Omega:**

Merope Davis (Shintonistin)
Venus und Vane Hillbrook (Conjurer)
Morpheus Skill und Everly Hargreeves (Hunter)
Zero Five und Crain Paracelsus (Necromancer)
Leaf Young (weiterhin unbestimmt)

Anmerkungen: Novizin Young wurde gestattet, unter strenger Aufsicht in die Gruppe Omega zurückzukehren.
Aufgrund der neuesten Jahrgänge haben Direktor Gale und das

Kollegium beschlossen, bis zum Ende der Spiele im neuen Semester alle Jahrgänge in ihre jeweiligen Module in ihrer Fachrichtung zusammenzulegen. Da Miss Young bisher keiner Fachrichtung zugeteilt werden konnte und ihre vorherigen Wissenslücken schneller geschlossen werden mussten, als es der bisherige Stundenplan zugelassen hätte, wurde beschlossen, dass sie jedes Modul belegen wird. Ich habe Necromancer Crain Paracelsus gebeten, am Ende des Tages mögliche Fragen und Wissenslücken in Form von Aufgaben zu füllen.

Mir ist durchaus bewusst, dass eine lebenslange Ausbildung nicht in wenigen Wochen nachgeholt werden kann, dennoch müssen wir zumindest versuchen, die größten Wissenslücken zu füllen. Die bisherigen Testergebnisse von Novizin Young waren nicht schlecht, zeigen jedoch deutlich auf, wie wenig sie noch von der Welt des Ordens weiß.

Ich wünschte, wir könnten ihr mehr Zeit lassen, doch da die Umstände nun mal so sind, wie sie sind, werden wir unser aller Bestes geben, um ihr zu helfen.

Die Stimmung unter den Studenten ist indessen nicht mehr allzu angespannt wie zu Beginn des Semesters, was ich zumindest als einen positiven Aspekt erachte. Dennoch wahren die anderen Novizen weiterhin Abstand zu Novizin Young. Viele Novizen machen sich bereit für die Prüfungen am Ende des Semesters, aus denen hervorgehen wird, welche Studenten neben Novizin Young nach London eingeladen werden. Dabei stellt sich weiterhin die Omega-Gruppe als mein Sorgenkind dar. Alle Novizen sind für sich genommen ausgesprochen talentiert, und dennoch stehen sie sich dabei selbst im Weg. Das praktische Training in der Arena, das die Omegas zusammen absolvierten, erwies sich als eine absolute Katastrophe. Ich befürchte, sie werden trotz ihrer individuellen Stärken weiterhin zurückfallen. Ich hoffe auf Besserung.

Drei Monate bis London

Bericht

Von: Crain Paracelsus

Wie angefordert schreibe ich diesen Bericht über das Töten des Draugs am ... Scheiße, ich glaube, es war vorgestern. Jedenfalls wurde mir von Direktor Gale befohlen, den Vorfall so detailgenau wie möglich zu beschreiben.
Hier kommt also meine Beschreibung des Draug-Vorfalls an der Black Bird Academy am ... na ja, vor ein paar Tagen.
Ich glaube, es muss so gegen Mitternacht gewesen sein, und ich war auf dem Weg mit Novizin Young in die Kneipe am Hafen. Es gab keinen Alarm, niemand schien bemerkt zu haben, dass etwas nicht stimmt. Um ehrlich zu sein, habe ich keine Ahnung, wie das möglich ist, da Draugs nicht zwingend die hellsten Kerzen auf der Torte sind, wenn ihr versteht, was ich meine. Das sind doch diese glupschigen, fleischigen Dinger, die Vampire aus Leichenteilen oder Überresten zusammenschustern. Und sie sind mit Vampirgift vollgepumpt und damit verdammt schwer zu töten. Zu ihren Aufgaben gehört selten das Denken oder so komplexe Dinge wie ein Ausbruch, aber wie auch immer, dieses Exemplar hat es irgendwie rausgeschafft. Niemand hat etwas gemerkt, bis es zu jucken begonnen hat.
Hier sollte ich vielleicht noch erwähnen, dass Draugs gerne die ein oder andere Krankheit verbreiten, und dieses Exemplar scheint einen Ausschlag in die Welt zu setzen, der brennt, als wäre man in Nesseln gefallen. Ich bleibe also stehen, fange an, mich zu kratzen, und Leaf sagt: »Hast du dir Sackratten eingefangen, oder was?«
Ich: »Das Gleiche könnte ich dich fragen, du kratzt dich seit einer Stunde.«
Leaf: »Ja, das ist dieser seltsame Ausschlag.«

Ich: »Lass mal sehen.«
Leaf: »Er ist an meinem Arm, nicht an meinem Hintern.«
Ich: ...
Okay, ich spule das Ganze mal vor. Jedenfalls haben wir uns mächtig über den Ausschlag gewundert, der eindeutig NICHT von Venus Goldstein ist, als es plötzlich im Gebüsch neben uns raschelte. Ich schwöre, mir ist beinahe das Herz stehen geblieben, als der Draug aus dem Gebüsch gestürzt kam. Der Gute sah völlig verstört aus. Sofern ein Klops aus Fleisch verstört aussehen kann, jedenfalls fuchtelte er viel mit seinen vier Armen rum.
Und Leaf so: »Ahhh!«
Und ich so: »Shit!«
Und der Draug so: »Gragrrrpft!«
Leaf: »Was ist das für ein Ding?«
Ich: »Ein Draug!«
Leaf: »Wo kommt das Ding her?«
Ich: »Keine Ahnung!«
Der Draug: »Grammpfftttt!«
Und bevor wir noch mehr tun konnten, verpasste er uns ein paar Backpfeifen und verschwand in Richtung Hafen.
Leaf: »Was machen wir jetzt?«
Ich: »Saufen gehen?«
Leaf: »Und dieses Ding?«
Ich: »Geht auch saufen?«
Leaf: »Wir müssen etwas tun!«
Ich: »So einfach ist das nicht, Süße. Draugs sind zähe Dinger.«
Leaf: »Wir können dieses Monster doch nicht frei im Gelände herumlaufen lassen. Wir brauchen einen Hunter.«
Ich: »Draugs sind Wiedergänger, keine Monster, Süße.«
Leaf: »Wir brauchen also einen Necromancer?«
Ich: »Scheint so.«
Leaf: »Du bist Necromancer, Crain!«

Ich: »Aber nur hobbymäßig. Hauptberuflich bin ich eine Enttäuschung für meinen Vater.«
Leaf: »Was brauchen wir jetzt, um dieses Ding einzufangen? Einen Pflock?«
Ich: »Pflöcke sind so was von 1830, Süße, und mit so was spießt man klassischerweise nur Vampire auf, und die können wir seit etwa zweihundert Jahren nicht mehr einfach so aufspießen.«
Leaf: »Was? Warum nicht?«
Ich: »Weil Vampire Bitches sind, mit denen man sich nicht einfach so anlegen kann, ohne dabei ein paar Gesetze zu brechen. Die Varkolaks leben in einer Monarchie, und das Letzte, was wir wollen, ist, die Dauphine anzupissen.«
»Wen?«
»Die Dauphine. Die Vampirkönigin. Es gibt Verträge, die festlegen, dass wir einen Vampir nur dann töten dürfen, wenn er klar gegen die Regeln verstoßen hat, und selbst dann bringt das meistens wochenlangen Papierkram mit sich. Wenn du mich fragst, lachen sich die Vampire ins Fäustchen, wenn sie extra lange für die Bearbeitung brauchen und der Vampir somit einfach untertauchen kann. Doch nur das ermöglicht aktuell ein friedliches Zusammenleben, ansonsten würden wir uns ständig in die Haare bekommen. Gab schon ein paar sehr unschöne Kriege deswegen.«
Leaf: »Moment, es gibt wirklich eine Vampirkönigin?«
Ich: »Willst du sie googeln?«
Leaf: »Ich, nein, später, erst mal müssen wir uns um den Draug kümmern. Wir dürfen ihn also nicht töten?«
Ich: »Tja, schwer zu sagen, wenn er aus unserem Kerker kommt, schon …«
Dann haben wir noch über etwas gequatscht, an das ich mich nicht genau erinnern kann.
Am Ende liefen wir dem Draug nach und fanden seine Spur im ersten Ring wieder.

Als der Draug uns sah, reagierte er völlig irrational und begann, etwas zu brabbeln. Da mein Draugisch etwas eingerostet ist, kann ich leider nur wenige Fetzen übersetzen, doch er sagte so etwas wie: »Der Meister ruft ... grampf, die Insel wird trinken«, vielleicht sagte er auch sinken, »Gefahr, fort, Blut.« Danach hat er mit den Armen gefuchtelt und stürzte sich auf Leaf.

Ich zückte meine Sichel und schrie ihr zu: »Du wolltest doch eine praktische Übung gegen Untote. Hier hast du sie. Ziele auf das Herz.«

Leaf: »Wo ist das Herz?«

Ich: »Musst du suchen. Kann überall sein. Manchmal haben sie auch zwei Herzen!«

Leaf: »Willst du mich verarschen?«

Draug: »Krieg, Zerstörung, Gefahr! König!«

Leaf: »Ich hab ihm einen Arm abgeschnitten!«

Ich: »Sehr gut. Und jetzt schneiden wir ihm wichtige Dinge ab.«

Ich fühle mich verpflichtet, hier zu erwähnen, dass es dem Draug kurz möglich war, Novizin Young die Waffe zu entwenden, und diese möglicherweise ein paar Fingerkuppen eingebüßt hat.

Jedenfalls hat sie sehr heftig geflucht, und aus Gründen des Anstands werde ich über diesen Teil den Mantel des Schweigens breiten.

Leaf: »Warum hast du nicht gesagt, dass er seine Arme nachwachsen lassen kann?«

Ich: »Ich hab dir gesagt, er ist schwer zu töten! Und du sollst auf das Herz zielen.«

Leaf: »Kannst du aufhören, zu lachen, und mir helfen?«

Ich: »Falco sagt, du brauchst Übung für London.«

Leaf: »Seit wann tust du, was Falco sagt?«

Ich: »Seit es dein Überleben sichert. Du warst in den letzten Wochen grauenhaft damit. War ja ganz nett, zuzusehen, wie du allen auf den Sack gegangen bist, aber es wird Zeit, die Sache etwas ernster zu nehmen.«

Leaf: »Wovon redest du? Ich habe mich angestrengt. Ich reiße mir quasi beide Beine aus. Ich schlafe kaum vier Stunden. Ich trainiere, bis ich ohnmächtig werde, und den Rest der Zeit versuche ich, all diese unnützen Informationen in mich reinzuquetschen. Ich kann nicht mehr tun!«

Ich: »Bullshit!«

Leaf: »Ist es nicht! Ich kann nicht mehr. Ich bin bis auf die Knochen erschöpft.«

Ich: »Noch mehr Bullshit. Ich weiß, was du kannst, und ich sehe, was du tust. Du bist überfordert. Aber weißt du, was? Keiner von uns wird dich am Ende retten können. Du wirst in dieser Arena stehen und abkacken, weil du deinen Arsch nicht schnell genug bewegen kannst. Dir wird der Kopf abgeschlagen, und das war's. Nächstes Jahr bist du dann die Pointe, wenn wir alle besoffen sind. Falco wird heimlich in seine Badewanne heulen, Zero wird seine nächste Katze nach dir benennen, und das war's. Wir werden noch da sein, aber du nicht, weil du es nicht schaffst, dich aufzuraffen.«

Leaf: »Ich will es ja schaffen!«

Ich: »Dann will es mehr. Keiner behauptet, dass deine Aufgaben leicht sind. Sie kommen von meinem Dad, also glaub mir, ich kenne mich aus mit unlösbaren Aufgaben und Erwartungen, aber vor Angst den Kopf in den Sand zu stecken, bringt dich in eine Scheiß Lage.«

Leaf: »Ich bin nun mal nicht mutig! Ich bin nicht sportlich. Ich kann keine Sit-ups! Ich kann nur ... diese eine Sache, und von der bin ich mir nicht sicher, was es ist.«

Ich: »Scheiß auf die Sit-ups. Scheiß drauf, was dir jeder in diesem Höllenloch beibringen will. Letztendlich lernen wir nur Theorie, aber du setzt es in der Praxis um, und dabei ist es egal, wie dreckig das Ganze wird. Hauptsache, du überlebst, also fang damit an, was du kannst!«

Leaf: »Ich ...«

Ich: »Mach, Leaf!«

Leaf: »Shit, okay, ich mach ja schon. Was soll ich gegen diesen dummen Draug tun?«
Ich: »Wir werden high.«
Leaf: »Was?«
Ich: »Schnupf das. Aber halt dich fest. Der Trip wird heftig.«
Leaf: »Soll ich ... aua!«
Ich: »Rein damit, Mädel. So machen wir Necromancer das. Wenn wir Wiedergänger verkloppen wollen, geht das am besten, wenn wir uns aufputschen.«
Leaf: »Himmelherrgott noch mal, gib her.«
Ich: »Sehr gut. Und jetzt hau rein.«
Und das tat sie. Mit sehr viel Fluchen, aber das Mädel hat um ihr Leben gehauen. Ihrem Kampfstil fehlte es an jeglicher Form von Raffinesse, Können oder Geschick, aber am Ende lag der Draug als kleiner Haufen zu Boden.
Leaf: »Und jetzt?«
Ich: »Jetzt packen wir, was übrig ist, zusammen und bringen ihn zurück in den Kerker.«
Leaf: »Shit. Ich glaube, ich bin high.«
Ich: »So soll es sein.«

So, das war's, denke ich. Um ehrlich zu sein, bin ich danach halb nackt in der Mensa aufgewacht und habe Draug-Leichenteile an Stellen gefunden, an denen Leichenteile nichts zu suchen haben. Ich habe mir erlaubt, meine Unterwäsche samt Beweismitteln im nächsten Mülleimer zu entsorgen. Die restlichen Überreste des Draugs befinden sich in Kerker 5B.

Necromancer Crain Paracelsus

Ein Monat bis London:

Liebe Novizen,

alle vier Jahre finden die offiziellen Exorzisten-Spiele statt. Ich freue mich sehr, dieses Jahr London als den Gastgeber für die offiziellen Spiele verkünden zu können. Die ansässige Akademie unter der Führung von Direktorin Seraphina Hardwood ist bereits dabei, alles für die Spiele, die in insgesamt vier Disziplinen abgehalten werden, vorzubereiten.

Wie jedes Jahr bitten wir jene Novizen, die an den Spielen teilnehmen wollen, sich bis spätestens zum 14. Mai in den Listen ihrer jeweiligen Akademie einzutragen. Jene Novizen werden vom Rat geprüft, und jene mit den besten Ergebnissen werden den Spielen in London beiwohnen. Die Kundgebung, wer an den Spielen teilnimmt, wird innerhalb der nächsten sechsunddreißig Stunden erfolgen. Bitte beachten Sie, dass jeder Spieler nur mit Einwilligung und Begleitung eines eigenen Mentors für die Spiele zugelassen werden kann.

Insgesamt werden die Spiele in den vier Exorzistenklassen abgehalten. Die Black Bird Academys aus den teilnehmenden Ländern stellen ihre ausgewählten Schüler zur Verfügung. Jedes Spiel kann eine variierende Anzahl an Spielern haben, die miteinander oder auch gegeneinander antreten müssen. In jeder Disziplin kann im laufenden Spiel ein 1., 2. oder 3. Platz errungen werden. Der Ablauf des Wettbewerbs wird am Abend zuvor bekannt gegeben.

Die Exorzisten haben sich an die Verhaltensregeln des Ordens zu halten, es sei denn, eine oder mehrere werden für das Spiel aufgehoben. Das mutwillige Verletzen oder Boykottieren eines Mitspielers ist untersagt und hat eine Bestrafung und den Ausschluss von dem Spiel zur Folge.

Die Akademien, die in diesem Jahr gegeneinander antreten, sind: London, Paris, Berlin, Madrid, Kopenhagen, Tokio, Peking, Ankara, Delhi, New York, Ottawa, Mexiko-Stadt, Kairo und Kapstadt.

Ich erwarte wie jedes Jahr großartige Leistungen zu sehen.

Scientia pro viribus
Sanguis ad vitam
Lux pacis

Intendant Calcius Paracelsus

11

Lore

Dämonen der Stufe 4
Monster

Grollborste Ein Untier in der Gestalt eines tollwütigen, riesigen Schweins. Die *Grollborste* besitzt ein Maul voller scharfer Zähne und weist glühende Augen auf. Ihre Hufe schlagen Funken, ihre Borsten, die sie wie Pfeile aus dem Rücken hervorschießen lassen kann, sind spitz wie Messer und giftig.

»Das ist eine miese Idee, Lore. Du hattest zwar in den letzten tausend Jahren einen Haufen davon, aber das hier kommt in die Top Ten«, sagte Kain trocken.

»Irgendwie behauptest du das bei jeder meiner Ideen«, warf ich ein, während wir uns durch die schmutzigen Gassen von Chinatown drängten. Der Geruch nach Essen, Pisse und Elend mischte sich und ließ mich beinahe würgen. Egal wie fortschrittlich die Menschheit wurde, jede Stadt stank zum Himmel, und das seit so vielen Jahrhunderten.

Kain schob sich die Brille, die er gar nicht brauchte und meiner Meinung nach nur trug, um besser auf andere herabblicken zu können, den Nasenrücken hoch und wich angewidert einer Pfütze auf dem Boden aus.

Das Leben pulsierte um uns herum wie Hunderte, Tausende kleine Herzschläge. Manche davon leuchteten heller als andere, manche erloschen. Das zornige Gebrüll einer Frau legte sich über das Weinen eines Babys. Aus einer Bar drang das Lachen von Männerstimmen hervor, das Klirren von Gläsern und das Heulen von Sirenen verwob sich zu einem wirren Knäuel aus Leben, Tod und Chaos. Absolute Perfektion, wenn man mich fragte. Aber das tat niemand.

»Wenn sie dich in diesem Club erkennen – und er wird dich erkennen –, dann bist du tot«, prophezeite Kain.

»Bisher kennen nicht viele mein neues Gesicht, und ich kann mich nicht ewig in deiner Bude verstecken, Orgien feiern und mir den Wanst vollschlagen«, entgegnete ich.

»Stimmt. Du könntest ja auch etwas Vernünftiges tun. Ein paar Jahrzehnte untertauchen, dir einen Job suchen, eine Familie gründen. Du hast schon lange keine Kinder mehr gehabt. Oder hey, deine letzte Karriere als Sänger war doch gar nicht so schlecht. Ich wette, alle würden sich freuen, Elvis wiederzusehen. Wir warten einfach, bis sich die Gemüter beruhigt haben, und dann können wir versuchen …«

»In ein paar Jahrzehnten ist es zu spät, um auch nur irgendetwas zu tun«, schnitt ich ihm das Wort ab. Kain schnalzte mit der Zunge und zupfte sich den grauen Stoff seines geschniegelten Mantels zurecht.

»Du bist dramatisch wie eh und je, Lore. Du glaubst doch nicht wirklich, dass dein Vater zurück ist. Una lügt. Wenn so etwas passiert wäre, hätte es jeder gespürt oder mitbekommen oder zumindest ein Gerücht gehört. Aber da war nichts!«

»Und genau das macht mich misstrauisch, mein Freund. Es gibt immer Gerüchte«, zischte ich, und wir blieben vor der roten Tür stehen, die mitten zwischen Bergen aus Müll und ranzigen Fast-Food-Überresten vor uns auftauchte. Eine grüne Lampe leuchtete über der Tür und warf verzerrte Schatten über die ansonsten dunkle Straße. Mehr gab es nicht. Kein Schild, kein Name, kein gar nichts, und auf Google Maps existierte dieser Ort nicht. Um genau zu sein, musste man ein Dämon sein, um ihn zu kennen und zu wissen, wie er hieß. Doch seit ich mich erinnern konnte, hatte es *The Hole* gegeben, in verschiedenen Ländern, in verschiedenen Epochen. Manchmal wurde es zerstört oder ausgelöscht, doch es tauchte immer wieder auf wie ein eitriger Pickel am Arsch der Welt.

Im *Hole* bekam man alles, wenn man es wollte, sofern man bereit war, einen entsprechenden Preis zu zahlen und/oder ein paar Leben zu verlieren. Ich hatte im *Hole* schon mehr Hüllen eingebüßt, als ich zählen konnte, und hatte mir eigentlich geschworen, es für dieses Jahrhundert zu meiden. Doch jetzt waren wir wieder hier, und ich klopfte an die Tür und lächelte, als wäre ich ein netter kleiner Vertreter, der seine Staubsauger an den Dämon bringen wollte. Mitten in der Tür erschien ein leuchtend grünes Auge.

»Was?«, grunzte die Tür mich an.

»Wir würden gerne reinkommen«, sagte ich und ließ meine Augen schwarz werden, Kain ebenso. Mit einer Seele, die nicht so schwarz wie Pech war, kam man hier gar nicht erst hinein.

»Und ich würde gerne King Kong vögeln und Anführer einer Sekte werden, die Affen verehrt. Wir können nicht alles haben, was wir wollen«, fuhr die Tür mich an.

»Was nicht ist, kann ja noch werden«, versicherte ich. Das Auge starrte mich an.

Kain seufzte. »Sesam, öffne dich«, leierte er herunter.

»Na also, geht doch«, grunzte die Tür und schwang auf.

Ich verdrehte die Augen und schob sie mit der Schulter auf. »Das ist das Passwort? Enttäuschend! Ich behaupte, die waren schon mal kreativer.«

»Nach ein paar Jahrhunderten gehen einem wahrscheinlich die Ideen aus«, gab Kain zurück, und wir traten über die

Schwelle des *Hole*. Das Kribbeln verriet, dass wir mehr als nur eine Schwelle passiert hatten. Der Dämon, dem diese Spelunke gehörte, war einer der wenigen, die, sagen wir mal, die Ränder der Zeit biegen konnten. *The Hole* war nie ganz da, aber auch nie ganz woanders. Ein Zwischenreich, wie zwischen zwei Atemzügen oder Herzschlägen eingefroren.

Dementsprechend war es noch genauso, wie ich es in Erinnerung hatte, und das, obwohl ich das letzte Mal 1890 hier gewesen war.

Der Boden war aus altem Holz, das bei jedem Schritt knarrte, von den Wänden bröckelte der Putz und ließ Teile der Ziegelwand hervorblitzen. Ab und zu konnte man noch ein paar zerfetzte Vorhänge sehen, mit denen man notdürftig versucht hatte, ein paar Brandflecken zu überdecken. Doch auch diese waren von Motten zerfressen.

The Hole war verwinkelt, voller Ecken und kleinen Stiegen, die nach oben oder unten führten. Tische, Stühle und Bänke aus verschiedenen Epochen und Jahrhunderten waren wild verstreut. An den Wänden hingen alte Gemälde, Poster, Nacktbilder, Anime-Poster, Kunstwerke. Wie die Möbel war es eine wirre Ansammlung über Jahrhunderte hinweg und eindeutig das Werk eines Verrückten.

Über allem lag der beißende Geruch nach Opium, der sich wie Nebel durch die Gänge zog und in den sich eine süße Note von Basiliskenschuppen mischte. Mit diesem Mix wurde man entweder high oder starb an Herzversagen. Ich konnte nicht behaupten, selbst nicht ein- oder zweimal denselben Fehler gemacht zu haben, doch diese Drogen waren so hart, dass jede menschliche Hülle früher oder später verendete.

Wir gingen nach oben. Die Stufen waren schmal und knirschten bei jedem Schritt wie Knochen, die kurz davor waren zu brechen. Hier oben sah es nicht anders aus als unten, außer vielleicht noch dunkler, muffiger und verrauchter. Ein paar Separees waren in Dunkelheit getaucht, aus denen uns glühende Augen anstarrten, und eindeutige Sex- oder Fressgeräusche waren zu hören. Manchmal beides.

»Warte!« Ruckartig blieb ich stehen, sodass Kain in meinen Rücken prallte und mir den Aktenkoffer, den er die ganze Zeit schon mit sich schleppte, in die Kniekehlen stieß.

»Was ist los, Lore?«

»Welche Tür war es noch mal? Wo wartet dein Kontaktmann?«, fragte ich verwirrt.

Kain warf mir einen genervten Blick zu. »Wenn du es nicht weißt, warum gehst du dann vor?«

»Ich gehe eigentlich dir nach, nur vor dir«, räumte ich ein.

Kain seufzte laut und schwer. »Der Kontaktmann Viper wartet im zweiten Stock, dritte Tür rechts«, sagte er.

»Was würde ich nur ohne dich sein?«, säuselte ich und warf ihm einen Luftkuss zu.

»Die Frage wäre eher, was ich ohne dich wäre«, gab Kain grimmig zurück. Ich lachte in mich hinein, während wir nach oben stiegen, wobei die Stufen knarrten, als könnten sie jederzeit zusammenbrechen. Der zweite Stock war ein Irrgarten aus kleinen Zimmern und Fluren, wobei hinter den Türen alles ablief, was man sich vorstellen konnte – aber selten wollte.

Vor der dritten Tür rechts blieb ich stehen. Sie bestand aus altem verzogenem Holz, und ein alter Fleck darauf ließ sich vage als Zimmer drei ausmachen. Das Holz roch gammlig, die Scharniere süßlich vom Rost, als müsste man die Tür nur anstupsen und sie würde in sich zusammenfallen. Doch als ich anklopfte, fühlte es sich solide an.

Niemand antwortete uns. Mit hochgezogenen Augenbrauen drehte ich mich zu Kain um. »Sicher, dass wir hier richtig sind?«

Mein Freund rückte seine Brille zurecht und verlagerte den Koffer von einer Hand zur anderen. »Ja.«

Ich klopfte erneut, doch niemand rief uns rein.

»Na dann …« Ich zuckte mit den Schultern, drückte die Tür auf und erwartete, grauenhafte Dinge dahinter zu sehen. Aber womit auch immer ich gerechnet hatte, es überraschte mich, keine geopferte Jungfrau, Drogen oder eine Sexorgie vorzufinden, sondern eine zünftige Partie Karten.

Fünf Dämonen blickten uns aus schwarzen Augen an. In der Luft hing der Gestank nach Rauch, Sex und Blut, und auf dem Tisch lag allerhand Krimskrams, von Golduhren über funkelnde Ketten bis zu Diamantohrringen und einer Designerhandtasche, aus der noch ein abgetrennter Arm ragte.

»Entschuldigt, die Gentlemen zu stören. Wir suchen Viper«, sagte ich fröhlich. Die Stimmung verdüsterte sich mit einem Schlag, und ein Asiate mit zurückgekämmten Haaren nahm die Zigarette aus dem Mundwinkel und aschte ab. »Ich bin Viper«, sagte er und blies eine Rauchwolke in unsere Richtung.

»Henry«, stellte ich mich selbst vor und wurde prompt nostalgisch. »Das ist Kain. Wir haben einen Termin«, stellte ich uns beide vor. Die Dämonen sahen uns nur an, als erwarteten sie, dass wir entweder anfingen, sie abzuknallen oder zu strippen. Ich konnte nicht behaupten, dass mir das nicht ebenfalls schon passiert war.

»Wir brauchen ein paar Informationen«, warf ich ein, doch Viper nahm nur wieder die Zigarette in den Mund und rauchte weiter. »Kommt ein andermal wieder. Ich habe keine Zeit.«

»Aber wir haben einen Termin.«

»Euer Termin ist mir scheißegal. Ich hab hier was zu gewinnen«, knurrte Viper.

»Ist das so? Dürfen wir uns dann zu der Partie dazugesellen?«, bohrte ich nach.

Keiner der Dämonen rührte sich, und Viper maß mich weiterhin mit Blicken. »Habt ihr Einsatz?«

Ich lächelte ihn an, nickte Kain zu, der seufzend den Aktenkoffer auf den Tisch hievte. Die Schnallen öffneten sich mit einem Klicken, und darin lagen Dutzende dicke Päckchen, in denen weiß-grünes Pulver schimmerte.

»Lindwurm-Extrakt, ganz frisch, im Wert von etwa einer Million.«

Vipers Kippe fiel ihm aus dem Mund. Einer der Dämonen fluchte.

Ich zückte ein kleines Messer, ritzte eines der Päckchen an, schabte etwas Pulver ab und hielt es Viper hin. »Kostprobe?«

Dieser runzelte die Stirn, packte das Messer und zog sich das Pulver durch die Nase. Es brauchte nicht lange, als sich seine Pupillen ruckartig zusammenzogen und er einen zischenden Laut ausstieß.

»Reicht das?«, flötete ich. Viper beruhigte sich wieder und nickte zu dem Stuhl neben sich.

»Wir spielen Tarokka. Einer von euch kann mitmachen.«

»Wundervoll.« Ich war gut im Tarokka. Vor allem darin, zu betrügen. Ich ließ mich auf den Stuhl fallen, während sich Kain hinter mich zurückzog und dabei wie der perfekte Bodyguard aussah. Ich liebte den Kerl. Er wusste einfach immer, wann er eine Zicke sein musste und wann nicht.

Eine neue Runde begann. Viper mischte die Karten so schnell, dass sie selbst vor meinen Augen verschwammen; es war nur das *pfffrrrt* zu hören, als er das Deck in zwei Stapel aufteilte. Die Karten für das Hochdeck klatschte er auf den Tisch, ehe er mir das Spielerdeck unter die Nase hielt.

»Zieh«, befahl er mir, und ich nahm ohne zu zögern die

oberste Karte. Darauf zu sehen war in Schwarz und Weiß eine ausgemergelte Gestalt mit Kapuze. Daneben prangte die Zahl sechs.

»Der Bettler ist die Fokuskarte, wie ironisch«, kommentierte Viper, und ich platzierte die Karte mit einem Schmunzeln in der Mitte des Tisches.

Der Dämon teilte uns allen eine Schicksalskarte aus. Als ich sie unauffällig anhob, kam die Nummer neun, zusammen mit dem Bild eines ausgemergelten alten Mannes, der eine Truhe in den Händen hielt. Der Geizhals war demnach meine Schicksalskarte. Nun gut.

Viper teilte an uns alle sechs weitere Karten aus, und wir begannen zu spielen, während jeder von uns eine Karte auswählte. Auf ein Nicken flippten wir sie gleichzeitig hoch. Ich genoss es, als das frustrierte Schnauben zu hören war, weil meine Karte die höchste war.

»Und? Soll deine Schicksalskarte bleiben, oder willst du eine neue?«, fragte Viper, und aus seinem Mund klang das wie eine Drohung.

»Ja. Kann bleiben«, antwortete ich generös.

Wir begannen, zu spielen, indem wir die Karten abwarfen; war jedoch die abgeworfene Karte gleich hoch oder niedriger als die allgemeine Fokuskarte vor uns, musste man eine Karte ziehen. Entweder aus dem normalen Stapel oder aus dem Hochdeck, was das Spiel riskanter machte. Das konnte ein Vorteil sein oder genau das Gegenteil, denn nahm man Hochkarten auf, konnten sie das Spiel in eine völlig andere Richtung lenken. Kain hinter mir gab sein Bestes, unauffällig zu sein.

So bemerkte niemand, wie er mir leise ins Ohr raunte, was ich wissen musste. »Viper hat die Acht, die du brauchst. Er kann nichts damit anfangen, also wird er sie abwerfen.«

Sehr gut.

Als ich an der Reihe war, nahm ich ohne zu zögern eine Hochdeckkarte auf. Der Rabe. Ich lächelte. Es hatte Hunderte Jahre gedauert, um zu lernen, wie man in Tarokka die Karte bekam, die man brauchte, ohne dass es den anderen auffiel.

»Jeder Spieler darf eine Karte an den nächsten abgeben«, sagte ich. Die Dämonen murrten und gaben ab. Viper warf mir die Acht zu. Wundervoll.

Tarokka war bei den Dämonen beliebt, eine Mischung aus Poker mit Tarot und einem Hauch von Wahnsinn. Am Ende prügelten sich die meisten, weil jeder jeden des Betrugs bezichtigte, aber die Runden waren normalerweise schnell gespielt.

Zum Glück war ich ein Meister im Betrug, wenn es um Tarokka ging. Nur ein Verrückter versuchte hier tatsächlich, nur mit Glück und Geschick zu gewinnen.

Genüsslich ging ich die Karten durch und erhöhte fröhlich meinen Einsatz, bis Viper grunzte und ebenfalls eine Hochkarte ausspielte: »Der Donjon. Ihr müsst bis auf drei Karten ablegen, und dann will ich sehen.«

Alle deckten auf, während ich zufrieden meine drei verbliebenen Karten auf den Tisch legte und meine Schicksalskarte aufdeckte, zusammen mit der Fokuskarte war es mit Abstand die beste Hand.

»Vier derselben Art«, sagte ich zufrieden. Noch besser wäre eine Familie gewesen, doch der Betrug sollte nicht sofort so offensichtlich sein.

Ein Raunen ging durch die Runde, während mein Grinsen breiter wurde. »Was für ein Glück«, gab ich zu.

Viper verengte die Augen, als ich das Geld einstrich. Kain seufzte hinter mir.

Viper hob einen Mundwinkel und begann, die Karten neu zu mischen.

»Also, Viper …«, setzte ich an, während wieder eine Fokuskarte vor uns landete.

Zu sehen war die Nummer sieben.

Der Scharlatan grinste uns von der Karte an.

Als wir diesmal aufdeckten, achtete ich darauf, jemand anderen die höchste Karte setzen zu lassen. Der Vampir zu meiner Linken gewann den Stich und tauschte seine Schicksalskarte ein, während wir anderen weitermachten.

»Du weißt nicht zufällig etwas über ein Homunkuluslabor hier in New York?«, fragte ich unschuldig, während ich eine Acht ablegte.

Viper starrte mich an, ebenso wie der Rest des Raums. Kain seufzte nur. Ich wusste jetzt schon, dass er innerlich darüber fantasierte, meinen Kopf in die Toilette zu stecken und ein paarmal kräftig zu spülen. Aber ich ließ mich nicht davon aus der Ruhe bringen.

»Das … ist eine sehr gefährliche Frage«, murmelte er. Schuppen drückten sich aus seiner Haut hervor, was wohl seinen Spitznamen erklärte.

Ein Gorgon also. Gab inzwischen nicht mehr viele. Dieses Exemplar hier musste älter sein, als es den Anschein hatte.

»Bei gefährlichen Fragen bin ich durchaus gewillt, ein Auge zuzudrücken, alles in die Waagschale zu werfen und ganz zufällig diese drei Karten in meiner Hand verschwinden zu lassen, die mich gewinnen lassen würden«, flötete ich. Kain seufzte hinter mir erneut.

Viper verengte die Augen, und für einen Sekundenbruchteil dachte ich, er würde mir die Giftzähne in die Halsschlagader jagen. Stattdessen nickte er nur einem der Dämonen zu. Dieser schnaubte und warf die Karten auf den Tisch.

»Hier.«

Er hielt eine Karte hoch. Eine Hochkarte. Sie zeigte einen schreienden Mann hinter einem zersplitterten Spiegel.

Der Gebrochene.

»Nimm sie. Leg alle deine Karten ab und zieh neue. Falls du dann dennoch gewinnst, bekommst du deine Information, aber wenn jemand fragt, hast du die nicht von mir«, sagte Viper.

»Wundervoll!« Ich schob die Drogen über den Tisch. Warf die Karten fröhlich über meine Schulter, wo Kain sie hektisch aufsammelte, und nahm neue Karten auf.

Ich starrte auf mein Blatt und lächelte. Das war verdammtes Glück. Das letzte Blatt hatte ich gespielt, um alle glauben zu lassen, ich würde nicht betrügen. Ich hatte es darauf angelegt zu verlieren. Mit dem hier gewann ich. Viper mochte mich gezwungen haben, die Karte zu nehmen, um zu verhindern, dass ich schummelte, doch damit hatte er mir tatsächlich zu meinem Sieg verholfen. Gott, ich liebte dieses Spiel.

Als wir auf drei Karten reduziert hatten, legte ich ab.

»Eine Familie. Fünf Karten in derselben Farbe und in korrekter Zahlenfolge«, sagte ich zufrieden, während ich auf meine Schicksalskarte und die Fokuskarte deutete, die zusammen mit meinen Karten das höchstmögliche Ergebnis anzeigten.

Viper starrte mich an, und ich sah ihm an, dass er überlegte, mir den Kopf abzureißen. Kain hinter mir verspannte sich.

Ich schob Viper die Karten zu. »Entspann dich. Du kannst das Geld behalten«, säuselte ich. Seine Mundwinkel zuckten, und die Aggression war so zum Schneiden dick, dass es mir gleichzeitig Angst einjagte und mich ein bisschen geil machte.

Vipers Augen blieben an dem kleinen Vermögen auf dem Tisch hängen, und etwas blitzte in seinen Augen auf. Gier. Gier war so viel besser als jeder Stolz.

»Es gibt ein paar ›Gerüchte‹«, setzte er schließlich an. Kain hinter mir entspannte sich.

»Was für Gerüchte?«, fragte ich.

»Dass eine Lord-Dämonin auf North Brother Island eine Station hat, auf der Experimente mit neuen Homunkuli durchgeführt werden«, sagte er knapp und sah mich mit einem seltsamen Blick an. »Das alte Riverside Hospital.«

Ich hob eine Augenbraue. »Du meinst das alte Quarantänekrankenhaus? Bist du dir sicher?«

Viper zuckte mit den Schultern. »Mehr weiß ich nicht.«

»Besten Dank auch«, sagte ich und erhob mich.

Statt eines Abschieds zündete der Gorgon sich eine neue Zigarette an und blies den Rauch durch seine Nase. »Verpisst euch.«

Spöttisch salutierend zerrte ich Kain hinter mir in den Flur hinaus.

»Siehst du? Manchmal ist der beste Plan, einfach mit der Tür ins Haus zu platzen«, sagte ich zufrieden.

Kain sah mich an, als wäre ich nicht ganz bei Trost. »Er muss schon strohdumm sein, um nicht geschnallt zu haben, wer du bist, Lore. Verdammt noch mal, wir waren uns doch einig, das hier so unauffällig wie möglich zu machen. Er wird alles Una erzählen.«

Ich lachte, während wir uns in Bewegung setzten. »Natürlich wird er das, doch bis dahin sind wir dort längst eingebrochen und stöbern in ihren Sachen rum. Ich liebe es, Una zu beklauen.«

Kain verdrehte die Augen. »Ich weiß immer noch nicht, warum du dorthin willst, anstatt das Land zu verlassen.«

»Nun, ich brauchte noch ein paar Informationen …«, setzte ich an, als sich uns ein großer Brocken in den Weg stellte. So abrupt, dass ich gegen eine fleischige Brust und noch fleischigere Bauchmuskeln stieß.

»Uff … Was?«, überrascht blickte ich auf und sah in ein grimmiges Gesicht mit spiegelnder Glatze.

»Lore. Dass du dich traust, hier aufzukreuzen, hat entweder mit viel Mut oder sehr viel Dummheit zu tun«, knurrte mich der Ghul an. Es gab nicht viele von diesen Wesen, die so viel Grips hatten, zu sprechen, aber dieses Exemplar hier war eine grunzende Ausnahme.

Kain biss so fest die Zähne zusammen, dass ich es knirschen hörte. »Ich habe dir gesagt, er wird es herausfinden.«

Ich sparte uns beiden eine Antwort darauf.

»Heeeyyy, Titan«, sagte ich stattdessen. »Was für ein Zufall, dich hier zu sehen.«

Der Ghul schnaubte.

»Ich arbeite hier seit fünfhundert Jahren, Lore. Das ist kein Zufall, du bist nur dumm«, knurrte er.

Ich tätschelte ihm die Schulter. »Natürlich! Wie konnte ich das nur vergessen? Ich hoffe, du bekommst inzwischen Zahnersatz.«

Titan verengte die Augen. »Wollen wir das jetzt auf die harte oder die tote Tour machen?«, grunzte er mich an.

Seufzend hob ich die Hände. »Ich will keinen Stress.«

»Natürlich wolltest du den, sonst wärst du nicht hier reingekommen.«

»Ich wollte nur eine Information …«, setzte ich an, doch da packte Titan mich bereits an der Taille und warf mich ohne zu zögern über seine fleischige Schulter.

»Shit! Muss das sein? Wir wollten gerade gehen!«, ächzte ich, doch der Ghul grinste nur und packte meine Beine so fest, dass ich sie mir wahrscheinlich brechen müsste, um loszukommen.

Kain schob sich die Brille zurück und kam uns hinterher.

»Die ganze Sache ist absolut unnötig«, versicherte ich, während uns die Blicke der Dämonen folgten. Ganz toll.

Das hier würde noch die nächsten hundert Jahre für Klatsch sorgen, und ich sah mehr als nur ein zu breites Grinsen mit zu vielen scharfen Zähnen.

Titan stapfte ungerührt mit mir durch den abgeranzten Laden und nach oben ins nächste Stockwerk. Hier oben roch es weniger nach illegalen Veranstaltungen und mehr nach Räucherstäbchen, und ein Vorhang aus Perlen klimperte, als Titan hindurchging.

Ich verdrehte den Kopf und sah in einen offenen Raum, in dem Matten lagen, auf denen sich halb bekleidete Dämonen am Boden wanden, als hätten sie Schmerzen. »Als Nächstes gehen wir in den Kranich über, um euer drittes Chakra zu stärken«, tönte eine Stimme durch den Raum. Oh. Sie hatten keine Schmerzen, sie machten Yoga. Was für ein abgefuckter Shit!

Ich erstarrte in Titans Armen, während ich tatsächlich überlegte, ob es mir das nicht wert war, ein paar Oberschenkelbrüche zu riskieren, um hier herauszukommen. Das hatte jedoch nichts mit Yoga, sondern mit der Person, die da saß, zu tun. Bevor ich jedoch loslegen konnte, wuchtete Titan mich bereits auf den knarrenden Holzboden.

Im nächsten Augenblick saß ich vor einer Yogamatte. Ein Schwarzer Kerl von vielleicht Mitte dreißig saß darauf und hatte seine Beine dort, wo sie anatomisch eindeutig nicht hingehörten. Ein weißes Hemd entblößte klimpernde Perlenketten um seinen Hals, und seine muskulösen Schenkel steckten in einer weißen Hose. Die schwarzen Dreadlocks fielen ihm über den Rücken, und auf seiner Stirn war ein geöffnetes Auge tätowiert, genauso wie in seinen Handinnenflächen. Der schwere Geruch nach Räucherstäbchen waberte um uns herum.

»Lore«, sagte mein Gegenüber mit einer so genervten Stimme, dass ich nicht anders konnte, als zu lächeln.

»Legion.« Ich versuchte, mir meine Anspannung nicht anmerken zu lassen, und lehnte mich stattdessen entspannt zurück.

»Lange nicht gesehen. Wie geht es meinem Lieblingsbruder?«

12
Leaf

Dämonen der Stufe 2
Dämonen

Adlet Ein Mischwesen aus Wolf, Mensch und Bär. Es ist mit rötlichem Fell bedeckt und kann unglaublich schnell laufen.

Keuchend wischte ich mir die Hände an den Oberschenkeln ab, die in einer gefühlt viel zu engen schwarzen Hose steckten, und beobachtete, wie es in der Arena heftig staubte, als einer der Novizen aus dem dritten Jahrgang von einer Horde Adlets überrannt wurde. Diese Dinger waren Yamamotos neueste Anschaffung und eine Mischung aus Wolf, Bär und Mensch und so schnell, dass man ihren Bewegungen kaum mit den Blicken folgen konnte. Ich verstand ehrlich nicht, warum man uns für eine Prüfung töten wollte. Die Menge an zuschauenden Exorzisten stöhnte auf, als der Novize gegen die Mauer der Arena krachte und dabei praktisch seinen Körperabdruck hinterließ, während die Adlets sich daranmachten, ihn grün und blau zu trampeln. Blut spritzte, und die Menge jubelte, als wären sie beim Wrestling.

»Wie geht es dir?«

Die Stimme, die an mein Ohr drang, jagte mir einen Schauer über den Rücken.

Falco trat wie ein Schatten aus dem Eingang hinter mir. Seine Hand streifte meine flüchtig, und ich erwiderte die Geste im selben Atemzug und musste mich gleichzeitig ermahnen, dass Tempest überall war und alles, wirklich alles, was wir taten, mit Argusaugen beobachtete. Ich zwang mich dazu, Falco nur anzulächeln, während die Zähne der anderen Exorzisten quer durch die Arena flogen wie Popcorn.

»Ihr Exorzisten bekommt nicht zufällig Zahnersatz, oder?«, erkundigte ich mich bei Falco und verzog das Gesicht, als ein paar Exorzisten in die Arena sprangen, um die Adlets von dem Novizen wegzuzerren.

»Warum noch mal muss ich das tun? Ich bin doch sowieso bei den Spielen dabei, warum muss ich diesen schrecklichen Test dennoch machen?«, fragte ich dezent entsetzt. Ich fühlte mich unvorbereitete für dieses Gemetzel hier.

»Du bist am Ende des ersten Semesters, Leaf. Du musst eine praktische Prüfung ablegen, und das hier ist so gut wie jede andere auch. Du magst bei den Spielen dabei sein, aber das hier ist deine Gelegenheit, gute Noten zu bekommen und zu zeigen, was du gelernt hast.«

»Scheiß auf gute Noten, ich bleibe sitzen«, sagte ich inbrünstig, erntete jedoch nur einen strengen Blick.

»Du kannst nicht kneifen, Leaf, aber ich verstehe beim besten Willen nicht, warum du dir als Prüfung ausgerechnet Nekromantie ausgesucht hast. Warum nicht Shintonist?«, sagte er seufzend. Das lange Haar war im Nacken zu einem losen Knoten zusammengebunden. Eine Haarsträhne fiel ihm in die Stirn, und ich musste den Drang unterdrücken, sie zurückzustreichen.

Ich schnaubte. »Falco, das einzige Mal, als ich es geschafft habe, mich gegen einen Lord-Dämon zu wehren, hat damit geendet, dass ich besetzt wurde. Ich weiß ja deinen Glauben an mich zu schätzen, aber jeder Lord-Dämon da draußen könnte schneller meinen Arsch versohlen, als ich niesen kann. In Geisterkunde bin ich bisher in jeder praktischen Prüfung durchgefallen, und ich fresse lieber Staub, als mich mit einem Adlet anzulegen. Mir bleibt also nichts anderes übrig, als ein paar Vampiren die Zähne zu ziehen.«

Er neigte den Kopf, doch seine Mundwinkel hoben sich leicht an. »Ich hätte dich nicht so viel mit Crain trainieren lassen sollen.«

»Besser, Vampiren die Zähne zu ziehen, als von Adlets plattgemacht zu werden«, wiederholte ich und deutete auf den Novizen, der gerade mehr tot als lebendig aus der Arena getragen wurde. Die Arena war indessen erfüllt von lautem Johlen und Pfeifen.

Wieder zwang ich ein paar zittrige Atemzüge in meine Lunge und musste mich ermahnen, dass selbst, wenn ich jetzt wegliefe, Falco mich an den Ohren zurückschleifen würde.

»Entspann dich!« Sein Atem streifte meine Ohrmuschel. Er drückte meine Schulter, und ich konnte die Hitze seiner Haut spüren, während der süße Geruch seines Parfums uns beide umwehte. In meinem Magen zuckte es unruhig, doch ich hielt es zurück. Ich hatte Falco bereits so viel Energie abgezapft, dass er kaum bei Bewusstsein gewesen war. Er sah immer noch etwas blass aus, aber zumindest hatte ich nicht mehr das Gefühl, vor Hunger zu sterben. Das ständige Brüllen in mir war zu einem dumpfen Brummen abgestumpft.

»Wir haben dafür trainiert. Du hast dafür trainiert. Du schaffst das, Leaf.«

Ich verzog das Gesicht und hielt eine Antwort zurück. Letztendlich war es egal, ob ich es schaffte oder nicht. Ich würde nach London reisen, die Frage war nur, in wie vielen

Stücken. Die Trainingsarena wurde unter viel Gejohle von Dämonen geräumt, doch der Sand sah immer noch so aus, als ob mehr als nur eine Person darin verblutet wäre.

Von meinem Standpunkt aus sah ich Direktor Gale, der wie ein aufgeplusterter bunter Gockel auf der Tribüne hockte, das Kollegium saß neben ihm. Mein Blick suchte den von Yamamoto, der mit seinem Spiritus auf der Schulter angespannt dastand.

Als hätte er meine Blicke gespürt, warf er mir ein Lächeln zu, aber es sah genauso gequält aus, wie ich mich fühlte. Ich wünschte, Crain oder Zero wären hier, doch beide waren bereits dabei, sich auf ihre Kämpfe vorzubereiten. Die Prüfungen für die Hunter waren vorbei, und wie es sich für die Hunter gehörte, hatte sich jeder von ihnen mit einer kapitalen Bestie anlegen müssen. Die Nekromanten hingegen schickte man in kleinen Gruppen hinein, jedoch einer nach dem anderen, und ich war die Erste. Ich hatte den kurzen Strohhalm gezogen.

Meine Rückenmuskeln spannten sich bis zur Schmerzgrenze an, als ich beobachtete, wie ein paar Exorzisten Trennwände heranschleppten und den sandigen Boden verankerten, sodass sie eine Art Labyrinth bildeten.

»Sie schicken für diese Prüfungen jeweils vier Nekromanten rein, jeden von euch aus einer anderen Ecke der Arena und in ungleichmäßigen Zeitabständen. Du bekommst gleich einen Zettel, auf dem steht, was du im Labyrinth finden und in die Mitte bringen musst, bevor die Zeit abgelaufen ist.«

Er deutete, mit dem Kinn nickend, auf eine große Sanduhr, die neben Direktor Gale stand, und durch die greller roter Sand rieselte.

»Du hast eine halbe Stunde Zeit. Wenn du den Gegenstand nicht gefunden hast, von einem Wiedergänger k. o.

geschlagen, unbeweglich gemacht wirst oder nicht in die Mitte findest, scheidest du aus.«

Ich befeuchtete meine Lippen und fragte dennoch: »Was, wenn ich es nicht schaffe?«

Falco sah mich mit einem dunklen Blick an. Seine langen Wimpern warfen Schatten auf seine hohen Wangenknochen. »Das hier ist in etwa ein Zehntel der Prüfung, die du später in London absolvieren musst. Wenn du es hier nicht schaffst, wirst du es dort erst recht nicht. Was du heute tust, wird dem Intendanten direkt berichtet. Scheitern ist also keine Option, außer du willst deinen Kopf verlieren, sobald wir London erreichen.«

»Entzückend«, krächzte ich und spürte, wie mir das Herz quasi in der Kehle flatterte, als die letzten Wände nach oben gezogen wurden und Direktor Gale sich räusperte und aufrichtete.

Zum heutigen Anlass trug er einen quietschgelben Zylinder mit glänzenden lila Gesichtern darauf und einer ebenso stechend grünen Weste, die er mit einer roten Krawatte kombinierte.

»Ich glaube, wir sind bereit. Sind alle Novizen bereit? Leaf? Zero? Crain? Noah? Sehr schön. Teilt die Aufgaben aus.«

Falco räusperte sich und hielt mir etwas hin.

»Muss ich es nehmen?«, presste ich hervor. Er drückte mir den Zettel praktisch ins Nasenloch.

»Ich mach ja schon«, murmelte ich, schnappte ihm den Zettel weg und linste hinein.

»Besorge die Feder einer Strix.« Oh shit.

»Du weißt, was eine Strix ist?«, erkundigte sich Falco, während er über meine Schulter linste.

»Ein vogelähnlicher Dämon, der Blut saugt und die Eingeweide Toter frisst, ähnlich wie ein Geier«, rasselte ich herunter.

Falco schenkte mir ein leichtes Lächeln. »Ganz genau. Das wird schon.«

»Das wird schon? Wie soll ich etwas fangen, das fliegen kann?«, fragte ich panisch.

»Hochspringen«, riet er mir und gab mir einen Schubs in den Rücken.

»Los!«, brüllte Gale, und die riesige Sanduhr über seinem Kopf schwenkte um, während der Sand zu rieseln begann. Bevor ich noch etwas sagen konnte, knarrte es hinter mir, und die Gittertüren schlugen krachend zu und sperrten mich in der Arena ein. Die Trennwände des Labyrinths waren aus Holz und so hoch, dass ich die Zuschauer nicht mehr sehen konnte. Nur das grelle Licht kam von oben, während der Sand am Boden seinen Weg in meine geschundenen Stiefel fand. Alles, was ich hören konnte, war das Jubeln, jedoch auch mehr Buhrufe als bei den Novizen vor mir. Natürlich buhten sie.

»Eine Feder. Ach, komm schon. So schwer kann das nicht sein«, redete ich mir selbst gut zu, blendete den Lärm aus, knüllte das Papier zusammen und begann loszulaufen. Zehn Schritte nach vorne, dann fünf nach rechts. Links und rechts war immer noch nichts als Holz, in dem Kratzer prangten, als hätte jemand versucht, es als überdimensionalen Kratzbaum zu verwenden. Ein Schweißtropfen rann mir über die Stirn und fiel zu Boden, während ich mich umsah. Doch hinter mir war nichts, und vor mir zweigten zwei Wege ab, einer nach links und einer nach rechts. Im selben Augenblick, als ich nach rechts gehen wollte, knallte an der anderen Seite der Holzwand etwas so heftig dagegen, dass das gesamte Holzgebilde ins Schwanken geriet. Ein Fauchen war zu hören, gefolgt von einem gurgelnden Brüllen und dem lauten Johlen der Zuschauer.

Oh shit, shit, shit! Vor Schreck machte ich einen Satz nach

vorn, wirbelte herum und rannte nach links, während die Kampfgeräusche hinter mir hässliche Ausmaße annahmen. Ich fühlte mich wie ein Hamster im Rad, als ich Kurve um Kurve rannte und meine Gedanken damit zu beruhigen versuchte, mir ins Gedächtnis zu rufen, was ich über Strigae wusste.

Gesehen hatte ich noch keine, aber sie gehörten zur Familie der Varkolak. Demnach waren sie keine einfachen Schoßtierchen, so wie Draugs. Die Dinger konnten fies sein, und auch wenn sie hauptsächlich Aas fraßen, war ich mir doch sicher, dass sie meistens selbst dafür verantwortlich waren, dass ihre Mahlzeit zu Aas wurde.

Ich musste auf ihre Krallen achten, genauso wie auf ihren Schnabel, und wenn mich nicht alles täuschte, waren ihre Federn giftig. Ich rannte um eine Ecke, hob den Kopf, bis meine Nackenmuskeln protestierten, und suchte die Decke über mir ab, doch das Licht blendete mich wie eine kleine Sonne. Ich kniff die Augen zusammen, zwang mich, stehen zu bleiben und meine Umgebung wahrzunehmen. Der Lärm um mich herum war wie ein Rauschen von Wellen, die gegen meinen Verstand brandeten. Ich roch das Holz, spürte den Sand zwischen den Zehen und das Fläschchen mit Exogen, dem halluzinogenen Tonikum für Necromancer. Die Sichel an meinem Rücken drückte unbequem gegen die Schulterblätter. Vielleicht hätte ich doch eine Schusswaffe auswählen sollen. Aber die Sichel war das Einzige, bei dem ich mir aktuell nicht selbst in den Fuß hackte.

Ich versuchte, die anderen Exorzisten auszumachen, aber ich hörte weder andere Dämonen noch Exorzisten. Okay, besser jetzt als nie. Zittrig führte ich das Fläschchen mit dem Exogen an die Lippen und kippte die Flüssigkeit hinunter. Es brannte in der Kehle, als hätte ich Hochprozentiges getrunken. In meinem Magen breitete sich Sekunden später ein warmes Gefühl aus, und meine Wirbelsäule begann zu kribbeln, genauso wie meine Fingerspitzen, als würde ich gleichzeitig zu viel und zu wenig fühlen. Mein Blickfeld verengte sich. Es klingelte in meinen Ohren. Das Exogen brannte auf meiner Zunge, und ich hörte das Johlen der Menge.

Irritiert schaute ich von links nach rechts und sah über mir einen Schatten. Es war die einzige Warnung, die ich bekam, bevor die Strix sich auf mich stürzte. Womit ich jedoch nicht gerechnet hatte, waren Hände, die mich in den Rücken trafen und mich mit dem Gesicht voran in den Sand stießen. Mit einem überraschten Schrei kam ich hart auf und hörte ein Aufstöhnen der Menge. Was zum Teufel?

Keuchend blinzelte ich den Sand aus den Wimpern, drehte mich um und hörte ein amüsiertes Lachen über mir. Ich blickte auf und starrte auf eine Frau. Vielleicht ließ mich das Exogen bereits halluzinieren, doch statt einer vogelähnlichen Kreatur saß über mir eine blasse Frau. Schwarzes Haar floss in dichten Wellen über ihren Rücken. Ihr Gesicht war beinahe schmerzhaft perfekt, mit vollen Lippen, großen dunklen Augen und hohen Wangenknochen. Spöttisch saß sie auf der Kante einer der Holztrennwände, und hinter ihr erhoben sich braune Flügel.

»Du bist kein Vogel!«, krächzte ich, und die Strix verzog ihre Lippen zu einem Lächeln, sodass zwei sehr scharfe Zähne zum Vorschein kamen.

»Und du bist keine Exorzistin«, stellte sie fest.

In meinem Hirn ächzte es, während ich versuchte, die Informationen in meinem Kopf neu zu sortieren. Okay, langsam ging mir auf, warum die Strix kein Schoßtier war. Das hier war kein derangiertes Huhn. Es war ein Vampir mit Flügeln! Und von diesem Ding sollte ich eine Feder holen? Die Strix legte den Kopf schief und sah mich amüsiert an, während ihre Flügel hinter ihr einen Luftzug erzeugten, der mir die Haare aus dem Gesicht wehte. Dabei hörte ich ein leises Klirren. Mein Blick fiel auf ihre nackten Füße, und da sah ich es: eine Eisenkette an ihrem linken Fußgelenk. Wohin die Kette führte, konnte ich nicht sehen, doch ihr Bewegungsradius war eindeutig eingeschränkt. Fragte sich nur, wie sehr.

Ächzend rappelte ich mich auf und spürte, wie mir von all dem Exogen, das ich in mich hineingekippt hatte, schwindelig wurde.

»Nun denn«, seufzte die Strix und stellte sich auf, als ob der schmale Rand der Trennwand eine breite Planke wäre, und schlug mit den Flügeln, sodass mir Sand ins Gesicht peitschte. »Bringen wir es hinter uns«, sagte sie und erhob sich in die Luft, während ihr Haar um ihren schlanken Körper peitschte.

Ihre Haut schien sich ruckartig über ihre Knochen zu straffen, als sie einen Schrei ausstieß, der mir das Blut in den Adern gefrieren ließ. Ihre Zähne stachen scharf und spitz hervor, bevor sie auf mich zuschoss wie eine Kanonenkugel. Sie packte mich am Schlafittchen und schleifte mich einfach mit sich. Ein Schrei blieb mir in der Kehle stecken, als sie mich mit sich riss und mit solcher Wucht gegen die nächste Trennwand schleuderte, dass das Holz knackte.

Schmerz explodierte in meinem Kopf, und ich konnte weit entfernt das Johlen von Menschen hören. Ihre Pfiffe jagten wie Messerstiche durch mein Hirn, das sich jaulend wieder zu sortieren versuchte. Im nächsten Augenblick lachte mir die Strix mit kehliger Stimme ins Ohr und warf mich in die Luft. Wie eine Puppe flog ich nach oben. Mein Magen blieb irgendwie unter mir zurück, während ich kreischend versuchte, diese irrwitzige Achterbahnfahrt anzuhalten. In der Luft drehte ich mich und sah auf die Arena hinab. Dutzende Gesichter, die mich anblickten. Ihre Münder bewegten sich, ihre Hände klatschten. Für einen kurzen Augenblick sah ich die Mitte des Labyrinths. Ein schmales Viereck, in dessen Mitte eine Steinschale zu stehen schien.

Ich konnte eine Bewegung nicht weit vom Zentrum des Labyrinths ausmachen. Ein Aufblitzen von grünen Haaren. Crain!

Der nächste Schrei blieb mir jedoch in der Kehle stecken, als die Strix mich aus der Luft pflückte. Ihre spitzen Krallen schnitten mir in den Rücken, und ich schrie vor Schmerz auf, als sie mich wie einen Fußball packte und mit mir so hoch nach oben flog, dass wir beinahe die gläserne Kuppel der Arena erreichten.

Meine Arme und Beine baumelten nach unten. Blut tropfte hinab, während ich brüllend versuchte, die Sichel an meinem Rücken zu erreichen.

Doch die Strix sagte nur: »Guten Sturz!« und ließ mich fallen. Mein Magen drehte sich um, der Wind peitschte mir ins Gesicht, als ich nach unten fiel. Ich hörte aufgeregte Schreie und war mir nicht sicher, ob sie von mir oder den Zuschauern kamen.

Ich fiel schneller, als mir lieb war. Der Boden kam näher, immer näher, und ich versuchte mich zu erinnern, was mir Yamamoto in all den Monaten über das Abrollen und Abfedern beigebracht hatte, doch in meinem Kopf wirbelten Panik und Adrenalin – und dann schlug ich auf.

Sand spritzte in alle Richtungen, während ich mit Wucht einen Krater in den Boden riss. Meine Rippen schmerzten, und ein Husten entrang sich mir, das salzig und süß zugleich schmeckte. Aufgeregte Schreie waren zu hören, während ich darum kämpfte, bei Bewusstsein zu bleiben, obwohl mich die Dunkelheit unaufhaltsam nach unten zog. Schwärze füllte mein Gesichtsfeld, genauso wie Blut meinen Mund. Das war es. Ich hatte keine Chance gehabt. Darum ging es doch, oder?

Die Exorzisten gaben mir keine Möglichkeit zum Überleben, sie statuierten an mir ein Exempel, und je blutiger es wurde, desto besser. Mein Verstand driftete ab, zähe Dunkelheit schlug über mir zusammen, und ich sank darin hinab. Ich war gerade dabei, meine Muskeln zu entspannen und meinen Verstand wegdriften zu lassen, als ich plötzlich einen festen Griff an meiner Hand spürte. Etwas hielt mich zurück. Ich blickte nach oben und sah mich selbst. In den Tiefen meines Unterbewusstseins sah ich mich selbst, jedoch mit Augen so schwarz wie die eines Dämons. Der Kern all meiner Albträume hielt mich fest. So viele Male hatte ich mich nicht getraut, die Augen länger als für wenige Minuten zu schließen, denn sobald ich auch nur einen Zentimeter meiner Kontrolle aufgab, war *sie* da.

Da war ich.

Der Dämon in mir.

Und sie wurde mit jedem Tag stärker.

Und sie wirkte alles andere als erfreut.

»Was glaubst du, was du da tust?«, zischte sie mich an.

»Ich habe keine Chance gegen diese Strix«, gab ich zurück. Meine Stimme hallte wie ein Echo in meinem Gedanken nach.

Der Dämon verzog angewidert die Lippen und zerrte mich ruckartig durch die Dunkelheit zu sich hoch, als würden wir durch dunkle Melasse schwimmen.

»Lass mich raus, und ich helfe uns«, verlangte sie.

Ein Schaudern erfasste mich, und ein Déjà-vu überkam mich. Wie oft hatte Lore mir dasselbe gesagt? Und was hatte es mir gebracht?

»Nein«, presste ich hervor, und der Dämon fletschte die Zähne.

»Stell dich nicht so an«, fuhr sie mich an. »Diese Strix ist nichts im Vergleich zu uns.«

»Es gibt kein Uns. Es gibt kein Wir. Du bist nur das Q-Gen in mir, das versucht auszubrechen. Du bist ein Virus«, spie ich ihr entgegen, doch sie lächelte mich breit an.

»Ich bin eine Göttin«, hauchte sie.

»Ich überlasse dir nicht die Kontrolle. Ich werde kein Monster«, presste ich hervor, und der Dämon zog mich ruckartig näher, bis unsere Nasen aneinanderstießen.

»Ich bin deine Zukunft«, zischte sie mich an.

»Ich bin unvermeidbar. Du kannst weiter versuchen, mich zu unterdrücken, aber bald schon werde ich stärker sein als du, und wäre es dann nicht von Vorteil, wenn wir zusammen existieren, anstatt einander bei diesem Kampf umzubringen?«

Ein kalter Schauder rann mir über den Rücken, doch ich zwang mich, dem Blick des Dämons standzuhalten.

»Ich lasse dich nicht raus«, gab ich zurück, und ihre Augen glänzten vor Wut. Ihr Griff war so stark, dass es zu schmerzen begann, als würde sie sich wie eine Schlange um meinen Verstand winden.

»Aber wenn ich dir vertrauen soll, kannst du jetzt gerne damit anfangen und mir helfen, diese Strix zu besiegen, sonst sieht es für unser beider Zukunft düster aus«, sagte ich zu dem Dämon.

Sie schnaubte gereizt durch die Nase. »Ich kann dir nur helfen, wenn du es zulässt.«

»Ich bin offen für Vorschläge«, erwiderte ich, und der Dämon seufzte.

»Na schön.« Sie schnippte mit den Fingern, und Rauchfäden schossen hervor, wickelten sich um meine Arme und Beine wie bei einer Marionette, und im nächsten Augenblick kam ich wieder zu Bewusstsein.

Im selben Augenblick, als die Strix mit ausgefahrenen Krallen auf mich zuschoss, um mir den Kopf von den Schultern zu reißen, hatte ich das Gefühl, dass keiner der Exorzisten etwas tun würde, um sie davon abzuhalten. Es dauerte nur einen Wimpernschlag, um zu registrieren, wo ich war und was passierte, bevor ich in meinem Kopf einen scharfen Befehl hörte: »Beweg dich!«

Ich rollte mich blitzschnell herum, und die Strix knallte mit voller Wucht in den Sand. Eine Staubwolke wirbelte auf, und die Strix stieß einen wütenden Schrei aus.

»Pack sie!«, brüllte die Stimme in mir, und meine Arme und Beine bewegten sich wie von unsichtbaren Fäden gezogen. Ich war mir sicher, noch nie so schnell reagiert zu haben.

Mit einem geschmeidigen Satz sprang ich auf den Wiedergänger zu, duckte mich unter einem Schlag ihrer Flügel hinweg, zückte meine Sichel, fiel auf die Knie und schnitt ihr im Schwung, der mich über den Sand schlittern ließ, die Achillessehnen durch.

Die Strix stieß einen gellenden Schrei aus. Ihr Gesicht wurde vor Schmerz und Wut schmal und spitz und verlor einiges von seinem menschlichen Aussehen, während sie auf die Knie fiel.

»Auf!«, befahl die Stimme, und obwohl es sich anfühlte, als würden meine Knie auskugeln, rappelte ich mich auf und wischte mir das Blut vom Mund. Meine gebrochenen Rippen ächzten. Unter normalen Umständen hätte ich es niemals geschafft, mich auf den Beinen zu halten, doch die Fäden hielten mich aufrecht, völlig gleichgültig, wie mies ich mich fühlte.

»Du!«, zischte die Strix, die mich anvisierte, und begann, mit den Flügeln zu schlagen, so heftig, dass die Trennwände zu wackeln begannen. Die Strix erhob sich mit der schieren Kraft ihrer Flügel und raste auf mich zu.

Es blieb zu wenig Platz, um auszuweichen. Wieder rammte mich die Strix wie eine Dampflok. Unter normalen Umständen wäre mir jetzt die Sichel aus den Händen gefallen, doch ich hatte mich so daran festgekrallt, dass man mir wahrscheinlich nur die Waffe hätte wegnehmen können, wenn man mir die Hand abschlug.

Die Strix krachte mit mir wieder gegen die nächste Trennwand, und ich hörte das Johlen der Zuschauer. Mir brach mit einem lauten Knacken die nächste Rippe. Schmerz explodierte schwarz und rot hinter meinen Augenlidern. Ein Keuchen entkam mir, und ich spuckte Blut.

Das war einfach zu vie…

»Stich zu!«, brüllte die Stimme mir zu, und ich tat das Einzige, was mir übrig blieb. Ich holte aus und hieb die Sichel in den Bauch. Die Waffe schnitt durch Haut und Muskeln wie Butter.

Die Strix blickte auf und bleckte die Zähne. Blut schimmerte dort auf ihren Fängen.

»Du!«, knurrte sie mich an, und ihre Pupillen verengten sich zu Schlitzen wie die einer Schlange. Dann grinste sie. »Hast das Herz verfehlt!«, lachte sie.

Ich versuchte die Waffe nach oben zu reißen, doch die Klinge verhakte sich in ihrem Rippenbogen und blieb stecken.

Die Strix griff nach meiner Kehle und drückte zu. Schmerz explodierte hinter meinen Schläfen, meine Zunge schwoll an, während der Dämon in mir wütend brüllte.

Doch es gab keine Möglichkeit, mich zu wehren, außer …

»Iss sie auf!«, fauchte der Dämon in mir, und ich spürte, wie sich mein Magen vor Hunger zusammenzog. »Pack ihr Arcanum und trink es bis auf den letzten Tropfen aus«, sagte der Dämon.

Instinktiv suchte ich nach dem Arcanum der Strix und verzog das Gesicht, als ich das faulige dunkle Etwas in ihrer Brust fand, das von ihrer verkommenen Seele übrig war. Allein der Anblick verursachte mir Übelkeit.

Als hätte die Strix mein Eindringen gespürt, hielt sie irritiert inne.

»Was machst du?«, fragte sie.

Währenddessen brüllte der Dämon in mir. »Saug sie aus, und wir sind sie los.«

Ein Schweißtropfen löste sich von meiner Stirn. Die Seele dieser Strix war verdorben. Ich könnte jetzt diesen Dreck trinken, aber ich war mir ziemlich sicher, dass es mir danach ziemlich mies gehen würde, und vor allem …

Mein Blick schoss nach oben. Zu dem Punkt, an dem die Sanduhr unaufhörlich rieselte. Über die Hälfte der Zeit war bereits vergangen, und dahinter saß der Primus. Dort draußen waren Hunderte Exorzisten, die jede meiner Bewegungen misstrauisch beäugten. Wenn ich die Strix jetzt leer saugte, könnte ich mich gleich als Dämon outen und köpfen lassen. Dann hätten wir uns zumindest den Flug nach London gespart.

Ich konnte es nicht tun. Nicht hier. Nicht jetzt. Als die Strix spürte, dass ich ihr Arcanum losließ, fletschte sie die Zähne und setzte zu einem Biss an. Im selben Augenblick packte sie jemand an den Haaren und riss sie so heftig von mir zurück, dass die Strix gegen eine der Trennwände krachte. Ein Aufschrei war in der Menge zu hören, und ich sank erleichtert in mich zusammen. Crain stand vor mir und wischte seine blutigen Hände an seiner Hose ab. Das grüne Haar stand wirr in alle Richtungen ab, und seine Pupillen waren von dem Exogen klein wie Stecknadelköpfe.

»Das war verdammt knapp. Dachte schon, ich finde dich nicht«, stellte er fest und reichte mir seine Hand.

»Steh auf, wir müssen rennen, sonst verpassen wir die Zeitvorgabe.«

»Was machst du denn da? Sie disqualifizieren uns noch wegen Betrug«, keuchte ich, während ich mir aufhelfen ließ und zusammenzuckte, als meine gebrochenen Knochen versuchten, sich zurück in ihre angestammte Position zu rücken.

»Keiner hat Teamwork verboten«, hielt Crain dagegen, wirbelte herum und rannte los, doch die Strix stellte sich uns in den Weg und fauchte uns an wie eine Katze, während ihre Krallen tiefe Furchen in den Sand schlugen. Meine Sichel steckte noch immer in ihrem Bauch.

Crain bremste scharf ab, schlug einen Haken und schob sie durch das Labyrinth in die andere Richtung. Ich stolperte ihm nach und spürte den Dämon unter meiner Haut wie Ameisen, die durch meine Adern krochen.

Im Augenblick war ich mir nicht sicher, ob ich mich selbst oder sie mich bewegte. Der Atem rasselte mir in der Lunge und vermischte sich mit dem Geschmack von Blut. In meinen Ohren war ein lautes Wummern zu hören, und meine Extremitäten fühlten sich taub an.

Crain zerrte mich quer durch das Labyrinth, die Strix brüllte wütend und erhob sich hinter uns in die Luft.

»Was brauchst du?«, rief Crain mir zu, während wir wie aufgescheuchte Hamster durch das Labyrinth rannten.

»Eine Feder«, keuchte ich und knallte vor lauter Schwung in eine der Trennwände.

»Ich brauche noch einen Zahn. Es hat mich Ewigkeiten gebraucht, um euch in diesem dummen Labyrinth zu finden«, knurrte Crain.

»Was ist mit Zero? Und Noah?«, keuchte ich.

»Mussten beide den Knochen eines Craquruhhe bekommen. Zero ist schon durch, Noah hat es schlimm erwischt und ist raus. Wir sind die Letzten.«

Ich fragte mal nicht, woher er das wusste. Zero und Crain schienen immer ziemlich genau zu wissen, was der jeweils andere gerade tat.

Fieberhaft durchwühlte ich mein Hirn nach der Information, was ein Craquruhhe war, doch ich konnte mich nur vage erinnern, dass es ein skelettartiges Wesen war, das man nur durch Verbrennen töten konnte.

»Haben wir einen Plan?«, keuchte ich und war mir ziemlich sicher, jeden Augenblick einfach umzukippen und nicht mehr aufzustehen, doch meine Beine bewegten sich weiter.

Crain hob den Kopf und blickte nach oben, aber die Strix war nicht zu sehen. Mich überkam der üble Gedanke, dass sie auf uns lauerte wie die Katze auf eine Maus.

»Okay, Plan B«, sagte Crain und blieb so ruckartig stehen, dass ich in ihn hineinknallte.

»Was?«

»Buddel mich ein!«

»Was?«

»Nicht fragen, buddel einfach, und dann bleib stehen«, befahl er mir und begann sich in den Sand zu wühlen. Für ein paar schockierte Sekunden starrte ich ihn an, bis ich reagierte, auf die Knie fiel und Sand über seinen Körper kippte. Die Kuhle, die er gegraben hatte, war gerade tief genug, um sich hineinzulegen.

»Und das Gesicht?«, keuchte ich, während sich der Sand unter meine Nägel grub.

»Schütt drauf.«

»Aber …« Ich hielt die Luft an.

»Mach zu«, sagte er, und ich sah ihn ein letztes Mal keuchend an. Blut tropfte von meinen Lippen. Er zwinkerte mir zu.

»Wir schaffen das«, versicherte er mir. Ich nickte und lud Sand auf sein Gesicht. In der nächsten Sekunde war er mit seiner Umgebung perfekt verschmolzen, und ich hockte neben ihm wie der Käse auf dem Präsentierteller.

Angespannt blickte ich mich um. Die Geräusche rund

um die Arena waren in weite Ferne gerückt. In diesem Moment hätten Crain und ich uns auch in einer anderen Welt befinden können.

Im nächsten Augenblick sah ich einen Schatten über mir. Die Strix ließ sich auf einer der Trennwände nieder und beugte sich zu mir herab. Ihre Wunden schienen bereits wieder verheilt, doch die Wunde in ihrem Bauch blutete noch immer, während sie meine Sichel in den Händen hielt und mit der Zunge schnalzte.

»Weißt du, ich hätte diese Sache wirklich einfach für dich gemacht. Ich bin nur hier, weil mir der Auslauf fehlte. Sonst hocke ich das ganze Jahr über in meiner Zelle. Außerdem hat mir Direktor Gale versprochen, jeden auszusaugen, den ich ausschalten kann. Aber das hier …«, sie deutete auf ihren Bauch, »… das tat weh. Das nehme ich persönlich. Ich werde dich jetzt töten.« Sie grinste mich an. »Dann packen sie einfach noch mal fünfzig Jahre auf meine Strafe drauf, aber ich werde jeden Tag davon genießen.«

Zitternd leckte ich mir über die Lippen und schmeckte Schweiß, Blut und Sand, der zwischen den Zähnen knirschte. »Probier es«, sagte ich nur.

Die Strix lächelte so breit, dass sich wieder die Haut über ihre spitzen Knochen spannte, und schoss auf mich zu.

»Zur Seite!«, befahl der Dämon in mir, und ich reagierte schneller, als ich es wahrscheinlich jemals in meinem Leben getan hatte. Ich rollte mich ab. Die Strix rammte die Sichel statt in meinen Bauch in die nächste Trennwand, die von der Wucht vibrierte, und noch während sie versuchte, mich zurückzuziehen, kam der Sand unter ihr in Bewegung. Crain sprang hervor, packte die Strix an den Haaren und schnitt ihr mit einer geschmeidigen Bewegung den Kopf ab.

Blut spritzte über den Sand, und lautes Jubeln war zu hören, während Crain hustend und unverletzt den Kopf der

Strix hielt. Ihr Körper blieb für wenige Sekunden waagrecht, ehe die Flügel erschlafften, und sie in sich zusammenfiel.

»Das war verdammt knapp vor dem Ersticken«, hustete Crain, während ich auf ihn zustürzte.

»Das war …«, setzte ich an, doch im selben Augenblick hörten wir eine Stimme, die verdächtig nach Falco klang.

»Ihr habt noch eine Minute! Lauft!« Sein Schrei hallte bis zu mir. Alarmiert hob ich den Kopf. Der Sand der Uhr war fast aufgebraucht. Crain fluchte, während er sich bückte, eine Feder aus dem schimmernden Gefieder riss und mir in die Hand drückte.

»Lauf!«, brüllte er, packte den Kopf der Strix wie einen Rugbyball und rannte los.

Wohin?

Ich hatte keine Ahnung, doch die Zeit rieselte mir wie der Sand der Uhr durch die Finger. Panisch mobilisierte ich jeden Rest an Kraft, den ich erübrigen konnte, und rannte Crain nach.

Im Zickzack liefen wir durch die Arena, und zum ersten Mal merkte ich, wie sich die letzten sechs Monate endloses Joggen ausgezahlt hatten. Zu Beginn des Ganzen hätte ich das niemals durchgehalten, und ich machte mir innerlich eine Notiz, Falco Abbitte zu leisten für jedes Mal, das ich ihn während unserer Joggingsessions ein Arschloch genannt hatte.

Im nächsten Augenblick blieb Crain ruckartig stehen. Vor uns gabelte sich erneut der Weg. Der eine ging nach links, der andere nach rechts.

Wir starrten uns an.

»Was sollen wir tun?«, fragte ich keuchend.

»Aufteilen. Du links, ich rechts.«

Angespannt zwang ich Luft in meine Lunge und blinzelte ihn an: »Wir sehen uns in der Mitte.«

Er lächelte mich an, und wir rannten los. Ich links, er rechts. Der Boden wirbelte zu meinen Füßen auf, die sich schwer und träge anfühlten, als würde der Sand versuchen, mich zurückzuhalten. Ich linste nach oben und sah, wie die letzten Körner nach unten fielen.

Und da war es.

Direkt vor mir.

Die Mitte des Labyrinths. Mein Herz hämmerte vor Aufregung, während ich meine Beinmuskeln anspannte und auf das Becken zusprang. Hart knallte ich mit den Knien auf und ließ die Federn in das Steinbecken fallen, in dem sich bereits ein blutiger Knochen befand. Im nächsten Augenblick war das Schrillen einer Sirene zu hören.

»Vorbei!«, brüllte eine Stimme, und lauter Jubel war zu hören.

Vor meinen Augen verschwamm alles, und zwei Hände packten mich an den Schultern.

»Tief durchatmen. Du hast es geschafft!«, rief Zero. Zitternd blickte ich auf.

»Crain?«, fragte ich nur, und Zero verzog das Gesicht. Im selben Augenblick sah auch ich, wie Crain erst jetzt in die Arena schlitterte und sich japsend vornüberbeugte.

»Zu spät, mein Freund«, rief Zero ihm zu. Crain sah auf und wischte sich den Speichel von den Lippen.

»Falsche Richtung«, krächzte er und mir sackte das Herz in die Hose. Crain hatte es nicht geschafft, weil er mir geholfen hatte. Er war disqualifiziert worden, und ich wollte nicht wissen, was sein Vater dazu sagen würde.

Zero half mir auf die wackeligen Beine, und ich stolperte auf Crain zu. »Warum hast du das getan, du Holzkopf? Ich wäre doch sowieso nach London gefahren«, hielt ich ihm vor, während Crain sich ächzend die Seite hielt.

»Ich glaube, was du sagen wolltest, war danke«, meinte er.

Knirschend biss ich die Zähne zusammen. »Du Idiot! Was wird dein Vater jetzt tun?«

Crains Lippen verzogen sich. »Der wird wohl ziemlich angepisst sein«, sagte er nur und ließ den Kopf der Strix fallen. Ihr ehemals schönes schwarzes Haar sah stumpf und spröde aus.

In der nächsten Sekunde zog ich ihn in eine feste Umarmung und grub mich in die verschwitzte Kuhle seines Halses.

»Du Idiot!«, sagte ich nur wieder. Crain lachte und zog mich an seine Brust.

»Keine Sorge. Ich krieg das schon hin«, versicherte er mir, drückte mich fest und klopfte mir auf den Rücken. »Gut gemacht«, flüsterte er mir ins Ohr, und ich sackte in mich zusammen.

Der Dämon in mir flüsterte: »Du hast was gut bei mir«, und verschwand zurück in den Tiefen meines Verstandes.

Crain wischte sich über das Gesicht. »Ich weiß ja nicht, wie es dir geht, aber ich brauche jetzt einen Drink«, sagte er.

»Ich brauche eher ein Krankenhaus«, gab ich zurück.

»Nichts hilft besser als eine Flasche Wodka und maßlose Selbstüberschätzung«, behauptete Crain und knallte mir so fest auf die Schulter, dass ich fast vornüberkippte.

Schwankend hielt ich Ausschau nach Falco, doch von dem Exorzisten war nichts zu sehen, während um uns herum der absolute Höllenlärm herrschte, als die Zuschauer begannen, den Arenakampf hitzig zu diskutieren. Ein paar Exorzisten waren gerade dabei, die Trennwände abzubauen. Einer von ihnen trug den Kopf der Strix zurück.

»Ich kann nicht fassen, dass du ihr den Kopf abgeschlagen hast«, murmelte ich, und Crain zuckte mit den Schultern.

»Sie ist ein Wiedergänger, er wird nachwachsen. Trixi hat schon Schlimmeres überlebt«, behauptete er.

»Wer ist Trixi?«, fragte ich irritiert.

»Die Strix«, gab Crain amüsiert zurück, und ich blinzelte ihn an.

»Die Strix, der du den Kopf abgeschlagen hast, heißt Trixi?«

»Ganz genau.«

»Und woher weißt du das?«

Er grinste breit. »Ich habe sie eingebuchtet. Allerdings war die politische Lage zu dieser Zeit mit den Strix etwas angespannt, also hat sie den Deal bekommen: sechzig Jahre Haft, die auf dreißig verkürzt werden, wenn sie sich in der Arena ein wenig herumscheuchen lässt. Wenn ihr Kopf wieder dran ist, solltest du mit ihr mal eine Runde Tarokka spielen. Sie ist zum Schießen.«

»Was zum Teufel ist Tarokka?«, echote ich.

»Ein Spiel zwischen Poker und Tarot.«

Ich blinzelte Crain an und entschied, dass ich noch zu nüchtern für dieses Gespräch war.

»Weißt du was? Vielleicht sollten wir doch etwas trinken gehen«, stellte ich fest.

»Das wollte ich hören. Wir können so viel Wodka trinken, dass jeder Elefant davon tot umfallen würden, und währenddessen warten wir auf die Ergebnisse.«

Fröhlich drehte er sich um und humpelte aus der Arena, während ich zu Zero aufschloss, der mich mit wissenden Augen ansah.

»Wie schlimm ist dein Hunger?«, erkundigte er sich.

»Du weißt nicht zufällig, wo Falco ist?«, fragte ich gestresst.

»Ich habe ihn vorhin aus der Arena gehen sehen.«

»Er ist einfach gegangen?«, hakte ich nach und war selbst überrascht, wie sehr es mich störte, dass er sich aus dem Staub gemacht hatte, ohne auch nur ein Wort zu sagen.

»Er ist enttäuscht von mir«, stellte ich fest, und wieder warf mir Zero diesen wissenden Blick zu.

»Das glaube ich nicht. Er sah nicht sehr glücklich darüber aus, verschwinden zu müssen. Vielleicht hat es einen Notfall gegeben. Ich werde ihm eine Nachricht schicken, wo er uns finden kann. Hältst du es bis dahin aus?«

»Ja, lass uns Wodka trinken, bis wir umfallen«, erwiderte ich, und ehe ich es mich versah, wurde ich fröhlich von Crain aus der Arena geschleppt.

13

Lore

Dämonen der Stufe 3
Geister
Geister menschlichen Ursprungs

Schatten *Schatten* sind Menschen, die keine Erlösung finden konnten. Ein *Schatten* wird aus starken Emotionen wie Angst geboren, d. h., er ist die Reinkarnation purer Emotion und ähnelt äußerlich dem Bildnis des jeweiligen Verstorbenen. Seine Anwesenheit macht sich durch unheimliche Geräusche bemerkbar, aber auch durch Windböen, Temperaturabfall oder flackerndes Feuer. Wirklich gefährlich werden *Schatten* jedoch, wenn sich *Wiedergänger* in großen Gruppen ansammeln und damit Naturkatastrophen auslösen.

»Wie geht es meinem Lieblingsbruder?«

Legion seufzte und ging in eine neue Yogastellung über, bei der er meiner Meinung nach die Beine ungesund oft verschränkte und die Hände vor der Brust faltete.

»Du hast Nerven, dich hier blicken zu lassen. Weißt du, was du angerichtet hast, seit du einfach mit dem Q-Gen abgehauen bist?«

»Was ich angerichtet habe?«, echote ich und hob meine Hände, streckte beide Mittelfinger aus. »Diese Übung nennt sich ›Fick dich!‹«

Legions Kinn zuckte. »Du bist hier seit zehn Sekunden

und zerstörst meine innere Ruhe, die ich mir über hundert Jahre lang angeeignet habe«, knurrte er mich an.

»Dann war das keine Ruhe, sondern Langeweile«, hielt ich dagegen und sah mich skeptisch um. All die schwitzenden Menschen im Raum, die versuchten, sich die Gelenke auszukugeln. »Du weißt, dass das Gründen von Sekten nie eine gute Idee ist, oder?«, hakte ich nach.

Wieder zuckte dieser Nerv an seinem Kinn. »Das ist keine Sekte. Ich gebe Yogastunden, Bruder.«

»Natürlich, was auch immer dich glücklich macht, Bruder«, sagte ich und betrachtete meine Nägel.

Legion seufzte. »Was willst du, Lore?«

»Darf ich nicht meine Familie besuchen?«, entgegnete ich. Legion wechselte wieder seine Position und sah mich ernst an.

»Nein.«

»Warum nicht?«

»Alle sind wütend auf dich.«

Finster starrte ich meinen Bruder an.

»Warum sind alle wütend auf mich und nicht auf Una? Hast du gehört, dass sie versucht, neue Homunkuli zu züchten und Krieg gegen die Black Birds anzettelt? Was sie tut, ist verrückt, wahnwitzig und wird schreckliche Konsequenzen nach sich ziehen. Es wird Krieg geben. Ich habe das nur versucht, zu verhindern, und ihr Pisser seid mir alle in den Rücken gefallen. Und jetzt seid ihr wütend auf mich? Ist das euer Ernst?«, fuhr ich ihn an.

Legion schnalzte mit der Zunge. »Als ob du nicht bereits selbst genug Kriege ausgelöst hättest, Lore. Was soll dieses Geschwafel? Du bist süchtig nach Drama und Aufmerksamkeit. Das war schon immer so. Du hättest Una einfach ihre kleine Rebellion machen lassen sollen. Das Mädchen ist längst überfällig, etwas alleine zu tun. Sie hätte nur ein wenig randaliert, es hätte vielleicht ein paar kleine Aufstände gegeben, und die Sache wäre in zehn Jahren wieder vergessen gewesen. Vielleicht hätte sie auch den ein oder anderen Krieg ausgelöst, aber einmal ausgetobt, hätte sie sich beruhigt und ein neues Projekt gesucht. Aber du musstest ja den Helden spielen und dich einmischen. Jetzt sind die Syndikate in New York zerschlagen, die gesamte Unterwelt streitet sich, und es herrscht Chaos. Das ist eine Katastrophe, Lore.«

»Ein kleiner Krieg?«, knurrte ich und beugte mich vor.

»Glaubst du, ich würde das alles machen für einen kleinen Boxeraufstand? Du hast keine Ahnung, was sie alles getan hat, Bruder.«

Er warf mir einen spöttischen Blick zu. »Diese kleinen Experimente mit dem Homunkulus? Soweit ich weiß, hast du sie erst auf die Sache gebracht. Vor etwa zweihundert Jahren hattest du Dutzende von ihnen.«

»Darum geht es jetzt nicht«, winkte ich ab. »Die Sache ist sehr viel komplexer, als du gerade tust, Legion, und wenn ihr Idioten nicht so viel damit zu tun hättet, Yoga zu machen und auf der faulen Haut zu liegen, würdet ihr mir jetzt helfen, statt … Was *machst* du da?«

»Es nennt sich Entspannen«, blaffte Legion mich an, der die Hände gen Himmel gestreckt hatte und aussah, als würde er Seegras imitieren.

»Ich … kannst du bitte damit aufhören?«, fragte ich irritiert. Legion zückte nur eine Klangschale und begann, darauf herumzuhämmern.

»Warum schnüffelst du hier rum?«, fragte er nur. »Die meisten unserer Geschwister würden dich jetzt vierteilen, in ein Päckchen stecken und Una zuschicken, damit sie aufhört, auszurasten und uns allen auf die Nerven zu gehen. Gib mir einen Grund, es nicht zu tun.«

»Na schön …« Ich schnappte ihm den Schlegel aus der

Hand und rückte ihm auf die Pelle. »Du willst einen Grund? Na schön, ich weiß nicht wie, aber Una hat Dad zurückgebracht und mit seiner DNA herumgespielt. Und sie macht daraus neue Homunkuli.«

Legion erstarrte. Selbst seine Pupillen wurden starr.

»Du lügst«, biss er praktisch in die Luft.

»Das tue ich nicht!«, gab ich barsch zurück.

Legion sog scharf die Luft ein. »Das kann nicht sein. Wir hätten gemerkt, wenn Vater zurück wäre.«

»Tja, das haben wir wohl nicht. Ich weiß nicht wie, aber sie hat es geschafft, seine Einzelteile zusammenzukleben.«

»Wie kommst du auf diese Sache mit der DNA?«

»Ich weiß es, weil ich in dem Körper steckte, mit dem sie experimentiert hat. Das hier ist kein normaler Homunkulus, Legion. Una pfuscht mit Kräften herum, die sie nicht kontrollieren kann.«

Legions Pupillen zogen sich zusammen, er schnappte sich meine Hand, drehte und wendete sie, als könnte er die DNA so besser erkennen. »Wenn das ein Trick ist …«, setzte er an.

»Ich wünschte, es wäre einer«, entgegnete ich gereizt und entzog ihm meine Hand.

»Warum sollte Una so etwas Dummes tun, wie unseren Vater zurückholen?«

»Vielleicht, weil sie jung und dumm ist? Vielleicht, weil sie selbst übers Ohr gehauen wird, ohne es zu merken? Vielleicht, weil wir das alle werden? Vielleicht, vielleicht, vielleicht. Ich habe keine Ahnung, so lange war mein Gespräch mit ihr leider nicht, und seitdem habe ich ziemlich viel damit zu tun, unterzutauchen und in einem Stück zu bleiben. Letztendlich müssen wir Informationen sammeln und Schadensbegrenzung betreiben, solange das noch möglich ist.«

Legions Nasenflügel bebten. Das taten sie immer, wenn er scharf nachdachte.

»Die anderen werden dir nur helfen, wenn du tatsächlich einen Beweis hast, dass Dad zurück ist, und selbst dann bin ich mir nicht sicher, ob sie dir helfen werden.«

»Wirst du mir denn helfen?«, hakte ich nach. Er schürzte die Lippen, während er mich eingehend musterte, als könnte er all die Lügen, die zwischen uns standen, durchschauen.

Wenn man sich schon so lange kannte, gab es viel, was einen zusammenschweißte, und noch mehr, was einen trennte. Es existierten keine klaren Linien zwischen Hass, Liebe und Gleichgültigkeit mehr. Es hatte Jahre gegeben, in denen wir uns nahestanden, Jahre, in denen wir uns gar nicht gesehen oder aber bekriegt hatten. Unsere Beziehung war ein verworrenes Netz, bei dem es keinen Anfang und kein Ende mehr gab.

Wenn man mich fragte, ob ich meine Brüder liebte, könnte ich das genauso wenig beantworten wie die Frage, ob ich sie hasste. Für diesen Mann würde ich alles tun, nur um ihm im nächsten Augenblick einen Dolch in die Seite zu rammen, wenn es sein musste, und ihm ging es genauso.

»Nein«, sagte er schließlich, und meine Schultern verkrampften sich, während ich auf seine Antwort hin zurückwich.

»Zumindest jetzt nicht. Ich werde mit Una reden, vielleicht auch mit einem unserer anderen Brüder, wenn ich ihn auftreiben kann. Ich muss mir erst selbst ein Bild machen. Bis dahin habe ich keinen Grund, dem zu glauben, was du sagst.«

Ich schnaubte durch die Nase. »Die neutrale Zone also. Na gut, lässt du mir zumindest eine Verschnaufpause, bevor du mich verpfeifst?«

Legion schürzte die Lippen. »Kommt darauf an.«

»Worauf?«

»Mir ist da so ein unschönes Gerücht zu Ohren gekommen, dass du gemeinsame Sache mit den Black Birds machst.«

Ah, daher wehte also der Wind.

Jetzt war ich es, der die Augen verengte. »Tust du so, als wäre ich der Erste, der Geschäfte mit Exorzisten macht? Ich wette, ein paar von ihnen sind auch bei deiner Yogagruppe dabei.«

»Yogaübungen und Geschäfte zu machen, ist nicht dasselbe, wie mit ihnen zu arbeiten. Man sagt, du seist ihr Spitzel.«

»So, sagt man das?«

»Man sagt auch, du würdest schwach werden. So schwach, dass deine alte Hülle noch immer quietschvergnügt herumläuft. Man fragt sich schon, warum das so ist. Die Gerüchteküche brodelt, und das Kopfgeld auf sie ist verdammt hoch.«

Leaf.

Allein bei dem Gedanken an ihren Namen zuckten meine Muskeln unkontrolliert. Wut durchströmte meine Adern, tränkte meinen Blick, pumpte sich durch meine Venen, bis sie beinahe platzten, und weckte in mir den Wunsch, jedem den Kopf vom Rumpf zu reißen, der ihr auch nur zu nahe kam.

»So … sagt man das«, wiederholte ich gedehnt, ohne mir diesen Anflug von Schwäche anmerken zu lassen, selbst wenn er meine Unruhe nur bestärkt hatte. Es war eine Sache, wenn sie mir nachsagten, ich sei schwach geworden. Diesen Ruf konnte man leicht wiederherstellen. Doch die Dämonen und sogar meine Brüder waren nicht dumm, zumindest nicht alle von ihnen.

Sie konnten eins und eins zusammenzählen, und wenn es nicht an meiner Stärke lag, dass Leaf noch lebte, konnten sie die Sache als Laune der Natur abtun oder sich fragen, wo oder besser gesagt, in wem ich das Q-Gen versteckt hatte.

Leaf befände sich ab diesem Zeitpunkt in noch größerer Gefahr als ohnehin schon, und auch wenn es absolut widersprüchlich klingen mochte, waren die Exorzisten wahrscheinlich der beste Schutz, den sie haben konnte.

Falco würde sich um sie kümmern, er würde bald gar nicht mehr anders können, wenn sie sich weiter von ihm ernährte. Die Konsequenzen davon, was mit den beiden passierte, wenn sie so weitermachten, hatte ich bewusst zurückgehalten. Wenn Leaf davon erfuhr, hätte sie möglicherweise damit aufgehört, aber das durfte sie nicht. Sie brauchte Falco, und schon sehr bald würde er sie ebenfalls brauchen.

Allerdings blieb dieser bohrende Schmerz in mir zurück, dass ich etwas übersah. Etwas Wichtiges, und es machte mich rasend, dass ich noch immer so im Dunkeln tappte, während alles in mir danach schrie, zu Leaf zurückzukehren.

Doch das konnte ich nicht.

Das durfte ich nicht.

Ich leckte mir über die Lippen und fragte: »Und was sagt man noch so?«

Legion hob eine Augenbraue. »Dass du den Verstand verloren hast.«

Ich schnaubte entnervt. »Das sagen die Leute doch schon seit Atlantis.«

»Nun, du hast es damals ja auch versenkt«, erinnerte er mich.

»Wie oft muss ich eigentlich noch betonen, dass es ein Unfall gewesen ist?«

Legion verschränkte die Arme vor der Brust. »Mir gefällt das nicht, Lore. Nichts davon, und es wird mich in Schwierigkeiten bringen, wenn ich dich gehen lasse.«

Ich funkelte ihn an. »Was willst du für deine *Schwierigkeiten* von mir haben?«

Legion schürzte die Lippen. »Den genauen Lageplan von Black Rock.«

Ich unterdrückte einen Fluch und spürte, wie sich Kain hinter mir zum ersten Mal unruhig bewegte. Legion hatte ihn bisher nicht einmal eines Blickes gewürdigt.

»Wozu? Wir wissen alle, wo die Exorzisten sind. Du kommst nicht rein, das versichere ich dir.«

»Niemand hat gesagt, dass ich hinein will, ich will nur einen Plan, wie ich hineinkommen könnte. Keine Ahnung, wie du es angestellt hast, da heil rauszukommen, aber ein paar Informationen wirst du mit mir teilen müssen. Zeichne einen Plan auf, und ich vergesse für die nächsten zwei Stunden vielleicht das Gerücht, dass du mit den Kruzifixlern unter einer Decke steckst.«

Zum ersten Mal, seit wir hier waren, bekam ich echte Panik. Ein Schweißtropfen löste sich von meiner Stirn und rann mir die Schläfe hinab.

Wenn ich jetzt Nein sagte, blieb als Weg hinaus nur noch ein Gemetzel, und so ungern ich es auch zugab, ich konnte es mir nicht leisten, es mir mit Legion zu verscherzen.

Und ich konnte es mir ebenfalls nicht leisten, die Gerüchteküche weiter anzuheizen.

Doch wenn ich diesen Plan herausgab, würden die Exorzisten ein paar sehr böse Überraschungen erleben.

Leaf wäre in Black Rock nicht länger in Sicherheit.

Verdammt …

14
Leaf

Dämonen der Stufe 1
Wiedergänger

Strix (Strigae pl.) Ein vogelähnlicher *Dämon*, der Blut saugt und Eingeweide Toter frisst, ähnlich wie ein Geier.

»Ich kann nicht fassen, dass sie uns Trixi auf den Hals gehetzt haben. Irgendein Sadist wollte uns heute wirklich den Arsch versohlen!«, lallte Crain, während wir uns den fünften Absinth-Shot hinter die Binde kippten.

Nach dem dritten hatten endlich die bohrenden Schmerzen meiner heilenden Rippen nachgelassen, dennoch sahen wir alles andere als aus dem Ei gepellt aus.

Crain und ich trugen beide nur noch unsere Unterhemden, während ich mir einen Packen Eis gegen die Rippen drückte.

Die Bar war zum Bersten voll. Es schien, als hätte jeder Exorzist den freien Abend dazu genutzt, sich in der Hafenbar heute ordentlich einen zu genehmigen. Die Luft war erfüllt vom Geruch nach Alkohol, Schweiß, und das geballte Arcanum ließ mir das Wasser im Mund zusammenlaufen. Hätte ich nicht ein halbes Dutzend Liderics in mir, hätte ich wahrscheinlich den Raum verlassen müssen, um nicht einem der anderen Novizen sämtliches Arcanum aus den Knochen zu saugen.

Ich zuckte zusammen, als eine Rippe zurück in die angestammte Position rückte und sackte in der kleinen Eckbank zusammen, während Crain die Flasche hob und eine neue Runde Alkohol austeilte. Der Einzige, der noch nicht völlig besoffen aussah, war Zero, der es selbst in diesem Trubel schaffte, ein Buch zu lesen, und elegant an seinem Shot nippte, als wäre es Tee.

»Sooo, wir zwei gehen also nach Großbritannien?«, erkundigte ich mich, und Zero blätterte in aller Ruhe um.

»Ich werde mitkommen, doch an meiner Stelle wird Crain an den Spielen teilnehmen.«

»Ich ... aber ich dachte, Crain ist durchgefallen?«, sagte ich verwirrt. Zero warf mir einen amüsierten Blick zu.

»Das ist er auch. Aber ich bin ein Homunkulus. Ich habe keine Erlaubnis, an den Spielen teilzunehmen.«

»Was? Warum nicht?«, fragte ich und setzte mich ruckartig auf. Zero hingegen blieb völlig ruhig, während er mich aufklärte.

»Die Spiele lassen nur Exorzisten zu.«

»Du bist ein Exorzist!«

»Ich führe exorzistische Tätigkeiten aus, doch allem voran bin ich ein Dämon. Ich werde also nicht an den Wettkämpfen teilnehmen. Und da Noah aus dem dritten Semester durchgefallen ist, werden wahrscheinlich genau in diesem Augenblick die Ergebnisse manipuliert. Noch heute Abend wird es heißen, Crain hat bestanden, und ihr beiden werdet nach London reisen.«

»Was?« Ich schnaubte fassungslos.

Crain lachte jedoch nur bellend und kippte den nächsten Shot.

Darum war er also so entspannt gewesen. Egal was er tat, er kam damit durch. Schlichtweg, weil alle Angst vor dem Intendanten hatten. Gänsehaut überzog meinen Körper, und bitterer Absinth stieg mir in die Kehle. Ich hob den Shot an und blickte Crain darüber hinweg an.

»Du hast keine Chance, deinem Leben zu entkommen, oder?«, fragte ich leise.

Er verzog die Mundwinkel, doch seine Augen wirkten leer. »Nur wenn ich sterbe«, gab er zurück und stürzte den nächsten Shot hinunter.

»Wirst du das?«, hörte ich mich selbst fragen, und Crain sah mich mit einem seltsamen Gesichtsausdruck an.

»Wenn ich Glück habe. Aber im Prinzip ist mir alles lieber, als der nächste Intendant zu werden«, lallte er.

Überrascht blieb ich stehen. »Warte, was? Du sollst der nächste Intendant werden?«

Crain sah mich mit einem verklärten Blick an, nahm die Flasche und trank in einem Zug so viel, dass sich sein Adamsapfel rhythmisch bewegte. Schließlich wischte er sich den Mund ab und erklärte mit schwerer Zunge: »So isses. Alle Intendanten kommen aus der Familie Paracelsus. Im Laufe der letzten Jahrhunderte gab es nur wenige Lücken, in denen es eine übergreifende Führung gegeben hat, wenn der amtierende Intendant noch zu jung war. Ich werde zum offiziellen Nachfolger des Intendanten, ob ich es will oder nicht. Jedoch erst, sobald ich die Akademie abgeschlossen habe, und genau das werde ich vermeiden.« Er prostete mir mit der Flasche zu.

Meine Augenbrauen schossen nach oben. »Moment mal, dein *Abschluss*? Hast du nicht ursprünglich mit Falco begonnen? Hättest du nicht schon längst fertig sein sollen? Warum hocken Zero und du noch immer im ersten Semester rum?«, bohrte ich nach.

Crain zuckte mit den Schultern. »Weil ich dumm bin und Zero, weil er mir folgt, egal wohin.« Er hob die Flasche und trank. Viel.

Zero seufzte und nahm das Gespräch auf. »Crain ist weder dumm noch unfähig. Er ist ein Paracelsus. Diese Familie hat mehr Arcanum in ihrem kleinen Finger, als andere in ihrem ganzen Leben erreichen. Doch Crain ist eben Crain. Sobald er in das dritte Ausbildungsjahr kommt, löst er eine Katastrophe aus, die jeden anderen sofort von der Akademie exmatrikulieren würde. Wahrscheinlich sogar zum Ausschluss aus dem Orden führen würde. Doch das ist nicht möglich bei einem Paracelsus. Also bleibt Direktor Gale nichts anderes übrig, als ihn zu bestrafen und ihn zurück ins erste Ausbildungsjahr zu versetzen.«

Ungläubig blinzelte ich den grünhaarigen Exorzisten an. »Du lässt dich also immer wieder versetzen, weil du sonst der neue Intendant wirst?«, fasste ich zusammen und schnaubte amüsiert. »Jetzt ergibt das Ganze natürlich mehr Sinn.«

Zero lachte leise in sich hinein. »Nicht viel, was Crain macht, ergibt auch Sinn.«

»Na …«, lallte Crain und hob einen Finger. Er sah so unfassbar attraktiv und betrunken gleichzeitig aus. »In dieser Sache habe ich eine klare Strategie, und zwar so lange nicht das zu tun, was von mir erwartet wird, bis ich entweder dabei draufgehe oder mein kleiner Bruder alt genug ist, um mich als potenziellen Intendanten abzulösen.«

»Du hast einen Bruder?«, fragte ich überrascht.

»Ja, Midas.«

»Wie alt ist er?«

»Ähm, zehn oder so?«

»Er ist sechzehn«, half Zero aus.

Crain blinzelte überrascht. »Echt?«

»Ja. Ich habe ihm ein Geschenk in deinem Namen schicken lassen.«

»Krasser Scheiß.«

»Und wie alt muss man sein, um Intendant zu werden?«, bohrte ich nach.

»Zwanzig«, sagte Zero. Ich runzelte die Stirn und musterte den betrunkenen Exorzisten vor mir.

»Du hast also noch mindestens vier Jahre vor dir, in denen du Mist bauen musst, ehe du von deinem Bruder abgelöst werden kannst?«

»Exakt, aber der Intendant hat leider kein Interesse daran, mich aus der Erbfolge auszuschließen«, nuschelte Crain.

»Warum nicht? Wenn du die Position gar nicht haben willst?«

Crain schnaufte nur. »Wenn alles gut läuft, bin ich bis dahin mausetot.«

Mir entging nicht der besorgte Blick, den Zero ihm dabei zuwarf, und ich griff instinktiv nach Crains Hand, wie um ihn davon abzuhalten, etwas Dummes zu tun.

»Du möchtest wirklich lieber sterben, als das zu tun, was dein Vater will?«

»Oh, kleine süße Leaf, du sagst das, als wäre ich nicht mehr als ein kleiner Junge, der gegen seinen Vater rebelliert«, murmelte Crain. Er legte den Kopf in den Nacken und seufzte.

»Warum willst du nicht der Intendant werden? Du könntest als Intendant Dinge verändern und es anders machen als dein Vater. Möchtest du das nicht?«, sagte ich, und er verzog die Lippen.

»Mhm … warum sollte ich etwas ändern wollen?«

Betrunken deutete ich auf seinen Freund. »Vielleicht, damit der Orden aufhört, Menschen wie Zero wie Dreck zu behandeln. Als Intendant könntest du Dinge ändern, neue Regeln einführen, du könntest den Orden revolutionieren.«

Crain seufzte, und sein Kopf landete schwer auf meiner Schulter. Seine grünen Haarspitzen kitzelten meine Wange.

»Revolutionieren?«, brabbelte er. »Süße kleine Leaf. So funktioniert die Welt leider nicht, hat dir das bisher niemand gesagt? Es gibt manche Dinge, die kann man nicht ändern, und es gibt wahrscheinlich keine Position auf dieser Welt, die so wenig Macht hat wie die der scheinbar Mächtigen. Falls ich wirklich etwas in dieser Welt ändern will, muss ich im Dreck bleiben. Also genau da, wo ich gerade bin.«

Mein Mund wurde trocken, und ich wollte nachfragen, doch Zero schüttelte kaum merklich den Kopf. Ich schluckte die Worte hinunter. Stattdessen nahm ich einen weiteren Shot und exte ihn. Das Brennen trieb mir Tränen in die Augen.

»Genug Trübsal geblasen«, grunzte Crain und setzte sich ruckartig auf, während er eine neue Runde einschenkte und das Glas hob.

»Nächsten Monat geht es für uns nach London, und die britischen Exorzisten haben ihren ganz eigenen Stock im Arsch. Wir sollten einen draufmachen, solange wir noch können.«

»Wie sind denn die Exorzisten dort drüben so?«, erkundigte ich mich, nun auch mit schwerer Zunge.

»Britisch«, half mir Crain wenig hilfreich aus.

Zero warf ihm einen amüsierten Blick zu und nahm einen Schluck von seinem Absinth. »Die Briten sind wie in allem etwas klassischer eingestellt«, stellte er klar und legte sein Buch hin.

»Großbritannien ist ein recht interessantes Gebiet, was die Ausbreitung der Dämonen betrifft. Darum sind auch die Ausprägungen der dortigen Exorzisten ein wenig anders als bei uns.«

»Wie meinst du das?«, hakte ich nach.

»Es gibt dort quasi nur zwei Sorten Dämonen. Vampire und einen unfassbaren Haufen Geister«, lallte Crain.

»Großbritannien ist ein Ballungsgebiet für Geister«, stimmte Zero zu.

»In keinem anderen Land gibt es so viele Geister, darum ist auch die Fachrichtung der Conjurer die größte der Welt. Sie sind auch die Einzigen, die eine ganze Forschungsabteilung nur den Geistern widmen. Seit den 1930ern spezialisiert sich der Orden in England auf die Conjurer. Das Studium dort dauert bis zu sechs statt wie üblich drei Jahre und unterteilt sich in wissenschaftliche Forschung der Spiritisten und Praxis der Conjurer. Es gibt weltweit keine besseren Geisterjäger als in Großbritannien.«

»Und keine spießigeren.« Crain prostete ihm zu.

Zero warf ihm einen amüsierten Blick zu. »Die Arbeit der britischen Conjurer ist faszinierend. Wäre ich dir nicht zu den Necromancern gefolgt, hätte ich mich ohne zu zögern dem Studium der Spiritisten gewidmet.«

Zum ersten Mal, seitdem ich Zero kannte, sah ich so etwas wie echte Sehnsucht in seinem Blick.

Crain warf mir einen warnenden Blick zu: »Wir sollten das Thema wechseln, sonst fängt er noch an, über Ley-Linien zu schwadronieren.«

»Was sind Ley-Linien?«, fragte ich trotzdem.

»Also …«, setzte Zero sofort mit leuchtenden Augen an.

Crain stöhnte. »Und da sind wir wieder. Ich habe dich gewarnt.«

Ich schnaubte amüsiert und drückte den Eisbeutel jetzt an eine andere geschwollene Stelle meiner Rippen.

»Als Ley-Linien bezeichnet man die geradlinigen Anordnungen von Landmarken, die an Megalithen, ehemaligen Kultstätten, Kirchen und Massengräbern vorbeiführen und zu einem ungewöhnlich hohen Geisteraufkommen führen. Conjurer messen ihnen außergewöhnliche Eigenschaften bei, auch wenn ihre Auswirkungen unter den Mitgliedern des Ordens umstritten sind«, textete Zero mich in einer Geschwindigkeit zu, die mich überrascht die Augenbrauen heben ließ.

»Luft holen nicht vergessen, Kumpel«, brummte Crain und exte den nächsten Shot, doch Zero sprach einfach weiter.

Sogar etwas Farbe stahl sich dabei in seine blassen Wangen, während er sich nach vorn lehnte und mir sein Buch zuschob. »Ich habe einige spannende Lektüre dazu, wenn es dich interessiert. Schon bei der Gründung des Paracelsus-Ordens fand man seit vorchristlicher Zeit bestehende Pfade und berücksichtigte diese bei den Bauten von Ordensstandpunkten, Klöstern und Kirchen. Der Exorzist und Geisterforscher Adam Dorn, Mitbegründer des Ordens in England, entdeckte bei einem Exorzismus bei Taunton Castle einen historischen Pfad, der klösterliche Anlagen miteinander verband und den Anwohnern als Geisterpfad bekannt war. Er glaubte, dass es weitere dieser Verbindungen in der Landschaft gäbe, und vermutete, dass sie einst heidnische Kultstätten, Massengräber oder auch Orte mit hohem Aufkommen von Dämonen der Stufe 3 und wichtige Denkmäler miteinander verknüpften.«

»Und warum sind dort mehr Dämonen?« Ich versuchte wirklich, Zeros Redeschwall zu verarbeiten.

»Man weiß es nicht. Manche sagen, Dämonen kommen aus den Ley-Linien, die als eine Art Portal dienen, andere sagen, sie sind Ballungszentren. Wie gesagt, spaltet es die Exorzistische Gesellschaft. Der Begründer der Archäoastronomie, Conjurer Joseph Lockey … ich meine, er lebte zwischen 1836–1920 … hatte bei seinen Forschungen erkannt, dass der Steinkreis und auch andere prähistorische Bauwerke in England zum Sonnenaufgang und zur Mittsommernacht nach dem Mondlauf oder den Sternenkonstellationen ausgerichtet waren und damit die Vorstufe zu einem Horologium darstellten.«

»Das Horologium? Du meinst die große Uhr in der Akademie?«, hakte ich nach, und Zero nickte begeistert, als würde er sich freuen, dass ich ihm folgen konnte, und in diesem Augenblick war ich froh, all die Wochen so schwer gebüffelt zu haben.

»Ganz genau. Das Horologium zeigt letztendlich nicht nur die Zeit an, sondern auch den Stand der Sonne, den Auf- bzw. Untergang des Mondes, die Planetenstände, den Verlauf der Sternzeichen und – das Wichtigste – den dunklen Kreis der Dämmerungsphasen für die finstere Nacht. Die Ley-Linien zeigen all das ebenfalls, und das lässt darauf schließen, dass viele Dämonen – und vor allem Geister – nicht nur instinktgetrieben sind, sondern tatsächlich auch gewissen Gesetzen und Einflüssen unterworfen sind. Wir wüssten so viel mehr darüber, wenn wir die Forschung intensivieren könnten, anstatt immer alles gleich zu töten.« Er seufzte wehmütig, und ich konnte mir ein Lächeln nicht verkneifen.

»Ich würde sehr gerne mehr darüber lesen«, sagte ich und wurde mit einem absolut umwerfenden Lächeln belohnt, das mich ein wenig sprachlos zurückließ.

Zero war manchmal so zurückhaltend, dass man übersah, was für ein attraktiver Mann er eigentlich war. Crain seufzte und schlang prompt einen Arm um mich und zog mich so ruckartig an sich, dass ich halb auf seinem Schoß saß. »Hey, was soll das? Young gehört mir. Steck dieses Tausend-Watt-Lächeln wieder weg«, brummte er und versuchte mir einen Kuss aufzudrücken, dem ich quietschend auswich.

Zero lachte in sich hinein, während ich Crain eine Kopfnuss verpasste. »Du bist betrunken«, sagte ich und drückte sein Kinn weg.

»Nur ein Kuss, du schuldest mir außerdem noch ein Date«, nuschelte Crain.

»Bist du ein Oktopus? Seit wann hast du so viele Arme?«, gab ich lachend zurück und drückte ihn von mir weg. Crain lachte, und ich schaffte es, ihn von mir zu schubsen.

»Nur Falco eifersüchtig machen?«, raunte er mir ins Ohr, was prompt meinen Puls in die Höhe jagte.

Zero verdrehte die Augen. »Oh, mach es nicht, Crain, dabei kann nichts Gutes herauskommen.«

Crain grinste. »Wenn du mich fragst, kann unser Falco ein wenig Eifersucht vertragen«, gluckste er.

»Ich glaube nicht, dass wir das hinbekommen«, warf ich trocken ein. Crain hob eine Augenbraue und nickte nach rechts zum Eingang der vollgestopften Bar, an dem sich eine große Gestalt aufbaute wie eine Gewitterwolke, die sich vor uns auftürmte. Falco stand im Türrahmen und kam auf uns zu.

Ein seltsamer Ausdruck lag in seinem Blick, der mich alarmiert aufsehen ließ.

»Ich habe mir schon Sorgen gemacht. Wo bist du gewesen?«, fragte ich und versuchte, nicht vorwurfsvoll zu klingen, als er an unserem Tisch ankam.

»Du kommst genau richtig, um uns die nächste Runde auszugeben«, lallte Crain nonchalant und stieß mit einem Fuß den Stuhl vor sich an, damit Falco sich setzen konnte. Falcos Blick wich jedoch keine Sekunde von mir, und das Lächeln fiel mir anhand seines ernsten Gesichtsausdruckes aus dem Gesicht. »Was ist los, Falco?«

»Es tut mir leid, dass ich den Ausgang des Kampfes nicht gesehen habe, aber ein Späher in der Stadt hat mich kontaktiert.«

»Und?«

»Lore wurde in der Stadt gesehen.«

»Was?«

Ruckartig setzte ich mich auf, und Crain rülpste. Zero blickte auf.

»Wir haben den Befehl bekommen, sofort in die Stadt zu fahren und nach ihm zu suchen.«

Die Farbe wich mir aus den Wangen, und für einen kurzen Augenblick schaffte ich es nicht, mich zu bewegen.

Lore war also noch in der Stadt?

»Ich befürchte, Crain ist zu betrunken, um mitzukommen«, warf Zero ein.

»Was? Ich bin topfit!«, blaffte dieser, stand abrupt auf, verdrehte die Augen und kippte um. Wir zuckten zusammen, als Crain mit einem lauten Rums und dem Gesicht voran auf den Boden knallte und dort, platt wie eine Flunder, liegen blieb.

»Crain?«, fragte ich.

»Wo bin ich?«, ächzte dieser in den Boden hinein.

Zero erbarmte sich und half ihm zurück auf den Stuhl, doch Crain schwankte dabei wie Schilfrohr im Sturm.

»Kann bitte jemand den Stuhl anhalten?«, bat er uns.

Falco seufzte und fuhr sich durch das Gesicht.

»Crain bleibt hier. Zero, du darfst uns begleiten, wenn du willst. Tempest wird die Mission führen. Leaf, konntest du mit dem Schattenhund üben? Meinst du, er kann uns beim Aufspüren helfen?«

»Vielleicht. Bisher habe ich ihn nicht aus dem Kleinod gelassen«, gab ich zu.

»Versuchen wir es. Macht euch fertig. Wir treffen uns in einer Stunde in der Eingangshalle.«

Wir nickten, und ich blickte Falco nach, der mit großen Schritten die Bar verließ. Zero klappte sein Buch zu.

»Dann wollen wir mal. Ich bringe Crain auf sein Zimmer, und du kannst dich umziehen.«

»Soll ich dir helfen?«, bot ich an, doch Zero schüttelte den Kopf.

»Ich komme zurecht«, versicherte er mir.

»Ich bin nüchtern!«, lallte Crain. Zero tätschelte ihm den Kopf. »Beim nächsten Mal dann, Kumpel.«

Ich ließ die beiden in der Bar zurück und lief die kurze Strecke bis zur Akademie im Dunkeln.

Dreißig Minuten später kam ich in der dunklen Black-Bird-Uniform – bestehend aus Hose, Hemd, Harnisch und langem Mantel – die Stufen nach unten und stieß wieder auf Zero.

»Wie geht es Crain?«, erkundigte ich mich.

»Hackedicht, doch er schläft. Wie fühlst du dich? Bist du hungrig?«, erkundigte sich Zero leise.

»Ja, aber ich kann es hoffentlich unterdrücken«, erwiderte ich. Zero warf mir einen besorgten Blick zu, doch wir wussten beide, dass wir keine Zeit hatten, mir schon wieder kleine Liderics aus dem Gully zu fischen.

»Glaubst du wirklich, dass Lore noch in der Stadt ist?«, hörte ich mich plötzlich selbst mit rauer Stimme fragen.

Zero zuckte mit den Schultern. »Ich weiß es nicht. Aber wir müssen dort achtgeben. Tempest wird alles sehr genau beobachten und dich für den kleinsten Fehltritt denunzieren. Wir müssen also aufpassen, was, wo und wie wir es tun. Die Frage ist doch eher, ob du tatsächlich bereit bist, Lore auszuliefern, falls wir ihn finden.«

Nein. Das würde ich nicht.

»Ich weiß es nicht«, gab ich jedoch zurück, und Zero begnügte sich damit.

Zumindest, bis ich fragte: »Seit sein Vater hier war, wirkt Crain sehr …«

»… betrunken?«

»Ich wollte gestresst sagen, aber ja, er trinkt wirklich viel. Muss ich mir Sorgen um ihn machen?«

Zero warf mir einen müden Blick zu. »Wir können nichts tun, doch wenn du glaubst, dein Schicksal ist schwer, warst du nie der Sohn des Ordensführers.«

Ein kurzes Schweigen setzte zwischen uns ein, bevor ich mich räusperte. »Darf ich dich etwas fragen?«

Er neigte neugierig den Kopf.

»Was ist da zwischen Falco und Tempest? Er will nicht darüber reden, und bei Tempest bin ich mir nicht sicher, ob sie Falco liebt oder hasst«, setzte ich an, doch Zero schüttelte den Kopf.

»Tut mir leid. Ich habe keine Ahnung von Falco und seinen Dramen. Das solltest du mit ihm besprechen, ich könnte dir nur Gossip anbieten.«

Ich seufzte, ließ es jedoch dabei, während wir in der großen Halle herauskamen. Das Horologium schlug neben uns. Das Pendel verursachte einen leichten Luftzug, während die Runen auf meiner Haut prickelten, als würde ich durch brennende Seelen laufen.

Ich versuchte, mir nichts anmerken zu lassen, und sah zwei Gestalten vor den großen Flügeltüren stehen – Falco und Tempest, zwei Schatten, die einander zugewandt waren. Ich war nicht nah genug, um zu hören, was sie sagten, doch ihre Körpersprache gefiel mir ganz und gar nicht. Ich schluckte den Kloß aus Eifersucht herunter.

»Besser, er stirbt glücklich in unseren Armen, als in ihren unglücklich zu leben«, murmelte eine gehässige Stimme in mir.

Ich machte die Schotten dicht, bis nichts weiter als Stille in mir herrschte.

Als Zero und ich näher kamen, hoben beide Exorzisten die Köpfe wie Raubtiere, die eine Fährte witterten. Falcos Gesicht war sofort ausdruckslos, während er einen Schritt von Tempest wegtrat und seine Handschuhe straffzog.

Beide steckten in schwarzen Exorzistenmonturen. Falcos Blick schweifte über mich, als suche er mich nach Wunden ab. Er hob eine Augenbraue.

»Ihr seid spät«, fuhr uns Tempest gereizt an.

»Sind wir nicht«, gab ich ungerührt zurück.

Falco runzelte die Stirn, bevor er jedoch etwas sagen konnte, unterbrach ihn Tempest erneut. »Ich habe mit dem Intendanten gesprochen. Du darfst die Stadt betreten, und er möchte, dass du den Dämonenhund beschwörst.«

»Ich weiß nicht, wie man einen Dämon aus einem Kleinod heraushołt«, gab ich zu.

»Ach nein? Was hast du denn bisher hier gelernt? Wie man einen Verlobten ausspannt?«, fragte sie trocken.

Falco ging dazwischen, gerade noch rechtzeitig, bevor ich ihr an die Gurgel springen konnte. »Du kannst das Kleinod einfach kaputt machen, und der Geist entweicht, Leaf. Wenn du den Dämon danach in einer kontrollierten Umgebung behalten willst, musst du einen entsprechenden Bannkreis ziehen.«

»Brauchen wir denn einen Bannkreis?«, erkundigte ich mich.

Falco hob eine Augenbraue. »Nur wenn du dir nicht sicher bist, den Dämon kontrollieren zu können.«

Ich hatte versprochen, ihn kontrollieren zu können, oder? Warum hatte ich so etwas Dummes gesagt? Ich gab mir einen Ruck. »Nun gut«, murmelte ich und stieß die Tür auf. Eine kalte Brise, die bereits nach Schnee und Eis roch, wehte mir um die Nase. Gänsehaut überzog meine Haut, als ich den Ring aus der Tasche nahm.

»Einfach kaputt machen?«, erkundigte ich mich ein letztes Mal. Zero und Falco nickten. Tempest sah aus, als wollte sie mich kaputt machen. Zumindest das beruhte auf Gegenseitigkeit. Ich ließ den Ring fallen. Er klimperte zu Boden, und innerhalb eines Augenblicks zertrat ich ihn unter meiner schweren Schuhsohle. Es knirschte, als das Metall erst durchbog und dann auseinanderbrach, als wäre es nicht mehr als Modeschmuck.

Ich zwang mich, nicht zurückzuweichen, als schwarze Rauchfäden unter meiner Schuhsohle hervordrangen und sich verdichteten. Aus der Wolke wuchsen ein Kopf, Beine, Ohren und ein Maul voller Zähne. Einen Atemzug später stand der Hund wieder vor mir. Er sah aus wie einem Albtraum entsprungen, und es kam mir tatsächlich lächerlich vor, dass mir jemand abgekauft hatte, dass ich dieses wilde Tier kontrollieren konnte. Er war voller Dunkelheit, eine Unendlichkeit ohne Sterne und doch mit so viel Macht, dass mein Innerstes vor Verlangen pochte, ihm näher zu kommen. Es juckte mir in den Fingern, sie in dem Fell zu vergraben und mich in der Dunkelheit zu verlieren.

Ich spürte, wie die Exorzisten mich anstarrten, als ich einen Schritt auf den Höllenhund zuging. Ein Biss. Mehr wäre nicht nötig, um mir die Kehle herauszureißen. Der Hund wäre schneller gewesen, als die Exorzisten reagieren könnten. Er konnte es tun. Er würde es tun.

»Hey, großer Junge, du weißt, wer ich bin, oder?«, fragte ich leise. Der Hund sah mich aufmerksam an. »Ich weiß auch, wer du bist, oder zumindest, zu wem du gehörst. Lore ist da draußen, und wir beide müssen ihn jetzt suchen.« Der Hund legte die Ohren an und stieß ein leises Knurren aus.

Langsam ging ich vor dem Geschöpf der Hölle in die Hocke. »Braver Junge. Wollen wir dir einen Namen geben? Was hältst du von Henry? Dein Herrchen hieß so, als ich ihn kennenlernte«, flüsterte ich in der Hoffnung, dass ein vertrauter Name ihn beruhigen würde.

Der Hund setzte sich in Bewegung. Aus dem Augenwinkel sah ich, wie Falco nach vorne trat, jedoch von Zero zurückgehalten wurde. Im nächsten Augenblick war der Hund bei mir, sprang mich an und riss mich zu Boden. Ein erschrockener Schrei entfuhr mir.

»Leaf«, rief Falco.

»Bleib zurück!«, fuhr ich ihn an und packte den Kopf des Hundes, doch dieser grollte, und im nächsten Augenblick … leckte mir eine große Zunge über das Gesicht.

Was?

Verdutzt hielt ich inne, während der Hund mich emsig abschlabberte. Ein nervöses Krächzen entfuhr mir, als die große, schattenhafte Zunge über mein Gesicht leckte und der Hund dabei heftig mit dem Schwanz wedelte. Es war beängstigender, als es klang, als diese großen Zähne an meinem Gesicht vorbeischrammten. Für einen kurzen Moment lag ich einfach nur am Boden, ließ mich ablecken und war froh, meinen Kopf noch zu haben.

Zumindest, bis Tempest schnarrte: »Was zum Teufel?« Sie ging auf den Hund zu, doch dieser hob ruckartig den Kopf und bellte sie so wütend an, dass selbst Tempest erschrocken zurückwich.

»Leaf? Verletzt dich der Dämon?«, erkundigte Falco sich angespannt.

»Nein. Es geht mir gut. Bleibt zurück«, krächzte ich und robbte unter dem Hund hervor, doch dieser legte sich einfach auf mich drauf.

»Uff!«, ächzend schob ich den großen Kopf des Hundes zur Seite. »Okay, das reicht, geh runter von mir.« Der Hund sah mich beleidigt an. Ich tätschelte seinen großen Kopf und war mir nicht sicher, der wievielte Adrenalinschub mich heute bereits überrollte. Und wie viele ich noch aushalten würde. Der Hund schnaubte, und ich genoss das Prickeln der Macht, als ich durch sein Fell strich und mich unter seinen großen Tatzen hervorwand.

»Dann haben wir das also auch geklärt.«

Ich hievte mich zurück in die Hocke und starrte in die seelenlosen Hundeaugen.

»Henry? Bring mich zu Lore«, sagte ich knapp.

15

Leaf

Dämonen der Stufe 3
Geister
Geister menschlichen Ursprungs

Wechselbalg *Wechselbälger* sind Kinder, die zu Tode gekommen sind und anschließend von einem *Geist* besetzt werden. Es sind die einzigen *Geister*, die dazu imstande sind und ähnlich wie *Lord-Dämonen* in ihrer Hülle weiterexistieren. Im Körper des Kindes leben sie unter den Menschen, vergessen jedoch oft, dass sie *Wechselbälger* sind. Warum sich *Geister* in den toten Körpern von Menschenkindern einnisten, ist bisher unbekannt, man erkennt sie jedoch daran, dass sie nicht älter werden oder wachsen können.

Es hatte zu regnen begonnen. Kalte Tropfen prasselten auf meinen Kopf, liefen mir übers Gesicht und durchweichten meine Kleidung. Als ich aus dem Boot sprang, atmete ich erleichtert auf. Diese Stunde hier war wahrscheinlich die unangenehmste meines Lebens gewesen, doch sie hatte nichts mit dem Regen zu tun. Ich war bereits ertrunken, erstochen und von einem Dämon besessen worden, aber ich würde all das noch einmal freiwillig durchmachen, wenn ich nur nie wieder in ein Boot mit ein paar überheblicher Exorzisten steigen musste, die sich gegenseitig zu Tode anstarrten. Henry drückte sich an mein Bein und blickte auf den kleinen privaten Hafen, an dem wir angelegt hatten.

Zero vertäute das Boot, und ich beobachtete, wie Falco und Tempest sich Blicke zuwarfen, bevor Falco seine Handschuhe straffzog, als würde er an einer Leine zerren, und mit großen Schritten auf mich zukam.

»Los geht's. Ich will das hier so schnell wie möglich hinter uns bringen«, blaffte er mich an.

Ich hob eine Augenbraue. »Warum so schlecht gelaunt nach dieser netten Fahrt?«, konnte ich es mir nicht verkneifen zu sagen.

Er sah mich finster an. »Bei Gott, Frau, verschone mich. Die Situation ist schon schwer genug«, sagte er düster. Dem konnte ich nur zustimmen.

»Du übernimmst die Führung«, kommandierte Tempest und sah dabei aus wie einem Hochglanzmagazin für Exorzisten entsprungen.

»Natürlich.« Ich konnte mir einen spöttischen Knicks nicht verkneifen, der mir einen weiteren finsteren Blick von Falco einbrachte. Ich ignorierte ihn und blickte stattdessen zu Henry hinab, der mich aus schattigen Augen anstarrte.

»Hey, Henry. Es wird Zeit, Lore zu finden. Du hilfst mir dabei, oder?«

Der Hund fiepste, was ich als positive Antwort nahm, während ich durch sein dunkles Fell strich.

»Such ihn«, forderte ich ihn auf, und Henry lief los.

Ich sprintete ihm nach und spürte, wie sich die drei Exorzisten an meine Fersen hefteten, während wir den kleinen Hafen ohne weitere Beachtung verließen und über die Rasenfläche vor uns liefen. Vor uns ragte aus den grauen Wolken die Brooklyn Bridge. Die Promenade, die sonst von New Yorkern überquoll, lag beinahe wie ausgestorben vor uns. Das Wasser spritzte mir die Oberschenkel hoch, als ich durch Pfützen rannte, die sich im Rasen des Parks gesammelt hatten.

Über unseren Köpfen sah ich die Silhouette von Risha, Falcos Spiritus, der uns folgte. Ein beißend kalter Wind, der vom East River zu uns herüberwehte, trieb mir die Gänsehaut über den Körper.

Ich begann von dem dummen Gerenne gerade Seitenstechen zu bekommen, als Henry endlich etwas langsamer wurde und über die Manhattan Bridge in Richtung des East Village lief. Hier waren schon deutlich mehr Menschen unterwegs, doch keiner schien dem großen Schattenhund Beachtung zu schenken. Im Gegensatz zu uns.

Unsere Gruppe zog deutliche Blicke auf sich, wie wir ganz in Schwarz und ohne Regenschirme die Straße entlanghetzten. Wir mussten wie eine Cosplay-Gruppe der »Men in Black« wirken.

Ich drosselte das Tempo und hoffte, dass es auf die anderen so wirkte, als wollte ich nicht so sehr auffallen, anstatt verzweifelt nach Luft zu schnappen, während ich mir in die Seite kniff. Aus dem Augenwinkel sah ich, wie Falco zu mir aufschloss und neben mir herlief. Im Gegensatz zu mir schnaufte er nicht. Sein Blick sondierte die Lage mit Argusaugen und ließ keine Bewegung, keine Menschen oder sonstigen Reize aus, die uns dabei begegneten.

»Wie geht es dir nach der Strix?«, fragte er leise.

»Es geht mir gut. Ich wurde zusammengeflickt«, versicherte ich ihm sanft.

»Gut. Das ist gut. Du hast dich gut dort drinnen geschlagen.«

Ich schnaubte, woraufhin Falcos Mundwinkel nach oben zuckten. »Doch, ehrlich. Ich war beeindruckt.«

»Ich bin fast draufgegangen«, erinnerte ich ihn.

»Auf das *fast* kommt es an«, versicherte er mir, und seine

Hand streifte meine. Eine minimal wahrnehmbare Geste, doch sie trieb mir die Gänsehaut über den Arm.

Ich versteckte mein Lächeln und musste mein sehr dummes Herz daran erinnern, dass seine Verlobte nur wenige Schritte von uns entfernt war.

Ob freiwillig oder nicht, Tempest war ausgesprochen entschlossen, diese Hochzeit anzugehen, und sprach vor allem darüber, wenn ich in der Nähe war. Sie schien es kaum erwarten zu können, das Ganze über die Bühne zu bringen. Tatsächlich konnte ich sogar verstehen, dass sie über meine Anwesenheit nicht sehr begeistert war. Vor allem, wenn Falco wegen mir die Verlobung verzögerte und sie ihn nach fünf Jahren in den Armen einer anderen vorfand. Noch dazu in den Armen eines vermeintlichen Dämons.

»Du warst schon eine Weile nicht mehr bei mir, außerhalb des Trainings«, druckste ich herum.

»Es war viel zu tun«, lenkte Falco ein, doch sein Blick wurde wieder weicher, als er mir versprach: »Wenn du willst, komme ich morgen Abend zu dir.«

Er sagte es leise, aber an der Art, wie Tempests Kopf herumruckte, war ich mir ziemlich sicher, dass sie lauschte und sich innerlich gerade ausmalte, meinen Kopf aufzuspießen.

Ich wollte ihm sagen, dass er das nicht tun musste, doch stattdessen konzentrierte ich mich auf die Straße und sah, wie Henry ruckartig stehen blieb. Neben uns ragte das Chrysler Building auf. Inzwischen mussten wir gut über eine Stunde unterwegs gewesen sein. Er knurrte plötzlich und spannte die Muskeln an, als wollte er davonstürmen.

»Was hat er?«, fragte Tempest scharf.

»Woher soll ich das wissen?«, schnappte ich und ging neben Henry in die Knie. »Was ist los, mein Junge? Ist Lore in der Nähe?«

Henry blickte mich mit seinen Schattenaugen direkt an,

und es fühlte sich an, als würde sein Geist durch mich hindurchstreichen. Ein seltsames Gefühl, wie ein Windhauch, der etwas zu tief in mein Inneres drang und einen kalten Stich durch mein Hirn jagte.

»Was ist los?«, fragte ich.

Der Hund sah starr geradeaus. Ich folgte seinem Blick. Der Regen tropfte inzwischen aus meinen pitschnassen Haaren.

Vor uns lag ein verlassener U-Bahn-Schacht. Die Absperrungen bestanden aus ein paar halbherzigen Holzbrettern, die mit Graffiti beschmiert waren. Die Treppen, die nach unten führten, waren nass vom Regen. Die Kacheln schimmerten in einem kränklichen Gelb. Die Dunkelheit dahinter wirkte … seltsam. Ein unruhiges Gefühl flatterte in meinem Magen. Gänsehaut überzog mich. Ich starrte in den Schacht und hatte das Gefühl, als würde etwas zurückstarren.

Erschrocken fuhr ich nach oben und packte Falco.

»Wir müssen hier weg!«, zischte ich ihm zu.

Seine Augenbrauen zogen sich zusammen.

»Warum …?«, setzte er an, als plötzlich ein Grollen zu hören war, und im nächsten Augenblick brach ein unfassbar ekelhafter Gestank nach verrottendem Fleisch aus dem U-Bahn-Schacht. Die Exorzisten erstarrten. Ihre Köpfe fuhren herum. Ich fixierte mit pochendem Herzen die Dunkelheit in der U-Bahn vor uns, während sich Henry knurrend vor mir aufbaute, als ohne jede Vorwarnung etwas aus der Dunkelheit hervorbrach und gegen die Absperrung krachte. Es war so groß, dass es sich quasi durch den Eingang quetschen musste.

Vor Schreck taumelte ich zurück, während mir Holzsplitter um die Ohren flogen. Falco zerrte mich an seine Brust und schirmte mich ab, bevor ein derart durchdringender Gestank uns erreichte, dass ich ein Würgen nicht unterdrücken konnte.

Mühsam hielt ich die Luft an, hörte Henry bellen und Tempest fluchen. Ein Schrei wollte aus mir herausplatzen, doch Falco schlug mir blitzschnell die Hand auf den Mund.

Vor uns türmte sich etwas auf, das wie ein gigantischer Regenwurm aussah. Soweit ich sehen konnte, hatte dieses Ding keine Augen, keine Ohren, nur ein riesiges rundes Maul, in dem Tausende nadelscharfe Zähne nach außen ragten.

Eine schmierige Substanz, die wohl der Ursprung dieses ekelhaften Gestanks war, tropfte von dem Leib, der mit Schuppen überzogen war. Jedoch keine harten wie bei einem Drachen, sondern sie schimmerten weich und nachgiebig wie bei einem Fisch.

Das Vieh, dessen Körper zum Teil noch immer im U-Bahn-Schacht steckte, stieß ein seltsam knirschendes Geräusch aus, das durch seinen ganzen schleimigen Körper zu rumpeln schien. Aus diesem Albtraumregenwurm wuchsen lange spitze Gliedmaßen, Beine ähnlich wie bei einem Tausendfüßler. Falco zog mich zurück, während die Beine die Umgebung zu sondieren schienen und der Wurm sich weiter durch den Eingang quetschte.

Ich wollte etwas sagen, doch Falco drückte mir nur noch fester seine Hand auf den Mund und schüttelte den Kopf, während er mir so leise ins Ohr wisperte, dass ich ihn kaum verstand: »Das ist ein Lindwurm. Er ist blind, aber wenn wir zu laut sind, wird er uns sofort bemerken und fressen. Wir müssen weg hier.«

Das hier war also ein echter Lindwurm? Ich hatte mir die Dinge kleiner vorgestellt und weniger wie aus einem schlechten Horrorfilm. Mein Blick wanderte zu Tempest und Zero, die beide zurückwichen und keinen Mucks von sich gaben. Der Wurm schnurrte unruhig. Sein Kopf wandte sich nach links und rechts, als wäre er verunsichert.

Schleim tropfte von seiner Haut und klatschte dicht neben meinem linken Schuh auf. Der Geruch von verbranntem Fleisch stieg mir in die Nase, und ich konnte sehen, wie eine Schleimschicht eine Blechdose am Boden zischend aufzulösen begann. Meine Nackenhaare stellten sich auf. Der Schleim von dem Vieh war Säure?

Falco zog mich weiter zurück, doch hinter uns befand sich nur noch der East River oder der Weg, den wir gerade gekommen waren. War es jetzt nicht an der Zeit, dass die anwesenden Exorzisten ihre Rosenkränze und Schwerter zückten und das Ungeheuer in Stücke hackten, so wie es ihr Job war?

Keiner von ihnen machte jedoch Anstalten, das zu tun. Eher im Gegenteil, Falco zog uns weiter zurück, einen lautlosen Minischritt nach dem anderen. Ich konnte trotz allem seinen hektischen Herzschlag an meinem Ohr hören. Als ich nach oben schielte, waren seine Pupillen klein wie Stecknadelköpfe. Sein Gesichtsausdruck verriet nichts, doch als ich zu Zero hinüberblickte, sah ich echte Angst in seinem Gesicht.

Um Gottes willen, was war das für ein Dämon, vor dem sich selbst die Exorzisten fürchteten? Die Zeit schien eingefroren, nur das Geräusch des entfernten Verkehrs war zu hören. Falco drückte mich an sich, und da knirschte es. Unter meinem Schuh. Natürlich unter meinem Schuh! Erschrocken blickten wir gleichzeitig nach unten, und ich sah eine Cheetos-Tüte. Ein paar zertrampelte Chips quollen heraus.

Oh-oh …

Ich riss den Kopf im selben Augenblick hoch, als das Vieh ein Zischen von sich gab und auf uns zuschoss. Mein Schrei erstarb, als Falco mich so fest an sich zog, dass es schmerzte. Das Ding schnellte vor, die Beine klackerten rasend schnell über den Asphalt. Henry knurrte. Falco erstarrte panisch, und Henry bellte, als das Ding erfreut klackerte. Obwohl es keine Augen hatte, schien es sofort zu wissen, wo wir waren.

»Verflucht!«, knurrte Falco und gab mir einen heftigen Stoß, der mich vorwärtsstolpern und hart auf den Asphalt aufkommen ließ.

»Falco!«, schrie ich. Der gleiche Schrei kam aus Tempests Mund und erstickte meinen eigenen, als ich buchstäblich in Zeitlupe sah, wie das Ding nach dem Exorzisten schnappte. Falco hatte keine Chance mehr auszuweichen. Das Ungetüm sperrte zischend das Maul auf, die Zähne stülpten sich auf bizarre Weise nach außen, und es verschlang Falco mit Haut und Haaren.

»Zero, lenke es von links ab. Ich lotse den Lindwurm zurück in den Schacht. Ruf dann sofort eine Hunter-Einheit«, brüllte Tempest.

Zero nickte, und beide rannten schneller los, als ich wahrscheinlich jemals einen Menschen hatte laufen sehen. Die Mäntel der beiden rauschten im Wind, ihre Haare peitschten schwarz und weiß durch die Luft.

Zero blieb direkt vor dem Maul des Lindwurms stehen, zückte eine Sichel und schlug ein langes, spitzes Bein des Biests ab. Die Gliedmaße flog, grünen Schleim spritzend, durch die Luft und kam mit einem üblen Klatschen nicht weit von mir entfernt zum Liegen.

Das Monster stieß einen seltsam knirschenden Schrei aus, während sein Körper rumpelte. Im selben Augenblick sprang Tempest mit einem gewaltigen Satz nach oben und zückte im Fall ihre roten Klingen, die sie in das Fleisch des Lindwurms rammte und sich anschließend dort festklammerte wie an einer Klippe.

Der Dämon grollte, krümmte sich und rotierte um sich selbst. Zero wich geschickt aus und trennte mit unglaublicher Schnelligkeit die Beine ab, die ihm in den Weg kamen.

Doch je mehr Gliedmaßen zu Boden prasselten, desto mehr von der ätzenden Flüssigkeit durchtränkte den Boden.

Das Ganze geschah so schnell und präzise, dass ich kaum Zeit hatte, mich aufzurappeln. Ich wusste, ich sollte etwas tun, doch alles geschah so hektisch, dass ich dem Geschehen kaum folgen konnte.

Dampf stieg nach oben, und die Luft wurde so dick, dass es beinahe unmöglich war zu atmen. Ich würgte, Schwindel ergriff mich, und ich musste mir den Ärmel meines Hemdes gegen Mund und Nase pressen, um nicht ohnmächtig zu werden.

Währenddessen klammerte sich Tempest eisern an den Wurm, egal wie sehr dieser sich wand und aufbäumte, als würde sie ein Rodeo reiten. Zero rutschte gleichzeitig unter den Beinen entlang und zog die Sichel sauber durch den fleischigen Körper. Grüne Flüssigkeit spritzte in alle Richtungen. Eine Wunde klaffte zwischen den Schuppen auf, doch sie war nicht tief genug, um Falco freizuschneiden.

Der Wurm schrie gellend auf, wirbelte um sich selbst, sodass sein massiger Körper den Schacht der U-Bahn demolierte. Er rollte sich wie ein Tausendfüßler zusammen, ehe er sich in den dunklen U-Bahn-Tunnel zurückzwängte. Tempest hielt sich dabei weiter fest, und mit einem letzten wütenden Schrei verschwand sie zusammen mit dem Wurm in den Tiefen des Tunnels.

»Zero!«, röchelte ich und zwang mich, zu dem hellhaarigen Exorzisten zu laufen, der keuchend seine Sichel schüttelte, sodass die ätzende Flüssigkeit von der Klinge abspritzte. Henry bellte und folgte mir, als ich über eine große Pfütze sprang und vor Zero stehen blieb, der mich am Arm festhielt, als hätte er Angst, ich könnte kopflos in den Tunnel laufen.

»Was zum Teufel ist mit diesem Lindwurm los? Und wie bekommen wir Falco da wieder raus?«, rief ich unter meinem Ärmel, weil das Atmen sonst kaum möglich war.

Zero zückte sein Handy und tippte eine Nummer ein, während er keuchend antwortete: »Das war mit Abstand der größte Lindwurm, den ich jemals gesehen habe. Wir brauchen einen Trupp Hunter dafür. Wir müssen Falco dann innerhalb von wenigen Stunden rausbekommen, sonst wird er verdaut.«

Im selben Augenblick blaffte er in sein Handy: »Hier ist Necromancer Zero Five. Wir sind auf einen Lindwurm gestoßen, ausgewachsen. Schätzungsweise zehn Meter, vielleicht sogar mehr. Wir haben Tempest und Falco verloren. Wir brauchen Verstärkung. An der 35th Street, zwischen dem East River und dem Chrysler Building. Ja, neben uns ist der United Nation Tunnel und eine stillgelegte U-Bahn-Station.«

Ich starrte auf die Pfütze zu meinen Füßen und sah mein Spiegelbild darin schimmern. In derselben Sekunde, als Zero »Ja, verstanden, Sir« sagte, fiel mir ein, woher ich schon von Lindwürmern gehört hatte.

»Moment, wird aus Lindwürmern nicht dieses Zeug hergestellt, von dem Crain immer high wird?«

Zero nickte. »Das stimmt. Das Gift und auch die Schuppen der Lindwürmer werden häufig als Rauschmittel oder Putschmittel für Necromancer verwendet. Es steigert die Leistungsfähigkeit. Eigentlich sollten solche Lindwürmer in freier Wildbahn gar nicht mehr existieren. Sie werden streng kontrolliert gezüchtet und ab einer Größe von einem Meter geschlachtet. Das hier ist absolut absurd.« Er schüttelte den Kopf, steckte das Handy wieder ein, packte mich am Arm und zog mich vom U-Bahn-Steig weg.

»Was machst du? Wir müssen …«

»… auf Verstärkung warten und mögliche Verfolger abschütteln«, unterbrach er mich.

»Verfolger?«, echote ich.

Zero sah sich nervös um, als erwartete er, dass der nächste Lindwurm aus der Mülltonne sprang. »Ein Lindwurm in dieser Größe kann niemals unbemerkt in der Kanalisation von New York gelebt haben. Dieser hier wurde eindeutig illegal gezüchtet und hier platziert.«

»Wozu?«

»Was weiß ich, aber wenn man davon ausgeht, dass Una die ganze Stadt nach dir und Lore absucht, ist das vielleicht ein Versuch, uns abzufangen. Aber selbst wenn es Zufall ist, können wir nicht riskieren, hier weiter rumzustehen.«

»Können wir denn nichts tun?«, keuchte ich, während sich Henry, der kleine Verräter, an meine Seite drückte. Er hatte Lore finden sollen und keinen Wurm, verdammt noch mal.

Zero schüttelte den Kopf, was Regen in alle Richtungen spritzte. »Ich bin Necromancer, Leaf. Lindwürmer sind Monster, das bedeutet, wir brauchen Hunter und bei dieser Größe am besten ein ganzes S.W.A.T.-Team.«

Ich gab mir alle Mühe, nicht wie ein störrisches Kind darauf zu beharren, dem Lindwurm zu folgen.

Als hätte er meine Gedanken gelesen, fügte Zero hinzu: »Das Gift des Lindwurms ist äußerlich, nicht innerlich. Im Wurm selbst ist er wahrscheinlich sicherer als Tempest, die sich gerade an dem Lindwurm festklammert. Sie mag anstrengend sein, aber sie ist eine verdammt gute Exorzistin. Die beiden werden das überleben. Wir beide gehen jetzt erst mal zurück in die Akademie.«

»Ich kann nicht zurück in die Akademie …«, setzte ich an, als Zero plötzlich erstarrte. Er blickte die Straße entlang, und im nächsten Atemzug zerrte er mich in eine dunkle Gasse, die nach Pisse und Abgasen roch.

»Was?«, fragte ich, doch er drückte mich bereits gegen die Wand und bedeutete mir, still zu sein. Obwohl er nicht größer war als ich und nicht besonders kräftig wirkte, schaffte er es ohne Probleme, mich in den Schatten zu drücken und dort zu halten.

Henry knurrte Zero an. »Was ist denn los?«, wisperte ich.

»Pssst«, zischte Zero jedoch nur und nickte nach rechts.

Im selben Moment sah ich es ebenfalls.

Ein schwarzer Tesla war am Gehweg direkt vor der verlassenen U-Bahn stehen geblieben. Nur wenige Meter von uns entfernt. Eine Autotür knallte, als drei Silhouetten ausstiegen. Eine der Straßenlaternen war nahe genug, dass man zwei Männer und eine Frau erkennen konnte, die sich die Reste des Lindwurmmassakers ansahen. Ich brauchte nur in ihre Richtung zu sehen, um ihr dunkles Arcanum zu bemerken. Vor uns standen Dämonen.

Die Frau zückte ein Handy und begann zu telefonieren. Wir waren gerade nah genug, um einige Fetzen des Gesprächs hören zu können. »Ja, er hat sie. Sie hatten recht. Der Lindwurm hat das Q-Gen gewittert wie ein Spürhund.«

Moment, der Lindwurm sollte das Q-Gen aufspüren? Hatte das Biest etwa mich gerochen? Ich erstarrte, und Zero wirkte alles andere als happy. Wir bemühten uns, still zu bleiben und nur flach zu atmen, während die Dämonen weitersprachen. »Wir sollten uns beeilen. Die ganze Stadt wird bald von Exorzisten wimmeln. Ja, Ma'am. Wir prüfen das. Bis gleich.«

Sie legte auf und nickte ihren beiden Begleitern zu. »Der Wurm bringt sie zur Insel. Wir sollen hier klar Schiff machen.«

»Wozu?«, fragte der andere Kerl und spuckte aus. »Bis die Black Birds der Spur gefolgt sind, sind wir längst weg.«

»Das darfst du gerne Una fragen, ich mache meinen Job

und behalte meinen Kopf«, knurrte der andere und nickte ruckartig. »Räumt auf. Überprüft auch den Polizeifunk. Falls es Zeugen gibt, müssen sie verschwinden.«

Wenn ich nicht bereits Gänsehaut gehabt hätte, dann wäre ich spätestens jetzt komplett damit überzogen. Sie sprachen hier nicht davon, den Schleim aufzuwischen, sondern Menschen aus dem Weg zu räumen.

Die Dreiergruppe teilte sich auf, und Zero zog mich tiefer in die Schatten hinein. »Hast du eine Ahnung, von welcher Insel sie gesprochen haben?«, flüsterte ich.

»Leider nein«, gab Zero zu, doch ein gefährlicher Ausdruck blitzte in seinen Augen auf.

»Lass es uns herausfinden.«

Bevor ich fragen konnte, wie er das anstellen wollte, nahm er meine Hand und lief mit mir ein weiteres Stück die Gasse entlang. Dann bückte er sich, zückte ein kleines Messer und schnitt sich in die Handfläche.

»Was hast du vor?«, fragte ich, während er etwas, das wie ein Kreis aussah, auf den Boden malte.

Er wischte sich die hellen Haare aus der Stirn, während er konzentriert arbeitete. »Hast du es nicht gespürt? Das dort hinten waren Lord-Dämonen. Ich bin zwar kein Shintonist, doch eine kleine Falle bekomme ich noch hin. Sie hält sie nur wenige Sekunden auf, aber mehr brauchen wir nicht.«

»Und dafür schneidest du dir die halbe Hand auf? Das wird ewig wehtun«, hielt ich dagegen, Zero wischte sich jedoch bereits die Hand ab und stand mit einem leichten Lächeln auf.

»Du vergisst, dass ich auch ein Dämon bin. Ich heile zwar nicht so schnell wie du, aber ich bin auch kein Mensch.«

Er positionierte mich neben sich und warf dem Dämonenhund zu meinen Füßen einen strengen Blick zu. »Pfeif ihn zurück. Er darf jetzt nicht ablenken.«

Alles in mir sträubte sich, doch ich machte in Richtung

Henry eine Kopfbewegung, und der Hund löste sich mit glühend schwarzen Augen in Rauch auf und verschwand hinter mir. Mein Herz schwoll ein wenig an vor Stolz angesichts seiner Gehorsamkeit.

Zero sah aus, als wollte er etwas sagen, doch im selben Moment spürte ich es. Zwar war nichts zu hören oder zu sehen, doch die Präsenz des Dämons waberte klar und deutlich zu uns hinüber, und im nächsten Augenblick stand am anderen Ende der Gasse einer der Dämonen. Die Frau. Sie hatte pinke Haare, die in alle Richtungen abstanden, und eine Reihe von Piercings in Augenbrauen und Ohren, die leise klimperten, als sie auf uns zuging.

»Na, sieh mal einer an, was wir hier haben. Zwei kleine schwarze Vögelchen. Habt ihr euch verlaufen?«, schnurrte sie. Zero zückte nur ungerührt seine Sichel.

An dieser Stelle bewunderte ich die absolute Abgebrühtheit der Exorzisten wirklich. Zero nahm die Situation völlig kalkuliert auf, während ich vor Panik so fest die Pobacken zusammenkniff, dass sich nervöser Durchfallreiz meldete. Och nö …

Die Dämonin verzog ihre Lippen, sodass ihre weißen Eckzähne zum Vorschein kamen, die sie beinahe wie ein Vampir wirken ließ. Ihre dunkle Präsenz war wie ein Ölfilm, der sich über alles legte und einen pelzigen Geschmack auf der Zunge hinterließ.

Die Dämonin legte den Kopf schief und hob in spöttischer Unschuld die Hände. »Aber, aber, da will man helfen und wird gleich bedroht. Ihr Exorzisten hattet schon immer schlechte Manieren, wisst ihr das?«, sagte sie amüsiert und kam so geschmeidig auf uns zu wie ein Raubtier, das Witterung aufgenommen hatte.

Zero blieb ruhig stehen, während die Dämonin die schwache Blutlinie überschritt.

»Ich möchte einfach nur …«, setzte sie an, doch was immer sie uns hatte vorlügen wollen, erstarb auf ihren Lippen, als die Falle zuschlug. Der Blutring, den Zero gezeichnet hatte, leuchtete in einem sirrenden Rot auf, und die Dämonin stieß einen solch schrillen Schmerzensschrei aus, dass ich mir die Ohren zuhalten musste. Zero hingegen zögerte nicht. Er preschte blitzschnell vor, packte die Dämonin und stieß seine Sichel durch ihre Schulter und pinnte sie an der nächsten Wand fest. Es knirschte, als die Sichel durch die Wand schlug. Die Dämonin brüllte, spuckte und wand sich, während sie nach Zero griff, doch dieser zückte zwei lange Spikes von seinem Gürtel und jagte sie ihr durch die Handgelenke, um sie an der Wand festzunageln. Die Dämonin knurrte.

»Komm noch etwas näher, kleiner Black Bird, und ich fresse dich mit Haut und Haaren«, fauchte sie.

Zero zog ihr ungerührt die Sichel aus der Schulter und hielt sie stattdessen an ihre Kehle. »Wir wollen ein paar Informationen von dir. Falls du versuchst, abzuhauen, werde ich dir den Kopf von den Schultern schlagen«, versprach er ihr.

Die Dämonin grinste, während dunkles Blut aus den Wunden tropfte und zusammen mit dem Regen auf den Boden klatschte.

»Was willst du wissen?«

»Du und die anderen arbeitet für Una, oder?«

Sie lachte gackernd. »Ganz New York arbeitet für Una, seit sie die anderen Syndikate zerschlagen hat. Ist das alles, was du wissen willst? So viel Aufwand für eine solch dumme Frage.«

Zero presste die Klinge fester an ihren Hals. »Der Lindwurm. Wo ist er? Von welcher Insel habt ihr gesprochen?«

Die Dämonin schürzte die Lippen.

Zero trat näher und fauchte: »Spuck es aus, oder ich steche zu.«

»Mach nur, kleiner Exorzist. Ich bin nicht alleine hier, meine Kollegen werden sich freuen, die Straßen mit euren Eingeweiden zu pflastern.«

»Falsche Antwort.« Die Dämonin hatte nicht einmal mehr Zeit für einen letzten Atemzug, als die Klinge durch ihre Kehle fuhr. Blut spritzte auf, und der Körper wurde schlaff, immer noch von den Spikes an der Wand gehalten. Ihr Kopf hing etwas schief. Zero hatte so tief geschnitten, dass er ihr beinahe den Kopf abgetrennt hatte. Der Anblick war so bizarr, dass ich ein Würgen nicht unterdrücken konnte.

»Warum hast du das getan? Sie hätte noch etwas sagen können«, presste ich hervor und stützte meine Hände auf den Knien ab, um den Brechreiz in den Griff zu bekommen. Gleichzeitig konnte ich nicht wegsehen, während dunkles Blut auf den Boden sprudelte.

»Wir haben keine Zeit für Geplänkel. Wir bekommen die Informationen auch anders. Auch wenn ich gehofft hatte, sie sagt es uns einfach. Ich warne nur vor: Das wird gleich sehr extrem.« Zero seufzte, drehte sich um und drückte mir seine Sichel in die Hand.

»Was soll ich damit machen?«, fragte ich verdutzt.

»Mir ins Herz stechen«, sagte er.

Mir klappte der Mund auf. »Ich soll was?«

»Mir ins Herz stechen«, wiederholte er ungerührt. Ich blinzelte ihn an. Zumindest verschwand meine Übelkeit ruckartig.

»Hast du den Verstand verloren? Warum sollte ich so etwas noch mal tun?«, krächzte ich.

»Ihr Körper ist beschädigt. Sie wird sich gleich einen neuen Wirt suchen, und ich werde ein perfektes Opfer sein. Wenn das passiert, brauche ich etwa zehn Sekunden, um ihren Verstand zu durchwühlen. Bevor sie sich wirklich einnisten kann, stichst du mir mit der Sichel ins Herz. Dämonen, die ihren Körper verlassen, sind panisch, triebgesteuert und hungrig danach, in neues Fleisch zu flüchten. Nur wenige, sehr alte Exemplare schaffen es, in diesem Augenblick nicht von purem Instinkt geleitet zu werden. Ich werde neben ihr stehen und jede mentale Barriere fallen lassen. Sie wird mich als Homunkulus erkennen. Kein Dämon wird sich diese Chance entgehen lassen. Nicht alle Dämonen sind so hartnäckige Arschlöcher wie Lore. Treib sie aus mir raus.«

»Das ist absolut bizarr«, erklärte ich für den Fall, dass er es selbst nicht bemerkte.

Zeros Lippen verzogen sich zu einem Lächeln. »Unser ganzer Job ist bizarr. Stich also zu. Ich kann sie nur einlassen, aber nicht wieder herauswerfen«, forderte er mich auf.

Entgeistert starrte ich Zero an, der sich auf die Dämonin zubewegte. Ihr Körper krampfte sich zusammen wie bei einem Frosch, der in heißem Wasser gekocht wurde. Zero packte ihr Gesicht, und ich sah, wie seine Schultern herabsackten. Seine Muskeln wurden weich. Der Körper an der Wand zuckte, und im nächsten Augenblick quoll schwarzer Rauch aus der blutigen Wunde hervor. Er kroch wie Nebel aus ihr heraus und schoss tatsächlich auf ihn zu wie eine Schlange, die ihre Giftzähne in die Beute schlug.

Ich unterdrückte einen Schrei, als ich zusehen musste, wie Zeros Augen in den Höhlen zurückrollten. Sein Körper wurde von Krämpfen geschüttelt. Seine Finger zuckten, während immer mehr schwarzer Rauch sich mit roher Gewalt durch jede verfügbare Körperöffnung zwängte.

Ein scharfer Atemzug rasselte durch Zeros Lunge, sein Nacken knackte unnatürlich, und für einen kurzen Moment war er starr.

»Z-Zero?«

Die Wirbel knackten erneut, als er seinen Kopf zu mir herumriss und grinste. Blut lief aus den eingerissenen Mundwinkeln. Seine Augen waren pechschwarz.

»Wer hätte gedacht, dass mir heute ein Homunkulus über den Weg läuft? Heute muss mein Glückstag sein«, schnurrte der Dämon.

16

Leaf

Dämonen der Stufe 3
Geister
Geister menschlichen Ursprungs

Dibbuk Von einem *Dibbuk* heimgesucht zu werden, wird oft mit einer Depression verwechselt, denn ein *Dibbuk* wählt ein Opfer aus, das bereits dunklen Gedanken nachhängt. Er sucht sich eine Körperstelle aus und agiert dort wie ein Blutegel, nur dass er sich von Arcanum und nicht von Blut ernährt. Je nach Körperstelle kann diese Extremität nach einer Weile auch absterben. Es verstärkt schlechte Eigenschaften wie Rauchen, Trinken oder Aggressionen.

Wie hatte Zero nur auf die Idee kommen können, dass ich das hier im Griff hatte? Meine Ausbildung hatte bisher quasi nur darin bestanden, von diversen Dämonen und Exorzisten davonzulaufen. Ich war absolut unerprobt in diesem Job, und genau deshalb jagte mir jetzt die Dämonin nach, statt ich ihr.

Ich konnte das echt nicht! Hektisch rannte ich durch eine Gasse, während mich die Dämonin mit einem gackernden Lachen wie einen Hasen jagte.

Was sollte ich nur tun? Und wie sollte ich es tun? Die Dämonin hatte mir noch dazu die Sichel abgenommen! Wie hatte eine Situation nur so schnell eskalieren können? Mein Herz raste, meine Lunge pfiff vor Anstrengung, und ich schmeckte Kupfer auf der Zunge, während ich um eine Sitzbank im Bryant Park rannte. Gott sei Dank waren nach Einbruch der Nacht kaum noch Menschen hier unterwegs, sodass wir nur ein paar verwunderte Blicke von Obdachlosen ernteten, als ich durch den Park hetzte und hektisch nach einem Versteck suchte oder nach einem Exorzisten. Sollte es hier nicht ein paar mehr von ihnen geben?

Ich schlug einen weiteren Haken und hörte noch das Sirren der Klinge, bevor sie in meinen Rücken einschlug. Das Ding traf genau meine Schulter. Die Spitze bohrte sich durch meine Haut, Muskeln, Sehnen und schrammte am Knochen vorbei. Der Schmerz brachte mich zu Fall. Ein wütender Schrei entfuhr mir, während ich nach hinten griff und versuchte, diese verdammte Waffe aus meiner eigenen Schulter zu ziehen. Das gelang in etwa so gut, als würde ich mich dort kratzen wollen. Knurrend verrenkte ich mir die Arme und packte die glitschige Klinge, doch durch die gebogene Form riss ich mir eher die ganze Schulter in Fetzen, statt die Klinge herauszubekommen.

»Ich muss sagen, ich bin irritiert. Was muss ich da sehen? Was höre ich da aus dem Verstand des kleinen Homunkulus heraus?«, zischte die Dämonin, und im nächsten Augenblick packte mich etwas am Kragen und hob mich hoch. Ich schnappte nach Luft, während ich den Dämon anblickte, der aus Zeros blassem Gesicht zurückgrinste.

»Du bist also die berühmte Hülle des gefallenen Dämonenprinzen. Ich muss sagen, ich habe mehr erwartet. Es ranken sich viele Geschichten um dich, Schätzchen, und wenn du das Preisgeld wüsstest, das auf deinen Kopf ausgesetzt wurde … da erwartet man etwas wirklich Großes, und was bekommt man? Dich.« Sie rümpfte die Nase. »Schätze, der gute alte Lore hat es einfach nicht mehr so drauf wie früher. Er war lange genug auf seinem Thron. Es war längst überfällig, dass er Platz macht für einen Dämon, der nicht so alt ist, dass er die Erdkruste hat erkalten sehen.«

»Das ist wirklich … hochinteressant, aber könntest du mich etwas weniger würgen?«, brachte ich hervor und spürte, wie sich Rauch um meine Finger wand wie eine kalte Zunge, die darüber strich. Ungeduldig, hungrig. Henry! Der Rauch bewegte sich meinen Rücken hinauf wie zwei kalte Hände und packte die Sichel in meiner Schulter. Ich biss mir auf die Zunge, um ein Wimmern zu unterdrücken, während die Dämonin mich zu sich zog.

Sie musterte mich irritiert. »Ich frage mich, warum der Lindwurm auf euch losgegangen ist. Eigentlich sollte er das Q-Gen aufspüren«, murmelte sie.

Ich erstarrte.

Sie erstarrte.

Und in der gleichen Sekunde sah ich, wie sie eins und eins zusammenzählte.

Oh nein, nein, nein, nein.

Ihre Finger krampften sich fester um meinen Kragen, und ihre dunklen Augen weiteten sich.

»Das kann nicht …«, setzte sie an.

Henry manifestierte sich unvermittelt und sprang der Dämonin mit gefletschten Zähnen an die Kehle.

Ein Schrei entfuhr ihr, ehe Henry seine Zähne in Zeros Kehle versenkte.

»Stopp!«, brüllte ich, griff umständlich hinter mich, bis die Gelenke knackten, und riss mir die Sichel aus den Rücken.

»Wir dürfen Zero nicht zu stark verletzen«, krächzte ich. Die Dämonin wand sich unter dem Hund.

Henry knurrte, doch er bewegte sich nicht weiter. Die Dämonin starrte zu uns hoch, und die Wut in ihrer Miene wich einem irren Grinsen.

»Q!«, gurgelte sie. Mir lief es kalt den Rücken hinab, und

da wusste ich, es reichte nicht, sie einfach nur aus Zeros Körper zu schmeißen. Wenn sie uns jetzt entwischte, würde binnen weniger Stunden jeder Dämon in New York Jagd auf mich machen. Ich musste die Seele des Dämons zerstören. Aber wie?

Ein Instinkt übernahm, der sich anfühlte, als würde *etwas* in mir die Zügel straff spannen.

»Lass mich das für dich machen …«, schnurrte eine dunkle Stimme in meinem Gedanken. Ich spürte, wie meine Augen kribbelten, meine Sicht sich verdunkelte und gleichzeitig gestochen scharf wurde. Meine Haut straffte sich, als würde sie fest über die Knochen gespannt werden, und in mir war alles hungrig. Ein tiefes schwarzes Loch. Meine Gedanken wurden schwammig, mein Blick fixierte sich auf das zitternde, zuckende Wesen unter mir.

»Wir werden diesen Dämon jetzt essen. Er wird verschwinden, als wäre er nie da gewesen«, verkündetet das Ding in mir. Am Rande meines Bewusstseins bemerkte ich, wie die Dämonin versuchte, sich von Henry zu befreien. Ich schnellte nach vorne und packte sie. Ein Knochen brach, doch ich konnte nicht sagen, ob es einer von mir oder ihrer war.

Blinzelnd kämpfte ich gegen den Schwindel in meinem Kopf an, doch Schwärze sickerte durch meine Gedanken, und dann war ich binnen eines Atemzugs plötzlich weg.

17

Q

Dämonen der Stufe 3
Geister
Geister menschlichen Ursprungs

Mahr (oder auch *Nachtmahr*) Er nährt sich von Albträumen und ist eine der weitest verbreiteten Geisterarten.

Ein Lächeln breitete sich auf meinen Lippen aus, als ich das zuckende Bündel Energie im Inneren des Dämons packte und aus dem nutzlosen Körper herauszog. Der Dämon kreischte, wand sich, bockte und versuchte, mir zu entkommen, während ich ihn mit Haut und Haaren verschlang. Genüsslich saugte ich den Rauch in mich ein wie Spaghetti, spürte, wie die Seele in mir sich auflöste, meine Leere füllte, meinen Hunger stillte. Es war anders, als von Falcos Arcanum zu nehmen. Das hier war kalt und schmeckte nach Aas, verrottet, alt, falsch, doch es füllte meinen Magen, und mehr brauchte ich nicht. Die Schreie des Dämons erstarben, als ich auch noch den letzten Rest in mich aufsog und hungrig nach noch mehr Ausschau hielt. Das hier war zu wenig, ich wollte mehr, um endlich satt zu werden.

Zu meinen Füßen spürte ich eine Bewegung. Da war ein Schatten in der Form eines Hundes, und daneben lag ein Körper, der sich langsam bewegte. Helles Haar, helle Haut. Der Exorzist. Doch er war leer. Eine Hülle. Dazu geschaffen,

Arcanum zu tragen, nicht zu produzieren. Ich wandte mich desinteressiert ab, obwohl der nutzlose Körper sprach: »Leaf? Was ist mit dir?«

Ich betrachtete die Umgebung, spürte hektische Herzschläge, warm und weich, Menschen. Kaum der Rede wert, doch ich war so unfassbar hungrig, dass ich mir die hellste Seele herauspickte wie eine Rosine.

Ich drehte mich um und lief los, hinüber zu einer Seele etwa dreißig Meter von mir entfernt. Ich rannte, und eine Strecke, für die ich zuvor noch sehr viel länger gebraucht hätte, fühlte sich wie ein Atemzug an. Meine Muskeln mussten sich kaum bewegen, ehe ich das Bündel aus Energie gefunden hatte. Es war ein Mann. Er kauerte auf einer Bank, schmutzig und stinkend, doch er interessierte mich nicht. Wichtiger war das ungenutzte Arcanum in ihm. Jeder Mensch besaß davon, mal mehr, mal weniger ausgeprägt. Der einzige Unterschied zu den Exorzisten war, dass sie es nicht nutzen konnten.

Das Bündel aus Knochen und Fleisch brüllte erschrocken auf, als ich es packte und ohne zu zögern nach seinem Arcanum griff. Zuckend und lebendig. Mir lief das Wasser im Mund zusammen. Der Mann brüllte, als ich seine Seele hervorzerrte und meine Zähne darin versenkte.

»Leaf, nein!«, rief jemand laut. Genervt blickte ich auf, und im nächsten Augenblick wurde mir meine Mahlzeit aus den Händen gerissen. Jemand stand vor mir und starrte mich aus hellen Augen an. Weiße Haare. Die Hülle von vorhin.

Ich leckte mir über die Lippen, die noch nach der Seele des Menschen schmeckten. »Was soll das werden, kleine Hülle?«, knurrte ich ihn an. Hinter ihm lag mein Essen. Es lebte noch, zuckte ängstlich. Ich glaube, ich mochte es, wenn es Angst hatte.

»Leaf! Was soll das? Was tust du da?«, krächzte die Hülle.

»Geh mir aus dem Weg«, fauchte ich und stieß sie zur Seite. Die Hülle flog hoch in die Luft, ehe sie mit einem *Uff* auf den Boden krachte.

Das Arcanum der Dämonin mochte beschissen geschmeckt haben, aber meine Zellen pulsierten voller Energie. So viel Energie, und ich wollte mehr, ich brauchte mehr. Ich stürzte mich auf das wimmernde Bündel vor mir, nur um im nächsten Augenblick an den Haaren gepackt und wieder zurückgerissen zu werden.

»Leaf! Wenn du das jetzt tust, tötest du einen Menschen. Was ist nur los mit dir?«, brüllte mir die Hülle ins Gesicht.

Ich stieß ein Schnauben aus. »Ich bin nicht das Mädchen. Es ist also nutzlos, an mein Gewissen zu appellieren. Ich habe keins. Jetzt lass mich los, oder ich reiße dir den Arm ab.«

Der kleine Exorzist ließ mich los. Wich zurück. Gut für ihn und seinen Arm. Es hatte wieder zu regnen begonnen, und Tropfen rannen ihm über das Gesicht.

»Was soll das heißen, du bist nicht Leaf?«, stotterte er.

Ich legte den Kopf schief. »Ich bin neu«, sagte ich.

»Neu?« Er runzelte die Stirn, und ich bleckte die Zähne.

»Ich war zuerst nur ein kleiner Funke in ihr, aber meine Wurzeln reichen bereits tief. Ihre Gedanken sind bald meine Gedanken, und dieser Körper gehört mir.«

Der Exorzist starrte mich mit einem seltsamen Ausdruck an. »Wenn du sagst, du bist neu, kann es sein, dass … bist du das Q-Gen?«

»Ich bin eine Göttin«, korrigierte ich ihn und trat auf ihn zu. »Genug geredet. Geh mir aus dem Weg, ich habe Hunger.«

Der junge Mann presste die Lippen zusammen und bewegte sich nicht vom Fleck. Sein Gesicht sah zerschunden und geschwollen vom Aufprall aus.

»Schön, wie du willst …«, sagte ich ungerührt und streckte eine Hand aus, um den kläglichen Rest seiner Existenz aus ihm herauszupulen wie einen Wurm. Doch anstatt zurückzuweichen, hielt er mir etwas unter die Nase.

»Du hast Hunger? Nimm das hier.«

»Was ist das?«

»Ich habe es für einen Notfall mitgenommen, und ich schätze, das hier ist einer. Nimm, es ist sehr reines Arcanum.«

Amüsiert blickte ich auf das mickrige Fläschchen.

»Was soll ich mit so einem kleinen …«, setzte ich an, doch da entkorkte er die Flasche und drückte sie mir zwischen die Lippen.

Verwirrt blieb ich stehen, bis die Flüssigkeit meine Zunge traf. Arcanum benetzte meine Kehle, so unfassbar rein und stark, dass meine Zellen zu vibrieren begannen. Ich konnte ein Aufstöhnen nicht unterdrücken, packte das Fläschchen und schüttete alles in mich hinein.

Nur ein Schluck, zu wenig und doch so unfassbar perfekt. Macht rann mir heiß und kalt die Kehle hinab, füllte meinen Magen, und ich ging völlig verzückt in die Knie. Schnurrte wie eine Katze, während ich den Rand des Fläschchens ableckte.

Zwei Füße traten vor mich, und im nächsten Augenblick ging der Exorzist vor mir in die Hocke. »Du willst mehr?«, fragte er mich ruhig.

»Wo hast du es her? Gib mir mehr!« Ich erhob mich und packte ihn.

»Du bekommst mehr, wenn du willst, aber erst ziehst du dich zurück. Ich will das Mädchen zurück. Ich will mit Leaf reden. Kannst du das?«

Meine Lippen kräuselten sich. »Warum willst du das dumme Ding? Sie ist so schwach und nutzlos. Gib mir mehr von dem Arcanum, und ich kann dir zeigen, zu welchen Wundern ich fähig bin.«

Der Exorzist verengte die Augen. »Ich will Leaf zurück.«

Ich fletschte die Zähne. »Sie ist nutzlos und wird irgendwann ohnehin aufhören zu existieren. Bald ist sie nur noch ein Tropfen Seele in dem Ozean meiner Existenz. Dieser Körper wird schon sehr bald mir allein gehören, und wenn du mir weiter im Weg stehst, töte ich dich«, ließ ich ihn beinahe schon milde wissen.

Es bräuchte nicht viel, nur ein kleiner Druck, und sein Genick wäre gebrochen. Ich konnte den Ursprung des Arcanums leicht finden. Warum sollte ich mich mit ein paar Kostproben zufriedengeben, wenn ich alles haben konnte?

Im selben Augenblick blitzte etwas auf. Eine weitere Phiole, gefüllt mit schimmerndem purem Arcanum. Mein Magen schmerzte vor Hunger.

Ich erstarrte, und der Exorzist lockte mich: »Gib Leaf zurück, und dann bekommst du das hier und mehr.«

Ich bedachte ihn mit einem spöttischen Blick. »Behalt dein kleines Fläschchen. Ich habe jetzt die Welt, an der ich mich satt essen kann.« Ich drückte mich an ihm vorbei, doch meine Füße gerieten ins Taumeln, meine Gliedmaßen wurden taub, und ich stolperte ins Gras.

»Was ist?«, fragte der Exorzist erschrocken, aber ich stieß ihn nur zur Seite und hielt mir den Kopf, der sich mit Nebel füllte, während sich das Bewusstsein zurück an die Oberfläche kämpfte. Ich knurrte, ein animalischer Laut, der tief aus meiner Kehle kam.

»Das ist mein Körper.«

Doch das Mädchen schob sich wie ein Wurm aus meinen Gedärmen hervor und drängte mich zurück. Stück für Stück. Wütend packte ich das Gras und brüllte: »Du kannst mich nicht ewig verstecken, kleines Mädchen.« Aber noch bevor ein weiterer Ton aus meinem Mund dringen konnte, driftete mein Bewusstsein davon.

18

Leaf

Dämonen der Stufe 3
Geister
Elementargeister
Luftgeister

Leanan Sidhe (auch *Muse* genannt) wurden in noch keiner stofflichen Form gesehen, außer in Beschreibungen jener, die durch ihren Einfluss wahnsinnig geworden sind. Man nennt diesen Vorgang auch den *Kuss der Muse*, da Menschen, die einen *Leanan Sidhe* gesehen haben, in einen kreativen Rausch fallen, der jedoch meist in Wahnsinn oder Tod endet.

Keuchend schnappte ich nach Luft und starrte in einen dunklen Himmel, von dem schwere Regentropfen auf mich herabfielen. Das Wasser rann mir über das Gesicht wie Tränen, und ein wütender Aufschrei in meinem Inneren ließ mich frösteln. Meine Finger fühlten sich steif an.

»Leaf?«, fragte eine verunsicherte Stimme. Zero hockte über mir und blickte auf mich herab. Regen tropfte ihm ebenfalls aus den Haaren. Er sah verstört aus.

»Sie ist rausgekommen?«, stieß ich entsetzt hervor und setzte mich langsam auf, während ich mir den pochenden Kopf hielt.

Zero verzog mitleidig das Gesicht. »Du wusstest davon? Von dem Dämon in dir?«

Bibbernd schlang ich die Arme um mich selbst. »Sie wurde immer lauter in den letzten Wochen, aber ich … ich wusste, nicht, dass sie so stark ist, dass sie meinen Körper übernehmen kann«, flüsterte ich.

»Ich glaube nicht, dass ich betonen muss, was für ein großes Problem das ist, oder?«, sagte Zero.

Seufzend ließ ich den Kopf hängen. »Ich arbeite an meiner Kontrolle«, versprach ich.

»Ich glaube nicht, dass das reichen wird, Leaf. Du hast mir einen Mordsschrecken eingejagt, und wenn das jemand erfährt … nun, wir sollten uns dazu eine Lösung ausdenken. Aber nicht jetzt. Kannst du aufstehen?«

Kalte, kribbelnde Stöße durchfuhren mich, aber ich nickte, während ich mich mühsam auf die Beine rappelte. Doch die Welt kippte, als hätte ich den schlimmsten Hangover aller Zeiten. Schwindel ergriff mich, in meinen Ohren pfiff es laut, und Schweiß brach mir im Nacken aus.

»Warte kurz«, brachte ich hervor, bevor ich mich umdrehte und auf die Knie sank. Dann beugte mich vornüber und erbrach mich heftig ins Gras.

Zero hockte neben mir, hielt mir die Haare aus dem Gesicht und murmelte Worte, die ich kaum verstand. Mein Magen ballte sich zusammen, und ich würgte immer und immer wieder, obwohl kaum mehr als Galle herauskam. Mein Körper rebellierte, als hätte ich zehn Kilo Speck gefuttert.

Trotzdem vergrub ich meine Finger im Rasen und stöhnte, während mir der Speichel von den Lippen tropfte, der zum Glück vom Regen fortgespült wurde. Tränen schossen mir in die Augen, und nach etwa zehn Minuten war ich nur noch ein zitterndes Bündel Elend.

»Scheiße,«, murmelte ich und lehnte meine heiße Stirn neben der Kotze in das das durchnässte, kalte Gras.

»Es wird alles gut«, beruhigte Zero mich.

Ich presste mein Gesicht gegen das Gras und linste zu ihm hoch. »Ich habe etwas Schlimmeres angerichtet, oder?«, nuschelte ich.

Zero sah mich mitfühlend an.

»Wie kommst du darauf?«, fragte er vorsichtig.

»Weil er Angst vor mir hat«, murmelte ich und nickte zu dem Schattenhund hinüber, der hinter einem Baum kauerte und mich misstrauisch anstarrte. Als er meinen Blick jedoch spürte, stellte er die Ohren auf und wedelte zögerlich mit dem Schwanz.

Zero verzog mitleidig das Gesicht. »Es ist alles gut. Niemand ist gestorben«, versicherte er mir und sah auf mich hinab. »Geht's wieder?«

Ich nuschelte etwas, das sich kaum verstehen ließ, und richtete mich auf. Henry kam auf mich zugeschossen und steckte seine Schnauze in die Kuhle meiner Kehle, dann leckte er mir über das Gesicht.

»Ist ja schon gut«, murmelte ich, schob seine Schnauze zurück und rappelte mich auf. »Lass mich bitte nie wieder alleine mit einem Dämon zurück. Sie hat mir den Arsch versohlt. Ich bin absolut unfähig«, stöhnte ich.

Zeros Mundwinkel hoben sich. »Übung macht den Meister. Und wir haben, was wir wollten.«

Ich blickte auf. »Du weißt, wohin der Wurm will?«

Er nickte. »Wir müssen nach North Brother Island.«

19

Falco

Methoden der Conjurer

Beschwörung *Conjurer* einer hohen Ausbildungsstufe vermögen nicht nur *Geister* zu bannen, sondern diese auch zu *beschwören*. Weltweit gibt es jedoch nur eine Handvoll *Conjurer*, die dazu in der Lage sind. Tatsächlich ist dies eine Veranlagung, die in Familien weitergegeben wird, und erfordert vom Orden eine Genehmigung zur Ausführung, die jedes Mal neu beantragt werden muss – Ausnahme hiervon ist das Rufen eines *Spiritus*.

Ein heller Lichtschein bohrte sich durch meine Netzhaut direkt in meine Gehirnwindungen. Schmerz pulsierte in mir, riss an meinen Muskeln und pochte gegen meinen Schädel, der sich anfühlte, als würde er gleich auseinanderbrechen.

»Soll das ein Witz sein? Was ist das?«, schnarrte eine Stimme über mir. Im nächsten Augenblick packte mich jemand an den Haaren und riss meinen Kopf hoch. Ich brauchte alle Selbstbeherrschung, um keinen Schmerzensschrei von mir zu geben. Ich zwang mich, die Augen zu öffnen, obwohl sie brannten, als hätte ich sie mit Säure gespült.

Wo war ich? Es dauerte einige Sekunden, bis ich meinen Blick so weit fokussieren konnte, dass ich meine Umgebung wahrnehmen konnte.

Ich versuchte, etwas zu sagen, doch ein Knebel steckte in meinem Mund, und sowohl meine Hände als auch Beine waren so fest vor meinem Körper zusammengebunden, dass meine Gliedmaßen beinahe gefühllos waren.

Vor mir standen Dämonen, vielleicht ein halbes Dutzend. Ihre Augen waren pechschwarz und die Gesichter verzogen, als hätten sie einen schlechten Geruch in der Nase. Einer von ihnen hielt mich immer noch an den Haaren fest, und ein anderer, mit einer großen Narbe quer über dem Gesicht, musterte mich missbilligend.

»Das hat der Lindwurm ausgespuckt, was kann ich dafür, dass es nur ein nutzloser Exorzist ist?«, beschwerte sich der Rotschopf, während Narbengesicht mich mit einem weiteren Anflug von Ekel auf den Boden fallen ließ. Als ich aufprallte, konnte ich ein Husten nicht unterdrücken. Mein ganzer Körper war nass und von einer unangenehmen klebrigen Substanz bedeckt. Es dauerte einen Moment, bis mir wieder einfiel, warum das so war.

Der Lindwurm.

Leaf.

Durch die Nase zwang ich Luft in meine Lunge und starrte zu den Dämonen hoch, die sich heftig stritten.

»Sollte dieser Wurm nicht das Q-Gen aufspüren? Hast du diesen Mist nicht genau dafür gezüchtet, Fox?«, fluchte Narbengesicht.

Der rothaarige Dämon kniff die Lippen zusammen. »Ich verstehe das nicht. Er hat eindeutig Witterung aufgenommen«, beteuerte er, und Narbengesicht massierte sich seufzend die Nasenwurzel.

»Ich rufe Una an und sage ihr, dass es falscher Alarm war. Versuche inzwischen herauszufinden, ob die Black Birds wissen, wo die Hülle von Lore ist. Vielleicht können sie uns damit noch nützlich sein.«

Es hallte seltsam nach, als er den Raum verließ. Ich ließ meinen Blick schweifen und bemerkte, dass wir uns tatsächlich in einem leer stehenden Gebäude befanden. Die Wände waren grau, schwarzer Schimmel kroch daran empor. Der Boden bestand aus zersprungenen Fliesen, und es gab … einen Abfluss? Wo waren wir?

Vergeblich versuchte ich, die Umgebung einzuordnen. Es stand ein Gestell da, als gehörte es zu einem alten Bett. Die Matratze lag noch darin, fleckig und klumpig. Umgestürzte Tische, voller Staub und kaum mehr als aufgeweichtes Kleinholz, lagen herum. Ansonsten war der Raum voller Dämonen, die sich leise unterhielten. In der Luft lag der beißende Gestank von Zigaretten und Lindwurmextrakt, einige der Typen schleppten Holzkisten von einer Seite zur anderen. Es schien, als hätte man mich in ein Syndikatsnest geschleppt.

Neben mir regte sich etwas, und erst jetzt bemerkte ich die gefesselte und zusammengesunkene Gestalt neben mir. Ich verdrehte mühsam den Kopf und riss die Augen auf. Tempest lag neben mir, auf der Seite. Ihr schwarzes Haar fiel ihr offen und zerzaust über die Schultern. Ihre Hände waren am Rücken fest zusammengezurrt, die Beine waren an den Knöchel fest verschnürt.

Wie kam sie hierher?

Ich wollte etwas sagen, doch sie warf mir nur einen warnenden Blick zu, als im selben Moment der rothaarige Dämon vor mir in die Knie ging. Er hatte auf einem Zahnstocher herumgekaut und musterte mich missbilligend.

»Ihr Exorzisten seid wie Ungeziefer. Ständig krabbelt ihr dort herum, wo ihr nichts zu suchen habt, und wenn man einen von euch tötet, kommen drei weitere nach. Also dann, spuck es aus. Wo ist die kleine Hülle von Lore? Wir wissen, dass ihr sie versteckt haltet.«

Wütend funkelte ich ihn an, und erst jetzt schien dem Dämon in den Sinn zu kommen, dass ich nicht sprechen konnte, wenn mir ein Knebel den Mund verstopfte. Er zog ihn mir heraus, und der abgestandene Geruch, der aus meiner Kehle drang, ließ mich fast würgen.

»Hör zu, Kumpel«, sagte der Dämon und wechselte den Zahnstocher in seinen anderen Mundwinkel. »Ich habe wirklich zu viel zu tun, um mich mit dir zu streiten. Entweder du spuckst es aus, oder ich verfüttere euch wieder an den Wurm. War bereits Zeitverschwendung, dich da wieder rauszuholen.«

Ich verengte die Augen, und Tempest knurrte wütend etwas in ihr Tuch hinein.

»Dieser Wurm soll das Q-Gen aufspüren?«, fragte ich, ohne auf seine Drohung einzugehen, während mir ein kalter Schauer über den Rücken lief.

»Tja …«, er nahm das Holzstäbchen und pulte damit in seinen Zähnen herum. »Keine Ahnung, warum dich das was angehen sollte, Kumpel. Also, wisst ihr etwas? Oder nicht?«

»Wie kann man ein Monster dazu bringen, so etwas zu erschnüffeln?«, hakte ich nach.

Er seufzte. »Vielleicht sollte ich deine kleine Freundin fragen.« Er rückte von mir ab und griff nach Tempest.

»Wage es nicht, sie anzufassen«, knurrte ich den Dämon an, doch er zog bereits den Knebel aus ihrem Mund. Ohne zu zögern, biss sie ihm in die Hand, und der Dämon stieß einen erschrockenen Schrei aus. Versuchte, sich zu befreien, doch Tempest verbiss sich in ihm wie ein wildes Tier, holte mit ihren Füßen aus und trat ihm mit gefesselten Beinen hart gegen die Brust. Der Dämon fiel krachend zurück und erschreckte damit die anderen Dämonen, die uns verdutzt anstarrten, während Tempest sich zu mir rollte und mir Anweisungen gab.

»Mein Rücken, Falco! Schnell«, sagte sie, und ich verstand sofort. Sie lag nur in einem nassen Tanktop und einer

Hose vor mir. Wahrscheinlich hatten die Dämonen gedacht, sie würden uns alle Waffen abnehmen, aber Tempest war nicht umsonst eine Legende unter den Exorzisten. Sie hatte viel von ihren Emotionen geopfert, um diese Fähigkeit zu bekommen. Auf der nackten Haut, die unter dem Top hervorblitzte, war der Ansatz eines Tattoos zu erkennen. Dieses Tattoo war einzigartig und hatte ihr ihren Ruf eingebracht.

»Dabo te, forma, telum dei«, sagte ich, und die Tattoos, die sich über ihren gesamten Rücken erstreckten, leuchteten glutrot auf. Die Dämonen rannten auf uns zu, doch ich hatte bereits getan, was nötig war.

Tempests Arcanum explodierte im Raum. Ihre Macht war sengend heiß wie eine Flamme, die unkontrolliert um sich schlug. Und wie jedes Mal fühlte ich mich atemlos angesichts so viel Macht, die gegen mich brandete wie eine Welle an einer Klippe.

Seitdem wir uns getrennt hatten, war sie mächtiger geworden. Bei den Göttern, so viel mächtiger. Ich fühlte mich beinahe überwältigt, aber obwohl wir getrennt gewesen waren, wusste ich immer noch, was zu tun war. Als hätten wir nie aufgehört, miteinander zu trainieren. Ich spürte, wie Tempests Rücken auf grauenhafte Weise barst und sich ein Knochen durch ihre Haut bohrte. Ich packte ihn und riss ihn – dank der gefesselten Umstände etwas umständlicher als gewöhnlich – aus ihrem Rücken. Es knackte furchtbar, und Tempest stieß einen Schmerzensschrei aus. Aber der Knochen in meinen gefesselten Händen formte sich gleißend hell zu einer schimmernden Waffe, die perfekt ausbalanciert in meinen Händen lag. Eine Sichel, die ich gerade aus einem Knochen aus Tempests Körper geschmiedet hatte. Die Klinge glühte immer noch rot von dem Arcanum. Das Adamsopfer war unter den Shintonisten wirklich sehr berüchtigt. Man opferte eine oder mehrere Rippen, die dann zu einer Waffe der Wahl wurden. Doch die Rippe brach bei vollem Bewusstsein aus dem Körper aus. Diese wuchs zwar innerhalb von vierundzwanzig Stunden nach, doch der gesamte Prozess war gelinde gesagt schmerzhaft.

Das Adamsopfer konnte jedoch auch auf andere Knochen angewendet werden. Ich wusste allerdings nur von zwei weiteren Shintonisten, die zu solch barbarischen Methoden griffen. Es brauchte nur einen gezielten Schnitt, und meine Fesseln fielen ab. Dank der gebogenen Seite schaffte ich es, die Sichel so anzusetzen, dass ich mich freischneiden konnte, obwohl mir vor Anstrengung der Schweiß herunterlief. Ich schnitt gerade die Fessel an meinen Beinen durch, als der erste Dämon mich erreichte, und mit einem weiteren Hieb fiel sein Kopf von den Schultern. Blut spritzte auf den Boden, als der Körper zu Boden sank, und ich rammte die Klinge in den Brustkorb eines weiteren Dämons.

Tempest rollte sich ächzend aus der Gefahrenzone. In der nächsten Sekunde war ich bei ihr und schnitt sie los. Keuchend rappelte sie sich auf und drückte sich stöhnend eine Hand gegen ihren Rücken, der schrecklich schmerzen musste.

»Tempest …«, setzte ich an, doch sie fuhr mich nur an.

»Augen nach vorn und töte die Dämonen, ich hole mir noch eine Waffe«, blaffte sie mich an.

Ich wollte einwenden, dass sich noch eine Rippe herauszubrechen, mehr als nur gefährlich war, doch da stürzte sich bereits der Dämon auf mich, und ich war damit beschäftigt, ihn mir vom Hals zu halten.

Aus dem Augenwinkel sah ich, wie Tempests Rücken glühte, spürte ihre Macht, die wie Wellen durch den Raum rauschte. Ich hörte, wie sie dieselben Worte flüsterte wie ich und unter einem Stöhnen eine zweite Waffe aus ihrem Rücken zog. Das Knacken von Knochen war zu hören, ehe dieser sich zu einer Waffe formte, mit der sie sich selbst befreite, während ich den nächsten Dämon zu Boden riss.

Aber es waren verdammt viele, und bevor ich wusste, was passierte, rammte mich einer der Dämonen mit der Wucht einer Dampfwalze gegen die Wand. Ich keuchte, als ich beim Aufprall praktisch die Fliesen von der Wand platzen ließ und einen heftigen Schlag in den Magen bekam, der Sterne vor meinen Augen tanzen ließ.

Im nächsten Augenblick fehlte dem Dämon sein Kopf. Tempest stand hinter ihm und zitterte am ganzen Körper vor Schmerzen und Anstrengung.

»Kannst du …«, setzte ich an, doch sie warf mir nur einen gereizten Blick zu.

»Nicht lamentieren. Arbeiten«, erwiderte sie und warf sich auf den nächsten Dämon, geschmeidig wie ein Raubtier.

Jaulend ging der Dämon zu Boden, und ich erledigte den nächsten. Die Körper auf dem Boden zuckten, und Rauch quoll aus ihnen heraus. Wir hatten keine Zeit für einen anständigen Exorzismus, alles, was wir brauchten, war mehr Zeit, um von hier wegzukommen, wo auch immer wir waren. Wenn wir Glück hatten, erwischten wir sie, bevor einer von ihnen auf die Suche nach Leaf ging.

Wut brodelte in mir, als ich die Klingen zusammenkrachen ließ, unter dem Schlag eines Dämons hindurchtauchte, einem anderen so hart in den Brustkorb trat, dass ich Knochen brechen hören konnte, und wieder ein paar Schläge einsteckte, die mich stöhnen ließen. Einer traf genau meine Nieren, und ich schmeckte Blut im Mund.

Ich wirbelte herum, versenkte die Klinge in einem Dämon und schaltete ihn aus, während Tempest sich einen weiteren schnappte.

Dann ließ ich mein Arcanum los. Es war ein verzweifelter

Akt, ungezügelt und gefährlich. So viel Macht ohne Kontrolle loszulassen, war wie eine Bombe zu zünden. Doch das hier musste schnell und dreckig zu Ende gehen. Mein Arcanum fraß sich einen Weg durch meinen Körper, meine künstliche Hand glühte auf, und der ganze Raum bebte.

»*Adsisto tibi ut famulus vitae. In manibus meis pondus justitiae. Sanguis temporis in corde meo fluit. In me spiritus puritas animae innocentis iacet. Pedissequa mortis. Frigisti innocentiam. Vehementer premit justitiae proditio, nec tempus per venas fluit.*« Ich presste die Worte hervor, während mir die ungezügelte Macht Schweißperlen auf die Stirn trieb.

Meine Macht brach hervor, losgelassen wie ein Hund von der Leine. Suchte eins, zwei, drei, vier, fünf dunkle Seelen. Die Dämonen erstarrten mitten in der Bewegung und griffen sich an die Kehlen. Sie keuchten, ihre Augen quollen hervor. Ich streckte eine Hand aus, als würde ich Unkraut ausreißen, und mit einer einzigen Bewegung zerrte ich die Seelen der Dämonen aus ihren Körpern. Es knirschte, als Dutzende Köpfe zurückgerissen wurden.

Schweiß rann mir jetzt in Strömen über das Gesicht. Das Maß an Arcanum, das ich in diesem Moment entfesseln konnte, um mehrere Seelen auf einmal auszutreiben, war gewaltig. Doch das hier war eine schmutzige Sache, nicht sauber durchgeführt. Doch hier ging es nur darum, sie kurzerhand auszuschalten. Kleinode einzusetzen, um die flüchtenden Dämonenseelen einzufangen, war bei der Masse praktisch unmöglich. Und so ließ ich sie entkommen.

Ich ließ meine Faust locker, und die Körper sackten in sich zusammen. Sie waren alle tot. Die Köpfe seltsam verdreht, während der Rauch von wütenden Dämonenseelen nur so überquoll. Für einen kurzen Augenblick setzte mein Herzschlag aus. In meinen Ohren summte es, und mein Sichtfeld verschwamm.

Zu viel. Das war zu viel gewesen. Ich schwankte, während der Boden unter meinen Füßen ungewöhnlich weich wurde.

»Hierbleiben«, befahl eine Stimme. Eine Hand griff nach mir und zerrte mich aus der nahenden Ohnmacht. Ich blinzelte.

»Tempest?«, sagte ich mit schwerer Zunge.

Sie packte mein Gesicht und musterte mich eindringlich. »Tief durchatmen. Durch die Nase ein, durch den Mund aus. Genau so. Gut. Bist du wieder da?«

»Ja«, krächzte ich, obwohl ich mich fühlte, als könnte ich jeden Moment wieder ohnmächtig werden.

»Gut, dann komm. Wir müssen hier raus«, ordnete Tempest an, schnappte sich meine Hand und zerrte mich durch den Raum.

Ohne Körper konnten die Lord-Dämonen nicht viel ausrichten, doch es würde nicht lange dauern, bis sie neue gefunden hatten. Zusammen rannten wir aus dem Raum. Die Knochensicheln in unseren Händen fühlten sich heiß und glitschig von all dem Blut an. Ich bildete mir ein, noch immer Tempests Körperwärme darin zu fühlen, als wären die Sicheln weiterhin ein Teil von ihr.

Wir gelangten in einen verlassenen Flur, der genauso alt und einsturzgefährdet aussah wie der Raum hinter uns. Da waren Fenster. Allesamt zerschlagen, zugenagelt und mit wildem Efeu überwachsen. Überall wucherte Schimmel, und der Holzfußboden knarrte, als wir darüberliefen.

Durch meine Erschöpfung konnte ich mehr Dämonen fühlen, die uns folgten. Zitternd fasste ich den Griff der Sichel und betete, dass wir hier rauskamen, bevor sie uns erwischten. Ich war am Ende meiner Kräfte, und Tempest sah nicht besser aus. An den Stellen, an denen sie die Waffen aus ihrem Körper gezogen hatte, hatten sich Blutflecken auf ihrem Tanktop gebildet. An dieser Stelle blieb keine offene

Wunde zurück, doch die Stelle würde sie dennoch noch eine ganze Weile schmerzen.

Neben uns waren eine Reihe von Türen zu sehen. Manche geschlossen und mit Brettern vernagelt, während andere wie ausgehöhlte Löcher aussahen. Ramponiert, baufällig, von der Zeit und der Natur verschlungen. Doch erst als wir in einen Raum schlitterten, neben dem ein verwittertes Schild mit der Aufschrift »Schocktherapie« zu lesen war, hatte ich so eine leise Ahnung, wo wir uns befanden.

Brother Island.

Das alte Seuchenhaus von Manhattan. Keine Ahnung, wie uns der Lindwurm hierhergebracht hatte, aber das bedeutete, dass wir auf einer Insel festsaßen.

Ich schluckte einen Fluch hinunter, und als wir die Dämonen hinter uns hörten, zögerte keiner von uns beiden. Tempest nahm Anlauf und sprang durch eines der von Efeu überwucherten Fenster. Ich folgte ihr. Der Absprung vibrierte in meinen Knochen, und ich sah den Boden auf mich zurasen. Mit der letzten Kraft, die mir blieb, und dank der vielen Stunden akribischer Ausbildung schaffte ich eine halbwegs sichere Landung, rollte mich ab und kam im dichten Gestrüpp vor der alten Krankenhausanlage zum Stehen.

Tempests und mein Brustkorb pumpten, als wir uns umdrehten und durch das Dickicht liefen. Die Vegetation war so dicht, dass uns Blätter und Äste ins Gesicht schlugen. Das Gestrüpp reichte uns bis zur Hüfte. Wir rannten wie die Hasen, die von Bluthunden gehetzt wurden, und das gefiel mir ganz und gar nicht. Es sollte andersherum sein, doch anzuhalten, war keine Option. Wir rannten, bis ich Blut auf der Zunge schmeckte und eine Schneise im Dickicht sichtbar wurde.

Erschöpft kamen wir zum Stehen. Das Ufer war zu sehen. Manhattan glitzerte in einiger Entfernung in der Nacht.

Vor uns ragte eine halb zerbröckelte Mauer auf. Ein Holzsteg führte uns weiter, doch kein Boot, nichts, mit dem wir die Insel hätten verlassen können. Tempest knirschte hörbar mit den Zähnen. Es war schneidend kalt. Unser Atem kam in Wölkchen, und erst jetzt bemerkte ich den Regen, der auf uns herabprasselte.

Tempest schwankte. Ich fing sie auf, doch sie riss sich los und wischte sich Blut aus dem Mundwinkel.

»Wir schwimmen«, entschied sie.

Ich starrte sie an.

»Hast du den Verstand verloren? Wir erfrieren auf halber Strecke.«

Sie sah mich spöttisch an. »Lieber erfriere ich hier, als von Dämonen gefressen zu werden.«

»Denk doch mal nach. Die Dämonen müssen einen Weg hierher gefunden haben, und wenn es nicht über Wasser ist, dann haben sie …«

»Tunnel«, schloss sie sofort und wirbelte herum.

»Du hast recht. Der Lindwurm hat sich durch U-Bahn-Schächte bewegt. Ich habe nicht viel gesehen, bevor ich von den Dämpfen ohnmächtig geworden bin.«

Ich biss die Zähne zusammen und fuhr mir durch die Haare. »Wir müssen also zurück ins Haus. Aber ich halte keinen längeren Kampf durch.«

Tempest hob eine Augenbraue. »Du hast dich verändert«, stellte sie fest.

Ich runzelte die Stirn. »Du ebenfalls«, gab ich zurück.

»Im Gegensatz zu dir bin ich nicht schwach geworden.«

»Tempest …« Ich massierte mir die Schläfe und zwang mich, ruhig zu bleiben.

»Ich weiß, du bist wütend auf mich, aber …«

»Wütend?«, zischte sie und kam auf mich zu. In der nächsten Sekunde lag die Sichel an meiner Brust.

»Ich bin nicht einfach nur wütend auf dich, Falco. Ich bin völlig außer mir. Wenn wir das hier überstanden haben, wirst du dir wünschen, es nicht überstanden zu haben, und wenn ich dich noch einmal mit diesem Dämonenflittchen flirten sehe, werde ich …«

Ohne zu zögern, packte ich die Klinge der Sichel, bis deren Schneide in das weiche Fleisch meiner Hand schnitt, und zog Tempest so nah heran, dass ihre Nasenspitze mein Ohr berührte. Regen prasselte heftig auf uns herunter und durchtränkte jeden Zentimeter, der trocken zu bleiben versuchte. »Tu, was du willst, Tempest. Ich habe es verdient und werde es ertragen. Ich habe deine Verachtung in den letzten Monaten hingenommen, und ich werde weiterhin Buße tun. Ich werde meinen Pflichten nachkommen, wie ich es die letzten Jahre hätte tun sollen. Aber ich möchte, dass du Leaf in Ruhe lässt. Meinst du, ich habe nicht all die gehässigen Kommentare und Sticheleien mitbekommen? Die Drohungen? Was willst du damit bezwecken? Warum spielst du die verschmähte Geliebte, wenn wir doch beide wissen, dass es dir völlig egal wäre, würde Leaf eine normale Frau sein.«

»Das ist sie aber nicht, und die Blicke, die du ihr schenkst, widern mich an«, spie sie mir entgegen. Es war nicht der erste Streit, den wir führten, seit sie da war, doch das hier war der Tropfen, der das Fass zum Überlaufen brachte.

»Leaf ist meine Angelegenheit, und egal, was zwischen dir und mir passiert ist und noch passieren wird, hast du dich dennoch nicht in dieser Sache einzumischen. Ich werde dich heiraten, du bekommst alles, was du willst, und mehr, aber lass uns eines klarstellen: Wenn du Leaf auch nur ein Haar krümmst, werde ich unsere Verbindung lösen. Ganz egal, was dann die Konsequenzen sein werden.«

Jedes Wort kam klar und deutlich aus meinem Mund. Es gab keine Möglichkeit, es anders zu verstehen als mit dem bitteren Ernst, in dem ich diese Worte aussprach. Über uns grollte es laut, und während der Regen wild um unsere Gesichter peitschte, starrte Tempest mich aus großen dunklen Augen an.

»Ich sagte doch«, murmelte sie schließlich und ließ ihre Waffe sinken. Die Wunde an meiner Hand pochte im Takt meines Herzschlags. »Du hast dich verändert.«

Damit drehte sie sich um und verschwand zurück im Unterholz. Nach drei Atemzügen folgte ich ihr.

»Warte! Tempest!«, rief ich.

Sie blieb tatsächlich stehen und wirbelte herum. »Hörst du das auch?«, zischte sie.

»Was?«, fragte ich, doch im nächsten Augenblick hörte ich es ebenfalls. Geräusche, die vage bis zu uns hallten.

Und sie klangen beinahe wie … Schreie?

Verwirrt blickten wir zu dem alten Krankenhaus hinüber, aus dem die Geräusche schollen.

»Was passiert denn da?«, fragte Tempest irritiert, während die Schreie immer lauter wurden. Im nächsten Augenblick krachte etwas sehr laut, sodass das gesamte Gebäude bebte. Scheiben, die bisher noch ganz gewesen waren, sprangen splitternd in kleine Teile. Bretter flogen durch die Luft, und im nächsten Augenblick explodierte das halbe Gebäude mit einem gewaltigen Knall.

20

Leaf

Dämonen der Stufe 4
Monster

Werwolf Werwölfe entstehen vor allem durch Mutationen in dämonenverseuchten Gebieten. Anders als in den Geschichten verwandelt sich nicht ein Mensch in einen Wolf, sondern der Wolf erhält durch *dämonischen* Einfluss menschliche Züge. Der Verstand bleibt jedoch meist animalisch.

»Bist du dir sicher, dass wir hier richtig sind?« Meine Stimme hallte von den Wänden der Kanalisation wider. Dieser Tunnelzweig musste schon sehr lange stillgelegt worden sein. Wir waren so tief nach unten gestiegen, dass ich mich tatsächlich sorgte, ob es hier unten genug Luft gab. Altes Brackwasser stand knöcheltief, und bei jedem Schritt klebte Schleim an meinen Füßen. Die Wände waren aus bröckeligen Ziegeln, und wohin auch immer ich mit meiner Taschenlampe leuchtete, sah ich Ungeziefer, das sich kriechend und zirpend in die Schatten zurückzog. Manchmal war es so viel Ungeziefer, dass es aussah, als würde sich der Schimmel an den Wänden bewegen.

»Ja, der Kanal ist der direkte Zugang zur Insel. Wären wir mit dem Boot gefahren, hätten sie uns mit Sicherheit sofort erwischt, und zudem ist hier alles voll mit Lindwurmschleim.«

Er deutete auf die Decke, und ich verzog das Gesicht, als ich den schmierigen Film genauer betrachtete, der träge von der Decke tropfte.

»Keine Sorge, wir sind fast da«, versicherte mir Zero, während ich mich zwang, nicht genau hinzusehen, als ich auf etwas eindeutig Glitschiges trat. Angespannt sah ich mich um und versuchte, Schatten, Angst und Realität voneinander getrennt zu halten, doch die Verunsicherung saß tief in meinen Knochen. In meinen Erinnerungen herrschte Panik. Der Dämon hatte sich selbstständig gemacht. Im Park. Ich konnte nicht sagen, wie. Sobald ich versuchte, mich zu erinnern, was der Dämon in mir gesagt oder getan haben musste, verschwamm alles vor meinem inneren Auge. Zero verhielt sich, als wäre nichts geschehen.

Doch wann immer ich versuchte, seinen Blick aufzufangen, mied er mich. Wenn ich ihm nahe kam, wich er kaum merklich zurück. Wenn ich es nicht besser wüsste, hätte ich behauptet, Zero hätte Angst vor mir. Was sollte ich nur tun, wenn der Dämon immer weiter die Kontrolle übernahm? Mir brach am ganzen Körper der Panikschweiß aus, und ich bildete mir ein, den Dämon lachen zu hören.

»Weißt du, wo wir hier genau suchen müssen? Oder kommen wir einfach irgendwo auf der Insel heraus?«, versuchte ich mich von meinem Gedankenkarussell abzulenken und auf die Aufgabe zu konzentrieren, die vor uns lag.

Zero nickte. »Die Gedanken der Dämonin waren recht einfach zu durchwühlen. Die Kanalisation führt uns direkt in den Keller des alten Krankenhauses. Das Labor ist ebenfalls dort.«

»Wundervoll. Ich liebe verlassene Krankenhäuser voller Geister«, murmelte ich. Das Licht meiner Taschenlampe traf ihn und warf zackiges Licht auf seine hohen Wangenknochen. Zeros Mundwinkel hoben sich. »Keine Sorge, da, wo Monster sind, sind meistens keine Geister.«

»Ach ja? Warum?«, erkundigte ich mich überrascht.

»Nur weil sie alle zur Gattung Dämon zählen, sind sie doch recht unterschiedlich. Nicht alle Dämonen kommen miteinander aus, und Geister sind seltsame Gestalten. Sie meiden meist Orte, an denen sich andere Dämonen aufhalten, außer an den Orten, an denen sich Ley-Linien befinden«, klärte er mich auf.

»Verstehe«, murmelte ich, obwohl es mir einmal mehr bewusst machte, wie wenig Ahnung ich noch immer von der Welt der Black Birds hatte. Als hätte Zero meine Gedanken gelesen, sah er mich mit einem sanften Lächeln an.

»Gib dir Zeit. Es wird besser.«

Eine spitze Antwort lag mir auf der Zunge, doch ich schluckte sie hinunter. Wir wussten beide, dass seine Worte nicht mehr als nette kleine Aufmunterungen waren, um mich bei Laune zu halten. Hübsch und gelogen. Die Wahrscheinlichkeit war groß, dass ich nicht lange genug überleben würde, damit alles besser wurde.

Wir schlugen uns tiefer in das Gewirr der alten Kanalisation durch. Ich unterdrückte den Drang, Deckung zu suchen. Es gab hier keine. Der Tunnel war nicht schmal, dennoch würden wir keine Möglichkeit haben, uns zu verstecken. Das bedeutete jedoch auch: Wenn wir Dämonen erspähen konnten, konnten sie uns auch sehen, und dann ging es wohl nur um die Frage, wer schneller tötete. Der Dämonenhund trabte an meiner Seite, seine spitzen Ohren aufmerksam aufgerichtet, die Muskeln angespannt, als würde er sich bereit machen, jedem Dämon an die Kehle zu springen, der mir zu nahe kam. Ich sollte etwas so Tödliches nicht so niedlich finden, oder?

Der Tunnel vor uns machte eine scharfe Kurve und endete in …

»Eine Sackgasse?« Ich leuchtete auf die Wand, die sich direkt vor uns auftat. Zero legte den Kopf in den Nacken und blinzelte. »Es geht nach oben«, stellte er fest. Ich folgte seinem Blick und sah eine Lücke in der Decke, durch die schwaches grünliches Licht wie von einem Notausgangsschild hindurchschien. Da war ein Gitter, gerade groß genug, dass jemand wie ich hindurchpasste. Durch das Gitter tropfte Wasser, und das leise Platschen war in der drückenden Stille beinahe überlaut zu hören.

»Ziemlich weit oben. Irgendwelche Ideen, wie wir hochkommen sollten? Und wenn du jetzt Räuberleiter vorschlägst, muss ich dir leider mitteilen, dass ich deine oder meine Füße erst wieder anfassen werde, wenn wir uns Ganzkörper-desinfiziert haben.«

»Selbst die Pest könnte dich nicht mehr umbringen«, teilte Zero mir mit und bot mir seine Hand an. »Ladys first.«

Ich verzog das Gesicht, schüttelte Algen und sonstigen Dreck von meinem Schuh ab und stellte ihn dann auf Zeros Hand.

»Auf drei oder … woahh«, erschrocken ruderte ich mit den Armen, als Zero mich hochhob, gerade so weit, dass ich mit den Fingern das Gitter packen und zur Seite schieben konnte. Ein kleines Ächzen entkam mir, als das glitschige Gitter in meine Haut schnitt und ich mich an der Kante festklammerte und meine Bauchmuskeln zu aktivieren versuchte.

»Zieh dich hoch«, rief er mir zu.

»Ich kann mich nicht halten. Es ist so glitschig«, presste ich hervor und rutschte immer wieder ab, während ich versuchte, Halt zu finden. Noch dazu war mein Hintern für diese dumme Öffnung einfach zu dick. Ich würde in der Geschichte der Exorzisten die Einzige sein, die starb, weil sie wegen ihres Hinterns in einem Gitterloch feststeckte.

»Autsch«, stöhnte Zero, als ich ihm mit einem meiner dreckigen Füße ins Gesicht trat.

»Sorry«, presste ich hervor und versuchte, mich festzuhalten, doch da war nichts als das Gitter.

In den nächsten Sekunden tauchte Henrys schattenhafter Hundekopf vor mir auf, als hätte er sich einfach aus dem Schatten selbst gelöst. Er war dabei so leise gewesen, dass Zero und ich erschrocken zusammenzuckten. Dabei ließen meine Muskeln nach, und ich begann abzurutschen. Ich konnte ein erschrockenes Aufschreien nicht unterdrücken.

Zero packte mich blitzschnell am Po und schob mich nach oben, bis er stöhnte und ich ächzte. Henry bellte aufgeregt, bis ich es geschafft hatte, mich mit zitternden Oberarmen nach oben zu hieven und durch das Loch zu quetschen.

Für ein paar Sekunden sah ich nur helle Fliesen vor mir und kniete in einer Flüssigkeit, die jedoch nur nach Wasser aussah. Als ich mich umblickte, erkannte ich nichts weiter als einen sterilen, weiß gefliesten Raum, fast wie ein leeres Badezimmer.

»Leaf?«, rief Zero leise von unten.

»Oh, ja, sorry …«, ich legte mich auf den Bauch und streckte ihm meine Hand entgegen, doch er sah mich nur amüsiert an.

»Danke, aber ich glaube, wenn du mich so nach oben zerren würdest, würdest du dir nur den Arm verrenken. Du musst nur zur Seite gehen.«

»Oh.« Peinlich berührt rutschte ich zur Seite und sah zu, wie Zero geschickt nach oben kam.

»War doch gar nicht so schwer«, stellte er amüsiert fest.

Ich pustete mir eine Haarsträhne aus dem Gesicht. »Du hast einen Schuhabdruck im Gesicht«, teilte ich ihm liebevoll mit.

»Wo der wohl hergekommen ist?«, gab er ironisch zurück

und rieb sich über die Stirn, was den Schmutz jedoch nur zu verteilen schien. Ich ersparte uns beiden eine Antwort und richtete mich stattdessen auf. Henry schnüffelte in einer Ecke, wirkte allerdings nicht sonderlich alarmiert. Im Raum gab es nur eine Tür nach draußen, und sie sah ausgesprochen solide aus. Und mit solide meinte ich Metall.

»Wo sind wir?«, fragte ich, während Zero leise das Gitter an Ort und Stelle zurückrückte. Ich an seiner Stelle hätte es dort gelassen, um einen schnellen Rückzug zu ermöglichen, falls wir ihn brauchten.

»Ich habe nur ein paar Bruchstücke an Erinnerungen einsehen können, keinen Lageplan, Leaf. Aber wenn du mich fragst, sieht das hier nach einer Art Waschraum aus.«

Wir ließen beide den Blick schweifen, und ich bildete mir ein, einen metallischen Geruch unter dem von Zitronenreiniger und Chlor zu riechen.

Zero ging auf die Tür zu und drehte den Türknauf der eisernen Tür. Es quietschte, als diese aufschwang. Zero hob auffordernd die Augenbrauen, und ich schloss zu ihm auf, ehe wir zusammen nach draußen lugten.

Ein Gang aus grauem Beton lag vor uns, spärlich beleuchtet von grünlichen Röhren an der Decke. Weder war sonst etwas zu hören noch zu sehen.

Beinahe geräuschlos schlüpfte Zero hinaus, und ich versuchte, so leise wie möglich zu sein, während wir durch den Flur gingen. Vielleicht kam es mir nur so vor, weil es unheimlich still war, doch unsere Schritte schienen lauter zu werden, mit jedem einzelnen, den wir tiefer in diese Anlage hineingingen.

»Warum ist hier niemand?«, flüsterte ich leise. Zero warf mir einen ratlosen Blick zu und hielt seine Zeigefinger gegen die Lippen. Eine Tür lag neben uns. Sie stand offen, doch als wir einen Blick hineinwarfen, war dort nur ein verlassenes

Büro zu sehen. Spärlich bestückt mit einem Tisch, einem Stuhl, ein paar Aktenschränken und einem Computer. Am Tisch und am Boden lagen wild Zettel verstreut, als hätte jemand damit um sich geworfen, und eine Tasse war umgekippt, sodass sich deren Inhalt über den Tisch ergossen hatte. Braune Tropfen quollen über die Kante, fielen hinab und landeten in einer Pfütze. Als ich vorsichtig hineintippte, war die Pfütze noch warm. Zero ging neben mir in die Hocke und hob einen der von Kaffee angefeuchteten Zettel hoch.

Seine Stirn runzelte sich, als er zu lesen begann, doch als ich über seine Schulter lugte, sah ich größtenteils nur Tabellen und Zahlen, die für mich absolut nichts bedeuteten.

»Was ist das?«, flüsterte ich, während Zero weitere Zettel aufhob.

»Testauswertungen. Blutbefunde.«

»Und? Was ist damit?«

»Sie sind seltsam.«

»Inwiefern?«

»Nun, meines Erachtens gehören diese weder zu einem Menschen noch zu einem Homunkulus.«

»Sondern?«

»Ich hab keine Ahnung. Ich habe so was noch nie gesehen«, gab er zu und wollte sich aufrichten, als Henry plötzlich stehen blieb, die Ohren anlegte und knurrte. Wir erstarrten, als wir es ebenfalls hörten. Ein Knarren außerhalb der Tür. Im Flur. Während erneut ein schleifendes Geräusch zu hören war, das mir die Nackenhaare aufstellte.

Zero stand auf, schob sich die Zettel in seine Manteltasche und schlich zurück zur Tür. Wieder lugten wir beide in den Flur hinaus, und dort war … nichts.

Nur weiter ein schnurgerader Flur aus grauem Beton. Die Lampe über uns brummte. Das grässlich grüne Licht warf unsere Schatten hinter uns.

Alles in mir sträubte sich, dort hinauszugehen, anstatt schreiend das Weite zu suchen. Ganz im Ernst, wann hatten Geräusche in einem verlassenen Krankenhaus jemals etwas Gutes bedeutet?

Zero verzog keine Miene, als er zurück auf den Flur trat und diesen lautlos wie eine Katze entlangschlich. Unsere Schatten zuckten schief und gezackt über die grauen Wände. Meine Nerven flatterten, während ich mich unruhig umsah. Der Schattenhund lief neben mir wie ein lautloser Geist. Meine Nackenwirbel knackten so ruckartig, weil ich den Kopf hin- und herbewegte, doch hier unten war nichts. Niemand.

Alles wirkte wie ausgestorben – bis wir auf einmal auf eine Blutlache stießen. Sie quoll unter einer geschlossenen Tür hervor und war so dunkel, dass es beinahe aussah, als hätte jemand Tinte vergossen. Zero und ich erstarrten, während Henry sich neben uns manifestierte und an der Lache schnüffelte, doch er wirkte nicht sonderlich beunruhigt. Zero bemerkte es ebenfalls und streckte die Hand aus.

»Bist du sicher, dass wir da rein sollen? In einen Raum voller Blut?«, presste ich hervor.

Zero warf mir einen Blick über die Schulter zu, und in diesem Licht wirkten seine Augen beinahe so schwarz wie die eines Dämons.

»Wenn du Angst vor Monstern hast, dann erinnere dich, dass du das größere bist«, sagte er leise und stieß die Tür auf, die mit einem leisen Quietschen aufschwang.

Angespannt lugte ich ins Innere, und was ich sah, ließ mich instinktiv zurückweichen. Selbst Zero erstarrte.

»Heilige Mutter Gottes«, murmelte er. Der Raum vor uns war riesig. Das Licht an der Decke flackerte, sodass Teile davon im Schatten lagen und andere Teile in grelles Licht getaucht waren. Im Raum befanden sich längliche Kästen, die … ich wusste gar nicht, wie ich sie als etwas anderes als große Brutkästen bezeichnen konnte. Sie waren aus Glas oder zumindest aus einem anderen durchsichtigen, reflektierenden Material. Auf jeder Seite waren vier runde Öffnungen, und in jedem einzelnen der mindestens zwei Dutzend Brutkästen lag ein Körper.

Die Körper waren unterschiedlich groß und bewegten sich nicht. Schläuche von Maschinen, die davor aufgestellt waren, führten hinein.

Doch die Blutlache stammte nicht von diesen Kästen. Das kam von den am Boden liegenden Menschen oder, so wie es roch, von Dämonen. Mindestens acht lagen am Boden. Ihre weißen Kittel hatten sich mit Blut vollgesogen, und einige trugen Kittel wie im Krankenhaus. Ihre Herzen fehlten, Köpfe, Gliedmaßen. Es war ein Gemetzel, als hätte jemand sie in blinder Wut zerstückelt. Das Blut der regungslosen Körper war am Boden zu einem See zusammengeflossen und sickerte durch die Tür.

Ein Zittern erfasste mich, als Zero den Raum betrat und sich neben einen am Boden liegenden Dämon kniete, dem der Kopf fehlte.

Er hob dessen Hand an, als versuche er, den Puls zu fühlen, und eine Augenbraue schnellte nach oben.

»Sein Arcanum ist leer. Er wurde bis auf den letzten Tropfen ausgesaugt«, stellte er fest, und sein Blick wanderte weiter zum nächsten Opfer.

Mühsam atmete ich durch die Nase und wusste, dass ich diesen Anblick nie wieder aus meinen Erinnerungen vertreiben konnte. Dieser Horror würde mich in meinen Albträumen verfolgen. Mit angespannten Muskeln ging ich zu einem der Brutkästen, während meine Füße dabei eine Spur aus Blut hinterließen.

Meine Nackenwirbel knackten, als ich auf den Brutkasten hinabblickte. Ein Mann lag darin. Vielleicht Mitte zwanzig. Er war nackt und von Schläuchen in Mund, Kehle, Bauch und Genitalien durchbohrt. Verschiedene Flüssigkeiten waren einmal hinein- oder hinaustransportiert worden, man konnte sie noch in den transparenten Schläuchen sehen. Ein Beatmungsgerät hing an ihm. Sein Schädel war geschoren. Seine Augen geschlossen. Die Wangenknochen flach, die Lippen voll, das Kinn mit einem kleinen Grübchen. Soweit sah er menschlich aus, seine Arme jedoch nicht. Ich schluckte einen erneuten Würgereiz hinunter. Sein Arm wirkte seltsam deformiert. Da war keine normale Haut, sondern eher etwas, das an Fledermausflügel erinnerte. Selbst die Handknochen waren erweitert und sahen aus wie Krallen. Zarte Membranen waren zwischen Arm und Körper angebracht, und auch seine Füße waren verformt und wirkten wie die Klauen eines Vogels. Sogar die schuppige, leicht gerippte Haut war an den Knien zu sehen.

Sein Körper war blass, leblos, leer, seine Augen geöffnet, genauso wie sein Mund. Auch hier musste ich keinen Puls fühlen, um zu erkennen, dass er tot war. Kein Funke Leben pulsierte in ihm. Vor mir lag eine entstellte Leiche.

Als ich den Blick hob, sah ich dahinter noch eine und noch eine. Jedes der hier liegenden Experimente sah nicht jünger oder älter als zwanzig aus.

»Es sind Homunkuli.« Die Stimme bereitete mir einen kleinen Herzinfarkt. Zero stand mit sturmumwölkten Augen vor mir und blickte auf eine deformierte Frau mit Tentakeln hinab.

»Sie sind alle künstlich erschaffen«, klärte er mich auf.

Mir stockte der Atem in der Kehle. »Warum glaubst du das?«, fragte ich.

Er hob eine Akte hoch. Erst jetzt bemerkte ich, dass an jedem Brutkasten ein solches Klemmbrett befestigt war.

»034«, las Zero vor. »Kreuzung, Architeuthis dux, Homo sapiens xx, Omega-Gen.«

»Omega-Gen? Ich dachte, es heißt Q-Gen?«, wiederholte ich verwirrt, und Zero sah mit sturmumwölkten Augen auf.

»Der Genpool, mit dem ich gekreuzt wurde, hieß Psi. Jeder von uns muss eine andere Generation sein, und das hier scheint wohl Generation Omega zu sein.«

»Du hattest aber keine tierischen Attribute, oder?«, erkundigte ich mich leise.

Zero schüttelte den Kopf. »Generation Psi sah so menschlich wie möglich aus. Man dachte wohl, so würden wir weniger beim Gebrauch auffallen. Einige von uns hatten nur Probleme mit der Pigmentierung.« Er deutete auf seine Haare und sein Gesicht. Beides war so hell, dass es im flackernden Licht manchmal transparent wirkte, als könnte man die Pulsschläge der Adern dahinter sehen.

Unweigerlich fragte ich mich, wie alt Zero gewesen war, als Crain ihn damals in der Homunkulusstation gefunden hatte, und ob die Umgebung ähnlich ausgesehen hatte. Es bereitete mir Bauchschmerzen, mir vorzustellen, wie eine kleine, skalierte, kindliche Version von Zero in einem dieser Brutkästen gelegen hatte. Am ganzen Leib zerstochen von Nadeln und Schläuchen, während man ihn zur Hülle heranzüchtete.

Ein saurer Geschmack lag auf meiner Zunge. »Von Generation Psi hast aber nur du überlebt, oder?«

Er nickte. »Wir waren keine starke Generation. Man hat uns damals sehr früh aus den Brutkästen geholt, mit etwa fünf Jahren. Unsere Aufzucht dauerte nicht so lange wie die der Menschen. In weniger als drei Jahren waren wir beinahe ausgewachsen, aber genau diese schnelle Reifung machte Probleme, und viele starben …«

Ein entrückter Ausdruck legte sich über sein Gesicht,

und ich sah, wie sich seine Pupillen verengten, während er leise flüsterte: »Als die Exorzisten unser Labor fanden, war nur noch ich übrig.« Instinktiv rückte ich näher und legte meine Hand in seine. Ich drückte sie, und Zero reagierte erst gar nicht, doch schließlich schlossen sich seine Finger um meine, als versuche er, sich festzuhalten.

»Warum sind die Omegas tot?«, flüsterte ich. »Sie sind eindeutig nicht zu früh aus den Brutkästen geholt worden.«

Zero runzelte die Stirn und schien sich aus seinen Erinnerungen zu reißen. Seine Finger glitten aus meinen, und er blätterte in den Akten.

»Ich weiß es nicht. Laut Bericht sah alles gut aus.« Er ließ den Blick auf das tote Ärzteteam fallen und ergänzte trocken: »Aber wenn sie von den Schläuchen noch nicht befreit wurden, sind sie noch nicht akklimatisiert. Ihnen die Geräte abzuschalten, reicht vielleicht schon aus, um Organversagen herbeizuführen.«

Er legte die Akten auf den Brutkasten ab, und ich sah wieder auf die deformierte Frau hinab. Die Tentakel, die aus ihrem Kopf wuchsen, schimmerten wächsern im flackernden Licht.

Sie sah schön und bizarr aus, wie etwas, das es nicht geben sollte, und mein Magen drehte sich um, als mir klar wurde, dass ich ebenfalls etwas war, das es nicht geben sollte. Vielleicht würde auch mein Inneres bald genauso bizarr und monströs sein wie ihr Äußeres.

»Wir sollten von hier verschwinden, Zero«, flüsterte ich.

Der Exorzist hatte die Stirn gerunzelt, und sein Blick gefiel mir nicht. Er sah aus wie jemand, der diese Sache hier persönlich nahm. Er sah aus wie jemand, der gleich etwas Dummes tun würde, obwohl er es besser wissen sollte.

»Zero«, setzte ich an, doch ich musste gar nicht weitersprechen, um zu bemerken, dass meine Worte nicht bei ihm ankamen.

»Sie hören einfach nicht auf. Es ist nie genug, und es wird schlimmer werden. Wenn sie dieses Labor haben, gibt es sie auch auf der ganzen Welt, und wir werden es nicht aufhalten können.«

Er sah mich aus grauen Augen an. »Weißt du, wie viele Homunkuli in den Neunzigern getötet wurden?«

Ich schüttelte den Kopf. »Weltweit waren es über eine Million«, sagte er mit rauer Stimme, und mir lief es kalt den Rücken hinab.

»Nachdem die Exorzisten das Züchten und Halten von Homunkuli für illegal erklärt hatten, wurden sie alle getötet. Aus den Häusern ihrer Besitzer gezerrt, wie Vieh geschlachtet, und ihre Leichen auf Schrottplätzen verbrannt. Die Asche fiel vom Himmel wie Schnee, und ihre Schreie waren kilometerweit zu hören.

Aber das Leben, das sie hatten, das war kein Leben, Leaf. Sie wurden gezüchtet und verkauft wie Kleidung, die man nach Belieben an- und ausziehen kann. Sie hatten keine Rechte, keine Heimat, keine Würde. Man nahm ihnen ihren Körper, ihre Seelen, ihre Herzen und ließ nichts weiter als leere Hüllen aus Fleisch zurück. Das war schrecklich, doch es hatte ein Ende. Das Labor, in dem ich gezüchtet worden bin, war das einzige, das in den letzten Jahrzehnten gefunden wurde. Was sie mit uns taten, war schrecklich, aber es war klar, dass sie keinen Erfolg damit haben würden. Wir waren kränklich, schwach, und nur wenige von uns mussten leiden, keine Millionen. Wenn diese Generation an Homunkuli wirklich funktionsfähig ist, wird der Schrecken von Neuem beginnen. Sie werden von Lord-Dämonen besetzt und als Mordinstrumente auf der ganzen Welt genutzt. Es könnte Krieg geben, und die Lord-Dämonen sind mit den perfektionierten Hüllen ausgestattet. Das Ausmaß wird schrecklich sein.«

Er starrte mir direkt in die Augen. »Wir müssen sie aufhalten, um den Mord an Tausenden Unschuldigen zu verhindern, Leaf. Am Ende ist es nämlich gleichgültig, ob die Dämonen oder die Exorzisten gewinnen. Darunter leiden nur die Homunkuli.«

Im flackernden Licht kam es mir beinahe so vor, als würden Tränen in seine Augen treten. Sein Kinn zuckte.

»Zero«, wiederholte ich und griff nach seiner Hand. Ich wollte etwas sagen, doch mir fehlten für eine solche Situation die Worte.

Ein »Tut mir leid« schien weder angemessen noch richtig zu sein. Wir standen hier mitten in einem fleischgewordenen Albtraum, unsere Schuhe vollgesogen mit Blut und vergossener Schuld.

Wenn das hier nur ein Bruchteil des Grauens war, wollte ich es nicht in seinem vollen Ausmaß erleben. Ich war mir jedoch nicht sicher, ob ich mich fähig genug fühlte, um einen ganzen Völkermord aufzuhalten.

Ich setzte gerade zu einer Antwort an, als Schritte zu hören waren. Sie hallten im Flur, kamen immer näher. Ruckartig hob ich den Kopf, und Henry knurrte.

21
Leaf

Gorgon/e Eine sehr alte, aber seltene Rasse, die den Monstern zugeordnet wird. Gorgonen entstehen, indem sich ein Monster mit einer Menschenfrau fortpflanzt. Die Menschenfrau stirbt meist bei der Geburt.

Zero zerrte mich blitzschnell hinter die Tür, presste mich gegen die Wand, während die Schritte leiser und zögerlicher wurden, bis sie gänzlich ins Stocken gerieten. Ich hielt panisch den Atem an und beobachtete pausenlos, ob sich jemand zu uns in den Raum schob. Zeros Muskeln waren so angespannt, dass es wehtat hinzusehen.

Ein weiterer Schritt war zu hören, ein leises Platschen, als Füße durch die Blutlache traten. Sie kamen herein.

Meine Lunge drohte zu platzen, also stieß ich zitterig die Luft aus, doch selbst der sachte Luftzug ließ die Schritte ruckartig innehalten.

Stille.

Ich biss mir auf die Zunge und starrte auf den leeren Fleck im Raum vor uns. Für eine angestrengte Sekunde passierte rein gar nichts, ehe sich plötzlich eine Waffe direkt in mein Gesicht drückte.

Ich stieß einen Schrei aus.

Zero fluchte und drückte die Waffe zur Seite, ein Schuss löste sich und prallte gegen einen der Brutkästen, was einen

Alarm losheulen und sämtliche Lämpchen im Raum aufblinken ließ.

Die Tür schlug zu, Zero drückte mir eine Sichel in die Hand. Ich wirbelte herum und drückte die Klinge gegen die Brust meines Gegenübers, während im selben Augenblick eine Waffe gegen meinen Schädel gepresst wurde. Sie war noch nicht entsichert.

Ich erstarrte.

Er erstarrte.

»Falco?«, krächzte ich.

»Leaf?«, echote er.

Mein Blick huschte über ihn, suchte nach Blessuren und Verletzungen, doch bis auf einen etwas strengen Geruch und nasse Kleidung schien er unverletzt zu sein.

Für eine Sekunde blinzelten wir uns nur an, während der Alarm um uns herum heulte.

»Verdammt noch mal, was macht ihr denn hier?«, riss mich eine wütende Stimme aus der Betrachtung von Falco.

Tempest ließ ihre Waffen sinken, eine weiß schimmernde Sichel, die wie aus Knochen gemacht zu sein schien. Zero rieb sich den Hals, und ich sah zu meinem Entsetzen einen schmalen Schnitt, aus dem dunkle Blutstropfen quollen.

»Na, wie seht ihr denn aus?«, sagte ich, und Tempest warf mir einen so sengenden Blick zu, der mich fast in ein Häuflein Asche verwandelte.

»Seid ihr vollkommen wahnsinnig?«, gab sie zurück und richtete ihre Sichel auf mich, obwohl sie dabei Zero anblickte. »Du hättest sie zurückbringen sollen. Wir brauchen hier Exorzisten, nicht noch mehr Probleme.«

Zero straffte die Schultern. »Wir haben die Akademie benachrichtigt, es sollte nicht mehr lange dauern, bis sie eintreffen. Wir wollten nur …«

»Es ist mir völlig gleichgültig, was du nur wolltest, Necromancer Zero. Ich werde das hier später noch beim Rat ansprechen. Es wundert mich nicht, warum hier alles vor die Hunde geht, wenn jeder nach Lust und Laune hier herumläuft und den Helden spielt.«

»Tempest, beruhige dich«, warf Falco ein, und der sanfte Ton in seiner Stimme kratzte in meinem Inneren wie Fingernägel auf einer Tafel.

»Seid ihr mit einem Boot hier?«, erkundigte sich Falco.

Zero schüttelte den Kopf. »Es gibt einen Weg durch die Kanalisation. Wir haben angenommen, der Lindwurm hat euch auf den gleichen Weg hierhergebracht.«

Falco nickte, und sein Gesichtsausdruck ließ alle Alarmglocken in mir schrillen. »Was ist los?«, fragte ich scharf. Der Exorzist blickte sich beunruhigt um, sein Blick blieb an all den Leichen und Homunkuli im Raum hängen. Seine Lippen wurden zu einem dünnen Strich.

»Seid ihr hier unten schon Dämonen begegnet?«, erkundigte er sich hastig, statt zu antworten. Ich tauschte einen Blick mit Zero.

»Nur Tote«, gab ich zurück, und Falcos Augen verdunkelten sich.

»Wir müssen von hier verschwinden. Als wir hier ankamen, war das Gebäude noch voller Dämonen. Etwas stimmt hier nicht. Wir kommen später mit Verstärkung zurück.«

Er machte Anstalten, meine Hand zu packen, doch ich war bereits auf dem Weg nach draußen. Keine zehn Pferde hielten mich hier.

»Ich weiß, wo wir lang müssen«, sagte ich über die Schulter. Tempest und die anderen schlossen sich mir an, und zusammen hasteten wir über den verlassenen Flur, durch das Heulen des Alarms, der noch immer laut schrillte. Ich wartete jeden Moment darauf, dass ein Monster aus dem

Nichts auftauchte und uns ansprang, doch nichts dergleichen geschah, und wir erreichten den Zugang zur Kanalisation ohne Zwischenfälle. Das Licht hier drinnen war heller als im Flur, und es tat fast in den Pupillen weh, während ich das Gitter zur Seite schob.

»Hier runter«, sagte ich. Falco nickte, und Tempest ließ sich ohne zu zögern hinabsinken. Falco folgte ihr im nächsten Augenblick, und auch er kam unten beinahe schon lächerlich behände auf.

»Spring! Ich fange dich auf«, rief er mir zu, und Tempest warf mir einen Blick zu, der mich praktisch häutete. Ich sah förmlich vor mir, wie sie aus mir ein paar schicke Stiefel machte.

Ich schluckte ein paar Flüche hinunter, ließ die Beine baumeln und ließ mich fallen.

Falco fing mich geschickt auf, als wäre ich nicht schwerer als eine Feder.

»Danke«, flüsterte ich.

Sein Mundwinkel verzog sich kaum merklich zu einem Lächeln, so fein, dass es fast nicht als solches zu erkennen war.

»Jederzeit«, flüsterte er zurück und stellte mich wieder auf die Füße.

»Zero?«, rief ich nach oben. Der helle Haarschopf lugte zu uns herab, doch der Exorzist zögerte.

»Zero? Was ist?«, bellte Falco hoch.

»Ich …« Er fuhr sich durch die Haare. »Es tut mir leid, es gibt da etwas, das ich nachsehen muss. Geht schon mal vor. Ich komme nach«, rief er und drehte sich ohne weitere Worte einfach um.

Verstört starrte ich ihm nach.

»Zero, komm zurück! Wir können später zurückgehen«, rief ich ihm nach, doch sein weißer Haarschopf tauchte nicht wieder auf.

»Was sollte das denn?«, gab Tempest entsetzt von sich, und Falco seufzte.

»Ich hatte so etwas schon befürchtet. Wartet hier. Ich hole ihn.«

»Was? Nein! Du gehst da jetzt nicht hoch …«, setzte Tempest an, doch Falco spannte sich nur an und sprang nach oben. Seine Hände bekamen die schmale Öffnung zu fassen, und mit einer einzigen geschmeidigen Bewegung zog er sich hinauf.

»Falco! Was tust du?«, rief Tempest ihm nach. Sein Kopf erschien in der Öffnung. »Einem Verletzten helfen. Bleib bei Leaf«, antwortete er und verschwand ebenfalls. Tempest starrte ihm sichtlich wütend nach.

»Du kannst mir nichts befehlen! Ich bin ranghöher als du!«, brüllte sie ihm nach, doch Falco schien das nicht zu beeindrucken, oder er hörte nichts, denn er kam nicht zurück.

Für einige angespannte Sekunden starrten wir beide auf die Öffnung, doch weder Falco noch Zero tauchten wieder auf. Es war nur das gedämpfte Schrillen der Alarme zu hören.

»Sturköpfiger Idiot«, fluchte Tempest schließlich und rammte die Sichel in eine Scheide an ihrem Oberschenkel.

»Sollen wir ihnen nach?«, setzte ich vorsichtig an, doch da presste Tempest mich plötzlich mit dem Gesicht voran an die Wand, so fest, dass meine Wirbelsäule knackte. Der Aufprall kam so unvermittelt, dass ich einen Augenblick Sternchen sah. Und innerhalb eines Wimpernschlags waren meine Hände gefesselt.

»Tempest?! Was soll denn das?«, brüllte ich auf, während sie mir auch noch die Beine mit einem Kabelbinder festzurrte.

»Du bleibst hier, während ich da nach oben gehe und meinem Verlobten den Arsch rette. Wenn du dich von der Stelle rührst, oder auch nur mit dem Gedanken spielst, abzuhauen, werde ich dir bei lebendigem Leib die Haut herunterschälen, und ich werde jede Sekunde davon genießen. Haben wir uns verstanden?«

Ich starrte zu Tempest hoch und war mir sicher, dass ich noch nie jemanden gesehen hatte, der mich jemals mit so viel Abscheu ansah. Niemals. Niemand.

»Du hasst mich wirklich, oder?«, fragte ich beinahe schon perplex.

Tempest ging vor mir in die Knie, während sie penibel darauf achtete, mich nicht zu berühren.

»Ich verabscheue dich, und würde es nach mir gehen, wärst du längst tot. Jeden Atemzug, den du noch tust, hast du Falco zu verdanken. Er mag in dir ein Opfer sehen, um das er sich kümmern will, aber wir wissen beide, dass du ein Monster bist. Ein Blick in deine Augen reicht mir, um alles zu wissen, was ich wissen muss. Ich liebe Falco, und darum werde ich nicht zulassen, dass du ihn mir wegnimmst, und ganz sicher werde ich nicht zulassen, dass du ihm wehtust. Ich werde alles tun, um meinen Ehemann vor dir zu beschützen«, sagte sie, stand auf und ließ mich einfach allein zurück.

Für einige Sekunden saß ich auf dem klammen, kalten Boden und zitterte. Irgendwie fühlte ich mich, als hätte ich ein emotionales Schleudertrauma hinter mir. Zu allem Überfluss begann auch noch mein Magen zu knurren. Der Hunger kam. Das war nicht gut. Gar nicht gut.

Meine verschnürten Hände begannen, taub zu werden. Da nahm ich einen Geruch wahr, der mir die Härchen am Nacken aufstellte. Der Lindwurm hatte so gerochen. Aber das konnte doch nicht …

Während ich in der Dunkelheit saß, bewegte sich etwas, und es war eindeutig kein U-Bahn-Waggon. Alarmiert riss ich die Augen auf, als ein klickendes Geräusch zu hören war. Wie lange spitze Beine. Viele Beine. Die Schatten vor mir bewegten sich, und im nächsten Augenblick tauchte der Lindwurm aus der Dunkelheit hervor und schlitterte direkt auf mich zu.

Oh shit!

Ich hatte keine Ahnung, wie das Vieh mich gefunden hatte, doch es zögerte nicht, sondern riss seinen Rachen auf und grollte hungrig. Schleim spritzte mir entgegen. Seine Zähne stülpten sich aus dem runden Maul, während mir eine üble Wolke Mundgeruch entgegenschlug. Mein entsetzter Schrei hallte gellend an den Wänden entlang, während ich mich blitzschnell zur Seite rollte und verzweifelt versuchte, meine Fesseln zu lösen. Doch der Lindwurm war schneller. Er schnellte nach vorne, packte mich an den Füßen und zog mich mit sich, während er mich wie einen Gummiball durch den Tunnel schleifte. Seine Zähne durchbrachen meine Schuhe und verpassten mir unfreiwillig Akupunktur, während mich der Wurm in unfassbarer Geschwindigkeit mit sich zog. Meine Schreie wurden vom brackigen Wasser erstickt, in das ich hineinplatschte.

Wasser spritzte aus allen Richtungen, lief mir in die Augen und das Gesicht, während aus meinem Mund nur ein Gurgeln kam.

Als der Wurm eine Kurve zog, klatschte ich wie ein hilfloses Gummimännchen gegen die nächste Wand und hatte das Gefühl, gleich alle meine Zähne auszuspucken. Ein wüster Fluch entfuhr mir, während ich hektisch versuchte, die Kabelbinder zu lösen. Der Wurm grollte, und im nächsten Augenblick krachte etwas in ihn hinein.

Es war, als würde ich die Szene in Zeitlupe beobachten. Der Kopf verformte sich beinahe schon grotesk. Die Zähne gaben mich frei, Arme packten mich, rissen mich zurück. Ich prallte gegen die nächste Wand. Mein Nacken knackte bei dem heftigen Aufprall, und es trieb mir die Luft aus der Lunge. Verschwommen sah ich zu, wie sich jemand mit einem einzigen Satz auf den Wurm warf, einen Dolch zückte und ihn ohne zu zögern in den Schädel der Kreatur rammte.

Der Wurm brüllte vor Schmerz, und giftiges Sekret sprühte aus seiner Wunde, während dieses Etwas sich festhielt und mir zurief.

»Keine Sorge, meine Süße. Ich kümmere mich um den Wurm, bin gleich bei dir.«

Ich erstarrte. Alles um mich herum schien stillzustehen, als ich meinen Kopf drehte. Vor mir stand ein Mann, der mir fremd und gleichzeitig vertraut war. Dunkles Haar fiel ihm in die Stirn, sein Gesicht war wie aus Stein gemeißelt. Ich kannte dieses Gesicht und doch auch wieder nicht. Aber die schwarzen Augen – die kannte ich mit Gewissheit.

»Lore?« Sein Name entfuhr mir wie ein Fluch und ein Gebet zugleich, während der Dämon mich mit den Lippen meines Bruders anlächelte.

»Hallo, meine Hübsche. Hast du mich vermisst?«, schnurrte er, derweil der Wurm wie ein wildes Pferd bockte und versuchte, ihn abzuschütteln.

Hustend rappelte ich mich auf und zuckte zusammen. Ich hatte mir eindeutig eine Rippe gebrochen.

»Was zum Teufel machst du hier?«

Lore zwinkerte mir zu.

»Wie es aussieht, dich retten!«, rief er zurück.

»Fick dich!«, ächzte ich und sank mit dem Rücken an die Wand hinab, was mir etliche Schürfwunden an den Armen bescherte, die höllisch brannten. Meine Rippe knackte, als sie sich langsam zurück an ihren Platz schob und zu heilen begann.

»Nicht weglaufen. Bin gleich wieder da«, versprach Lore

mir, zückte einen zweiten Dolch und rammte ihn ebenfalls in den Kopf des Lindwurms.

Ich wich aus, als der Lindwurm brüllend eine Salve Gift versprühte, das auf dem Wasser aufschäumte.

Lore ließ sich davon nicht beirren, stattdessen schnitt er den Kopf des Lindwurms auf und griff mit beiden Armen heftig ins Innere des Wurms. Im nächsten Augenblick zog er etwas heraus. Der Lindwurm erstarrte mitten im Schreien und wankte beinahe verwirrt.

Lore runzelte die Stirn und starrte auf das pulsierende Etwas in seiner Hand. »Ist das nicht das Herz?«, fragte er verwirrt. Der Lindwurm brüllte, dass mir die Ohren klingelten. Lore fluchte, warf das pulsierende Etwas über seine Schulter und wühlte tiefer im Kopf des Wurms herum, der versuchte, ihn abzuschütteln.

»Lore!«, ächzte ich, als er von dem Wurm ausgespuckt wurde, dabei an der Wand kleben blieb und wie ein zerquetschtes Insekt nach unten rutschte. Seine Klamotten und Haut zischten, als sie in Kontakt mit dem giftigen Sekret kamen.

»Keine Sorge, ich brauche nur einen Moment!«, brüllte er mir zu. Im nächsten Augenblick verschwand er mit dem Kopf voran im Wurm.

Verwirrt zuckte das Ungetüm nach rechts und links, bevor der ganze Körper sich versteifte und schließlich schlaff wurde. Mit einem Ächzen brach es zusammen. Ein Gemisch aus Wasser und Gift spritzte auf, überschüttete meine Schuhe. Der Wurm zuckte ein letztes Mal, und im nächsten Augenblick streckte sich eine Hand durch die Wunde, noch etwas Pulsierendes in der Faust. Dann tauchte Lores Kopf wieder auf, und er grinste breit zu mir hinab.

»Ich hab's! Das zuvor war sein Hirn!«, rief er mir zu, warf das Herz des Lindwurms nachlässig über seine Schulter und zwängte sich aus dem Wurm heraus. Angewidert wischte er sich Schlamm und Blut aus dem Gesicht, bevor er mit einem lauten Platschen vor mir landete.

Da ich keine Anstalten machte, aufzustehen, ging er vor mir in die Hocke und grinste mich mit seinem vollen, verschmierten Prachtgesicht an.

»Mein Herz. Ich hab dich so unendlich vermisst.«

22

Falco

Dämonen der Stufe 4
Monster

Grim Diese Monster werden als Opfergabe für ein neues Gebäude wie beispielsweise eine Kirche erschaffen. Hierbei wird ein Tier lebendig eingemauert. Dieses Tier mutiert danach zu einer monströsen Version seiner selbst, und ihm fällt die Rolle des Wächters zu. Viele Akademien des Ordens haben einen eigenen Grim, der das Anwesen bewacht.

»Zero!« Ich rannte den Flur entlang und versuchte, der schwachen Spur des Homunkulus zu folgen. Doch hier unten gab es so viele, dass es beinahe unmöglich war, Zero aus all den dämonischen Spuren herauszufiltern. Arcanum summte durch eine der Türen, als ich meine Sinne schärfte und eine dämonische Präsenz hinter einer Tür spürte. Ich riss sie auf und stand in einem Büro, das verwüstet aussah. Blätter und Akten lagen kreuz und quer im Raum verteilt, Kaffee war verschüttet worden.

»Zer…«, setzte ich an, doch auf dem Schreibtisch mit ordentlich übereinandergelegten Akten saß nicht Zero, sondern ein fremder Mann im maßgeschneidertem Anzug, der in aller Seelenruhe ein paar Akten durchblätterte. Schwarzes perfekt gestyltes Haar fiel ihm über das androgyne Gesicht.

»Wer zum Teufel bist du?«, entfuhr es mir barsch. Der Mann sah auf, und seine Augen füllten sich mit Pechschwärze. Ein Dämon. Ich spannte mich instinktiv an, doch der Dämon blätterte in aller Ruhe seine Lektüre durch.

»Das Gleiche könnte ich Sie fragen, Sir. Man könnte behaupten, ich war vor Ihnen da«, gab der Dämon zurück und klappte die Akte zu, während er eine randlose Brille aufsetzte.

Ich verengte die Augen. »Was tust du hier?«, wiederholte ich und ließ instinktiv meinen Rosenkranz vom Handgelenk fallen. Das Klimpern der runden Kettenglieder ließ den Dämon erneut die Augenbrauen heben.

»Aber, aber, kein Grund, dramatisch zu werden. Ich werde nie verstehen, warum Exorzisten immer so hitzköpfig reagieren müssen«, gab der Dämon amüsiert zurück und glitt in einer fließenden Bewegung von dem Schreibtisch und musterte mich mit kühlem Blick. »Sie müssen Shintonist Chepesch sein«, stellte er fest und brachte mich damit absolut aus dem Konzept.

»Woher weißt du, wie ich heiße?«, fragte ich frostig, was mein Gegenüber jedoch nur amüsiert die Augenbrauen heben ließ.

»Das war nicht schwer zu erraten. Sie sind genauso, wie er Sie beschrieben hat«, gab er zurück.

»Und wer ist *er*?«, fragte ich, doch der Dämon lächelte bloß dünn, öffnete eine Schublade und begann, die Akten darin zu durchsuchen.

»Nennen wir ihn einen ›gemeinsamen Freund‹.«

»Ich habe keine Freunde«, erwiderte ich barsch, was mir jedoch nur einen mitleidigen Blick einbrachte.

»Ist dem so? Nun, dann sollte ich mich vielleicht vorstellen. Mein Name ist Kain. Ich bin die rechte Hand des Dämonenprinzen Lore. Ich versichere Ihnen jedoch, dass von mir aktuell keinerlei Gefahr ausgeht. Ich bin nur hier, um ein paar Akten einzusehen. Lassen Sie sich von mir nicht aufhalten. Sie sahen aus, als wären Sie in Eile. Falls Sie einen Freund von sich suchen, glaube ich, einen Exorzisten in die Laborhalle verschwinden gesehen zu haben.«

Er nahm sich eine Akte aus dem Schrank, die er zusammen mit einigen anderen auf den Tisch warf. Er wirkte so sorglos, als würde er nur über das Wetter plaudern.

Kain.

Sein Name hallte in mir nach, und im nächsten Augenblick sog ich scharf die Luft ein. Wenn das hier tatsächlich der echte Dämon Kain war, stand einer der mächtigsten Erzdämonen des Syndikats vor mir.

Kain war so alt, dass er sprichwörtlich in der Bibel vorkam (auch wenn seine Geschichte in den Überlieferungen der Exorzisten anders erzählt wurde).

Hätte man mich jedoch gefragt, ob ich Kain für einen echten Dämon oder einen Mythos hielt, hätte ich Letzteres getippt.

Das hier konnte nicht der echte Kain sein, oder?

Doch wenn ja, hatte ich absolut keine Chance. Dämonen von diesem Kaliber waren so alt, dass sie nur sehr selten tatsächlich gefangen und exorziert werden konnten. Das letzte Mal, dass das bei einem Erzdämon gelungen war, ist zweihundert Jahre her, und sein Exorzismus hat über fünfzehn Shintonisten das Leben gekostet.

Falls das hier tatsächlich der reale Kain war, würde es zumindest erklären, warum er so völlig ruhig blieb.

Ich packte meinen Rosenkranz fester und wich einen Schritt zurück.

»Was macht ein Erzdämon ausgerechnet hier?«, fragte ich ruhig und klammerte mich an meine innere Disziplin wie an einen Rettungsanker. Wenn ich etwas im Umgang mit mächtigen Dämonen gelernt hatte, dann das: Je weniger Emotionen sie wahrnahmen, desto bessere Überlebensmöglichkeiten hatte man.

Kain lächelte, und seine Augen färbten sich plötzlich schwarz. »Einbrechen. Informationen sammeln. Genauso wie Sie, nehme ich an«, brachte er mich wieder aus dem Konzept, und ich hatte das ungute Gefühl, dass er es genoss, an meiner Fassade zu kratzen wie ein Kind, das wissen wollte, was sich dahinter verbarg.

Soso, er suchte also nach Informationen? Mein Blick blieb an seinen Schuhen kleben. Sein Anzug war makellos, doch da waren Spritzer von Blut an seinen glänzenden Lederschuhen, genau wie an seiner Rolex am Handgelenk. »Beinhaltet das Sammeln von Informationen auch das Töten der Quelle?«, erkundigte ich mich. Der Dämon schnalzte mit der Zunge und legte eine weitere Akte auf den Tisch.

»Es blieb mir bedauerlicherweise keine andere Wahl, als hier auch etwas aufzuräumen. Wer auch immer diese Station aufgezogen hat, war schlampig. Die Homunkuli waren so überzüchtet, dass sie kaum noch menschlich waren, und ich glaube, in diesem Sinne habe ich den Exorzisten durchaus in die Hände gespielt.« Er schenkte mir ein freundliches Lächeln. »Ich schicke Ihnen später die Rechnung. Wenn Sie mich jetzt entschuldigen wollen, Mr. Chepesch.«

Er räumte den Stapel an Akten in einen Aktenkoffer. Die Schnallen klickten, als er ihn schloss, bevor er an mir vorbeiging.

Meine Hand schnellte nach vorne und griff nach seinem Handgelenk. Ich packte so fest zu, dass jedem anderen Menschen die Knochen gebrochen wären. Kain warf mir nur einen stechenden Blick zu.

»Kann ich noch etwas für Sie tun, Shintonist Chepesch?« Seine Worte waren scharf und präzise und ließen keine

Zweifel daran, dass er den Arm abreißen konnte, ohne auch nur mit der Wimper zu zucken.

Warnend ließ ich mein Arcanum durch den Rosenkranz fließen, das helle blaue Licht flackerte auf. »Es ist nicht unbedingt meine Art, einen Dämon einfach so gehen zu lassen. Vor allem, wenn sie Freunde von Lore sind.«

Kains Lippen zuckten. »Es ist schon eine Weile her, seit ich einen von euch getötet habe, und ich muss zugeben, dass euer Arcanum exquisit schmeckt. Aber im Gegensatz zu Lore weiß ich, wann gutes Timing angebracht ist, und das hier ist keines davon. Wir müssen das hier also auf ein anderes Mal verschieben.«

Er wollte sich von mir losmachen, doch stattdessen kam aus meinem Mund: »Was hat Lore mit Leaf getan?«

Er erstarrte. »Pardon? Ich glaube, ich war in dieser Situation weniger involviert als Sie.«

Ich packte den schlanken Dämon. »Ich weiß, dass Lore immer noch seine Finger im Spiel hat«, zischte ich. »Er hat etwas mit Leaf getan, und ich will wissen, was!«

Kain seufzte und blickte auf meine Finger hinab. »Ich könnte sie Ihnen abreißen, wissen Sie? Jeden einzelnen.«

»Mach es, und ich habe danach genug Macht, um deinen Kopf abzureißen.«

»Ach ja, ihr Shintonisten werdet ja stärker mit jedem Opfer, nicht wahr? Wie poetisch und lästig zugleich.«

»Was hat Lore mit Leaf getan?«, bellte ich.

Die Lippen des Dämons kräuselten sich. »Sie stellen die falschen Fragen, Exorzist. Es wäre doch viel interessanter herauszufinden, was Leaf mit Lore tun wird. Dass ein Dämon einen Menschen verändert, ist nichts Neues. Aber dass ein Mensch einen Dämon verändert, ist mir neu. Wenn Sie einen gut gemeinten Rat haben wollten, dann nehmen Sie sich alle eine kurze Auszeit. Das hier ist nur der Anfang.

Bald wird es hier sehr ungemütlich werden, und Una wird alles tun, um den kleinen Menschen in ihre Finger zu bekommen.«

Da war er, der Hinweis, nach dem ich gesucht hatte. »Warum? Was will Una von Leaf?«

Kain setzte zu einer Antwort an, als jemand meinen Namen rief: »Falco? Was machst du hier? Ich sagte doch, ich komme gle…« Zero kam schlitternd zum Stehen, als er den Dämon an meiner Seite sah.

»Wer bist du?«, fragte er verdutzt, aber Kain lächelte nur, packte meinen Arm und stieß mich hart zurück. Seine Faust traf meine Brust mit der Wucht eines Vorschlaghammers. Mir quollen beinahe die Augen aus den Höhlen, während die Wucht des Aufpralls mich nach hinten warf. Zero und ich kollidierten und knallten zusammen auf den Boden des Flurs.

Kain zupfte seine Manschetten zurecht, drehte sich um und verschwand mit federnden Schritten den Gang entlang.

»Falco, bist du verletzt?«, fragte Zero, während ich keuchend versuchte, Luft in meine Lunge zurückzupumpen. Mein Brustkorb stand in Flammen, und in meinen Ohren klingelte es schrill.

»Es geht mir gut«, presste ich hervor.

»Was ist passiert? Was war das für ein Dämon?«, fragte er und fuhr sich durch die Haare, was die weißen Strähnen rot einfärbte. Erst jetzt bemerkte ich, dass seine Hände blutig waren.

»Das war …«, setzte ich an, bevor meine Gedanken stockten. Ein Fluch entkam mir, und ich rappelte mich auf.

»Was ist?«

»Leaf! Sie wollen Leaf!«, bellte ich und rannte los.

23

Leaf

Dämonen der Stufe 2
Dämonen

Gaki *Gaki* sind ausgemergelte, gekrümmte Kreaturen, haben aufgeblähte Bäuche und proportional lange dünne Hälse und winzige Mundöffnungen. Sie ähneln Ratten und sind meistens an feuchten dunklen Orten anzutreffen, wo sie von Abfällen leben. Problematisch werden sie erst, wenn sie im Schwarm auftreten.

»Lore.« Sein Name drang mir als Flüstern über die Lippen, das viel zu laut in meinen Ohren klang. Als würde ich schreien. Und ich schrie innerlich.

Er kniete vor mir, und für einen Augenblick wusste ich nicht, was ich tun sollte. Es fühlte sich so surreal an. Auf meinem ganzen Körper breitete sich Gänsehaut aus, die kleinen Härchen stellten sich auf, Haar für Haar, meine Pupillen weiteten sich, um auch jede kleine Regung von ihm zu sehen. Da war er, mit dem Gesicht meines Bruders. So fremd und vertraut zugleich. Luft strömte in meine Lunge, während ich versuchte, seinen Duft einzusaugen. Meine Muskeln zuckten. Ich wollte ihn an mich ziehen und umarmen, bis ihm die Knochen brachen.

Ich wollte ihn treten und weglaufen.

Ich wollte ihn schlagen.

Ich wollte ihm sagen, wie sehr ich ihn vermisst hatte, und dass er einen Teil von mir weggerissen hatte, als er einfach gegangen war.

Ich wollte ihm sagen, wie sehr ich ihn hasste, weil ich wegen ihm nie wieder ich selbst sein konnte.

Ich wollte alles, ich wollte nichts.

Ich wollte ihn.

Ich wollte Lore.

Alles von ihm, auf eine verzweifelte, brachiale, animalische und absolut ungesunde Art und Weise.

Doch alles, was ich tat, war an der Wand zu sitzen, ihn anzustarren, während aus meinem Mund »Du Mistkerl« kam.

Er lächelte mich an und zog mich an sich wie eine Puppe.

»Ich habe dich auch vermisst«, sagte er inbrünstig. MJs Brust drückte sich gegen mich, und sein Duft traf mich wie ein Faustschlag. Süß und bitter zugleich. Er roch nach Blut und dunklem Arcanum.

»Lore! Hör auf! Was machst du hier?«, blaffte ich ihn an und drückte ihn von mir weg. Suchte in seinem Gesicht nach etwas Vertrautem. Vielleicht nach dem Gesicht von Henry mit den blonden Haaren und den blauen Augen, aber vor mir stand ein Mann mit dunklen leicht welligen Haaren und braunen Augen. Vertraut und doch so anders.

»Was ist mit MJ?«, schnauzte ich ihn an, bevor er etwas erwidern konnte.

Lore strahlte mich einfach weiter an und ließ meine Wutausbrüche über sich ergehen.

»Es geht ihm gut. Er ist noch da, ich passe auf ihn auf«, versicherte er mir und drückte mich wieder an sich. Die Chance, dass er mich gerade anlog, war fünfzig-fünfzig, dennoch fühlten sich seine Worte an, als würde ein Gewicht von meinen Schultern genommen werden. Heißer Atem rasselte durch meine Lunge. Mein Kopf wurde schwindlig. Ich schwankte.

Er fuhr mit den Daumen über meine Wange und wischte etwas weg. Etwas Nasses. Ich hatte gar nicht bemerkt, dass ich weinte.

»Wie konntest du nur?«, fragte ich und wusste selbst nicht, was ich genau damit meinte. Vermutlich alles.

»Ich bin hier. Wir sind hier. Wir holen dich hier raus. Komm …«

Er stand auf und zog mich mit sich. Ich stolperte und blieb abrupt stehen. Meine Hand krampfte sich zusammen – vor Verlangen, ihn wieder an mich zu ziehen und dann fest zu schlagen.

»Lore, was soll das? Wie hast du mich denn gefunden?«, zischte ich und entriss ihm meine Hand. Er blinzelte mich überrascht an.

»Sagen wir mal, es war Glück genau zur richtigen Zeit, dass wir beide hier unten waren. Aber, Süße, wir haben nicht viel Zeit. Wir müssen jetzt los …« Er griff wieder nach meiner Hand, doch ich zog sie weg.

»Wo müssen wir hin?«, fragte ich.

Er sah mich an, als hätte ich den Verstand verloren. »Na weg!«

»Weg wohin?«

»Weg aus New York!« Er machte erneut Anstalten, nach mir zu greifen, doch ich wich schwankend aus.

Er stolperte und blickte mich an. »Leaf, das ist der falsche Zeitpunkt, um Fangen zu spielen!«

»Bist du von allen guten Geistern verlassen?« Meine Stimme überschlug sich, als ich Lore von mir stieß, der auch noch die Frechheit besaß, verletzt auszusehen.

»Wörtlich gesprochen, dann wohl Ja«, räumte er ein.

»Ich werde nicht mit dir New York verlassen, Lore«, fuhr ich ihn an und versuchte, einen Weg um den Wurm herum zu finden – was quasi unmöglich war, denn das Vieh verstopfte das Rohr, und der Gestank versengte mir praktisch die Nasenhaare.

»Warum nicht?«, fragte er.

»Aus so vielen Gründen, dass ich nicht die Kraft habe, sie aufzuzählen, und allem voran, weil du im Körper meines Bruders steckst. Wenn du auch nur einen Funken Verstand hast, verlässt du seinen Körper und kommst mir nie wieder unter die Augen. Hau ab, Lore. Ich will nichts mit dir zu tun haben. Du hast mein Leben ruiniert! Hast du auch nur eine Ahnung, was ich durchgemacht habe, seit du mich verlassen hast?«

Moment, was? Das hatte ich nicht sagen wollen. Lores Gesichtszüge wurden weich.

»Leaf …«, setzte er an, doch ich wischte mir nur die Augen ab und stieß ihn gegen die Brust.

»Das sind Wuttränen! Bilde dir ja nichts darauf ein«, presste ich hervor. »Ich bin alleine mit all den Exorzisten, die nichts lieber wollen, als mich zu töten, und das nur wegen dir! Ich bin eine tickende Zeitbombe, und ich spüre, wie sich das Q-Gen durch meinen Verstand frisst. Ich verändere mich, etwas stimmt nicht. Ich habe Angst, und ich habe niemanden, der mir hilft.« Meine Stimme brach. Noch mehr Tränen rollten mir über die Wangen, doch ich blinzelte nicht. Durch den Schleier starrte ich Lore, starrte ich meinen Bruder an, während so viele komplizierte Emotionen durch mich zuckten, dass es unmöglich war, sie voneinander zu trennen.

»Ich hasse dich«, presste ich hervor.

Lore lächelte, als hätte ich ihm ein Kompliment gemacht. Er machte Anstalten, auf mich zuzukommen, doch ein Knurren hielt ihn davon ab. Erstaunt blieb er stehen, als sich der Dämonenhund neben mich setzte und tief in seiner Kehle grollte.

Keine Ahnung, wer in diesem Augenblick verdutzter aussah.

»Was ist denn das?«, fragte Lore, aus dem Konzept gebracht.

»Erkennst du dich selbst nicht?«, gab ich irritiert zurück. Der Hund warf mir einen treuherzigen Blick zu, ehe er Lore wieder wütend anknurrte.

Lore hob eine Augenbraue und ging in die Hocke. »Na, sieh mal einer an, und ich dachte, die Black Birds hätten diesen kleinen Teil von mir längst vernichtet.« Er legte den Kopf schief, und der Hund tat dasselbe.

»Sie haben ihn rausgelassen, um dich zu finden«, erklärte ich.

Ein Schmunzeln stahl sich auf sein Gesicht. »Das ist so typisches Exorzistendenken. Wenn man einem von ihnen die Hand abschneidet, gehen sie auch nicht davon aus, dass sie zu einem zurückfindet, nur weil die Hand noch zuckt, oder?«

»Das geht nicht?«, fragte ich verdutzt.

Lore grinste zu mir hoch. »Nein. Dieser Teil ist abgestorbenes Material. Ich kann damit nichts anfangen. Es ist zu lange von mir getrennt.«

»Er hat mir sehr viel Trost gespendet. Er fühlt sich an wie du«, hörte ich mich selbst flüstern.

Der Dämon sah mich liebevoll an. »Dann behalte ihn. Er wird auf dich aufpassen, da bin ich mir sicher«, flüsterte er zurück.

Zittrig atmete ich ein und war erstaunt, wie erleichtert ich mich fühlte, Henry behalten zu dürfen.

»Es geht mir gut, du musst mich nicht beschützen«,

redete ich auf den Hund ein. Dieser warf Lore einen letzten skeptischen Blick zu, ehe er sich in Rauch verwandelte und sich in meinen Haaren verfing, wo er sich anfühlte wie eine sanfte Berührung, die mir durch die feinen Härchen strich.

»Ich bin erleichtert, dass zumindest ein Teil bei dir gewesen ist. Er hat nur einen Funken meiner Macht, aber es sollte reichen, dass du ihn wie einen Spiritus halten kannst. Er wird sich von kleinen Teilen deiner Seele nähren, doch es wird so wenig sein, dass du es nicht bemerkst«, sagte Lore mit rauer Stimme, richtete sich auf und überwand den letzten Abstand. Und dieses Mal gab es nichts, das ihn davon abhalten konnte, außer ich selbst.

Instinktiv wich ich zurück, doch Lore kam mir zuvor, packte mich und zog mich in eine Umarmung.

Ich schaffte es nicht, mich zu lösen, stattdessen vergrub ich mein Gesicht an seiner Brust, während mir bittere Tränen über die Wangen liefen. Lore fuhr mit seiner großen Hand durch meine Haare und flüsterte: »MJ geht es gut. Der Kleine ist beinahe so zäh wie du, und ich passe auf ihn auf.«

Ein Zittern durchfuhr mich. »Er lebt«, presste ich hervor.

Lore nickte und strich mit dem Daumen über die angespannten Muskeln in meinem Rücken. »Es geht ihm gut«, flüsterte er.

»Lass ihn gehen, Lore. Er ist nur ein Kind«, sagte ich mit krächzender Stimme.

Er presste seine Stirn fester an meine. »Das kann ich leider nicht. Wenn ich MJ jetzt verlasse, wäre er völlig schutzlos. Ihn besetzt zu halten, ist die einzige Möglichkeit. Ich kann genauso wenig zulassen, dass er von Una geschnappt wird, wie du. Das hier …« Er zeigte um sich herum. »… ist nicht gut. Das hier ist erst der Anfang, und ich kann sie nicht alle töten. Manhattan steht komplett unter Unas Kontrolle. Es war mein Fehler, anzunehmen, dass du bei den Exorzisten sicher wärst. Wir müssen weg von hier. Weg aus New York. Sofort.«

»Moment, du hast all diese Dämonen da oben getötet? Auch die Homunkuli?«, fragte ich entsetzt.

Lore fuhr sich durch das nasse Haar. »Ich weiß, du findest das grausam, aber diese Homunkuli hätten sehr viel Zerstörung angerichtet. Ich habe nur Schadensbegrenzung betrieben.«

»Schadensbegrenzung?«, schnappte ich und zeigte nach oben. »Du hast Dutzende Unschuldige getötet, nur um deine Schwester auszulöschen.«

»Ich habe sie getötet, um dich zu beschützen«, brüllte er mich unvermittelt an, und ich spürte, wie sich mein Blickfeld verengte, sich komplett auf den Dämon vor mir fixierte, während ich nicht wusste, ob ich ihn erschlagen oder an mich ziehen wollte.

»Oh nein! Nutz mich nicht als billige Ausrede für dein unmenschliches Verhalten.«

»Das ist der springende Punkt. Ich bin kein Mensch, Leaf, und du wirst es auch bald nicht mehr sein. Komm mit mir. Wir verschwinden aus New York.«

»Warum sollte ich? Soweit ich weiß, wirst du nur versuchen, mich in einen Krieg mit deiner Schwester zu ziehen, in dem am Ende nur ich den Kürzeren ziehen werde.« Augenblicklich fuhr er sich durch die Haare. »Was willst du von mir hören? Dass es ein Fehler war, dich bei den Exorzisten zu lassen? Es ist einer, aber ich dachte, du wärst sicherer als bei mir. Es war ein Fehler, ich werde es allerdings wiedergutmachen. Ich beschütze dich. Dich und MJ. Nur bitte nimm meine Hand und lass uns gehen. Jetzt.«

Jetzt …

Das Wort hing zwischen uns wie ein Damoklesschwert, und ich blickte auf seine Hand.

»Nein«, das Wort fiel wie ein Gesteinsbrocken aus meinem Mund. Lores Nasenflügel blähten sich, während er meine Hand nahm und an sich zog.

»Was willst du hören, damit du mit mir gehst? Willst du hören, dass ich dich liebe, Leaf? Ich liebe dich. Willst du, dass ich die Welt rette? Ich rette sie! Willst du, dass ich sie niederbrenne? Nur Asche wird übrig bleiben.«

Seine Finger umfassten mein Gesicht, während er mich ruckartig näher zog und mit rauer Stimme flüsterte: »Ich werde alles für dich tun. Du musst jetzt nur mit mir kommen.«

Ich zitterte, meine Muskeln fühlten sich an, als versuchten sie, sich von meinem Willen zu befreien, um zu ihm zu gehen, seine Hand zu nehmen und zu laufen, bis Manhattan hinter uns lag. Ich wollte Lore auf eine erschreckend primitive Weise, die nicht einmal unbedingt mit sexueller Lust zu tun hatte. Ich wollte Lore besitzen, gleichgültig, auf welche Weise – Freund, Bruder, Liebhaber. In diesem Augenblick waren wir alles und nichts davon zugleich, und der Blick in seine schwarzen Augen verriet mir, dass er dasselbe fühlte. In diesem Moment entglitt mir ein Teil meiner Menschlichkeit. Ich spürte, wie sie durch meine Finger rieselte wie Sand und zu Asche wurde, während ich innerlich brannte.

»Komm mit mir, Leaf. Ich kann nicht in New York bleiben. Ich will dich hier nicht zurücklassen. Ich kann dich sonst nicht beschützen, und ich weiß nicht, wann ich zurückkommen kann«, flüsterte er und strich mir sanft über das Gesicht. Zärtlich, liebevoll und besitzergreifend.

Meine Nasenflügel blähten sich, als ich seine Hand packte und von mir wegdrückte, bis seine Knochen knackten.

»Nein«, wiederholte ich. Seine Augen wurden, wenn das überhaupt möglich war, noch dunkler, zwei schwarze Abgründe, die ins Unendliche führten.

»Ich könnte dich zwingen. Ich könnte dich einfach mitnehmen«, flüsterte er.

»Versuch es«, gab ich genauso leise zurück. Wir starrten uns an. Die Dunkelheit in seinem Blick verschlang alles um uns herum.

Ein Nerv an seinem Kinn zuckte, und er änderte den Blick, bis das Schwarz darin sich in meinen Schädel zu bohren schien.

»Ist es wegen Falco?«

»Es geht hier nicht um Falco«, schnappte ich und stieß ihm gegen die Brust.

Lore sah mich mit einem Blick an, der vor Eifersucht brannte.

»Du musst aufpassen, mein Herz. Verlangen kann sehr mächtig sein. Wir Dämonen haben kein Ich. Die Jahre schleifen es von uns ab, und es bleibt nichts weiter als der rohe Kern, der fressen will, Sex und Geborgenheit.«

»Hör auf …«, flüsterte ich, doch Lore sprach weiter und wurde dabei immer lauter.

»Du wirst dich bald nicht mehr kontrollieren können. Es gibt nichts, was du tun kannst. Der Dämon in dir bestimmt dein Leben ohne Gnade.«

»Hör auf!«, rief ich noch einmal.

»Wenn du Falco magst, solltest du also aufhören, bevor es zu spät ist. Du wirst ihn sonst sprichwörtlich zu Tode lieben und bis auf den letzten Tropfen leer saugen.«

»Hör auf, Lore!«, brüllte ich, und in mir riss etwas. Meine Muskeln krampften, und ehe ich es bemerkte, hatte ich den Dämon an der Kehle gepackt und so fest gegen die Wand geschleudert, dass Steine um uns herabrieselten. Lore grinste und presste die Worte zwischen meiner Hand hindurch, die seinen Hals zerquetschten.

»Beantworte mir eine Frage: Hast du Gedächtnislücken? Minuten, in denen du nicht weißt, was passiert ist?«

Ich war so überrascht, dass ich meinen Griff lockerte. »Woher weißt du das?«

Sein Blick verdunkelte sich. »Es stimmt also? Dann lass mich dir versichern, dass es schlimmer wird, denn dein Verstand versucht, sich selbst zu schützen. Dein Ich wird schon sehr bald von dem Dämon in dir aufgefressen werden. Du brauchst mich, Leaf.«

»Du weißt, was mit mir passiert, und sagst es mir erst jetzt?«, blaffte ich ihn fassungslos an.

Lore presste die Lippen zusammen. »Die Symptome gehören nicht zu einem Homunkulus, sondern zu einem Lord-Dämon. Ich hatte gehofft, sie würden nicht auftauchen.«

»Das sind sie aber«, brüllte ich ihn an, und meine Hand zitterte an seinem Hals. »Da ist etwas in mir, Lore, und es will raus. Ich fühle es.«

Lore griff nach meiner Hand an seiner Kehle und drückte sie weg. »Was du fühlst, ist dein Es. Jeder Mensch hat es in sich, es sind deine Instinkte, deine Grundbedürfnisse, aber bei uns Dämonen verstärkt sich dieser Wesenszug. Er löst das menschliche Ich ab, das uns sagt, was zu tun ist oder nicht. Die Zeit wäscht es ab und lässt uns nackt zurück. Wir wissen noch nicht, wie sehr du dich veränderst, aber wenn du diese Veränderung nicht mehr kontrollieren kannst, wirst du mich brauchen! Bitte komm mit mir.«

Er sah mich eindringlich an.

Ich schluckte. Meine Zunge löste sich kaum vom Gaumen.

»Lore, ich …«, setzte ich an, als uns eine Stimme unterbrach.

»Ich wusste es.«

Lore und ich fuhren beide erschrocken herum. Eine Gestalt kniete auf dem toten Lindwurm und blickte auf uns herab wie eine Katze, die auf der Lauer lag.

Tempest.

Mir stockte der Atem vor Angst, als sie von dem Lindwurm hinabsprang und mit wiegenden Hüften auf uns zukam.

»Ich wusste, dass man dir nicht trauen kann«, wiederholte sie mit unbewegter Miene.

»Ist das eine Freundin von dir?«, erkundigte sich Lore.

Ich seufzte. »Leider nicht. Das ist Falcos Verlobte, Tempest.«

Lores Augenbrauen schnellten so weit nach oben, dass sie drohten, in seinem Haaransatz zu verschwinden, während ein breites Grinsen auf seinen Lippen erschien. »Nein. Sag bloß, unser perfekter kleiner Exorzist hat so viel mehr Leichen im Keller, als erhofft.«

»Lore«, versuchte ich, zu warnen, doch Tempest hatte blitzschnell zu uns aufgeschlossen und eine Sichel an Lores Hals gelegt.

»Du bist also der berühmt-berüchtigte Prinz der Hölle«, bemerkte sie abschätzig, während er ihr völlig ungerührt zulächelte und dabei seine Grübchen zeigte.

»Nicht beeindruckt? Hast du dich mir größer vorgestellt?«, witzelte er.

»Eher weniger lächerlich«, gab sie zurück, und ihr Blick streifte mich. »Und klüger, als hier aufzutauchen. Ich wusste, man konnte ihr nicht trauen, und jetzt hast du mir alles gegeben, was ich wissen muss, um euch an Ort und Stelle zu exekutieren.«

Das ließ einen amüsierten Ausdruck auf Lores Gesicht erscheinen. »Du und welche Armee?«, gab er zurück, doch Tempest ließ sich nicht aus der Ruhe bringen. Stattdessen holte sie blitzschnell mit ihrer Sichel aus. Lore duckte sich, und die Klinge raste direkt auf mich zu.

Erschrocken wich ich zurück, doch Tempest wirbelte nur herum und rammte mir das Ende der Sichel in die Schulter.

Ein Schrei entfuhr mir, als sie mich aufspießte wie einen Fisch.

»Leaf!«, knurrte Lore und ging auf die Exorzistin zu, doch diese hob nur einen Rosenkranz, wickelte ihn mir um den Hals und zerrte daran, bis ich keine Luft mehr bekam. Sterne explodierten vor meinen Augen, als sie mich zu sich zog und knurrte: »Einen Schritt weiter, und sie verliert ihren Kopf.«

Lore erstarrte und musterte die Exorzistin abwartend.

Tempest riss an dem Rosenkranz, als wäre ich ein ungezogener Hund an der Leine. »Ein falscher Schritt, Dämon, und wir bringen ihre Einzelteile zurück in die Akademie. Ich bin mir sicher, der Intendant wird erfreut sein, dass wir dieses kleine Problem so schnell gelöst haben.«

Lore grinste süffisant und in seine Augen trat ein beinahe hungriger Ausdruck.

»Soso, du bist also Falcos Verlobte? Ich muss sagen, ihr beide passt sehr gut zusammen. War das Opfern von jeglichem Humor eine Pärchensache?«, frotzelte er.

Ich konnte aus dem Augenwinkel sehen, wie Tempest die Zähne fletschte, was wie ein bizarres Grinsen aussah. Doch anstatt zu antworten, begann sie zu rezitieren: *»Adsisto tibi ut famulus vitae. In manibus meis pondus justitiae. Sanguis temporis in corde meo fluit.«*

Die Worte hatten auf mich keinerlei Wirkung, doch Lore krümmte sich zusammen, griff sich an die Schläfen, als hätte er Kopfschmerzen.

»Tempest, bitte nicht. Das ist der Körper meines Bruders«, krächzte ich panisch, doch sie ignorierte mich vollkommen. Stattdessen zog sie die Sichel aus meiner Schulter und rammte sie in Richtung von Lores Brust. Er wich zurück. Die Sichel musste tief genug geschnitten haben, denn Blut quoll aus seiner Wunde und tropfte hinab.

»Guter Exorzismus. Doch so einfach funktioniert das bei mir nicht, Schätzchen«, schnurrte Lore und sprang vorwärts. Er war so schnell, dass Tempest kaum Zeit hatte zu reagieren. Sie schlug nach ihm aus, aber Lore packte sie bereits und schleuderte sie gegen die Wand.

Der Rosenkranz löste sich endlich, und ich sank keuchend auf den Boden, während ich mir das Ding vom Hals riss.

Tempest schrie irgendwo neben mir auf, und in den nächsten Sekunden flogen ihre Dolche durch die Luft und bohrten sich tief in Lores Brust. Tempest rief etwas auf Latein, und die Dolche begannen, rötlich zu schimmern. Ein Zischen war zu hören, und Lore ging mit einem Stöhnen in die Knie, verdrehte die Augen und sackte, sich krümmend vor Schmerz, zusammen.

»Lore!«, rief ich, rappelte mich auf und lief auf den Dämon zu. Ich knallte vor ihm auf die Knie, spürte den Schmerz bei dem Aufprall und versuchte im gleichen Atemzug, die Dolche aus seiner Brust zu reißen. Doch sobald ich die Klingen berührte, verbrannten sie meine Finger, bis Blasen entstanden. Ich schrie gequält auf, Tränen verschleierten meine Sicht, meine Muskeln zitterten heftig, während Lore keuchte: »Leaf, nicht …«

Bevor ich mehr tun konnte, spürte ich, wie jemand hart meine Haare packte und mich zurückzerrte

»Schluss damit«, knurrte mir jemand ins Ohr. Tempest. Sie hielt mich so fest, dass sie mir die Haare ausriss.

»Ich hätte dich töten sollen, als ich dich dort unten im Kerker gesehen habe«, sagte sie.

»Du!«, stieß ich hervor und wollte mich umdrehen, doch sie war schnell. So unfassbar schnell. Ich spürte einen harten Griff in meinem Nacken. Sie packte meinen Hals und drückte. Schmerz explodierte in mir. Seltsamerweise war er kalt, raste meine Wirbelsäule nach oben, tobte hinter meiner Stirn, bis ich Sterne sah, und mit brachialer Gewalt brach sie mein Genick mit einem knirschenden Ruck. Ich war so verblüfft, dass ich kaum bemerkte, wie jegliches Gefühl meine Extremitäten verließ und die Dunkelheit mich in einer Ohnmacht verschlang.

Tempest hatte mich zerbrochen wie einen Zweig.

24

Lore

Dämonen der Stufe 3
Geister
Elementargeister
Wassergeister

Nöck Ein bösartiger Wassergeist, der Menschen unter Wasser zieht und sich Wasserleichen zu eigen macht.

Aus dem Augenwinkel sah ich, wie Leaf mit völlig verdrehtem Genick zusammensackte und regungslos liegen blieb. In mir wurde alles starr, während heiße Wut mich in Wellen überkam und sogar den Schmerz der Dolche übertünchte. Das Knirschen hallte in mir nach wie ein ekelhaftes Echo und erreichte selbst MJ. Der Kleine in mir rührte sich unruhig, und ich machte schnell die Schotten dicht, damit er nichts mitbekam.

Ich musste mich beruhigen. Jetzt die Fassung zu verlieren, würde niemandem etwas bringen, egal wie sehr ich alles in Schutt und Asche legen wollte. Wie gern ich die dunkelhaarige Exorzistin auf die schmerzhafteste Art vierteilen und lachend ihre Leber fressen wollte. Doch das konnte ich später machen.

Leaf würde das überstehen. Ein Genickbruch war unangenehm, doch nichts, was nicht heilen konnte. Danach würde ihr jedoch ordentlich der Schädel brummen. Ich wollte zu ihr laufen, aber die Exorzistin stellte sich mir in den Weg und verpasste mir einen derart heftigen Kinnhaken, dass mein Kiefer knackte und sich beinahe aus dem Gelenk schob.

»Was für eine Scheiße, womit haben sie dich denn gefüttert?«, knurrte ich unter Schmerzen und rückte meinen Kiefer wieder an Ort und Stelle. Das hässliche Knacken, das dabei durch meinen Schädel dröhnte, würde mich wahrscheinlich noch ewig in meinen Träumen verfolgen. Es klang, als würde mir der Kopf in zwei Teile entzweibrechen.

»Ich habe sehr viel geopfert, um Dämonen wie dich töten zu können«, sagte sie mit rauchiger Stimme, tänzelte um mich herum, wirbelte ihre Sichel in den Händen und schlug erneut zu. Ich sprang zurück, doch es war knapp, und es kostete mich ein paar Haare.

»Süße, ich will dich wirklich nicht desillusionieren, aber selbst zehn von euch könnten mich nicht so leicht aus den Latschen hauen«, erwiderte ich, ballte die Faust und schlug unbeeindruckt in ihr Gesicht. Die Nase der Exorzistin brach mit einem lauten Knacken, während sie zurücktaumelte, doch sie ließ die Sichel nicht fallen, sondern jagte sie mir einfach in den Bauch.

»Verdammt! Du bist wirklich verrückt, weißt du das?«, keuchte ich, während sie die Sichel zurückzog und dabei einmal kräftig in meinem Inneren herumrührte. Sie knurrte mich an, Blut klebte an ihren Zähnen.

»Hast du schon mal eine Karriere als Dämonenjägerin erwogen? Ich glaube, du wärst fantastisch darin.«

»Redest du immer so viel?«, fragte sie, während sie nach mir schlug und ich geschickt auswich.

»Nun, wenn du Falcos Verlobte bist, sind wir ja quasi Familie«, flötete ich und verpasste ihr ein paar Schläge, die sie blutend zurückweichen ließen. Ich warf mich mit einem großen Sprung auf sie, aber sie rollte sich zur Seite, hob die Sichel und durchbohrte mir mit einem durchaus eleganten Hieb den Bauch.

»Aua«, kommentierte ich und blickte an mir herab, während sie unter mir lag, die Zähne gefletscht und die Augen weit aufgerissen. Blut tropfte auf sie herab.

Ich beugte mich zu ihr hinunter und flüsterte: »Leider das Herz verfehlt.«

Sie setzte an, etwas zu sagen, aber da sprang ich bereits auf die Füße, packte sie am Genick und schmetterte sie gegen die nächste Wand. Ein Schrei entrang sich ihr, während sie nach ihrem Gürtel griff, doch ich riss ihr einfach den Rosenkranz aus den Fingern und warf ihn über die Schulter.

»Es tut mir leid, kleiner Black Bird, das hier ist ausgesprochen amüsant, aber ich muss meine Leaf retten, und du bist mir dabei leider in die Quere gekommen.«

Tempest schrie wütend auf und schüttelte den Kopf. Eine Platzwunde bildete sich auf ihrer Stirn, und rotes Blut quoll über ihr Gesicht.

»Ich habe alles gehört und alles gesehen, und mich zu töten, wird dir nichts bringen. Ich trage das Osirismal. Bei einem gewaltsamen Tod werde ich als Geist zurückkehren.«

»Bist du sicher? Das macht die ganze Sache hier sehr viel komplizierter«, sagte ich seufzend. »Ihr Exorzisten seid so unfassbar lästig.«

Sie starrte mich an. »Töte mich, und ich werde euch bis in alle Ewigkeit jagen. Ich werde alles dem Intendanten erzählen, und dann wird jeder Exorzist in diesem Land hinter euch her sein. Es gibt keinen Ort, an dem ihr euch verstecken könnt.«

Ich spannte mich an, Schatten brachen gereizt aus meiner Haut, dunkle Krallen krümmten sich an meinen Fingern, die ihren Kopf beinahe völlig zerquetschten. Ich brachte meinen Mund an ihr Ohr und flüsterte: »Für alles gibt es eine Lösung. Oder ich könnte dich auch mitnehmen, dir ein Halsband um den hübschen Nacken legen und dich wie ein bissiges Haustier halten. Es dürfte nicht schwer sein, dein Leben um ein paar Jahre zu verlängern und dich erst dann wieder freizulassen, wenn jeder, den du gekannt und geliebt hast, nichts mehr als Staub ist. Mein letztes menschliches Haustier ist schon eine ganze Weile her, und ich bin sicher, du wirst köstlich schmecken bei so viel Arcanum, das in dir brennt.«

Tempest zitterte, und zum ersten Mal sah ich so etwas wie einen Anflug von Angst in ihrem Blick.

»Versuch es, und ich töte mich selbst schneller, als du mir ein Halsband umlegen kannst«, murmelte sie.

»Mach weiter so, und wir werden noch Freunde«, gab ich zurück. Tempest knurrte.

Im selben Augenblick hörte ich etwas, das mir ganz und gar nicht gefiel. Es war noch weit entfernt, doch ich spürte einen Haufen Exorzisten, die auf uns zukamen.

Tempest bemerkte es ebenfalls, denn sie grinste mich breit an. »Die Verstärkung ist hier«, stellte sie genüsslich fest.

Ich unterdrückte einen Fluch und spürte im selben Augenblick, wie sich eine vertraute dunkle Aura näherte.

»Lore! Wir müssen von hier verschwinden. Black Birds kommen«, rief Kain mir zu, der mit gekreuzten Beinen auf dem Kopf des Lindwurms saß. Ich unterdrückte einen Fluch.

»Gleich, ich habe hier ein kleines Problem.«

Kain sprang vom Lindwurm hinunter und kam auf mich zu.

»Jetzt, Lore.«

Mein Blick huschte zu Leaf hinüber.

»Wir müssen …«, setzte ich an, doch Kain fuhr dazwischen:

»Wir haben jetzt noch genau eine Minute, oder die Black Birds schneiden uns den Weg ab.«

Ich unterdrückte eine sarkastische Frage, woher er das so genau wusste. Aber Kain wusste so etwas immer.

»Na schön, lösch ihre Erinnerungen, versuche die letzten Stunden komplett aus ihrem Kopf zu radieren«, sagte ich, packte Tempest und warf sie Kain zu. Dieser nickte und griff sich die Exorzistin, die mit gefletschten Zähnen hochstarrte.

»Wag es ja nicht …«, fuhr sie ihn an, doch sie hatte nicht einmal Zeit, zu Ende zu sprechen. Kain machte kurzen Prozess mit ihr. Dunkelheit waberte um ihn herum und legte sich über Tempest wie eine Decke, die sogar ihren Mund verschloss. Sie stöhnte auf, doch Kain hauchte einen feinen Faden schwarzen Rauchs aus, der sich wie ein Wurm durch Tempests Nase bis in ihr Hirn bohrte. Die Exorzistin brüllte, bäumte sich auf, ehe sie die Augen in den Höhlen verdrehte. Durch das Weiß ihrer Augäpfel zogen sich Fäden von Kains Macht. Er pflanzte einen Parasiten in sie, der jeden weiteren Gedanken an die letzten Stunden auffraß.

Auf diesen kleinen netten Trick war ich schon immer etwas neidisch gewesen. Doch wir hatten keine Zeit für Neid.

Ich rannte auf Leaf zu, packte sie und hob sie in meine Arme. Ihr Kopf rollte herum, während ihre Halswirbel sich langsam zurück in Position schoben.

»Keine Sorge, ich habe dich«, murmelte ich und lief zurück. Kain ließ im selben Augenblick die schlaffe Tempest zu Boden krachen. Blut lief ihr aus der Nase. Kain wischte sich an einem Taschentuch die Finger ab.

»Kann sein, dass sie ein paar Stunden oder Tage mehr verloren hat. War ein harter Brocken. Ich kam fast nicht rein.«

»Hast du, was wir brauchen?«, erkundigte ich mich. Kain nickte und nahm seine Aktentasche.

Wir liefen beide los. Ich drückte Leaf an mich, während unsere Schritte an den Wänden entlanghallten. Doch Kain hatte nicht übertrieben. Ich spürte die Black Birds. Die Wellen an Aktivität schwappten durch die Tunnel, und ihre Rufe hallten als Echo zu uns hinüber.

»Müssen wir gewaltsam durchbrechen?«, erkundigte ich mich bei Kain.

»Ja«, entgegnete er knapp und klemmte sich die Aktentasche unter den Arm. Schatten brachen gereizt aus seiner Haut heraus, huschten über die Wände mit verrückten Formen, griffen mit scharfen Fingern über die Tunnelwände und legten sich wie lange Spinnen auf die Lauer. Klebrige Netze woben sich von der Decke.

»Lore! Lass sie los!« Der Schrei kam so unerwartet, dass ich mich beinahe auf die Nase legte. Überrascht wirbelte ich herum und sah Falco und Zero auf uns zulaufen.

Ein tiefes Seufzen entrang sich meiner Kehle. »Du bist genauso lästig wie deine Verlobte«, brüllte ich ihm zu. Falco holte auf, sein dunkles Haar peitschte um seinen Körper, während er bebend vor Wut vor mir stehen blieb.

»Gib mir Leaf!«, bellte er.

»Lore, dafür haben wir keine Zeit. In wenigen Sekunden sind wir hier von den Black Birds eingeschlossen«, zischte Kain mir zu. Ich biss die Zähne zusammen.

»Sorry, Falco, du hast es gehört, wir haben es eilig.«

Ich wirbelte herum, und Falco stürzte sich auf mich. Kain wackelte mit den Fingern. Dunkle Fäden schossen aus den Wänden, wickelten sich um den weißhaarigen Exorzisten und zerrten ihn nach oben, und mit einem Schrei wurde er von den dunklen Fäden an die Wand gepresst. Falco stolperte, als sich die klebrigen Schattenfäden um seine Hände und Füße legten und ihn einschnürten. Sein wütender Blick traf meinen, während Arcanum in einer heftigen Welle aus ihm herausplatzte. Sein Körper erstrahlte förmlich von hellem blauem Licht. Die Schattenfäden verbrannten und lösten sich in Rauch auf, während Kain sich knurrend den Kopf hielt.

»Wir müssen …«, setzte er an, doch da war Falco bereits bei uns, und seine Sichel traf Kain genau in die Brust. Mein Begleiter wurde gegen die nächste Wand geschleudert, während ich versuchte, der zweiten Sichel auszuweichen, die durch die Luft zog. Wie viel hatte er denn von den Dingern?

Kain fluchte und zog sich das schwarze spitze Ding aus der Brust.

»Lass sie los«, brüllte Falco mich an, und ich hörte hinter mir Schritte. Die Black Birds kamen.

Aus dem Augenwinkel sah ich, wie Kain sich aufrappelte und mich vorwurfsvoll ansah.

»Lass Leaf da«, blaffte er mich an, öffnete den Mund, und seine dunkle Seele quoll daraus hervor. Der Körper wurde von heftigen Krämpfen geschüttelt, und im nächsten Augenblick fuhr Kain aus seinem Körper und verschwand als dunkler Schatten unter der Decke.

»Danke für nichts, du Feigling!«, brüllte ich ihm nach. Die dunklen Fäden lösten sich auf, und Zero knallte mit einem Aufschrei von der Decke.

Ich duckte mich, als Falco mich beinahe mit einem Schlag köpfte.

»Achtung! Du willst doch den armen MJ nicht nachhaltig verletzen«, warnte ich. Falco fixierte mich, sein Haar fiel ihm wirr ins Gesicht.

»Lass. Leaf. Los«, biss er die Worte ab, und hinter mir sah ich die Black Birds. Ich war eingekesselt. Falco legte den Kopf zur Seite. »Sie werden dich zerlegen. Wenn du hier in einem Stück rauswillst, helfe ich dir, aber davor gibst du mir Leaf.«

Verdammt!

Verdammt, verdammt, verdammt.

»Du willst sie gar nicht, du hast doch deine Verlobte«, zischte ich wie ein ungezogener kleiner Junge, und Falco fletschte die Zähne.

»Drei Sekunden, um dich zu entscheiden, Dämon.«

Ich fluchte heftig, presste Leaf an mich und drückte ihr einen Kuss auf die Stirn. »Ich komme dich holen«, flüsterte ich ihr ins Ohr und gab sie im nächsten Augenblick Falco in die Arme. Dabei sah ich ihn mit so viel Hass an, dass es mich beinahe verbrannte. »Wenn sie stirbt, werde ich jeden töten, den du liebst«, schwor ich mit so viel Inbrunst, wie ich sie wahrscheinlich noch nie empfunden hatte

»Verschwinde«, knurrte er mich an und trat zur Seite, ließ mich vorbei, denn die andere Richtung war bereits abgeschnitten.

Ich fluchte heftig und rannte weg wie ein Feigling.

25

Lore

Dämonen der Stufe 3
Geister
Geister menschlichen Ursprungs

Die weiße Frau Ein *Geist*, der hauptsächlich in England gesichtet wurde. Die ältesten Berichte von ihr stammen aus dem 15. Jahrhundert. Im Allgemeinen gilt sie – sofern man sie nicht herausfordert – nicht als böswillig oder gefährlich. Tatsächlich verfügt sie über Intelligenz und ein eigenständiges Bewusstsein. Geübten *Conjurern* ist es möglich, mit der *weißen Frau* zu sprechen. Ob es sich bei *der weißen Frau* um eine oder mehrere Personen handelt, ist nicht sicher, aber sie konnte dem Orden bereits nützliche Informationen zukommen lassen.

»Bist du bereit, Lore?« Ich blickte auf das Meer hinaus. Manhattan lag vor mir wie ein funkelndes Meer aus Lichtern.

»Nein«, gab ich ehrlich zurück. Nicht ohne sie. Kain trat neben mich. Statt eines Asiaten stand jetzt jedoch eine schlanke Blondine mit prallen Brüsten neben mir und warf mir unter langen dicht getuschten Wimpern einen bösen Blick zu.

»Das war knapp. Zu knapp. Wenn wir eine Chance gegen Una haben wollen, musst du aufhören, solche Risiken einzugehen.«

Seufzend hielt ich mein Gesicht in den Wind, der an meinen kurzen Haaren riss.

»Tut mir leid wegen deinem Körper«, gab ich zurück.

Kain seufzte und strich sich die blonde Haarsträhne zur Seite. »Du schuldest mir was«, sagte er nur trocken.

»Setz es mit auf die Liste«, erwiderte ich und stieß mich von dem grünen Fuß der Freiheitsstatue ab, an der ich gelehnt hatte. Ein letzter Augenblick, um New York noch zu genießen. Einer der wenigen Orte, die ich in all den vielen Jahren tatsächlich als so etwas wie meine Heimat angesehen hatte. Ich würde es vermissen, und Leaf hier zurückzulassen, fühlte sich an, als müsste ich mich selbst in Stücke reißen.

Doch hierzubleiben, war keine Option. Seit die Sache mit der Homunkulusstation aufgeflogen war, wimmelte es nur so von Black Birds und Unas Leuten, die jeden Zentimeter nach mir durchsuchten. Ich wandte den Kopf und sah die dunkle Silhouette von Black Rock, die sich aus dem Wasser erhob. So nah und doch so weit weg.

Kain drückte meine Schulter. »Ich habe Männer, denen ich vertraue, zur Beschattung abgestellt. Sie werden auf sie aufpassen und sofort Bericht erstatten, sollte sie die Insel verlassen oder etwas anderes vorfallen. Glaub mir, Una behauptet, auch sie käme nicht nach Black Rock rein. Sie ist dort so sicher wie nur möglich. Mehr können wir im Augenblick nicht tun.«

»Ich werde mehr tun«, wandte ich leise ein. »Und wenn ich die Welt dafür auseinanderreißen muss.«

Kain seufzte, sagte jedoch nichts dazu.

»Konntest du in den Akten etwas finden?«, erkundigte ich mich, und in Kains Augen blitzte es auf.

»Ja, das habe ich.«

»Wie schlimm ist es?«

»Wenn es stimmt, dann schlimmer, als gedacht.«

»Das klingt doch nach einer Menge Spaß.«

Kain schnaubte, während wir zusammen auf die Jacht zugingen, die vor uns vor Anker lag.

»Vor allem klingt es nach einer Menge Arbeit. Wir werden jedes Syndikat in Europa abklappern müssen und herausfinden, wer für uns oder gegen uns ist. Das Ausmaß von dem, was Una sich aufgebaut hat, übersteigt alles bisher Dagewesene.«

»Ganz toll, ich liebe Politik«, murrte ich, und zusammen betraten wir das Schiff. Angestellte huschten vorbei, und ich musste beeindruckt zugeben, dass Kain wirklich immer ein Ass im Ärmel hatte.

Ich betrachtete meinen Freund und war erstaunt über das warme Gefühl in meiner Brust, als ich ihn musterte.

»Was?«, fragte er irritiert, während er sich die blonden Haare über die Schultern warf.

Ich schielte auf seinen Po, der in einem engen roten Kleid steckte. Ich musste zugeben, dass Kain unfassbar gut in hohen Schuhen laufen konnte, und sein Geschmack bei Frauen war genauso exzellent wie bei Männern.

»Du willst nicht zufällig …«, setzte ich an.

»Nur über meine Leiche, Lore«, fuhr er mich an.

Ich seufzte gequält, musste ihn dennoch wieder anlächeln.

»Kannst du bitte aufhören, mich so anzusehen?«

»Wie denn?«

»So … menschlich.«, Er würgte, und weil ich nicht wollte, dass er mich über die Reling warf, verzog ich mich ans andere Ende des Schiffs. Ein salziger Windzug fuhr durch meine Haare, und ich hörte MJ in meinem Kopf leise sagen: **»Ich werde sie vermissen.«**

»Ich auch, Kleiner. Ich auch.« Während wir ablegten, starrte ich auf die Insel vor uns. »Bis später, mein Herz«, flüsterte ich und beobachtete, wie die Insel am Horizont verschwand.

3. Lektion

»Wenn du nicht stark bist – sei klug.«

Sunzi

26

Falco

Dämonen der Stufe 2
Dämonen

Tupilak Ein Dämon, der zu Anfang wie eine kleine Puppe erscheint, geformt aus Leder, Knochen, Zähnen und tierischen oder menschlichen Bestandteilen. Er agiert ähnlich wie eine Voodoo-Puppe, sobald man der Puppe Bestandteile eines Opfers, wie beispielsweise Haare, hinzufügt. Die Puppe nimmt danach eine »geliebte Gestalt« an, der das Opfer nicht widerstehen kann. Meist verführen die Tupilak ihre Opfer und saugen ihnen danach jede Lebensenergie aus.

Mit brachialer Gewalt schlug ich auf den Boxsack vor mir ein und spürte den Aufprall in meinen Muskeln nachvibrieren. Auf meiner bandagierten Hand zeichneten sich bereits Blutflecken ab, meine Knöchel knackten bei jedem Schlag, doch der Schmerz war gerade laut genug, um meine Gedanken zum Verstummen zu verbringen.

Ich sah sie ständig vor mir. Ich sah die letzten Stunden. Ich sah Leaf, Tempest, Lore, Zero, den Intendanten, Direktor Gale, Kain. Ich sah den Schmerz in Zeros Gesicht, als er die toten Homunkuli betrachtete. Das besorgte Stirnrunzeln von Direktor Gale, als ich ihm von der Station erzählt hatte. Lores Lächeln, als er Leaf in den Armen gehalten hatte. Immer wieder Lore.

Schweiß rann mir die nackte Brust hinab, während ich so fest zuschlug, dass der Boxsack nach vorne geknallt wurde. Ich wirbelte einmal um die eigene Achse, hob den linken Fuß und trat den Sack so fest, dass die lederne Haut aufplatzte und der mehlähnliche Inhalt auf den sandigen Boden der Arena spritzte. Die Haltestange des Boxsacks schwankte gefährlich.

Meine losen Haare flogen mir um die Schultern, während ich trotz der Schmerzen in meinen Knöcheln und dem Brennen in meinen Muskeln weiter auf den zerrissenen Sack einschlug. Bei jedem Auftreffen zerschmetterte ich Lores Lächeln, Leafs Tränen, Tempests Wut, Zeros Trauer, Crains Schmerz und mich selbst. Meine Schwäche.

Ich schlug und schlug und schlug, bis das Blut von meinen Fingerknöcheln die Bandagen tränkte, während sich ein Schrei aus meiner Lunge löste. Ich konnte meine Frustration nicht länger unterdrücken.

Wieder wirbelte ich herum und trat so heftig zu, dass das Gewebe endgültig aufriss und der mehlige Inhalt in alle Richtungen stob. Ich wurde in eine dichte weiße Wolke eingehüllt.

Keuchend legte ich den Kopf in den Nacken. Spürte das Pumpen meines Herzschlages, das Tropfen des Schweißes und das Pochen meiner Wunden.

Für einen kurzen Augenblick war alles ruhig in meinem Kopf, bis eine zögerliche Stimme zu mir hindurchdrang.

»Falco?«

Ich zwang mich, meine Lider zu öffnen, und da stand sie plötzlich vor mir.

Leafs dunkelbraunes Haar war in den letzten Monaten gewachsen und reichte ihr selbst im Pferdeschwanz bis über die Mitte des Rückens. Die Haare kringelten sich am Ende in weiche Locken, und ihre moosgrünen Augen sahen mich besorgt an, während sie zögerlich stehen blieb und sich auf ihre volle Unterlippe biss.

Mein Herz zog sich bei ihrem Anblick vor Sehnsucht zusammen. Für einen Augenblick glaubte ich, sie mir einzubilden. Das letzte Mal, als ich sie gesehen hatte, lag sie auf dem Kissen in der Krankenstation, der Kopf in eine Richtung verdreht, die so nicht sein sollte.

»Falco?«, fragte Leaf noch einmal, und erst als sie auf mich zukam, wurde mir klar, dass ich es mir nicht eingebildet hatte. Sie war hier. Bei mir. Gesund. Sie hatte eine Wunde geheilt, die jeden anderen umgebracht hätte. Eigentlich hätte sie tot sein sollen, aber das war sie nicht. Es war wie ein Wunder – oder auch ein böses Omen.

»Leaf. Seit wann bist du wach?«, keuchte ich durch meine pumpende Lunge, die von dem knochenbrechenden Training noch immer nach Sauerstoff schrien.

»Seit etwa einer Stunde. Ich habe dich gesucht«, sagte sie sanft.

»Tut mir leid. Ich wollte nur etwas trainieren, bevor ich … also wenn ich gewusst hätte, dass du wach bist, hätte ich … Wie geht es dir?«, endete ich stockend, offensichtlich nicht fähig, das, was ich dachte und fühlte, in einem Satz auszudrücken.

»Schon gut, Falco. Mir tut irgendwie alles weh, aber das Genick ist wieder ganz«, versicherte sie mir, während sie eine Hand an ihren Nacken legte und das Gesicht verzog.

»Gut, das ist gut«, murmelte ich, während ich mir die blutdurchtränkten Bandagen von der Hand wickelte. Alles in mir sehnte sich danach, ihr herzförmiges Gesicht in meine geschundenen Hände zu nehmen und zu küssen. Sie an mich zu ziehen und ihren Puls zu fühlen, um mich zu versichern, dass es ihr wirklich gut ging, dass sie noch da war. Bei mir.

Doch ich brachte es nicht über mich. Zitternd starrte ich auf das Blut hinab, das zusammen mit meiner Wut, Angst und Selbsthass in den Sand hinabtropfte.

»Falco?«, sagte sie ein drittes Mal. Sie stand vor mir. So knapp, dass ich nur die Hand ausstrecken müsste, um sie zu berühren.

»Was ist los mit dir?«, hakte sie nach.

»Gar nichts, ich habe nur etwas … trainiert, um den Kopf freizubekommen.«

Ihr Blick wanderte zu dem zerstörten Sandsack hinüber, der aussah, als hätte ihn ein wildes Tier zerrissen. Sie hob eine Augenbraue. »Ganz offensichtlich«, stimmte sie mir zu, ehe ihr Blick von dem Sack zu meinen zerschundenen Knöcheln wanderte. Eine Falte erschien auf ihrer Stirn. »Als ich vorhin aufgewacht bin, war Direktor Gale bei mir und hat mir das von Tempest erzählt. Er meinte, sie hätte von dem Zusammenstoß mit den Dämonen eine so heftige Gehirnerschütterung davongetragen, dass sie sich an die letzten Stunden nicht erinnern kann.«

Sie musterte mich mit ihren glänzenden grünen Augen, während ich mir eine Wasserflasche schnappte, die im Sand neben mir lag. Langsam schraubte ich sie auf. »Tempest liegt noch immer auf der Krankenstation. Es hat sie schwer erwischt, und sie ist ziemlich wütend darüber«, erklärte ich.

Leaf verschränkte die Arme vor der Brust. »Direktor Gale hat mich gefragt, was vorgefallen ist.«

Ich nahm einen großen Schluck von meinem Wasser. »Und, was hast du gesagt?«

Sie legte den Kopf schief. »Nun, dass ich mich leider nicht erinnern kann, wegen dieses sehr unangenehmen Genickbruchs.«

»Ist das so?«, gab ich zurück und warf die leere Wasserflasche in den Sand zurück.

Leaf seufzte und kam noch näher. Ich erstarrte, als sie ihre Hand hob und ihre Finger an meine Brust legte. Eine

Gänsehaut zog sich über meine ganzen Körper, als sie unter ihren dichten Wimpern zu mir aufsah.

»Die Frage ist jetzt, ob mir diese Sachen wieder einfallen sollen oder nicht?« Sie ließ die Worte zwischen uns in der Luft hängen, und ich legte behutsam meine Hand auf ihre. Darunter pochte heftig mein Herzschlag, was diesmal jedoch nichts mit dem Training zu tun hatte.

»Was für Sachen könnten dir denn einfallen?«, erkundigte ich mich leise, und das Grün in ihren Augen wurde eine Spur dunkler, als sie antwortete.

»Ich könnte sagen, dass Tempest mich dort unten in den Tunneln versucht hat zu töten. Ich könnte sagen, dass Lore mich dort unten gefunden und angefleht hat, mit ihm wegzulaufen.«

Ihre Worte trieben mir die Luft aus der Lunge, und während sie weitersprach, strich sie behutsam über meine Haut. »Ich könnte erzählen, dass ich mich geweigert habe, Lore zu begleiten, ehe Tempest durchgedreht ist und mir das Genick gebrochen hat. Ich könnte erzählen, dass ich mit höllischen Magenschmerzen in einem Krankenzimmer aufgewacht bin und mich gefragt habe, ob ich die richtige Entscheidung getroffen habe, bei Leuten zu bleiben, die eindeutig versuchen, mich umzubringen. Ich könnte außerdem erzählen, dass ich gehört habe, dass Lore aus dem Land geflohen ist und der Intendant Tempest und eine Gruppe Exorzisten ausschickt, um nach ihm zu suchen. Und ich habe gehört, dass du einer dieser Exorzisten bist. Wie du siehst, könnte ich eine ganze Menge erzählen, die Frage ist nur, ob du das auch willst.«

Der Wechsel der Emotionen war so schnell in ihrem Gesicht, dass es schwer auszumachen war, was sie in diesem Augenblick wirklich dachte oder fühlte. Doch ihre Stimme blieb ruhig, als würde sie mit mir über nichts weiter als das

Wetter plaudern. Ich krampfte meine Hand über ihrer zusammen und ließ den Kopf hängen. Ein paar dunkle Haarsträhnen fielen mir ins Gesicht.

»Tempest ist, was dich betrifft, gefährlich, fahrlässig und emotionsgeleitet. Du musst sie nicht vor ihren Fehlern beschützen.«

»Das tue ich nicht«, wandte sie ein und hob mein Kinn an, damit ich ihr in die Augen sehen musste. »Ich beschütze dich vor ihren Fehlern, und wenn es im Augenblick besser ist zu schweigen, dann werde ich das tun.«

»Leaf …« Ihr Name entschlüpfte mir wie ein kleines Gebet, und ich spürte eine ungewöhnliche Flut an Gefühlen in mir aufsteigen, als sie so vor mir stand und anbot zu lügen. Gefühle, die ich sonst mit brachialer Gewalt unterdrückte. Weil Gefühle eine Schwäche waren. Meine Schwäche, doch Leaf schaffte es wie keine andere, sich durch meine Schale zu stehlen und all das, was ich versuchte, vor mir selbst und der Welt zu verstecken, ans Tageslicht zu holen. Es war berauschend und verstörend zugleich, was sie aus meinem Inneren holte.

Ehe ich mich versah, überbrückte ich den letzten Schritt und zog sie in meine Arme, drückte sie an mich, während ich meine schmerzenden Finger in ihrem weichen Haar vergrub.

»Es tut mir leid«, flüsterte ich rau in ihr Ohr und sog ihren Duft ein. Ich versuchte verzweifelt, meine Gefühle zu unterdrücken, doch sie quollen in mir hoch und flossen über, als würden sie kochen. Ich fühlte mich schutzlos, schwach, hilflos, gefangen in dem, was ich tun wollte und sollte.

»Ich hätte schneller bemerken müssen, dass etwas nicht stimmt. Ich konnte Tempest nicht aufhalten. Ich habe Direktor Gale bereits erzählt, was Tempest getan hat, und wir haben den Intendanten überzeugt, dass sie wegen des Interessenkonflikts nicht länger als nötig in deiner Nähe sein sollte. Dieser war jedoch nur einverstanden, sie gehen zu lassen, wenn ich mich dem Team, Lore zu suchen, anschließe. Das ist das, was ich im Augenblick tun konnte. Auch wenn es den Schaden nicht wiedergutmacht, den mein zu spätes Eingreifen verursacht hat. Und was Lore betrifft ... Ich überlasse es ganz dir, was du erzählen willst.

Als ich dich in seinen Armen sah, bin ich beinahe gestorben vor Wut und Angst, und in meinem Bericht habe ich nur erzählt, dass er versucht hat, dich zu entführen.«

Die letzten Worte brachte ich kaum noch verständlich über die Lippen. Leaf verspannte sich kaum merklich, während sich ihre Finger an meiner Brust verkrampften.

»Falco.« Sie schob sich ein Stück weg, und wieder war da diese Falte zwischen ihren Augenbrauen. »Einer der Gründe, warum ich nicht mit Lore mitgegangen bin, bist du. Das ist dir klar, oder?«

Der Klumpen in meiner Brust, der sich erst wenig später als mein Herz herausstellte, begann viel zu schnell zu schlagen, während ihre Worte wie ein Echo in mir nachhallten.

»Du solltest so etwas nicht sagen, Leaf. Ich kann dir nicht geben, was du brauchst. Ein Wir ist in dieser Situation beinahe unmöglich«, sagte ich mir rauer Stimme, doch sie gab nicht nach.

Sie sah in diesem Augenblick so mutig und schön aus, während sie so komplizierte Gefühle in so simple Worte presste: »Falco, ich rede hier nicht von so etwas Banalem wie Verknalltsein oder Liebe, ich spreche davon, dass du der einzige Fels in der Brandung bist und ich ohne dich das Gefühl habe zu ertrinken. Zwischen dir und mir steht sehr viel mehr als nur Sex – und ich brauche dich, Falco.« Sie nahm meine Hand und drückte sie.

Ich fühlte, wie sie zitterte, während sie sagte: »Ich habe

so gut wie alles in meinem Leben verloren; mein Zuhause, meine Familie, mich selbst. Ich versuche dennoch, das Richtige zu tun, aber ich glaube, ich weiß nicht mehr so wirklich, was das Richtige eigentlich ist.« In ihren Augen schimmerte es, während sie die Tränen wegblinzelte. »Bitte sag mir, was das Richtige ist, Falco. Denn es jagt mir eine Heidenangst ein, hier zu sein und die Exorzisten über mein Leben bestimmen zu lassen, aber noch mehr jagt es mir Angst ein, was aus mir wird, wenn ich tatsächlich zu einem Dämon werde. Vielleicht hatte Tempest recht. Vielleicht bin ich eine Gefahr.«

Eine Träne quoll über, glitt an der Unterseite ihrer Wimpern entlang, ehe sie sich löste und zu Boden tropfte.

Behutsam wischte ich mit dem Daumen die nasse Spur ab und gab endlich dem Drang nach, ihr Gesicht in meine Hände zu nehmen.

»Leaf, ich will ehrlich mit dir sein: Ich wünschte, die Umstände wären anders. Ich wünschte, der Orden wäre anders, aber das ist er nicht. Das Einzige, was wir aktuell tun können, ist nach unseren inneren moralischen Werten zu handeln, und wenn uns das nicht möglich ist, darauf zu hoffen, dass uns vergeben wird. Ich habe diese Hoffnung für mich selbst schon länger aufgegeben, aber wenn ich eines mit Sicherheit sagen kann, dann, dass ich noch nie einer Person begegnet bin, die ihr Schicksal so wenig verdient hat wie du. Und auch wenn ich nicht so fühlen sollte, bin ich dankbar, dass du jetzt bei mir bist und nicht bei Lore.«

Zittrig atmete sie ein und sah mich aus tränenfeuchten Augen an, während ich erstickt fortfuhr: »Du bist die mutigste und gütigste Person, die ich kenne, und ich werde immer dem nachtrauern, was wir in einem anderen Leben unter anderen Umständen hätten werden können. Doch da uns das leider nicht weiterbringt, kann ich nur sagen, dass du stark bleiben musst. Ich werde die nächsten vier Wochen nicht hier sein. Du bist auf dich allein gestellt, bis wir uns für die Spiele in London wiedersehen, aber ich weiß, dass du es schaffen wirst, zu überleben. Du *musst* überleben!« Ich verstärkte den Druck um ihr Gesicht um eine Nuance. »Du wirst es schaffen«, sagte ich eindringlich, »was auch immer auf dich zukommt. Und wenn du es nicht schaffst, stark zu sein, dann sei schlau.«

Ich hauchte einen Kuss auf ihre Stirn.

Sie wurde weich unter mir. Warm. Ihre Finger griffen nach meinen, und für einen Augenblick standen wir so da. Einander zugewandt. Meine Finger um ihr Gesicht. Meine Lippen auf ihrer Stirn, während ich das sanfte Ziehen spürte, als sie in tiefen Atemzügen mein Arcanum abzapfte.

Ich gab es ihr. Gab ihr, so viel sie nehmen wollte und wie ich geben konnte, bevor mir schwindelig wurde. Denn es würde eine ganze Weile dauern, bis ich wieder bei ihr sein konnte.

»Trainier in der verbliebenen Zeit so viel, wie du kannst. Ich werde mit Yamamoto und den andern reden, damit sie deinen Unterricht fortsetzen«, sagte ich mit rauer Stimme. Sie nickte.

»Zero und ich haben über deine *Ernährung* gesprochen, damit du nicht zu hungrig wirst. Er wird dir beibringen, wie man Milchhasen beschwört. Das sind zwar recht kleine Dämonen, doch sie besitzen viel Arcanum. Du wirst davon nicht satt, aber es wird dich hoffentlich davon abhalten, zu hungern, bis ich wieder da bin. Du musst mir versprechen, für dein eigenes Überleben zu kämpfen.«

Obwohl mir bewusst war, dass dieses Versprechen kein einziges unserer Probleme lösen konnte, entspannte ich mich unweigerlich, während ich mich von ihr zurückzog. »Ich werde die Zeit nutzen, um so viel wie möglich über Una und die Homunkulusstationen in Erfahrung zu bringen.«

»Wird der Intendant etwas deswegen unternehmen?«, fragte sie.

Ich schürzte die Lippen. »Das wird sich noch zeigen, aber ich werde dem selbst nachgehen.«

Leaf nickte ernst und trat ebenfalls einen Schritt zurück. »Dann sehen wir uns in London, Shintonist Chepesch.«

Ich nickte ebenfalls. »Wir sehen uns in London, Leaf Young.«

Verschlüsselte Akten

Zugriff nur ab Berechtigungsstufe 3

Von: Intendant Calcius Paracelsus
Betreff: Dämonensyndikate in New York

Sehr geehrte Damen und Herren,
wie Ihnen vermutlich bereits berichtet wurde, gab es einiges an Unruhen an unserer Akademie in New York.
Zusammen mit dem Rat habe ich der dortigen Akademie unter der Führung von Direktor Gale einen Besuch abgestattet und war höchst beunruhigt über die vorherrschenden Zustände.
Unter den gegebenen Umständen möchte ich Sie noch einmal daran erinnern, folgende Informationen unter Verschluss zu halten.
Dass New York seit ein paar Jahren Brennpunkt für einige der Dämonensyndikate ist, wird niemandem neu sein, dennoch beunruhigt es mich zutiefst, mitteilen zu müssen, dass das Syndikat des ersten Rings unter der Führung des Lord-Dämons Una eine bedrohlich hohe Zahl erreicht hat. Nach derzeitiger Schätzung zählt es zwei Drittel Mitglieder mehr als noch vor zehn Jahren.
Zudem haben wir eine Homunkulusstation vorgefunden, konnten jedoch nur wenige Beweise sichern, da das Labor bis auf seine Grundmauern niedergebrannt wurde. Derzeit gehen wir von Brandstiftung aus, die von den Dämonen ausgeführt wurde, um mögliche Beweise zu vernichten.
Dennoch konnten wir einige Berichte einholen, nach denen es sich um Versuche mit einem neuen Gen gehandelt haben muss.
Wie der berichterstattende Exorzist Necromancer Zero Five bestätigen konnte, waren diese Homunkuli lebensfähig, bevor sie unter unbekannten Umständen umkamen.

Ich muss mit Sicherheit nicht betonen, welche Katastrophe es auslösen würde, wenn die Syndikate erneut beginnen, Homunkuli zu züchten. Daher rufe ich alle Akademien auf, verfügbare Exorzisten auf die Suche nach derlei Aktionen loszuschicken und diese umgehend auszuschalten.
Zudem ist es ausgesprochen dringend, von all den Ausbrüchen in den eigenen Reihen zu hören. Der ehemalige Primus Ritus Servant befindet sich derzeit noch immer auf der Flucht, und mit ihm sind in den letzten drei Wochen mehr als ein Dutzend Exorzisten verschwunden, denen wir Verbindungen zu Dämonensyndikaten nachweisen konnten.
Ich glaube, ich muss nicht betonen, dass ein Haus am besten zum Einsturz zu bringen ist, wenn das Fundament brüchig ist – und unseres beginnt, gefährlich zu wanken. In den nächsten Wochen werde ich eine verschärfte Prüfung aller Akademien und Inhaber höherer Ämter unter der Aufsicht von Primus Judicas Everson Vaughn und Shintonistin Tempest Sarapis anordnen.
Wir werden gelinde gesagt jeden Stein umdrehen, um die Made in unserem Apfel zu finden. Ich bitte Sie alle, die aktuelle Bedrohungslage zu beachten, denn ich bin zu lange in diesem Amt, um die Führungsriege des Ordens außer Acht zu lassen.
Im Falle des aufgetauchten Q-Gens kann ich leider nur berichten, dass es sich derzeit in der Gewalt eines Dämons namens Lore befindet. Dieser ist nicht auffindbar. Ich habe bereits eine offizielle Fahndung ausgebracht und ein Team aus Exorzisten aufgestellt, das gegenwärtig nach ihm sucht. Ich glaube, ich muss nicht betonen, dass wir den Träger noch eines Gens nicht in den Händen eines Dämons belassen können. Sollte er gefunden werden, habe ich die sofortige Exorzierung angeordnet. Alle Informationen hinsichtlich des Lord-Dämons Lore werden ebenfalls an Primus Judicas Everson Vaughn weitergeleitet.

Bericht

Von: Primus Judicas Everson Vaughn
An: Intendant Calcius Paracelus
Betreff: Informationen über das Q-Gen

Intendant,

es interessiert Sie vielleicht, zu erfahren, dass wir Filmmaterial eines Bankraubs in der Schweizer Goldraffinerie erhalten haben. Die Behörden übergaben unserem Bürokraten in der Schweiz das Material, nachdem schnell klar wurde, dass es sich bei dem Einbrecher um keinen gewöhnlichen Menschen handelt. Ich habe die Aufnahmen bereits einige Male gesichtet und kann bestätigen, dass es sich um den flüchtigen Dieb Lore handelt, der Gold im Wert von ca. zehn Millionen Euro gestohlen hat und sich damit absetzen konnte. Bei dem Vorfall gab es keine Verletzten, doch die Hälfte der Raffinerie wurde durch eine Explosion zerstört und zu Asche niedergebrannt.
Wir konnten leider nicht verhindern, dass über den Raub in den Medien berichtet wurde, versuchen jedoch, alle Details unter Verschluss zu halten.

Leider war es uns danach nicht möglich, festzustellen, wohin der Dämon geflüchtet ist. Unsere Spur endet an der Grenze zu Frankreich. Ich schlage vor, die dortigen Exorzisten loszuschicken.

Ergebenst,
Primus Judicas Everson Vaughn

WhatsApp-Nachrichten zwischen Falco und Leaf:

Falco:
Wie geht es dir?

Leaf:
Ich dachte, das hier ist nur ein Notfalltelefon?

Falco:
Du hast meine Frage nicht beantwortet. Wie geht es dir?

Leaf:
Du weißt, du kannst auch einfach sagen, wenn du mich vermisst, oder?

Falco:
Ich vermisse dich nicht, ich hole notwendige Erkundigungen ein.

Leaf:
Du bist erst seit zwei Tagen weg.

Falco:
In zwei Tagen kann viel passieren.

Leaf:
Ich bin nicht derjenige, der mit seiner Verlobten durch die romantischste Stadt der Welt reist.

Falco:
Ich versichere dir, Paris ist groß, hektisch und stinkt wie jede andere Stadt auch. Vor allem, wenn man die französische Kanalisation nach einem Dämon durchkämmen muss.

Leaf:
Du hast also romantische Dates in einem Gully?

Falco:
Tempest und ich arbeiten nur, Leaf …

Leaf:
Und?

Falco:
Nichts »und«. Die Lage ist angespannt. Wir beide machen unsere Arbeit. Lenk nicht ab. Wie geht es dir?

Leaf:
Entspann dich. Ich habe alle Aufgaben, die du mir gegeben hast, vor mir. Yamamoto lässt mich keine Sekunde aus den Augen. Ich schaffe das schon. Viel Spaß in Frankreich. Bring mir ein Baguette mit.

Falco:
Yamamoto sagt, du beschwerst dich wegen des Trainings.

Leaf:
Jeder würde sich beschweren, wenn er vor dem Frühstück acht Kilometer laufen muss.

Falco:
Wenn wir uns in London wiedersehen, laufen wir zehn Kilometer anstatt acht.

Leaf:
Ich hasse dich. Bitte stirb in Frankreich.

Falco:
Jetzt sind es zwölf.

Leaf:
Vergiss das Baguette nicht …

Bericht

Von: Primus Judicas Everson Vaughn
An: Intendant Calcius Paracelsus
Betreff: AW: AW: Informationen über das Q-Gen

Intendant,

wir haben eine Gruppe von einem Dutzend Shintonisten nach Frankreich geschickt, doch es konnte keine Spur von dem Dämon gefunden werden. Stattdessen hat mich eine Nachricht aus Dubai erreicht. Die Exorzisten der ansässigen Akademie wurden wegen eines Tumults zwischen zwei Syndikaten alarmiert. Als die Exorzisten jedoch am Ort ankamen, fanden sie nur noch Leichen vor. Ein Syndikat von etwa einhundert Dämonen wurde mit einem Schlag ausgelöscht. Die Exorzisten sprachen mit dem Lord-Dämon des zweiten Syndikats, aber dieser weigerte sich, Informationen über den Vorfall herauszugeben. Unstimmigkeiten unter den Dämonen sind nichts Neues, doch ein ganzes Syndikat auszulöschen, grenzt an Genozid.
Die Spannungen in Dubai haben deutlich zugenommen. Wir konnten jedoch herausfinden, dass der Dämon Lore in Dubai gesichtet worden ist, und gehen davon aus, dass er in diese Sache involviert gewesen ist.
Ich schicke einen Teil der Shintonisten nach Dubai, habe jedoch das Gefühl, einem Schatten nachzujagen.

Ergebenst,
Primus Judicas Everson Vaughn

WhatsApp-Nachrichten zwischen Falco und Leaf

Leaf:
Falco? ~~Wie geht es dir? Ich habe seit über einer Woche nichts von dir gehört und mache mir Sorgen, dass ...~~

Leaf:
~~Ich vermisse dich.~~

Leaf:
~~Ich habe Angst, Falco. Da sind diese Träume. Ich sehe mich selbst, immer und immer wieder. Da ist etwas in mir. Es schläft, doch ich spüre, wie es mit jedem Tag stärker wird, und es will raus ... Ich habe solche Angst, dass ich mich kaum traue zu atmen.~~

Leaf:
Kommst du bald zurück?

Leaf:
~~Ich bin heute Nacht aufgewacht und stand im Flur, als würde ich schlafwandeln. Ich stand so nahe an der Kante der Burgzinnen, dass meine Zehen darüberhingen. Wo wollte ich hin? Was auch immer in mir ist, es versucht auszubrechen. Es versucht zu fliehen. Es tut weh, es zurückzuhalten. Ich weiß nicht, was ich tun soll.~~

Leaf:
Bringst du mir ein Baguette mit?

27
Leaf

Dämonen der Stufe 3
Geister
Geisterhybriden

Milchhase Ein Geist, der erschaffen werden kann und als dämonische Vorstufe eines Spiritus gilt. Dazu benötigt man ein Knochenglied des kleinen Fingers, das mit sieben verschiedenen Garnfäden oder Stoffresten umwickelt und mit Stöcken, Erde, Holz-/Metallspänen, Haaren, Fingernägeln oder Ähnlichem gefüllt wird. In einem Beschwörungsritual wird dem Geist mit genügend Arcanum und einem Blutopfer Leben eingehaucht. Im Gegensatz zu einem Spiritus muss man den Milchhasen nicht an sich binden und kann ihn wieder loswerden. Da die Erschaffung eines Milchhasen jedoch zur Nekromantie zählt, ist auch sie inzwischen verboten.

»Okay. Wie hungrig bist du?«, wollte Zero von mir wissen.

»Gar nicht«, log ich, während ich im Speisesaal in meinem halb leeren Teller mit dem Abendessen rumstocherte, doch egal, wie viel ich aß, ich wurde nur hungriger. Nach nur einer Woche, in der Falco weg war, fühlte ich mich ausgehungerter wie ein Wolf, und ich hatte solche Angst, jemandem etwas anzutun, dass ich mich, bis auf den Unterricht, kaum noch aus meinem einsamen Zimmer traute.

»Wolltest du nicht nach Crain sehen, damit er endlich nüchtern wird?«, versuchte ich, vom Thema abzulenken.

»Leider zu spät. Er liegt hackedicht im Gewächshaus, und diesmal lasse ich ihn dort liegen. Er muss seine Lektionen hart lernen«, murmelte Zero.

Mitleidig drückte ich seine Hand. »Es ist sehr schlimm, oder?«

Zero seufzte. »Er wird darüber hinwegkommen. Das tut er immer. Wir müssen ihm nur ein wenig Zeit lassen. Aber, Leaf, lenk nicht ab. Ich kann deinen Hunger fühlen. Wir müssen endlich etwas dagegen unternehmen, du kannst bald nicht mehr«, flüsterte er mir leise zu.

Frustriert ließ ich die Gabel in mein Kartoffelpüree fallen und sah ihn angespannt an. »Ich könnte, ohne mit der Wimper zu zucken, die halbe Akademie leer saugen, und ich habe solchen Schiss davor. Was, wenn ich jemanden verletze, Zero? Ich glaube, es wird schlimmer. Sie wird schlimmer. Aber was passiert, wenn ich Arcanum zu mir nehme und sie dadurch nur noch stärker wird?«, sinnierte ich und rieb mir den Kopf. Die pochenden Schmerzen hinter den Schläfen ließen nicht nach, seit Falco abgereist war.

Mitleidig verzog Zero das Gesicht. »Kam *sie* noch mal … raus?«, fragte er leise.

Verhalten schüttelte ich den Kopf. »Nicht direkt. Ich träume nur sehr lebhaft.«

Zero schürzte die Lippen. »Darum kümmern wir uns ein andermal. Es bringt nichts, aus Angst zu verhungern, Leaf. Du musst etwas essen. Ich habe das mit Falco besprochen, und wir haben wahrscheinlich etwas, das dir helfen kann. Komm mit.«

Er stand auf und verließ mit großen Schritten den Raum.

Zögerlich folgte ich ihm, währen Zero die Stufen nach unten lief. »Beeil dich, wir haben nicht viel Zeit dafür«, rief er mir über die Schulter zu.

Ich spurtete los und holte Zero ein, als er in eines der leer stehenden Klassenzimmer ging. Die Tür knarrte, als sie leise aufschwang und der Exorzist den von Spinnenweben durchzogenen Raum betrat, sich Kreide von einer zerkratzten Tafel schnappte und ohne zu zögern begann, einen Kreis auf dem Boden zu ziehen und mit Runen zu versehen.

»Was tust du da?«, konnte ich mir nicht verkneifen zu fragen, und Zero sah mich unter seinen dichten hellen Wimpern an, als er mit schnellen, präzisen Strichen Runen zeichnete.

»Sieh es dir genau an. Ich bringe dir jetzt bei, wie du einen Milchhasen beschwören kannst.«

»Ja, Falco hat das bereits erwähnt. Was ist ein Milchhase?«, fragte ich irritiert.

»Der Milchhase ist ein Hybrid. Er ist eine Mischung aus Geist und Monster. Er kann erschaffen werden und gilt als Vorstufe zu einem Spiritus. Im Gegensatz zu einem Spiritus kannst du jedoch einen Milchhasen wieder loswerden. Du benötigst dazu lediglich einen richtigen Bannkreis und ein kleines Opfer. Blut, Haare, Nägel, Knochen, was du gerade zur Hand hast.«

Ich verkniff mir die Frage, wann ich jemals in die Situation kommen würde, spontan Knochen zur Hand zu haben.

»Im Gegensatz zu einem Spiritus musst du einen Milchhasen nicht an dich binden. Seine Erschaffung zählt jedoch zur Vorstufe der Nekromantie, und die ist schon seit einiger Zeit verboten. Das hier ist also illegal und nur eine Notlösung. Es wird dich nicht satt machen, wie eine menschliche Seele es kann, doch es ist allemal besser, als Ungeziefer aussaugen.«

Er klopfte sich den Staub von den Fingern, trat zurück und begann zu rezitieren.

»Coniuro te de fumo et cinere. Inueniet te sermo meus, alliget te sermo meus. Adoravit daemon voluntatem meam, ego te constringam catenis.«

Ich hatte keine Ahnung, wie ich mir das merken sollte.

Überrascht riss ich die Augen auf, als ich fühlte, wie Arcanum aus Zero floss. Es war anders als bei Crain oder Falco. Es fühlte sich dunkler an. Zähflüssiger. Als hätte die Energie, die aus ihm kam, eine andere Konsistenz, und würde ich es nicht besser wissen, hätte ich das Arcanum als ranzig empfunden. Unrein.

Zero zückte ohne zu zögern einen kleinen Dolch, mit dem er sich in die Handfläche schnitt. Blut quoll aus der haardünnen Wunde hervor, und er schleuderte die herabfallenden Blutstropfen nachlässig in den frischen Kreidering. Das Blut zischte, als es auftraf. Dampf stieg auf und verdichtete sich.

Die Linien glühten schwach lila auf. Ein Luftzug frischte auf, der an meinen Haaren riss. Die kleinen Härchen in meinem Nacken stellten sich auf. In meinen Ohren baute sich ein unangenehmer Unterdruck auf. Die Schatten zogen sich im Raum zusammen, leises Flüstern wie von sehr vielen Stimmen war zu hören, und im nächsten Augenblick stand in der Mitte des Kreidekreises ein seltsames Geschöpf. In etwa so groß wie eine Katze.

Das Fell war schneeweiß, doch sonst ähnelte es eher weniger einem Hasen, das Gesicht war eingedrückt und faltig wie bei einer Bulldogge, mit flacher Nase und kleinen tiefliegenden Augen. Zwei lange scharfe Schneidezähne ragten aus dem Kiefer. Es hatte runde pelzige Ohren und den Schwanz einer Ratte. Die Pfoten waren voller spitzer Klauen. Dieses Ding … dieser Milchhase starrte uns aus seelenlosen Augen an und schnarrte.

Naserümpfend wich ich zurück. »Und was soll ich damit tun?«

»Es essen«, sagte Zero, als läge das auf der Hand.

Mein Magen zog sich allein bei dem Gedanken vor Ekel

zusammen. Instinktiv wich ich zurück und schüttelte den Kopf. »Danke, aber ich glaube, ich verzichte.«

Zero sah mich scharf an und packte meine Hand. »Das wirst du nicht, denn dein Leben wird davon abhängen, wie hungrig du bist. Je satter, desto besser.«

Ich öffnete den Mund, doch er unterbrach mich: »Wenn du jetzt sagst, dass du warten kannst, bis du Falco wiedersiehst, solltest du vielleicht wissen, dass ihr da ein sehr gefährliches Spiel treibt. Ich weiß, die Trennung von ihm trifft dich hart, aber es ist vielleicht auch besser, wenn du von ihm loskommst.«

»Ich bin nicht …«, wandte ich ein.

»Süchtig? Oh doch, das bist du, Leaf. Du hast alle Entzugserscheinungen. Du kannst nicht schlafen, hast Schmerzen, zitterst, bist gereizt. Glaub mir, ich habe mich zu oft um Crain gekümmert, um so was zu erkennen. Aber das meine ich nicht. Zumindest nicht nur. Falco ist stark, doch um dich satt zu bekommen, muss er jedes Mal einen kleinen Teil seiner Seele opfern. Weil er ein Shintonist ist, wird er bei jedem Opfer mit mehr Macht belohnt, dennoch ist das, was ihr da macht, gefährlich. Falco sollte es besser wissen.«

»Ich … möchte ihn nicht verletzen«, wandte ich ein.

Zero sah mich ernst an. »Falco ist, was dich betrifft, untypisch fahrlässig. Es mag am Anfang eine Ausnahme gewesen sein, aber ihr könnt nicht so weitermachen. Dämonen wie Lore essen die Seelen von Menschen nicht nur. Sie binden sie an sich, machen sie abhängig. Du hast mit Sicherheit schon gemerkt, welch heftigen körperlichen Effekt es haben kann, wenn Falco dir von seiner Seele abgibt. Ekstase, ein High, man fühlt sich gut. Du wirst high, weil du mit der Macht eines Exorzisten gefüttert wirst. Bei Falco kickt die Macht, die er von dem Opfer bekommt, das er an dich gibt. Seine Macht wird mehr, doch seine Seele immer weniger. Das macht süchtig, Leaf. Ihr macht euch gegenseitig abhängig. Du wirst zu seiner Droge und er zu deiner, und ich kann dir versprechen, dass es nicht gut ausgeht, wenn du Falco bis auf den letzten Funken Seele aussaugst. Auch er ist nicht allmächtig. Darum versuch um Himmels willen, dich in London von ihm fernzuhalten. Schnapp dir diesen Milchhasen und quetsch ihn bis auf den letzten Tropfen aus.«

Meine Nerven fühlten sich dünn an. Ausgefranst und kurz vorm Reißen. Ich presste meine Finger zusammen …

»Ich kann nicht!«, blaffte ich.

»Warum nicht?«, fragte Zero.

Zu meinem Entsetzen spürte ich, wie mir heiße Tränen in die Augen schossen.

»Du hast es doch selbst gesagt. Wenn ich einmal damit anfange, kann ich nicht mehr aufhören! Und ich will das nicht. Ich will kein Monster sein …« Meine Stimme brach, und etwas in seinem Blick wurde weicher.

Zero kam auf mich zu. Er war nicht so groß wie die anderen Exorzisten, sodass er mir direkt in die Augen blicken konnte, als er sanft mein Gesicht mit seinen Händen umschloss. Die Geste hatte etwas Befremdliches und gleichzeitig Vertrautes an sich.

»Ich sage dir jetzt nicht, dass du kein Monster bist und es nur darauf ankommt, was du tust, und nicht, was du bist. Das sind ausgelutschte Phrasen, und wir wissen es beide besser. Zudem ist es deine Entscheidung. Hierbei geht es rein um den absolut selbstsüchtigen Wunsch, zu überleben, und ich helfe dir dabei. Wenn du aber das hier tatsächlich nicht willst, wenn es zu viel ist, dann respektiere ich das ebenso. Es hat keinen Sinn, an einem Leben festzuhalten, das man gar nicht leben möchte. Wenn du das hier nicht kannst, dann setz dem Ganzen ein Ende. Aktuell gibt es nichts

Einfacheres für dich, als zu sterben. Ich bin nicht Falco. Ich zwinge dich zu nichts. Ich bin auch nicht Crain, das bedeutet, ich überrede dich zu nichts. Und ich bin ganz sicher nicht Lore, der schlichtweg einen Scheißdreck auf alles gibt. Ich werde dir helfen, aber auch nur dann, wenn du es selbst willst.«

Ich starrte Zero an und fühlte, wie meine Kehle zuschwoll, während all die Angst, Trauer und Verzweiflung der letzten Wochen wieder über mich hereinbrachen wie ein schwarzer Fluss, der mich nach unten zog.

»Was, wenn etwas Schreckliches aus mir wird? Was, wenn ich andere verletze?«, presste ich hervor.

Zero sah mich ruhig an. »Du wirst andere verletzen und töten«, sagte er schlicht.

»Was, wenn ich böse werde?«, flüsterte ich, und noch mehr Tränen quollen mir aus den Augen. Zero sah mich nur an, als wäre die Zeit um ihn herum selbst zum Erliegen gekommen.

»Das kann ich dir nicht sagen. Vielleicht sterben dann noch viele Menschen mehr, vielleicht werden dich die Exorzisten töten, vielleicht tötest du die Exorzisten, vielleicht passiert aber auch nichts davon. Darum geht es nicht, wir können alle Möglichkeiten durchdenken, doch die Frage ist, ob du, völlig gleichgültig, was noch kommen mag, tatsächlich überleben willst.«

Mein Innerstes zog sich schmerzhaft zusammen. Zeros Worte bohrten sich wie Würmer unter meine Haut. Es erschreckte mich, wie nah das Nein auf meiner Zunge lag.

Diese Sache mit den Exorzisten hatte mich ausgelaugt, ausgehöhlt. Die Angst fraß mich auf, genauso wie das Versprechen, das ich dem Intendanten gegeben hatte. Dass ich Lore trotz allem suchen und ausliefern musste, obwohl ich keine Ahnung hatte, wie ich das anstellen sollte. Hier und jetzt merkte ich, dass es so viel einfacher wäre, mich töten zu lassen. Das alles wäre so viel schneller vorbei.

Wollte ich leben? Nach allem, was ich wusste, und bei allem, was ich noch nicht wusste? War mein eigenes Leben so viel Mühe und Schmerz wert?

Doch ganz so einfach war es nicht. Wenn ich starb, würde ich meinen Bruder im Stich lassen, und das konnte ich nicht tun. Ich konnte MJ nicht alleine lassen. Außer mir gab es niemanden, der ihn retten konnte oder wollte, und selbst wenn ich daran scheitern sollte, hätte ich danach zumindest einen Grund, zu sterben.

Doch bis dahin? Ich konnte nicht beruhigt in dem Wissen sterben, meinen Bruder in dieser Welt zurückzulassen. Und vielleicht, ganz vielleicht, gab es da auch diesen kleinen selbstsüchtigen, hungrigen Teil von mir, der tatsächlich nicht sterben wollte. Der nicht einsah, warum ich sterben sollte für die Fehler, die andere begangen hatten. Der leben wollte, egal, was aus mir wurde oder was ich noch tun würde.

Der Instinkt saß tief, war hässlich und schreckte mich ab, doch er ließ mich aufsehen und nicken. »Ich will weitermachen«, hörte ich mich selbst sagen.

Zero nickte.

»Dann iss den Hasen, Leaf.«

Mit wackeligen Knien ging ich auf den Kreis zu. Der Milchhase starrte mich aus Knopfaugen an und stieß ein Geräusch aus. Es klang beinahe wie das Schreien eines kleinen Kindes. Ich schauderte. Wie eklig konnte etwas sein? Der Milchhase schnarrte, und sein langer nackter Schwanz stellte sich drohend wie bei einem Opossum auf.

»Was soll ich tun?«, erkundigte ich mich bei Zero.

»Möglichst nicht gebissen werden«, gab dieser zurück.

»Milchhasen legen übrigens Eier, die früher zur Weissagung verwendet wurden. Man hat sie in einer Schüssel aufgeschlagen und aus dem Inneren die Zukunft gedeutet.«

»Wie soll mir diese Info weiterhelfen?«

»Gar nicht, ich wollte nur dein Allgemeinwissen erweitern«, erwiderte Zero amüsiert.

Ich grummelte in mich hinein und betrat den Kreidekreis. Im selben Augenblick stürzte sich der Milchhase auf mich.

Ich kreischte und wich zurück, doch die scharfen Zähne gruben sich bereits in mein Bein und schlugen bis auf den Knochen hinab. Fluchend schüttelte ich das Bein aus, und der Milchhase flog quer durch den Klassenraum und klatschte gegen die nächste Wand.

Statt jedoch wie ein nasser Pfannkuchen am Boden aufzuplatschen, schnarrte der Milchhase und blieb an der Wand kleben. Er riss sein Maul auf und brüllte uns an, während er über die Decke raste. Direkt auf mich zu.

»War das Teil des Plans? Sollte dieses Ding so etwas können?«, fragte ich hektisch und sah mich nach einem Fluchtweg um, doch Zero lehnte sich nur entspannt gegen die Wand und lächelte mich milde an.

»Iss es. Oder es isst dich«, riet er mir wenig hilfreich. Ich hatte kaum Zeit, zu fluchen, als der Hase sich auf mich stürzte.

Dieses Ding unter Kontrolle zu bringen, war leichter gesagt als getan. Es war verdammt schwer, die Muskeln stark und die Krallen lang. Diese bohrten sich in meine Haut, rissen und zerrten, während der Milchhase nach mir biss.

Knurrend nahm ich es in den Schwitzkasten. Ich hatte so viele kleine Liderics ausgesaugt. Das hier bekam ich auch noch hin. Ich spürte, wie es mit kräftigen Beinen an mir kratzte und sich bockend versuchte, aus meinem Griff zu lösen. Ich packte so fest zu, dass ich ihm mit Sicherheit wehtat, und etwas knackte seltsam.

Der Milchhase brüllte gellend auf und schlug seine Hauer

in meinen Arm. Schmerz zuckte durch meinen Körper, und mit dem Schmerz kam die Wut. Schwärze füllte mein Blickfeld. Ruckartig hielt ich still, packte das Tier und drang ohne zu zögern in sein Innerstes ein.

Da war es, pochend, heiß und schnell. Die Seele des Dämons. Seine Essenz. Reines Leben. Mit einem Ruck riss ich es heraus und stopfte es in mich hinein. Ein Stöhnen entrang sich meiner Kehle, als der Geschmack der Seele meine Sinne flutete. Meine Gedanken kamen ruckartig zum Stillstand, meine Muskeln entspannten sich, während das Leben meine ausgezehrten Nerven reizte und Zellen füllte. Der Dämon wurde schlaff in meinen Armen, nicht mehr als ein leeres Bündel aus Fleisch und Fell.

Ich ließ es fallen und sank keuchend auf die Knie. Bei dem Geräusch von Schritten sah ich endlich auf; Zero hockte neben mir und strich mir eine Haarsträhne aus dem Gesicht.

»Mehr?«, fragte er nur.

Ich hasste mich selbst. Ich hasste, hasste, hasste mich. Aber ich nickte.

Bericht

Von: Primus Judicas Everson Vaughn
An: Intendant Calcius Paracelsus
Betreff: AW: AW: AW: Informationen des Q-Gens

Intendant,

ich befürchte, berichten zu müssen, dass unsere Spur auch in Dubai sprichwörtlich im Sand verlaufen ist. Alles, was wir ausfindig machen konnten, war der Name eines Dämons: Kain. Er scheint im Zusammenhang mit den Ereignissen in Dubai zu stehen, doch seine und die Spur von Lore laufen in unterschiedliche Richtungen, und wir können nicht mit Sicherheit sagen, ob sie tatsächlich zusammenarbeiten.
Dennoch haben wir versucht, die Schritte nachzuverfolgen. Ich habe einige Shintonisten mit mir genommen, und wir werden nach London reisen. Wir hoffen, dort Informationen von den Wiedergängern zu gewinnen. Ich habe eine Audienz bei der Dauphine erhalten und melde mich, falls sie sich unkooperativ zeigen sollte. Welche Maßnahmen werden mir gewährt, um die nötigen Informationen (sollte sie denn welche haben) aus ihr herauszuholen?

Ich erwarte Ihr baldiges Eintreffen in London zu den Spielen.

Ergebenst
Primus Judicas Everson Vaughn

Allgemeine Bekanntmachung

Herausgegeben von: Intendant Calcius Paracelsus

Anweisung: Exorzisten-Spiele in London

Liebe Novizen,

nächste Woche beginnt das Auswahlverfahren für die Londoner Spiele. Alle Gewinner und ihre Mentoren werden ab dem 10. Juni in Großbritannien erwartet.

Ich wünsche Ihnen allen viel Glück.

Intendant Calcius Paracelsus

28

Leaf

Dämonen der Stufe 1
Wiedergänger

Craquruhhe Ein skelettartiges Wesen, das einer lebenden Leiche ähnelt. Kann nur durch Verbrennen getötet werden.

»Sag mal, will ich wissen, woher der Paracelsus-Orden so viel Geld scheffelt, dass ihr euch nicht nur ein, sondern gleich drei private Flugzeuge leisten könnt? Wer zum Teufel bezahlt euch?«

Crain musste über mein fassungsloses Gesicht lachen, während wir das erste der drei Privatflugzeuge bestiegen. Alle drei standen auf der Startbahn des John-F.-Kennedy-Flughafens bereit, um uns nach London zu bringen, und alleine der Gedanke drehte mir vor Panik den Magen um. Gleichzeitig hatte ich das Gefühl, vor Ungeduld aus der Haut zu fahren, weil ich Falco wiedersehen würde, der dort auf mich wartete.

»Die Staaten bezahlen uns«, teilte Zero mir mit, während wir von den Stewardessen begrüßt wurden und ich mich auf einem Zweiersitz am hinteren Ende niederließ.

»Welche Staaten?«, bohrte ich nach, während sich die Männer ebenfalls auf die Sitze fallen ließen. Zero neben mich, Crain mir gegenüber. Ich betrachtete die geschmackvolle

Inneneinrichtung und fuhr mit den Fingern über die weichen schwarzen Ledersessel.

»In unserem Fall die Vereinigten Staaten von Amerika. Jeder Staat entscheidet, wie viel Geld sie für unsere Dienste zur Verfügung stellen, doch in der Regel ist es eine recht stattliche Summe, wenn man bedenkt, dass ohne uns die Welt im Chaos versinken würde«, klärte Crain mich auf und unterdrückte ein Gähnen. Sein Gesicht war mit den Stoppeln von einem Dreitagebart überzogen, und er verbarg seine verquollenen Augen hinter einer Sonnenbrille.

Wir hatten es nicht gänzlich geschafft, ihn nüchtern zu bekommen, doch zumindest hatten wir ihn ins Flugzeug bugsieren können. Jemanden zu überzeugen, dass die Lösung seines familiären Traumas nicht auf dem Boden einer Flasche zu finden war, war schwerer als gedacht. Vor allem, weil Crain noch sturer wurde, wenn er betrunken war.

»Du willst mir also sagen, die Regierung weiß von den Exorzisten und bezahlt euch mit Steuergeld?«, hakte ich irritiert nach.

»Natürlich tut sie das. Nicht alle, aber jene, die es wissen müssen, wissen es«, gab Crain zurück und sank tiefer in den Ledersitz, der lautstark dabei knarrte.

»Und wer redet mit der Regierung?« Ich fragte einfach weiter, weil ich sonst vor Angst wahrscheinlich aus dem Flugzeug gesprungen wäre.

»Unsere Bürokraten«, teilte Zero mit, als hätte ich diesen Fakt eigentlich wissen müssen. Ich runzelte die Stirn und ließ mir von der Stewardess eine Cola bringen.

»Stimmt. Die Bürokraten. Ich vergesse manchmal, dass der Orden so viel mehr ist als nur die Exorzisten.«

»Nur die wenigsten Ordensmitglieder werden am Ende

tatsächlich Exorzisten. Es ist ein gefährlicher Job«, teilte Zero mir mit.

»Was du nicht sagst«, sagte ich sarkastisch.

»Gott, ich hasse fliegen«, murmelte Crain und kippte einen Scotch, den er von Gott weiß woher hatte.

»Angst, zu fliegen?«, fragte ich und tätschelte seine Hand.

»Angst vor dem Abstürzen«, berichtigte Crain mich.

»Ich liebe das Fliegen«, sagte im selben Augenblick Zero, der in einer Tasche wühlte, die vor lauter Büchern kaum geschlossen werden konnte. Seine Wangen waren gerötet, und er sah tatsächlich als Einziger so aus, als würde er nicht zu seiner Beerdigung fliegen. Ich lächelte ihn an, während Crain einen Würgereiz unterdrückte und etwas von *Teufelskram* murmelte.

»Ich bin noch nie geflogen«, gab ich zu.

»Du Glückliche«, murrte Crain.

»Warum nicht? Wohnt deine Mutter nicht auf Hawaii oder so?«, erkundigte Zero sich. Ich seufzte und begann, an meinem Daumennagel zu knibbeln.

»Früher hat uns immer das Geld gefehlt, und als meine Mum schon wieder heiratete, blieb ich in New York und habe sie seitdem nicht besucht.«

»Und dein Vater? Du redest nie über ihn«, erkundigte sich Zero, und ich zuckte mit den Schultern.

»Wenn du meinen leiblichen meinst, den kenne ich nicht. Es gab nur Bob, meinen Stiefvater, und der war auch kein Fan vom Fliegen. Es hat sich also nie ergeben.« Für einen Augenblick herrschte Schweigen zwischen uns. Zumindest bis die Lautsprecher knackten und der Pilot uns wissen ließ, dass wir in wenigen Augenblicken abheben würden.

»Also wenn wir in London landen, ist das Erste, was wir tun müssen, diesen Pub in Greenwich besuchen. Die haben ein Pint, das sie mit Exogen versetzen. Das knallt einem für zwei volle Tage die Birne weg«, verkündete Crain.

Zero sah aus, als wollte er sofort Streit deswegen anfangen, wie so oft in den letzten Wochen. Und Crain sah aus, als wollte er genauso laut zurückstreiten.

Seufzend ließ ich mich tiefer in den Sitz sinken und blickte nach draußen. Während mir das letzte Gespräch mit Falco durch den Kopf ging. Das Gespräch war nur kurz gewesen, aber zumindest hatte ich erfahren, dass sie Lore noch immer nicht erwischt hatten. Dasselbe galt jedoch für Una oder eines der Labore. Sie hatten nichts gefunden, und das machte mich unruhig, denn es war wie mit den Kakerlaken. Wo eine war, musste es Hunderte weitere geben, man musste nur den passenden Stein umdrehen. Fragte sich nur, welcher Stein der richtige war.

Und auch wenn ich es nicht zugeben wollte, war ich froh, dass sie Lore nicht erwischt hatten. Egal, wie unschön wir auseinandergegangen waren, wusste ich doch, dass ich es nicht verkraften würde, wenn ihm etwas zustieß.

Dazu kam die Anspannung über die Spiele.

Ich hatte mich in den letzten Wochen kaum überwinden können, die Arena zu verlassen, während ich versuchte, zu lernen, wie ich die nächsten Wochen überleben sollte. Es war zu wenig. Gleichgültig, wie viel Mühe ich mir gab, und hätte es den Anruf vor zwei Tagen nicht gegeben, wer weiß, ob ich mich am Ende dazu hätte durchringen können, jetzt in diesem Flugzeug zu sitzen.

Der Augenblick, als ich in Direktor Gales Büro zitiert worden war und dort ausgerechnet den Anruf des Intendanten hatte entgegennehmen müssen, hatte sich in all seinen kleinen Details in mein Hirn eingebrannt. Der Geruch der Bonbons, die aus einer Schachtel auf dem überfüllten Schreibtisch quollen. Wie der Staub durch den Raum getanzt war. Der Druck meiner Krawatte, die ich am Morgen zu straff gebunden hatte.

»Intendant? Was kann ich für Sie tun?« Meine eigene Stimme hatte zu rau geklungen.

»Leaf Young. Ich habe eine Frage an dich.« Die Stimme hatte weit entfernt geklungen, als hätte der Intendant mich auf Lautsprecher gestellt. Ein Klirren war zu hören, wie Eiswürfel, die in ein Glas fielen.

»An mich?« Es war mir schwergefallen, meine Verwunderung zu unterdrücken.

»In der Tat. Du weißt nicht zufällig aus deiner gemeinsamen Zeit mit dem Dämon Lore, ob er Verbindungen zu den Vampiren in London hat?«

»In London?«, hakte ich nach und hörte, wie der Intendant einen Schluck nahm.

»In der Tat.«

»Nein, Sir. Davon wüsste ich nichts.«

»Wie bedauerlich, denn es scheint, als hätte Lore sein nächstes Lager in London aufgeschlagen. Wenn man bedenkt, wie streng die Einreise reguliert ist und kein Exorzist es zugelassen hätte, dass er einreist, kann er nur die Unterstützung der dort ansässigen Vampire gehabt haben. Und das alles passend zu dem Augenblick, in dem die Spiele beginnen.«

Mir hatte der Atem gestockt. »Was für ein sonderbarer Zufall.«

»Ich glaube nicht an Zufälle, Leaf, und ich weiß, dass du es auch nicht tust. Wir gehen davon aus, dass der Dämon versucht, an dich heranzukommen. Zudem wollte ich dich an unser kleines Gespräch erinnern. Ich setze voraus, dass du alles in deiner Macht Stehende tun wirst, um den Dämon ausfindig zu machen.«

»Ich werde tun, was ich kann, Sir«, hatte ich nur verhalten geantwortet, während mir die Nackenhaare zu Berge gestanden hatten bei dem Gedanken, dass nicht nur Falco, sondern auch Lore in London auf mich warten würde.

»Nun gut, und wie macht sich das Training? Wie ich gehört habe, hast du für viel Wirbel in der Zwischenprüfung gesorgt.«

»Das tue ich wohl immer«, hatte ich geantwortet, und das Lächeln war auf meinen Lippen erschienen, bevor ich es wirklich bemerkte.

»Ich hoffe, es hat sich ausgewirbelt, sodass wir in London keine Probleme bekommen werden«, hatte der Intendant gemurmelt.

»Sir, es tut mir leid, dass ich fragen muss, aber ist es wirklich notwendig, dass ich alle Prüfungen bei den Spielen absolviere? Wäre es nicht ausreichend, mich eine auswählen zu lassen? Es ist in sechs Monaten kaum möglich gewesen, so viel Ausbildung nachzuholen, um zu gewinnen.«

Der Intendant hatte gelacht, und mir war eine Gänsehaut über den Rücken gerieselt. »Du wirst alle vier Prüfungen ablegen. Man kann nur sehen, aus welchem Holz ein Individuum geschnitzt ist, wenn es bis auf seine niedersten Instinkte zurückgetrieben wird. Du bekommst eine faire Chance, Leaf. Zeig uns, wozu du fähig bist und was du bereit bist zu tun, um zu bekommen, was du willst. Das Ende wird zeigen, ob es genug ist.«

»Sir, ich bitte Sie …«

»Wir sehen uns in London, Leaf.«

Und damit hatte er aufgelegt.

»Leaf?« Zeros Stimme riss mich aus den Gedanken. Ich blinzelte und sah auf eine weiße Wolkenwand, die sich vor uns aufbauschte. Wir flogen, und ich hatte es kaum mitbekommen. Die letzten Sonnenstrahlen der Abendsonne ergossen sich in unsere Flugzeugkabine. Wir würden früh am Morgen in England ankommen, und sobald wir einen Fuß auf dieses Land gesetzt hatten, würde es kein Zurück mehr geben.

»Ja?« Ich zwang mich, meine Zunge zu bewegen, und blickte in seine hellen Augen.

Er runzelte die Stirn, während sich ein paar lose weiße Haarsträhnen um seine weichen Gesichtszüge legten.

»Geht es dir gut?«

»Ja«, sagte ich knapp, weil ich schlichtweg nicht wusste, wie ich das Wirrwarr in mir in Worten ausdrücken sollte.

Ein leises Seufzen entkam ihm, und ich hatte das Gefühl, ihn enttäuscht zu haben.

»Willst du Nüsse?«, fragte er jedoch nur und streckte mir eine kleine Tüte entgegen.

»Nein, danke«, antwortete ich.

Zero seufzte leise und vertiefte sich in seine Lektüre, und irgendwann war Crains halblautes Schnarchen zu hören. Der Sohn des Intendanten stank, als wäre er in ein Alkoholfass gefallen, und ich konnte es ihm nicht einmal verdenken. Allein der Gedanke, Tempest und dem Intendanten in London zu begegnen, weckte in mir den Wunsch, sämtliche Gefühle in Alkohol zu ertränken.

Eine sanfte Berührung ließ mich zusammenzucken, und als ich nach unten blickte, hatte Zero seine Hand auf meine gelegt. Sanft und zart. Ich versuchte, meine Hand zurückzuziehen, doch er verstärkte seinen Griff und hielt mich fest, bis ich endlich begann, mich zu entspannen.

»Es wird alles gut«, versicherte er mir leise und sah mich unter seinen dichten Wimpern hervor an. »Wir sind bei dir, und auch wenn Crain nicht so aussieht, kann er ein verdammt guter Exorzist sein«, sagte er, wie um mich sich selbst zu versichern. Ich lächelte und drückte seine Hand.

»Danke für alles«, murmelte ich und legte meinen Kopf an seine Schulter. Mein Magen zog sich bei so viel Nähe hungrig zusammen, doch wie so oft in den letzten Wochen unterdrückte ich es, bis mir schwindelig wurde.

Ich malte mir aus, was ich tun würde, wenn ich endlich Falco wiedersah. Ich wollte alles gleichzeitig. Ihn fester an mich ziehen und meine Lippen auf seine drücken und ihn gleichzeitig von mir stoßen und so weit von mir fernhalten wie möglich.

Jedes Gefühl, jeder Zentimeter Nähe kam mir gefährlicher vor als die Schneide einer Sichel. Am Ende würden wir uns gegenseitig zerstören, wenn das so weiterging, doch ich wusste schlichtweg nicht mehr, wie ich es ohne ihn aushalten sollte. Wie ich ihn von mir fernhalten, nie mehr in seine Augen sehen, nie mehr den Duft seiner Haare oder seine Berührung fühlen sollte, ohne dabei durchzudrehen.

»Erzähl mir von den Spielen. Was wird passieren? Du warst selbst dabei, oder?«

Meine Frage riss Zero aus seiner Lektüre.

Ich stützte mein Kinn an seiner Schulter ab, während er das Buch zuklappte.

»Ich war damals nur die Begleitung von Crain. Falco und er waren bei den Spielen in Tokio dabei.«

Ich hob eine Augenbraue. »Und? Wie war es? Was mussten sie machen?«

»Du kannst es mit den Olympischen Spielen vergleichen. Es gibt insgesamt vier Disziplinen, und sie sehen jedes Mal anders aus. Ich kann dir nicht sagen, was genau passieren wird, aber damals, bei meinen Spielen, musste Falco einen verfluchten Berg besteigen und einen neunschwänzigen Fuchs erlegen. Es hat sechs Tage gedauert, und am Ende haben es nur drei Shintonisten von zweiundzwanzig unbeschadet wieder nach unten geschafft.«

Ich blinzelte ihn entsetzt an. »Seine Prüfung dauerte sechs Tage?«

»Es gab auch Prüfungen, die nur ein paar Stunden gingen«, versuchte er mich zu beruhigen.

»Sechs Tage?«, wiederholte ich nur und sackte in meinem Sitz zusammen. »Ich werde sterben.«

Er drückte meine Hand. »Du schaffst das.«

Ich atmete tief durch und sah ihn schief an. »Und wer waren die Shintonisten, die damals vom Berg wieder runterkamen?«

»Eine japanische Shintonistin namens Himari, Falco und ...«

»Lass mich raten. Tempest?«

»Ganz genau.«

»Die anderen sind alle gestorben?«

Das brachte ihn zum Lachen. »Nein. Die Spiele sind zwar nicht ungefährlich, und es kommt auch mal zu schweren Verletzungen, aber selten zu Todesfällen.«

Ich verzog den Mund. »Wenn es alle drei geschafft haben, wer hat dann gewonnen?«

»Alle drei. Das Spiel galt als gewonnen, wenn man vom Berg wieder nach unten kam. Danach wurde die Anzahl der Schwänze gewertet, die abgeschnitten wurden. Am Ende wurde Himari Erste, Tempest Zweite und Falco Dritter.«

»Bei den Prüfungen können also mehr Leute gewinnen? Wenn fünf Exorzisten vom Berg runtergekommen wären, hätten sie dann auch alle gewonnen?«

»Natürlich.«

»Ich könnte also auch Dritte, Vierte oder Fünfte werden und dabei gewinnen?«, bohrte ich nach.

»Möglich. Das kommt auf die Prüfung an. Du darfst bei den Prüfungen auf jeden Fall nicht durchfallen.«

»Okay, okay, das ist doch schon mal nicht ganz so schlimm«, murmelte ich und bewegte unruhig die Finger, die sich steif anfühlten.

Zero drückte sie sanft und hauchte mir einen kaum wahrnehmbaren Kuss auf den Scheitel.

»Gibt es auch etwas, auf das du dich freust?«, fragte ich unvermittelt.

»Wie meinst du das?«

»Nun«, ich stützte wieder mein Kinn an seiner Schulter ab und blickte zu ihm hoch. »In London werden doch viele Exorzisten sein, die du kennst. Triffst du dich dort mit Freunden?«

Sein Kinn bewegte sich, als er amüsiert zu mir hinabblickte.

»Ich hatte nur einen Freund, mit dir sind es jetzt zwei.«

»Gibt es sonst niemanden?«

»Nein«, sagte er schlicht.

Ich dachte, damit hätte sich die Unterhaltung erledigt, als er jedoch unvermittelt einwarf: »Ich freue mich aber auf das Familiendrama der Chepeschs.«

Verwirrt blinzelte ich ihn an. »Familiendrama? Was meinst du?«

Er grinste mich an. »Ich habe aus zuverlässiger Quelle gehört, dass Falcos jüngere Schwester bei den Spielen sein wird. Genauso wie sein Vater. Das wird ein höchst spektakuläres Drama, zumindest, wenn man Crain fragt.«

»Seine Schwester?«, echote ich.

Zero nickte amüsiert. »Oh ja. Er hat sogar zwei. Wren und Dove. Wren ist bereits alt genug, um an der Akademie in Kairo zu studieren, und ich nehme an, Dove wird ihr nächstes Jahr folgen. So wie ich Wren kenne, hat sie sich für die Spiele beworben, und vermutlich wird sie alle in den Boden stampfen.«

Überrascht setzte ich mich auf. »Ist Falcos Schwester ihm sehr ähnlich?«

Zero zögerte. »Damals schon.«

»Damals?«

»Es ist schon ein paar Jahre her, dass Falco zum letzten Mal in Kairo gewesen ist. Um genau zu sein, seit er nach New York gezogen ist. Und ich glaube nicht, dass die Familie deswegen viel Streit hatte.«

»Er hat mit mir nicht über sie gesprochen«, warf ich ein, und Zero zuckte mit den Schultern.

»Er wird seine Gründe haben, aber was auch immer damals passiert ist, jetzt wird er dem nicht mehr aus dem Weg gehen können. Das Drama wird mit Sicherheit interessanter als die Spiele selbst. Und falls du einen Rat von mir willst: Geheimnisse und Probleme werden nur größer, wenn man vor ihnen davonläuft. Das habe ich Falco auch gesagt.«

»Ich laufe nicht davon«, gab ich zurück, was den Exorzisten zum Schmunzeln brachte.

»Wir alle laufen vor etwas davon. Bleib lieber stehen, bevor es zu spät ist und du bereust, kein einziges Mal zurückgeblickt zu haben.«

Darauf hatte ich keine Antwort, und Zero schien auch keine zu erwarten, denn er kehrte zurück zu seiner Lektüre und ließ mich mit meinen Gedanken und Ängsten allein.

~

Sieben Stunden später erreichten wir London, als die Sonne gerade dabei war, sich durch die Wolken zu stehlen. Die gelben, orangen und pinken Strahlen malten Kreise auf Crains Lider und Wangenknochen, während dieser sich gähnend streckte und mich müde anlächelte.

»Sind wir schon da?«, nuschelte er.

»Gleich«, antwortete ich und strich mir eine Haarsträhne hinter die Ohren. Als wir auf der Rollbahn zum Stehen kamen, sah ich bereits die Limousinen, die auf uns warteten. Sechs pechschwarze Autos. Vor jedem stand ein Chauffeur in dunkler Montur, bereit, unser Gepäck entgegenzunehmen. Hinter dem Heck waren zwei Flaggen angebracht, einmal die britische Flagge und einmal die Insignien des Paracelsus-Ordens.

Niemand würde uns mit diesen Insignien aufhalten, selbst wenn wir jede rote Ampel in der Stadt ignorieren würden.

Unruhig rutschte ich in meinem Sitz herum, als die Türen des Flugzeugs sich öffneten und die Exorzisten nach draußen gingen.

»Bereit?«, flüsterte Zero mir ins Ohr.

Nein.

Ich nickte trotzdem.

Zusammen standen wir auf und gingen mit steifen Gliedern nach draußen. Angestrengt blinzelte ich in das Morgenlicht hinaus, und Crain nieste wie jedes Mal, wenn er direktem Sonnenlicht ausgesetzt war.

Die Stewardess und der Pilot verabschiedeten sich von uns mit einem breiten Lächeln, und ich ging so knapp neben Zero und Crain, wie es mir möglich war, während ich den Blick über die private Rollbahn schweifen ließ. Niemand war zu sehen. Keine vertraute, hochgewachsene Gestalt mit langen Haaren und durchdringenden goldenen Augen. Die Enttäuschung fühlte sich schal in meinem Mund an, doch was hatte ich erwartet? Dass Falco mich tatsächlich vom Flughafen abholen würde?

Unter meinen Finger kräuselte sich langsam die Luft, dunkle Schwaden tanzten um meine Waden, und Henry, der Schattenhund, manifestierte sich, zu neugierig, um sich weiter wie befohlen zurückzuhalten. Aufgeregt schnupperte Henry in der Luft. Ich ging in die Hocke, flüsterte ihm kleine Liebkosungen zu und streichelte seine Ohren.

Manche Exorzisten sperrten ihre Spiritus in Käfige und ließen sie wie Gepäck mitfliegen, doch der Schattenhund weigerte sich vehement, von mir getrennt zu sein; fast so, als würde er die allgemeine Anspannung fühlen. In diesem Fall war es mir sogar lieber, dass er blieb und die Exorzisten ein wenig auf Abstand hielt.

»Necromancer Paracelsus. Mr. Five und Miss Young, willkommen in England. Ich bin Thomas, Ihr Chauffeur, und rund um die Uhr für Sie verfügbar. Wenn Sie etwas brauchen, zögern Sie nicht, mich anzurufen. Meine Nummer wurde Ihnen bereits aufs Handy gesendet«, begrüßte uns ein Mann, als wir an einer der Limousinen ankamen. Sein dunkles Haar gab zusammen mit der steifen Montur und der dunklen Mütze ein perfektes Bild britischer Eleganz ab.

Ich nickte nur, doch Crain ging auf den Chauffeur zu und klopfte ihm auf den steifen Rücken.

»Tommi, alter Freund. Du bist immer noch hier? Dachte, sie hätten dich längst befördert.«

Thomas aka Tommi warf Crain einen schiefen Blick zu. »Ich bin mit meinem Job vollkommen zufrieden, Necromancer Paracelsus.«

Dieser schnaubte. »Kein Grund so förmlich zu sein, soweit ich mich erinnern kann, hast du mich schon in den Kindergarten gefahren.«

»Oh, wirklich?«, fragte ich überrascht und lächelte Thomas an. »Wie war Crain als kleines Kind?«

Der Chauffeur verzog keine Miene, als er antwortete: »Es freut mich, berichten zu können, dass Necromancer Paracelsus sich in all den Jahren nicht wirklich verändert hat.«

Zero und ich stießen ein Hüsteln aus, während Crain das Gesicht verzog. »Ich bin größer geworden«, hielt er dagegen.

»Aber nicht weiser«, zog Zero ihn auf.

»Gut Ding braucht Weile, wie meine Mutter zu sagen pflegte«, gab Thomas zurück.

Ich kicherte. »Es freut mich, Sie kennenzulernen, Thomas.«

»Ganz meinerseits«, erwiderte er und öffnete uns die Türen.

»Wenn ich bitten darf, setzen Sie sich. Ich habe die Order, Sie ohne Umwege nach Hampstead zu bringen.«

»Gibt es dort Schinken?«, erkundigte ich mich, während wir uns in der Limousine niederließen. Ich drückte mich durch bis zum Fenster, damit ich hinaussehen konnte. Wie zuvor im Flugzeug setzte Zero sich neben mich, und Crain enterte die uns zugewandte Sitzreihe.

»Hä?«, fragte Crain irritiert.

»Na, wegen *Ham*pstead.«

Crain hob die Sonnenbrille, um mir einen schiefen Blick zuzuwerfen.

»Hab noch nie gehört, dass Humor bei Jetlag elendig zugrunde geht, aber hier sitzt der Beweis vor mir«, murmelte er.

»Oh, vergiss es.« Ich schnalzte gereizt mit der Zunge, und Thomas rettete die Stimmung davor, zu kippen, indem er mich aufklärte.

»In Hampstead befindet sich das Universitätsgebäude der Conjurer, sowie die Bibliothek und die Gemeinschaftshalle«, klärte er uns auf, während unsere Limousine sich zusammen mit den anderen fünf in Bewegung setzte.

»Nur die der Conjurer? Und was ist mit den anderen Ausrichtungen?«, fragte ich, während wir alle nach draußen blickten und die Straßen von London in uns aufnahmen.

Zero räusperte sich. »Die Fakultäten in England sind viel größer als bei uns auf Black Rock. Es gibt insgesamt mehr Studenten und Exorzisten in Europa als in Amerika.

Wir sind tatsächlich recht klein im Vergleich, darum befinden sich alle vier Ausrichtungen in einem Gebäude. Hier gibt es zu viele Studenten, darum sind alle Fakultäten eigenständige Universitäten, die innerhalb Londons verteilt sind.

Da hätten wir Hampstead für die Conjurer, außerdem die Bibliothek und die Gemeinschaftsräume. In Clerkenwell befindet sich die Universität der Shintonisten, in Greenwich werden die Hunter ausgebildet und in Highgate die Necromancer«, klärte Zero mich auf, und seine Wangen waren wieder vor Aufregung gerötet.

Ich runzelte die Stirn. »Und wo sind die Arena und die Dungeons?«

»Ebenfalls verteilt. Jede Universität hat eine eigene, auf die Bedürfnisse der Studenten abgestimmte Übungsarena.«

»Hier werden die Dungeons übrigens Krypten genannt«, warf Crain ein und gähnte herzhaft.

Zero nickte. »Die Dungeons befinden sich in speziellen unterirdischen Gängen unter London«, ergänzte er. »Es sind mitunter die ältesten und sichersten des Ordens. Aber sie stehen praktisch leer, weil es hier kaum andere Dämonen als Geister und Vampire gibt.«

»Woran liegt das? Du hast mir doch von den Ley-Linien erzählt. Müsste es dann nicht von Dämonen nur so wimmeln?«

»Wir wissen es nicht genau. Aber vielleicht mögen nicht einmal Dämonen britisches Wetter«, gab Crain ironisch zurück.

»Ich war mir erst nicht sicher, doch wenn ich das richtig verstanden habe, bist du doch hier aufgewachsen. Bist du dann nicht selbst Brite?«, fragte ich.

»Ich versuche diesen bedauernswerten Umstand so gut es

geht zu verdrängen«, versicherte Crain. »Aber nur mein Vater ist Brite. Meine Mutter kam aus New York und wurde in Black Rock ausgebildet.«

»Ich verstehe. Wirst du deine Mutter sehen?«, fragte ich vorsichtig nach.

Crains Gesicht verdüsterte sich. »Es ist schwer, jemanden zu treffen, der tot ist. Außer ich will mit ihrem Geist ein Schwätzchen halten.«

Meine Gesichtszüge entgleisten mir. »Das tut mir leid, Crain. Das wusste ich nicht.«

Er zuckte mit den Schultern. »Woher auch? Und bald wirst du ohnehin mit meiner ganzen verkorksten Familie konfrontiert werden. Ich gebe dir nur einen Rat: Nimm nichts an, was dir meine Stiefmutter anbietet. Sie vergiftet die Leute gern.«

Zero seufzte. »Hör auf, ihr das nachzutragen, Crain. Das mit dem Fisch ist sicher ein Missgeschick gewesen.«

Crain blickte düster drein. »Ja, genau. Nur mein Fisch war ganz zufällig gammlig. Ich sage dir, sie hat mir den Tod mit einem eiskalten Lächeln serviert.«

Zero seufzte und fügte hinzu: »Es wird dir guttun, Midas wiederzusehen.«

Crain brummte. »Mieser kleiner Scheißer, der alles besser kann.«

»Magst du deinen Bruder nicht?«, bohrte ich nach.

»Seinen Halbbruder«, schob Zero nach.

»Ich hasse den kleinen Scheißer.«

»Er liebt ihn, aber er würde sich lieber ersäufen, ehe er das zugeben würde«, sagte Zero sanft.

»Wir haben also ein paar Familientreffen. Wie schön«, gab ich zurück, und alle im Auto verzogen gleichzeitig das Gesicht.

»Es wird die Hölle«, sagte Crain.

»Ich würde durch jede Hölle gehen, um meinen Bruder zu sehen«, warf ich leise ein.

Zero sah mich mitfühlend an.

Ich lächelte traurig.

Crain seufzte. »Ich brauche Alkohol.«

29

Leaf

Dämonen der Stufe 3
Geister
Geister menschlichen Ursprungs

Namorodo Dies sind Geister, die mithilfe von *Nekromantie* erweckt werden. Eine Gruppe, die sich viel mit Nekromantie beschäftigte, waren die Mantiker. Nach dem schweren Unfall an der Black Bird Academy in New York, bei dem eine Gruppe Mantiker ein Dutzend Namorodo-Dämonen beschwor und ein Massaker herbeiführte, ist Nekromantie inzwischen verboten, daher kommen nur noch wenige Namorodo vor.

Ich musste mir alle Mühe geben, nicht wie ein Kleinkind die Nase an den getönten Scheiben platt zu drücken, während wir durch London fuhren. In diesem Augenblick musste ich mich daran erinnern, dass ich nicht hier im Urlaub war.

Natürlich kannte ich London aus Filmen, Fotos und Büchern, und doch war die Stadt in echt zu sehen, eine vollkommen andere Erfahrung. Die Straßen waren enger, die Autos kleiner. Die Häuser standen dicht gedrängt aneinander, kleine elegante Vorgärten schmiegten sich aneinander. Frauen schoben Kinderwagen über überraschend saubere Bürgersteige, Männer mit Aktentaschen hasteten entlang, und eine Gruppe Schüler, die kaum älter als acht Jahre sein konnten, ging in kleinen Schuluniformen vorbei, die sie beinahe selbst wie kleine Black Birds aussehen ließ.

Alles in allem war ich überrascht, wie grün hier alles war. In New York reihte sich bis auf wenige Ausnahmen Beton an Beton. Das Alltägliche dort waren die Massen an Menschen, die sich durch die breiten Straßen schoben. London hatte ein Flair, das mit nichts vergleichbar war, das ich bisher gesehen kannte.

Hier waren die Geschäfte eindeutig alt, mit schmalen Eingängen, bunt gestrichen mit goldenen oder silbernen Lettern, aber im Gegensatz zu New York wirkte dieses Alte nicht kaputt. Die Scheiben waren von der Zeit verzogen, schimmerten jedoch im einfallenden Sonnenlicht und zeigten deutlich, dass sich jemand darum kümmerte. Die Türen waren aus Holz, doch gepflegt, und obwohl manche Häuser beinahe schief aussahen, wirkte es eher charmant als falsch gebaut. Als würden die Leute das Alte hier pflegen, um es zu erhalten, anstatt das Alte so lange zerfallen zu lassen, bis man es mit etwas Neuem ersetzen musste. Wahrscheinlich würde ich diese Lebensweise als charmant empfinden, wenn nicht genau diese mir bald an den Kragen gehen würde. Exorzisten, denen daran gelegen war, Traditionen und alte Denk- und Lebensweisen zu pflegen, waren mit Sicherheit nicht sehr begeistert davon, einen Dämon in ihre heiligen Hallen zu lassen.

»Gefällt es dir?«

Lächelnd blickte ich zu Crain, der sehr genau meine Reaktionen beobachtete. »Ja, sehr«, sagte ich und deutete nach draußen. »Es ist alles so …«

»Britisch?«, half Crain mir aus.

»Hübsch«, korrigierte ich ihn, ehe ich mir tatsächlich die Nase an der Scheibe platt drückte.

»Da ist Big Ben!« Ich deutete auf den Glockenturm, der sich hinter dem Fluss in die Höhe stemmte.

»Er ist so groß und … *uhrig*«, sagte ich beeindruckt.

Crain gähnte, doch Zero lächelte und erklärte: »Big Ben ist tatsächlich nicht nur eine Uhr. Es ist das Horologium von London.«

»Es ist eine Exorzistenuhr?«, fragte ich beeindruckt.

»Nach außen nicht, aber im Inneren sieht er dem Horologium von New York sehr ähnlich«, stimmte Zero mir zu, doch ein unruhiger Ausdruck huschte über sein Gesicht. »Allerdings sollte ich dich warnen. Das Horologium hat hier eine bestimmte Funktion, es …«

»Es schlägt gleich zur vollen Stunde«, unterbrach ich ihn aufgeregt und rief nach vorne: »Thomas, machen Sie bitte das Fenster auf.«

»Sehr wohl, Miss«, stimmte der Butler zu, und die Scheibe sirrte nach unten.

»Warte mal … Nein!«, brüllte Crain unvermittelt und schnellte zu mir herüber und packte meinen Kopf, als versuche er, meine Ohren zuzuhalten.

»Was soll das?«, fragte ich verwirrt, während Crain blaffte: »Mach das Fenster wieder zu, Thomas!«

Bevor dieser jedoch reagieren konnte, begann die Uhr, zu schlagen. Im selben Augenblick raste ein so heftiger Schmerz durch meinen Kopf, dass ich vor Schreck einen Schrei ausstieß. Es fühlte sich an, als würde mein Hirn auf die doppelte Größe anschwellen und durch die Öffnungen meines Schädels drücken. Meine Kehle schwoll zu, genauso wie die Schleimhäute meiner Nase. Die Augen drückten sich aus den Höhlen, und der Gong der Glocke zerriss mich beinahe innerlich. Henry, der sich als Rauch zu meinen Füßen befand, krümmte sich, zitterte und zerstob, als würden seine Partikel auseinanderfallen.

Alles um mich herum verschwamm, während der nächste Glockenschlag meinen Kopf beinahe zum Explodieren brachte. Etwas knackte, und Blut spritzte mir aus der Nase. Um mich herum war heftiges Gebrüll zu hören, bis plötzlich alles gedämpft war, auch der Klang der Glocken, und von einer Sekunde auf die nächste verschwand der Schmerz.

»Shit.« Keuchend versuchte ich, Luft zu bekommen, und schmeckte Blut von den geplatzten Lungenäderchen auf meiner Zunge. Zitternd versuchte ich, meinen Blick zu fokussieren, und bemerkte erst jetzt, dass ein Mantel um mich herumgelegt war. Die Haare hingen mir wirr ins Gesicht, und Blut tropfte mir in einem schnellen Rhythmus in den Schoß und verklebte meine verkrampften Finger.

»Leaf?« Hände umfassten mein Gesicht. Eine davon kälter als die andere.

Crain.

Er hatte den Mantel über uns beide ausgebreitet und dämpfte damit jedes Geräusch. Er sah so blass aus, wie ich mich fühlte, und der Blick seiner unterschiedlichen Augen bohrte sich in mich.

»Was war das?«, fragte ich. Der Rauch zu meinen Füßen sammelte sich wieder und strich unruhig über meine Füße.

»Ihr könnt rauskommen. Es läutet nichts mehr«, drang es gedämpft zu uns durch, ehe Crain den Mantel von uns nahm und frische Luft an mein überhitztes Gesicht kam. Ich atmete durch und sah zwei besorgten Blicken entgegen, während ich mir die Finger gegen die Nase presste, um die Blutung zu stoppen. Ich hatte Stichverletzungen gehabt, die schneller heilten als das hier.

»Taschentuch?«, bot Zero mir an und hielt mir eines hin.

»Danke.« Nuschelnd nahm ich es entgegen und presste meine Nase hinein.

»Was war das? Es hat sich angefühlt, als würde mein Kopf explodieren«, näselte ich gedämpft.

Crain seufzte. »Wir haben es vergessen«, gab er zu.

»Was vergessen?«

Zero sah noch immer blass aus. »Ich hatte gehofft, es würde bei ihr nicht wirken. Aber ich denke, es ist besser, wir finden es hier heraus, als in der Akademie unter lauter Zeugen.«

»Was wirkt nicht?«

Endlich bekam ich eine Antwort, indem Crain mir etwas Blut von der Wange wischte, die Augenbrauen tief zusammengezogen.

»Es ist das Horologium. Die Uhr erzeugt zur vollen Stunde Geräusche, die man Seraphklänge nennt. Der Gong ist sehr speziell und nur für Dämonen zu hören. Es wirkt auf sie abschreckend.«

»Abschreckend? Das waren Schmerzen der Hölle!«, gab ich zurück.

Zero seufzte. »Es ist wie beim Teufelsfuß, der auf Black Rock wächst und abschreckend auf Dämonen wirkt.«

Der Teufelsfuß, richtig. Mittlerweile nahm ich den Geruch nach Rosen kaum noch wahr, doch vor allem am Anfang meiner Zeit auf Black Rock hatte ich kaum einen tiefen Atemzug nehmen können, ohne von dem Rosengewächs, das aus den Gräbern von Exorzisten wuchs, wummernde Kopfschmerzen zu bekommen. Lore hatte fast nicht in die Nähe des Gewächses gehen können. Aber das hier war dennoch eine andere Hausnummer.

»Und das passiert jede Stunde? Warum hört Zero sie nicht?«, fragte ich.

Dieser runzelte die Stirn und reichte mir aus der Minibar ein Glas Wasser. »Ich höre es, doch es verursacht nur leichte Migräne. Eigentlich dachte ich, dass es bei dir nicht anders sein würde.«

»Es wirkt aber nur draußen so stark, in geschlossenen Räumen solltest du sicher sein«, warf Crain ein.

Ich blinzelte ihn an. »Ich kann doch nicht jede Stunde irgendwo reingehen. Das sperrt mich quasi ein … Oh!«

Mir ging ein Licht auf, und ich senkte das Taschentuch, obwohl noch immer etwas Blut aus meiner Nase rann.

»Es sperrt mich ein, darum geht es hier, oder? Und falls ich doch draußen bin und vor Schmerzen zusammenbreche, wird jeder Exorzist wissen, was ich bin. Dann gibt es keine Spekulationen mehr. Es brandmarkt mich.«

Die Exorzisten tauschten einen Blick.

»Wir finden einen Weg, die Wirkung der Seraphklänge auf dich abzuschwächen«, versprach Crain mir.

»Die ansässigen Wiedergänger haben ebenfalls eine Methode, wie sie die Wirkung der Seraphklänge abschwächen können. Ich frage mal rum«, wandte Crain ein. »Aber das wird heute nicht nötig sein.«

Ich warf ihm einen irritierten Blick zu. »Wie meinst du das?«, fragte ich nach.

»Wir werden heute Abend zu Gast beim Strigoi-Syndikat sein. Vielleicht kann uns die Dauphine persönlich etwas sagen.«

»Wer ist die Dauphine? Und wo werden wir sein?«

Crain schüttelte den Kopf. »Ich darf dazu nichts weiter sagen, ich habe nur so ein paar Dinge von meinem Vater gehört.«

Zero verengte die Augen und runzelte die Stirn, als wollte er dazu etwas einwerfen, als sich plötzlich die Tür öffnete und Thomas sich räusperte.

»Wir sind da. Willkommen in Hampstead Heath«, verkündete der Fahrer. Wir alle blinzelten ihn an, als hätte er uns gerade in der Hölle willkommen geheißen. Eine kühle, nach Nebel schmeckende Brise traf mich.

»Ich bin voller Blut«, stammelte ich. Crain nahm mir das Tuch aus der Hand, befeuchtete es mit Wasser aus meiner

Flasche und begann, mir präzise das Gesicht und die Finger abzuwischen.

Kleine Funken seines Arcanums sprangen dabei zu mir über, als versuche er, uns beide zu beruhigen.

»Halte dich für den Anfang zurück, am besten bleibst du immer an meiner oder Zeros Seite«, ordnete er an.

Meine Mundwinkel zuckten. »Sagst du mir jetzt, dass ich nur sprechen soll, wenn ich auch angesprochen werde, und nichts naschen soll?«

»Das auch, und wenn dir jemand blöd kommt, schlag ihm eins auf die Nase. Der erste Eindruck zählt, und wenn sie Angst vor dir haben, kann das nur helfen.« Er sagte es mit vollem Ernst, doch ich sah den Schalk in seinen Augen, als er ein letztes Mal sanft über meine Nase strich.

»Ich werde daran denken«, versprach ich und wollte aufstehen, aber Crain sah mich ernst an.

»Eins noch: Sie werden dich dort drinnen schlecht behandeln, sie werden schlecht über dich reden und alles daran setzen, damit du dich schlecht fühlst. Aber vergiss nicht, dass es völlig gleichgültig ist, was sie denken. Du bist nicht hier, um Freundschaften zu schließen, du bist hier, um zu überleben. Sei stolz auf dich selbst, so wie ich es auf dich bin.«

Ein Kloß steckte mir im Hals fest, als er mir eine Haarsträhne hinters Ohr strich, während er leise hinzufügte: »Und vergiss nicht, dass du Freunde hast.«

Die letzten Worte waren so leise, dass sie kaum zu hören waren. Mir stockte der Atem. Crains Hand verschwand von meinem Gesicht, und er stieg aus.

Zero und ich folgten ihm, sodass ich von einem Zweierdeck aus Muskeln eingespannt wurde, als ich nach draußen trat und die frische Luft von England in meine Lunge sog.

Aufmerksam blickte ich mich um, und obwohl bereits die Sonne schien, hatte sich der Morgennebel noch nicht gänzlich gelichtet. Wir standen in einer breiten Auffahrt. Links und rechts von uns erstreckten sich weite Grünflächen. Dicke Kastanienbäume säumten den Weg.

Vor uns stand ein großes, imposantes viktorianisches Herrenhaus aus dunklem Stein. Dichter Efeu rankte sich an der Fassade nach oben und ließ nur einzelne Flecken von Stein und die hohen Fenster frei. Das Wappen der Black Birds prangte in einem Emblem über dem Eingang mit den schwarzen Doppeltüren. Das Universitätsgebäude sah aus, als wäre es aus einem verwunschenen Roman von Edgar Allan Poe gefallen, oder als würde im nächsten Augenblick ein Graf herausspaziert kommen.

Als die schwarzen Türen sich jedoch öffneten, kam eine Gruppe von Exorzisten hervor, deren Aufzug sich in mehrerlei Hinsicht von dem unserer Gruppe unterschied.

Irgendwie hatte ich mir immer eingebildet, dass die Uniform der Black Birds überall einheitlich war, doch die Frau vor uns trug keinen strengen Anzug mit schwarzem Mantel, sondern einen taillierten Tweedblazer in einem hellen Braun, eine weiße Bluse mit hochgeschlossenem Kragen und eine schicke gebundene Schleife um den Hals. Ein enger Rock, bei dem es mich wunderte, wie sie darin schneller als mit Trippelschritten laufen konnte, schmiegte sich um ihre schlanken Hüften, und sie trug hohe Stilettos, die auf der Kieseinfahrt knirschten.

Die Frau hatte helles braunes Haar, das sie in einem strengen Knoten im Nacken hielt. Ihr Gesicht war blass, der Blick auf uns gerichtet, auf den Lippen lag ein höfliches Lächeln.

Flankiert wurde die Frau von zwei Männern in einem ähnlichen Aufzug. Sie trugen dunkle, dunkle taillierte Tweedblazer, gestärkte weiße Hemden, braune klassische Anzughosen, und eine blaue Krawatte war um ihren Hals geschlungen. Beide hatten die Haare in einem ähnlichen Stil nach hinten gekämmt, und ihre Gesichtszüge wiesen sie eindeutig als Brüder aus, wobei der linke jedoch eine Brille trug, die ihm einen etwas reservierten Ausdruck verlieh, während der rechte uns als Einziger ehrlich anlächelte.

Als die drei näherkamen, sah ich goldene Stickereien auf den Ärmeln und Kragen der Uniformen, die allesamt umwerfend aussahen. Auf ihrer Brust schimmerte eine Brosche, auf der jedoch unterschiedliche Symbole zu sehen waren, die ich zuvor noch nie gesehen hatte. Die Brosche der Frau bildete ein geöffnetes Auge ab, das auf einem Diamanten ruhte, der nach oben gerichtet war. Die Brosche der Männer zeigte dasselbe Auge, jedoch war das Symbol dahinter kein Mond, sondern eine Handfläche.

Als hätte Zero meinen Blick bemerkt, flüsterte er mir ins Ohr: »Das sind Direktorin Seraphina Hardwood und die Brüder Carsten und Roger Ashcroft.« Er nickte erst zu dem Mann mit der Brille, dann zu dem anderen. »Die drei sind verheiratet und führen die Universität der Conjurer. Direktorin Hardwood ist die erste weibliche und mit Abstand jüngste Direktorin, die es bisher bei den Spiritisten gegeben hat. Die Brüder hingegen sind für die Ausbildung der normalen Conjurer verantwortlich.«

Überrascht hob ich die Augenbrauen. »Wie? Sie sind verheiratet? Zu dritt?«

Zero hob amüsiert einen Mundwinkel. »Falls es dir noch nicht aufgefallen ist, sind Exorzisten nicht unbedingt monogam, auch nicht immer, was die Ehe betrifft«, murmelte er.

Bevor ich darauf etwas sagen konnte, blieb das Dreieck der Conjurer vor uns stehen, und Seraphina trat mit einem strengen Lächeln auf uns zu.

Als sie sprach, war ihr britischer Akzent unüberhörbar, und das schüchterte mich noch mehr ein, als ich es ohnehin schon war.

»Willkommen auf Hampstead Hall. Es freut mich, euch alle wiederzusehen. Es ist viel zu lange her.«

»Oh, Seraphina, du bist noch genauso entzückend wie damals, als ich dich das letzte Mal gesehen habe«, schnurrte Crain und ging einen Schritt auf sie zu, doch einer der Brüder – der mit der Brille, Carsten – trat prompt einen Schritt nach vorne und starrte Crain finster an.

Zero flüsterte mir ins Ohr: »Crain und Seraphina sind zusammen aufgewachsen und hatten immer wieder Affären, bevor sie an Carsten und Roger geraten ist. Das erzeugt seitdem … Spannungen.«

»Verstehe«, sagte ich trocken.

Neben mir kräuselte sich der Schatten. Henry umspielte meine Beine, als würde er die Anspannung spüren.

»Wie ich sehe, hast du dich nicht verändert. Das erklärt vielleicht auch die Gefühlsschwankungen deines Vaters seit seinem letzten Besuch in New York«, sagte Seraphina, und Crain zog sie lachend in eine kurze, aber knackige Umarmung.

Carstens Blick wurde nur noch düsterer. Sein Bruder Roger, der uns immer noch zulächelte, setzte zu einer Begrüßung an.

»Mr. Five. Willkommen«, sagte er warm, ehe sein Blick auf mir landete. »Und Sie müssen Miss Young sein. Willkommen in Großbritannien!«

Niemand machte Anstalten, mir die Hand zu reichen, also tat ich es auch nicht, sondern nickte nur knapp.

»Ich freue mich, hier zu sein. Nennt mich gerne Leaf«, stellte ich mich vor.

»Es wird sich zeigen, wie sehr wir uns alle freuen«, gab Carsten barsch zurück, was ihm einen scharfen Blick von Seraphina einbrachte. Ich verzog nur die Lippen zu einem schmalen Lächeln, von dem ich hoffte, dass es nicht wie eine Grimasse aussah.

Carstens Kiefer spannte sich an, und sein Bruder sprang ein, bevor die Situation noch unangenehmer werden konnte.

»Aufgrund der vielen Besucher mussten wir euch alle ein wenig aufteilen. Ihr alle werdet hier in den Gästequartieren übernachten. Wir bitten um Verständnis, dass wir Exorzisten, die kein Paar oder verheiratet sind, trotzdem Mehrbettzimmer zuweisen mussten. Angesichts der aktuellen Situation halten wir es für das Beste, Zero, Crain und … Leaf …« Er warf mir einen zögerlichen Blick zu. Ich nickte, und er lächelte. »… ein Zimmer zuzuteilen. Lasst es uns jedoch wissen, falls wir euren Aufenthalt gemütlicher gestalten können.«

»Entschuldigt, wenn ich so direkt bin, aber ist Shintonist Chepesch schon hier?«, konnte ich es mir nicht verkneifen zu fragen. Die Exorzisten sahen mich verblüfft an, ehe Roger als Erstes die Sprache wiederfand.

»Falco und seine Verlobte sind bereits letzte Woche angereist. Ihr Zimmer ist, wie von Tempest gewünscht, in den Lehrerquartieren statt bei den Gästen untergebracht.«

Bei der Erwähnung von Tempest strafften sich meine Schultern, und mir rutschte das Herz in die Hose, als ich hörte, dass Falco bei ihr war.

»Danke«, erwiderte ich knapp, und die Exorzisten nickten mir zu.

»Keine Sorge, das kriegen wir schon hin«, flüsterte Zero mir ins Ohr, und ich schenkte ihm ein zögerliches Lächeln.

»Eine Frage: Warum nennen dich Thomas und Carsten hier Mr. Five und nicht Necromancer?«, gab ich leise zurück.

Zero verzog die Lippen. »Sagen wir mal so: Dass mich in New York alle Necromancer nennen, ist ihre Art, mir Respekt zu zollen. Da ich ein Homunkulus bin, habe ich diesen Titel jedoch nicht offiziell, und klassisch eingestellte Akademien wie hier in Europa werden mich daher auch nicht damit ansprechen.«

In meinem Kopf zuckte ein Schmerz auf, den ich nur mit unterdrückter Aggression beschreiben konnte. Ich war so damit beschäftigt, mit dieser neuen Information zurechtzukommen, dass ich Seraphinas Vortrag nur am Rande mitbekam.

»Euer Gepäck wurde bereits auf eure Zimmer gebracht. Ihr seid die Letzten, die eingetroffen sind. Ihr habt das Frühstück verpasst, doch das Mittagessen könnt ihr euch ab zwölf Uhr in der Mensa holen. Ich schlage vor, ihr ruht euch aus und macht euch danach etwas frisch. Heute Abend finden sich alle Akademien zusammen. Thomas wird euch um zwanzig Uhr von hier abholen.« Noch im Reden drehte sich die Direktorin um und ging auf die Universität zu.

Wir folgten ihr alle mit mehr oder weniger Abstand, während ich versuchte, so wenig dämonisch wie möglich auszusehen. Amüsiert stellte ich fest, dass sich die britischen Exorzisten anders bewegten. Zwar waren sie genauso leichtfüßig, doch ihre Schritte waren im Gleichschritt, als würden sie in der gleichen Sekunde dasselbe denken, während die Exorzisten in New York sich bewegten, als wären sie darauf gefasst, dass sie jederzeit von einem Monster aus dem Busch angegriffen werden könnten.

Es war hier so ruhig und grün, dass man kaum glauben mochte, dass wir uns mitten in London befanden. Der Eingang wurde von zwei steinernen Statuen flankiert.

Sie zeigten zwei große Vögel mit geöffnetem Schnabel, jedoch mit dem Schwanz eines Löwen, der sich kunstvoll um den Steinsockel schlang. Ich hatte inzwischen genug Bücher gewälzt, um sie als Grims zu identifizieren, auch wenn ich noch nie welche leibhaftig gesehen hatte. Angeblich waren sie Dämonen, die bei der Gründung einer Akademie eingemauert wurden, sodass ihr Geist später das Wissen bewachte.

Eine brachiale Praxis, die etwa ab dem 19. Jahrhundert abgeschafft wurde.

Von außen konnte ich in das Innere der Akademie blicken. Der Boden war mit schwarzen und weißen Fliesen ausgelegt, ich sah eine dunkle Holzvertäfelung und Gemälde, die an den Wänden hingen. Als ich jedoch mit einem Fuß auf die Schwelle trat, leuchteten Runen am Boden auf. Sie zogen sich kreuz und quer und flößten dem Boden praktisch Leben ein. Überall zeigte sich das gleiche Symbol wie auf der Brosche von Direktorin Hardwood. Die kleinen Härchen in meinem Nacken stellten sich auf, und ich hielt sofort inne, halb in der Erwartung, aufgehalten zu werden, das Gebäude zu betreten. Das Tattoo der Exorzisten prickelte auf meinem Rücken, und im nächsten Augenblick setzten sich die steinernen Statuen in Bewegung. Für eine kurze Sekunde waren alle Anwesenden zu überrascht, um zu reagieren, als die Grims ihren steinernen Rücken durchstreckten, die Flügel spreizten, mich anvisierten und auf mich zustürzten.

Ein Fluch entkam mir, ich hob schützend die Hände über den Kopf, doch im nächsten Augenblick kam jemand aus der Menge auf mich zugelaufen.

»Leaf! Pass auf!«, rief mir eine vertraute tiefe Stimme zu, ehe mich ein harter Stoß traf, der mich unsanft zu Boden schickte. Einer der Vögel krachte deswegen nicht in mich, sondern in eine hochgewachsene Gestalt mit dunklem Haar.

Falco!

Mein Herz begann zu rasen, als ich ihn sah, und obwohl es nur vier Wochen gewesen waren, fühlte es sich plötzlich wie ein ganzes Leben an, seit ich ihn zum letzten Mal gesehen hatte. Meine Zellen brannten, mein Magen hob sich, mein Kopf fühlte sich zu leicht an, als Falco sich vor mir aufbaute und den Steinvogel mit brachialer Gewalt abhielt, weiter auf mich zuzukommen. Seine Muskeln wölbten sich hervor, während er mir einen Blick über die Schulter zuwarf, wie um sicherzugehen, dass es mir gut ging. Seine künstliche Hand leuchtete auf, und ein gezielter Stoß Arcanum schnitt durch die steinerne Brust des Grims, sodass kleine Gesteinsbröckchen in alle Richtungen spritzten. Das Geschrei der Grims dröhnte in der Halle nach, und ich hörte, wie sich Schritte näherten, als noch mehr Exorzisten, aufgeschreckt von dem Alarm, auf uns zuhasteten. Falco wirbelte herum und schleuderte einen der Grims zu Boden, dem dabei prompt ein Flügel brach.

Steinsplitter regneten auf uns herab, die Runen am Boden leuchteten nur noch heller, und die einzelnen Teile am Boden zitterten und begannen, sich Stück für Stück wieder zusammenzusetzen, bis die beiden Vögel sich wieder krächzend erhoben.

Um Gottes willen!

In der nächsten Sekunde war Falco bei mir. Seine Hände auf mir. Sein Atem traf meine Lippen, und ich schauderte am ganzen Körper, als er mich auf die Füße zog. Ein dunkler Schatten ballte sich um meine Beine zusammen, und einen Atemzug später baute sich Henry neben mir auf und bellte die Grims an.

»Das reicht!«, hallte eine Stimme bis zu uns. Direktorin Hardwood trat, flankiert von ihren Männern, durch das Chaos und schnippte. Eine Welle der Macht ging von ihr aus, die die Grims mitten in der Bewegung erstarren ließ.

Angespannt blickte ich mich um und sah mindestens zwei Dutzend aufgetakelte Exorzisten in der Eingangshalle stehen. Manche trugen die Uniformen der Briten, doch ich sah auch andere Variationen von Uniformen, die ich nicht kannte. Exorzisten, die eindeutig aus anderen Ländern stammten, und sie alle starrten uns an.

»Das reicht. Ich bitte um Entschuldigung. Ich hätte daran

denken sollen, dass unsere Grims beim Eintreten unseres speziellen Gastes nicht sehr erfreut sein werden. Es wird nicht wieder passieren«, versicherte Direktorin Hardwood, doch ich dachte nicht, dass ihre Worte sich wirklich an mich richteten. Sie schnippte wieder, und die Grims zogen sich mit einem stöhnenden Knarren zurück auf ihre Position. Sie senkten sich auf ihre Sockel, aber ihre Köpfe blieben dabei in meine Richtung gewandt, ehe sie sich versteiften und wieder leblos wurden. Das Glühen am Boden ließ ebenfalls nach.

Henry knurrte, und Carsten Ashcroft trat nach vorne, eine gezückte Sichel in der Hand, die er weiß Gott woher hatte, und deutete damit auf den Dämon vor mir.

»Pfeifen Sie dieses Ding zurück, Miss Young. Was auch immer es ist.«

Schnell griff ich nach Henry. Er war vor Wut über den Angriff auf mich so groß, dass ich mich auf die Zehenspitzen stellen musste, um seinen Kopf zu erreichen.

»Henry, hör auf«, zischte ich, doch der Dämonenhund grollte nur noch lauter, und seine Schatten zogen sich um uns herum zusammen, als versuche er, mich darunter zu verstecken. Kalter Panikschweiß rann mir den Rücken hinab, während die Luft beinahe zu dick von gesammeltem Arcanum war, um zu atmen. Gleichzeitig meldete sich mein Hunger durch Falcos unmittelbarere Nähe. Ich unterdrückte ihn mit purer Gewalt und versuchte, Henry mit geflüsterten Worten zu beschwichtigen.

Dieser schnaufte mich unruhig an, und für eine Sekunde sah ich den wilden Geist in ihm, den Dämon, der absolut kein Interesse hatte, sich zurückzuziehen, sondern jedem hier im Raum die Kehle durchbeißen wollte.

Doch er tat es nicht, und nach einer gespannten Sekunde begann der Dämon, in sich zusammenzuschrumpfen, bis er wieder die gewöhnliche Größe eines Dobermanns hatte. Dunkler Nebel wirbelte aus seinem Fell hoch, aber er löste sich nicht gänzlich auf. Vermutlich war es das Beste, was ich im Augenblick bekommen konnte. Erleichtert drehte ich mich um und sah in die ernsten Gesichter der Exorzisten. Direktorin Hardwood straffte sich und sah mich streng an.

»Ich befürchte, Dämonen wie Ihr Begleiter sind in dieser Institution nicht gestattet, Miss Young. Ich muss Sie höflich bitten, ihn in die Obhut eines Shintonisten zu geben, bis die Spiele vorbei sind.«

Instinktiv versteifte ich mich, und Henry begann wieder zu knurren, doch Falco schritt ein, bevor die Situation aufs Neue eskalieren konnte.

»Direktorin Hardwood, es handelt sich hier nicht um einen Dämon, sondern um Miss Youngs Spiritus.« Mein Blick blieb an ihm kleben wie eine Fliege am Honig. Das Sonnenlicht beschien seine bronzefarbene Haut und die tiefschwarzen Haare. Ich suchte nach Veränderungen, nach Verletzungen, doch er wirkte genauso kontrolliert und makellos, wie ich ihn kannte. Sein Arcanum reagierte auf mich und strich beinahe wie ein Handrücken über meine Wange. Ich schauderte und zwang mich, nicht zu sabbern. Nicht hier und nicht jetzt.

Seraphina Hardwood warf ihm einen ungläubigen Blick zu. »Mit Verlaub, doch ich erkenne den Unterschied zwischen einem Dämon und einem Spiritus, Mr. Chepesch, und ich kann nicht noch einen Dämon hier dulden, der für Unruhe sorgt. Der Dämon wird in ein Kleinod geschlossen, das ich Miss Young außerhalb des Schulgeländes überlassen werde.«

Falco sah aus, als wollte er etwas einwenden, doch ich griff nach seinem Ellenbogen und hielt ihn zurück.

»Schon gut. Ich will keinen Ärger machen. Ich werde Henry wegsperren.«

Falco nickte, doch er blickte dabei nicht in meine Richtung. Nicht gänzlich, als würde er meinen Blick meiden.

Direktorin Hardwood nickte zufrieden. »Sehr gut. Ich nehme an, Shintonist Chepesch wird sich dem annehmen. Wenn ihr mir jetzt zu euren Zimmern folgen wollt.«

Sie ging an uns vorbei. Ihre Schritte hallten im Eingangsbereich nach. Noch immer standen schaulustige Exorzisten um uns herum, und niemand von ihnen machte den Eindruck, als wäre er sehr erfreut, mich zu sehen. Trotz der Angst in meinen Knochen straffte ich den Rücken, schluckte die Angst und die Scham herunter, das hässliche Gefühl, abgelehnt zu werden, das mich ohnehin schon seit Wochen zermürbte, und folgte der Direktorin ins Innere der Black-Bird-Akademie der Spiritisten.

30

Lore

Dämonen der Stufe 2
Dämonen

Inkubus und Sukkubus (Inkubi und Sukkubi, pl.) Vereint die Merkmale eines Vampirs und Nachtmahrs. Diese Wesen können jede beliebige Gestalt annehmen, ähnlich einer Illusion. Sie zehren von den Sehnsüchten ihrer Opfer und versetzen diese in einen nicht endenden Rausch und Tagtraum, bis diese aufgrund von Hunger, Durst oder Herzstillstand sterben.

»Ich habe London vermisst. Das letzte Mal waren wir wann noch mal hier?«, fragte ich.

»Ich glaube, es war 1666.«

»Ach ja, der große Brand von London, nette Zeiten«, gab ich zurück, während wir uns dem George Pub in Temple näherten. Die Straßen waren voller Menschen, die an uns vorbeihasteten. Die alten viktorianischen Gebäude säumten die Wege, und wir passierten den Teeladen Twinings, ehe die grau-schwarze Fachwerkfassade des Pubs in Sicht kam. Als wir eintraten, herrschte schummriges Licht. Der Raum sah aus wie ein Gentlemen-Club aus dem 18. Jahrhundert, die Wände waren mit einer tiefroten Tapete ausgekleidet, dunkle Vertäfelung, alte Kronleuchter hingen von der Decke, und abgewetzte Ledersofas dienten als Sitzgelegenheiten. Für die Londoner war dieser Pub vor allem bekannt, weil es immer wieder Geistersichtungen gab. Tatsächlich aber waren Geister das Einzige, was in diesem Pub nicht unterwegs war.

Als wir eintraten, hielt sich keiner von uns damit auf, dem Besitzer einen Blick zuzuwerfen, stattdessen gingen wir weiter nach hinten, wo es abgeschirmt nur ein paar Sofaecken gab. An den Wänden hingen Gemälde von George dem Vierten und Queen Victoria, daneben ein mannshoher Spiegel. Die Fläche war so alt und verzogen, dass man sich selbst nur verzerrt sehen konnte. Die meisten Menschen gingen einfach vorbei, doch es war nicht schwer, das Summen der Ley-Linie zu fühlen, deren Sammelpunkt direkt im Spiegel endete. Es brauchte nur einen Funken Arcanum und ein gewisses Know-how, um die Oberfläche des Spiegels flüssig wie Quecksilber werden zu lassen. Kain und ich traten hindurch und kamen in der nächsten Sekunde auf der anderen Seite des Spiegels wieder heraus. Das Abbild des Pubs von eben war zu sehen, nur mit dem Unterschied, dass alles spiegelverkehrt war und hier drinnen kein einziger Mensch zu finden war. Der Pub war gerammelt voll mit Dämonen, Geistern und Übernatürlichen aller Art. Ihr lautes Lachen und ihre Gespräche hallten an den Wänden entlang, dichter Zigarettenrauch hing über allem, und der Vampir an der Bar nickte uns zu.

»Was kann ich für euch tun?«, brüllte er uns zu.

»Wir haben auf den Namen Kain reserviert«, sagte mein Partner. Der Vampir deutete mit dem Kinn nach hinten.

»Letzter Tisch. Ich bringe euch zwei Pints.«

Wir schoben uns durch die wilde Horde an Dämonen. London wurde beinahe komplett von den Varkolaks und dem Strigoi- bzw. dem Moroi-Syndikat kontrolliert. Niemand wollte den Vampiren freiwillig ans Bein pinkeln. Es waren einfach zu viele hier, um es sich mit ihnen zu verscherzen.

Um britischen Boden betreten zu dürfen, musste man eigentlich bei den Black Birds offiziell einen Antrag stellen. Doch wenn man wusste, wie – und Kain wusste immer, wie – und die Bestechungssumme entsprechend hoch war, fand man immer einen Vampir, der einen ins Land schleuste, ohne dass die Exorzisten davon Wind bekamen.

Dennoch war es als Dämon ziemlich umständlich, hierherzugelangen. Außerdem wimmelte es nur so von Black Birds, was es bedeutend schwerer machte, ein paar illegale Geschäfte zu tätigen. Darum erwies sich die Spiegelebene, die die überdurchschnittlich vielen Ley-Linien hier erzeugten, als überaus praktisch für Dämonen und ihre Geschäfte aller Art. So hatte sich in den letzten Jahrzehnten ein Spieguniversum in London gebildet, das nur den Dämonen gehörte und bisher eines der bestgehüteten Geheimnisse der Unterwelt darstellte.

Nicht alle Orte in London hatten eine solche Spiegelung, manche Knoten waren zu eng, um einen eigenen Punkt zu erschaffen, an dem man sich frei bewegen konnte. Doch solche Ballungspunkte wie dieser Pub waren ideal, um den neugierigen Blicken der Exorzisten zu entkommen. In all den Jahrtausenden, die ich nun existierte, war Großbritannien und im Speziellen London etwas Besonderes, denn nirgendwo auf der Welt bestanden noch so viele Ley-Linien wie hier. Das Land war von all den Linien und Löchern durchzogen wie ein Schweizer Käse.

Kain und ich ließen uns in der reservierten Nische nieder, und ein mürrisch aussehender Geist mit Perücke brachte uns unsere Pints, die aussahen, als würden sie durch die Luft schweben.

»Hier«, grunzte der Geist und schwebte, ohne eine Erwiderung abzuwarten, wieder davon.

»Hältst du das wirklich für eine gute Idee? Wir hätten nicht nach Großbritannien gehen sollen, es gefährdet die ganze Arbeit, die wir in den letzten Monaten geschafft haben«, seufzte Kain und rückte seine Bluse zurecht.

Die langen blonden Haare fielen ihm in einem strengen, hohen Zopf über den Rücken, und der taillierte Anzug saß so eng, dass es mich wunderte, wie Kain darin atmen konnte, während seine vollen Brüste aus der Bluse lugten. Mein Freund war rattenscharf, und er genoss es eindeutig, in einem Frauenkörper zu stecken, angesichts all der Menschen, die er in den letzten Wochen vernascht hatte.

»Es ist riskant«, räumte ich ein, ohne zu erwähnen, wie heftig mein Puls ging allein bei dem Gedanken, wieder in der Nähe von Leaf zu sein, und wie schwer es mir fiel, mich von ihr fernzuhalten.

»Aber wenn ich mit meiner Vermutung richtigliege und wir tatsächlich die Information bekommen, die uns noch fehlt, wird das die Karten völlig neu mischen. Es könnte alles verändern.«

Kain hob eine Augenbraue. »Oder auch gar nichts.«

»C'est la vie«, gab ich zurück und setzte gerade an, mein Bier zu trinken, als mir die Stille auffiel. In der Bar, in der es soeben noch laut gewesen war, war es jetzt mucksmäuschenstill. Nicht nur das. Alles schien geräuschlos zu sein, beinahe erstarrt. Der Nebel der Zigarren hing in der Luft, als wären sie mitten in der Bewegung eingefroren. Die Dämonen um uns herum bewegten sich nicht.

Langsam setzte ich meinen Humpen Bier ab.

»Wie es aussieht, sind sie da«, stellte ich fest.

»Beeindruckend.« Kain fuhr mit den manikürten Händen durch eine unbewegliche Rauchschwade vor uns. Diese umspielte träge wie Melasse seine Finger. Die Zeit stand tatsächlich still. Erstarrt zwischen den Atemzügen. Niemand konnte so etwas. Außer sie – und wie jedes Mal kam es mir grotesk vor, dass ein menschliches Wesen Macht über Zeit und Raum besaß.

»Ich dachte wirklich, es gäbe keine Schattenfänger mehr«, gab Kain zu, der ebenfalls den Blick schweifen ließ.

»Der Letzte, dem ich begegnet bin, war vor hundertfünfzig Jahren«, murmelte ich, während wir die beiden Gestalten beobachteten, die auf uns durch den erstarrten Raum zukamen.

Um sie herum war eine interessante Bündelung von Arcanum zu spüren. Nicht wie bei Menschen, bei denen dieses schlichtweg schwach war, nein, die Personen vor uns waren wie ein Vakuum. Um sie herum bewegte sich nichts, und wie jedes Mal, wenn mir ein Schattenfänger begegnete, lief mir ein kalter Schauer über den Rücken.

Die zwei Gestalten strebten zielgenau auf uns zu und ließen sich wortlos von uns mustern, obwohl nicht viel zu sehen war. Beide trugen schwarze Jeans, einen weiten Kapuzenpullover, dessen Kapuze über den Kopf gezogen war, und eine Atemschutzmaske, die die untere Hälfte des Gesichts verdeckte. Ihre Bewegungen wirkten fließend wie Wasser, ihre Schritte absolut geräuschlos, ehe sie in unheimlicher Synchronität vor uns stehen blieben.

»Danke, dass ihr gekommen seid. Nehmt doch Platz«, schnurrte ich und deutete auf die Stühle vor uns.

Einer setzte sich, der andere nicht. Das Vakuum um sie herum drückte in meinen Ohren und verursachte ein unangenehmes Gefühl in meiner Magengegend.

Ich räusperte mich und ließ meinen Blick zwischen den beiden Schattenfängern hin- und herwandern.

»Ich muss gestehen, es überrascht mich doch, dass tatsächlich noch echte Schattenfänger existieren. Als ich den

Tipp bekommen habe, euch zu kontaktieren, dachte ich eigentlich, es wäre ein Scherz. Ich war immer davon ausgegangen, Atticus Crown sei der Letzte gewesen.«

Die Schattenfänger antworteten nicht, doch der unangenehme Druck auf meine Ohren wurde noch stärker.

»Ihr seid nicht unbedingt die Geschwätzigsten, oder?«, versuchte ich noch mal, das Eis zu brechen. Kühles Schweigen war die einzige Reaktion.

Ich seufzte, lockerte die Krawatte um meinen Hals und beugte mich vor. »Wie auch immer. Ich brauche eine recht spezielle Information, die nicht unbedingt leicht zu bekommen ist, aber ich zahle gut.«

Endlich rückte der Schattenfänger vor mir mit der Sprache raus, doch seine Stimme klang gedämpft, sodass es nur schwer zu sagen war, ob es sich um eine Frau oder einen Mann handelte.

»Wie habt ihr von uns erfahren? Nicht viele wissen von uns, und wir waren nicht sehr erfreut über die Kontaktaufnahme«, sagte der Schattenfänger. Seine Stimme hallte leicht nach, als würde es unter seiner Kapuze zu viel Platz geben und ein Echo verursachen. Der Klang jagte mir einen unangenehmen Schauer über den Rücken, denn es fühlte sich an, als würde das Nichts zu mir sprechen.

»Oh, mein Bruder Legion hat mir von euch erzählt. Ich soll euch schön grüßen. Er meinte, er hätte noch etwas gut bei eurem Chef, und er tritt diesen Gefallen an mich ab«, sagte ich und unterdrückte ein Schaudern.

Die beiden Schattenfänger wandten sich kaum merklich die Köpfe zu, bis der Stehende leicht nickte. Der Sitzende fuhr fort: »Wir verstehen. Normalerweise würden wir von einem Lord-Dämon keinen Auftrag mehr annehmen, doch unser Boss ist neugierig. Er will wissen, welche Informationen der gefallene Prinz der Unterwelt benötigt.«

»Mir ist zu Ohren gekommen, dass ihr unter euren Leuten einen Gedankenschinder habt. Jemanden, der Erinnerungen stehlen kann. Stimmt das?«

»Ja. Wir haben einen Gedankenschinder. Aber unsere Dienste sind nicht billig, und je schwieriger der Auftrag, desto höher ist der Preis. Die Gefälligkeit von Legion würde sich nur darauf belaufen, dass wir den Auftrag überhaupt erst annehmen.«

»Selbstverständlich. Was wollt ihr haben? Zeit? Wir haben mehr als genug davon, ein Vorteil der Unsterblichkeit. Nehmt, so viel ihr braucht«, setzte Kain neben mir an, doch der sitzende Schattenfänger schüttelte den Kopf.

»Euer Leben wird nicht durch Zeit, sondern von Arcanum gespeist. Zeit berührt euch nicht. Es ist für Dämonen nur ein Abfallprodukt. Wir können nur Lebenszeit nutzen, die auch wirklich gelebt wird. Eure Zeit ist also für uns wertlos, Dämon.«

»Wie interessant«, stellte Kain fest und musterte die Schattenfänger wie ein durchgeknallter Wissenschaftler.

»Wenn es nicht Zeit ist, was wollt ihr dann?«, erkundigte ich mich.

Der Schattenfänger klatschte ein kleines weißes Kärtchen auf den Tisch. »Hierauf steht, was wir wollen.«

»Wie ich sehe, habt ihr euch bereits Gedanken gemacht«, sagte ich amüsiert und nahm das Kärtchen hoch. Kain lugte über meine Schulter, und seine Augenbrauen hoben sich.

»Das nenne ich mal viel Geld. Gut, dass wir in der Schweiz waren«, stellte er fest. Dem konnte ich nur zustimmen, doch der zweite Punkt ließ mich über den Rand des Kärtchens blicken.

»Ihr wollt eine Quintessenz? Darf ich fragen, was Schattenfänger mit so etwas wollen?«

Quintessenzen waren wie Diamanten – Seelen ohne jeden Makel. Rar und selten und beinahe unmöglich, künstlich herzustellen. Denn die meisten Quintessenzen stammten von Kindern. Neugeboren, unschuldig auf die Welt gekommen. Die Quintessenz eines Erwachsenen zu bekommen, war so gut wie aussichtslos. Jeder Mensch lud Schuld auf sich, ab der ersten Lüge, die über seine Lippen kam.

»Es liegt nicht an euch, zu fragen, warum wir etwas wollen. Die Frage ist hier eher, ob ihr den Preis auch bezahlen könnt.«

Kain warf mir einen warnenden Blick zu, doch ich schob die Karte über den Tisch. »Ich bringe sie euch. Wie stark muss sie sein?«

»Achtzehn Jahre«, gab der Schattenfänger zurück. Kain wurde blass um die Nase.

»Das ist quasi unmöglich«, stieß er hervor, doch ich hob eine Hand und unterbrach ihn: »Ihr bekommt sie.«

Der Schattenfänger nickte. »Was können wir also für euch tun?«

Ich lächelte, nahm einen Stift aus der Tasche meines Sakkos und schrieb etwas auf die andere Seite des Kärtchens, um es ihnen auf den kleinen Tisch zu schieben.

»Ich kann den Zeitraum der Erinnerungen leider nicht genau abstecken, aber ich habe hier festgehalten, worum es sich handelt. Ich will alles davon haben.«

Der Schattenfänger nickte erneut. »Wir können Erinnerungen von bis zu einem Jahr stehlen, doch wir müssen als Warnung vorausschicken, dass es Konsequenzen nach sich ziehen wird. Die betreffende Person kann sich danach an den gestohlenen Zeitraum nicht mehr erinnern.«

»Wundervoll. Bringt sie zerstückelt, wenn es sein muss. Hauptsache, ich habe sie.«

»Und wen sollen wir bestehlen?«

Ein fieses Lächeln stahl sich auf mein Gesicht. »Einen Exorzisten. Sein Name ist Falco Chepesch.«

31

Leaf

Methoden der Conjurer

Was bedeutet Invokation? Invokation – oder auch bannen – bedeutet, einen *Geist* oder *Fluch* mit *Reliquien* an ein *Kleinod* zu binden, um sie unschädlich zu machen. Eine ähnliche Methode findet sich bei den *Shintonisten*, wenn sie einen *Lord-Dämon* an ein Kleinod binden.

Unsere Schritte hallten in der Akademie nach, die so groß war, dass ich nach kürzester Zeit die Orientierung verloren hatte. Türen, Flure, Gänge, Wandteppiche, Gemälde, Klassenräume und Treppen wechselten sich ab.

Die junge Direktorin gab sich alle Mühe, hier und da Informationen über das alte Gebäude zu erzählen, über den Unterricht und berühmte Exorzisten, die hier unterrichtet hatten, doch es war mir kaum möglich, mich darauf zu konzentrieren. Denn der Hunger, der in mir wütete, verschlang meine ganze Aufmerksamkeit. Zero und Crain hatten sich bereits nach den ersten zehn Minuten mit einer miesen Ausrede verkrümelt, um weiß Gott was zu machen, und obwohl das hier alles sehr interessant war, wünschte ich mir, ich hätte mit ihnen flüchten können. Falco ging so knapp neben mir, dass ich nur meine Finger ausstrecken müsste, um ihn zu berühren. Sein warmer, holziger Geruch stieg mir in die Nase, und an den Rändern meines Bewusstseins flackerten immer wieder schwarze Flecken, als würde der Dämon in mir unruhig rumoren.

In meinen Ohren rauschte das Blut, und ich war mir jeder Bewegung, jedes Atemzugs übersensibel bewusst, den Falco tat. Ich wollte ihn packen, gegen die nächste Wand drücken, mit den Händen durch sein weiches schwarzes Haar fahren und seinen Kopf nach hinten biegen, bis sein pochender Puls vor mir lag. Ich wollte meine Lippen an diese sensible Stelle pressen und das Leben aus ihm saugen, bis kein Tropfen Seele mehr in ihm war. Ich wollte ihn meinen Namen stöhnen hören, ich wollte seine Finger auf meiner nackten Haut, ich wollte ihn auf den Knien vor mir sehen, bis er mich um Verzeihung bat, mich verlassen zu haben. Ich wollte ihn verschlingen mit Haut und Haaren, und das vor den Augen aller Exorzisten, damit jeder wusste, wem er gehörte.

Mir!

Uns.

Mir!

Uns.

Meine Sicht wurde so dunkel, dass ich kaum noch etwas sehen konnte, während der Dämon in meinen Inneren begann, sich aus meiner Haut zu schälen.

»Leaf?«

Die Stimme drang zu mir durch wie durch Sirup, und ich blinzelte verwirrt. Die Dunkelheit schwand aus meinem Sichtfeld, und ich blickte in die irritierten Gesichter der Exorzisten.

»Ja?«, fragte ich mit rauer Stimme und räusperte mich schnell, während mir die Panik den Puls nach oben trieb. Heilige Scheiße, das hier war nicht gut.

»Ist alles in Ordnung, Miss Young?«, erkundigte sich die Direktorin. Falco sah mit einem Stirnrunzeln auf mich herab.

»Ich, ja, es war nur ein langer Flug«, stammelte ich, was ihr ein schmales Lächeln abrang.

»Natürlich. Wir sind nun auch schon am Ende unserer kleinen Tour. Das hier ist Ihr Zimmer. Hier können Sie sich frisch machen und ausruhen, ehe die Spiele bald beginnen.«

Sie deutete auf eine schlichte Zimmertür vor uns, die sich in einem langen Flur mit Dutzenden weiteren Türen, die alle identisch aussahen, befand. Keine Ahnung, wie ich dieses Zimmer wiederfinden sollte, doch es war jetzt am wichtigsten, nach drinnen zu flüchten, bevor ich Falco wie eine Saftflasche austrank.

»Danke«, stieß ich hervor und die Direktorin öffnete mir die Tür. Das Innere war schlicht und spartanisch eingerichtet und ähnelte insgesamt einem Hotelzimmer mit drei Betten und bot eine hübsche Aussicht auf einen perfekt getrimmten englischen Garten. »Das Gepäck wurde bereits nach oben gebracht, sollten Sie dennoch etwas benötigen, können Sie jederzeit darum bitten«, sagte die Direktorin.

Mein Blick fiel auf meinen Koffer, der neben dem letzten Bett im Raum stand.

»Danke«, presste ich wieder hervor. Direktorin Hardwood nickte mir zu und zog sich zurück. Das leise Klicken der Tür ließ mich erleichtert aufatmen, zumindest bis ich Falcos Stimme hinter mir hörte, und zwar genau neben meinem Ohr. So knapp, dass warmer Atem meinen Nacken traf.

»Wie konntest du so unvorsichtig sein und dich gleich in der ersten Minute in England mit zwei Grims prügeln? Mir ist fast das Herz stehen geblieben.«

Empört blies ich die Backen auf und wirbelte herum. Falco stand mir so nah, dass ich das amüsierte Funkeln in seinen Augen sehen konnte, sodass ich nur eine Hand ausstrecken müsste, um gegen seine Brust zu drücken, um die

Finger in seiner schwarzen Exorzistenuniform zu vergraben und an mich zu ziehen.

»Wir haben uns einen ganzen Monat lang nicht gesehen, und das Erste, was du machst, sind Vorwürfe?«, fragte ich ungläubig. Das Gold in seinen Augen schmolz noch mehr, während ein seltenes Grübchen in seinem Mundwinkel aufblitzte.

»Das Erste, was ich gemacht habe, war, deinen Arsch zu retten«, korrigierte er mich.

»Ich hätte dich im Gang doch aussaugen sollen, du arroganter Mistkerl«, schnaufte ich ungläubig.

Seine Augenbraue schnellte nach oben, und er kam auf mich zu wie ein hungriges Raubtier. Überrascht stolperte ich zurück, bis ich das Bett in den Kniekehlen fühlte, das Gleichgewicht verlor und federnd zurückfiel.

Falco beugte sich über mich, sodass er jedes Licht verschluckte. »Ich habe dich auch vermisst«, sagte er mit rauer Stimme.

Meine Pupillen weiteten sich so ruckartig, dass ich es fühlen konnte, und am Rand meines Blickfeldes wurde es wieder gefährlich dunkel. Eine Erwiderung klebte mir am Gaumen. Ich hatte ihn nicht nur vermisst, in mir hatte eine Leere geschmerzt, als hätte er einen Arm von mir abgerissen und mitgenommen. Allein der Gedanke, dass er mit seiner Verlobten zusammen war, trieb mich halb in den Wahnsinn. Ohne ihn war ich halb am Verhungern, und sogar unser morgendliches Joggen hatte ich vermisst, einfach nur, weil ich ihn neben mir haben wollte. Mit mir. Bei mir. IN mir. Alles.

Doch ich brachte die Worte nicht heraus, stattdessen hob ich das Kinn und fragte: »Hast du mir ein Baguette mitgebracht?«

Seine Mundwinkel hoben sich amüsiert: »Ja, und es ist steinhart geworden«, gab er zurück.

»Falco Chepesch, wenn ich es nicht besser wüsste, würde ich behaupten, du hast gerade versucht, einen versauten Witz zu reißen«, lachte ich.

»Tatsächlich ist es die Wahrheit, aber wir können das auch gerne als Witz verbuchen«, gab er zurück, streckte eine Hand aus und ließ eine meiner Haarsträhnen durch seine Finger gleiten. Mir stockte der Atem, und mir wurde wieder schwindelig vor Verlangen und Hunger.

»Falco, falls du hier bist, um etwas Wichtiges zu besprechen, solltest du jetzt sehr schnell Abstand nehmen …«, presste ich hervor, während mir ein Schweißtropfen den Rücken hinabrann vor Anstrengung, mich nicht auf ihn zu stürzen und ans Bett zu nageln.

Falco senkte die Hand.

»Du bist hungrig«, stellte er fest.

»Hungrig ist gar kein Ausdruck«, flüsterte ich und fixierte ihn, während ich die Finger in die Bettlaken vergrub, bis das Reißen von Stoff zu hören war.

Falco beugte sie über mich, die Arme links und rechts abgestützt, und lehnte sich herunter. Seine Lippen berührten meine, als er flüsterte: »Nimm dir, was du brauchst.«

Um Himmels willen. Ich verdrehte beinahe die Augen, während ich an dem letzten Rest Selbstbeherrschung festhielt.

»Sollten wir hier wirklich …«, setzte ich an, doch da griff er in meinen Nacken und presste seine Lippen auf meinen Mund. Ein tiefes Stöhnen entwich mir, ich packte Falcos Haare und zog ihn so fest an mich, dass es wehtun musste. Falco stöhnte in meinen Kuss hinein, als ich an seiner Seele zerrte wie ein wildes Tier. Ich trank in vollen Zügen, und wie jedes Mal fühlte es sich an, als würde ich ein Stück Himmel erblicken. Alles in mir wurde weich und warm, füllte mich mit Licht, verdrängte die Dunkelheit in mir. Eine Sekunde schwelgte ich in absoluter Glückseligkeit, bevor ich mich zwang, die Lippen von Falco loszureißen und stattdessen mein Gesicht in der Kuhle seiner Schulter zu vergraben. Sein Puls hämmerte hart.

»Bist du okay?«, flüsterte ich. Falco stöhnte nur. Er hatte die Augen geschlossen, und sein Gesichtsausdruck schwankte zwischen Schmerz und Ekstase.

Falco zitterte und schlang seine Arme um mich. Hielt mich fest, bis sich unsere Herzschläge beruhigt hatten und wir uns wieder in die Augen sehen konnten. Unser beider Atem vermischte sich, und ich fuhr mit einem Finger über seinen scharf geschnittenen Kiefer. Er schauderte unter der zarten Berührung.

»Danke«, flüsterte ich und wurde mit einem selten sanften Lächeln belohnt.

»Immer«, gab er zurück und hauchte einen Kuss auf meine Fingerknöchel. Sein großer Daumen strich darüber, und ich lehnte meine Wange gegen seine breite Schulter.

»Falco …«, setzte ich zu der ersten meiner tausend Fragen an, die ich ihm stellen wollte. Über das, was er alles im Ausland getrieben hatte und dem, was heute passieren würde, sobald wir aus diesem Zimmer herauskamen. Doch im selben Moment erklang ein lautes Klopfen an der Tür, das uns beide alarmiert aufschrecken ließ.

»Shintonist Chepesch? Sind Sie hier drinnen?«, rief eine mir unbekannte Stimme. Falco runzelte die Stirn und rückte von mir ab.

»Ja?«, bellte er, und hinter der Tür rumpelte es leise.

»Es tut mir leid, Sie zu stören, Sir, doch Ihre Verlobte sucht Sie.«

Augenblicklich versteiften wir uns beide gleichzeitig.

»Sagen Sie ihr, wir treffen uns wie abgemacht bei den Spielen«, rief er barsch.

»Ich befürchte, das wird nicht möglich sein. Ihre Verlobte wartet unten mit dem Intendanten auf Sie. Ich soll Sie unverzüglich holen.«

»Jetzt?«, fragte Falco ungläubig.

»Jetzt«, bestätigte die Stimme.

Der Exorzist seufzte und lehnte seine Stirn an meine.

»Es tut mir leid, ich hatte gehofft, wir hätten etwas länger Zeit«, flüsterte er.

»Schon gut«, log ich und rückte ab.

»Geh nur. Wir sehen uns dann bei den Spielen, schätze ich?«

Falcos Kinn zuckte. »Wegen der Spiele …«, setzte er an, doch das Klopfen unterbrach ihn wieder.

»Shintonist Chepesch. Es tut mir sehr leid, aber Sie müssen unverzüglich nach unten kommen.«

»Noch eine Minute«, bellte Falco, ehe er mein Gesicht zwischen die Hände nahm und einen Kuss auf meine Stirn drückte. Bei der überraschend liebevollen Geste machte mein Herz einen Sprung. »Geh duschen und ruh dich aus. Wir sehen uns heute Abend. Ich werde auf dich warten. Sei pünktlich, und alles wird gut.« Mit dem Daumen strich er über meine Wangenknochen.

»Wird gemacht, Shintonist Chepesch«, erwiderte ich spöttisch.

Falco sah aus, als wollte er mich wieder küssen, wäre da nicht das penetrante Klopfen an der Tür. Falco fluchte, wuchtete seinen muskulösen Körper aus dem Bett und stampfte zur Tür und riss sie auf.

»Ich bin schon da«, knurrte er einen armen Novizen an, der erschrocken zurückwich.

»Entschuldigen S-Sie, S-Sir. Ich hatte strikte …«

»Ja, ganz sicher hatten Sie das«, unterbrach Falco ihn, ehe er sich im Türrahmen noch mal zu mir umdrehte. »Leg dich nicht wieder mit den Grims an, und zieh dir für heute Abend was Hübsches an«, riet er mir, und im nächsten Augenblick schlug die Tür zu.

Mein Herz raste, während ich ihm einige Zeit nachblickte in der Hoffnung, die Tür würde wieder aufgehen, doch das tat sie nicht. Frustriert fiel ich auf das Bett zurück und leckte mir über die Lippen. Ich schmeckte ihn noch auf mir. Sein Arcanum sirrte in meine Adern wie ein Aufputschmittel. So gut hatte ich mich schon seit Wochen nicht mehr gefühlt. Dennoch brauchte ich eine ganze Weile, bis ich mich dazu aufraffen konnte, ins angrenzende Badezimmer zu verschwinden und mich frisch zu machen.

32
Falco

Der Red-Water-Vertrag: Im Jahre 1880 wurde unter Königin Victoria der Red-Water-Vertrag unterzeichnet. Dieser sicherte dem Syndikat das Wohnrecht in Großbritannien zu, jedoch unter Regelungen zur Reproduktion und zur Bewegungsfreiheit. Im Gegenzug lieferte der Orden eine festgelegte Menge an Blut, die sich jedoch monatlich verringerte, sobald die Exorzisten eine gewisse Menge an Vertragsbrüchen feststellten.

»Da bist du ja endlich. Ich habe dich überall suchen lassen«, sagte Tempest, als ich in der Eingangshalle der Akademie ankam.

»Wie siehst du denn aus?« Als sie mich sah, rümpfte sie die Nase und begann, an mir rumzuzupfen. Erst jetzt bemerkte ich, wie schief meine Klamotten saßen.

»Ich hoffe, es ist wichtig. Ich hatte darum gebeten, den Vormittag freizubekommen«, knurrte ich und schob ihre Hand weg, während ich mir die Krawatte richtete.

Tempest warf mir einen Blick zu, der deutlich machte, dass sie wusste, was ich gerade im Begriff gewesen war zu tun. Es kümmerte mich jedoch nicht. Nach den Wochen, die ich mit Tempest verbracht hatte, war ich mir sicher, dass meine zukünftige Ehe furchtbar werden würde. Wir arbeiteten perfekt zusammen, doch sobald einer von uns den Mund aufmachte, endete es in einem wüsten Streit.

»Der Intendant will uns sprechen. Er wartet in der Limousine auf uns«, sagte sie jedoch nur knapp, drehte sich um und verschwand mit schwingenden Haaren aus der Akademie. Ich folgte ihr und musste den Drang unterdrücken, zu Leaf zurückzulaufen und sie in meine Arme zu schließen, um dort weiterzumachen, wo wir aufgehört hatten. Stattdessen folgte ich meiner Verlobten und stieg in eine der wartenden Limousinen. Der Intendant saß tatsächlich darin und blätterte durch Akten.

»Mr. Chepesch, wie schön, dass Sie sich zu uns gesellen.«

»Was kann ich für Sie tun, Sir?«, fragte ich steif, während die Limousine bereits losfuhr.

Der Intendant blätterte weiter.

»Ich habe einen Auftrag für Sie beide«, teilte er ohne aufzusehen mit.

»Der da wäre?«, erkundigte ich mich, und endlich blickte der Intendant auf.

»Die Spiele werden wie geplant im Langham Hotel abgehalten.«

»Das weiß ich bereits, Sir«, entgegnete ich, behielt es aber für mich, wie gefährlich es war, die Spiele ausgerechnet bei den Vampiren stattfinden zu lassen. Die Lage war mehr als nur angespannt.

Der Intendant nickte jedoch nur. »Ihr Vater wird für die Sicherheit der Spiele sorgen. Ich möchte, dass Sie und Tempest die Spiele nutzen, um sich unauffällig umzusehen.«

»Umzusehen, Sir?«, fragte ich, während Beunruhigung in mir hochkroch.

»In der Tat. Wir haben den Verdacht, dass das Varkolak-Syndikat in letzter Zeit in prekäre Geschäfte verwickelt ist, die gegen den Red-Water-Vertrag verstoßen, und wir brauchen den Beweis dafür. Sie müssen also die Ablenkung nutzen und sich dort umschauen.«

Mir stockte der Atem.

»Um welche Beweise handelt es sich, Sir?«, erkundigte Tempest sich.

»Das kann ich nicht sagen. Die Strigoi befinden sich noch immer in der Hand der Dauphine, und sie wurde in den letzten Monaten auffällig aufmüpfig. Blutlieferungen wurden geplündert oder gar nicht erst abgeholt, und es kommt zu vermehrten Angriffen auf Zivilisten. Ich will, dass Sie dort jede Leiche finden, die sie potenziell versteckt haben können. Wenn wir Glück haben, finden wir genug Beweise, um diesem Rattennest endlich nicht mehr zivilisiert begegnen zu müssen, sondern können ihnen für die nächsten Jahrzehnte einen Maulkorb verpassen.«

»Ich bin mir nicht sicher, ob ich verstehe, Sir. Soweit ich weiß, ist es nicht erlaubt, das Strigoi-Syndikat zu bekämpfen, ohne sofort den Kriegszustand auszulösen.«

»Wir befinden uns bereits unmittelbar vor einem Krieg, Mr. Chepesch, nur tun wir noch alle so, als würden wir die Verfehlungen billigen. Dieses Jahr werden die Spiele zusammen mit dem Strigoi-Syndikat veranstaltet, als Zeichen unseres sogenannten Friedens und der Erneuerung des Red-Water-Vertrags. Wir werden diese Möglichkeit nutzen, um nach all dem Dreck zu suchen, den sie in ihrem Keller versteckt haben. Sie haben nicht viel Zeit, bis zum Ende des ersten Spiels. Während die Vampire abgelenkt sind, möchte ich, dass Sie dort alle Informationen sammeln, die Sie finden können.«

»Sind Sie sicher, Sir? Von den Beziehungen zwischen dem Orden und den Strigoi hängt viel ab. Wenn sie uns erwischen …«

»Sie haben die Erlaubnis, alle erforderlichen Mittel einzusetzen, Shintonist Chepesch.«

Ich wurde blass, und Tempest lächelte, während sie meine Hand in ihre nahm.

»Keine Sorge, Intendant, wir werden uns darum kümmern«, sagte sie.

Ein schmales Lächeln umspielte seine Lippen.

»Davon bin ich ausgegangen.«

33

Leaf

Dämonen der Stufe 3
Geister
Elementargeister
Erdgeister

Vittel Geister, die mit einem *Erdwichtel* verglichen werden können. Sie sind mit dem *Vätter* verwandt, jedoch sehr viel scheuer und leben unter der Erde. Sie sind die Einzigen, die das dunkle Erz herstellen können, das für Waffen oder Bausubstanzen genutzt wird, da dieses Erz stark abschirmend für dunkles Arcanum ist.

Seufzend starrte ich in meinen Koffer, in dem nur schwarze und graue Hosen und Shirts lagen. Das noch immer nasse Haar war in einem Handtuchturban um den Kopf gewickelt, und ich steckte gerade in dem Dilemma, dass ich nicht wusste, was ich zu meiner potenziellen Beerdigung anziehen sollte. Ich sollte etwas *Hübsches* anziehen? Warum hatte mir das niemand früher gesagt? Ich hatte jedoch weder Make-up noch ein Kleid dabei. Wer hätte auch ahnen können, dass ich bei einem Kampf um Leben und Tod *hübsch* sein musste.

Crain und Zero waren bisher nicht aufgetaucht, doch im Augenblick hätte ich viel dafür gegeben, um nicht mit meinen Gedanken alleine sein zu müssen. In mir pulsierte eine angespannte Unruhe, seit Falco nicht mehr da war, und der Stress über das, was hier bald passieren würde, drehte sich in meinem Kopf im Kreis. Am liebsten wollte ich mich bewegen, aus der Akademie raus und London erkunden, als würde dort etwas auf mich warten. Ich fühlte mich rastlos und nervös, doch gleichzeitig hatte ich Angst vor dem, was passieren würde, wenn ich dieses Zimmer verließ und auf die anderen Exorzisten traf. Die Exorzisten in New York hatten mich nie gemocht, aber wenigstens toleriert. Ich war schlichtweg nicht mehr neu gewesen und darum auch nicht aufregend. Hier würde sich das ändern. Hier verkörperte ich alles, was die Exorzisten nicht wollten.

Ein leises Klopfen ließ mich aufschrecken. Die Hoffnung, dass Falco zurückgekommen war, schrumpfte jedoch in sich zusammen, als Crain ins Zimmer lugte.

»Alles gut da drin?«, erkundigte er sich.

»Nein«, knurrte ich.

»Bist du nackt?«

»Ich habe Unterwäsche an. Komm rein.«

Die Tür ging weiter auf, und Crain lehnte sich gegen den Türrahmen. Er musterte mich, wobei er nur ein paar Sekunden länger als unbedingt nötig auf meinen Hintern starrte.

Obwohl seine Reisetasche unangetastet auf dem Bett lag, steckte er bereits in einem schwarzen Anzug und hatte eine grüne Krawatte um den Hals geschlungen, die seine ungleichen Augen betonte. Er schien mehr in den letzten Stunden auf die Reihe gebracht zu haben, denn bei mir hatte es nur dazu gereicht, den Jetlag auszuschlafen, die Tapete anzustarren und mich zu fragen, ob es zu spät war, bei den Exorzisten zu kündigen, zu viel Angst zu haben, zum Mittagessen zu gehen, aber trotzdem zu duschen.

»Sexy«, stellte ich fest, und er lächelte schief.

»Du auch. Aber es gibt hier ältere Exorzisten, und die würden wohl eine Hitzefackel bekommen, wenn sie dich so sehen.«

»Ich habe nichts zum Anziehen«, stieß ich frustriert aus.

Crain runzelte die Stirn. »Weil du es vergessen hast, einzupacken, oder …?«

»Weil ich nichts habe, Crain. Ich habe so gut wie alles verloren, als ich auf die Akademie kam. Bisher war das völlig egal, da ich ohnehin nur diese eintönige Uniform tragen musste, aber mehr habe ich nicht. Es gibt kein Kleid, das ich hätte mitnehmen können.«

Er stieß sich vom Türrahmen ab und starrte auf den traurigen kleinen Haufen aus Klamotten in meiner Tasche. Selbst die gehörte mir nicht. Es prangte das Zeichen der Black Bird Academy darauf.

»Warum hast du nichts gesagt? Wir hätten dir ein paar Sachen besorgt.«

»Ich habe es im ganzen Stress immer wieder vergessen. Man vergisst, über Klamotten nachzudenken, wenn man ständig Angst hat zu sterben«, gab ich zurück. Crain fuhr sich durch die Haare, ehe er sein Handy zückte und daraufblickte.

»Wir haben noch Zeit genug.«

»Zeit wofür?«

Er grinste. »Zum Shoppen. Zieh dir schnell was über.« Er deutete auf ein T-Shirt und eine Hose und wartete, bis ich beides samt Schuhen angezogen hatte, ehe er mich an der Hand nahm und nach draußen zerrte.

»Ich glaube nicht, dass wir Zeit zum Shoppen haben«, wandte ich ein.

»Das wird schon«, behauptete er, während er mich durch die geschwungenen Treppen nach unten in die Eingangshalle zerrte.

»Dürfen wir denn einfach so rausgehen?«

»Vermutlich nicht«, gab Crain amüsiert zurück, und wir liefen direkt in Zero hinein, der gerade versuchte, einen Stapel

Bücher die Stufen nach oben zu balancieren, der Turm kam gefährlich ins Schwanken. Zero balancierte ihn schnell aus und warf uns einen misstrauischen Blick zu.

»Was tut ihr, und warum sieht es bereits jetzt illegal aus?«

Crain schnaubte. »Wir gehen shoppen.«

Zero runzelte die Stirn. »Dafür ist keine Zeit.«

»Habe ich auch gesagt«, wandte ich ein.

»Wir shoppen sehr schnell«, konterte Crain.

»Wozu?«, fragte Zero.

»Weil Leaf aussieht wie eine Vogelscheuche.«

»Hey!«

»Da ist was dran«, meinte Zero nachdenklich.

»Hey!«, beschwerte ich mich wieder.

Zero zögerte. »Ich werdet dennoch zu spät sein.«

»Höchstens fünf Minuten. Wir gehen zu Zelda.«

»Wer ist Zelda?«, fragte ich, doch keiner der beiden antwortete.

Wer auch immer sie jedoch war, Zero sah überzeugter aus als noch eben zuvor. Er nickte seufzend.

»Ich werde es Falco wissen lassen, damit er nicht durchdreht.«

»Danke, Kumpel.«

»Kommt nicht mehr als fünf Minuten zu spät!«, rief er uns über die Schulter zu, doch da zerrte mich Crain bereits die Treppen weiter nach unten. Ein paar Exorzisten blieben bei dem Anblick von uns wie angewurzelt stehen.

»Sie starren uns an«, murmelte ich.

Crain wackelte mit den Augenbrauen. »Natürlich tun sie das. Du bist das berühmte dämonenbesessene Luder der Black Birds und ich der berüchtigte Sohn des Intendanten. Es wäre seltsam, wenn sie nicht starren würden.«

»Dämonenbesessenes Luder?«, fragte ich schockiert und stolperte dabei beinahe über meine Füße. Crain fing mich geschickt auf und zuckte die Schultern. »Mich nennen sie auch so, kein Grund, dich geschmeichelt zu fühlen.«

Sein warmer Händedruck nahm etwas von dem Stechen in meiner Brust. Seufzend strich ich mir das Haar aus der Stirn und atmete tief durch.

»Hey Leaf.« Ein sanfter Druck an meinen Schultern ließ mich nach oben sehen.

»Nimm dir so was nicht zu Herzen, je schlimmer und gehässiger die Gerüchte, desto besser ist es für dich. Du kannst dich davon verletzen lassen oder es wie eine Rüstung tragen. Am Ende ranken sich um dich mehr Mythen und Geschichten als die Wahrheit – und so was ist von unschätzbarem Wert. Es macht uns unangreifbar, sie werden uns bewundern und gleichzeitig fürchten für Geschichten, die sie selbst erfunden haben.« Er lächelte mich schief an, und in diesen Augenblick fragte ich mich, ob neben Zero, Falco und mir tatsächlich Leute existierten, die ihn wirklich kannten. Und dann fragte ich mich weiter, ob ich den echten Crain überhaupt kannte, oder ob es auch nur die Version war, die er andere sehen ließ.

»Das klingt einsam«, wandte ich ein. Crains Augen wurden dunkler, sein Lächeln spöttisch.

»Das ist es auch, aber es gibt schlimmere Schicksale«, gab er leise zu und streckte mir die Hand hin.

»Komm. Wir sorgen heute Abend für ein neues Gerücht. Und es wird so scharf sein, dass Falco auf seinem eigenen Sabber ausrutscht.«

Mit zuckenden Mundwinkeln fasste ich seine große schwielige Hand, und von einem plötzlichen Impuls ergriffen, trat ich nach vorne, schlang die Arme um seinen Hals und drückte ihn an mich. Der Exorzist war so riesig, dass mein Kopf bis knapp unter die Kuhle seines Brustbeins reichte.

»Danke, dass du mein Freund bist«, sagte ich leise.

»Danke, dass du meine Freundin bist«, gab Crain genauso leise zurück und drückte mich an sich. Und so standen wir für einen Augenblick und hielten einander fest.

Ein Räuspern ließ uns beide aufsehen. Ein Novize in der braunen britischen Exorzistenuniform stand vor uns und rückte seine Brille zurecht. »Entschuldigt, ihr kommt aus New York, oder? Ich nehme an, eure Hausordnung lautet anders, aber bei uns ist die öffentliche Zurschaustellung von intimen Kontakten untersagt. Wenn ihr nicht gemeldet werden wollt, solltet ihr das, was auch immer ihr hier tut, hinter verschlossenen Türen fortsetzen«, schwadronierte er.

Sein Blick wanderte zu mir und stockte kurz, ehe er hinzufügte: »Und für die intime Beziehung zu einem Dämon muss erst ein Sonderantrag gestellt werden, der vom Orden geprüft wird.«

Amüsiert schmunzelte ich in mich hinein, während Crain sich dramatisch an die Brust griff. »Hast du das gehört, holde Maid? Unsere Liebe ist verboten!«

»Das habe ich nicht …«, setzte der Novize irritiert an, doch Crain hob die Stimme, bis er beinahe durch die halbe Akademie brüllte: »Mein Herz, diese Halunken wollen uns trennen, aber das lasse ich nicht zu. Eher ramme ich mir einen Dolch ins Herz, als von dir getrennt zu sein. Lass uns uns auf unser teures Pferd schwingen und in den Sonnenuntergang reiten.«

Mit diesen Worten packte er mich unter den Po und hob mich hoch.

»Himmel, Crain, was machst du da?«, rief ich lachend und hielt mich erschrocken fest, während Crain so tat, als würde er etwas zücken und damit in der Luft herumfuchteln, während er mich mit der anderen Hand an sich drückte.

»*En garde!* Ich fordere jeden Schuft heraus, der sich unserer Liebe in den Weg stellen will. Um dich aus meinen

Armen zu entreißen, muss er erst den kalten Kuss meiner Klinge fühlen!«, röhrte er. Der Novize starrte uns an, als wäre er Zeuge eines schrecklichen Autounfalls.

»Alkohol und Drogenkonsum sind ebenfalls untersagt«, sagte er nur und flüchtete den Gang entlang.

»Der Feind ergibt sich! Wir haben gesiegt, holde Maid. Entfliehen wir diesem fürchterlichen Ort«, dröhnte Crain, packte mich fester und lief mit mir durch die Akademie. Ein Lachen entrang sich mir, während wir unter den verdutzten Blicken der Exorzisten das Weite suchten.

Halb erwartete ich, die Universität zu verlassen, doch Crain bugsierte mich durch einen langen Seitengang, von dem eine Tür nach der anderen abzweigte, ehe wir an einem alt aussehenden Aufzug anhielten.

»Wo gehen wir hin?«, fragte ich, als er mich absetzte und mein hochgerutschtes T-Shirt zurechtzupfte. Crain grinste und zeigte dabei seine spitzen Eckzähne.

»In die Garage, dort unten steht etwas, das ich schon lange nicht mehr benutzt habe.«

»Dein Hirn?«

»Besser.«

»Deinen Penis?«

»Fast so gut.«

Crain verbeugte sich spöttisch, als er das Gitter des Aufzugs aufhielt. Das Ding war nicht nur alt, sondern antik. Es war quasi ein Käfig, der nach unten rasseln würde.

Amüsiert drückte er den untersten Knopf, und der Lift setzte sich zögernd in Bewegung. Durch die Schächte konnte ich weitere Stockwerke der Universität sehen. Und von unten drang ein feuchter, leicht modriger Geruch zu uns hoch.

»Was ist dort?«, erkundigte ich mich, während die offenen Gänge, die zum Teil nur sehr schwach von alten Wandlampen beleuchtet wurden, vor uns auftauchten und wieder verschwanden.

»Studienräume, Labore, viele der Spiritisten studieren hier unten. Ach, und die Krypta.«

»Die Arena?«, erinnerte ich mich.

Er nickte.

»Hier befindet sich auch ein sehr großes Archiv für Kleinode oder andere gefährliche Gegenstände.«

»Wie meinst du das?«

»Nun, auf der ganzen Welt werden tagtäglich sehr viele Dämonen gefangen und eingesperrt. Diese Kleinode können nicht einfach frei zugänglich rumliegen, oder? Etliche davon werden in Archive geschickt und dort aufbewahrt. Wir haben in New York auch eines, unterhalb des Rosariums. Wenn man ein Kleinod zurückhaben will, aus welchen Gründen auch immer, muss man erst einen Antrag stellen, der vom zuständigen Archivleiter oder Primus geprüft wird, ehe es wieder herausgerückt wird.«

»Beeindruckend«, gab ich zu und blinzelte überrascht, als wir nach etwa fünf Stockwerken tatsächlich in einer weitläufigen Garage aus Beton anhielten, die sehr viel moderner aussah als alles, was ich hier bisher gesehen hatte.

Crain schritt ohne zu zögern hinein, grelle Lichter sprangen an der Decke an und beleuchteten eine Reihe geparkter Autos. Von klein und schäbig, über vintage und modern, bis hin zu Ferraris war alles vertreten, wobei manche aussahen, als hätte man sie schon eine ganze Weile lang nicht gefahren. Hier unten stand auch eine Flotte von Motorrädern, die uns wahrscheinlich in einer Stunde zum Versammlungsort bringen sollten. Crain steuerte jedoch zielsicher auf etwas ganz am Rande zu, das mit einer Plane verhängt war. Ich hörte ihn murmeln, als er die Abdeckung zurückzog und eine schnittige grüne Vespa zum Vorschein brachte.

»Da bist du ja«, seufzte er glücklich und strich über die grüne Karosserie dieser Minitodesschleuder.

»Was ist das denn?«, fragte ich verdutzt.

»Meine einzig wahre Liebe«, sagte er voller Inbrunst. »Ich habe sie mit meinem ersten eigenen Geld gekauft. Ich war vierzehn, und der Kerl, der mir das Ding verkauft hat, war ein Ghul und das Ganze schwer illegal, aber ich liebe alles daran«, verkündete er stolz, holte einen Helm aus dem Rücksitz und einen zweiten aus einem Kasten, der am Hinterteil der Vespa hing.

Crain stand daneben wie eine stolze Mutterhenne und funkelte praktisch vor Stolz. Die Vespa funkelte zurück. Dann schwang er sich wie ein wilder Cowboy auf den Sattel von dem Miniding.

Ich blinzelte ihn verdutzt an. »Was sollen wir damit tun?«

»Na, fahren! Das Ding ist schnell.«

»Ist das dein Ernst, oder verarschst du mich gerade?«, fragte ich, noch immer völlig irritiert von dem großen Exorzisten auf dem kleinen Moped.

Er sah mich schief an. »Diskriminierst du gerade kleine Vehikel, Young? Ich habe mehr von dir erwartet!«

»Ja. Nein. Es ist nur, ich hatte gedacht, du fährst auf einer Harley oder sonst etwas Mörderischem und schrecklich Testosteron-Überlastetem. Das hier ist so …« Ich fuchtelte herum und versuchte, den Größenunterschied begreiflich zu machen. Crains Muskeln sahen aus, als könnte er die Vespa einfach auseinanderbrechen.

Crain sah an sich herab. »Ich bin etwas gewachsen, seit ich vierzehn war«, gab er zu und zuckte mit den Schultern. »Aber dieses Baby bringt uns trotzdem von hier raus. Komm schon.« Er klopfte hinter sich, und mir entfuhr ein schnaubendes Lachen.

»Du bist so seltsam, weißt du das? Immer, wenn man denkt, man weiß, was du tust, tust du etwas noch Seltsameres«, lachte ich in mich hinein und versuchte das Bild abzuspeichern. An das hier wollte ich mich erinnern. Noch sehr, sehr lange.

»Nur um ganz sicher zu sein, du bist nicht betrunken oder auf Drogen?«, fragte ich nach.

Seine Mundwinkel zuckten. »Noch nicht, die Nacht ist noch jung. Aber selbst wenn wir einen Unfall bauen, wärst du schneller wieder fit als ich. Komm schon. Wir schnuppern etwas Freiheit, solange wir können, und rascher kommen wir nicht durch den Londoner Abendverkehr.«

Seufzend ging ich auf das kleine Motorrad zu und setzte mir den zweiten Helm auf, ehe ich mich umständlich hinter Crain fallen ließ. Es war am Po enger, als es aussah. Crain stülpte sich ebenfalls den Topf über, und tätschelte meine Hand, die ich um seine angespannten Bauchmuskeln legte.

»Halt dich einfach fest. Ich mach den Rest«, versprach er, und im nächsten Augenblick jaulte die Maschine auf. Der Motor brummte unter mir und buckelte wie ein Tier. Ich presste mich so eng an Crain, dass es wehtun musste, doch er beachtete es nicht. Stattdessen fuhr er mit quietschenden Reifen los. Ich stieß einen kleinen Schrei aus, während wir durch die Garage brausten. Es knarrte, als sich eine vergitterte Garagentür vor uns öffnete, und im nächsten Augenblick schossen wir eine Ausfahrt hinaus.

Wind peitschte mir um die Ohren, und als ich einen kleinen Blick hinter uns warf, sah ich Hampstead Hall hinter uns. Crain raste mit seinem Minivehikel die lange Auffahrt entlang, ehe wir auf eine Straße kamen und er uns nahtlos in den Verkehr einfädelte. Der Motor röhrte, und ich musste jeden mickrigen Bauchmuskel, den ich besaß, anspannen, um nicht von der Vespa zu fallen, während die Schwerkraft und die irre Geschwindigkeit alles daransetzte, mich abzuwerfen. Um Himmels willen! Warum fuhr so ein kleines Ding so schnell?

Crain spannte die Muskeln an und fädelte uns um die Autos herum ein. Der süßliche Geruch der Themse trieb mir entgegen, und obwohl ich mich krampfhaft festhielt, spürte ich die Energie, die durch Crains Adern pulsierte. Sein Lachen wehte zu mir hinüber.

Schmunzelnd lehnte ich meine Wange an seinen Rücken und spürte das Spiel seiner Muskeln, während ich das Prickeln seines Arcanums auf meiner Haut genoss. Die Fahrt dauerte weniger lang als gedacht. Nach etwa fünfzehn Minuten steuerte er uns in eine enge Seitengasse und blieb vor einem blau gestrichenen Laden stehen, der sich schief an eine Häuserreihe schmiegte. Die Fassade wirkte etwas schräg, als wäre das Gebäude in den Jahrhunderten unter seinem eigenen Gewicht eingeknickt. Alte verzogene, runde Schaufenster, deren Glasmaserung mich an Libellenflügel erinnerte, wölbten sich neben der dunklen Tür hervor, doch darin war nichts weiter zu sehen als staubige Regalbretter. Prinzipiell sah der Laden aus, als wäre er schon länger geschlossen.

»Wo sind wir?«, erkundigte ich mich, während Crain sich vom Sitz der Vespa schwang und seinen und meinen Helm abnahm. Prompt standen meine Haare in alle Richtungen ab.

»Bei einer alten Freundin. Sie wird uns helfen«, sagte er nur und ging auf das Geschäft zu. Auf einem kleinen unauffälligen Schild war die Aufschrift SECRET SPELLS & ANTIQUES zu lesen.

Ein Glöckchen bimmelte, als wir in den Laden traten, der völlig überfüllt mit allem zu sein schien. Möbel, Vasen,

Gemälde, Stangen voller Kleider stapelten sich hier in absolutem Chaos. Eine dicke Wolke Staub tanzte in der Luft und reizte meine Nase, während ein Geruch nach altem Papier und Kaffee in der Luft hing. So klein und krumm der Laden von außen wirkte, so endlos schien er sich im Inneren auszubreiten. Es war kein Ende zu sehen, und als ich nach oben blickte, sah ich einen zweiten Stock.

»Hallooo? Jemand da?«, rief Crain in den Laden hinein. Es wunderte mich, dass aufgrund der schieren Größe des Raums kein Echo zurückkam. Irgendwo aus diesem Gerümpel ertönte ein lautes Klirren. Erschrocken drehte ich mich um, als ein leises, brummendes Fluchen zu hören war, ehe eine kleine Frau hervortrat, die nur aus Falten und einem krummen Buckel zu bestehen schien. Langes weißes Haar fiel ihr in einem strammen Zopf den Rücken hinab, und die knotigen Finger waren um einen Gehstock geschlungen.

»Wer ist da?«, raunzte sie und blinzelte uns mit dunklen Augen an.

Verunsichert blieb ich stehen, doch auf Crains Gesicht breitete sich ein so herzliches Lächeln aus, wie ich es bisher nur selten gesehen hatte.

»Tante Zelda!«, rief Crain, und die Alte blinzelte ihn an.

»Crain?«, hakte sie krächzend nach.

»Komm in meine Arme, Tantchen. Hast du wieder vergessen zu essen? Du siehst aus, als wärst du hundertzwanzig«, rief Crain fröhlich und zog die alte Dame in seine Arme. Er war so groß, dass er sie dabei ein paar Zentimeter in die Luft hob.

Diese seufzte. »Es war gerade so schön ruhig. Wolltest du nicht nach New York?«

»Ich war drei Jahre weg«, teilte er ihr mit.

Sie schnaubte. »Drei Jahre! Was ist das? Ein Niesen?«

»Für dich vielleicht, aber so wie du aussiehst, hast du fünf Jahre nichts gegessen«, tadelte er sie und setzte sie ab.

Die alte Dame, Zelda, rümpfte die Nase. »Ich vergesse es immer«, gab sie zu.

Crain warf ihr einen sonderbaren Blick zu. »Ich gebe dir etwas.«

»Das musst du nicht.«

»Sieh es als Bezahlung an.«

»Wofür?«

»Für meine Freundin hier.«

Er deutete auf mich. »Tante Zelda, darf ich vorstellen? Das ist Leaf Young, eine Freundin von mir. Wir brauchen ein Kleid für heute Abend.«

Ich war so verblüfft und irritiert über diese Situation, dass ich nur die Hand hob und verlegen winkte.

»Ähm … Hallo … Miss?«

Die Augen der Alten fixierten mich, und im selben Augenblick zuckte ich zusammen, als ich spürte, was sie war. Ihr Arcanum war schwarz und roch nach Verwesung.

»Sie sind ein Dämon«, stellte ich überrascht fest.

Sie sah mich skeptisch an. »Genauso wie du, Schätzchen, aber um genau zu sein, bin ich eine Strigoi.«

Ich blinzelte sie an. Ich hatte noch nie eine so alt aussehende Vampirin zu Gesicht bekommen, und mein Blick huschte wieder zu Crain.

»Ich … Entschuldigung, ich will nicht unhöflich sein. Es freut mich, Sie kennenzulernen, Miss Zelda, aber Sie sind die Tante von Crain, habe ich das gerade richtig verstanden?«

Die alte Dame lachte mit rauer Stimme.

»Das bin ich. Allerdings etwas entfernter. Ich war die Schwester von Crains Ururgroßvater, Intendant Bartholomew.«

Ich blinzelte die beiden an und versuchte das, was hier

gerade passierte, zu verarbeiten. »Sie … Ihr Bruder war einmal Intendant der Exorzisten?«, echote ich ungläubig. »Heißt das, Sie waren auch eine …«

» … Exorzistin? Oh ja, das war ich. Eine Necromancerin. Und eine verdammt gute, möchte ich meinen«, sagte sie und lachte krächzend. Und zum ersten Mal sah ich die scharfen Zähne. Die Zähne eines Vampirs.

»Entschuldigung, aber ich muss das fragen … wie ist das möglich, dass Sie eine Strigoi sind, wenn Ihre Familie Exorzisten sind?«, hakte ich nach.

Die Vampirin schnaufte und warf Crain einen Blick zu. »Erzähl du es ihr, ich hole das Kleid. Was brauchen wir, Größe vierzig?«

»Zweiundvierzig«, sagte ich dumpf.

Sie nickte. »Geht zu den Umkleiden, ich komme nach.« Damit verschwand sie mit einem Klirren in dem ganzen Gewühl ihres Ladens.

Crain summte fröhlich vor sich hin und zog mich am Ellenbogen weiter in den Laden.

»Crain, was geht hier vor sich?«, zischte ich. »Warum ist deine Tante ein Vampir?«

Er lachte in sich hinein. Wir quetschten uns an einem alten Klavier vorbei, und er plauderte fröhlich drauflos: »Kein Grund, so schockiert zu sein. Alle Familien haben schwarze Schafe, und es gibt keine Familie, die so heilig tut und doch dem Teufel näher ist als meine. Als Kind war das hier mein Lieblingsort. Tante Zelda hat mir hier auch meinen ersten Job gegeben, wobei ich hauptsächlich den Krempel von einem Ende des Raums in den anderen getragen habe.« Wieder sah er sich um, als hätte er selten so etwas Schönes gesehen.

»Es war wundervoll, und mein Vater hätte lieber Syphilis bekommen, als den Laden zu betreten. Tante Zelda ist der Grund, weshalb ich Necromancer geworden bin.«

Er seufzte glücklich, und wir kamen an einer halbwegs freigeräumten Stelle vorbei, an der sich tatsächlich eine Umkleidekabine aus Holz befand. Fleckige Spiegel standen links und rechts davon und daneben ein altes Kanapee, das staubte, als Crain sich darauf fallen ließ.

»Aber wie?«, fragte ich nur und nahm neben ihm Platz. Crain seufzte und holte aus seiner Hosentasche eine Glasphiole und ein Taschenmesser.

»Was hast du damit vor?«

Prompt rückte ich ein Stück ab, doch Crain zwinkerte mir zu.

»Keine Sorge, ich bereite nur einen kleinen Snack zu.« Im nächsten Augenblick fügte er sich einen Schnitt am Unterarm zu. Eine rote Linie bildete sich, und er ließ das Blut in die Phiole laufen.

»Wenn ich das schwarze Schaf der Familie bin, dann ist Zelda noch schlimmer dran als ich. Sie ist der Sündenfleck der Familie Paracelsus. Die Schwester eines Intendanten, die zu einem Vampir wurde, und das auch noch freiwillig.«

»Sie wurde das freiwillig?«, echote ich, und Crain schenkte mir ein sanftes Lächeln, während er die Faust ballte, sodass noch mehr Blut die Phiole füllte. Der leicht salzig-süße Geruch hing zwischen uns.

»Sie war eine Necromancerin und für das Strigoi-Syndikat in London zuständig. Sie war auch diejenige, die damals den Red-Water-Vertrag schloss.«

»Moment! Was ist der Red-Water-Vertrag?«, fragte ich.

»Sieh an, das wird eine kleine Geschichtsstunde. Du wirst es wahrscheinlich noch brauchen, um das hier alles zu verstehen. Also, der Red-Water-Vertrag wurde zwischen den Exorzisten unter meinem Vorfahren Intendant Bartholomew und den Varkolak, Abkömmlingen des Syndikats der Strigoi und Moroi, geschlossen. Er ist einer der Gründe, weshalb London heute so ist, wie es ist.«

»Und wie kam es zu diesem Vertrag? Was ist daran wichtig?«, fragte ich verwirrt.

Er räusperte sich. »Halt mal.«

Er drückte mir die volle Phiole in die Hand, die sich unangenehm warm zwischen meinen Fingern anfühlte. Er nahm sich eine neue aus der Tasche, schnitt etwas tiefer und begann, auch diese feuchtfröhlich zu füllen.

»Also, du musst wissen, dass zwischen 1560 und 1790 ein großer Teil der Syndikate von Strigoi und Moroi in Frankreich angesiedelt waren. Ihre Population der Vampire nahm damals dermaßen überhand, dass sie in ihrem Hunger komplette Landstriche auslöschten. 1770 waren sie so mächtig, dass sie sogar alle Exorzisten und die ansässige Academy ausmerzten, sodass sich die Wiedergänger ungehindert ausbreiten konnten. Das Ganze gipfelte darin, dass die damalige Dauphine von Frankreich, Marie Antoinette, in das Syndikat der Strigoi aufgenommen wurde, die wiederum den gesamten Palast infiltrierten.«

Mir blieb die Spucke weg. »Willst du mir gerade sagen, dass Marie Antoinette eine Vampirin war?«

»Ja, das will ich«, stimmte er zu.

»Nun, wie auch immer. Danach war Frankreich etwa zwanzig Jahre unter der Herrschaft der Wiedergänger, die das ganze Land ausbluten und hungern ließen. Marie Antoinette wurde in dieser Zeit auch *le Dauphine sanglant* oder auch *Bloody Mary* genannt und gelangte an die Spitze des Strigoi-Syndikats.

In den Jahren um 1790 formierten sich dann jedoch die Exorzisten aus den umliegenden Ländern und schafften einen Gegenschlag, der 1793 während der Französischen Revolution in der öffentlichen Enthauptung Marie Antoinettes und einiger höhergestellter Wiedergänger in Paris gipfelte. Nur leider waren Amateure am Werk. Denn wie wir alle wissen, bringt einfaches Enthaupten nichts.«

Baff starrte ich ihn an. »Willst du mir gerade sagen, dass Marie Antoinette noch lebt?«

»Quietschfidel«, stimmte er zu. »Und sie ist mit dem Strigoi-Syndikat nach England geflohen. Auch hier versuchten die Wiedergänger ein ähnliches Komplott, scheiterten jedoch dabei, die königliche Familie zu infiltrieren. Dennoch stieg die Population der Wiedergänger explosionsartig an, sodass England dasselbe Schicksal wie Frankreich drohte. Das Ganze brachte ein Scharmützel mit sich, das man als die Varkolak-Aufstände kennt. Am Ende stand nicht nur die Auslöschung der Exorzisten in England im Raum, sondern auch die der Varkolak unter der Führung Marie Antoinettes. Die ab diesem Zeitpunkt von allen nur noch die Dauphine genannt wurde. Halt mal …«

Das Letzte kam so unvermittelt, dass ich mich beinahe erschreckte, als er mir wieder eine Phiole in die Hand drückte und den ganzen Vorgang ein drittes Mal wiederholte.

»Was?«, fragte Crain, als er meinen Blick bemerkte.

»Nichts, es ist nur, ich glaube, ich habe noch nie so viele schlaue Dinge aus deinem Mund kommen hören«, gab ich zu.

Er lachte.

»Du vergisst immer, dass ich eigentlich schon längst ausgebildeter Necromancer bin. Das ist mein Job, Süße.«

»Mhm«, brummte ich zustimmend und rutschte vorsichtig auf dem staubigen Kanapee herum, um nichts von dem Blut zu verschütten.

»Und was genau hat das alles mit deiner Tante zu tun?«

»Ach ja, richtig, Tante Zelda. Nun, etwas musste getan werden, oder? Also schickte der damalige Intendant seine

Schwester zu der Dauphine, um Friedensverhandlungen durchzuführen, und dabei verliebte sie sich in einen Vampir.«

»Oh nein.«

»Oh doch, welch ein Skandal, oder? Vor allem, wenn man bedenkt, wie viel Misstrauen zwischen den beiden Fronten herrschte. Jedenfalls kam das Ganze raus, und die Dauphine sagte, sie würde dem Antrag nur zustimmen, wenn die Exorzisten bereit waren, eine offizielle Vermittlerin zur Verfügung zu stellen und diese auch verwandeln zu lassen.«

»Und Zelda hat sich freiwillig gemeldet?«

Er nickte und sah mich ernst an.

»Das hat sie. Sie hat sich für den Frieden und die Liebe geopfert. Schließlich wurde 1880 der Red-Water-Vertrag unterzeichnet. Es mussten Kompromisse eingegangen werden. Dieser Vertrag sicherte dem Syndikat das Wohnrecht in Großbritannien zu, jedoch unter strengen Regelungen zur Reproduktion anderer Vampire, und sie unterliegen Ausgangssperren. Im Gegenzug liefert der Orden bis heute eine festgelegte Menge an Blut, die sich allerdings monatlich verringert, sobald die Exorzisten eine gewisse Menge an Vertragsbrüchen feststellen. Immer wieder kam es zu Aufständen aufseiten der Wiedergänger, die gegen die Verknappung der Blutrationen oder ihre Einschränkungen rebellierten, doch die Wogen konnten bisher geglättet werden. Der Frieden hängt aber immer am seidenen Faden, und darum wird der Red-Water-Vertrag alle zehn Jahre erneuert, um die Vampire und auch die Exorzisten daran zu erinnern, warum Frieden wichtiger ist als Krieg.«

Das musste ich erst mal verdauen. Ich saß auf dem Sessel, starrte Crain an und begriff erst jetzt wirklich, wieso Crain einer der wenigen gewesen war, der nie ein Problem mit mir als Dämon gehabt hatte. Wieso er einen Homunkulus als besten Freund hatte. Seine Berührungsängste, was Dämonen betraf, war immer geringer gewesen als bei den anderen Exorzisten, und ich hatte naiv angenommen, es lag an seiner Persönlichkeit oder dass er es tat, um seinen Vater zu ärgern. Doch offensichtlich gab es da so viel mehr. Es lag an seiner Tante. Er war mit einem Dämon in seiner Familie aufgewachsen. Einem Dämon, den er klar und deutlich respektierte und, wenn mich nicht alle täuschte, liebte. Seine Einstellung zu Dämonen war demnach anders als die der meisten Exorzisten. Und diese Erkenntnis ließ mich sprachlos zurück.

Ich starrte auf das Blut hinab, während Crain fröhlich weiterplauderte.

»Zelda ist seitdem die Vermittlerin zwischen den Exorzisten und dem Strigoi-Syndikat, doch du kannst dir sicher vorstellen, dass meine Familie nicht sehr glücklich über sie ist. Unser Schandfleck – und ich liebe sie abgöttisch.«

»Weil du dumm bist, mein Junge«, sagte unvermittelt die Vampirin. Sie kam auf uns zu, ein Kleid in der Hand, dessen schimmernde rote Seite über ihren Arm fiel. Ich konnte nicht anders, als plötzlich tiefen Respekt für diese Frau zu empfinden, und irgendwie setzte es mein Leben in diesem Augenblick in eine gewisse Relation. Was mir gerade passierte, war grauenvoll, aber am Ende kämpfte ich nur für mich selbst, während andere nicht nur für sich selbst, sondern auch für andere kämpften und sich selbst dabei opferten.

»Du hast viele Dämonen in deinem Leben, mein Junge«, stellte Zelda fest und hielt mir dann das Kleid hin. »Hier, Kind, probier das mal, ich musste die Schuhgröße schätzen, aber ich nehme an, eine neununddreißig?«

»Vielen Dank, das sollte passen«, stimmte ich zu, drückte Crain das Blut in die Hand und nahm das Kleid entgegen.

»Zieh dich um, wenn mich nicht alles täuscht, werdet ihr sonst zu spät kommen. Das Langham Hotel liegt am anderen Ende der Stadt.«

Es überraschte mich nicht mehr, dass sie wusste, wohin wir wollten, auch wenn ich keine Ahnung hatte, worum es sich bei diesem Langham Hotel handelte.

»Danke schön.« Ich nahm ihr das Kleid ab und betrat die Kabine. Schnell schlüpfte ich aus meinen Klamotten und seufzte, als ich meine Beine sah. Ich hätte sie rasieren sollen. Zumindest war das Kleid so lang, dass es mir bis zu den Fußknöcheln reichte. Als ich in den weichen Stoff schlüpfte, der mir kühl über den Rücken floss, und den tiefen Ausschnitt am Rücken spürte, zog ich mir noch den BH aus und stieg in die hohen schwarzen Schuhe. Es war lange her, seit ich Stilettos getragen hatte, und ich würde heute Abend wahrscheinlich mehr als einmal Aua deswegen sagen.

Crains und Zeldas leises Murmeln drang an mein Ohr, als ich die Umkleidekabine verließ.

Crain hielt inne, musterte mich, ehe ein Lächeln seine unterschiedlichen Augen zum Funkeln brachte.

»Perfekt«, stellte er fest.

»Danke.« Ich lächelte zurück.

Crain drückte Zelda die Hand.

»Ich wusste, ich kann mich auf dich verlassen.«

Die Vampirin brummte nur und hob eine Phiole an die Lippen. Sie schluckte und stieß ein Seufzen aus.

»Du schmeckst wie mein Bruder«, stellte sie fest.

»Das nehme ich mal als Kompliment.«

»Tu das. Viel Macht liegt in deinem Blut.«

Im nächsten Augenblick begannen sich die Falten in ihrem Gesicht zu glätten. Die runzlige Haut zog sich zurück, ihre Schlupflider hoben sich, ihre Lippen füllten sich, die Wangenknochen traten hervor, und ihre Knochen streckten sich knackend. Selbst das Haar gewann wieder Farbe dazu. Verblüfft beobachtete ich, wie Zelda sich veränderte, während Crain ihr die zweite und dritte Phiole reichte.

Die Vampirin schluckte alles, und wenige Augenblicke später saß eine atemberaubend schöne Frau neben Crain auf dem Sofa. Mir klappte die Kinnlade nach unten.

Zelda Paracelsus sah ihrem Neffen unfassbar ähnlich.

Sie hatte die Figur, die ich mir wünschte, kaum ein Gramm Fett zu viel auf den Knochen, die Haut blass und makellos, und sie hatte genau die gleichen unterschiedlichen Augen wie Crain. Dichte Wimpern warfen Schatten auf ihre hohen Wangenknochen, während sie seufzend ihren Zopf löste.

»Besser«, verkündete sie.

»Schön wie immer«, stellte Crain fest, und sie tätschelte ihm gutmütig die Hand.

»Mein guter, dummer Junge, eines Tages wirst du wegen deines schwachen Herzens noch im Grab landen. Aber ich mag dich genug, um auf deine Beerdigung zu kommen.«

»Das weiß ich zu schätzen«, gab er zurück. Zelda grinste und stand auf. Ihre Bewegungen waren so geschmeidig wie die einer Tänzerin.

»Nun gut, lass dich ansehen, Leaf Young.« Sie umrundete mich, zupfte an den Ärmeln herum und drehte mich um.

»Wir brauchen noch eine Kette und etwas, um deine Haare hochzustecken. Einen Augenblick.«

Sie verschwand im Laden, und ich blickte Crain an, der mich anlächelte.

»Danke«, sagte ich noch mal leise und spürte, wie mir dabei der Atem stockte und meine Brust schmerzte.

»Es ist nur ein Kleid.«

»Nein, das meine ich nicht. Dafür, dass du mir Zelda gezeigt hast«, flüsterte ich. Crain lächelte mich traurig an. »Du bist nicht alleine mit deinem Schicksal«, sagte er sanft. »Falls du es dir nicht mit ihr verscherzt, ist sie eine gute Seele. Sie wird dir helfen, und du kannst sie um Rat fragen. Dein Fall mag speziell sein, aber meine Tante ist Spezialistin für Spezialfälle«, witzelte er.

Ich schluckte, als Zelda mit einer Schmuckschatulle zurückkam.

»Setz dich«, wies sie mich an und drückte mich auf das Kanapee. Sie zückte einen Kamm und begann, damit durch mein Haar zu streichen, während sie zwanglos losplauderte und dabei ihrem Neffen noch ähnlicher wurde.

»Du bist also der Dämon, von dem aktuell alle reden, nehme ich an?«

»Reden denn wirklich alle über mich?«, fragte ich und zuckte zusammen, als der Kamm über meine Kopfhaut kratzte.

»Oh, darauf kannst du Gift nehmen. Die Versammlung wird heute im Langham Hotel stattfinden, und du wirst dich darauf einstellen müssen, dennoch die Attraktion des Abends zu sein.«

»Was genau ist das Langham Hotel?«, erkundigte ich mich, während Zelda die Schatulle öffnete und mit schimmernden Nadeln meine Haare nach hinten steckte. Ihre langen Finger arbeiteten routiniert und geschickt.

»Das Langham Hotel ist der Syndikatssitz der Strigoi. Zur Erneuerung des Red-Water-Vertrags wird die erste Prüfung dort stattfinden, und die Dauphine ist ganz scharf darauf, dich in die Finger zu bekommen. Ich kann dir nur raten, vorsichtig zu sein.«

»Wir werden heute Abend also nicht nur gemütlich essen?«, erkundigte ich mich, und ihr Lachen war süß und kühl zugleich, während sie mir eine Nadel in die Haare schob.

»Nein, mein Schatz, heute Abend wird es blutig zugehen. Es geht um Politik, Macht und Ansehen. Du musst dir genau überlegen, auf welche Seite du dich stellen willst, denn es wird Auswirkungen haben, wie die Dämonen dich in London wahrnehmen werden.«

»Inwiefern?«

Ihre kühle Haut streifte meine. »Ob als Freund oder Feind«, flüsterte sie.

Eine Gänsehaut zog mir über den Rücken, während sie weitersprach.

»Die politische Lage ist derzeit so angespannt, wie ich es seit Jahrzehnten nicht mehr gespürt habe, und während sie ihre lächerlichen kleinen Spiele treiben, werden sie genau beobachten, was du machst. Du bist der Dämon, den die Exorzisten vorführen. Aktuell wissen die Vampire jedoch nicht, ob du das gut dressierte Schoßhündchen der Exorzisten bist, der Versuch, einen Spion einzuschleusen, oder ein Zeichen, dass die Exorzisten schwächer werden. Sie wissen auch nicht, ob du auf der Seite der Exorzisten oder der Dämonen stehst. Sie wissen auch nicht genau, was du kannst. Du bist die unbekannte Variable in diesem Spiel, was alles sehr viel interessanter machen wird. Stell dich darauf ein, dass sie sowohl versuchen, dich einzuschüchtern, als auch auf ihre Seite zu bringen, während die Exorzisten alles daran setzen, ihre Dominanz dir gegenüber zu zeigen. Sie werden dich fertigmachen zu jeder sich bietenden Gelegenheit, und genau in dem Augenblick, in dem du glaubst, zu sterben, werden sie dir eine Hand reichen und ihre Großzügigkeit zur Schau stellen. Sie halten dich ganz unten, werden dich wissen lassen, wohin du gehörst, und zwar zu ihren Füßen, denn dank ihnen lebst du, und genau deswegen schuldest du ihnen alles. Wenn du also heute in dieses Hotel trittst, wirst du dich entscheiden müssen, was du tust.«

Meine Schultern spannten sich so heftig an, dass ich ein Ziehen im Kopf spürte.

»Und was soll ich deiner Meinung nach tun?«, erkundigte ich mich, während sie eine lange Kette herausholte, an deren Ende ein Kreuz baumelte, beinahe sah sie wie ein Rosenkranz aus. Behutsam legte sie mir die Kette um den Hals, sodass diese hinab auf meinen Rücken fiel. Das Kreuz ruhte nur wenige Zentimeter von meinem Steißbein entfernt.

»Ich rate dir, neutral zu bleiben. Zumindest vorerst. Versuche, weder das eine noch das andere zu sein. Irgendwann wirst du dich entscheiden müssen, aber bis dahin halten dich deine Geheimnisse am Leben. So.«

Sie trat zurück, musterte mich und nickte. »Ich würde dir gerne Waffen mitbringen, doch die Kette ist alles, was möglich ist, ohne aufzufallen. Sollte dir jemand blöd kommen, kannst du ihn damit strangulieren.«

»Danke?«

»Gern geschehen. Und jetzt husch, ab mit euch, ich habe noch etwas zu tun und ihr auch.«

»Bist du heute nicht dabei, Tantchen?«, fragte Crain, der sich aufrichtete.

»Nicht heute, Darling. Ich habe ein paar Geschäfte intern zu klären.« Sie küsste ihn auf die Wange und lächelte mich kühl an.

»Es hat mich gefreut, dich kennenzulernen, Leaf Young. Ich werde deine Kleidung in die Akademie schicken lassen.«

»Danke«, gab ich zurück, während Crain mir seinen Arm hinhielt.

»Wollen wir los und uns mit ein paar Vampiren prügeln und Exorzisten beleidigen, allein mit dem Fakt, dass wir existieren und atmen?«

»Nein«, gab ich ehrlich zu.

Er lachte nur.

34
Leaf

Was sind verfluchte Knochen? Menschen, die mit Dämonen der Stufe 2 (siehe *Dämonen* und *Shintonisten*) in Kontakt treten, von ihnen gebissen, vergiftet oder besetzt werden, können nach ihrem Tod als verflucht gelten, da ihre Überreste verseucht sind. Ihre Gebeine zersetzen sich gar nicht oder nur sehr langsam. Schwache Auswirkungen können den Boden vergiften, für ausgedörrten Boden sorgen oder Grundwasser vergiften. Bevor Häuser oder Spielplätze an Stellen wie ehemaligen Friedhöfen oder Kultstätten erbaut werden, muss zuvor vom Orden überprüft werden, ob sich an diesem Ort verfluchte Knochen befinden, da sonst Symptome wie Schlafwandeln, Angstschweiß, Paranoia, Angstzustände, Depressionen oder auch Krankheiten ausgelöst werden können.

Das Ausgraben und Verbrennen der Knochen ist meist ausreichend und effektiv. Bei schweren Fällen wird dazu geraten, einen *Shintonisten* zu Rate zu ziehen, der die Knochen unschädlich macht, sollten sie mit zu viel dunklem Arcanum verseucht sein.

Wie sich herausstellte, war das Langham Hotel im West End von London gelegen. Ich hatte mir vorgestellt, dass ein Hotel voller Vampire irgendwo versteckt sein würde, doch das Langham befand sich in einer ausgesprochen exklusiven Straße. Mitten am Puls der Stadt. Beeindruckt legte ich den Kopf in den Nacken und blickte auf das prächtige fünfstöckige Gebäude hinauf, welches mit einer auffälligen weiß gestrichenen Fassade und beeindruckenden Türmchen vor uns aufragte. Das Hotel verfügte über große gotische Fenster, die mit bunten Glasfenstern verziert waren. Das Gebäude wirkte, als wäre es aus der viktorianischen Zeit gefallen.

Das Hotel strahlte in all seiner Größe eine zeitlose Eleganz aus, doch alles in mir wollte umdrehen und weglaufen. Unglücklicherweise blieb Crain vor dem imposanten Eingangsbereich mit Säulen und einem Portikus stehen. Ein Portier kam uns entgegengeeilt.

»Sir, Ma'am, ich muss Ihnen leider mitteilen, dass wir heute eine geschlossene Gesellschaft haben …«

»Genau da wollen wir hin«, sagte Crain und warf dem Portier seinen Helm und den Vespaschlüssel zu.

»Kümmern Sie sich gut um das Baby. Es bräuchte einen frischen Tank …«

»Aber Sir!«

Crain gab sich nicht weiter mit dem Portier ab, sondern zog mich durch den beeindruckenden Säulengang ins Innere des Hotels.

»Wir sind spät dran, mein Vater wird uns den Arsch aufreißen. Wenn er fragt, waren wir nur auf einer kleinen Spritztour, alles ist meine Schuld, okay?«

»Aber …«, wandte ich ein.

»Nichts aber. Heute Abend müssen wir aufpassen, was wir tun, und das Letzte, was wir brauchen, ist, dass du Ärger bekommst.«

Er stieß die Glastüren auf, und ich musste mich zusammenreißen, nicht wie ein Fisch zu glotzen, als wir den großen Eingangsbereich betraten.

Alles schien hier aus kühlem weißem Marmor zu bestehen. Säulen säumten ein paar Treppen nach oben, die von verzierten Geländern eingerahmt wurden. Ein mächtiger Lüster hing über unseren Köpfen.

Die Eingangshalle war voller Leute. Als wir eintraten, richteten sich die Blicke Dutzender Neugieriger auf uns, und die meisten davon waren eindeutig nicht menschlich. Vampire. So viele von ihnen. Mir stockte der Atem, als ich ihren Hunger praktisch fühlen konnte, wie ihre Augen auf dem Pochen meines Pulses haften blieben. Die Pupillen und Iriden waren leer, hungrig, kalt und ließen auf meiner Zunge den Geschmack von Asche zurück. Ganz anders verhielt es sich mit den Exorzisten. Ihr Arcanum füllte den Raum wie kleine Sonnen, die alles heller werden ließen. Auch wenn auf den ersten Blick alle menschlich wirkten, waren Exorzisten und Vampire deutlich auseinanderzuhalten.

Die meisten Exorzisten trugen wie Crain einen schicken, aber schlichten schwarzen Anzug, auf dem jedoch immer wieder die bestickten Runen der Black Birds zu sehen waren. Die Vampire hingegen kleideten sich deutlich differenzierter. Manche sahen aus, als kämen sie geradewegs von einer Soiree aus dem 18. Jahrhundert. Ich sah eine Menge Strumpfhosen, Perücken und Reifröcke. Insgesamt ein wilder Mix der Zeiten, die hier aufeinandertrafen.

»Da seid ihr ja. Der Intendant ist kurz davor, einen Suchtrupp loszuschicken«, rief uns jemand zu. Wir blieben stehen, und Zero kam auf uns zugelaufen. Er hatte einen ähnlichen schwarzen Anzug wie Crain an, nur dass seine Wangen noch blasser wirkten als sonst. Sein weißes Haar war nach hinten gekämmt.

»Wir sind nur zwanzig Minuten zu spät«, sagte Crain.

Zero seufzte. »Fünfzehn zu viel. Kommt, wir müssen uns beeilen. Ich musste Falco schon dreimal am Zopf zurückziehen.«

Er stockte, als sein Blick auf mir liegen blieb, und lächelte. »Du siehst weniger schrecklich aus als heute Nachmittag.«

»Danke.«

»Kommt jetzt!« Er übernahm die Führung, und ich gab mir alle Mühe, unter den bohrenden Blicken der Gäste keine Angst zu zeigen, obwohl ich annahm, die Vampire konnten es riechen. Meine Füße schmerzten in den hohen Schuhen. Der Klang meiner Schritte hallte an dem Marmor entlang, und ich wunderte mich nur, warum die Frauen auf dem rutschigen Boden nicht umfielen wie die Kegel.

Ich klammerte mich fester an Crain, und Zero ging durch eine große Tür, die zu einem Ballsaal führte. Ein echtes Streichquartett stand auf einer kleinen Bühne am Rand des Ballsaals. Kerzen brannten in großen Ständern, und über uns öffnete sich ein Dach aus Glas, unter dem man den Sternenhimmel betrachten konnte.

Der Raum war ebenfalls voller Vampire und Exorzisten. Jeder von ihnen starrte uns an, als wir eintraten und Zero uns weiter nach vorne bugsierte, wo ich eine Person ausmachen konnte, von der ich gehofft hatte, sie erst wieder in der Hölle zu sehen. Tempest.

Mir rutschte das Herz ins Kleid. Sie sah umwerfend aus.

Ein schimmerndes schwarzes Kleid, das ihre Schultern freiließ, fiel bis zu ihren Füßen. Das dunkle Haar fiel ihr schimmernd bis auf den Rücken hinab, und zusammen mit Falco würde sie wahrscheinlich das schönste Paar abgeben, das jemals auf dieser Erde gewandelt war. Obwohl Falco nicht zu sehen war, musste ich den galligen Geschmack der Eifersucht hinunterschlucken, und atmete tief durch, als ich den melierten Haarschopf des Intendanten sah und den jungen Mann, der neben ihm stand. Er konnte höchstens fünfzehn oder sechzehn Jahre alt sein. Blonde Locken umrahmten ein hübsches Gesicht, das noch nicht ganz kantig geworden war, doch an der Breite der Schultern ließ sich erkennen, wie viel er wachsen würde.

Er war der Erste, der uns sah, und sein Blick blieb an Crain hängen. »Vater, sie sind da«, sagte er mit einer Stimme, die den Stimmbruch noch nicht vollständig überwunden hatte.

Alle Köpfe wandten sich uns zu.

»Ganz ruhig. Tief durchatmen, lächeln. Wir überleben das heute«, raunte Crain mir ins Ohr.

Ich nickte steif, und obwohl Falco nicht zu sehen war, um mich mit strafenden Blicken zu maßregeln, weil wir zu spät waren, musste ich den galligen Geschmack nach unten schlucken. Tempest indessen sah aus, als hätte sie etwas Schlechtes gerochen, als wir endlich bei ihr stehen blieben.

»Vater. Bitte entschuldige die Verspätung. Ich wollte ihr gerne noch etwas die Stadt zeigen«, sagte Crain.

Der Intendant presste die Lippen zusammen, in seinen Augen glomm so viel Gewalt, dass es bereits beim Hinsehen wehtat. Doch er lächelte mich nur an.

»Wie schön, dass ihr beiden da seid. Miss Young, Sie sehen entzückend aus.« Es entging mir nicht, dass er mich plötzlich ausgesprochen höflich siezte, vor den Augen der Exorzisten. »Ich hoffe, der Ausflug war angenehm. Es wird leider der letzte sein. Ich habe eventuell vergessen zu erwähnen, dass für Dämonen in London eine äußerst strenge Ausgangsregelung gilt.«

Scharf sog ich die Luft ein. »Ich verstehe, Sir. Die Verspätung tut mir sehr leid«, presste ich hervor.

»Aber nicht doch, so etwas kann vorkommen …«, säuselte der Intendant.

Ich ballte die Faust, während der Intendant sich räusperte und weitersprach.

»Darf ich vorstellen? Das hier ist Midas. Mein jüngster Sohn. Er wird dieses Jahr bei den Spielen nur zusehen, aber ich freue mich schon darauf, ihn in einigen Jahren selbst spielen zu sehen.«

Midas.

Der blonde Junge war also Crains Bruder. Dieser starrte mich an. Eine Mischung aus Neugierde, Angst und Abscheu, die er nicht verstecken konnte, mischte sich in seinem Gesichtsausdruck, als ich ihm ein Lächeln zuwarf. »Hallo, Midas. Dein Bruder hat mir schon viel von dir erzählt«, log ich.

Die beiden Brüder warfen sich finstere Blicke zu.

»Crain«, sagte Midas steif.

»Hosenscheißer«, gab Crain zurück.

»Crain!«, fuhr ihn sein Vater an.

Midas wurde blass vor Wut.

Ich drückte warnend Crains Hand. Er seufzte. »Entschuldige. Es war ein langer Tag. Hallo, Midas, wie schön, dich zu sehen«, sagte er förmlich, aber Midas sah dabei aus, als hätte er ihn noch schlimmer beleidigt als zuvor mit der Bezeichnung »Hosenscheißer«.

»Du warst lange nicht zu Hause«, stellte er fest.

»Ich hatte viel zu tun«, erwiderte Crain.

»Wie wir alle. Darum sollten wir Familienzusammenkünfte wie diese umso mehr genießen«, knurrte der Intendant.

»Darauf trinke ich einen. Wo ist der Whiskey? Oder schenken sie hier nur Null Negativ aus?«

»Zusammenreißen. Das wirst du dich«, blaffte der Intendant, ehe er die Schultern straffte.

»Die Dauphine will euch sehen.« Er sagte *euch*, doch sein Blick blieb auf mir liegen, und seine Lippen kräuselten sich.

»Miss Young, ich gehe davon aus, dass Ihre derzeitige Ausbildung die Wissenslücken abdeckt, die Sie bisher hatten. Darum muss ich Sie nicht aufklären, wer die Dauphine ist, oder?«

»Ich weiß, um wen es sich bei der Dauphine handelt, Sir«, gab ich steif zurück. Das Kleid, das ich dabei bekommen hatte, schien mir nebensächlich, angesichts all der nützlichen

Informationen. Dennoch hatte ich das ungute Gefühl, viel zu wenig über das zu wissen, was hier heute passierte.

»Sehr gut. Tempest? Ist alles für die Spiele fertig?«

Die Exorzistin nickte. »Ich denke ja.«

»Denken Sie nicht. Wissen Sie es, und gehen Sie nachsehen.«

»Natürlich, Sir. Ich werde auch nach dem Dinner sehen.«

Der Intendant nickte. Tempest warf mir einen letzten abschätzigen Blick zu, ehe sie im Trubel des Ballsaals verschwand. Ich atmete durch, wenn auch nur kurz.

Der Intendant gab ein Zeichen. »Midas links von mir, Crain rechts.«

Crain seufzte, löste sich jedoch von mir und flankierte seinen Vater genauso wie sein Bruder. Der Intendant setzte sich in Bewegung, ohne sich ein letztes Mal umzusehen. Ich nahm an, er ging einfach davon aus, dass ich ihnen nachging. Zudem hatte ich keine Ahnung, wohin ich mich sonst wenden sollte. Zero schloss sich Crain an und folgte ihm wie ein leiser Schatten in gebührendem Abstand.

Ich hatte gerade einen Schritt getan, als plötzlich neben mir jemand auftauchte. Ich riss den Kopf herum und sah, wie Falco mich abfing und meine Hand in seinen Ellenbogen steckte. Er keuchte, als wäre er gerannt.

»Wo bist du gewesen? Zero sagte mir, ihr wolltet nur schnell weg! Was sollte das?«, raunte er mir zu.

»Ich musste ein Kleid besorgen. Crain hat mir geholfen, nachdem du weg warst.«

Falco straffte die Schultern und sah auf mich herab. »Crain hat euch in Schwierigkeiten gebracht. Es hat mich sämtliche Nerven gekostet, um Direktorin Hardwood davon abzuhalten, zur Jagd auf dich zu blasen.«

»Crain sagte, es sei in Ordnung.«

»Crain ist ein Idiot, der es liebt, Chaos zu stiften. Du

kannst hier nicht einfach tun und lassen, was du willst, Leaf.«

»Ich kann nie tun und lassen, was ich will, Falco«, fauchte ich ihn plötzlich gereizt an, und sein Blick verdunkelte sich.

»Bitte, keine Alleingänge mehr. Das ist gefährlich.«

Seine Worte waren so ehrlich, dass es mir ein wenig die Wut nahm, die in mir hochgekocht war.

»Na gut«, lenkte ich ein, und Falco seufzte.

»Die Spiele werden heute beginnen«, raunte er mir ins Ohr.

»Ich werde dich, so gut es geht, im Blick behalten, doch es könnte etwas chaotisch werden. Wenn es brenzlig wird, versuche möglichst, keine Vampire oder Exorzisten umzubringen, außer du willst Krieg auslösen.«

»Das möchte ich nicht.«

»Sehr gut.«

Er lächelte mich an. Seine Pupillen weiteten sich kaum merklich, als er leise murmelte: »Du siehst übrigens wunderschön aus.«

Ich war nicht scheu, aber dennoch waren Komplimente aus Falcos Mund so selten, dass ich prompt verlegen wurde.

»Danke«, sagte ich schlicht.

»Hast du Henry dabei?«, erkundigte er sich. Ich nickte, und auf der Stelle umspielte Rauch meine Finger.

»Wir müssen ihn zurück in ein Kleinod sperren, bevor wir die Akademie betreten, aber es ist mir lieber, wenn er hier bei dir ist«, sagte Falco leise.

Ich nickte knapp, und der Nebel umwirbelte meine Beine, als mir Henry unauffällig folgte.

»Alles in Ordnung? Du wirkst noch angespannter als sonst«, flüsterte ich ihm zu.

Falcos Schultern verspannten sich.

»Mein Vater ist hier.«

Überrascht sah ich ihn an, doch wenn man genauer nachdachte, war es kein Wunder, dass er als Mitglied des Ordens heute hier war.

Aber Falco sah nicht sehr glücklich darüber aus, als er fortfuhr: »Er ist für die Sicherheit zuständig. Da wir uns in einem exorzistischen Albtraum befinden, werden wir alle Hände voll zu tun haben. Er und meine Schwestern werden also erst beim Dinner dazukommen.«

»Deine Schwester ist auch hier?«, fragte ich überrascht.

Er seufzte schwer.

Meine Hand wanderte hinab, und ich drückte seine Finger. Eine kleine Geste des Beistands. Seine Mundwinkel hoben sich. Zuerst dachte ich, wir würden den Ballsaal verlassen, doch als wir einen säulenartigen Durchgang betraten, öffnete sich ein weiterer Saal vor uns. Etwas kleiner als der vorherige, aber die Fenster waren hier so groß, dass sie vom Boden bis zur Decke reichten. Schwere Samtvorhänge hingen daneben, und die Wände zierten zahlreiche Porträts, die blasse Menschen zeigten, deren Mode eindeutig verschiedene Perioden der Zeit abdeckten. Als ich jedoch genauer hinschaute, waren die Abbildungen keine einfachen Zeichnungen von schönen Vampiren. Sie waren bizarr. Auf einem Porträt war eine Frau mit ausladendem Kleid und hoher Perücke zu sehen. In der Hand hielt sie den Kopf eines Menschen. Ihr Gesicht war blutverschmiert, und auf ihren roten Lippen lag ein Lächeln. Auf einem anderen Bild saß ein männlicher Vampir mit Kniebundhose und Frack auf einem Berg aus toten Tieren, einen Kelch mit roter Flüssigkeit in der Hand.

Wiederum andere Bilder zeigten Vampire in sexuellen Stellungen, halb nackt, die Kleider so weit nach unten gezogen, dass die Brüste entblößt waren.

Ein seltsames Gefühl, als würden kalte Finger über meine Haut streichen, ließ mich den Blick von den Gemälden losreißen. Ich blickte an das andere Ende des Raums, und dort stand eine Art Springbrunnen. Die Figuren zeigten nackte Menschen, die sich am Boden wanden, und aus deren Augen und Mündern sprudelte rotes Wasser, das sich in einem Becken sammelte. Davor breitete sich eine Sitzfläche aus Marmor aus, die beinahe wie ein Thron aussah, und darauf saß eine Frau, die mir bereits aus einigen der Porträts entgegengeblickt hatte.

Die Dauphine sah aus, als wäre sie einem Klimt-Gemälde entsprungen. Ein Kleid aus Gold lag um ihren zarten Körper und breitete sich zu einer weiten Schleppe am Boden aus, als hätte jemand Gold vergossen. Sie trug keine Perücke, doch ihre hellblonden Haare waren am Kopf aufgetürmt zusammengesteckt und mit Blumen und Schmetterlingen geschmückt. Sie war so blass wie der Marmor, auf dem sie saß. Ihre Lippen schimmerten in einem durchdringenden Rot, und ihre Nägel waren so scharf, als könnte sie damit jemandem die Kehle durchschneiden.

Der Intendant stand zusammen mit seinen Söhnen neben ihr. Zero hatte sich direkt einige Schritte zurückgezogen und wirkte dabei ein wenig wie ein Geist.

Ansonsten hielten sich hier ausschließlich Vampire auf. Ihre kalten Augen folgten jedem meiner Schritte, als wir auf die Dauphine des Strigoi-Syndikats zuschritten. Es hatte etwas Surreales an sich, die echte Marie Antoinette auf diesem Thron zu sehen. Ein wenig, als würde man einem berühmten Popstar begegnen, von dem man jedoch die Musik nicht unbedingt mochte.

Die gute Dame hatte sich, begründet oder nicht, als Mensch von dem Leid anderer Menschen ernährt, als Vampirin von ihrem Tod. Unweigerlich fragte ich mich, ob es bei Wiedergängern ähnlich war wie mit den Lord-Dämonen. Ob die Zeit sie bis auf den Kern ihre Grundbedürfnisse abschliff, bis am Ende vielleicht ein schöner Diamant übrig war, dessen Kanten jedoch so scharf und unnachgiebig waren, dass man sich daran schnitt. In ihnen war kein Leben, nur der Hunger nach Leben, der nicht gestillt werden konnte, gleichgültig, wie viel sie tranken.

Ich bemerkte erst, dass wir stehen geblieben waren, als Falco in einer knappen Verbeugung hinabsank, die etwas Charmantes und Zeitloses an sich hatte. Weil ich keine Ahnung hatte, wie ich knicksen sollte, ohne mir dabei die Beine zu brechen, tat ich es Falco gleich.

Marie Antoinettes dunkle, hungrige Augen richteten sich auf ihn und verharrten dort für meinen Geschmack einen Augenblick zu lang.

»Dauphine. Es ist mir eine Ehre, Gast sein zu dürfen«, sagte Falco mit weicher Stimme, als würde er ein gefährliches Raubtier einlullen.

»Darf ich meine Schülerin vorstellen? Das ist …«

»Leaf Young«, unterbrach die Dauphine ihn. Aus ihren Worten war der Hauch eines französischen Akzents zu hören, und sie klang dabei so lieblich, als könnte sie Vögel von den Bäumen singen, und gleichzeitig so kalt wie ein Eisblock.

»Dein Ruf eilt dir voraus, mein Kind. Was für ein *petite belle démone*«, flötete sie, und als sie lächelte, schoben sich zwei lange weiße Eckzähne hervor.

»Wie man hört, hatten Dämonen in New York einiges an Chaos gestiftet. Der Prinz der Hölle ist auf der Flucht vor seiner eigenen Schwester, und man erzählt sich, dass wieder Homunkuli gezüchtet werden. Wie aufregend«, hauchte sie, was den Intendanten abfällig schnauben ließ.

Marie Antoinette presste die Lippen zusammen und sah den Exorzisten an.

»Habe ich mich geirrt, mein lieber Intendant?«, fragte sie scharf.

»Mitnichten«, schmetterte dieser sofort ab. »Ich stimme zu. Die Zeiten sind aufregend.«

Sie klatschte in die Hände.

»In der Tat. Ich kann es kaum erwarten, zu sehen, welche Rolle unser *petite démon* spielen wird. Sie wird bei den Spielen dabei sein, oder?«

Der Intendant setzte an, zu antworten, doch ich unterbrach ihn milde: »Das werde ich, Dauphine. Ich freue mich darauf.«

»Miss Young«, knurrte der Intendant mich an, aber die Dauphine hob nur die Mundwinkel.

»Très bien. Es kann reden.«

»Das kann ich«, bestätigte ich, und Falco neben mir versteifte sich, doch das Lächeln der Dauphine wurde nur noch breiter und zeigte dabei spitze Zähne.

»Was denkst du über all das hier, *mon petite démon*? Als ich hörte, dass du heute offiziell in die Gesellschaft eingeführt wirst, ein Dämon, der als Exorzist ausgebildet wird, *comme c'est exotique*, habe ich keine Mühen gescheut, um einen unvergesslichen Abend zu gestalten.«

»Euer Anwesen ist wunderschön, Dauphine«, gab ich zurück, doch sie sah nicht so aus, als wäre es die Antwort, die sie hören wollte.

»Natürlich ist es schön«, winkte sie ab, und ihre scharfen Nägel schnitten durch die Luft. »*Chose stupide.* Ich will nicht wissen, ob du meine Möbel schön findest, sondern ob du diesen Abend überleben wirst.« Ihre Augen wurden dunkel und ihr Lächeln so breit, dass es wehtun musste.

»Ich habe viel Geld gewettet, dass du es tun wirst, darum enttäusche mich nicht.«

»Ich werde mir alle Mühe geben, Euren Erwartungen gerecht zu werden«, sagte ich amüsiert.

Die Dauphine kicherte. »Das wollte ich hören. *Merveilleux!* Das Dinner wird gleich beginnen. Bitte nehmt Platz und genießt diesen Abend, solange ihr könnt. Wobei ich immer finde, ein kleines Blutbad ist ausgesprochen belebend für die Sinne.«

»Danke, Dauphine.« Falco nickte steif und führte mich fort, bevor ich noch etwas sagen konnte.

»Das war doch gar nicht so schlimm«, flüsterte ich ihm zu.

Falco sah mich panisch an. »Sie interessiert sich für dich. Schlimmer geht es nicht«, gab er zurück und führte mich in einen angrenzenden Raum, der sich als großer Speisesaal herausstellte.

Lange gedeckte Tafeln waren aufgebaut. Überall brannten Kerzen, und das Silber am Tisch glänzte. Die meisten Besucher hatten sich bereits hier eingefunden, wobei mir auffiel, dass Vampire und Exorzisten getrennt voneinander saßen. Gerade als wir uns an einen der Tische setzen wollten, war ein lauter, schriller Schrei zu hören, der die Hälfte der Anwesenden die Köpfe heben ließ.

»Falco Tahir Chepesch!« Falco erstarrte schlagartig und blickte hoch. Quer durch den Raum stürzte eine junge Frau auf uns zu. Kinnlanges Haar umspielte ein störrisches Kinn. Braune Haut spannte sich über wohldefinierte Muskeln, und ein paar leuchtend hellbraune Augen, die beinahe wie Gold wirkten, blitzten uns an. Als sie auf uns zulief, rempelte sie so heftig einen Kellner an, dass dieser ein Tablett mit Champagner zu Boden krachen ließ.

»Um Gottes willen, das tut mir so leid«, sagte die junge Frau entsetzt.

»Warten Sie, ich helfe. Aua! Diese Splitter sind aber auch scharf.«

»Lass mich raten. Deine Schwester?«, fragte ich amüsiert.

»Wren«, seufzte Falco und ging auf die am Boden kniende

Frau zu. Als sein Schatten auf sie fiel, tat sie mir beinahe leid. Ich wusste, wie sich das anfühlte, wenn Falco Chepesch sich vor einem auftürmte.

»Wren, was machst du da? Lass den armen Kellner seine Arbeit erledigen und steh auf«, sagte Falco streng.

»Ich, ja natürlich, ich wollte nur … egal. Falco! Es freut mich so, dich zu sehen«, stammelte die junge Frau, die sich aufrappelte und einen Arm um ihren großen Bruder schlang. Sie war so groß, dass sie im Gegensatz zu mir dafür nicht mal auf die Zehenspitzen hochmusste.

Falco seufzte, doch ich bildete mir ein, ein kleines Lächeln in seinen Mundwinkeln zu sehen, als er seine Schwester an sich drückte.

»Ich kann nicht fassen, dass du hier bist«, brummte er, und die junge Frau sah ihn empört an.

»So viele Jahre Funkstille wegen Dad und eures dummen Streits, und das ist das Erste, was du zu mir sagst?«

»Das Erste, was ich zu dir gesagt habe, war: Wren, was machst du da?«, korrigierte er sie.

»Was ist mit dem klassischen ›Schön, dich zu sehen? Entschuldige, dass ich so ein Arsch bin! Komm in meine Arme, gut siehst du aus‹ geworden?«, verbesserte sie und bekam rote Wangen, während sie ihn anfunkelte.

»Ich bezweifle, dass so etwas klassisch ist, höchstens unangebracht in einem Raum voller Vampire, die dich fressen wollen, falls ich es nicht zuerst tue, wenn ich herausfinde, dass du Nekromantin geworden bist«, fuhr er sie an, doch Wren ließ sich nicht einschüchtern. Stattdessen lachte sie und schlug ihm fest gegen den Oberarm.

»Du Witzbold. Ich werde mich aber wohl als Necromancer spezialisieren.«

Falco wurde, wenn überhaupt möglich, noch blasser. »Bist du von allen guten Geistern verlassen?«

»Lustig, du klingst wie Dad, wenn du das sagst.«

»Ich klinge nicht wie Dad«, hielt Falco dagegen.

»Doch, und wer ist das? Oder willst du sie weiterhin hinter deinem Rücken verstecken?«

Sie linste zu mir hinüber, und ihre Augenbrauen zogen sich zusammen.

»Das ist nicht Tempest.«

»Ich bin Leaf. Ich bin … dein Bruder bildet mich in New York aus«, stellte ich mich vor und hielt ihr meine Hand hin.

Ein wissender Ausdruck schlich sich in ihren Blick. »Oh ja, ich verstehe. Du warst bei uns zu Hause bereits ein heiß diskutiertes Thema.«

»Oh?« Ich wollte schon meine Hand zurückziehen, doch Wren schnappte sie mit beiden Händen und schüttelte sie enthusiastisch.

»Ich freue mich sehr, dich kennenzulernen. Du bist viel weniger dämonisch, als ich mir dich vorgestellt habe.«

»Oh, danke, schätze ich.« Ein kleines Lächeln entkam mir, während ich gleichzeitig überwältigt war von all dem Arcanum, das von ihr ausging. Sie war genauso wie ihr Bruder, nur noch ungestümer.

»Das reicht jetzt«, sagte Falco und unterbrach damit unser wildes Händeschütteln.

»Wo ist Dove?«, fragte er, und Wren ließ mich zögerlich los.

»Dove konnte nicht mitkommen. Sie kränkelt etwas in letzter Zeit, daher sind sie und Mum in Kairo geblieben.«

Eine Falte breitete sich auf Falcos Stirn aus. »Was fehlt Dove?«

Wren biss sich auf die volle Unterlippe.

»Das solltest du sie selbst fragen, wenn du uns nach deiner Hochzeit mit Tempest besuchen kommst. Du ahnst nicht, wie sehr wir uns freuen, als wir gehört haben, dass Tempest dich heiratet und zurückkommt.«

Falco erstarrte, genauso wie ich.

Mein Blick wanderte zu dem Exorzisten, der sein Kinn anspannte. »Du tust was?«, fragte ich betont.

»Nicht jetzt«, sagte er nur, doch ich schüttelte den Kopf.

»Oh nein, Mister. So nicht. Du ziehst nach Kairo? Wann hattest du vor, mir das zu erzählen?«

Falco seufzte, während Wren uns verdutzt ansah. »Habe ich jetzt ein Geheimnis ausgeplaudert?«, fragte sie verwirrt.

»Nein. Nur etwas, das noch gar nicht so sicher ist.«

»Aber der Intendant hat persönlich mit Vater gesprochen und …«

»Das bereden wir ein anderes Mal. Am besten nicht in einem Haus voller Vampire«, unterbrach Falco sie, doch Wren und ich sahen nicht sonderlich begeistert aus.

»Und wie wir darüber reden werden«, zischte ich ihm zu.

Falco warf mir einen kühlen Blick zu. »Überlebe heute, löse keinen Krieg aus, gewinne den Wettbewerb, und ich rede mit dir über alles, was du willst«, versprach er mir und begleitete mich zu dem Tisch, an dem bereits einige andere Exorzisten saßen. Wren schloss sich uns ohne zu zögern an.

Als wir uns setzten, räusperte sich einer der Männer. Er hatte dunkelbraune Locken und einen deutlich britischen Akzent.

»Hier muss es ein Missverständnis geben. Der Tisch für Vampire ist dort drüben«, sagte er und nickte ans andere Ende des Speisesaals.

Ich lächelte ihn an. »Da ich kein Vampir bin, ist das hier ganz und gar kein Missverständnis, sondern mein Platz.«

Auffällig plump ließ ich mich in den nächstbesten Stuhl fallen.

»Das soll doch wohl ein Witz sein?«, schnaubte der Exorzist.

»Ganz und gar nicht. Aber wir haben uns noch gar nicht vorgestellt. Hey, ich bin Leaf, und ihr seid?«, fragte ich, doch die Exorzisten starrten mich nur an.

»Hier sitzen keine Dämonen«, sagte der eine Exorzist vor mir.

»Miss Young ist eine Exorzistin«, gab Falco harsch zurück.

Die jungen Männer schnaubten, und ich dachte schon, sie würden anfangen, zu streiten, doch stattdessen standen sie geschlossen auf und gingen ans andere Ende des Tisches.

»Was ist denn mit denen los?«, fragte Wren verdutzt, während ich einen sauren Geschmack im Mund hatte.

»Es ist meinetwegen. Ich nehme an, sie wollen nicht mit einem Dämon an einem Tisch sitzen«, klärte ich sie auf, und als Wren die Stirn runzelte, winkte ich ab. »Keine Sorge, ich bin daran gewöhnt.«

»An Unfreundlichkeit sollte man nicht gewöhnt sein«, sagte sie spitz und funkelte die Exorzisten an, die uns noch immer misstrauisch beäugten.

Schmunzelnd nahm ich ein Glas hoch, in dem bereits roter Wein schimmerte. »Wenn alle im Orden so denken würden wie du, hätten sie wohl einiges an Problemen weniger«, sagte ich.

Wren warf mir einen sehr langen neugierigen Blick zu, ehe sie sich räusperte. »Darf ich dich was fragen?«

»Nur zu.«

»Bist du denn wirklich ein Dämon? Oder sind das nur Gerüchte? Niemand scheint es so genau zu wissen«, bohrte sie nach.

»Wren!«, fuhr Falco streng dazwischen, doch sie ließ sich nicht beirren.

»Stimmt es, dass du von einem Lord-Dämon besessen worden bist und jetzt seine Kräfte besitzt?«

Interessant.

»Erzählt man sich das?«, erkundigte ich mich und nippte an meinem Wein. Er schmeckte süß, und obwohl ich von Rotwein üblicherweise Kopfschmerzen bekam, nahm ich noch einen Schluck, um meine flatternden Nerven zu beruhigen. Die Aufmerksamkeit aller Anwesenden war mir nur allzu bewusst und auch, dass jede meiner Bewegungen mit Argusaugen beobachtet wurden. Ich fühlte mich wie ein kleiner Fisch in einem Haibecken.

Sie lachte. »Oh nein, man sagt, du bist …«

Doch bevor sie ihren Satz beenden konnte, fiel ein dunkler Schatten auf uns.

»Mein Sohn.« Eine tiefe Stimme war zu hören, und als ich aufblickte, stand eine ältere Version von Falco vor uns.

Tahir Chepesch musste in seinen Fünfzigern sein. Sein Haar war im Gegensatz zu dem seines Sohnes kurz geschnitten, und ein leichter Bartschatten bedeckte sein Gesicht, doch ansonsten war es, als würde man in einen Spiegel blicken. Die gleichen langen eleganten Gesichtszüge, die stechenden Augen, die auch Wren hatte, und die muskulöse Gestalt, bei der seine Schultern so breit waren, dass seine Statur ein V bildete. Und sein Arcanum … Mir lief das Wasser im Mund zusammen. So viel Macht in einer Person hatte ich bisher nur beim Intendanten gespürt. Es raubte mir den Atem. Ich erstarrte, das Glas an den Lippen, während Falco steif nickte, ohne sich die Mühe zu machen, ihm in die Augen zu sehen.

»Vater«, sagte er genauso knapp. Wrens Blick zuckte zwischen den beiden Männern hin und her. Tahir runzelte die Stirn, und strenge Falten bildeten sich dabei in seinem Gesicht.

»Willst du nach all den Jahren deinen alten Herrn nicht zumindest anständig begrüßen?«

»Ich erinnere mich nicht, dass du es damals für nötig gehalten hast, dich anständig zu verabschieden«, gab Falco so kühl zurück, wie ich es schon lange nicht mehr gehört hatte. Eine Vene pulsierte an der Stirn des älteren Exorzisten. Die Stimmung war zum Schneiden dick, sodass ich instinktiv handelte. Ich streckte ihm meine Hand hin.

»Mr. Chepesch. Es freut mich, Sie endlich kennenzulernen. Ich bin Leaf. Leaf Young.«

Tahir Chepesch starrte meine Hand an, dann mein Gesicht. Es war unmöglich, zu sagen, was in ihm vorging. Erst dachte ich, er würde meine Hand nicht nehmen, doch das tat er. Er drückte sie fest, aber nicht unangenehm und nickte bekräftigend.

»Ich weiß, wer Sie sind, Miss Young. Wie wahrscheinlich jeder hier im Raum. Ich würde lügen, zu behaupten, dass es mich freut, meinen Sohn als Ausbilder eines Dämons zu sehen. Wenngleich es ist faszinierend ist, Sie persönlich kennenzulernen.«

»Gleichfalls«, gab ich zurück, denn was sollte ich auch anderes sagen. Er nickte wieder und gab meine Hand frei.

Rasch zog er einen Stuhl heran und ließ sich neben seiner Tochter nieder. Diese lächelte ihn an, und nur weil ich genau daneben saß, konnte ich hören, wie sie sagte: »Das war doch gar nicht so schlimm.«

Tahir seufzte nur, und Falco starrte seine Serviette nieder, sodass es mich wunderte, dass diese nicht längst Feuer gefangen hatte. Unter dem Tisch gab ich ihm einen leichten Tritt. Er sah mich unter dichten Wimpern hervor an.

»Nein«, sagte er nur.

»Sei nicht so stur. Es ist dein Vater.«

»Das geht dich nichts an, Leaf.«

»Wenn die Stimmung beim Essen weiter so frostig ist, geht es mich durchaus etwas an. Sag etwas«, zischte ich.

»Nein.«

Seufzend ließ ich mich in den Sitz zurücksinken, während ich mir ein weiteres Glas Wein einschenkte. Das hier würde ein langer Abend werden.

35

Falco

> **Was bedeutet Evokation?** Evokation bedeutet binden und nutzbar machen – d. h. den Geist sichtbar machen / verstofflichen, um ihn entweder zu töten, zu versiegeln oder auch **dienstbar** zu machen. Zum Beispiel: Ein Spiritus wird mithilfe von Evokation in Form eines Tiers gebunden, um ihn für die eigenen Zwecke nutzen zu können.

Die nächste Stunde wurde frostig geschwiegen, nur unterbrochen von den Kellnern, die uns Teller mit Essen vor die Nase stellten. Jeder im Raum bekam einen Teller, obwohl die Vampire nicht einmal Anstalten machten, etwas darauf anzufassen, wenngleich sie theoretisch Nahrung zu sich nehmen könnten.

Es war jedoch klar, dass dieses Essen für die Menschen aufgetragen wurde, und der Intendant nahm sich ein Beispiel, indem er die Gabel in sein Steak versenkte und laut zu kauen begann. Zögerlich taten es die Exorzisten ihm nach, während die Vampire uns dabei anstarrten.

Ich schluckte mechanisch und hätte nicht sagen können, was ich in den Mund steckte, während Wren verzweifelt versuchte, Konversation zu betreiben. Doch schließlich hielt auch sie die Klappe und warf mir einen finsteren Blick zu. Meine Brust schmerzte, als ich sie ansah. Sie war so erwachsen geworden. Das letzte Mal, als ich sie gesehen hatte, war sie noch ein Teenager gewesen, bei dem die Gliedmaßen so lang und dünn waren wie bei einem Reh. Sie hatte sich das Haar kurz geschnitten, und die Person, die neben mir saß, war eine Frau. Ich wusste nicht, ob ich mir jemals verzeihen konnte, diese Entwicklung verpasst zu haben. Obwohl, nein, ich konnte meinem Vater nicht verzeihen, dass ich wegen dem, was er getan hatte, gehen musste und Wrens Entwicklung verpasst hatte.

Wie er so dasaß, als könnte er kein Wässerchen trüben, als hätte er nicht mein Leben in jeder nur möglichen Form zerstört und mich dann alleine gelassen, trieb mir die Galle nach oben. Ich brachte keinen Schluck herunter. Im Gegensatz zu Leaf, die sich bereits das dritte Glas einschenkte. Als sie gerade dabei war, es an die Lippen zu setzen, fing ich es ab. Unsere Finger berührten sich.

»Willst du mir jetzt verbieten zu trinken?«, fragte sie spöttisch, und der kalte Ton in ihrer Stimme ließ mich die Hand zurückziehen.

Sie war so unbeschreiblich schön, wie das Kleid ihr um die weichen Kurven fiel. Mit den hochgesteckten Haaren sah sie älter aus als ihre vierundzwanzig. Eleganter. Ihr heller Hals war nackt, und ich konnte mehr als nur einen Vampir sehen, der gierig auf den pochenden Puls starrte. Mit Gelassenheit unterdrückte ich die Eifersucht und schenkte ihr stattdessen einen strengen Blick.

»Nur ein Vorschlag, dich zurückzuhalten. Du willst nicht betrunken sein. Nicht heute.«

»Crain ist es schon«, hielt sie dagegen und deutete ans andere Ende des Tisches, an dem der Intendant zusammen mit seinen Söhnen saß. Crain hatte darauf verzichtet, ein Glas zu nehmen und trank stattdessen direkt aus der Flasche. Zero saß neben ihm und sprach leise auf ihn ein, was nicht viel Effekt zu haben schien. Zumindest herrschte an einem anderen Punkt des Saals noch eisigeres Schweigen als bei uns.

»Crain kann betrunken auch kämpfen. Ich habe ihn schon völlig zugedröhnt vier Vampire in kleine Stücke hacken sehen. Wenn du das Gleiche von dir behaupten kannst, nur zu …« Ich winkte ab, und Leaf funkelte mich an, stellte jedoch das Glas vor sich ab.

Ein Räuspern unterbrach uns. Mein Vater blickte Leaf an.

»Miss Young, wie ich höre, ist mein Sohn für die Spiele Ihr Tutor.«

»Das ist richtig, Mr. Chepesch«, stimmte Leaf zu und straffte ihre Schultern. Ich war mir beinahe sicher, dass sie nicht bemerkte, wie sie eine Hand auf meinen Unterarm legte, als versuche sie, mich zu beschützen.

»Falco bildet mich in Black Rock aus. Er ist ein strenger, aber guter Lehrer und ein noch besserer Freund, was nicht selbstverständlich ist unter den gegebenen Umständen.« Ein warmes Gefühl, als hätten ihre Worte Sonnenschein in meine Brust gelassen, vertrieb die Enge darin.

»In der Tat«, stimmte mein Vater zu und musterte uns beide eingehend, sein Blick blieb dabei auf ihrer Hand an meinem Arm hängen.

»Falco war schon immer ein guter Junge.«

»Ich werde bald dreißig, Vater. Ich glaube, ein Junge bin ich bereits etwas länger nicht mehr«, warf ich ein, doch dieser winkte einfach ab.

»Du wirst immer unser Junge sein. Gleichgültig, was passiert.«

Geräuschvoll biss ich die Zähne zusammen, und Wren rettete die Situation.

»Wie habt ihr euch denn kennengelernt?«, warf sie ein. »Wir wissen letztendlich nur Gerüchte. Mochtet ihr euch von Anfang an?«

Leafs Schultern schossen nach oben, und sie stieß ein Schnauben aus. »Himmelherrgott, nein, ich habe Falco so sehr gehasst, dass ich ihm am liebsten in seinen arroganten Arsch getreten hätte.«

»Das hast du auch. Mehrfach«, erinnerte ich sie.

Wrens Augen wurden groß, und Leaf überraschte mich, indem sie ohne mit der Wimper zu zucken zugab: »Eigentlich habe ich deinen Bruder erst kennengelernt, als ich gefesselt und geknebelt in der Black Bird Academy aufgewacht bin und er versucht hat, mich zu töten.«

»Dich zu exorzieren! Das ist mein Job«, erinnerte ich sie.

»Mein Leben zur Hölle zu machen, ist dein Job?«, konterte sie.

Ich hob eine Augenbraue. »Ich lasse dich nur joggen.«

»Du Sadist.«

Ich seufzte und zuckte zusammen, als Wren uns so breit angrinste, dass es wehtun musste.

»Klingt, als hättet ihr viel zu tun in New York. Vielleicht sollte ich mich versetzen lassen.«

»Nein!«, sagten mein Vater und ich gleichzeitig.

Wren runzelte die Stirn.

»Nur für ein Semester.«

»Nein!«, sagten wir wieder gleichzeitig, und ich hasste es, wie ähnlich wir uns dabei klangen. So wie sie uns ansah, dachte Wren das Gleiche.

»Ich meine …« Ich räusperte mich und rückte das Besteck zurecht, das ein wenig schief lag.

»New York ist aktuell nicht sicher. Die Lord-Dämonen sind im Aufruhr, und niemand wird für New York zugelassen, solange sich das nicht geregelt hat. Du bist als Necromancerin in Kairo sehr viel nützlicher.«

Wren presste die Lippen zusammen, widersprach mir jedoch nicht. Zumindest nicht offen.

»Wie ist denn die Academy in Kairo?«, warf Leaf ein, und Wrens Gesicht hellte sich auf.

»Wundervoll. Aber eher kleiner. Es sind nur etwa hundertfünfzig Studenten dort. Du solltest uns besuchen kommen.«

Ein sanftes Lächeln umspielte Leafs Lippen, das ihre Augen heller wirken ließ und so schön, dass es wehtat.

»Das würde ich sehr gerne«, sagte sie, und Wren straffte die Schultern.

»Wir könnten Falcos und Tempests Hochzeit dort feiern, und du bleibst einfach bei uns, solange sie in den Flitterwochen sind …«

Ich trat meine Schwester unter dem Tisch, und sie zuckte zusammen, während das Leuchten in Leafs Augen dumpfer wurde.

»Was für eine gute Idee«, sagte sie.

»Das finde ich ebenfalls. Es hat mich gefreut, als Tempest mir erzählt hat, dass wir die Hochzeit planen können. Deine Mutter redet seitdem von nichts anderem mehr«, warf mein Vater ein.

»Wir werden sehen«, gab ich zurück, nahm Leafs Weinglas und kippte es selbst herunter.

Und wenn man schon vom Teufel sprach, im selben Augenblick betrat Tempest den Speisesaal und flüsterte dem Intendanten etwas ins Ohr.

Dieser nickte und erhob sich. Ruckartig kamen die Gespräche der Exorzisten zum Erliegen. Alle Augen richteten sich auf den Intendanten, der sich räusperte und zum Tisch der Dauphine nickte, die ebenfalls aufstand.

»Entschuldigt mich bitte«, sagte mein Vater, verließ den Tisch und verschmolz im Hintergrund.

»Wo will er hin?«, fragte Leaf leise.

»Der Vertrag wird gleich unterschrieben. Er sorgt für die

persönliche Sicherheit des Intendanten, falls etwas schiefgeht«, gab ich genauso leise zurück.

Leaf sah mich ruhig an. »Was könnte denn alles schiefgehen?«

»Alles. Nicht nur die Vampire sind unzufrieden mit dem Vertrag, unter welchen strikten Kontrollen sie dadurch stehen und wie abhängig sie von der Blutversorgung sind, die ihnen der Orden aufzwingt. Es gibt auch eine konservative Familie im Orden, die den Vertrag als unzumutbar empfand. Immer wieder werden Stimmen laut, die für die Ausrottung der Vampire plädieren, völlig gleichgültig, ob dieses Vorhaben Sinn ergibt oder nicht. Denn egal, wie viel die Exorzisten von sich halten, es gibt derzeit mehr Vampire in Großbritannien als Exorzisten, und das wissen die Vampire durchaus. Demnach ist dieser Vertrag mehr eine Absicherung für uns als für sie.«

Leaf runzelte die Stirn. »Das klingt nach einer sehr angespannten Situation.«

Ich nickte düster. »Meiner Meinung nach ist nur deshalb noch kein Krieg zwischen den beiden Fronten ausgebrochen, weil sich keiner traut, den ersten Schritt zu machen. Es ist wie eine Schrödingers-Katze-Situation. Wenn niemand etwas tut, kann man noch so sehr vorspielen, es wäre Frieden. Sobald jedoch jemand einen Schritt in die falsche Richtung macht, wird uns der Frieden um die Ohren fliegen, weil er längst nicht mehr da ist. Es tun alle nur so, als ob. Die Spiele heute sind viel mehr als ein einfaches Draufhauen. Sie sind politisch und eine Drohung an beide Seiten. Heute wird sich entscheiden, ob die Schrödingers-Katze-Box weiter existiert oder ob sie jemand öffnen wird. Darum ist der heutige Tag sehr wichtig für die Zukunft.«

Leaf nickte und griff diesmal zum Wasser statt zum Wein. Sehr gut.

»Meine verehrten Damen und Herren«, unterbrach uns der Intendant. Seine Stimme dröhnte durch den Saal. Seine Präsenz nahm so viel Raum ein, dass es schwerfiel, die Aufmerksamkeit von ihm abzuwenden. Selbst die Dauphine blickte den Intendanten an, während er den Blick schweifen ließ und dabei scheinbar jeden Einzelnen genau betrachtete.

»Heute stehe ich hier vor Ihnen als Intendant des Paracelsus-Ordens, und ich möchte euch allen und vor allem der Dauphine meine aufrichtige Dankbarkeit und Wertschätzung zum Ausdruck bringen. Wir sind hier im ehrwürdigen Langham Hotel, einem Ort, der die Geschichte Londons und seiner Bewohner auf so viele wunderbare Weisen repräsentiert. Heute sind wir hier, um einen neuen Schritt in unserer Geschichte zu begrüßen. Einen Schritt, der uns alle in eine Ära des Friedens und der Gemeinschaft führen kann.« Er wandte sich an die Dauphine und neigte den Kopf. »Ich möchte mich an unsere Verbündeten, das Strigoi-Syndikat, wenden. Ihr habt uns die Ehre erwiesen, unsere Gastgeber zu sein. Und das in einer Zeit, in der viele von uns an die schmerzlichen Konflikte der Vergangenheit erinnert werden. Ihr habt den Mut und die Weisheit gezeigt, einen Schritt auf uns zuzugehen, und dafür sind wir zutiefst dankbar. Wir alle wissen, dass unsere Geschichte von Missverständnissen und Konflikten geprägt war. Doch heute, am Tag der Erneuerung des Red-Water-Vertrags, stehen wir hier vereint, nicht als Feinde, sondern als Verbündete. Die Welt um uns herum verändert sich ständig, und es ist an der Zeit, dass auch wir uns verändern. Wir haben die Gelegenheit, Brücken zu bauen, Frieden zu schaffen und eine Zukunft zu gestalten, die auf Verständnis und Gemeinschaft beruht.

Lasst uns zusammen anerkennen, dass wir mehr Gemeinsamkeiten haben, als uns vielleicht bewusst ist. Die Sehnsucht nach Sicherheit, nach einem Zuhause und nach Liebe verbindet einen jeden von uns. Es ist an der Zeit, diese Verbindung zu nutzen, um eine Welt zu schaffen, in der jeder seinen Platz hat und respektiert wird. Heute ist ein besonderer Tag für uns alle. Nicht nur wegen der Spiele, sondern auch wegen der Unterzeichnung des Vertrags. Ich danke Ihnen, Dauphine, für Ihre Gastfreundschaft und Ihren guten Willen.«

»Die Freude ist ganz auf meiner Seite, lieber Intendant«, antwortete die Vampirin und sank in einen tiefen Knicks. Ich hob neugierig den Blick, als zwei Vampire durch den Saal kamen und dabei ein kleines Podest trugen. Alle Köpfe wandten sich in die gegebene Richtung, während die Vampire das Podest zwischen der Dauphine und dem Intendanten abstellten. Einer der Exorzisten trat aus dem Schatten, Primus Judicas Everson Vaughn. Das letzte Mal, als ich ihn gesehen hatte, war in Dubai gewesen, und er schien in den vergangenen Wochen noch hagerer geworden zu sein. Die Knochen zeichneten sich ungesund an seinem Schädel ab und verliehen ihm das Aussehen eines Geiers. Im Gegensatz zu den Gästen trug er die volle Kluft der Black Birds. Einen Aktenumschlag in den Händen, den er mit verkniffenem Gesicht auf das Podest legte.

Die Dauphine trat vor und zupfte sich eine große weiße Feder aus den Haaren, deren Ende etwas zu spitz aussah. Mit einer eleganten Handbewegung stach sie sich mit der Feder in den Finger und unterschrieb den Vertrag.

Die Schultern meines Vaters entspannten sich. Eine minimale Geste, doch sie entging mir nicht, während meine Anspannung jedoch weiterhin bestand. Sobald das Spiel begonnen hatte, würde ich genau das tun, was der Intendant gerade gesagt hatte.

Dieser trat neben die Vampirin, zückte indes seine eigene Feder, stach sich damit ebenfalls in den Finger und setzte seine Unterschrift darunter.

Als Nächstes kamen die Bürgen dazu, Everson Vaughn und ein Vampir namens Lord Fersen. Soweit ich wusste, war er die rechte Hand der Dauphine und ein schwedischer Staatsmann, der bereits zu Lebzeiten von Marie Antoinette ihr Geliebter gewesen war, bevor sie den gesamten französischen Hof abgeschlachtet und verwandelt hatte.

Beide Bürgen unterschrieben ebenfalls mit einem kleinen Tropfen Blut. Höflicher Applaus brandete im Raum auf, und die Dauphine flüsterte dem Intendanten etwas ins Ohr. Dieser nickte, und das Podest wurde zusammen mit dem Vertrag und dessen Abschrift wieder davongetragen.

»Ich danke Ihnen allen. Als Zeichen der Freundschaft werden wir die Spiele nun offiziell eröffnen. Ich danke meinen Exorzisten, die als Repräsentanten ihrer Akademien heute anwesend sind. Allen voran bedanke ich mich bei Schulleiterin Seraphina Hardwood, Carsten und Roger Ashcroft sowie Tertius Exekutivus Gabriella Hall für das Ausrichten der Spiele.«

Applaus brandete erneut auf. Gänsehaut zog sich über meinen Rücken, als ich die Spannung im Raum spürte und den Hunger, der von den Vampiren ausging.

Der Intendant räusperte sich. »Ich werde nun die Akademien, die angereist sind, aufrufen. Danach möchte ich, dass die ausgewählten Necromancer und ihre Tutoren nach vorne treten.«

Unruhe wogte durch die Reihen der Exorzisten, als der Intendant anfing aufzurufen. »Wir heißen die Necromancer der Black Bird Academy von London willkommen.«

Lauter Applaus erscholl, und zwei Necromancer standen auf. Ich kannte beide nicht, ihre Tutoren hingegen schon.

Die Agryll-Brüder waren berüchtigt unter den Necromancern, und ich konnte mich noch gut daran erinnern, wie ich ihnen in meiner Jugend auf den ein oder anderen Partys begegnet war. Die Agrylls waren meiner Meinung nach Psychopathen, die aus Spaß illegale Vampirjagden veranstalteten und sich sehr viel darauf einbildeten, mit dem britischen Königshaus verwandt zu sein. Ich wusste nicht, dass die Agrylls noch kleinere Brüder hatten, doch die Ähnlichkeit mit den dunkelblonden Haaren und den kantigen Gesichtszügen war nicht zu übersehen. Aus dem Augenwinkel bemerkte ich, dass auch Crain alles andere als begeistert wirkte.

Die Agrylls waren skrupellos.

»Wir heißen die Necromancer der Black Bird Academys von Paris, Madrid und Berlin willkommen.«

Noch mehr höflicher Applaus, während acht weitere junge Exorzisten aufstanden. Ich kannte sie nicht persönlich, doch ihre Familiennamen waren große Namen im Orden.

Noch mehr Exorzisten traten nach vor, aus Ottawa, Mexiko-Stadt, Kapstadt und Kairo.

Als für Kairo ein junger Mann aufstand und Wren auffällig zuzwinkerte, als er nach vorne ging, wurde sie rot.

»Warum zwinkert er? Und warum wirst du rot?«, fragte ich.

Meine Schwester starrte mich überrascht an. »Weil wir Sex haben, Falco.«

Prustend spuckte ich den Schluck Wein aus, was Leaf zum Lachen brachte.

»Du hast keinen Sex, Wren, du bist …«

»… inzwischen zwanzig.«

»Nein«, sagte ich schlicht, was Leaf noch mehr zum Lachen brachte und uns ein paar böse Blicke einbrachte.

»Du kannst nicht immer nur Nein sagen und die Situation damit negieren, Falco«, zog Leaf mich auf.

»Nein«, sagte ich wieder schlicht.

Wren schnaufte. »Reg dich nicht auf. Wir haben nur Spaß.«

Ich starrte sie an. »Das ist ja noch schlimmer!«

Sie tätschelte mir die Hand. »Du wirst darüber hinwegkommen.«

Leaf warf Wren einen langen Blick zu. »Du wurdest also nicht verlobt wie Falco?«

Wren schüttelte den Kopf und grinste. »Nein, aber ich weiß, dass eine Weile diskutiert wurde, ob ich nicht in die Familie des Intendanten einheiraten soll.«

Leafs Mund klappte auf. »Du sollst Crain heiraten?«

»Nein!«, sagte ich so brüsk wie wahrscheinlich noch nie in meinem Leben.

Wren kicherte. »Keine Sorge, nach allem, was Crain tut, war das Thema recht schnell vom Tisch. Unser Vater ist, was uns Mädchen betrifft, schon immer etwas weicher als du, Falco. Allerdings weiß ich, dass Dove und Midas sich seit einer Weile schöne Augen machen«, vertraute sie uns an.

Meine Augenbrauen schnellten in die Höhe, während ich den blonden Haarschopf von Crains jüngerem Bruder betrachtete. Er musste im gleichen Alter wie Dove sein. Ehrlich gesagt kannte ich ihn kaum beziehungsweise hatte ich ihn als kleinen Jungen in Erinnerung, der er eindeutig nicht mehr war. Dennoch, ich würde mit Vater darüber reden, dass er die Beziehung zwischen Midas und meiner jüngsten Schwester unterband. In die Familie Paracelsus einzuheiraten, brachte nur Unglück.

Bevor ich zu diesem Thema jedoch noch etwas einwenden konnte, ergriff der Intendant wieder das Wort. »Es freut mich, heute einen sehr besonderen Teilnehmer für die Black

Bird Academy aus New York ankündigen zu dürfen. Ich bitte Leaf Young und meinen Sohn Crain Paracelsus, nach vorne zu kommen, zusammen mit ihren Tutoren.«

Ein Raunen ging durch die Reihen, und ich spürte, wie Leafs Hand meine ängstlich drückte.

Es war so weit.

36

Leaf

Was sind verfluchte Gegenstände? Gegenstände, die in Kontakt mit Dämonen der Stufe 2 (siehe *Dämonen* und *Shintonisten*) oder auch der Stufe 3 (siehe *Geister* und *Conjurer*) waren oder sich auch länger in deren Besitz befunden haben, können ähnlich wie verfluchte Knochen schädliche Auswirkungen auf ihr Umfeld haben. In diesem Fall sind die meisten gängigen Formen von verfluchten Gegenständen Mordwaffen, mit denen Menschen getötet wurden und an denen dunkles Arcanum haften bleibt. Es können aber auch Gegenstände sein, die von Geistern aus ihren früheren Leben zurückgelassen wurden (z. B. Puppen, Ringe oder Fotos). Das Entfernen des Gegenstands kann heftige emotionale Reaktionen bei Geistern auslösen und sollte daher von einem Conjurer getan werden, um möglichen Verletzungen vorzubeugen. In solchen Fällen empfehlen wir eine Invokation, bei der der Geist zuerst gebunden oder gebannt wird, ehe der Gegenstand entfernt wird.

Alle starrten uns an, als wir nach vorne traten. Und mit »alle« meinte ich wirklich alle. Falco lief knapp neben mir. Eine Hand auf meinem Rücken, und mir wurde erst jetzt die Tragweite von all dem hier bewusst. Dass selbst die Hand auf meinem Rücken keine einfache Geste war. Mich in aller Öffentlichkeit zu berühren, setzte ein Statement. Sowohl vor den Vampiren als auch den Exorzisten.

Dass der Intendant an einen Ort, an dem es politisch

solche Spannungen gab, einen Dämon und seinen eigenen Sohn als Team hinschickte, war genauso ein Schachzug, wie mich zu diesem Spiel zu schicken. All die Wochen hatte ich es für ein simples Experiment gehalten, das der Intendant an mir verüben wollte. Doch es war so viel mehr. Der Intendant instrumentalisierte und politisierte mich. Er nutzte mich, und wenn ich am Ende gewann, konnte er mich tatsächlich als Zeichen des Friedens präsentieren. Wenn ich starb, konnte er seine Hände in Unschuld waschen und es gleichzeitig als Gerechtigkeit hinstellen.

Als der Intendant mich während meiner Verhandlung verschonte, hatte er nicht mein Leben großzügig verlängert. Er hatte es sich genommen. So viele Monate war ich nun schon bei den Exorzisten, und erst jetzt begann ich all die Stränge zu begreifen, in welchen komplexen Verstrickungen sich die Dämonen, Menschen und Exorzisten miteinander befanden, und ich war mittendrin. Jeder hier starrte mich an, und jeder Schritt, den ich tat, fühlte sich an, als würde ich tiefer sinken in eine Welt, die niemals meine sein sollte und die dennoch nun von mir und meinen Entscheidungen abhing. Ein unruhiger Schauer rann mir den Rücken hinab. Die Blicke der anderen Necromancer durchbohrten mich, während ich mich neben Crain stellte und Falco sich hinter mir positionierte. Wir waren so nah am Intendanten, als versuche er zu beweisen, wie wenig Scheu er vor mir hatte. Für andere mochte es vielleicht wie eine großzügige Geste wirken, doch als ich so neben ihm stand und sein Schatten mich verschluckte, fühlte ich die Macht, die damit demonstriert wurde. Wie ein kleines gezähmtes Hündchen hielt er mich mit einem strahlenden Lächeln an der Leine, und während ich in die Gesichter der Vampire blickte, bemerkte ich, dass er es auch mit ihnen tat. Die Exorzisten streckten den Vampiren einen Maulkorb hin und applaudierten, als diese ihn sich anlegen ließen. Andererseits wusste ich nicht, was passierte, wenn die Vampire stattdessen zubissen.

Die Stimmung im Raum war so bedrückend, dass es schwerfiel, zu atmen, während der Intendant sprach. »Damit hätten wir für die ersten Spiele in diesem Jahr achtundzwanzig Necromancer. Sie gehören zu den besten, die unsere Akademien derzeit zu bieten haben. Damit die Spieler einander erkennen können, werden sie Armbinden tragen.«

Hinter mir bewegte sich jemand. Die Tutoren reichten uns etwas. In Falcos Händen lag eine weiße Armbinde. Der Intendant händigte seinem Sohn persönlich eine aus. Crain sah aus, als wollte er sie am liebsten ankotzen, doch stattdessen band er sie sich um das Handgelenk. Falco schlang sie mir um den Arm und zog sie fest.

Höflicher Applaus erklang, und ich bemerkte den angespannten Blick von Crain.

Die Dauphine lächelte breit. »Wie wundervoll. Um es fair zu halten, befinden sich in diesem Augenblick achtundzwanzig Strigoi im Langham Hotel. Ihr erkennt sie an den roten Armbinden.« Sie schnippte, und ein attraktiver Vampir mit dunklen Haaren trat nach vorn. Er trug eine rote Armbinde um seinen Bizeps. »Die Regeln sind unsagbar einfach. Der Intendant war so freundlich, uns das heutige Spiel aussuchen zu lassen – und wir haben uns für Fangen entschieden.«

Der Intendant gab sich alle Mühe, seine Miene ausdruckslos zu halten, doch ein leicht verärgertes Raunen ging durch die Reihen der Exorzisten. Selbst ich war irritiert. Wir sollten Fangen spielen?

»Die Regeln sind so einfach, wie sie klingen. Die Exorzisten haben zwei Stunden Zeit, meine Vampire zu fangen und ihre Armbinden an sich zu bringen, bevor es meine Vampire tun. Das Team, das nach den zwei Stunden die meisten Armbinden hat, gewinnt.«

Angespannt hielt ich die Luft an. Ich gewann hier also, wenn das Team gewann. Zumindest eine gute Nachricht.

»Ich möchte darauf hinweisen, dass das mutwillige Töten eines Mitspielers zum sofortigen Ausschluss führt. Als kleines Entgegenkommen des Intendanten ist es jedoch meinen Vampiren erlaubt, von den Exorzisten zu trinken, falls sie nicht schnell genug sind.«

Ein Raunen ging durch die Menge, und jetzt wurde mir klar, warum die Vampire nichts auf ihren Tellern angerührt hatten. Wir waren das Essen. Ich schluckte.

»Als Spielwiese steht euch das gesamte Langham Hotel zur Verfügung. Alle Verletzungen, die nach diesen zwei Stunden stattfinden, werden mit harten Strafen geahndet. Den Tutoren der Exorzisten ist es verboten, in den Wettbewerb einzugreifen. Es ist ihnen nur gestattet, dazwischenzugehen, falls ein Todesfall kurz bevorsteht. Im gesamten Hotel sind Kameras installiert, wir werden also den Wettkampf live mitverfolgen können«, beendete der Intendant die Ausführungen, und wie aufs Stichwort senkte sich aus der Decke eine große Leinwand hinab.

Für einen kurzen Augenblick war nichts weiter zu sehen, bis plötzlich ein Bild auftauchte und dann noch eins und noch eins. Dutzende kleine Fenster wie in einem Überwachungsraum waren zu erkennen und zeigten Zimmer, Hallen, Treppen, Toiletten, sogar Abstellkammern.

Auf manchen Aufnahmen konnte man Vampire mit roten Armbinden ausmachen. Die Zuschauer würden hier alles mitbekommen, was passierte.

Ein großes Spektakel.

Natürlich war es das.

Neben den Bildern der Überwachungskameras war eine

Anzeige zu sehen, ein Punktestand. Einmal rot und einmal weiß. Beide zeigten achtundzwanzig zu achtundzwanzig an.

»Sind wir bereit?«, fragte die Dauphine und klatschte aufgeregt in die Hände.

»Ich denke ja«, sagte der Intendant.

Die Dauphine räusperte sich. »Ihr habt eine Minute Zeit, euch im Hotel zu verteilen. Die Tutoren werden euch ein Zeichen geben, wann das Spiel beginnt und wann es endet. *Que le meilleur gagne!* Achtung, fertig, rennt!«

Die Exorzisten um mich herum stoben los. Wilder Jubel hallte im Speisesaal nach, und ich spürte, wie Crain meine Hand packte.

»Kommst du mit mir?«, fragte er. Ich nickte, und zusammen liefen wir los. Ich bereute in derselben Sekunde, dass ich die hohen Schuhe anhatte, als wir den Speisesaal verließen und ich an all die Stufen dachte, die dieses Anwesen haben musste.

Ich blickte hinter mich, doch von Falco war keine Spur zu sehen. Als hätte er sich einfach in Luft aufgelöst.

»Haben wir einen Plan?«, erkundigte ich mich bei Crain.

»Ich hatte gehofft, du hast einen«, gab er zu.

»Dann sollten wir vielleicht aufhören, wie kopflose Hühner rumzulaufen«, schlug ich vor.

»Wir sind in der Eingangshalle, mit verschiedenen Richtungen, aus denen sie kommen können und uns einkreisen. Wir müssen vermeiden, dass sie uns im Rudel angreifen.«

»Wir nehmen uns also einen nach dem anderen vor?«

»Im Idealfall, ja.«

»Kennst du dich hier aus?«, erkundigte ich mich.

»Leider nein.«

Wir verließen die Eingangshalle und trafen auf eine breite Treppe, die sich spiralförmig nach oben schraubte.

Ich bremste so scharf ab, dass mir beinahe die Hacken

abbrachen. Vor uns stand Tempest, als wäre sie einfach aus der Luft gepoppt. Ihr Kleid fiel wie eine dunkle Pfütze zu Boden, und sie hob eine Augenbraue, als sie uns zusah, wie wir uns abhetzten.

»Es fängt an. Viel Glück«, teilte sie uns mit, drehte sich um und verschwand zurück in die Haupthalle.

Keuchend blickte ich ihr nach. »Sollte Falco uns das nicht sagen?«, fragte ich, doch im selben Augenblick war lautes Geschrei über uns zu hören. Crain und ich sahen beide nach oben, und in der nächsten Sekunde rollte jemand die Treppen nach unten und hinterließ eine breite Blutspur auf jeder Treppe, auf die er traf.

Zwei Stufen vor uns blieb er liegen. Wirres blondes Haar fiel ihm ins Gesicht, und ich erkannte ihn als einen der deutschen Exorzisten. Sein Hals war blutig, und über uns hörten wir ein Ächzen. Ein Vampir lehnte sich zwei Stockwerke über uns über das Geländer und wischte sich den blutverschmierten Mund mit der weißen Armbinde des Exorzisten ab.

»Einer weniger«, sagte er nur, zwinkerte uns zu und verschwand aus unserem Blickfeld.

»Ach du Scheiße, das sieht übel aus«, entfuhr es Crain, während ich in die Hocke ging. Doch bevor ich ihn anfassen konnte, sagte eine strenge Stimme mit hartem Akzent: »Lasst ihn liegen. Ich bin Wolfgangs Tutor und kümmere mich um ihn.« Ein Exorzist mit breiten Schultern und kurzen Haaren kam die Treppe nach unten.

»Ich wollte nur helfen«, setzte ich an, während der junge Exorzist vor uns eindeutig darum rang, bei Bewusstsein zu bleiben.

»Wir brauchen keine Hilfe von einem Dämon«, gab der Deutsche zurück, kniete sich hin und warf sich den armen Wolfgang wie einen Sack Kartoffeln über die Schulter. Im nächsten Augenblick verließen sie den Raum.

»Tja, zumindest wissen wir jetzt, warum die Tutoren wirklich da sind«, kommentierte Crain.

»Um unsere Körper einzusammeln?«, fragte ich entsetzt.

»Bevor wir verbluten. Wobei mein Vater mein Tutor ist, ich nehme also an, ich werde heute sterben«, meinte er trocken.

»Nein. Das wirst du nicht. Wir schaffen das. Wir müssen uns nur überlegen, wo wir uns am besten positionieren«, entschied ich und rappelte mich auf. Der Saum meines Kleides war bereits mit Blut vollgeschmiert, genauso wie meine Finger.

»Am liebsten würde ich vorschlagen, dass wir uns in einem Zimmer verstecken und darauf warten, bis die Zeit abgelaufen ist. Doch dann riskieren wir, dass die Vampire gewinnen, und das geht leider auch nicht. Wir brauchen also einen Ort, an dem wir den Vampiren nicht auf dem Silbertablett serviert werden, aber gleichzeitig die Möglichkeit haben, ihre Schwächen zu sammeln«, fasste ich meine Gedanken zusammen, während wir die Treppe nach oben gingen.

»Ich befürchte, die Vampire werden uns entweder auflauern oder versuchen, sich versteckt zu halten. Da gewinnen sie am ehesten. Wir müssen also aktiv nach ihnen suchen, ohne in einen Hinterhalt zu geraten«, warf Crain ein, der seinen Blick schweifen ließ. Von der Treppe führte ein Absatz in den zweiten Gang, von dem Dutzende Türen abzweigten, doch es war alles still. Über uns schraubte sich die Treppe weiter in schwindelerregende Höhe.

»Wie viele Stockwerke hat das Langham Hotel?«, erkundigte ich mich.

»Fünf, soweit ich weiß.«

Ich stieß ein frustriertes Seufzen aus.

»Das hier wäre so viel einfacher, wenn die Necromancer zusammenarbeiten würden.«

»Ich schätze, das tun sie auch. Nur nicht mit uns«, warf Crain ein.

Ich starrte ihn an.

»Sie tun es … du meinst wegen mir?«

Crains Blick wurde sanft, während er meine Hand nahm und sie drückte.

»Das wird schon«, versuchte er mir einzureden, doch ich schüttelte seine Hand ab.

»Willst du damit sagen, die Necromancer sind hier irgendwo, um eine Strategie zu entwickeln, aber wir werden außen vor gelassen? Weil ich ein Dämon bin?«

»Ich nehme es an.«

»Ich … okay, dann müssen wir uns trennen.«

»Netter Versuch, Süße, doch ich bleibe bei dir.«

Ich schnaubte. »Dein Heldentum in allen Ehren, aber wie sollen wir sonst wissen, was sie vorhaben? Du kannst ihnen sagen, dass du mich fallen gelassen hast und …«

»Sie sind nicht dumm, Leaf. Sie werden mich nicht einweihen, egal was ich sage«, gab Crain zurück. Ich knirschte mit den Zähnen.

»Wir sind also auf uns allein gestellt?«

»Ja.«

»Okay.« Ich atmete tief durch und starrte in den Flur hinein, in dem sich noch immer nichts tat. Doch ein unruhiges Gefühl sagte mir, dass sich das ändern würde, sollten wir hier noch länger herumstehen.

Da war eine Kamera, die auf uns hinabblickte, und ich unterdrückte den Drang, meine Mittelfinger hochzustrecken. Stattdessen fiel mein Blick auf etwas anderes. Klein, weiß und blinkend – der Rauchmelder. Moment mal …

Ich wirbelte zu Crain herum und hielt ihn fest. »Kannst du Weihwasser erstellen?«

Seine Augenbrauen schnellten hoch.

»Theoretisch oder praktisch?«

»Beides.«

»Theoretisch ja. Praktisch stellt der Primus das Weihwasser her, weil der Vorgang recht komplex ist.«

»Könntest du hier Weihwasser erstellen?«

»Ähm …« Crain sah sich um.

»Ich bin mir nicht sicher. Wie viel brauchst du denn?«

»Wir müssen einen Tank herstellen.«

Crain lachte prustend los. »Wie meinst du das?«

Ich deutete auf den Feuerlöscher und murmelte: »Wir können die Wassertanks für die Sprinkleranlage in Weihwasser umwandeln und dann die Rauchmelder auslösen.«

Crain erstarrte und blinzelte mich an.

»Das ist …«

»Bitte sag jetzt ›möglich‹.«

»Schwierig. Ich müsste es erst versuchen, ob ich noch Weihwasser herstellen kann. Ist schon eine Weile her.«

»Dann versuchen wir es. Was benötigst du auf jeden Fall?«

»Wasser.«

»Das bekommen wir noch hin.« Ich schnappte mir seine Hand und zerrte ihn zum nächsten Zimmer. Die Klinke ließ sich problemlos nach unten drücken, und wir stolperten in ein großes Zimmer.

Nur leider waren wir nicht allein. Der Vampir, den wir eben noch den deutschen Exorzisten hatten malträtieren sehen, saß seelenruhig auf dem Bett und war gerade dabei, seine Hände mit einem Tuch zu säubern. Als er uns sah, hob er überrascht beide Augenbrauen. »Ich hatte gehofft, ihr würdet weitergehen, damit ich euch in den Rücken fallen kann«, sagte er und richtete sich grinsend auf. »Aber so geht es auch.«

Er stürzte so schnell auf uns zu, dass ich keine Zeit hatte, auszuweichen, bevor er Crain einen so heftigen Schlag gegen den Solarplexus versetzte, dass dieser in hohem Bogen durch das Zimmer flog und gegen einen Schrank krachte. Holz ging zu Bruch, und ich stieß einen erschrockenen Schrei aus. Da packte mich der Vampir bereits am Genick, zeigte seine Zähne und setzte zu einem Biss an.

»Leaf!«, brüllte Crain, der sich aus den Splittern des Schranks hervorwühlte. Im selben Augenblick verdichtete sich unter mir dunkler Nebel. Ein Knurren ertönte, und noch bevor der Vampir zubeißen konnte, wurde er selbst gebissen. Henry verfestigte sich und biss ihn kräftig in den Hosenstall. Der Vampir stieß einen schrillen Schrei aus und ließ mich los, während Henry wild seinen Kopf schüttelte. Der Wiedergänger knurrte und versuchte, den Hund von sich zu schleudern, doch alles, was er zu fassen bekam, war Luft. Keuchend stolperte ich zurück, da war Crain bereits über dem Vampir, packte seinen Kopf und brach ihm ruckartig das Genick. Der Schrei des Vampirs ebbte ab, als er in sich zusammensackte. Henry bellte aufgeregt.

»Ich dachte, wir sollen nicht töten«, brachte ich keuchend hervor.

»Es braucht mehr, um einen Vampir zu töten«, gab Crain zurück, und tatsächlich zuckten Arme und Beine des Vampirs, während das Knirschen von Knochen zu hören war, die sich wieder zusammenfügten. Henry schnellte nach vorne und biss dem Vampir in die Kehle. Blut spritzte in alle Richtungen. Es war absolut ekelerregend, doch ich war noch nie so stolz auf meinen kleinen Kerl gewesen.

»Gut gemacht«, gurrte ich, während ich dem Vampir die rote Armbinde abnahm und sie Crain reichte, der sie wie ein bizarres Einstecktuch in seine Tasche schob.

»Wie werden wir ihn los?«, fragte ich, doch da schulterte Crain bereits den schlaffen Körper, öffnete das große Fenster neben dem Bett und warf den Vampir kurzerhand nach draußen.

»Der braucht jetzt eine Weile, bis er wieder zu sich kommt«, stellte Crain zufrieden fest und wischte sich die Hände ab.

»Okay, dann hätten wir das auch geklärt«, sagte ich trocken, kraulte Henry ein letztes Mal hinter den Ohren, ehe ich ins angrenzende Badezimmer lief und den Sitz der Toilette hochklappte und ins Innere zeigte.

»Reicht das als Wasser? Ich denke, eine Badewanne zu füllen dauert zu lange, oder?«

Crain hob die Augenbrauen und beäugte Wasser im Klo.

»Ich schätze schon.«

»Was brauchst du jetzt?«

»Ich müsste das Klo weihen.«

»Dann weihe das Klo!«

»Die sehen uns alle dabei zu. Jeder Primus wird mir danach den Hals umdrehen, weil ich solch einen Ort geweiht habe.«

»Hast du denn eine andere Idee?«

Crain seufzte. »Na schön. Aber pass auf, dass niemand reinkommt. Wenn der Prozess unterbrochen wird, ist das Wasser unbrauchbar. Und hol eine Flasche oder so etwas, in der wir dann diese Plörre abfüllen können.«

»Mache ich.«

Er kniete sich vor die Toilette, faltete die Hände, beugte den Kopf und begann auf Latein das Klo anzubeten.

»*Deus, qui ad salutem humanitatis in hac substantia tua maxima mysteria aedificasti, aquam tuam, benignus exaudi preces nostras, et in hoc elementum, quod multis purgationibus paratum est, potentiam benedictionis tuae infunde.*«

Ich lief aus dem Badezimmer und visierte die nächste Minibar an. Ich riss die Tür auf und kramte darin herum, bis ich zwei Saftflaschen herauszog. Im selben Augenblick, als ich zu Crain zurücklaufen wollte, legte Henry, der auf mich gewartete hatte, die Ohren an und begann zu knurren. Die Tür flog auf, und der Vampir, den wir aus dem Fenster geworfen hatten, stand im Rahmen. Allerdings mit zwei Freunden im Schlepptau.

»Oh-oh«, sagte ich.

»*Sit hoc, creatura tua, divinae gratiae instrumentum in mysteriis tuis fiat*«, murmelte Crain auf der Toilette.

»Grrr«, knurrte Henry.

»Time out?«, schlug ich vor und hob die Arme mit den Orangensäften.

»Ihr seid tot«, fauchte der Vampir.

»Das hatte ich befürchtet«, sagte ich trocken, bevor das absolute Chaos ausbrach. Die Vampire stürzten in das Hotelzimmer. Henry sprang dem nächsten direkt an die Kehle, während mich ein weiterer packte und quer durch den Raum schleuderte. Die Luft zischte aus meiner Lunge, als ich auf dem Bett landete und mit einem hohen Schwung herunterkrachte.

Bevor die Schmerzen abebben konnten, war der nächste Vampir auch schon über mir und biss zu. Blitzschnell rammte ich ihm eine Orangensaftflasche in den Mund, sodass seine Zähne Löcher im Plastik hinterließen. Saft spritzte auf mich herunter, und noch während ich ihn von mir stieß, war der nächste Vampir bei mir und zerrte mich am Bein zu sich hinüber. Ich fluchte wüst.

Henry bellte, ließ von dem aktuellen Vampir ab und warf sich auf den, der mich hinter sich herzog. Der Vampir wurde mit voller Wucht von mir weggeschleudert, und auch sein Brüllen ging in ein nasses Gurgeln über, als Henry ihm die Kehle durchbiss. Ich rappelte mich auf, doch im selben Augenblick packte mich der orangensaftverschmierte Vampir von hinten am Kragen und riss mich so heftig zurück, dass meine Nackenwirbel knirschten.

»Crain? Wie lange noch? Ich könnte hier ein wenig Hilfe gebrauchen«, brüllte ich.

»Ut malignos spiritus abigat et morbos abigat!«, rief Crain zurück.

Also war er noch nicht fertig. Ich fluchte und versuchte, mich aus dem Griff des Vampirs zu befreien, aber ich hatte keine Chance. Blitzschnell wie eine Schlange biss er zu. Ein kalter Schmerz durchzuckte meinen Arm, in den er seine Zähne schlug. Ich sah Sternchen, so weh tat es.

Im selben Augenblick, als der Vampir zuschlug, erstarrte er hinter mir. Ich fühlte, wie seine Zähne aus mir herausglitten.

»Was?«, hörte ich ihn murmeln, bevor er mich plötzlich von sich stieß, sich an den Magen griff und mit einem lauten Gurgeln einen Strahl rotes Blut auskotzte.

Entsetzt starrte ich ihn an, während ich mir gleichzeitig die immer noch schmerzende Bisswunde hielt.

Der Vampir wurde von heftigen Krämpfen geschüttelt, während er einen Schwall nach dem nächsten erbrach. Die beiden anderen Vampire im Raum, deren Kehlen langsam wieder heilten, starrten ihren Kollegen an. Der eine bemerkte im Schock nicht einmal, dass Henry ihm gerade in den Arm biss.

»Was ist los?«, fragte schließlich der Vampir, den wir aus dem Gleichgewicht geworfen hatten. Der andere Vampir schaffte es nicht zu antworten. Er schüttelte nur den Kopf, hielt sich den Bauch und erbrach sich aus Leibeskräften.

Irritiert nahm ich meine Hand vom Hals und blickte auf das Blut darauf. Hatte ich das gerade ausgelöst?

»Sie … sie …«, röchelte der Vampir, doch bevor er noch etwas sagen konnte, verdrehte er die Augen in den Höhlen und sackte in sich zusammen. Entsetzt starrte ich ihn an.

»Ist er tot?«, krächzte ich fassungslos.

Die anderen Vampire blickten mich mit großen Augen an und wichen vor mir zurück.

Unschuldig hob ich die Hände. »Ich schwöre, ich habe nichts getan«, versicherte ich.

Die beiden Vampire warfen sich Blicke zu.

Ich selbst starrte auf die Bissstellen in meinen Armen. Die Wunde verheilte nicht sofort. Der Biss fühlte sich kalt und etwas taub an. Blut tropfte dickflüssig heraus und fiel auf den Boden. Beide Vampire würgten bei dem Geruch gleichzeitig los.

»Was ist los mit euch?«, fragte ich überrascht.

»Der Geruch«, stöhnte der eine und hielt sich die Nase zu. Der andere würgte wieder haltlos.

Moment. Wurde den beiden gerade vom Geruch meines Bluts schlecht?

»Beißt mal rein!«, forderte ich sie auf, doch der Vampir, der mir am nächsten stand, wich so schnell zurück, dass er über seine eigenen Beine stolperte. Der andere taumelte würgend von mir weg.

»So schlimm? Hey! Wo wollt ihr hin?«, rief ich, während die Vampire sich umdrehten und aus dem Zimmer flüchteten. Verblüfft starrte ich ihnen nach.

»Was war denn das?«, fragte ich in den Raum hinein. Henry schnüffelte an dem Vampir am Bett herum. Ich ging auf ihn zu und legte eine Hand auf seinen Puls, doch natürlich war dort keiner.

»Crain? Wie stellt man fest, ob ein Vampir tot ist oder nicht?«, rief ich.

»Fertig!«, schmetterte Crain im selben Augenblick und kam aus dem Bad gestolpert. Als er das Chaos im Zimmer sah, blieb er ruckartig stehen.

»Was habe ich verpasst?«, fragte er.

»Das wüsste ich auch gern.« Ich deutete auf den Vampir im Bett. »Er hat von mir getrunken und ist dann einfach umgefallen.«

Crains Augenbrauen schnellten nach oben. »Tatsächlich? Wie?«

»Keine Ahnung. Gibt es so etwas wie giftiges Blut?«

»Nicht dass ich wüsste.«

»Ich … okay, darum kümmern wir uns später. Funktioniert das Weihwasser?«

Crain zuckte mit den Schultern. »Lass es uns versuchen.« Er schnappte sich den ohnmächtigen Vampir, schleppte ihn mit sich ins Badezimmer und stopfte dessen Gesicht einfach in die Toilette. In der nächsten Sekunde begann es zu dampfen und zu zischen. Der Vampir kam ruckartig wieder zu Bewusstsein und strampelte mit den Beinen. Sein gurgelnder Schrei hallte durch das Badezimmer.

»Ich denke, es funktioniert«, stellte Crain fest, der den Kopf des Vampirs wieder aus der Toilette zog und ihm dabei lässig die rote Armbinde abnahm.

»Sehr gut. Dann lass uns aufs Dach gehen und die Wassertanks segnen.«

37

Falco

Dämonen der Stufe 3
Geister
Elementargeister
Erdgeister

Vätter Sehen aus wie laufende Kröten. Sie sind im Gegensatz zu den meisten Elementargeistern nicht menschenscheu, sondern halten sich gern in Gullis und Schächten auf. Sie fressen dort Abfälle, was sie jedoch mit der Zeit mutieren ließ, sodass sie manchmal einer räuberischen Plage gleichkommen. Sie lieben Gold und stehlen wie die Elstern. Vätter sollte man vertreiben, wenn der Gestank, den sie verursachen, zu groß wird.

Die Tür am anderen Ende des Flurs ging auf, und zu meiner Erleichterung beobachtete ich, wie Crain und Leaf hinausliefen. Henry wirbelte als Rauch um ihre Beine. Im Gegensatz zu den anderen bemerkte er mich, zeigte jedoch keine weitere Reaktion, außer mir einen misstrauischen Blick zuzuwerfen, ehe er Leaf wieder einholte und sie zusammen im nächsten Stock verschwanden.

»Ich habe dir doch gesagt, es geht ihnen gut. Können wir jetzt mit unserem Auftrag weitermachen? Wir haben viel Zeit verloren«, maulte Tempest, die neben mir an der Wand lehnte.

»Ich wollte nur sichergehen, dass bei ihnen alles okay ist«, wandte ich ein. Tempest seufzte, stieß sich von der Wand ab und kam mit wiegenden Hüften auf mich zu. Sie packte mich an der Krawatte und zog mich ruckartig zu sich heran, sodass unsere Nasenspitzen sich berührten.

»Das war das letzte Mal, dass ich einen Auftrag wegen deiner Gefühlsduseleien gefährde«, flüsterte sie mir zu. »Egal was du dir einbildest, für sie zu empfinden, hör auf damit, oder verstecke es besser, bevor es zum Problem wird.«

Sie starrte mich an, und ich sah den Zorn in ihrem Blick, während sie fortfuhr: »Falls sich herausstellt, dass es bereits ein Problem ist, werde ich mit dem Intendanten sprechen, und dann wird Leaf Young den Ausgang dieses Spiels nicht überleben. Haben wir beide uns verstanden?«

Langsam gab ich dem Zug an der Krawatte nach, bis meine Nase gegen die von Tempest stieß. Meine Wange berührte ihre, während ich ihr ins Ohr flüsterte: »Vorsicht, Tempest. Oder ich komme noch zu der Ansicht, dass du mir drohst.«

Sie stieß ein kleines Lachen aus. »Oh, ich drohe nicht dir. Ich drohe *ihr*. Du bist Exorzist, Falco. Es wird langsam wieder Zeit, sich wie einer zu verhalten.«

Damit ließ sie mich los, drehte sich um und verschwand den Flur entlang.

Für einen Augenblick starrte ich ihr nach und unterdrückte das Bedürfnis, meiner Verlobten den Hals umzudrehen. Stattdessen folgte ich ihr nach unten. Wir hatten alles, was wir brauchten, um diesen Plan auszuführen. Den genauen Grundriss des Langham Hotels, unsere Deckung als Tutoren und das Wissen um jede einzelne Kamera. Wir konnten uns durch das gesamte Gebäude bewegen, ohne auch nur den geringsten Verdacht zu erregen. Der Plan war perfekt, und dennoch sträubte sich alles in mir. Die persönlichen Räume der Dauphine hatten wir bereits durchsucht, ohne jeden Erfolg. Als Nächstes nahmen wir uns die Büroräume ihres Stellvertreters Lord Fersen vor.

Diese befanden sich im Untergeschoss, neben der Küche, Wäscherei und den Personalräumen. Hier unten würden wir eher auffallen, doch Tempest bewies einmal mehr, warum sie die persönliche Spionin des Intendanten war. Sie war wie ein Schatten, den man nicht fangen konnte. Sie verschob Kameras, ging Personal aus dem Weg, und wenige Augenblicke später befanden wir uns vor der Tür des Büros.

Sie war verschlossen, doch Tempest griff einfach in ihre schwarze Clutch, holte eine Magnetkarte hervor, zog sie durch den Scanner, und die Tür sprang auf.

»Will ich wissen, woher du die hast?«, fragte ich sie leise, als wir das Büro betraten.

»Von deinem Vater, woher sonst?«

So viel zum Thema innere Sicherheit. Leise schloss ich die Tür hinter uns, und wir sahen uns in dem großen Raum um. Er war fensterlos. Die Mitte des Raumes dominierte ein großer Schreibtisch, auf dem sich Dutzende Akten stapelten. Kein Computer war zu sehen und auch sonst keine Elektronik.

An den Wänden reihten sich Bücherregale, in denen sich ein wirres Sammelsurium an Büchern, Akten, Ordnern und leeren Zetteln befand. In einer Ecke standen eine Chaiselounge, ein Tisch und ein erloschener offener Kamin. Darüber hing ein Gemälde, das die Dauphine und den Lord noch zu Lebzeiten zeigte.

»Du durchsuchst den Schreibtisch. Ich suche nach dem Safe«, ordnete Tempest an.

Ich nickte nur und begann, mich zu dem Durcheinander des Schreibtisches zu begeben. Es ähnelte dem von Direktor Gale so sehr, dass es mir nicht schwerfiel, das Wichtige von dem Unwichtigen zu trennen. Selbst im größten Chaos herrschte so etwas wie eine Ordnung. Es war nur schwer zu überblicken.

Methodisch ging ich die Zettel und Akten durch. Das meiste davon von Angestellten, Blutlieferungen oder Belegen, die das Hotel betrafen, während Tempest die Regale durchstöberte. Eine Weile arbeiteten wir einträchtig zusammen, die Stille nur erfüllt von dem raschelnden Geräusch des Papiers, das wir durchforsteten, als Tempest plötzlich sagte: »Ich habe mit deinem Vater gesprochen.«

Ich hielt inne, einen Beleg über Blutlieferungen in der Hand.

»Warum?«

Sie drehte sich zu mir um und sah mich ernst an. »Weil ich wissen wollte, was damals zwischen euch vorgefallen ist und warum du uns verlassen hast.«

Angst schnürte mir die Kehle zusammen, doch ich hob das Papier wieder hoch und begann, es durchzublättern, obwohl ich kein Wort darauf entziffern konnte.

»Und was hat er gesagt?«

»Nichts, und genau da wusste ich, dass etwas nicht stimmt, denn ich kenne dich, Falco. Ich weiß, dass es durchaus Dinge gibt, für die du deine Familie verlassen würdest, und jedes davon ist, um sie zu beschützen, aber nicht wegen nichts. Ich gehe also davon aus, du versuchst, uns zu beschützen. Und das ist dumm.«

»Ach ja?«, gab ich ruhig zurück. Sie schnaubte und kam auf mich zu.

»Ja, weil du mich nur fragen müsstest, und ich würde die Welt niederbrennen, um dir zu helfen.«

Ihre Hand landete auf meiner, hielt mich zurück, während sie mich zwang, sie anzusehen. In ihren Augen lag derselbe wilde Ausdruck wie an jenem Tag, als ich meine Sachen gepackt und gegangen war, ohne auf ihr Flehen zu achten, nicht zu gehen. Ich hatte ihr damals das Herz gebrochen, und die Scherben davon sah ich jetzt in ihrem Blick.

»Du musst mir nur sagen, was los ist, Falco, und ich werde dir helfen.«

»Es gibt nichts, wobei du mir helfen kannst, Tempest«, sagte ich und meinte jedes Wort absolut ernst.

Sie packte so fest zu, dass es wehtat, während sie näher kam, sodass mir ihr Geruch nach Zimt in die Nase stieg.

»Ich kenne dich!«

»Du kanntest mich«, korrigierte ich sie. »Der Junge von damals existiert nicht mehr, Tempest. Eigentlich hat es ihn nie gegeben. Ich kenne meine Verpflichtungen, und wenn ihr auf die Ehe besteht, dann werde ich es tun. Aber vertrau mir, dass dein Leben glücklicher wäre, wenn du mich gehen lassen würdest. Mit mir wirst du keine Zukunft haben, nur Einsamkeit.«

Tempest sagte nichts, doch ich sah, wie schimmernde Tränen in ihre Augen traten, aber keine davon fiel. Tempest war so stark und eigenwillig. Eigenschaften, die ich früher sehr bewundert hatte, die sie jetzt allerdings umso gefährlicher machten, denn wenn sie nicht aufhörte, in meiner Vergangenheit herumzustochern, würde sie das teuer zu stehen kommen.

»Ich werde dir helfen, ob du willst oder nicht.«

»Du setzt Vertrauen in mich, das ich nicht wert bin. Ich werde es brechen, Tempest«, erklärte ich, und sie schluckte und wich einen Schritt zurück.

»Dir zu vertrauen, ist meine Entscheidung, wenn du es brichst, deine«, sagte sie nur und stutzte. »Was ist denn das?«

Sie zog einen Zettel aus dem Haufen und überflog ihn.

»Nur eine Ausreisebescheinigung. Es liegen ein paar davon herum«, sagte ich.

»Gib sie mir«, verlangte Tempest. Froh, dass sie endlich das Thema wechselte, begann ich, ihr die Ausreisebescheinigungen herauszusuchen.

»Sie sind korrekt, soweit ich das gesehen habe«, erklärte ich, doch Tempests Stirnrunzeln vertiefte sich.

»Die Strigoi- und Moroi-Syndikate unterliegen strengen Auflagen, was das Ein- oder Ausreisen ihres eingetragenen Landes betrifft. Wenn ein Vampir ausreisen will, muss er das dem Orden melden, und der zuständige Bürokrat erteilt eine Ausreisebescheinigung. Somit haben wir genau im Überblick, wie viele Varkolak sich wo befinden.«

»Ich kenne das Vorgehen. Worauf willst du hinaus?«, fragte ich, und Tempest warf mir einen beunruhigten Blick zu und tippte auf das Blatt.

»Hier steht, die Erlaubnis wurde von Bürokrat Verlant Greton ausgestellt.«

»Und?«

»Falco, Verlant Greton ist seit über einem halben Jahr verstorben. Wie kann er dann Ausreisebescheinigungen ausstellen? Und noch dazu so viele? Das müssen mindestens zwanzig sein, und sie alle sind in den letzten zwei Wochen passiert.«

»Was?«

Ich nahm ihr den Zettel aus der Hand und blickte ihn durch. Sie hatte recht. Dutzende Vampire waren aus-, aber nicht wieder eingereist.

»Die meisten wurden nach Tokio, Frankreich oder in die USA geschickt«, stellte ich fest.

Tempest begann, Schubladen aufzuziehen und stöberte darin, als sie dort nichts fand, schnalzte sie genervt mit der Zunge, wirbelte dann herum und wühlte sich durch die Akten in den Schränken.

»Hier haben wir es.« Sie klatschte den Ordner vor uns auf den Tisch und begann, ihn durchzublättern. Ihre Augen wurden groß.

»Falco, wenn das hier stimmt, sind im letzten halben Jahr Hunderte Vampire ausgereist.«

»Wie ist das möglich? Das müsste doch auffallen«, fragte ich irritiert.

»Alle diese Ausreisebescheinigungen sind von Verlant Greton erstellt worden, während er bereits tot war.«

»Und sein Nachfolger?«

»Ich glaube, es war sein Assistent, ich habe den Namen vergessen«, gab sie zu, und wir beide sahen uns die Zettel durch. Name um Name, Vampir um Vampir.

»Steht hier, wer den Befehl für die Ausreise gab?«

»Ja, sie sind alle von der Dauphine.«

»Hat sie einen Grund angegeben?«

»Ja, immer denselben.«

»Welchen?«

»Spende.«

»Spende?«, fragte ich irritiert.

»Das steht hier. Mehr nicht.«

»Das kann doch nicht sein. Kein Bürokrat würde das als Begründung durchgehen lassen.«

»Tja, das ist die Frage …«

»Warum sollte die Dauphine so viele ihrer Vampire ins Ausland schicken und damit riskieren, in Großbritannien zu wenig Leute zu haben?«, fragte ich.

Tempests Hände krampften sich zusammen.

»Wir müssen mehr zutage fördern und herausfinden, ob von den Moroi auch so viele Vampire ins Ausland verschwunden sind.«

Sie drehte sich gerade um, um neue Ordner durchzusehen, als ein schriller Alarm zu hören war, der uns beide zusammenzucken ließ.

»Was ist das?«, fragte Tempest irritiert.

»Ich glaube, der Feueralarm«, stellte ich fest. In der nächsten Sekunde ging die Sprinkleranlage los. Wasser regnete auf uns herab.

»Was soll denn das?«, rief Tempest wütend.

»Ich schätze, wir müssen ein anderes Mal wiederkommen«, sagte ich und packte sie am Arm.

»Warte, Falco, wir müssen …«

»… uns nicht erwischen lassen«, knurrte ich. »Wir wissen jetzt, wonach wir suchen, doch das können wir nicht, wenn die Vampire uns hier drinnen schnappen und uns den Krieg erklären wegen Spionage.«

Tempest kniff die Lippen zusammen und riss sich von mir los.

»Na schön«, zischte sie und drückte die Tür auf.

Der Raum musste schalldicht gewesen sein, denn erst jetzt waren die Schreie zu hören. Viele davon. Im Gang vor uns lief ein Vampir, der sich panisch mit einer Schürze zu bedecken versuchte, und erst als ich den Rauch sah, der von seiner Haut aufstieg, verstand ich, was hier los war.

»Das ist Weihwasser«, stellte ich verwirrt fest.

»Welcher Idiot tut denn so etwas? Die Vampire werden stinkwütend sein«, bellte Tempest, während ich die Tür zuzog.

Eine unangenehme Ahnung überkam mich.

»Ich sehe nach Leaf und Crain, du gehst zum Intendanten, und er geht mit der ganzen Sache zur Dauphine«, sagte ich.

»Warte, Falco!«, rief Tempest mir zu, doch da drehte ich mich bereits um und lief die Treppe nach oben zurück in das Hotel, in dem ein wildes Chaos herrschte.

Alles war nass, das Wasser spritzte von der Decke, und Vampire duckten sich panisch unter Tische oder versuchten, sich mit ihren Klamotten zu schützen. In diesem Augenblick war ich mir nicht sicher, ob ich wollte, dass Leaf und Crain dahintersteckten oder nicht.

Wenn sie es waren, konnten wir es zumindest als Schachzug im Spiel verbuchen, für den es Ärger geben würde –

gewaltigen Ärger, und ich wollte mir nicht ausmalen, wie die Konsequenzen dafür ausfallen würden. Sollten sie es jedoch nicht sein, könnte die Dauphine diese Sache als Kriegshandlung betrachten, und alles würde den Bach runtergehen. Ich lief nach oben, folgte meinem Instinkt, der mich bisher immer zu Leaf geführt hatte. Ein rotes Kleid blitzte auf und verschwand um die Ecke.

»Leaf?« Ich rannte in einen Gang hinein.

Eine Tür schloss sich vor meiner Nase.

Ich streckte die Hand nach der Türklinke aus, doch bevor ich sie drücken konnte, wurde ich von hinten gepackt. Ein starker Bizeps schlang sich um meinen Hals, drückte zu und zerrte mich zurück. Es war meiner langen Ausbildung geschuldet, dass ich in diesem Augenblick nicht erstarrte, sondern zur Seite auswich, nach hinten griff und den Angreifer über meine Schulter warf. Es krachte laut, als ein Unbekannter am Boden aufschlug.

Anstatt jedoch liegen zu bleiben, sprang er wieder auf die Beine und fixierte mich mit seinem Blick. Oder zumindest bildete ich mir ein, dass er mich anstarrte. Es war schwer zu sagen. Die Person vor mir war völlig in Schwarz gekleidet. Dunkle Hose, Kapuzenpulli und eine Maske verdeckten sein Gesicht. Wasser fiel auf uns herab, tropfte mir aus den Haaren über das Gesicht und ließ alles noch undeutlicher wirken. Anhand der Statur konnte ich nur erahnen, dass es sich dabei um einen Mann handelte.

»Wer bist du? Was willst du? Du bist kein Vampir«, stellte ich fest.

Der Angreifer hielt sich jedoch nicht mit einer Erklärung auf, stattdessen nahm er Anlauf und stürzte sich auf mich. Ich wich aus, doch der Angreifer warf sich auf die Knie, rutschte die letzten Meter zu mir hinüber und scherte mit seinen Beinen aus, bis ich das Gewicht verlor. Ich stolperte, knallte auf den Boden und rollte mich herum, aber da war er bereits über mir.

»Was …«, setzte ich an, da riss sich der Angreifer die Kapuze vom Kopf und starrte mich an.

Komplett weiße Augen stierten mich an. Sie gehörten zu einem jungen Mann mit asiatischer Abstammung. Mehr konnte ich jedoch nicht erkennen. Nur diese Augen. In ihnen war nichts, keine Pupille, keine Iris, nur ein alles verschlingendes Weiß, das immer heller wurde, bis es mich blendete. Ein Schmerz, als würde sich etwas Spitzes durch meinen Kopf bohren, ließ mich schreiend die Lider zusammenkneifen.

Etwas passierte. Ich war mir nicht sicher, was, doch es fühlte sich an, als würde sich jemand durch meine Gedanken wühlen. Erinnerungen, neue und alte, blitzten so rapide auf, als würde ein Video in dreifacher Geschwindigkeit abgespielt werden. Schneller und immer schneller, bis es einen Kurzschluss gab. Mein Kopf knipste sich einfach aus, und im nächsten Augenblick wurde ich ohnmächtig.

38

Leaf

Schattenfänger *Schattenfänger* ist der Begriff für eine Gruppe Menschen, die in der Lage sind, Zeit zu manipulieren und nutzbar zu machen. Diese Zeit muss jedoch einem lebendigen sterblichen Wesen entwendet werden, da Zeit keine unerschöpfliche Ressource ist. Jedoch gibt es auch Fälle, in denen Gedanken, Erinnerungen oder Gefühle von *Schattenfängern* entwendet werden konnten. Bereits 1560 wurde die Existenz der Schattenfänger als gefährlich eingestuft. Sie wurden politisch verfolgt und gelten seither als ausgerottet.

»Da drüben ist noch einer!«, rief ich Crain zu, während ich auf einen weiteren Vampir zueilte, der vor der Sprinkleranlage in eines der Zimmer flüchtete.

»Der andere rennt runter. Den hole ich mir noch. Kommst du mit dem anderen alleine klar?«, fragte Crain besorgt, während er sich die sechste Armbinde in die Hosentasche stopfte.

»Das Wasser brennt, aber ich halte es aus. Es zu trinken war damals schlimmer«, versicherte ich ihm, obwohl das Weihwasser inzwischen deutliche Brandblasen auf meiner Haut hinterließ. So schlimm wie bei den Vampiren war es dennoch nicht.

»Dann sehen wir uns unten«, sagte Crain und jagte dem einen Vampir nach. Sobald das Weihwasser begonnen hatte, herunterzuregnen, waren die Vampire wie eine Horde Hühner losgelaufen, und das machte es deutlich leichter, sie einzufangen. Wir würden jedoch nicht ewig Zeit haben, bis jemand die Sprinkleranlage wieder abschaltete. Wir mussten uns also beeilen.

Ich lief dem Vampir hinterher, der sich meiner Meinung nach in einem der Zimmer verkrochen hatte.

Ich bildete mir ein, Crain meinen Namen rufen zu hören, doch als ich aufblickte, war der Flur leer. Also riss ich die Tür auf und erwischte den Vampir gerade dabei, wie er versuchte, aus dem Fenster zu klettern.

»Hab ich dich!«, sagte ich vergnügt. Der Vampir fauchte mich an und zeigte dabei all seine Reißzähne. Ich schloss die Tür und stieß einen Pfiff aus. Henry formte sich zu meinen Füßen und stürzte sich auf den Vampir. Dieser brüllte, als der Schattenhund ihn am Bein erwischte und zurückzerrte. Von außen betrachtet, musste Henry wie ein wirklich gefährlicher Spiritus wirken, und ich konnte nicht umhin, stolz auf meinen kleinen blutrünstigen Kerl zu sein.

»Du!«, stieß der Vampir mit schmerzverzerrtem Gesicht hervor, als ich auf ihn zuging.

»Ich«, stimmte ich zu und schnalzte mit der Zunge. Henry ging dem Vampir an die Kehle. Seine Zähne drangen durch Haut, und ich konnte ein nasses Gurgeln hören.

Zufrieden beugte ich mich über den Vampir.

»Ein Befehl, und er beißt die den Kopf ab«, erklärte ich. »Erspar uns also beiden die Mühe, und gib mir einfach deine Armbinde.«

Der Vampir fletschte die Zähne. »Denk nach, was du tust, Mädchen. Die Dauphine wird nicht erfreut sein. Du solltest dich uns anschließen …«

»Im Augenblick schließe ich mich niemandem an, aber

wie es aussieht, bin ich dabei, zu gewinnen. Ich bin wirklich erstaunt, wie schlecht Vampire im Verlieren sind«, sagte ich, schnappte mir seine Armbinde und steckte sie zu meinen vier weiteren.

Der Vampir starrte mich nur hasserfüllt an. »Das ist kein einfaches Spiel, Mädchen. Das hier ist ein Test. Als wir hörten, welches Blut in deinen Adern fließt, wussten wir zwar *was*, aber nicht, *wer* du sein würdest. Die Dauphine hat jetzt alles gesehen, was sie wissen muss, und deine Chance ist verwirkt. Du wirst sterben, genau wie all die anderen.«

»Chance? Sterben? Moment, ich komme nicht mit. Wovon sprichst du?«, fragte ich, doch der Vampir grollte nur und warf sich auf mich. Henry reagierte blitzschnell. Blut spritzte mir ins Gesicht, als er dem Vampir die Kehle durchbiss. Dieser gurgelte und sackte in sich zusammen.

»Henry! Warum hast du das getan? Jetzt muss ich warten, bis er wieder aufwacht!«, fluchte ich, doch der Hund sah mich nur treuherzig an und legte die Reste der Speiseröhre zu meinen Füßen ab und wedelte mit dem Schwanz. Ich seufzte.

»Trotzdem danke. Deinetwegen musste ich kein einziges Mal diesen schrecklichen Dämon aus mir herausholen«, murmelte ich und kraulte den Hund hinter den Ohren. Meine Haut fühlte sich mittlerweile zu eng an, als versuchten zwei Menschen gleichzeitig darin zu leben, und es war nur schlimmer geworden, je länger ich den Dämon in mir unterdrückt hatte.

Mir war bewusst, dass wir diese Sache schneller hinter uns hätten bringen können, wenn ich ihn einfach freigelassen hätte, doch mit all den Kameras und Zuschauern wäre es unmöglich gewesen, es zu verstecken. Sie zu verstecken.

Hätte ich den Dämon freigelassen, hätte jeder gewusst, was los mit mir war. Ich stutzte und blickte auf den Vampir hinab, der noch immer bewusstlos war.

Als wir hörten, welches Blut in deinen Adern fließt. Hatte er da gerade über das Q-Gen gesprochen? Aber … woher sollten die Vampire davon wissen?

Es war ein Test, hatte der Vampir gesagt.

Ein saurer Geschmack breitete sich in meinem Mund aus, und ich stand mit klopfendem Herzen auf.

Ich brauchte etwas zum Fesseln. Dieses Gespräch war an dieser Stelle nicht vorbei. Ich war gerade dabei, ein von der Sprinkleranlage nasses Bettlaken zu nehmen, um es zu zerreißen, als ich etwas Seltsames im Flur hörte. Ein Schrei, der so gellend war, dass es mir kalt über den Rücken lief. Das war kein Schrei wegen einer simplen Verletzung gewesen, das hier klang, als würde jemandem die Seele in kleine Stücke zerrissen werden.

Angespannt blickte ich zur Tür und anschließend zu dem Vampir am Boden, der endlich begann, gurgelnde Atemzüge von sich zu geben. Wenn ich ihn jetzt aus den Augen ließ, war er weg. Doch ich musste zumindest nachsehen, was da draußen los war. Wenn Crain meine Hilfe brauchte, konnte ich nicht einfach wegbleiben.

»Henry, pass auf den Vampir auf. Ich komme gleich wieder«, befahl ich, ließ das Bettlaken sinken und öffnete die Tür.

Misstrauisch linste ich hinaus. Die Sprinkleranlage hatte inzwischen aufgehört, sodass nur noch etwas Wasser von oben tropfte. Der Teppichboden war völlig durchnässt. Auf den ersten Blick war nichts zu sehen.

Mhm …

Ich wollte gerade die Tür wieder schließen, als eine verhüllte Gestalt hinter der nächsten Ecke hervorschoss.

»Hey! Du!« Ich riss die Tür auf, doch die Person rannte ohne innezuhalten ans Ende des Flurs, an dem sich ein riesiger Spiegel mit goldenen Umrandungen befand.

»Hey, was machst du?«, rief ich und lief auf ihn zu, aber die Gestalt zückte etwas. War das eine Schusswaffe? Ich bremste so schnell ab, dass der Absatz einer meiner Schuhe knackte. Ich knallte auf den Boden im selben Augenblick, als die Person etwas drückte. Es schien doch keine Pistole zu sein, denn kein Schuss ertönte. Etwas anderes passierte. Die verhüllte Gestalt verschwamm … Es war schwer zu beschreiben, ähnlich wie Papier, das feucht wurde und dann Wellen schlug.

Die Gestalt stürzte sich direkt in den Spiegel. Schockiert beobachtete ich, wie dieser jedoch nicht zersprang, sondern der Fremde einfach hindurchglitt, als wäre der Spiegel Wasser. Fassungslos starrte ich den Spiegel an und sah die Figur darin wieder über den Flur laufen, nur diesmal spiegelverkehrt. Als ich hinter mich blickte, war dort jedoch niemand, und als ich erneut in den Spiegel starrte, war die Gestalt verschwunden.

Was zum Teufel?

Was war denn das gerade gewesen? Ich rappelte mich auf, knickte wieder ein und riss mir die hohen Schuhe von den Füßen. Barfuß lief ich auf den Spiegel zu. Ich sah mich selbst darin und den Flur mit den vielen Türen dahinter. Zögerlich hob ich einen Finger und tippte gegen den Spiegel. Eine kühle, solide Oberfläche traf meine Fingerkuppe.

Ich drückte fester, doch der Spiegel gab nicht nach.

»Wie geht das?«, fragte ich mich selbst laut und drückte meine gesamte Hand auf den Spiegel, aber nichts bewegte sich. Alles blieb stabil.

»Unheimlich«, murmelte ich und wollte mich gerade umdrehen, als ich etwas sah. Ein Paar Füße, die am Ende des Ganges hervorlugten. Dort, wo die Treppen ineinander übergingen.

»Hallo?« Ich wirbelte herum, doch die Füße bewegten sich nicht. Aber zumindest waren sie noch da.

Ich drehte mich um und lief den Gang entlang. Die Treppen schraubten sich ab diesem Punkt nach oben und unten, und genau davor lag jemand und rührte sich nicht. Ein großer Typ. Eindeutig ein Exorzist.

»Hey, geht es Ihnen …«, setzte ich an, bevor mir der Atem stockte, als mein Blick auf das regungslose Gesicht fiel.

Für einen Herzschlag schien die ganze Welt sich langsamer zu drehen, und meine Bewegungen fühlten sich wie Melasse an. Zäh, träge, klebrig.

Ein Sirren erklang in meinen Ohren, während ich auf Falco hinabstarrte, der völlig regungslos am Boden lag. Das nasse Haar fiel ihm wie ein dunkler Heiligenschein um das Gesicht.

Ein rasselnder Atemzug. Ein Blinzeln.

»Falco!« Ich stürzte los, knallte auf die Knie und klatschte dem Exorzisten ins Gesicht.

»Hey, hey, was ist los mit dir?« Meine Stimme klang schrill vor Panik, die ich nicht einmal verstecken konnte. Hinter mir nahm ich nur am Rande wahr, wie Henry bellte und der Vampir aus dem Zimmer geschossen kam. Ich ignorierte es. Falco bewegte sich immer noch nicht, und in mir klaffte die Angst wie ein Abgrund, der drohte, mich zu verschlingen.

»Falco!«, schrie ich und versuchte, mit zitternden Fingern seinen Puls zu fühlen. Atmete er noch?

»Leaf?«

Eine Gestalt mit grünen Haaren tauchte atemlos auf den unteren Stufen auf.

»Crain! Hilf mir. Ich glaube, er atmet nicht!«, brüllte ich.

Meine Stimme hallte wie ein Echo, aber vielleicht auch nur in mir.

»Shit!« Wasser spritzte auf, als Crain sich neben mich warf.

»Was ist passiert?«

»Ich habe keine Ahnung!«

»Seit wann liegt er da?«

»Ich weiß es nicht.«

»Was ist …?«

»Ich habe ihn gerade erst gefunden«, fauchte ich Crain an, und dieser schlug meine zitternden Hände zur Seite.

»Lass mich mal sehen.« Er drückte seinen Finger an den Hals und wartete. Die Sekunden dehnten sich ins Endlose, während meine Gedanken sich panisch im Kreis drehten. Falco durfte nicht tot sein. Er durfte nicht … nicht …

»Tief Luft holen, Leaf, du hyperventilierst«, sagte Crain scharf, nahm die Finger von Falcos Hand und drückte sein Ohr an dessen Brust.

»Er hat Puls und atmet, auch wenn beides schwach ist. Hilf mir, ihn in die stabile Seitenlage zu bringen«, ordnete er an.

Seitenlage. Das hatten wir geübt. Ich wusste, wie das ging.

Ich zwang mich, meine steifen Glieder zu bewegen. Ich blinzelte. Die Welt um mich herum reduzierte sich auf die beiden Menschen vor mir. Auf Crain, der Falco zur Seite legte und den Kopf überstreckte, damit dieser nicht an seiner eigenen Zunge erstickte.

Zitternd streckte ich meine inneren Sinne aus und suchte nach Falcos Arcanum. Was ich dort fand, ließ mich schockiert innehalten.

»Leaf? Ich hole Hilfe. Kannst du hier warten?«, fragte Crain, doch ich schaffte es nicht zu antworten. Falcos Inneres sah zerfetzt aus. Es war schwer zu begreifen, was ich da sah, aber das strahlende Gold seiner Seele war zerstört worden. Seine Struktur war völlig konfus und wirbelte in ungleichmäßigen Strömen herum.

Ich hörte weit entfernt, dass Crain etwas sagte. Er verschwand, und ich starrte weiter auf Falcos Innerstes. Eine Wunde, wie ich sie noch nie gesehen hatte. Seine Seele war verletzt worden. Von … von diesem Ding? Ich blickte ruckartig hoch. Hatte dieses Ding, das im Spiegel verschwunden war, Falco so verletzt? Der Schrei musste von ihm gekommen sein.

Heißer Ekel stieg in mir hoch, als ich bemerkte, dass Falco wahrscheinlich auf mich aufgepasst hatte, als es passiert war. Vielleicht hatte dieses Ding sogar versucht, an mich ranzukommen, und er hatte mich beschützen wollen. Warum hatte ich nicht eher reagiert, als der Schrei zu hören gewesen war? Galle stieg mir die Kehle hinauf. Ich zitterte, während der Dämon unter meine Haut kroch.

»Lass mich raus! Lass mich raus, und ich töte, was auch immer Falco verletzt hat. Ich töte es, töte es, töte es!«

Mein Blickfeld füllte sich mit schwarzem Rauch. Mein Finger kribbelte, und ich erhob mich ungelenk wie eine Puppe, an deren Fäden gezogen wurde. Doch bevor ich einen Schritt tun konnte, erklang ein schriller Schrei.

»Falco!« Jemand stieß mich hart zur Seite. Ich stolperte, und das Schwarz verschwand vor meinen Augen.

Tempest kniete sich vor Falco und suchte nach seinem Puls.

»Falco? Was ist mit dir? Wach auf!«

»Er wacht nicht auf«, krächzte ich leise, und Tempest hob abrupt den Kopf.

»Du! Was hast du getan!«, keifte sie mich an. Spucke flog dabei von ihren Lippen.

»Ich habe nichts getan!«

»Ich wusste, wir hätten dich töten sollen, als ich dich gesehen habe. Dämon ist Dämon, aber nein, ich habe ihm gestattet, dich zu behalten wie ein wildes Haustier!«, brüllte sie mich an.

»Da war jemand, der im Spiegel verschwunden ist«, sagte ich, doch Tempest hörte mir gar nicht zu.

Stattdessen sprang sie in einer geschmeidigen Bewegung auf und kam auf mich zu.

»Tempest, nein!«, brachte ich hervor, aber sie stürzte sich bereits auf mich, packte mich an den Haaren und rammte meinen Kopf gegen die nächste Wand.

Henry knurrte und machte sich daran, sich auf Tempest zu stürzen, doch diese wirbelte nur herum und brüllte etwas auf Latein. Henry fiel, und ich sah aus dem Augenwinkel, wie er in tausend Fetzen zersprang. Obwohl ich wusste, dass der Dämon aus nichts bestand, dass getötet werden konnte, blieb mir bei dem Anblick das Herz stehen.

»Was tust du da? Hör auf, Tempest!!« Mein Schrei gellte, als Tempest mich packte, zu Boden drückte und mir in unfassbarer Präzision Spikes in die Handflächen jagte, um mich dort festzunageln.

Ein Grollen entkam mir, als die langen Nadeln durch mein Fleisch stießen. Es war eigentlich unmöglich, dass das Material durch den Marmorboden ging, doch die Spikes glitten hinein, als wäre der Boden nichts weiter als Butter, und hielten mich dort fest.

»Adsisto tibi ut famulus vitae. In manibus meis pondus justitiae«, spuckte Tempest mir den Anfang eines Exorzismus entgegen. Meine Innereien zogen sich schmerzhaft zusammen, und ich würgte.

»Tempest, hör auf«, stieß ich hervor, doch Tempest nahm nichts von dem wahr, was ich sagte. Ihre Zunge bewegte sich einfach nur, während sie mit blankem Hass im Gesicht den Exorzismus an mir durchführte. »*Sanguis temporis in corde meo fluit. In me spiritus puritas animae innocentis iacet.*«

Ich würgte wieder. Meine Haut juckte, spannte sich an, doch diese Art von Exorzismus funktionierte bei mir nicht. Ich war kein leeres Gefäß, das sie damit ausschütten konnte. Der Dämon und ich waren zusammen genetisch verwachsen; was Tempest hier tat, fühlte sich also an, als würde sie versuchen, mein Innerstes nach außen zu stülpen. Das Fleisch an meinen Augen zog sich zurück. Mein Schädel knackte von dem immensen Druck, und meine Nägel schoben sich langsam aus dem Nagelbett hervor. Meine Schreie mischten sich mit Tempests Exorzismus, und gerade als ich dachte, dass ich das Bewusstsein verlieren würde, hörte es plötzlich auf.

»Tempest, was im Namen der Götter tust du da?«

Crain?

Keuchend versuchte ich, etwas unter den Tränen zu sehen, doch alles war so verschwommen. Ich sah Menschen, die auf uns zustürmten.

Eine große Gestalt kniete sich über Falco. Einige Leute umringten uns, während andere Tempest von mir wegzerrten, die lauthals schrie: »Sie hat es getan! Wir müssen sie töten!«

»Wovon redest du? Ich habe Leaf gesagt, dass sie bei Falco warten soll, du Irre!«, donnerte Crain.

Ich schwankte, während ich darum kämpfte, bei Bewusstsein zu bleiben.

»Was ist passiert?«

»Wir wissen es nicht. Er lag einfach …«

Ich verlor das Bewusstsein. Meine Lider flatterten, Schwärze füllte mein Gesichtsfeld, und mit dem letzten Rest Kraft, den ich hatte, riss ich meine Hände von den Spikes los.

Haut und Knochen zerfetzten, doch ich war ohnehin nur noch ein Bündel aus Schmerz, den ich kaum noch wahrnahm. Zitternd reckte ich mich, bis meine Hand in Falcos glitt. Ich klammerte mich an ihm fest, ehe ich ohnmächtig wurde.

39

Leaf

Gedankenschinder Ein *Schattenfänger*, der in der Lage ist, Erinnerungen zu stehlen. Wie sie das genau anstellen, weiß jedoch niemand …

»Etwas stimmt nicht.« Der Dämon tigerte unruhig hin und her, während wir zusammen in der endlosen Schwärze unseres geteilten Verstandes trieben.

»Ach wirklich? Das fällt dir erst jetzt auf?«, gab ich grimmig zurück.

Der Dämon warf mir einen giftigen Blick zu und blieb ruckartig vor uns stehen. »Jemand oder etwas hat versucht, uns zu bestehlen.«

»Uns bestehlen? Wie meinst du das?«

»Hast du es nicht gesehen? In ihm fehlt etwas!«

»Du meinst Falco.«

»Sein Innerstes ist zerrissen, seine Seele wurde durchsucht, seine Gedanken sind ein Chaos. Etwas hat das getan und gleichzeitig nichts hinterlassen. Wir müssen dieses Nichts finden und zurückholen, was uns gehört.«

»Ich habe keine Ahnung, was du sagen willst«, fuhr ich den Dämon an, und sie brüllte mich an: »Hör auf, rumzulügen, und such den Dieb!«

Keuchend schlug ich die Augen auf und setzte mich ruckartig auf. Grelles Sonnenlicht traf auf meine Pupillen, die sich so schnell zusammenzogen, dass ein stechender Schmerz durch meine Stirn zog.

Knurrend vergrub ich das Gesicht in dem weichen Kissen unter mir und roch fremdes Waschmittel und Desinfektionsmittel.

»Sie ist wach.«

»Na endlich.«

Ein Geräusch, als würde ein Buch zugeschlagen werden, war zu hören. Schritte näherten sich, und im nächsten Augenblick fassten mich Hände an.

»Leaf?« Mit purer Gewalt zwang ich meine Augen auf und starrte für eine Sekunde nur auf weißes Bettzeug. Der fremde Geruch hüllte mich ein, ehe ich es schaffte, mich umzudrehen. Erneut traf Sonnenlicht meine Augen, doch ich unterdrückte den Drang, mich wieder davor zu verstecken. Stattdessen blinzelte ich in die verschwommenen Gesichter von Crain und Zero.

»Was ist passiert?«, krächzte ich.

»Wie geht es dir?«, wich Zero geschickt meiner Frage aus. Ich schluckte und spürte einen ziehenden Schmerz in meinen Eingeweiden. Hunger. Tief und gehetzt wie ein Tier, das die Zähne bleckte.

»Ich habe Kopfschmerzen«, gab ich zu.

»Trink was«, bot Zero mir an und drückte mir ein Glas an die Lippen. Ich wollte es in die Hände nehmen, doch etwas hielt mich zurück.

Ketten, um genau zu sein. Meine Hände waren gefesselt. Ich spürte das Summen von Arcanum, das mich darin festhielt und mit einem Ring im Boden verankert war.

»Was ist denn das?«, krächzte ich.

Zero verzog das Gesicht. »Wir haben versucht, sie davon zu überzeugen, dich gehen zu lassen. Aber der Intendant hat nur zugestanden, dich auf der Krankenstation zu lassen, wenn du hier angekettet wirst. Sonst hättest du in den Kerker gemusst.«

Ich schüttelte den Kopf, um etwas Ordnung hineinzubekommen. Wieder hielt mir Zero das Wasserglas an die Lippen. Ich schluckte und sah mich dabei um. Ich lag auf einer Art Krankenstation, obwohl das Innere mehr wie das Gebäude einer alten Kirche wirkte. Hohe Fenster, die sich aneinanderreihten und Licht nach innen ließen. Die Decke erstreckte sich mit hölzernen Stützpfeilern nach oben. Die Wände waren aus Stein. Ansonsten gab es nicht viel, außer einer Reihe von Krankenbetten, die jeweils mit eigenen Vorhängen voneinander separiert werden konnten und …

Keuchend schnappte ich nach Luft, während mir alles wieder einfiel, was im Langham Hotel passiert war. Die Vampire, Falco, Tempest, der Dieb …

»Da war ein Kerl!« Ich schrie förmlich, was Crain und Zero zusammenzucken ließ.

»Was für ein Kerl?«, hakte Crain nach.

»Im Spiegel«, stammelte ich. Crain und Zero warfen sich verwirrte Blicke zu, die mich gereizt die Zunge schnalzen ließen.

»Ich war in dem Zimmer, um mich um den Vampir zu kümmern, als ich draußen ein seltsames Geräusch gehört habe. Als ich rausging, war da dieser Kerl, der davongelaufen und im Spiegel verschwunden ist. Danach habe ich Falco gefunden.«

»Es ist im Spiegel verschwunden?«, wiederholte Crain.

»Ja.«

Zero fuhr sich durch die hellen Haare und zuckte mit den Schultern. »Mit etwas Glück haben es die Kameras aufgenommen und können Leaf entlasten.«

Ich bemühte mich, mich trotz der gefesselten Hände

aufzusetzen, und zuckte zusammen, als ich die Spikes bemerkte, die glatt durch meine Handgelenke gingen.

Das würde noch Tage später wehtun.

»Was ist mit Falco? Wo ist er? Wie geht es ihm?«, krächzte ich. Crain drückte meine Hand.

»Er ist wach. Es geht ihm gut. Er ist gerade beim Intendanten und macht seine Aussage über den Fall.«

Er sah so aus, als wollte er noch etwas hinzufügen, lächelte jedoch nur.

»Gott sei Dank«, ich sank in mich zusammen. Vielleicht hatte ich das, was ich da gesehen hatte, doch nicht korrekt interpretiert. Der Schaden war vielleicht kleiner als angenommen.

»Da ich aber angekettet bin, gehen sie immer noch davon aus, dass ich etwas damit zu tun habe?«, erkundigte ich mich müde davon, immer in derselben Situation zu landen.

Crain tätschelte mir die Schulter und setzte sich auf einen Stuhl, der neben meinem Bett stand, während es sich Zero am Bettende bequem machte.

»Zumindest wollten sie dich nicht rumlaufen lassen, solange die Sache noch so frisch ist. Ich habe dich etwas beneidet, dass du bei dem ganzen Drama bewusstlos warst. Tempest war ziemlich außer sich. Wir konnten sie gerade noch davon abhalten, dich in kleine Stücke zu reißen. Sie lassen dich frei, wenn die Filmaufnahmen ausgewertet wurden und die Aussagen nicht mehr ganz so verwirrend sind.«

»Was haben sie bisher herausgefunden?«

»Nicht viel. Eigentlich nur das, was Tempest sagt und behauptet, du hättest versucht, Falco umzubringen.«

Ich stieß ein Schnauben aus.

»Weißt du mehr?«, hakte Crain nach. Ich biss mir auf die Unterlippe.

»Ja, aber ich glaube nicht, dass ich es dem Intendanten erzählen kann.«

»Warum nicht?«

»Als Falco da lag, da habe ich seine Verletzungen gesehen, aber sie sind nicht oberflächlich. Sie liegen in seiner Seele.«

»Sie … was? Woher weißt du das?«, fragte Crain scharf nach. Ich warf ihm einen langen Blick unter den Wimpern zu.

»Ich habe so viel von Falcos Seele gegessen, dass ich sie besser kenne als meine eigene. Ich weiß, wie sie aussehen muss, und sie wirkt zerfetzt. Es fehlen Teile, ich weiß nicht, wie ich das anders beschreiben soll.«

Zero und Crain blinzelten mich an.

»Ja, die Sache mit dem Seelenessen sollten wir vielleicht nicht erzählen«, gab Crain schließlich zu.

»Wie geht es ihm jetzt? Habt ihr schon mit ihm gesprochen, was im Hotel passiert ist?«, bohrte ich nach und richtete mich weiter auf. Wieder warfen Zero und Crain sich einen sonderbaren Blick zu.

»Was?«, fragte ich misstrauisch, und das Gefühl, dass hier etwas ganz und gar nicht stimmte, fraß sich durch meine Knochen.

»Nichts … du, ähm, fragst ihn am besten selbst«, druckste Crain.

»Es gibt ein Problem«, stellte ich fest.

»Aber nein, nicht direkt«, wich er aus.

»Was sind indirekte Probleme, Crain?«

»Hämorriden?«

»Hat Falco Hämorriden?«

»Das solltest du ihn vielleicht auch selbst fragen.«

Zero starrte Crain an, als könnte er nicht glauben, dass er mit ihm wirklich befreundet war.

»Crain. Sag mir, was los ist«, knurrte ich. Der Exorzist verzog das Gesicht.

»Gib dir noch fünf Minuten, bevor die Welt wieder kompliziert wird«, riet er mir.

Ich seufzte und war mir tatsächlich nicht sicher, ob ich emotional bereit war, mich noch mehr Problemen zu stellen.

»Ähm, Leaf?«, erkundigte sich Crain mit einem seltsamen Blick.

»Was?«

»Warum rauchst du?«, fragte er.

»Was?«, erkundigte ich mich verwirrt. Im selben Augenblick spürte ich etwas um meine Haare wispern. Ein sanftes Streichen, begleitet von einem vertrauten Gefühl, während sich auf mir Rauch zusammenballte. Ich riss den Kopf nach oben.

»Henry?«, fragte ich erleichtert. Der Rauch vor mir verdichtete sich und nahm vage die Form eines Hundes an. Schwach und viel zu klein, kaum größer als ein Welpe, doch er war es eindeutig und sah mich treuherzig an.

»Oh, Gott sei Dank, es geht dir gut.«, schluchzte ich auf, und der Rauch strich mir über die Wange.

»Oh, der Monsterhund ist wieder da«, rief Crain. Ich gurrte in den Schatten hinein und genoss das vertraute Gefühl, ihn bei mir zu haben, während es mir gleichzeitig die Brust abschnürte. Als würde Lore mich sanft trösten.

Zittrig atmete ich durch.

Vielleicht sollte ich einfach eine Pause machen und in diesem Bett liegen bleiben, doch leider konnte ich meinen Mund selbst dann nicht halten, wenn eine Pause von meinem Leben durchaus angebracht war.

»Wie ging das Spiel aus? Haben wir gewonnen, oder kann ich mir die ganze Mühe sparen und schon mal Spenden für meine Beerdigung sammeln?«, erkundigte ich mich und rieb mir die Schläfen, hinter denen sich pochende Kopfschmerzen breitmachten.

»Das ist tatsächlich eine ganz wundervolle Neuigkeit. Wir haben gewonnen«, sagte Crain und grinste breit. »Ich habe die Vampire wahrscheinlich noch nie so angepisst erlebt und meinen Vater auch nicht. Das war zauberhaft. Ich wünschte, ich hätte ein Foto von seinem Gesicht gemacht. Ich hätte es ausgedruckt, neben meinem Bett aufgestellt und …«

»Es wird seltsam, Crain«, warnte Zero.

»Die Vampire waren wie begossene Pudel«, warf Crain vergnügt ein.

»Bekommen wir Ärger deswegen?«, erkundigte ich mich dumpf.

»Aber so was von. Wir wurden nur deshalb nicht disqualifiziert, weil die Aktion offiziell nicht gegen die Regeln verstoßen hat. Wäre es jedoch nicht im Rahmen der Spiele gewesen, hätten wir damit wahrscheinlich einen Krieg ausgelöst.«

Ich wurde blass. »Wirklich?«

»Nur fast, aber die Dauphine mit Weihwasser zu bespritzen, kam wohl nicht so gut an«, erklärte Crain amüsiert.

»Euer Lösungsweg war dennoch sehr kreativ. Es war interessant, euch bei den Spielen zuzusehen«, schob Zero sanft nach.

»Und wenn wir zurück sind, darf ich das erste Semester wiederholen, weil ich offiziell eine Toilette gesegnet habe. Damit haben wir zwei Fliegen mit einer Klappe geschlagen«, sagte Crain fröhlich.

Ich runzelte die Stirn.

»Du bleibst sitzen?«

Sein Lächeln zeigte erschreckend viele Zähne.

»Quasi lebenslänglich. Eigentlich wollte ich diesmal länger warten, bevor ich Mist baue, um länger bei dir zu sein, aber du bekommst das nächste Semester auch ohne mich hin.« Er zwinkerte mir zu.

»Sie können dich doch nicht …«, setzte ich an, als die Tür aufging und Henrys Schatten vor Schreck zerstob. Direktorin Hardwood betrat die Krankenstation zusammen mit Tahir Chepesch. Er war zwei Köpfe größer als die zarte Spiritistin, und sein Schatten schien den Boden unter sich zu verschlucken, als sie auf uns zukamen.

Unserer Blicke trafen sich, und die Sonne fiel in solch einem Winkel ein, dass seine Augen einen Herzschlag lang tintenschwarz aussahen. Ich starrte ihn entsetzt an, doch als er das direkte Sonnenlicht verließ, wirkten seine Augen völlig normal. Ein Hauch seines Arcanums streifte mir um die Nase, und die Macht darin ließ die kleinen Härchen an meinem Armen zu Berge stehen; fast so, als würde Tahir die Luft alleine mit seiner Anwesenheit statisch aufladen. Ich unterdrückte ein Schaudern. Wie es aussah, begann ich, paranoid zu werden.

Crain reagierte, indem er die Beine von meinem Bett nahm. Zero zog sich respektvoll zurück. Tahirs Blick war genauso undurchsichtig wie der seines Sohnes, während Seraphina sich deutlich Mühe gab, mir ein knappes Lächeln zu schenken.

»Miss Young, wie geht es Ihnen?«, erkundigte sie sich, als sie vor meinem Krankenbett stehen blieben.

»Den Umständen entsprechend gut. Ich bin hauptsächlich verwirrt über das, was hier gerade passiert«, antwortete ich ehrlich.

Direktorin Hardwoods Lächeln wankte.

»Ich bitte um Entschuldigung und hoffe auf Verständnis, dass wir Sie nicht unbeaufsichtigt lassen konnten, solange der Sachverhalt zu den Spielen im Langham Hotel noch nicht geklärt ist.«

Ich verkniff es mir, darauf hinzuweisen, dass man mich auch ohne schmerzhafte Handschellen bewachen könnte, doch die Exorzisten waren ein misstrauischer Haufen, insofern konnte ich wohl froh sein, dass ich auf der Krankenstation lag und nicht in einem Kerker.

»Wurde er denn geklärt?«, erkundigte ich mich.

Seraphina verzog das Gesicht.

»Ich befürchte nicht«, gestand sie.

»Es müsste doch Videoaufnahmen geben. Da war dieser Mann, der …«

»Unglücklicherweise gab es Probleme mit den Videoaufnahmen ab dem Augenblick, als die Sprinkleranlagen angingen. Die Kameras waren dafür nicht konzipiert, und wir konnten im gesamten Stockwerk noch keine Daten sichten. Wir wissen daher nicht genau, was passiert ist, und bitten Sie um eine Aussage. Danach werden wir eine Untersuchung einleiten. Es könnte jedoch sein, dass wir Sie deswegen nicht weiter an den Spielen teilnehmen lassen können, Miss Young.«

Scharf sog ich die Luft ein und schüttelte den Kopf. »Da war ein Mann. Er hat Falco angegriffen.«

»Kannten Sie diesen Mann?«, erkundigte Tahir sich mit unbewegter Miene.

Ich verspannte den Kiefer.

»Nein. Ich konnte auch sein Gesicht nicht sehen.«

»Warum denken Sie dann, dass es sich um einen Mann handelt?«

»Es ist nur eine Vermutung anhand der Art, wie er sich bewegt hat.«

»Warum sollte ein Unbekannter meinen Sohn angreifen?«

»Ich weiß es nicht. Sagen Sie es mir?«

»Wir tappen im Dunklen, Miss Young, und bisher haben

wir nur die Aussagen von Tempest, die uns versichert, dass Sie versucht haben, Falco zu töten.«

»Ganz im Gegenteil! Ich habe versucht, Falco zu helfen. Wir sind Freunde. Er ist mein Mentor. Ich könnte ihn nie … Ich würde ihn nie willentlich verletzen. Das müssen Sie mir glauben«, sagte ich, bemüht um meine Fassung ringend, während sich mein Magen so stark umdrehte, dass mir schlecht wurde.

»Warum sollten wir Ihnen glauben, Miss Young?«, fragte Tahir schlicht.

Ich biss die Zähne zusammen und spürte, wie sich Dunkelheit in meinem Augenwinkel sammelte.

»Wenn ich versucht hätte, Falco zu töten, wäre mir das auch ganz sicher gelungen,« fuhr ich ihn an.

»Leaf!«, ging Crain warnend dazwischen, und ich klappte den Mund zu. Das hätte ich besser nicht sagen sollen.

Seraphina schenkte mir ein mildes Lächeln. »Wir werden Sie auf den Richterstuhl bringen, dann werden wir genau wissen, ob Sie lügen oder nicht.«

»Ich lüge nicht! Fragen Sie Falco. Er wird mich entlasten«, schrie ich sie praktisch an.

»Ich bin mir sicher, es wird sich alles klären. Wenn Sie in der Lage sind, zu gehen, bitte ich Sie, aufzustehen. Wir bringen Sie jetzt in den Richtersaal.«

Ich unterdrückte die Dunkelheit in meinem Blick, die sich in meinen Augenwinkel sammelte wie Tränen und nickte steif.

Tahir ging an mir vorbei und löste die Kette vom Boden. Die Handschellen blieben jedoch an. Er setzte an, mir zu helfen, doch ich spannte meine schmerzenden Muskeln an und wuchtete mich selbst aus dem Bett, mit dem Rest an Würde, der mir geblieben war. Dabei stellte ich fest, dass mich jemand umgezogen hatte, sodass ich eine Jogginghose und ein schwarzes Hemd trug. Beides roch verdächtig nach Crain.

Räuspernd schob Tahir mir ein paar Turnschuhe hin. Sie gehörten nicht mir, doch als ich umständlich hineinschlüpfte, passten sie.

»Nach der Aussage steht es Ihnen frei, sich frisch zu machen und umzuziehen«, versicherte Direktorin Hardwood mir. Ob mit oder ohne Handschellen, ließ sie unerwähnt.

Anstandslos folgte ich den beiden nach draußen, während mich Crain und Zero flankierten, wie eine kleine persönliche Eskorte. Ich spürte den dunklen Hauch von Henry um meine Fußknöchel streichen, doch wenn ich ihn vor Direktorin Hardwood auftauchen ließ, würde mir das mit Sicherheit nicht helfen, die Handschellen loszuwerden.

Wir traten in einen weiten Flur hinaus, der mit demselben Schachmuster auf dem Boden belegt war wie die Black Bird Academy, weshalb ich davon ausging, dass wir uns wieder in Hampstead befanden.

Direktorin Hardwood ging vor uns, ihre hohen Absätze klickten auf dem Boden, während ihr Pferdeschwanz von links nach rechts schwang. Tahir sagte die ganze Zeit kein Wort, doch sein Schatten verschwand kein einziges Mal von mir. Er musste keine Warnung aussprechen, damit ich wusste, dass es mir nicht gefallen würde, wenn ich versuchte, etwas Dummes zu tun. Ich hatte es auch nicht vor. Zumindest noch nicht.

Wir verließen den Krankenflügel und kamen in der großen Haupthalle heraus, in der ein paar Novizen gerade hin- und hereilten. Sie alle blieben stehen und starrten uns nach. Inzwischen kamen mir einige der Gesichter bekannter vor, doch sie alle wichen zurück, als wir uns einen Weg hindurchbahnten.

»Und diese kleinen Pisser wollen mal Exorzisten werden«, hörte ich Crain belustigt schnauben.

»Ich kann sehr Furcht einflößend sein«, gab ich zurück.

Crain lachte. »Das kannst du wirklich.«

Direktorin Hardwood lotste uns indessen zu dem alten Aufzug, den wir bereits kannten. Als ich jedoch Anstalten machte, gemeinsam mit den anderen den Aufzug zu betreten, hielt mich Tahir kopfschüttelnd zurück.

»Wir zwei fahren zusammen.«

»Warum?«, fragte ich ehrlich verwirrt, und Tahirs Augen wurden eine Spur dunkler.

»Aus Sicherheitsgründen«, antwortete er knapp.

»Wir warten unten auf dich«, sagte Crain. Zero drückte mir die Hand, und sie fuhren mit Direktorin Hardwood nach unten. Eine Weile lauschte ich dem Ächzen und Knattern des alten Aufzugs, ehe ich leise sagte: »Ich habe Ihrem Sohn nicht wehgetan.«

Der Exorzist neben mir gab keine Antwort.

»Ich habe ihn nicht verletzt«, wiederholte ich und blickte zu dem großen Mann hoch, der seinem Sohn auf so schmerzliche Weise ähnlich sah.

Man musste Tahir zugutehalten, dass er keine Scheu hatte, meinen Blick zu erwidern.

»Warum?«, fragte er nur.

Meine Brust schmerzte, mein Kiefer fühlte sich verkrampft an, doch ich zögerte nicht. »Weil ich Ihren Sohn mag.«

»Sie mögen ihn?«, sagte er gedehnt, und ich atmete langsam ein. »Man könnte auch sagen, Falco und mich verbindet mehr als bloße Freundschaft.«

»Miss Young, wollen Sie damit andeuten, dass Sie romantische Gefühle für meinen Sohn haben?«, fragte er leise nach.

»Ja.«

Es sollte mich schockieren, diese Worte auszusprechen, doch in diesem Augenblick wusste ich, dass es die absolute Wahrheit war.

Wir starrten uns an. Keiner von uns blinzelte, bis der Aufzug mit einem Knarren vor uns wieder anhielt.

»Beruhen diese *Gefühle* denn auf Gegenseitigkeit?«

Gute Frage. Taten sie das? Es war nicht so, als hätten Falco und ich viel darüber gesprochen, was zwischen uns war. Es war nicht einfach, und das hatten wir akzeptiert. Erst, weil keiner von uns beiden es ansprechen wollte, und danach, weil wir es nicht mehr aussprechen konnten. Doch es ging eindeutig über bloßen Sex hinaus. Manchmal waren Gefühle so viel schwieriger zu benennen, als nur mit Liebe oder Hass. Manchmal gab es auch etwas dazwischen.

Ich löste meine Zunge vom Gaumen. »Das müssen Sie Ihren Sohn selbst fragen, doch ich glaube, wir fühlen dasselbe.«

Tahir senkte den Kopf. Ein dunkler Schatten legte sich über seinen Blick, während er das Gitter packte und es mit einem Rattern aufzog.

»Dann sind Sie noch gefährlicher, als ich angenommen hatte, Miss Young«, sagte er schließlich.

Er schwieg die ganze Fahrt nach unten, und als der Fahrstuhl schwankend anhielt und er die Türen wieder öffnete, betraten wir einen runden Saal, der mich an einen Gerichtssaal erinnerte.

Der Boden, die Decke waren aus den ähnlich dunklen Fliesen wie in Black Rock. Sobald ich auf den Boden trat, leuchteten dort Runen auf, bildeten Striche, Kreise und Dreiecke, ehe es in dem augenähnlichen Symbol der Spiritisten endete, sodass es aussah, als würde mich ein Auge anstarren. An den Wänden waren Sitzbänke angebracht, auf denen mehr Exorzisten saßen, als ich angenommen hatte. Crain, Zero und Direktorin Hardwood eingeschlossen. Mein Blick traf auf den einer schönen Frau, und überrascht erkannte ich Zelda; Crains Tante saß elegant in der letzten Reihe und winkte mir fröhlich zu. In der Mitte des Raums stand derselbe Stuhl, den ich schon aus New York kannte.

Seufzend wollte ich mich darauf zubewegen, als mein Blick auf eine vertraute Gestalt fiel, die sich leise mit jemandem unterhielt.

»Falco!« Meine Stimme hallte in dem Raum und den Gängen nach. Jetzt war mir die Aufmerksamkeit aller sicher. Falcos Schultern strafften sich, ehe er sich zu mir umdrehte.

Er sah gesund aus. Keine Wunde oder Verletzung war zu sehen, was mir Tränen der Erleichterung in die Augen trieb, während ich auf ihn zulief.

Weil meine Arme noch immer in den dummen Handschellen steckten, begnügte ich mich damit, mich gegen seine Brust zu werfen. Erleichtert atmete ich seinen vertrauten Duft ein, und mein Puls beruhigte sich.

»Ich bin so froh, dass es dir gut geht«, flüsterte ich. Für einen Augenblick hörte ich, wie sich sein Herzschlag beschleunigte, spürte das vertraute Spiel seiner Muskeln, als er sich bewegte. Doch anstatt mich an sich zu ziehen, schob er mich von sich und starrte mich mit einem seltsamen Blick an.

»Ist sie das?«, fragte er und verwirrte mich damit so sehr, dass ich Tempest erst bemerkte, als sie sich neben Falco stellte und eine Hand an dieselbe Stelle legte, an der ich soeben noch meinen Kopf hatte.

»Ja, das ist der Dämon, der versucht hat, dich zu töten, Liebling.«

Liebling?

Falcos Blick wurde so kalt, dass ich unweigerlich einen Schritt zurückwich.

»Falco? Was ist hier los? Du weißt doch, dass ich es nicht gewesen bin«, fragte ich verwirrt über das, was hier gerade passiert.

Als er nichts sagte, ging ich wieder einen Schritt auf ihn zu. »Falco …«, setzte ich an, doch dieser wich vor mir zurück, als würde ich stinken.

»Was ist los mit dir?«, wiederholte ich.

Falcos Kinn spannte sich an, als er entgegnete: »Ich habe keine Ahnung, wer Sie sind, aber ich weiß, was Sie sind, und falls Sie mich noch einmal anfassen sollten, werde ich Ihnen die Arme brechen.«

Mir klappte fast die Kinnlade herunter, während sich auf Tempests Gesicht ein feines Lächeln ausbreitete, das mir einen kalten Schauer über den Rücken jagte.

»Ist das ein Scherz?«, fragte ich und wirbelte meinen Kopf so schnell zu Tempest herum, dass mein Genick knackte. »Was hast du mit ihm angestellt? Was hast du ihm gesagt?«, knurrte ich und fühlte wieder den Druck unter den Augen, als sich die Dunkelheit einen Weg nach oben bahnte und meine Sicht füllte.

Tempest verengte die Augen und sagte leise: »Das soll doch wohl ein Scherz sein? Ich habe ihn gerettet. Vor dir. Das habe ich getan.«

»Du mieses kleines Miststück …«, brach es explosiv aus mir heraus. Es war tatsächlich das erste Mal, dass ich ihr gegenüber öffentlich ausfällig wurde, doch in einer Welle heißen Zorns platzte es aus mir heraus.

Tempest hob nur das Kinn. »Bald ist alles so, wie es sein sollte«, zischte sie leise.

»Du!«, knurrte ich und trat einen Schritt vor, doch Falco stellte sich vor Tempest. Die Augen so kalt, dass es mir innerlich wehtat.

Falco grollte. »Weiche von uns, Dämon!«

»Falco …«, entfuhr es mir, und ich griff nach ihm, doch er fing meine Hand ab und drückte so fest zu, dass es knackte.

»Halten Sie sich von uns fern.« Er stürmte an mir vorbei und ließ mich fassungslos zurück. Zitternd spürte ich, wie die Knochen in meiner Hand sich wieder zusammenfügten. Er hatte sie mir tatsächlich gebrochen!

Tempest folgte ihm und flüsterte mir ins Ohr: »Das war's. Jetzt gibt es niemanden mehr, der dich beschützt. Ich weiß nicht, was du im Langham Hotel mit ihm getan hast, doch er hat keinerlei Erinnerung mehr an dich, und ich werde dafür sorgen, dass es so bleibt.«

Bevor ich sie aufhalten konnte, rauschte sie an mir vorbei. Entsetzt starrte ich ihnen nach. Sie gingen auf eine Gerichtsbank zu, Wren saß dort und blickte zwischen uns dreien hin und her. Als sich unsere Blicke trafen, sah sie mich beinahe schon entschuldigend an, als könnte sie sich selbst nicht erklären, was hier gerade passiert. Ich wirbelte herum und stürmte auf Zero und Crain zu.

»Was soll das? Warum tut Falco so, als könnte er sich nicht an mich erinnern?«, brüllte ich die beiden praktisch an.

Crain verzog mitfühlend das Gesicht. »Ich bin mir nicht sicher. Er war schon so, als er aufgewacht ist. Er hat Gedächtnislücken. Die vor allem dich zu betreffen scheinen. Mehr weiß ich bisher selbst nicht.«

»Wie konntest du mir das verschweigen?«

Er zuckte leicht zusammen. »Ich wollte dich nicht aufregen. Vielleicht es nur ein Schädelhirntrauma, und er erinnert sich bald. Wir sollten cool bleiben.«

»Cool bleiben?«, echote ich fassungslos und deutete hinter mich.

»Er behandelt mich wie einen …«, das Wort *Dämon*

erstarb auf meinen Lippen, »… Fremdkörper«, fügte ich leise hinzu.

Crain seufzte und sah so müde aus, wie ich mich fühlte. Er legte mir eine Hand auf die Schulter und drückte. »Nicht ausflippen. Wir finden heraus, was los ist, und woran er sich erinnern kann und woran nicht. Jetzt müssen wir erst mal alle überzeugen, dass du nichts damit zu tun hast.«

»Aber wie ist das mög…«

Tahir Chepesch unterbrach mich, indem er mich am Arm packte. »Sie müssen sich jetzt setzen, Miss Young. Ihre Aussage beginnt.«

»Einen Augenblick!«, bat ich, doch Tahir sah mich nur warnend an.

»Entweder Sie setzen sich, oder wir werten das als Versuch, die Aussage zu verweigern«, warnte er mich.

Ich unterdrückte den Drang, ihn anzubrüllen, und stampfte stattdessen auf den Stuhl zu. Der Druck unter meinen Augen erhöhte sich, und ein dunkler Film legte sich über mein Sichtfeld. Der Dämon schob sich durch meine Haut wie ein hässliches Geschwür. Zitternd versuchte ich, meine Wut über diese Situation zu unterdrücken, bis mein Blick sich wieder klärte. Im selben Augenblick, als mein Po die Sitzfläche berührte, schossen hölzerne Arme hervor und hielten mich fest.

»Leaf Young. Hier wären wir also wieder. Ich muss sagen, dass ich dachte, es würde länger dauern, aber vielleicht kürzen wir so die Sache einfach ein wenig ab.«

Der Intendant kam auf mich zu, und in mir brodelte so viel Abneigung, dass es bitter schmeckte.

»Glauben Sie mir, ich könnte auch darauf verzichten«, versicherte ich ihm. Galle kroch mir den Magen hoch, und ich hörte den Dämon in mir flüstern: *»Lass mich raus.«*

Ich drückte sie mit roher Gewalt zurück, was meine

Muskeln zittern ließ. Ein Schweißtropfen rann mir den Rücken hinab. Der Intendant schenkte mir ein wissendes Lächeln.

»Da bin ich mir sicher. Nun, wären Sie so gütig, den Vorfall im Langham Hotel aus Ihrer Sicht zu schildern?«

»Ich bin unschuldig«, beteuerte ich.

»Das wäre wünschenswert, beantwortet jedoch nicht meine Frage. Würdest du bitte deine Aussage machen?«

»Wird meine Aussage etwas nutzen, oder werde ich ohne Weiteres vom Spiel ausgeschlossen und hingerichtet?«, fragte ich schroff, während sich wieder ein dunkler Film über meine Augen legte und alles um mich herum in Grau tauchte.

»Lass mich raus.«

»Das kommt auf deine Aussage an.«

Ich wollte ihm die Augen auskratzen. Zittrig atmete ich durch und spürte, wie der Dämon in mir versuchte, sich aus meinen Poren zu quetschen. Selbst mein Blut fühlte sich dickflüssig und träge an.

Ein Atemzug. Zwei.

Mein Blick wanderte durch den Raum und blieb auf Falco liegen, der mich kühl musterte. Wie konnte er mich vergessen? Das war doch nicht möglich! Ich war mir sicher, selbst wenn jemand versuchte, meine Gedanken mit Sandpapier glatt zu schleifen, wäre es unmöglich, die Kerben zu entfernen, die Falco darin hinterlassen hatte.

Doch es blitzte kein Erkennen in seinen Augen auf, kein Ausdruck von Zuneigung oder Wut. Er starrte mich einfach nur an.

»Leaf Young?«, wiederholte der Intendant.

Ich öffnete den Mund und tätigte meine Aussage, ohne zu blinzeln, ohne den Blick von Falco zu wenden.

Als ich fertig war, herrschte Stille im Raum.

»Du willst uns also weismachen, dieser Angreifer sei in einem Spiegel verschwunden?«, wiederholte der Intendant.

Der Stuhl bestrafte mich nicht. Es war für alle sichtbar, dass ich die Wahrheit sagte, und ich bemerkte an den säuerlichen Mienen, dass ihnen das nicht passte.

»Ja«, presste ich hervor.

»Das ist absurd«, schnaubte Gabriella Hall, die in der ersten Reihe saß.

Der Intendant runzelte die Stirn.

»Möglich, außer ...« Er wandte sich um und blickte die Sitzreihen nach oben.

»Zelda Paracelsus. Ich bitte um eine Aussage.«

»Wie kann ich behilflich sein, mein Lieber?«, gab die Vampirin zurück und stand auf.

»Gibt es eine Ley-Linie durch das Langham Hotel?«, erkundigte sich der Intendant.

»Die gibt es in der Tat«, bestätigte die Vampirin.

»Haben wir eine Ley-Linien-Karte, um das zu verbriefen?«, keifte Gabriella Hall.

Ich hätte gern erfahren, was die Ley-Linien mit meiner Aussage zu tun hatte, doch niemand schien gewillt zu sein, mir diese Konversation genauer erklären zu wollen.

»Die haben wir. Ich werde es mir ansehen«, sagte der Intendant knapp und wandte sich mir zu.

»Leaf Young, gibt es sonst noch etwas, was du zu deiner Verteidigung zu sagen hast?«

»Mir war nicht klar, dass ich hier angeklagt bin«, gab ich bissig zurück. »Warum sollte ich Falco angreifen? Was hätte ich davon, ihn die letzten sechs Monate vergessen zu lassen?«

»Vielleicht wusste Mr. Chepesch etwas, das dich belasten könnte.«

»In dem Fall wäre es doch praktischer gewesen, ihn einfach zu töten, oder?«

»Das hast du ja vielleicht versucht, aber wurdest dabei von Tempest unterbrochen.«

»Sie hat mich bei dem Versuch unterbrochen, ihm zu helfen. Sie müssen doch gesehen haben, was ich getan habe. Sie haben das Spektakel live miterlebt!«

»Nun bedauerlicherweise gab es Lücken in der Übertragung, allem voran ausgelöst durch den Wasserschaden, den du zu verantworten hast, Leaf. Ist das wirklich ein Zufall?«

»Nein, ich bin mir sicher, wer auch immer Falco angegriffen hat, wusste, was er tat«, presste ich hervor.

Der Intendant starrte mich an. Ich starrte zurück. Ein falsches Muskelzucken, und ich würde mit Schmerzen bestraft werden. Aber in diesem Augenblick würde ich niemandem in diesem Raum die Genugtuung geben, mich schreien zu sehen.

»Sie haben keine Beweise, die gegen mich sprechen«, sagte ich leise.

»Aber auch keine, die für dich sind. Noch nicht.«

»Lassen Sie mich gehen, und ich finde den Angreifer, dann wissen wir, was los ist«, erwiderte ich knapp.

»Nein, du bleibst hier auf deinem Zimmer und wirst morgen die zweite Prüfung absolvieren. Und Gott bewahre, wenn es dabei wieder einen Zwischenfall gibt, werde ich nicht mehr so großzügig mit dir sein.« Die Stimme des Intendanten hallte durch den Raum.

»Sie wollen sie nach allem, was passiert ist, noch mitmachen lassen«, keifte Gabriella Hall entsetzt.

Der Intendant rückte seine Krawatte zurecht.

»Nun, sie hat nicht gelogen, und sie hat recht: Solange der Fall nicht geklärt ist, wissen wir nicht, ob Leaf Young schuldig ist oder nicht. Wenn es keine Anklage gibt, kann ich sie auch nicht von den Spielen ausschließen.«

»Das ist unerhört. Ich protestiere aufs Schärfste. Sie ist eine Gefahr für uns alle!«, rief Gabriella Hall.

Der Intendant ignorierte sie und wandte sich stattdessen Falco zu.

»Shintonist Chepesch, angesichts der Umstände nehme ich an, dass Sie nicht länger der Tutor von Miss Young sein wollen?«

Falco zögerte. Eine Millisekunde nur, eher er den Kopf schüttelte. »Ich habe keine Erinnerungen an sie und ich werde keinen Dämon vertreten. Ich bin mir nicht sicher, weshalb ich zu so etwas jemals zugestimmt haben soll.«

Seine Worte schnitten tiefer als jede Wunde. Und im Gegensatz zu denen auf meiner Haut heilten sie nicht sofort.

»Falco, bitte …«, flüsterte ich, doch es war so leise, dass mich niemand hörte. Der Intendant räusperte sich. »Wäre dann jemand bereit, die Tutorenschaft für Leaf Young zu übernehmen?«

Niemand sagte etwas, gähnende Stille breitete sich aus, ehe Crain die Hand hob. »Ich werde ihr Tutor.«

Der Intendant sah ihn scharf an. »Necromancer Paracelsus, Sie sind Novize und können damit kein Tutor sein.«

»Aber …«

»Ich übernehme das.«

Die weiche Stimme wehte zu uns herüber, und Zelda Paracelsus kam auf uns zu. Der Intendant sah aus, als wollte er seine gesamte Familie aus dem Fenster werfen.

»Ich übernehme die Tutorenschaft für Leaf Young«, wiederholte Zelda.

»Ein Vampir kann kein Tutor bei den Spielen sein«, warf Gabriella Hall ein.

»Wer sagt das?«, gab Zelda zurück und stellte sich an meine Seite. Ihr Lavendelparfum stieg mir in die Nase.

»Es sind Exorzisten-Spiele. Wenn wir einen Vampir als

Tutor für einen Dämon zulassen, können wir es gleich die Possenspiele nennen.«

»Und dennoch gibt es keine Regel, die es verbietet«, wandte Zelda ruhig ein.

»Das ist nicht …«, setzte Gabriella an, doch der Intendant hob eine Hand und würgte sie ab.

»Genug, Gabriella. Sie vergessen, wer Zelda ist und was sie für uns geleistet hat. Sie mag ein Vampir sein, aber Misstrauen gegen sie geltend zu machen, muss mit mehr begründet sein als schlichtweg mit ihrer Existenz. Sie ist mit den Regeln vertraut, und wenn sie wünscht, Leaf Young als Tutorin zu vertreten, dann soll sie das tun. Außer Mitglieder des Ordens wollen Anklage gegen sie erheben.«

Gabriella schnaufte: »Ich will ein Misstrauensvotum stellen.«

»Abgelehnt. Sonst noch was?«

Gabriella Hall sah jetzt aus, als würde sie am liebsten den Intendanten aus dem Fenster werfen, doch sie schüttelte den Kopf.

Zelda lächelte und klatschte in die Hände. »Ich danke dir, mein Lieber. Wenn das jetzt geklärt ist, bringe ich meinen neuen Schützling auf sein Zimmer. Sie sieht etwas mitgenommen aus.«

Der Intendant nickte mir zu. »Du bist entlassen. Die Handschellen können abgenommen werden. Wir sehen uns morgen, Leaf Young.«

Die Hände des Stuhls wichen von mir zurück, und ich war frei. Erleichtert schnappte ich nach Luft. Tahir Chepesch trat nach vorn und zog mir die Spikes der Handschellen aus den Händen. Der Schmerz, als diese verschwanden, tat beinahe gut. Meine Handgelenke massierend, stand ich mit wackeligen Beinen auf und lächelte Zelda müde an.

»W… warum hilfst du mir?«, fragte ich leise, und sie schenkte mir ein Lächeln, welches ihre tiefrot geschminkten Lippen verzog, bis ein Grübchen zu sehen war.

»Sagen wir mal, ich habe persönliches Interesse, leide unter zu viel Neugierde und genieße es zu sehr, die Black Birds zu nerven.«

Das war keine echte Antwort, doch im Augenblick nahm ich es hin, noch mal mit einem blauen Auge davongekommen zu sein.

»Danke schön«, sagte ich daher leise.

Zelda schnalzte mit der Zunge und tätschelte mir die Wange. »Man soll den Tag nicht vor dem Abend loben, Schätzchen. Lass uns gehen, bevor sie die Pflöcke auspacken.«

»Moment, ich muss noch …«, setzte ich an und drehte mich um, doch die Worte blieben mir auf den Lippen kleben, als ich es sah.

Falco stand am Rande des Raumes, beide Arme um Tempest geschlungen, und er küsste sie.

Er *küsste* sie.

Meine Welt blieb stehen. Hörte einfach auf, sich zu drehen, während ich die beiden anstarrte.

Seine Lippen auf ihren.

Ihre Lippen auf seinen.

Sie küsste, was mir gehörte.

Der Dämon platzte beinahe aus meiner Haut. Meine Sicht wurde pechschwarz. In meinen Ohren dröhnte mein eigener Herzschlag und sang ein Lied von Blut und Tod. Ich sah mich selbst Fleisch zerreißen, ihre Schreie in den Ohren wie eine Melodie, während mir der Geschmack nach Blut die Kehle benetzte.

Sie fasste an, was mir gehörte!

Mir!

»Hey, was ist los? Leaf?«

Hände packten mich. Ich drehte den Kopf so schnell herum, dass meine Wirbelsäule knackte.

Crain stand vor mir. Meine Sicht war so verschwommen, dass ich kaum bemerkte, was er sagte. Seine Lippen bewegten sich, doch durch mein Adrenalin rann nur noch Dunkelheit, die mit jedem Herzschlag weitergepumpt wurde.

Ich würde sie töten!

Sie alle, und ich würde lachen, wenn sie mich um Gnade anflehten, und dann würde ich mir das zurückholen, was mir gehörte. *Mir, mir, mir, mir …*

Ich ging einen Schritt auf die beiden zu, doch im selben Augenblick zerrte Zero Falco von Tempest zurück.

»Was soll das?«, schnauzte Falco. Zero packte ihn und zischte ihm etwas zu.

In der nächsten Sekunde nahm Crain mich an der Hand und schleppte mich aus dem Raum.

»Komm, Leaf, wir gehen. Und dabei das Atmen nicht vergessen. Ja, grün statt schwarz, bevor dieser ganze Raum voller Exorzisten motiviert wird, dich zu exorzieren. Und das wollen wir doch nicht, oder? Nein, das wollen wir nicht, weil wir gerade dabei sind, alle davon zu überzeugen, dass du keine irre Killerin bist«, flötete er, und meine Füße folgten einfach.

Was auch immer Zero zu Falco gesagt hatte, löste aus, dass dieser mich nun ansah. Ein schockierter Ausdruck im Gesicht, doch im selben Moment schloss sich das Gitter des Aufzugs, und wir fuhren nach oben.

Ich stand noch immer neben mir. Alles war voller Dunkelheit, und der Dämon in mir brüllte vor Wut. Wand sich wie ein Wurm, der nach draußen drängte. Um den Ausbruch zu verhindern, ehe wir den Aufzug verließen, begann ich, vor Anstrengung am ganzen Körper zu zittern. Ich rang nach Luft. Die Welt drehte sich um mich herum.

»Was ist mit ihr?«, hörte ich Zelda fragen.

»Das ist eine lange Geschichte.«

»Oh, ich liebe lange Geschichten.«

»Sehr gut. Dann musst du uns jetzt …«

Meine Hand schnellte nach vorne und hielt Crain zurück.

»Du musst mich hier rausbringen«, schaffte ich es unter dem dunklen Nebel, der mein Hirn niederdrückte, zu sagen.

»Wir bringen dich in dein Zimmer, und dann können wir reden.«

»Nein, ich meine wirklich, dass du mich hier rausbringen sollst«, quetschte ich hervor.

»Wovon spricht Leaf?«, erkundigte Zelda sich.

»Sie …«, druckste Crain herum.

»Ich weiß es«, fiel eine Stimme ein. Zero kam aus dem Fahrstuhl hinter uns und schloss sich mir an. Er warf mir nur einen Blick zu und nickte. »Wir müssen sie hier rausschaffen und etwas zu essen besorgen.«

»Definiere ›Essen‹«, bat Zelda.

»Arcanum. Viel davon«, antwortete Zero. Man musste Zelda zugutehalten, dass sie nur einmal blinzelte, ehe Verstehen in ihren Augen aufglomm. Sie zögerte nicht.

»In Ordnung. Folgt mir.«

Nur am Rande nahm ich wahr, wie wir durch die Akademie gingen, Stufen nach unten stiegen, andere wieder nach oben, Türen öffneten und schlossen, und plötzlich waren wir in einem Tunnel. Es fühlte sich klamm an. Kalt. Mir war so kalt. Es war so dunkel. In mir war alles dunkel und der Dämon so laut. So unfassbar laut. Die Tunnelwände schienen sich wie ein atmendes Wesen zusammenzuziehen und wieder auszudehnen. Sie kamen auf mich zu, ehe sie zurückwichen. Meine Sicht verschwamm immer weiter. Irgendwann war da frische Luft. Ein Auto. Ich fühlte das Leder der Sitze. Wortfetzen drangen an mein Ohr, doch die

Bedeutung blieb nicht bei mir hängen. Crain hielt mich fest und sagte etwas darüber, dass ich sein Arcanum abzapfte. Eine andere Stimme sagte, wir seien gleich da. Gleich da wo? Ich war zu abgelenkt. Mein Hunger und meine Wut wurden schlimm. So schlimm. Wir stiegen aus. Das war eine Straße unter mir. Meine Füße bewegten sich. Hände bugsierten mich nach vorne. Und dann betraten wir etwas. Noch mehr geflüsterte Worte und eine zarte Hand, die sich auf meine Schulter legte.

»Das ist für dich, Schätzchen.«

Für mich?

Ich blinzelte und versuchte, meine Umgebung zu erkennen, doch alles war dunkel. Bis sich zwei Silhouetten vor mir bildeten. Männer. Zwei Stück. Ich sah ihre Muskeln, hörte ihren Atem und das Pochen ihrer Herzen überdeutlich laut. Arcanum pulsierte in ihnen. Nicht unendlich viel, aber genug. Es reichte, um mich vor Hunger in die Knie zu zwingen.

»Hallo, Zelda. Das Übliche?«, bot einer der Männer an und rollte den Ärmel nach oben. Seine Venen traten hervor, pumpten Blut durch seinen Körper, aber so viel wichtiger war die Energie darin. Mein Magen knurrte so laut, dass mir schwindelig wurde.

»Heute nicht für mich, sondern für diese entzückende Dame hier«, sagte Zelda, und ich spürte einen Schubs im Rücken.

Mein Magen knurrte.

Ich brach ein. Die Risse in mir knackten, und meine Selbstbeherrschung floss mir durch die Finger wie Sand. Es kam heraus, und es gab nichts, was ich dagegen tun konnte, als ich nach vorne schoss, den warmen Leib an mich presste und seine Seele fraß.

40

Q

Ley-Linien Als Ley-Linien bezeichnet man die geradlinigen Anordnungen von Landmarken, die an Megalithen, ehemaligen Kultstätten, Kirchen und Massengräbern vorbeiführen und zu einem ungewöhnlich hohen *Geister*aufkommen führen. *Exorzisten* messen ihnen außergewöhnliche Eigenschaften bei, auch wenn ihre Auswirkungen unter den Mitgliedern des Ordens umstritten sind.

Das schwache Mädchen ließ endlich los, und ich kam frei. Ich fühlte mich wie ein Kleidungsstück, das man zu lange im Koffer gelassen hatte. Zerknittert und platt. Der Hunger in mir war endlos. Der Körper vor mir kaum mehr als ein Snack. Ich hatte ihn gerade gepackt, als er auch schon in sich zusammensackte. Sein Arcanum war so schwach, dass es für nicht mehr als einen Schluck reichte. Bevor der zweite Mann schreien konnte, war ich über seinen Kollegen geklettert, riss seinen Kopf an den Haaren zurück und brach ihm mit einem erfreulichen Knirschen das Genick, damit er aufhörte zu zappeln.

Seelen kurz vor dem Tod schmeckten noch berauschender. Ein letztes Aufleuchten, bevor sie erloschen. Doch noch ehe ich es tun konnte, hatte ich sie bereits nach unten geschluckt. Aber mein Magen war so leer. Ich brauchte, was mir gehörte. Ich brauchte den Exorzisten. Das perfekte Gegenstück. So voll, dass es niemals leer werden konnte.

Ich streckte mich, bis die Knochen knackten, und genoss das Gefühl von so viel Leben, das in mir pulsierte, anstatt es nur aus der Ferne zu betrachten. Genüsslich öffnete ich den wirren Haarknoten und schüttelte die Haare aus.

»Heilige Scheiße, damit habe ich nicht gerechnet«, flüsterte jemand, und als ich mich umdrehte, sah ich den Verdorbenen, die Hülle und die Tote. Ich genoss die Angst in ihren Blicken, gepaart mit dem Geruch nach Adrenalin.

»Die Hülle und die Tote will ich nicht. Ich nehme den Verdorbenen«, sagte ich und deutete auf den Exorzisten mit den grünen Haaren.

Dieser riss die Augen auf. »Was? Meinst du mich?«

Ungeduldig schnippte ich mit den Fingern. »Ich habe Hunger. Du hast genug für mich. Komm her!«

Der Verdorbene wich instinktiv zurück, und ich bewunderte die Fülle an Arcanum in seinen Adern. Es war wie eine sprudelnde Quelle, nur dass sie völlig verdorben war von all dem Gift, das er in sich hineinpumpte.

»Wenn du derjenige sein willst, der uns ernährt, musst du in Zukunft nüchtern bleiben, sonst bist du ungenießbar«, teilte ich ihm mit, während ich auf ihn zuging. Der Verdorbene stieß mit dem Rücken gegen die Wand und hob die Hand.

»Leaf? Was machst du da für einen Scheiß? Hör auf.«

»Crain. Bleib ruhig. Das ist nicht Leaf«, sagte der Blasse. Die Hülle.

»Sondern?«, presste Crain hervor.

»Es ist das Q-Gen. Es ist eine Art …«

»…Göttin. Ich bin eine Göttin, und du darfst dich mir hingeben, Sohn des Intendanten«, raunte ich, packte sein Haar, bog seinen Kopf zurück und leckte über seinen holpernden Puls. Das Arcanum schmeckte bitter, aber dennoch würde es mich satt machen. Ein zufriedenes Schnurren entkam mir, und Crains Atem stockte.

Sein Blick traf mich.

Der Verdorbene flüsterte: »Ich bin kein Shintonist. Ich werde nicht stärker, wenn ich etwas opfere. Wenn du zu viel von mir nimmst, tötest du mich.«

»Keine Sorge. Ich werde nur ein bisschen naschen«, versprach ich, packte sein Arcanum und trank.

Der Verdorbene bog den Rücken durch. Ein Stöhnen voller Lust und Schmerz gleichermaßen entkam ihm, während ich von ihm nahm, was ich brauchte. Der bittere Geschmack dominierte, doch seine Kraft war absolut berauschend. Anders als Falcos. Die Kraft des Verdorbenen war ungestüm, aufputschend, heiß, schnell und süchtig machend. Es ließ meinen Kopf schwindelig werden.

Lust überwältigte mich, als ich den Mund des Verdorbenen zu mir hinabzog und von seinen Lippen direkt trank. Ich stahl ihm die Seele mit jedem Kuss, während ich die Zunge in seinen Mund wandern ließ.

Der Mensch keuchte. Wand sich in meinem Griff, und die Lust machte seine Seele süßer.

»W-warte mal.« Er versuchte, mich wegzudrücken. »Ich weiß nicht mal deinen Namen, wenn du nicht Leaf bist. Ich glaube, ich kann mich nicht opfern für jemanden, den ich nicht mal kenne«, brabbelte der Verdorbene los.

»Ich bin eine Göttin«, sagte ich schlicht und küsste ihn wieder, was ihn keuchen ließ. Er schmeckte wie überreife Früchte, von denen ich direkt vom Baum abbiss. Gierig schlug ich meine Fingernägel in seinen Rücken, zerrte an ihm, bis seine Kleidung zerriss und Blut floss. Schaudernd genoss ich das Stöhnen vor Schmerz und nahm alles auf. Machte ihn zu meinem, markierte ihn, sodass jeder wusste, was passieren würde, wenn er ihm zu nah kam. Er war meins, die Macht war meins. So viel.

Ich trank davon, bis mein Innerstes so gefüllt war, dass ich drohte zu platzen.

Der Verdorbene schwankte.

»Das beantwortet meine Frage so gar nicht«, stammelte er.

»Ich habe keinen Namen«, gab ich zurück.

»Okay, das ist, wow, du packst richtig an, was? Sollen wir dich dann einfach Q nennen?«, fragte er mit etwas zu rauer Stimme.

»Es ist mir völlig gleichgültig, wie du mich nennst, solange du mir gibst, was ich will.«

»Ja, das klingt fair«, krächzte er.

Schweiß glänzte auf seiner Stirn, und sein Arcanum trat langsamer hervor. Es floss nur noch träge, doch endlich sah ich den goldenen Kern. Perfekt und unverdorben und so absolut köstlich. So viel Macht in einem Körper. Ich bebte vor Verlangen, mir all das zu nehmen, als mich jemand hart zurückriss.

»Das reicht. Du tötest ihn noch«, sagte eine Stimme. Die Hülle. Er hielt mich fest, während der Verdorbene stöhnend an der Wand hinabglitt.

Träge blickte ich auf die Hand, die mich zurückhielt. »Du solltest loslassen, außer du möchtest, dass ich deine Arme abreiße und dich damit verprügele«, schnurrte ich und hoffte beinahe, er würde es dazu kommen lassen. Die Energie quoll mir aus den Adern. Ich wollte etwas tun, und mir fiel nichts Besseres ein, als mein Leben mit Blut zu begießen.

Zu meiner Enttäuschung zog sich die Hülle zurück und hob die Hände.

»Du hast versprochen, ihn nicht zu töten, Q«, sagte er und sprach mich mit diesem belanglosen Namen an. Warum versuchten Menschen, immer alles zu benennen, was sie nicht verstanden?

Genüsslich leckte ich mir die Lippen.

»Das werde ich auch nicht. Einen Happen zu essen, etwas Schlaf, und er ist so gut wie der Alte. Seine Seele brennt hell. Ich könnte tagelang von ihm trinken, ohne ihn leer zu kriegen.«

»Das wird ihn sicher freuen zu hören«, sagte die Hülle trocken.

»Faszinierend«, kommentierte eine weitere Stimme. Die Tote. Sie saß auf einem Bett, neben den Leichen der Männer, und zündete sich eine Zigarette an, während sie mich musterte.

»Du wusstest also von dem hier, Zero?« Sie deutete vage auf mich.

Die Hülle nickte. »Ja.«

»Wie lange schon?«

»Seit ein paar Monaten. Doch in diesem Zustand habe ich sie erst ein einziges Mal gesehen. Leaf ist normalerweise gut imstande, den Dämon zu unterdrücken.«

Ein Lächeln breitete sich auf meinen Lippen aus, während ich mich wohlig streckte und das Spiel der Muskeln genoss, die ich endlich kontrollieren konnte.

»Nicht mehr lange. Bald werde ich sie verschlungen haben, und dann gehört dieser Körper endlich mir allein.«

»Weiß es sonst jemand, außer euch?«, erkundigte sich die Tote, ohne mich beachten. Der Rauch, den sie ausblies, strich wie Finger über ihre Haut.

»Nein. Auch Falco nicht.«

»Faszinierend. Ich wünschte, ihr hättet es mir gesagt, doch ich verstehe, warum ihr es verschwiegen habt. Es wundert mich nur, dass es nicht eher zum Vorschein kam.«

Ich überlegte mir, ob ich ihr das Herz herausreißen sollte. Es wäre so einfach.

Ich würde es schnell tun, damit sie es noch schlagen sah, bevor sie starb.

»Nun, da du satt bist, könntest du vielleicht Leaf wieder herauslassen?«, fragte mich die Hülle hoffnungsvoll.

»Ich befürchte, das wird nicht möglich sein. Ich habe noch einiges zu tun, und sie wäre nur lästig dabei«, gab ich zurück und drehte mich zur Tür um, doch die Hülle vertrat mir den Weg.

»Wo willst du hin?«

»Hinaus. Ich bin satt, und ich muss den Dieb finden.«

»Den Dieb?«

»Der, der mir gehört, wurde verletzt. Teile seiner Seele gestohlen. Ich hole sie zurück. Jetzt geh aus dem Weg, kleine Hülle, bevor ich dich zerbreche.«

»Wir können dich nicht einfach so gehen lassen. Morgen ist wieder ein Spiel. Wir müssen zurück in die Akademie, ehe auffällt, dass wir weg sind.«

Amüsiert legte ich den Kopf zur Seite. »Warum sollten mich irgendwelche Spiele interessieren?«

Die Hülle starrte mich an, und es störte und beeindruckte mich gleichzeitig, dass er keinen Zentimeter vor mir zurückwich.

»Es hat dich zu interessieren. Denn wenn Leaf morgen nicht pünktlich um zehn Uhr bei den Spielen erscheint, werden Hunderte Exorzisten nach ihr suchen und sich alle Mühe geben, sie zu töten. Selbst du bist nicht stark genug, um dagegen anzukommen.«

Ich verzog mein Lächeln zu einem Zähnefletschen.

»Wollen wir es herausfinden?«, knurrte ich, doch die Hülle wich immer noch nicht zurück.

»Du bist noch nicht so stark. Aktuell hast du nur eine Chance, herauszukommen, wenn Leaf emotional oder körperlich geschwächt ist. Du würdest dich selbst in Gefahr bringen, wenn du jetzt einfach verschwindest.«

»Du unterschätzt mich, kleine Hülle. Ich bin das mächtigste

Wesen, seit die Götter gefallen sind. In mir fließt das Blut von Luzifer persönlich. Es gibt nichts, was mich aufhalten kann.«

Der Hellhaarige zögerte, als hätten ihn meine Worte ins Wanken gebracht, doch es war die Tote, die es nicht müde zu sein schien, sich einzumischen.

»Lass sie nach dem Dieb suchen, Zero.«

»Aber …«

»Wenn sie tatsächlich diesen Dieb – oder was auch immer Falco zugestoßen ist – findet, wird das Leaf entlasten. Mehr können wir nicht tun.«

Zero atmete tief durch und straffte die Schultern. »Nicht allein. Ich gehe mit, und wenn die Sonne aufgeht, müssen wir zurück.«

»Oder was?«, gab ich amüsiert zurück, und die kleine Hülle wagte es tatsächlich, mir zu drohen.

»Oder ich werde hier den Orden davon in Kenntnis setzen, dass du auf der Flucht bist, und dann wirst du sehr viel Zeit damit verschwenden wegzulaufen. Wir wissen beide, du wirst die Kontrolle nicht ewig aufrechterhalten, und am Ende hast du damit deinen und Leafs Tod bewirkt.«

Ich fletschte die Zähne. »Ich töte dich schneller, als du irgendjemand von etwas in Kenntnis setzen kannst.«

»Möglich«, sagte er nur.

Ich schnaubte.

»Na schön. Komm mit, wenn du willst … Aber denk nicht, dass ich auf dich warte.«

Er nickte knapp und blickte zu der Toten hinüber. Diese winkte ab und drückte ihre Zigarette auf dem Rücken einer der Leichen aus und blies einen trägen Schwall Rauch in die Luft. »Geht nur. Ich kümmere mich um den Saustall hier und päpple Crain wieder auf.«

Die Hülle nickte, und ich stieß die Tür auf. Wie sich herausstellte, befanden wir uns in einem Freudenhaus. Das Gebäude vibrierte von Energie. Lebendige wie Tote tummelten sich hier. Die Lebenden boten hier weit mehr als nur ihren Körper feil. Dichter, nach Opiaten riechender Rauch quoll uns entgegen, als wir durch einen schmalen dunklen Flur gingen.

»Wo wollen wir anfangen zu suchen?«, fragte der Hellhaarige.

»Ich muss mir einen Überblick verschaffen«, antwortete ich, abgelenkt von all der Energie um mich herum. So viele Seelen. Ich wollte sie haben, mich darin verlieren und so lange essen, bis ich auf einem Berg aus Leichen lag. Ein erregtes Zittern erfasste mich, doch die Hülle hatte recht. Wir hatten nicht unbegrenzt Zeit, und so ungern ich ihm zustimmte, auch mein Einfluss würde nicht ewig halten.

Wir verließen das Bordell und traten auf eine dunkle Straße hinaus. Dichte Wolken hatten sich am Himmel gesammelt, und Regen fiel auf raue Pflastersteine.

Ich ging in die Hocke, berührte den Boden, der sich kalt gegen meine Finger drückte. Wasser tropfte hinab, rann mir durch die Haare und über das Gesicht. Ich sammelte etwas von dem Arcanum in mir und ließ es durch meinen Körper fließen, durch die Fingerspitzen in die Erde. Meine Haut prickelte, meine Pupillen weiteten sich, und das bisher ungenutzte dritte Auge öffnete sich. Zwei Augen sahen den Raum, ein Auge sah das Dahinter. Die dunklen Straßen hellten sich auf. Die Welt verschob sich, und ich spürte alles.

»Was tust du?«, hörte ich die Hülle hinter mir fragen, und auch wenn ich Besseres zu tun hatte, antwortete ich ihm.

»Ich habe das dritte Auge des Mädchens geöffnet. So können wir besser sehen.«

»Was sehen?«

»Alles. Die Menschen und ihre Energie, so gering sie auch sein mag. Ich sehe die zahnlosen Geister, die verloren durch die Gassen streifen, und ich sehe die Ley-Linien.«

Die Hülle sog scharf die Luft ein. »Du kannst Ley-Linien sehen? Wie? Es gibt kaum eine Handvoll Exorzisten in der Geschichte, die dazu in der Lage waren.«

»Ich bin eine Göttin«, gab ich spöttisch zurück.

»Wie sehen sie aus? Die Ley-Linien?«

»Wie schimmernde, silbrig grüne Blutadern. Sie ziehen sich durch die Straßen und verbinden den Raum mit der Zeit. Alles hinterlässt eine Spur. Man muss nur wissen, wie und wo man sucht. Der Exorzist, der mir gehörte, wurde brutal entzweigerissen. So wie sein Körper Blut verliert, hinterlassen die Wunden seiner Seele ähnliche Spuren. Diesen müssen wir folgen.«

»Und wie?«, fragte er, während ich mich aufrichtete.

»Wir gehen zu den Vampiren zurück.«

41

Falco

Elementargeister (Erd-, Wasser-, Luft- oder Feuergeister)
Elementargeister stehen inzwischen unter Artenschutz, da sie anders als die üblichen *Geister* nicht von Menschen abstammen, sondern eine eigenständige Dämonenart bilden und vom *Arcanum* der Natur selbst gespeist werden. Es können Kreuzungen zwischen Elementargeistern der Stufe 3 und Monstern der Stufe 1 vorkommen. Es ist anzuraten, sie in Ruhe zu lassen und ihnen nicht näher als in Sichtkontakt zu kommen. Sie sind meist zurückgezogen. Zum Töten freigegeben sind nur jene, die andere Menschen gefährden oder sich zu weit von ihrem Territorium entfernen.

Tempests Finger strichen über meine nackte Brust und über die tätowierten Linien, die jeder Exorzist trug und deren Äquivalent an ihrer Hüfte zu sehen war, ehe ihre Hand an meinem Herzschlag innehielt. Ihr dunkles Haar fiel ihr beinahe wie eine Decke über den nackten Körper, und ich lächelte träge wie eine Katze.

»Das habe ich vermisst«, gestand sie.

»Ich auch«, versicherte ich und strich ihr sanft eine Haarsträhne aus dem Gesicht hinter das Ohr. Die Geste war automatisch, doch als ich ihren verdutzten Gesichtsausdruck sah, hielt ich inne.

»Was ist?«

»Nichts. Nur, du bist so anders«, gestand sie.

Ihre Worte verwirrten mich. Wie so vieles in den letzten Stunden.

»Oh.« Ich ließ die künstliche Hand fallen, doch sie nahm sie und drückte einen Kuss darauf. Die Geste wirkte wieder so vertraut, dennoch war ich mir sicher, dass wir uns in den letzten fünf Jahren nicht gesehen hatten. Seit Stunden versuchte ich, meine Erinnerungen in eine nachvollziehbare Reihenfolge zu bringen, doch nichts davon wollte Sinn ergeben. Es kam mir vor, als hätte ich ganze Stücke meines Lebens einfach … verloren. Mein Verstand war ein Schweizer Käse, und jeder Versuch, die fehlenden Erinnerungen auf irgendeine Weise wieder hervorzuholen, endete in einem tiefen Abgrund. Da war nichts. Die Enden dieser Erinnerungen waren zerfranst, das Bild hakte, die Gesichter verschwammen, als wären sie nicht sauber herausgetrennt worden, sondern mit purer Gewalt herausgerissen. Der stechende Schmerz in meinen Schläfen nahm zu. Erschöpft schloss ich die Augen und hielt mich an Tempest fest.

»Woran denkst du?«, flüsterte sie mir ins Ohr und strich mir über die Stirn. Glättete die Falten.

Ich seufzte. »Ich versuche, mich zu erinnern.«

Sie versteifte sich. »Woran?«

»Ich weiß nicht … diese Frau …«

»Du meinst den Dämon?« Ihre harten Worte ließen mich die Augen öffnen.

Ich blinzelte Tempest an.

»Warum hat sie mich angegriffen? Dort unten sah sie so …«

Das Wort *unschuldig* hing in meinem Mund fest, doch sie war ein Dämon. Ich hatte bereits mehr als einmal den Fehler gemacht, einen Dämon zu vermenschlichen. Daher schluckte ich die Worte hinab und sagte: »Ängstlich. Sie sah so ängstlich aus.«

Und stolz und schön.

Doch alleine die Worte zu denken, verstörte mich. Warum dachte ich so über einen Dämon?

Tempest sah mich gereizt an und setzte sich auf und warf sich einen seidenen Morgenmantel über, den sie schnürte. »Natürlich ist sie ängstlich. Sie hat den Orden über ein halbes Jahr zum Narren gehalten, konnte spionieren und hat sich bei euch festgefressen wie eine fette Made. Jetzt sind all die Lügen dabei, in sich zusammenzufallen, und ich werde den Göttern jeden Tag danken, dass du von ihr losgekommen bist.«

Ihre Augen schimmerten, und ein sanfter Ausdruck erschien auf ihrem Gesicht, als sie mir über die Wange strich. »Ich habe mir solche Sorgen um dich gemacht. Jetzt wird endlich wieder alles so, wie es sein soll. Du kommst nach Hause. Zu mir. Das ist alles, was zählt.«

Bevor ich darauf etwas erwidern konnte, klopfte es an der Tür. Stirnrunzelnd setzte ich mich auf, doch Tempest legte mir eine Hand auf die Schulter. »Bleib liegen. Ich mach das schon.«

Mit wiegenden Hüften schritt sie zur Tür und öffnete sie. Ein Novize stand vor der Tür. Anders als die Novizen in New York trugen sie hier Beige statt Grau. Er konnte nicht älter als zwanzig sein. Als er Tempest so leicht bekleidet sah, weiteten sich seine Augen, und er lief rot an. Er wandte den Blick ab und starrte dabei mich an. Der Arme sah aus, als würde er gleich umfallen.

»Shintonist Chep… ich … Es tut mir leid, die Störung, ich wollte … ich …«

»Spuck's aus, Kleiner«, unterbrach Tempest ihn. Mit knallrotem Kopf hob er eine Akte. »Das sind die Informationen, nach denen Sie gefragt haben.«

»Na endlich«, gab sie zurück und knallte dem Novizen einfach die Tür vor der Nase zu.

»Was hast du da?« Ich richtete mich auf, während sich Tempest hinter den Schreibtisch setzte und mit einem Brieföffner den Umschlag aufriss.

»Weißt du noch, die Ausreisebescheinigungen, die wir bei den Strigoi gefunden haben?«

»Um ehrlich zu sein, nein«, gab ich trocken zurück, stand ebenfalls auf und schlüpfte in eine schwarze Baumwollhose, die mich an meine Heimat Kairo erinnerte.

Tempest warf mir einen mitfühlenden Blick zu, doch sie wirkte deutlich abgelenkt.

»Wir haben etliche Ausreisebescheinigungen der Strigoi gefunden. Alle unterzeichnet von Verlant Greton. Der ist jedoch seit einem halben Jahr tot. Ich habe mir gerade die Informationen über das letzte halbe Jahr seiner Abteilung geben lassen und wer seinen Posten übernommen hat.«

Ich machte mir nicht die Mühe, ein Shirt überzuwerfen, stattdessen stellte ich mich hinter sie und sah, wie sie die Akte aufschlug und zu lesen begann.

»Und?«

Tempest antwortete nicht. Ihr Stirnrunzeln vertiefte sich.

»Tempest?«, bohrte ich nach.

»Warte«, sagte sie nur knapp.

Ich wartete.

Die Blätter raschelten, als sie eins nach dem anderen zur Seite legte. Sie las so lange, dass ich beschloss, ins Badezimmer zu gehen. Als ich zurückkam, mit frisch gewaschenen Haaren, las sie noch immer.

Etwas an ihrem Ausdruck gefiel mir jedoch nicht. Etwas stimmte nicht. Um uns beide zu beruhigen, machte ich Tee. Gerade als ich die zerbrechliche Tasse vor ihr abstellte, legte sie das letzte Blatt nieder. Ihre Augen waren umschattet.

»Was ist los?«, fragte ich ernst.

Tempest blickte auf, einen unruhigen Ausdruck im Gesicht.

»Ich bin mir nicht sicher, was ich davon halten soll.«

»Wovon?«

»Verlant Greton war anscheinend nicht der Einzige, der das Zeitliche gesegnet hat. So wie es aussieht, starb nicht nur er, sondern etliche weitere Exorzisten in seiner Behörde.«

»Woran?«

»Hier steht nur Krankheit. Ich müsste eine andere Abteilung anfordern, um mehr zu erfahren, aber Krankenakten sind schwer zu beschaffen.«

»Eine ganze Abteilung starb also an *Krankheit?*«

»So steht es da, doch um ehrlich zu sein, höre ich davon zum ersten Mal. Wie auch immer, wegen Personalmangel konnte nicht sofort nachbesetzt werden, sodass die Anträge an den größten Bürokratensitz weitergeleitet wurden. Und der liegt in Kairo. In Kairo gibt es jedoch keine Abteilung, die sich mit den Varkolaks befasst. Es sind dort schlichtweg zu wenige, und der Fall mit Großbritannien ist weltweit zu einzigartig.

In Kairo hat man diese Angelegenheit weitergereicht. An eine Person, die für solche Notfälle zuständig ist, und das war in diesem Fall die Innere Sicherheit.«

»Die Anträge gingen an meinen Vater?«, fragte ich ungläubig.

»Sie gingen an seine Assistenz, die in den letzten sechs Monaten die Aufträge bearbeitet hat.«

»Aber warum wurden sie dann alle von Verlant Greton unterschrieben?«

»Ich weiß es nicht. Nur bin ich eher verwirrt von der Person, die für die Aufträge verantwortlich war, denn ich wusste nichts davon.«

»Was wusstest du nicht?«

»Es ist deine Schwester, Falco. Wren hat all diese Fälle bearbeitet.«

Ungläubig starrte ich sie an.

»Das kann nicht sein«, sagte ich brüsk.

»Es steht hier aber.«

»Meine Schwester ist nicht alt genug, um …«

»Das hatten wir bereits, Falco. Deine Schwester ist alt genug, und soweit ich mich erinnern kann, hat sie immer viel Zeit bei deinem Vater im Amt verbracht und dort Praktika gemacht. Schon bevor sie auf die Akademie ging.«

Ich schnappte ihr die Zettel weg und begann, sie selbst durchzusehen. Sie hatte recht. Da stand es schwarz auf weiß.

Der Name meiner Schwester wirkte deplatziert, die Verwirrung in mir wuchs, und ein stechender Schmerz in meinem Kopf ließ mich die Zettel senken. Im nächsten Augenblick tropfte Blut aus meiner Nase.

Alles um mich herum verschwamm, und ich stieß die Tasse mit Tee um. Die Flüssigkeit ergoss sich über den Tisch und den Boden.

»Falco?« Tempest war bei mir. Ihre Finger griffen fest an meinem Handgelenk.

»Schon gut, mir ist nur etwas schwindlig«, wehrte ich ab, doch Tempest schnalzte mit der Zunge. »Es war ein langer Tag. Du hast dich noch nicht erholt. Leg dich hin. Ich werde mit deinem Vater und Wren reden. Ich bin sicher, dafür gibt es eine logische Antwort.«

»Ich komme mit dir«, bot ich an, doch Tempest schüttelte den Kopf, führte mich zum Bett und drückte mich auf die Matratze.

»Ruh dich aus. Ich bin gleich wieder da«, versicherte sie mir. Ich wollte widersprechen, aber die Schmerzen in meinem Kopf fühlten sich an, als würde jemand meinen Schädel zerquetschen.

»Nimm das.« Tempest drückte mir etwas auf die Nase. Ein Taschentuch. Unter den drückenden Kopfschmerzen sah ich nur sehr verschwommen. Tief atmete ich durch. Jeder Muskel in meinem Körper war zum Reißen angespannt, während Bilder in meinem Kopf aufblitzten, die keinen Sinn machten. In mir schrie alles, etwas zu finden. Jemanden. Jemand brauchte mich, doch je stärker ich versuchte, dem Gefühl nachzugehen, desto heftiger wurden die Schmerzen.

»Soll ich bleiben?«, fragte Tempest.

»Nein. Geh!«, presste ich hervor. Ich hasste es, wie verletzlich sie mich sah. Wie schwach ich war.

Tempest zögerte, doch schließlich seufzte sie nur, stand auf und zog sich um. Das leise Rascheln von Kleidung war zu hören, während die Kopfschmerzen langsam abklangen.

»Falco?«

Ich blickte auf. Tempest stand in der Tür. Das dunkle Haar fiel ihr über den Rücken.

»Ja?«

»Ich liebe dich«, sagte sie schlicht und verließ das Zimmer.

42

Q

Dämonen der Stufe 3
Geister
Elementargeister
Wassergeister

Nixe Nixen leben in Wald- und Binnenseen und sind die weibliche Version eines *Nöcks*. Sie regieren wie die Waldgeister über ihr Seensystem. Wie bei der *Waldfrau* kann ihr Rücken ausgehöhlt oder auch von Schuppen bedeckt sein. Wenn sie in Erscheinung tritt, hat sie Beine und keinen Fischschwanz. Im Unterschied zu den Nöcks sind Nixen nicht immer bösartig und töten nur selten aus reiner Mordgier, zumindest solange sie nicht hungrig sind. Seit die Seen jedoch immer weiter verschmutzt werden, zeigen sich die Nixen zunehmend aggressiver.

Die Hülle war klug genug, den Mund zu halten, während wir uns auf den Weg zu den Toten machten. Ich lief schneller, als es dem Mädchen möglich gewesen war. Möglicherweise zerriss ich dabei ein paar Muskeln, doch dieser Körper war noch immer so schwach. Viel zu schwach. Ich würde das ändern müssen. Bis dahin mussten Knochen und Muskeln einfach heilen, auch wenn es lästig war.

Es gab für mich keinen Grund, unauffällig zu sein. Ich war eine Göttin, und die Menschen sollten wissen, vor wem sie auf die Knie fallen mussten, doch die Hülle hatte nicht unrecht. Vielleicht war es noch besser, die Exorzisten nicht unnötig aufzuschrecken, anstatt so aufzutreten, wie es mir eigentlich zustand.

Ich verschmolz mit der Dunkelheit und fühlte dort eine Kreatur. Schmerzlich vertraut.

Die Kreatur, die der Dämon mir hinterlassen hatte, wob sich aus dem Schatten und sprang an mir hoch. Erfreut kraulte ich seine Ohren, strich durch das komplexe Gewebe seiner Existenz und erfreute mich an seinem Glück, einfach nur in meiner Nähe sein zu dürfen. Bald würde jedes Wesen auf dieser Welt alles tun, nur um in meiner Nähe sein zu dürfen. Sie würden glücklich sein, mir dienen zu können. Aber dafür musste ich einiges in die Wege leiten und all jene töten, die mir dabei in die Quere kamen. Ich freute mich darauf. Ich schnalzte mit der Zunge, und der Dämonenhund preschte nach vorne, leitete uns den Weg durch die Schatten. Nur wenn jemand genau wusste, wonach er suchen musste, hätte er uns gesehen. Kinder waren da anfälliger. Ängstlicher, sahen uns als eine vage Bewegung im Schatten, doch wenn sie ihre Eltern an den Händen zogen und darauf zeigten, war da nichts. Zurück blieb nur eine Spur von Angst.

Das Langham Hotel war nicht schwer zu finden. Mit dem bloßen Auge mochte es nur ein Gebäude sein, doch das Gebäude lag auf einem wirren Knoten von Ley-Linien. Die Vampire hatten feinere Sinne. Sie würden uns im Schatten bemerken, und auch wenn ich kein Problem damit hätte, ein paar Vampirköpfe rollen zu sehen, war der schnellste Weg manchmal doch der des geringsten Widerstands.

Zero blinzelte orientierungslos, als wir den Schatten wieder verließen. Zwei Vampire standen vor der Eingangstür des Hotels und starrten uns an.

»Guten Abend, die Herren«, schnurrte ich.

»Sie haben keine Einladung erhalten, Miss. Wenn Sie das Hotel betrachten wollen, werden wir …«, setzte einer der Vampire an, doch was immer er auch sagen wollte, sollte er nicht mehr aussprechen können. Mit einer einfachen Geste packte ich die Dunkelheit in ihm, die sein kümmerliches Leben beinhaltete, und riss sie ihm durch den Mund. Der Vampir sackte in sich zusammen. Der zweite Vampir starrte ihn an.

»Richten Sie der Dauphine aus, dass ich sie zu sprechen wünsche. Und dass ich nicht gerne warte«, teilte ich dem Vampir mit und spazierte in das Hotel.

»Was tust du?«, zischte die Hülle mir zu, während wir den Eingangsbereich betraten.

»Reingehen«, teilte ich ihm mit.

»Vielleicht geht das auch, ohne dabei einen Krieg auszulösen?«, knurrte er.

»Das werden sie nicht tun.«

»Und warum nicht?«

»Um Krieg zu führen, braucht es zwei. Falls sie mir jedoch im Weg stehen, werden sie nicht lange genug leben, um einen Krieg starten zu können.«

Die Hülle starrte mich entsetzt an, während uns ein Dutzend Vampire entgegenkam. Einer von ihnen blieb vor mir stehen und versperrte uns den Weg zum Ballsaal.

»Miss Young? Uns wurde nicht gesagt, dass Sie heute kommen würden. Ich befürchte, ohne Genehmigung kann ich Sie nicht weitergehen lassen«, sagte der Vampir mit dunkler Stimme.

»Dann sollten Sie meine Genehmigung schnellstmöglich auftreiben, bevor es ungemütlich wird«, gab ich zurück und ging einfach an ihm vorbei.

Der erste Fehler, den er machte, war, mich zu packen, der zweite, mir zu drohen. »Noch ein Schritt, und wir werden das als Kriegshandlung ansehen.«

»Fragt sich nur, gegen wen ihr Krieg führen wollt«, gab ich zurück und schnippte. Elf Körper fielen zu Boden und bewegten sich nicht mehr.

»Heilige Scheiße«, flüsterte die Hülle mit dünner Stimme, während Henry sich begeistert in den Leichen wälzte.

Der große Vampir vor mir starrte schockiert auf seine toten Kameraden, dann wieder auf mich. Ich lächelte und zeigte dabei so viele Zähne, wie es mir möglich war.

»Ich würde gerne die Dauphine sehen, und wenn jetzt meine Genehmigung wie von Zauberhand auftaucht, wird dieses kleine Missgeschick sich auch nicht wiederholen«, schnurrte ich.

Ein Muskel am Kinn des Vampirs zuckte, doch er nickte, drehte sich um und begleitete uns in den großen Saal.

Vampire begegneten uns, hielten tuschelnd inne und starrten uns nach, ehe wir dem blutigen Springbrunnen näherkamen, vor dem die Dauphine saß wie ein bunter Schmetterling in einem Nest aus Tod.

Der Tote vor uns räusperte sich. »Verzeiht die Störung, Dauphine. Ihr habt Besuch.«

Die Dauphine, die gerade hitzig mit ihrem Stellvertreter diskutierte, ließ ihren Kopf so schnell herumwirbeln, dass es einem gewöhnlichen Menschen das Genick gebrochen hätte. Ihre Haare türmten sich in einem hellen Rosa auf ihrem Kopf auf, während ihr ein bauschiges Kleid voller Rosen bis zu den Füßen fiel.

»Welchen Besuch …«, setzte sie an, ehe ihr Blick schon auf mir zu ruhen kam. Ihre Wut stank wie verbrannter Gummi, als sie die Zähne fletschte und dabei Reißzähne zeigte wie ein wütendes Kätzchen.

»Sind die Exorzisten von allen guten Geistern verlassen?? Wobei ich nicht dachte, dass der Intendant den kleinen Schmusedämon schickt, den er so hervorragend abgerichtet hat, um einen Krieg zu beginnen. So oder so wird es mir eine Freude sein, deinen Kopf zu ihm zurückzuschicken für die Frechheit, einfach in mein Haus einzudringen!«

Ihre Stimme überschlug sich am Schluss und hallte in einem Echo nach.

»Ich glaube, wir können uns das Porto für den Kopf sparen, Dauphine. Ich bin auch nicht hier wegen des Intendanten und habe keinerlei Interesse, mich in eines der Scharmützel zwischen euch und den Black Birds einzumischen. Alles, was ich möchte, ist der Zugang zu euren Ley-Linien-Knoten.«

Die Dauphine verengte die Augen, was sie wie eine Schlange aussehen ließ, die kurz davor war zuzubeißen.

»Soll das ein schlechter Scherz sein?«, fragte sie trocken.

»Nein«, sagte ich schlicht.

»Dass ich hier bin und um Erlaubnis bitte, ist weitaus mehr Respekt, als ich den meisten anderen zukommen lasse. Ich würde meine Nerven jedoch nicht überstrapazieren, Varkolak«, fügte ich hinzu.

Ein Auge der Dauphine zuckte, und ihre Zähne kamen hervor.

»Bringt mir den Kopf von dem kleinen Schoßhund!«, bellte sie.

Ich seufzte.

Zero fluchte und zückte seine Sichel. Ein halbes Dutzend Vampire schossen auf uns zu. Ich ließ ihn so nahe kommen, dass seine Zähne meine Haut schrammten. Ein Wimpernschlag verging, und ich wich aus. Das Gebiss des Toten schnappte heftig zu. Ich packte seinen Kopf, drehte mich und stieß ihn auf Zero zu, der den Vampir aufspießte wie ein Schwein. Ein Vampir erwischte mich an den Haaren und riss mich zurück. Ich wirbelte herum und trat ihm so fest in den Magen, dass er in hohem Bogen durch die Luft flog und gegen die Wand krachte. Als der nächste Vampir auf mich zuschoss, duckte ich mich, packte seinen Arm und riss ihm diesen mit einem lauten Knirschen ab. Für einen Augenblick starrte der Vampir mich verdutzt an, dann seinen Arm, den ich in der Hand hielt, ehe er einen gellenden Schrei ausstieß.

»Oh, halt den Mund«, blaffte ich ihn an und gab ihm eine Ohrfeige mit seiner eigenen Hand. Der Vampir stürzte sich auf mich, doch meine Geduld war bereits überstrapaziert. Ich ließ den Arm fallen, riss dem Vampir im Vorbeigehen das Herz aus der Brust, Blut spritzte mir ins Gesicht, und während ich das Herz zwischen den Fingern zerquetschte, saugte ich die dunkle Energie des Vampirs in mich ein. Ich streckte meinen Geist aus und griff auch nach den umstehenden Vampiren. Sie hielten ruckartig an, zitterten, Augen verdrehten sich in den Höhlen. Herzen hörten auf, zu schlagen, und die Vampire sackten in sich zusammen. Alle bis auf die Dauphine und ihren Stellvertreter, die ich fein säuberlich übrig ließ.

Zero stand keuchend in einem Haufen von Leichen. Blut tropfte von seiner Sichel, und eine Schramme klaffte über seiner Augenbraue.

Ich ließ das Herz in meiner Hand fallen und wischte mir die Finger an der Hose ab. »Nun, wenn wir jetzt fertig sind, würde ich gerne zum Knotenpunkt«, setzte ich das Gespräch nahtlos fort.

Die Dauphine starrte mich an, während das Blut ihrer Leute sich um sie sammelte, sodass sie in einem See aus Rot saß. Der Saum ihres Kleides saugte sich mit dem Blut voll.

»Wie kannst du es wagen?«, presste ihr Stellvertreter hervor und ging einen Schritt auf mich zu, doch die Dauphine hielt ihn davon ab, indem sie die Hand hob.

»Warte! Ich glaube, wir waren mit unserer Einschätzung der Situation etwas überhastet«, sagte sie beherrscht.

»Marie, wie kannst du so ruhig sein, während die Exorzisten …«

»Halt den Mund, Axel«, schnauzte sie ihn an und stand auf. Mit gezierten Schritten ging sie durch das Blut, bis sie vor mir stehen blieb und mir in die Augen blickte. Ich starrte ungerührt zurück und machte mir nicht die Mühe, zu verbergen, was ich war. Ein kleines Lächeln erschien auf den Lippen der Dauphine.

»Die Gerüchte stimmen also doch. Es gibt einen neuen Abkömmling *Sa Majesté.* Wir hatten große Erwartungen, als wir dich das erste Mal sahen, und wurden enttäuscht, aber wie es aussieht, *nous n'avons tout simplement pas regardé d'assez près.*«

Sie umrundete mich wie ein hungriges Raubtier. Jeder ihrer Schritte verursachte ein feuchtes Geräusch in all dem Blut ihrer Leute.

Der Anblick erfreute mich ungemein. Sie blieb wieder vor mir stehen.

»Vielleicht sollten wir diese Gelegenheit nutzen, um uns neu kennenzulernen, Miss Young.«

Spöttisch neigte ich den Kopf zur Seite. »Ich bin nicht Leaf Young.«

»Und wer seid Ihr?«

»Eure Erlösung oder Euer Untergang, das kommt ganz darauf an, auf welcher Seite Ihr steht.«

Die Dauphine starrte mich an, und durch ihr Gesicht huschte eine komplexe Abfolge von Emotionen. »Und auf welcher Seite steht Ihr?«, fragte sie schließlich, und mir entging nicht, dass ihre Anrede ehrerbietiger wurde. Angst war ein so mächtiges Werkzeug.

»Auf meiner.«

Die Antwort gefiel ihr eindeutig nicht, doch angesichts all der Leichen um sie herum war wohl selbst der Dauphine klar, wer hier das größere Raubtier war. Und das war alles, was im Augenblick zählte.

»Warum seid Ihr hier?«, fragte die Dauphine erneut.

»Gestern wurde der Exorzist Falco Chepesch überfallen. Ich möchte die Ley-Linien nutzen, durch die der Dieb entkommen ist.«

Die Dauphine hob geziert eine Augenbraue.

»Das ist alles?«

»Wie ich bereits gesagt habe.« Ich hielt die Gereiztheit in meiner Stimme nicht zurück. Die Dauphine war schlau genug, einen Schritt zurückzutreten.

»Dürfte ich fragen, weshalb gerade Dutzende meiner Leute sterben mussten – für einen Exorzisten?«, entgegnete sie spitz.

»Sie sind nicht wegen des Exorzisten gestorben, sondern weil Ihr meine Zeit verschwendet habt, Dauphine, und ich kann die Sache auch zu Ende bringen.«

Wenn die Dauphine nicht bereits weiß wie Schnee gewesen wäre, wäre sie jetzt mit Sicherheit blass geworden, ehe sie nickte. »Es steht Euch frei, das Langham Hotel zu betreten, wann immer Ihr wollt. Es wird ohnehin bald verlassen sein.«

»Wie meint Ihr das?«, mischte Zero sich ein. Die Vampirin warf ihm einen gereizten Blick zu, antwortete trotzdem. »In wenigen Wochen wird es keine Strigoi mehr in England geben. Wir folgen dem Ruf seiner *Majesté*. Die Frage ist nur, ob ihr das auch tut. Das ganze Dämonenreich spricht von Euch.«

»Ich weiß nicht, was Ihr meint«, sagte ich spöttisch, doch sie wischte meinen Einwand einfach zur Seite.

»Die Exorzisten mögen dumm sein, aber wir sind es nicht. Das Q-Gen wurde von dem gefallenen Prinzen gestohlen und hat sich in Eure Hülle geflüchtet. Der Prinz mag verschwunden sein, doch er hat Euch zurückgelassen, und Eure

Fähigkeiten sind nicht verborgen geblieben. La Princess Una hat uns aufgeklärt. Ihr seid der Dämon, der mit der Essenz von Luzifer persönlich erschaffen wurde. Zwar seid Ihr im falschen Körper eingenistet worden, doch das tut nichts zur Sache. Ihr ahnt nicht, wie lange wir auf Euch gewartet haben. Mit Euch und Euren Fähigkeiten wird es nichts mehr geben, das uns aufhalten kann. Die Welt wird wieder uns gehören. Der Ruf seiner Majesté kam, und wir folgen jetzt. Seine Majesté benötigt nur noch seine Hülle, um Form anzunehmen, und sobald das geschehen ist, können wir offiziell den Krieg beginnen. Dämonen auf der ganzen Welt sammeln sich, und ich hoffe, wir werden uns beide auf derselben Seite wiederfinden.«

Sie zitterte vor Erregung. Hinter uns gab Zero einen seltsamen Laut von sich. Ich warf ihm einen nachlässigen Blick zu.

Er starrte mich an.

»Stimmt das? Das Q-Gen … du bist der Spross von Luzifer?«, hauchte er.

Ich lächelte ihn an.

»Ich bin kein einfacher Spross. In mir fließt Macht, die älter ist als die Zeit. Ich bin eine Göttin«, korrigierte ich ihn.

»Wieso hast du nichts gesagt?«, fragte er.

»Warum sollte ich?«, gab ich zurück und drehte mich zu der Dauphine um. »Mir ist bewusst, dass Una und Luzifer alles daran setzen, um mich in die Finger zu bekommen, doch ich habe kein Interesse, einen Krieg für andere zu führen. Falls Ihr Una seht, richtet ihr aus, dass ich genauso wenig Absicht habe, ihr Schoßhund zu werden wie der der Exorzisten.«

Die Dauphine sah mich scharf an. »In diesem Krieg wird es nicht möglich sein, unparteiisch zu bleiben. Ihr müsst Euch für eine Seite entscheiden.«

Lächelnd beugte ich mich vor und flüsterte ihr ins Ohr: »Ihr habt mich falsch verstanden, Dauphine. Ich bin nicht unparteiisch. Ich werde schlichtweg jeden töten, der mir im Weg steht, gleichgültig ob Exorzist oder Dämon. Ich bin nicht diejenige, die entscheiden muss, auf welcher Seite sie steht, sondern Ihr. Sobald Lore und ich wieder vereint sind, werden wir die Welt niederbrennen, und das Schöne ist, dass das Feuer keine Unterscheidung machen wird, ob es die Untertanen oder Luzifer persönlich verschlingt. Es wird beide vernichten, und ich werde mir einen Thron aus ihren Knochen bauen.«

Die Dauphine war starr wie Marmor. Ich zwinkerte ihr zu. »Es steht Euch frei, jedes meiner Worte Una persönlich mitzuteilen. Ich habe ihre Präsenz beim Dinner gespürt. Ich weiß, dass sie hier herumschleicht. Wenn Ihr mich jetzt entschuldigen würdet? Ich habe noch einen Dieb zu fangen.«

Damit drehte ich mich um und verließ die blutdurchtränkte Halle.

Zero folgte mir wortlos, genauso wie der Schattenhund.

Kein einziger Vampir kam uns mehr in die Quere. Das Hotel wirkte wie ausgestorben. Ein Mausoleum, selbst von den Toten verlassen.

Ich stieg die Treppen nach oben bis in den zweiten Stock. An der Stelle, an der Falco Chepesch gefunden wurde, ließ ich Arcanum durch meine Adern fließen. Meine Pupillen weiteten sich, und ich sah das Aufblitzen der Ley-Linien, die sich schimmernd wie Nebelschwaden kreuz und quer durch das Gebäude zogen. Scheinbar ohne sich von den Wänden aufhalten zu lassen. Das Raum- und Zeitgefüge war hier so brüchig wie der Flügel eines Schmetterlings. Geister manifestierten sich. Immer mehr durchscheinende Körper erschienen, von Menschen, die hier gestorben oder getötet worden waren. Es waren so viele, dass es kaum möglich war, einen freien Platz zu finden.

»Du!«, sprach ich einen Geist an, der zusammengekauert in einer Ecke saß. Mit fahlem Gesicht blickte er auf. Alles an ihm war schwarz und weiß, durchscheinend und nur noch ein Echo. Die Kleidung, die er trug, ließ sein Ableben auf das späte 18. Jahrhundert zurückdatieren.

»Ich … ich?«, stotterte der Geist.

Ich schnippte.

»Ja, du. Seit wann sitzt du da?«

Der Geist runzelte die Stirn. »Ich weiß nicht. Länger?«

»Hast du den Mann gesehen, der hier überfallen wurde?«

Der Geist starrte mich verwirrt an. »Hier sind viele gestorben.«

»Er ist nicht gestorben. Vor zwei Tagen wurde hier ein Exorzist angegriffen. Seine Seele verletzt. Hast du gesehen, von wem?«

Das Bild des Geistes flackerte wie bei einem schlechten Fernsehbild. »Du meinst den Gedankenschinder? Ja, wir haben einen gesehen. Er war hier und ist durch den Knotenpunkt fort.«

Mit gerunzelter Stirn drehte ich mich zu Zero um. »Weißt du, was ein Gedankenschinder ist?«, fragte ich ihn.

Zero riss die Augenbrauen hoch. »Ja. Allerdings hat es den letzten vor etwa zweihundert Jahren gegeben, oder so.«

Ruckartig wandte ich mich wieder dem Geist zu. »Bist du sicher, dass du den Schinder gestern gesehen hast und nicht vor zweihundert Jahren?«

Abermals zitterte der Geist. »Ich … ich glaube schon, doch Zeit ist bedeutungslos, wenn sie an einem vorbeizieht«, gab er wimmernd zu.

Frustriert schnaubte ich und wandte mich wieder Zero zu.

»Was ist ein Gedankenschinder?«, fragte ich ihn.

Er blinzelte mich an. »Weißt du das nicht?«

»Ich bin nicht allwissend. Theoretisch ist meine Existenz endlos, doch mein Verstand wurde erst vor sechs Monaten eingepflanzt. Mein Wissen ist demnach noch nicht unbegrenzt. Ich lerne noch«, knurrte ich ihn an.

»Ich verstehe.« Zero warf mir einen neugierigen Blick zu, doch er beantwortete meine Frage: »Gedankenschinder sind eine Untergruppe der Schattenfänger.«

»Was sind Schattenfänger?«

»Schattenfänger sind wie wir Exorzisten in der Lage, mehr Prozent ihrer Hirnleistung zu nutzen. Doch auf eine andere Art. Sie sind sehr selten, denn anstatt Energie nutzen sie Anergie.«

»Das bedeutet?«

»Sie nutzen Energie, die eigentlich nicht nutzbar ist.«

»Was bedeutet das?«

»Sie machen sich Dinge wie die Zeit zunutze, andere das Karma, und manche können Gedanken lenken. Das waren die sogenannten Gedankenschinder. Sie wurden vom Orden verfolgt und ausgerottet, da sie als gefährlich galten. Der letzte Schattenfänger wurde vor zweihundert Jahren hingerichtet.«

»Ich verstehe.«

Ich drehte mich um und schritt den Gang entlang.

»Leaf … äh, Göttin, was tust du?«, rief Zero mir nach. Der Geist folgte uns neugierig.

»Ich folge dem Gedankenschinder«, sagte ich und blieb vor dem Spiegel stehen. Der Knotenpunkt pulsierte wie ein Herzschlag.

Zero hielt neben mir inne und sah mich schief an. »Glaubst du wirklich, ein Schinder hat Falco die Gedanken gestohlen? Warum sollte er das tun?«

»Das können wir ihn dann selbst fragen.« Ich legte eine Hand auf den Spiegel und riss mit meinem Arcanum eine

Spalte in das Gefüge der Ley-Linien. Der Spiegel knarzte, ehe sich Risse hindurchzogen, doch die Linie öffnete sich vor uns, als hätte ich eine Ader durchschnitten.

Die Hülle starrte fasziniert ins Innere. »Unfassbar«, hauchte er. »Ich habe noch nie gehört, dass man sie betreten kann.«

»Das muss man nicht wissen, nur fühlen«, gab ich zurück.

»Du folgst also gewissen Instinkten?«, bohrte der Exorzist nach.

»Bist du immer so neugierig?«

»Ich versuche, mich zurückzuhalten«, versprach er.

»Gut, denn du strapazierst meine Geduld, kleine Hülle«, teilte ich ihm mit, packte seine Hand und zog ihn in den Knotenpunkt der Ley-Linien hinein. Der Spiegel verschluckte uns. Die Realität verzerrte sich, und im nächsten Augenblick standen wir am anderen Ende des Spiegels.

»Faszinierend. Es fühlt sich so real an«, flüsterte Zero, während wir den Flur entlanggingen, aus dem wir gerade gekommen waren. Nur war jetzt alles spiegelverkehrt. Von den Varkolaks war keine Spur mehr zu sehen, doch die Geister waren es sehr wohl. Nur in Farbe und stofflicher. Der Geist, der uns eben geholfen hatte, stand noch immer an Ort und Stelle. Sein Hut war nun nicht mehr grau, sondern von einem hellen Braun. Er trug eine blaue Livree.

Die Hülle glotzte die Geister fassungslos an.

Es war wirklich voll von all den Toten, die durch die Gänge wuselten und uns verärgerte Blicke zuwarfen, als würden wir ihnen im Weg stehen.

»Wo kommen all die Geister her?«

»Sie waren zuvor auch da. Du konntest sie nur nicht sehen«, antwortete ich und ging wieder auf den Geist in Livree zu.

»Du! Weißt du, wohin der Gedankenschinder verschwunden ist?«

»Ich … also … ich … ich …«

»Sprich, Geist, oder ich sauge auch den letzten Rest Existenz aus dir«, fuhr ich ihn an.

»J… ja Ich weiß, wo sie sind.«

»Sie? Gibt es mehr davon?«

Der Geist sah aus, als würde er vor Angst gleich noch mal sterben.

»Ihre Gilde ist hier ganz in der Nähe«, hauchte er schließlich.

»Es gibt eine ganze Gilde von Schattenfängern? Wie ist das möglich?«, fragte Zero fassungslos, doch der Geist zuckte nur mit den Schultern. »Sie stehlen Zeit und nutzen sie fließend. Sie können überall und gleichzeitig nirgendwo existieren. Sie kümmern sich um uns und pflegen die Ley-Linien. Wir verdanken ihnen viel.«

»Faszinierend. Kann es sein, dass es deshalb noch so viel mehr Ley-Linien als sonst auf der Welt gibt? Weil die Schattenfänger sich um sie kümmern?«, fragte Zero, doch ich schnippte vor seiner Nase.

»Konzentrier dich, dafür haben wir keine Zeit. Bring uns zu den Schattenfängern,« schnauzte ich den Geist an.

Der Geist nickte verhalten und schwebte durch das verlassene Hotel. Sofern ein Hotel, besiedelt von Geistern, leer sein konnte.

Wir traten auf die Straße hinaus. Auf den ersten Blick wirkte alles beinahe gewöhnlich, doch die Straßen war voller Geister, die durch die Straßen schlenderten. Klamotten etlicher Jahrhunderte trafen aufeinander, genauso wie Sprachen und Hautfarben.

Der Geist leitete uns, ohne zu zögern, die Straße entlang. Es fuhren keine Autos, doch die Häuser wirkten wie das echte London, eine Mischung aus alten und neuen Gebäudekomplexen. Lichter flackerten hinter den Fenstern, nur hin und wieder war ein Schimmer in der Luft zu sehen, ein Ort, an dem sich die Ley-Linien mit der anderen Welt trafen. Geister passierten die Knoten und verschwanden auf der anderen Seite. Die Straßen waren erfüllt mit Gesprächen, Gelächter, Musik, ab und zu Geschrei. Es wirkte lebendiger als die Straßen von London, selbst zu dieser Uhrzeit.

Wir folgten dem Geist eine ganze Weile stumm, keiner von uns sprach, während Zero sich den Hals verrenkte und die Geister anstarrte, als hätte er zuvor noch nie welche gesehen.

Schließlich schlug der Geist eine spezielle Richtung ein und blieb an einer Kreuzung stehen. Er zeigte in eine Gasse hinein, in der sich eine ganze Reihe an eng beieinanderstehenden, teils bunten Wohnhäusern befand.

»Wir sind hier in Notting Hill«, teilte uns der Geist mit.

»Die Gilde befindet sich in Hausnummer 8. Falls ihr einen Weg zurück sucht, es gibt einen Knotenpunkt in der Gasse zwischen Hausnummer 66 und 67.«

»Danke«, antwortete die Hülle.

»Viel Glück«, sagte der Geist nur und verschwand in die Richtung, aus der er gekommen war.

»Ich frage mich, was Geister so den ganzen Tag treiben.«

»Sie langweilen sich. Ihre Existenz ist bedeutungslos«, gab ich zurück und ging auf das dunkelblau gestrichene Gebäude mit der Nummer acht zu. Bis auf die Farbe unterschied es sich nicht von den anderen gewöhnlich aussehenden Wohnhäusern, doch als ich näher kam, spürte ich die Abwesenheit von jeglicher Energie. Meine Beine wurden schwer, meine Muskeln zitterten, als fehlte ihnen plötzlich die Energie, sich zu bewegen, und ein wattiges Gefühl breitete sich in meinem Kopf aus.

»Was ist denn das?«, fragte Zero und lehnte sich keuchend an den einfachen schmiedeeisernen Gartenzaun.

»Eine Warnung, nehme ich an«, gab ich zurück, drückte das Gartentürchen auf, das ein leises Quietschen von sich gab, und ging auf die schwarz gestrichene Haustür zu. Jeder Schritt fühlte sich an, als würde man durch Morast gehen, als würde sich die Zeit dehnen, zäh wie Kaugummi.

»Der Baum«, flüsterte Zero, und ich sah zu dem Kirschbaum, der auf den ersten Blick kahl wirkte. Innerhalb eines Wimpernschlags zitterten die Äste, kleine grüne Knospen sprossen aus dem nackten Holz hervor, wurden größer und erblühten. Für einen winzigen Augenblick stand der zuvor noch kahle Baum in voller Blüte, ehe diese auch schon in sich zusammenschrumpfte. Das Grün wurde dichter, füllte sich von Hell- zu Dunkelgrün, ehe sich Braun hineinmischte, und mit einem Zittern welkten die Blätter, bis der Baum wieder kahl vor uns stand. Das Ganze hatte kaum zehn Sekunden gedauert.

Das Gras, an dem wir vorbeigingen, bewegte sich, wuchs, als strecke es uns neugierig die Köpfe entgegen. Blumen sprossen hervor, ehe sie in sich zusammensanken und verwelkten. Dasselbe galt für das Pflaster. Ein Schritt, und wir standen auf solidem Stein, der nächste Schritt fühlte sich morsch und bröckelig an.

»Die Zeit scheint hier fließend zu sein. Der Geist hat uns also nicht angelogen«, stellte ich fest. Die drei Stufen nach oben bis zur Tür fühlten sich ewig an, und gerade als ich die Hand hob, um anzuklopfen, quietschte das Gatter hinter uns. Als wir zurückblickten, sahen wir ein Spiegelbild von uns selbst den Garten betreten.

»Der Baum«, sagte der zweite Zero. Wir beobachteten uns dabei, wie wir den Baum beobachteten, doch als unsere Spiegelbilder weitergingen, lösten sie sich in Luft auf, als hätten sie die Veranda nie erreicht.

»Das ist unfassbar unheimlich, und niemand wird mir das glauben«, raunte Zero.

»Was für eine Zeitverschwendung«, knurrte ich und klopfte an der Tür. Das Pochen hallte wie ein Echo dahinter nach.

»Macht auf!«, befahl ich.

Nichts passierte.

Ich klopfte erneut. Diesmal klang es dumpf, als wäre der Raum dahinter geschrumpft.

»Ich will euren Gedankenschinder sprechen. Sofort«, rief ich, doch nichts passierte.

Wütend starrte ich die Tür an.

Wie konnten sie es wagen, mich draußen wie einen unerwünschten Köter warten zu lassen?

»Vielleicht …«, setzte Zero an, doch ich hatte keine Zeit für Vielleichts.

Ich nahm den glänzenden Knauf in die Hand und drückte zu, bis sich die schwarzen Venen aus der hellen Haut wölbten. Im nächsten Augenblick jagte ich so viel Energie durch das Holz, dass es die Kraft eines kleinen Erdbebens erreichte. Die Tür zersplitterte in meiner Hand zu tausend Stücken.

»Geht doch«, knurrte ich und trat durch das klaffende Loch, das ich in die Wand gerissen hatte, aber anstatt ein Haus zu betreten, knarrte es, und ich stand wieder vor der Haustür, die aussah, als wäre sie nie zerstört worden.

»Wow«, hauchte Zero und starrte die Tür an.

Mir platzte die Hutschnur.

»Ihr wagt es, mir den Zugang zu verweigern? Ich werde euch zeigen, was passiert, wenn ihr euch mit einer Göttin anlegt«, donnerte ich, sammelte die Macht in meinen Venen und ließ sie wie eine Peitsche nach vorne schnellen. Die Tür ächzte und zersplitterte. Ich rannte hindurch, mein Magen hob sich, und im nächsten Augenblick stolperte ich auf die Rasenfläche hinaus und landete in einem rostigen Liegestuhl.

»Ähm … Hallo?«, rief Zero, und als ich fluchend aufsprang, lag Zero in den Zweigen des Baumes, der gerade fleißig dabei war, zu sprießen, sodass Kirschblüten durch sein weißes Haar wuchsen.

»Wie komme ich hier hoch?«, rief er, und ich knurrte.

»Wie könnt ihr es wagen?« Ich drehte mich um und jagte meine Macht durch den Boden.

Dieser grollte. Stein zersprang unter der Wucht meiner Wut, und der Baum warf vor Schreck alle Blätter ab. Zero fiel jaulend aus den Zweigen und klatschte auf den Boden, während das Fundament des Hauses zitterte. Der Putz bröckelte, und Risse zogen sich durch die Fassade. Mit einem Klirren zersprangen die Fenster, und ich brüllte hoch: »Wenn ihr mich nicht reinlasst, zwinge ich euch nach draußen!«

Pure Macht floss durch meine Adern, während ich meinen Worten Taten folgen ließ.

»Leaf! Ich meine, Göttin! Nein«, rief Zero, doch ich würde diesen niederen Kreaturen zeigen, was es hieß, wenn sie sich über mich lustig machten.

Das Haus ächzte und knarrte. Immer mehr Fenster zersprangen, und das Glas fiel zu Boden und zerbarst zu Hunderten feinen Scherben, die durch die Luft schnitten. Die Risse wurden größer, und mit einem Brüllen fetzte ich das Fundament auseinander. Das Gebäude gab ein Ächzen von sich, als wäre es überrascht, ehe die ersten Schindeln fielen und das Haus mit dem lautesten Getöse begann, in sich zusammenzufallen.

Mit einem Lächeln sah ich dem Niedergang des Hauses zu. Eine dichte Staubwolke hüllte mich ein. Wirbelte um uns herum und verdeckte jede Sicht. Zero hustete, während ich die Macht zurückrief. Ich hatte zu viel davon verbraucht. Ich würde essen müssen. Bald. Doch erst holte ich mir das, wofür ich hierhergekommen war.

»Göttin, was tust du? Wie sollen sie uns helfen, wenn sie tot sind?«, rief Zero, und ich ignorierte ihn und ging durch den Staub auf die Trümmer des Hauses zu. Aber anstatt auf Trümmer traf mein Fuß auf intakte Stufen. Es dauerte ein paar Herzschläge, bis die Staubwolke sich soweit gelegt hatte, dass man etwas sehen konnte, doch vor uns thronte kein zerstörtes, sondern ein unversehrtes Haus.

»Wie ist das möglich?«, brüllte ich und hatte das Gefühl, als würde mir die Wut aus den Adern quellen. Mein Schatten begann, zu wachsen und größer zu werden, franste an den Ecken aus und verschlang den Boden unter sich, kroch über die blaue Fassade und verdunkelte die Fenster. Die flüssigen Gezeiten kamen ins Stocken, während ich die Dunkelheit selbst anzapfte. Ich mochte vielleicht nicht Gebieterin über Zeit und Raum sein, doch allemal über die Schatten. Das Gras hörte auf, zu wachsen, stattdessen wurde es welk, als ich ihm jede Energie entzog.

Der Baum ächzte. Die Wurzeln wurden schwarz, genauso wie der Stamm, bis hin zu den Zweigen, und als ich ihm jede Art von Saft abgezogen hatte, zuckte er ein letztes Mal, als hätte er jeden Hauch von Leben verloren, und begann, zu Asche zu zerfallen. Der Garten verdunkelte sich, genauso wie der Himmel. Alles um mich herum starb, als ich ihm jede Form von Energie entzog. Ich spürte die Geister um mich herum. Roch ihre Angst, und mein Magen zog sich vor Hunger zusammen. Sie hatten längst nicht genug Energie in sich, um mich satt zu bekommen, doch es war allemal ein Anfang. Ich ging auf die Tür zu und lächelte breit. Das Haus konnte sich nur dann gegen mich wehren, solange es von Energie gespeist wurde, und ich würde ihm jetzt jeden

Funken davon entziehen. Aber sobald ich die letzte Stufe überwunden hatte, klickte es, und die Tür schwang auf, als hätte sie schlichtweg geklemmt. Zero lugte hinter meiner Schulter ins Innere des Gebäudes.

»Scheint, als würde man uns jetzt reinlassen«, sagte er trocken.

»Immer muss man erst alles töten, um ernst genommen zu werden«, knurrte ich und betrat die Gilde der Schattenfänger. Ein einfacher, schmaler Flur mit Kleiderständern, die mit einem wirren Sammelsurium aus Jacken, Mänteln, Hüten und Schals vollgehängt waren, kam uns entgegen, genauso wie eine Ecke, in der sich wahllos Schuhe aufeinanderstapelten. Der Boden war mit einem fadenscheinigen grünen Teppich ausgelegt worden, und an der Wand schälte sich eine gestreifte Tapete ab. Der Boden knarrte bei jedem Schritt, und in der Luft hing der Geruch nach altem Gemäuer und Tee.

»Kommt rein, aber zieht bitte die Schuhe aus«, sagte eine tiefe Stimme. Zero zuckte zusammen, während ich den Mann musterte, der in einer offenen Tür lehnte, die dort vor einer Sekunde eindeutig noch nicht gewesen war. Ein alter Salon mit einem Kamin war zu sehen, in dem ein Feuer prasselte.

Mein Interesse galt jedoch eher dem Mann, der uns mit gerunzelter Stirn ansah. Er musste vielleicht Mitte bis Ende dreißig sein. Dunkelblondes Haar war streng nach hinten gekämmt, und er trug einen zerknitterten Anzug, als hätte er darin geschlafen, eine Krawatte hing ihm lose um den Hals. Eine Narbe zog sich von seinem linken Mundwinkel hinauf bis zu seinem Auge, das milchig aussah, als wäre er blind, und das sein attraktives Gesicht verunstaltete.

Wirklich interessant war jedoch seine Energie, oder eher die auffällige Abwesenheit davon. Als würde ihn ein Vakuum umgeben.

Für einen Augenblick ließ er unsere Musterung über sich ergehen, ehe er gereizt seufzte.

»Die Schuhe. Das Dienstmädchen hat gekündigt, und ich bekomme die Jungs nicht dazu zu putzen«, brummte er und verschwand in den Salon.

Zero machte sich tatsächlich daran, aus den Schuhen zu schlüpfen. Schnaubend stapfte ich durch den Flur und betrat den Salon.

Er war ein abenteuerliches Sammelsurium aus vergangenen Zeiten. Alte Kanapees, dunkle Beistelltische aus den 1920ern, Bücherregale, ein Billardtisch, der unter Krimskrams begraben war. Ein Kronleuchter hing von der Decke, doch in einer Ecke entdeckte ich eine Jukebox, und auf den Tischen standen Lavalampen, in denen sich träge das Wachs bewegte.

Ein leises Klirren erregte meine Aufmerksamkeit. Der Schattenfänger hatte es sich vor dem offenen Kamin in einem alten grünen Ohrensessel gemütlich gemacht und schenkte aus einer Porzellankanne mit Rosenmuster Tee in drei Tassen. Dazwischen stand ein Teller mit trockenen Keksen.

»Setzt euch«, sagte er.

Zero räusperte sich und nahm Platz. Ich blieb stehen. Der Schattenfänger hob eine Augenbraue, die ebenfalls von einer Narbe durchzogen war. Sein milchiges Auge schien nichts und gleichzeitig alles zu sehen.

»Sind Sie immer so unhöflich, wenn Sie zu Gast sind?«, erkundigte er sich.

»Ich bin nicht hier, um höflich zu sein«, gab ich zurück.

»Das dachte ich mir schon«, sagte der Schattenfänger trocken und bot Zero eine Tasse Tee an, der diese dankend annahm. Als er mir eine Tasse hinhielt, machte ich keine Anstalten, sie zu nehmen. Der Schattenfänger seufzte und nahm die Tasse selbst.

»Nun, wir sollten uns vielleicht vorstellen. Ich bin Atticus. Atticus Crown.«

Zero sog scharf die Luft ein.

»Wie kann das sein? Atticus Crown war der letzte Schattenfänger und wurde vor Jahrhunderten hingerichtet«, platzte er heraus.

Atticus lächelte ihn an.

»Ich mag Geschichte. Sie weiß immer nur das, was die Menschen sich merken wollen, und das ist selten die Wahrheit.«

»Aber wie …«, setzte Zero wieder an, doch ich unterbrach ihn.

»Wir sind nicht hier für Tee und Kekse.«

»Das dachte ich mir ebenfalls bereits«, gab Atticus ironisch zurück und nahm einen Schluck aus seiner Tasse. Der Schein des Feuers tanzte über sein Haar.

»Wenn ihr mir schon nicht eure Namen verraten wollt, dann vielleicht, warum euch daran gelegen ist, mein armes Haus in Schutt und Asche zu legen und meine Nachbarn zu Tode zu erschrecken?« Er warf mir einen scharfen Blick zu. »Und was sind Sie? Ich glaube nicht, dass mir jemals ein Dämon mit solchen Fähigkeiten begegnet ist.«

»Ich bin eine Göttin«, stellte ich richtig.

Er hob die Augenbrauen. »Ist das so? Wie interessant. Und was führt eine Göttin in meinen bescheidenen Salon?«

»Habt ihr einen Gedankenschinder unter euch?«, erkundigte ich mich.

Atticus stellte die Tasse in seiner Hand auf den Untersetzer ab. »Das haben wir«, stimmte er zu.

»Ich brauche ihn.«

»Wofür?«

»Er hat einen Exorzisten namens Falco Chepesch bestohlen und dabei seine Seele irreparabel beschädigt. Ich will zurückhaben, was er gestohlen hat, oder ich werde jeden einzelnen Schattenjäger, der sich hier befindet, töten.«

Für einen kurzen Augenblick war nur das Knacken des Feuers zu hören, ehe Atticus sich räusperte.

»Ich verstehe. Darf ich fragen, was genau gestohlen wurde? Zeit?«

»Erinnerungen.«

»Ich verstehe.« Er stellte seine Tasse ab, stand auf und zog an einer langen Kordel, die neben dem Kamin von der Decke hing.

In der nächsten Sekunde erschien in der Tür eine blonde junge Frau in klassischer Dienstmädchenuniform, von deren Kopf jedoch die Ohren einer Katze abstanden, und als sie sprach, kringelte sich ein Schwanz hinter ihrem Rücken.

»Ja, Mr. Atticus?«

»Betty, sei so lieb und hole Casper runter.«

»Sehr wohl, Mr. Atticus«, schnurrte das Dienstmädchen und verschwand genauso schnell, wie es gekommen war.

»Bitte setzen Sie sich, Miss. Die Umstände tun mir leid, doch ich habe einen ganzen Stall halbwüchsiger Schattenfänger, und manchmal verliere ich den Überblick über ihre Aufträge. Aber ich bin sicher, die Sache klärt sich schnell auf. Sollte Casper die Erinnerungen ohne Erlaubnis gestohlen haben, werden wir den Schaden begrenzen, so gut es uns möglich ist.«

»Der Schaden wird rückgängig gemacht, völlig gleichgültig, welche Erlaubnis der Junge hatte oder nicht«, gab ich harsch zurück, Atticus verzog allerdings nur entschuldigend das Gesicht. »Wenn das nur immer so einfach wäre.«

Doch bevor er weiter darauf eingehen konnte, räusperte sich jemand. Ein junger Mann stand in einer Tür, die zuvor ebenfalls noch nicht da gewesen war. Hinter ihm waren jedoch nur Treppen zu sehen, die hinunter in den Salon führten. Von dem Jungen war nicht viel zu erkennen, denn er hatte einen Hoodie tief in die Stirn gezogen, und eine Maske verbarg sein halbes Gesicht.

»Ah, Casper, da bist du ja, wie schön.«

»Sir?«, gab dieser zurück, und Atticus schenkte Tee nach. Das leise Plätschern der Flüssigkeit, die in das Porzellan floss, füllte einen Augenblick die Stille, ehe Atticus fortfuhr.

»Ich habe gehofft, du kannst mir weiterhelfen. Die Herrschaften hier behaupten, du hättest Erinnerungen von einem …«

»Falco Chepesch«, knurrte ich.

Atticus lächelte und betonte den Namen: »Von einem Falco Chepesch gestohlen. Stimmt das?«

Der Schattenfänger blieb vollkommen ruhig. Er nickte nur.

»Ja, Sir, das habe ich.«

»War der Deal offiziell?«

»Ja, Sir.«

»Hast du die Erinnerungen bereits abgeliefert?«

»Ja, Sir.«

Atticus seufzte.

»Nun, ich befürchte, dann kann ich nichts mehr tun.«

»Was soll das heißen, du kannst nichts mehr tun?«, fauchte ich, doch der Schattenfänger ließ sich davon nicht aus der Ruhe bringen und aß einen Keks.

»Nun, das Geschäft war offiziell. Das bedeutet, Casper wurde angeheuert, Gedanken zu stehlen, und wurde dafür entlohnt. Sobald er die Erinnerungen abgegeben hat, gehören sie ihm nicht mehr, und er kann sich auch nicht erinnern, worum es sich gehandelt hat. Demnach können wir auch die Erinnerungen nicht zurückgeben. Sie besitzt längst jemand anderes.«

»Wer?«, knurrte ich.

»Wer hat euch angeheuert, um Falcos Erinnerungen zu stehlen?«

Atticus' Lippen verzogen sich zu einem dünnen Lächeln, ehe er einen Schluck Tee nahm.

»Sie verstehen sicher, dass wir solch prekäre Informationen nicht einfach herausgeben dürfen. Zum Schutz unserer Kunden.«

Ich stieß ein Schnauben aus. »So, wie ich das sehe, seid ihr Diebe, die sich in den Ley-Linien verstecken aus Angst vor den Exorzisten. Sag mir, was du für die Information haben willst, wer Falco bestohlen hat, und ich zahle es.«

Atticus' Lächeln wurde breiter, und er stellte seine Tasse ab.

»Unsere Kunden bezahlen ausgesprochen viel, um an ihre Informationen zu kommen. Um den Namen zu erfahren, müssten Sie die gleiche Summe oder mehr bezahlen.«

»Was wollt ihr?«

»Eine Quintessenz.«

Zero verschluckte sich an seinem Tee.

»Was ist damit?«, fragte ich, und Zero blinzelte mich an.

»Quintessenzen sind rar, kaum zu beschaffen und allem voran illegal.«

»Nur das Beschaffen, nicht der Besitz«, hielt Atticus dagegen. Zero hustete wieder und stellte seine Tasse ab.

»Und du willst so eine?«, bohrte ich nach.

Atticus neigte den Kopf. »Das wäre wunderbar.«

»Dann kriegst du eine.«

»Leaf … ich meine, Göttin! Du kannst doch so was nicht versprechen. Es ist unmöglich, an eine Quintessenz zu kommen.«

»Gibt es denn keine im Archiv der Spiritisten?«, bohrte ich nach.

Zero blinzelte mich an.

»Ich weiß es nicht. Möglicherweise, aber niemand wird sie dir einfach geben.«

»Davon bin ich auch nicht ausgegangen. Ich nehme sie mir.«

»Wa… nein! Sollen die Exorzisten gleich mit den Fackeln und Mistgabeln anrücken, wenn du sie auch noch bestiehlst? Muss ich dich erinnern, was auf dem Spiel steht?«

»Ich weiß ganz genau, was auf dem Spiel steht, und ich würde noch sehr viel mehr tun, als Exorzisten zu bestehlen, um das zu bekommen, was ich will.« Ich drehte mich schwungvoll um. »Warte hier. Ich besorge dir, was du willst.«

Ein Lächeln breitete sich auf Atticus' Gesicht aus. Die Narbe verzerrte dabei sein Gesicht. »Ich freue mich darauf.«

43

Lore

Dämonen der Stufe 3
Geister
Elementargeister
Wassergeister

Quellennymphe *Quellennymphen* verfügen über heilende Fähigkeiten und sind an speziellen Quellen vorzufinden. Unter bestimmten Umständen kann man durch die Quelle einer Nymphe das zweite Gesicht erlangen und als normaler Mensch Dämonen erkennen oder diese auch besser aufspüren. Allerdings läuft man dabei Gefahr, dass einem die Nymphe hierbei auch die eigene Seele raubt.

»Hast du alles bekommen?«

Der Gedankenschinder nickte. Die Bar war im Gegensatz zum letzten Mal beinahe ausgestorben. Kaum ein Dämon war zu sehen, sodass wir in unserem Separee völlig von neugierigen Blicken abgeschnitten waren.

Die Stimme des Diebs klang gedämpft hinter der Maske, als er sprach: »Die Erinnerungen des Exorzisten waren tief in seinem Hippocampus gespeichert. Es sind fundamentale Erinnerungen. Sie zu entreißen hat zu einer Überladung des Epilepsiezentrums geführt. Ich konnte nicht alles sauber heraustrennen, daher können manche Erinnerungen bruchstückhaft sein.«

»Das war aber nicht unser Deal. Ich wollte alles«, hielt ich dagegen.

»Erinnerungen stehlen ist auch nicht so einfach, wie eine Dose aus dem Supermarkt zu klauen«, gab der Gedankenschinder gereizt zurück.

»Waren Erinnerungen über Una oder Luzifer dabei?«, hakte ich nach.

Der Gedankenschinder nickte. »Ja. Diese Erinnerungen sind äußerst interessant.«

Kain räusperte sich neben mir. »Vielen Dank. Ich bringe die Quintessenz heute Abend vorbei.«

Der Gedankenschinder nickte erneut und streckte seine Hand aus. »Ich kann die Erinnerungen nur einer Person übertragen. Sobald ich das tue, kann ich den Inhalt der Erinnerungen nicht mehr aktivieren. Sie gehören also euch. Ich muss jedoch vorwarnen, die Erinnerungen müssen eingepflegt werden. Ein fremdes neuronales Netz muss also angepasst werden, und da es sich um Core-Erinnerungen handelt, muss ich sie in den Hippocampus einfügen. Das könnte Nebenwirkungen haben, wie epileptische Anfälle. Manche fallen auch ins Koma oder bekommen einen Schlaganfall. Das Vorgehen ist komplex. Ich rate an, es unter Betäubung zu machen, sonst …«

»Ich nehme sie hier und jetzt«, wandte ich ein und streckte die Hand aus.

Der Gedankenschinder seufzte. »Ich muss mich erst in deinem Verstand umsehen, wo ich die neuen Erinnerungen hineinpflanze. Das könnte einen Augenblick dauern.«

»Nur zu.«

Der Dieb nahm meine Hand, und ein seltsames Gefühl poppte in mir auf, das in mir die Frage aufwarf, ob sich Menschen ähnlich fühlten, wenn ich ihren Körper übernahm. Ehe ich mich beschweren konnte, war das Gefühl jedoch verschwunden, und der Schinder nahm seine Hand zurück.

»In deinem Verstand gibt es zwei Personen«, stellte er fest.

»Das ist MJ, ignorier ihn einfach«, winkte ich ab.

Der Dieb nickte nur unbeeindruckt. »Er liegt im Sterben. Du solltest ebenfalls überlegen, dir einen neuen Körper zu suchen.«

»Was? Warum?«

»Die Zellen dieses Körpers sind mutiert. In ihm ist etwas ausgesprochen Aggressives von einer Beschaffenheit, die ich so noch nie gefühlt habe.«

Das Q-Gen.

»Du magst es noch nicht fühlen, aber es zerfrisst den Verstand des Jungen, und bald wird es auch versuchen, dich anzugreifen. Wenn du meinen Rat willst, suchst du dir einen neuen Körper und verbrennst diesen hier anschließend. So etwas habe ich noch nie gefühlt und würde es vorziehen, es auch nicht mehr zu tun.«

Kain und ich tauschten einen alarmierten Blick. »Wir wussten, es könnte Nebenwirkungen geben«, murmelte Kain leise und wechselte nahtlos in eine altgriechische Sprache, damit der Schattenfänger ihn nicht verstehen konnte.

»Wer hätte gedacht, dass das Q-Gen so dominant ist«, gab ich in derselben Sprache zurück.

Kain musterte mich besorgt. »Darum sollten wir uns eher früher als später kümmern, denn wenn es MJ zerfrisst, wird es Leaf nicht anders gehen.«

Mein Magen drehte sich um bei dem Gedanken, dass Leaf von dem Q-Gen in sich zerfressen wurde. Doch ein Problem nach dem anderen.

»Danke für deinen Rat. Kannst du mir die Erinnerungen geben?«, fragte ich den Gedankenschinder und wechselte nahtlos zurück ins Englische.

»Ja. Aber es wird wehtun«, warnte dieser.

»Davon gehe ich aus. Wir haben keine Zeit, um hier herumzutanzen.«

»Auf deine Verantwortung, Dämon«, gab der Gedankenschinder zurück und nahm wieder meine Hand. Er hatte nicht gelogen. Es tat scheiße weh. Es fühlte sich an, als würde mich ein Blitz treffen. Meine Neuronen überhitzten, wurden auseinandergesprengt mit Inhalten, die ihnen nicht gehörten, gestopft und neu sortiert. Ich spürte, wie der Gedankenschinder in meinem Kopf herumwühlte wie ein verrückter Chirurg.

Obwohl ich mir geschworen hatte, nicht zu brüllen, brüllte ich. Meine Zähne klapperten aufeinander, die Muskeln zitterten unkontrolliert, und meine Augen rollten nach hinten. Ich spürte, wie mir Spucke von den Lippen flog, während ich mich heiser schrie.

Der Gedankenschinder ging das völlig ruhig vor mir an und starrte mich an. Alles, was er tat, war in meinem Kopf, und das, was er tat, wurde seinem Namen mehr als gerecht. Er schindete meine Gedanken, bis sie nicht mehr waren als Brei. Gerade als ich dachte, ohnmächtig zu werden, zogen sich die unsichtbaren Finger des Diebs zurück. Keuchend krachte ich mit dem Kopf auf den Tisch und blieb dort sabbernd liegen.

»Fuck!«, krächzte ich. Kain lachte nur und trank einen Schluck Bier.

»Es kann ein paar Sekunden dauern, bis die Erinnerungen kommen«, wandte der Gedankenschinder ein und stand geschmeidig auf. »Ich warte auf die versprochene Quintessenz.«

Kain murmelte etwas, und ich bekam vage mit, wie der Dieb lautlos die Bar verließ.

44

Leaf

Dämonen der Stufe 3
Geister
Elementargeister
Luftgeister

Irrlicht Sie werden meist in Sümpfen, Mooren, Grabhügeln oder Friedhöfen gesichtet und können wie Glühwürmchen in großen Schwärmen auftreten. Sie gelten als harmlos, haben jedoch eine leicht halluzinogene Wirkung und können in die Irre führen.

Mein Magen zog sich zusammen, und ich übergab mich lautstark, als ich es endlich schaffte, den Dämon aus meinen Gedanken zu werfen. Schwankend hielt ich mich an etwas fest und bemerkte erst, dass dieses Etwas Zero war, als er mir die Haare zurückhielt, während ich Galle nach oben würgte.

»Schhh. Alles ist gut. Sie ist weg«, versicherte er mir. Keuchend schnappte ich nach Luft und sah mit tränennassen Augen zu dem weißhaarigen Mann auf.

»Wo sind wir?«, ächzte ich.

»London. Notting Hill. Wir sind gerade durch die Ley-Linien zurück, als du zusammengeklappt bist. Woran kannst du dich erinnern?«

»Ich glaube, an das meiste. Geister, Schattenfänger, Quintessenz«, fasste ich zusammen.

Zero nickte, und ich spuckte angewidert aus. Ich war hungrig und wusste nicht, ob ich ein Erdnussbutter-Sandwich oder den armen Touristen, der an uns vorbeiging, vernaschen wollte. Eigentlich beides.

»Ich würde dir gerne mehr Zeit geben, dich zu erholen, aber wir müssen uns beeilen. In zwei Stunden beginnen die neuen Spiele, und bis dahin müssen wir dich zurück in unser Zimmer verfrachtet haben.«

»Und wie sollen wir das schaffen?«, krächzte ich.

Zero fuhr sich durch die Haare: »Durch denselben Weg, durch den wir herausgekommen sind. Zelda und Crain werden uns reinlassen. Komm!«

Obwohl ich am liebsten einfach auf der Straße liegen geblieben und den Feuerhydranten als Kopfkissen benutzt hätte, begann ich zu laufen. Dabei bemühte ich mich, zu verarbeiten, was in den letzten Stunden passiert war. Wer, oder eher, was ich gewesen war, während der Dämon mit meinem Körper herumgelaufen war, als gehörte er ihm.

»Er gehört auch mir«, knurrte die Stimme des Dämons. Ich ignorierte sie und versuchte, einen Fuß vor den anderen zu setzen. Ich fühlte mich ein wenig, als hätte ich die letzten Stunden mit einem stickigen Kartoffelsack auf dem Kopf versucht, Luft zu bekommen. Desorientiert blinzelte ich, während Zero ein schwarzes Taxi zu uns winkte.

Wir verfrachteten uns beide hinein, und Zero ratterte eine Adresse herunter, von der ich vermutete, dass sie uns zu dem Punkt brachte, an dem wir den Tunnel zurück zur Akademie nehmen konnten.

Im selben Augenblick, als das Taxi losfuhr, schlug Big Ben, und mein Kopf explodierte. Brüllend hielt ich mir den Kopf, während der Klang der Uhr dabei war, mir den Schädel zu zerschmettern.

Der Taxifahrer stieg erschrocken auf die Bremse und drehte sich zu uns um.

»Ist alles in Ordnung?«

»Ja. Sie hat nur Migräne. Fahren Sie schneller«, bat Zero, während er meine Hand nahm und fest drückte.

Vor Schmerz schaffte ich nichts weiter, als mich im Sitz zu winden und mir zu wünschen zu sterben. Oder vorher den armen Taxifahrer zu packen und bis auf den letzten Tropfen leer zu saugen. Himmel, ich war so hungrig.

Als das Gebimmel von Big Ben endlich aufhörte, war ich kaum mehr als ein Häufchen Elend. Ich konnte mich nicht erinnern, wann ich mich das letzte Mal so erschöpft gefühlt hatte. Körperlich wie geistig.

»Bevor wir England verlassen, werde ich diese dumme Uhr in kleine Stücke schlagen«, schwor ich.

Zero tätschelte mir den Arm. »Ich gebe dir ein Alibi.«

»Danke.«

»Ich wollte dir danken.«

»Warum?«

Zero war in den Sitzen zurückgesunken und blickte auf mich herab.

»Diese Erfahrung in den Ley-Linien war etwas Besonderes.«

Ich blinzelte ihn an und richtete mich auf. »Die Exorzisten wissen doch von den Ley-Linien und dem Knotenpunkt.«

»Das tun sie, aber falls jemand einmal deren Grenze überschritten hat, wurde es nicht aufgezeichnet. Ich habe alles über die Ley-Linien gelesen, was ich in die Finger kriegen konnte. Es gibt viele Theorien darüber, warum sie existieren, aber das dort drinnen war eine zweite Welt. Die Ley-Linien bestehen aus dem Grund noch, weil sie nie kollabiert sind, sondern von den Schattenfängern mit Zeit versorgt werden. Das bedeutet, sie sind leicht fluide, was wiederum erklärt, warum die Geister so mühelos über die Schwelle treten können. Der wissenschaftliche Aspekt ist einfach messbar und wird die Spiritisten auf völlig neue Wege leiten! Das ist etwas Besonderes. Leaf, du musst mir versprechen, dass du mit niemandem über dieses Spiegeluniversum sprichst. Und wir müssen es beschützen.«

»Warum?«,

Er runzelte die Stirn. »Wenn die Spiritisten davon erfahren, werden sie alles tun, um durch die Ley-Linien zu brechen. Das dort ist eine unfassbare Entdeckung. Die Exorzisten werden damit nicht wie mit etwas Wertvollem umgehen, sondern etwas, dass sie benutzen und unter ihre Kontrolle zwingen können.« Er sah mich mit Augen an, die tief in den Höhlen zu liegen schienen, und ein gehetzter Ausdruck lag darin. »Es liegt in ihrem Wesen, davon auszugehen, dass sie es sich nehmen können. Es ist mit den Homunkuli nicht anders. Meine Art konnte ich nicht retten, aber vielleicht kann ich diese Spiegelwelt beschützen. Die Ley-Linien gehören den Geistern, nicht den Exorzisten. Die Exorzisten haben kein Recht, dort einzudringen. Der Knotenpunkt ist wahrscheinlich einer der einzigen Orte, an dem sie sicher sein können, und wir müssen verhindern, dass die Exorzisten auch das kaputt machen. Noch dazu würden wir damit die Schattenfänger in Gefahr bringen.«

Zum ersten Mal, seit ich Zero kannte, wirke er völlig aus der Bahn geworfen. Seine Haare standen in alle Richtungen ab, und er sah mich mit einem leicht irren Blick an.

»Ich wusste nicht, dass du so über die Exorzisten denkst. Ich dachte immer, du würdest dich als einer von ihnen sehen«, wandte ich überrascht ein.

Zero atmete zittrig durch.

»Crain ist meine Familie«, sagte er schlicht.

Ich schluckte schwer. »Ich weiß nicht, ob ich versprechen kann, nichts zu sagen, Zero. Diese Information könnte mich entlasten.«

Zero schüttelte den Kopf. »Du darfst nichts sagen, Leaf. Das dort drinnen ist etwas Besonderes.

Stell dir vor, es gäbe einen Ort, an dem Homunkuli in Ruhe und Frieden existieren könnten. Es hätte alles verändern können.«

»Das ist nicht dasselbe«, wandte ich ein, doch er sah mich wütend an. »Nicht alle Mittel heiligen den Zweck, Leaf, und die Spiritisten sind keine gewöhnlichen Exorzisten. Sie sind Wissenschaftler. Sie werden dort reingehen und wahrscheinlich die Ley-Linien zerstören.«

»Das kannst du nicht wissen! Zero, ich merke, wie aufgeregt du wegen dieser Entdeckung bist, und ich glaube dir, dass du sie beschützen willst, aber vielleicht muss ich etwas sagen.«

»Nein! Du wirst nichts sagen, Leaf. Du bist meine Freundin, und ich bilde mir ein, du empfindest für mich dasselbe. Als dein Freund bitte ich dich, nichts zu sagen.«

Zero presste die Lippen zusammen, und wir starrten uns wütend an. Zum ersten Mal, seit ich Zero kannte, merkte ich, wie es war, wenn der Homunkulus sauer auf einen war, und ich hätte gern darauf verzichtet. Die Enttäuschung und Verachtung in seinem Blick taten weh, doch ich wich nicht von meinem Standpunkt ab.

»Ich werde vorerst nichts sagen«, brachte ich schließlich leise hervor. Seine Schultern entspannten sich etwas, aber er sah völlig verstört aus.

Für den Rest der Fahrt sprach keiner von uns beiden, sodass ich Zeit hatte, über die Aufgabe, die vor mir lag, nachzudenken. Ich musste die nächsten Spiele überstehen und dann in das Archiv einbrechen, um eine Quintessenz daraus zu stehlen. Wenn ich nur wüsste, wie so etwas aussah, oder wie ich so etwas bewerkstelligen konnte, ohne erwischt zu werden. Vielleicht hätte ich die Schattenfänger anheuern sollen, mir die Quintessenz zu stehlen, damit ich sie damit bezahlen konnte.

Ein tiefes Seufzen entkam mir.

Zero entspannte sich etwas, doch er sagte weiterhin nichts, als das Taxi anhielt.

»Wir sind da, Sir«, verkündete der Taxifahrer, der aussah, als könnte er es kaum erwarten, uns aus seinem Taxi zu werfen.

Ich blickte nach draußen. Wir standen vor einer Kirche aus grauem Stein. Spitze Türme ragten hervor wie abgebrochene Zähne.

Zero bezahlte, und als wir ausstiegen, fuhr das Taxi mit quietschenden Reifen weg.

»Wo sind wir hier?«, erkundigte ich mich, während wir auf den Eingang zuliefen.

»Das ist die Christ Church in Hampstead. Sie gehört zum Orden, und die Gebäude sind unterirdisch mit alten Tunneln miteinander verbunden. Nur so konnten wir dich rausschmuggeln«, antwortete er knapp.

»Zero …«, setzte ich an, weil ich nicht wollte, dass er noch immer so aufgebracht war, doch als wir die Kirche betraten, kam uns jemand entgegen. Zelda lief auf hohen Schuhen auf uns zu. Sie schien um Jahre gealtert. Ihr schimmerndes Haar war durchzogen von grauen Strähnen, und in ihrem Gesicht waren Falten zu sehen. Sie war noch immer atemberaubend schön, doch wirkte eher wie Ende vierzig als Anfang dreißig.

»Da seid ihr ja«, stieß sie erleichtert hervor.

»Cain hat die ganze Nacht so getan, als hätte er Sex mit

Leaf, aber wenn wir dich nicht bald in dein Zimmer zurückbekommen, Schätzchen, haben wir gewaltige Probleme.«

»Crain hat was getan?«, fragte ich irritiert.

Zelda gab sich nicht die Mühe, ihre Worte zu wiederholen, stattdessen musterte sie mich kritisch.

»Wie geht es dir?«

»Wenn ich gut sage, wäre das gelogen, aber ich stehe zumindest.«

»Mehr brauchen wir im Augenblick nicht. Kommt.« Sie drehte sich um und schlüpfte in einen der Beichtstühle.

Verwirrt folgte ich ihr und versuchte, mir ins Gedächtnis zu rufen, dass ich bereits einmal hier gewesen war, doch die Erinnerungen waren wirr und kaum zusammenhängend.

»Na, kommt schon«, forderte Zelda auf. Zero trat in die schmale Kabine, und ich quetschte mich dazwischen.

Anstatt zu beichten, drückte Zelda einen kleinen Schalter. Die Kabine bewegte sich und begann, nach unten zu fahren.

»Das ist ein Fahrstuhl?«, fragte ich fassungslos.

»Ein sehr alter. Wir sollten ihn renovieren lassen, bevor noch jemand stecken bleibt«, murmelte Zelda, und kurze Zeit später kamen wir in einem Gang heraus. Er war grob aus Stein gehauen, an den Wänden hingen alte Öllampen, die orangefarbenes Licht spendeten, jedoch unsere Schatten gekrümmt wirken ließen. Für einen Augenblick kam es mir so vor, als würde sich mein Schatten bewegen, doch dann kristallisierte sich der Umriss von Henry heraus. Der Schattenhund jagte los, und wir folgten ihm.

Zelda wirkte so nervös, wie ich sie bislang noch nicht gesehen hatte.

»Ist etwas passiert, als wir nicht da waren?«, erkundigte sich Zero.

Zelda seufzte. »Bei allen liegen die Nerven blank. Es gibt vor allem Spannungen und Meinungsverschiedenheiten innerhalb des Rats. Das ist selten gut. Aber jetzt müssen wir erst mal diese dummen Spiele hinter uns bringen.«

»Wie geht es Falco?«, traute ich mich, zu fragen, während wir den Gang entlanghetzten.

Sie warf mir einen mitleidigen Blick zu. »Es geht ihm gut, Schätzchen. Soweit ich weiß, hat er geschlafen.«

»Konnte er sich wieder an etwas erinnern?«

»Du meinst an dich? Ich befürchte nicht, aber Falco war noch nie ein sehr offener Mensch, und wir kennen uns nicht gut genug, um über solche intimen Dinge zu sprechen. Ich rate dir, später noch mal selbst zu versuchen, mit ihm zu reden.«

Gerade als ich dachte, der Tunnel würde niemals enden, stießen wir auf Stufen, die nach oben führten. Zelda ging voran und drückte eine Tür auf, die knarrend nach innen schwang. Als ich ihr folgte, standen wir in einer Bibliothek. Überrascht drehte ich mich um und sah, wie Zero das Bücherregal zurück an seinen Ort schob. Ein leises Einrasten, wie von einem Mechanismus, war zu hören, und wir standen inmitten von Tausenden Büchern, die alle älter aussahen, als ihnen guttat.

Zelda scheuchte uns durch die Gänge und durch eine weitere Tür nach draußen, und wir landeten in einem langen Flur, der von alten Rüstungen flankiert wurde. Ich hatte bereits jegliche Orientierung verloren, wo wir uns mittlerweile befanden.

»Nehmt die Angestelltentreppe nach oben. Die dritte Tür rechts ist euer Zimmer. Beeilt euch«, wies Zelda an und deutete auf einen schmalen Durchgang mit einer knarzenden Holztreppe.

»Danke«, sagte ich schlicht. Sie lächelte mich an, drehte sich und verschwand in die andere Richtung.

Zero und ich schwiegen uns weiter an, während wir die

schmale Treppe nach oben liefen. Ich fühlte mich elend, dass er wütend auf mich war, doch bevor ich entscheiden konnte, wie ich dieses Gespräch wieder anfangen konnte, ohne mit ihm zu streiten, kamen wir in einem Gang an, der mir tatsächlich vertraut war. Die Wände waren mit alten Gemälden bestückt, und der Teppich war dick unter unseren Schuhen. Zero ging auf unsere Tür zu und klopfte.

»Wer ist da? Ich habe Sex!«, rief Crain.

»Wir sind's«, gab Zero amüsiert zurück.

»Den Göttern sei Dank«, murmelte Crain, während er die Tür aufriss und wir hineinschlüpften, bevor uns jemand sehen konnte. Sein Oberkörper war nackt, sodass sein Sixpack ausdrucksvoll zur Geltung kam, genauso wie die Narben, die sich überall auf seiner Haut befanden.

Er sah uns blinzelnd an. »Wo seid ihr gewesen? Wisst ihr, wie spät es ist?«

Zero sah aus, als wollte er etwas sagen. Ich hielt die Luft an. Doch schließlich meinte er nur: »Wir haben den Dieb gefunden, und wir wissen auch, wie wir Falco helfen können.«

»Wirklich?«, fragte Crain erstaunt.

»Ja. Wir erzählen dir später mehr. Leaf sollte sich fertig machen.«

Crain blinzelte uns an, nickte dann nur träge und deutete mit dem Daumen auf mein Bett. »Deine Uniform für heute liegt da. Geh duschen, Süße.«

Wie er so dastand, mit dunklen Ringen unter den Augen, die Haare zerzaust und dem müden Lächeln auf den Lippen, schnürte sich mir die Kehle zu. Die Erinnerungen an die Geschehnisse von vorhin waren nur vage, aber was ich davon wusste, würde mich noch viele Nächte wegen Schamgefühlen wach halten.

»Leaf … uff! Hey, was ist denn los?«, fragte er und starrte

auf mich herab, während ich die Arme um ihn schlang und meine roten Wangen an seine Brust drückte.

»Es tut mir leid, was ich, was sie getan hat«, presste ich hervor.

»Ach Süße«, sein Lachen ließ den Brustkorb vibrieren, während er mir zärtlich durch das Haar strich. »Das war der Trip meines Lebens, du musst dich nicht entschuldigen.«

»Ich hätte dich töten können.«

»Das hast du aber nicht, und das nehme ich als Kompliment. Und wenn Falco das regelmäßig mit dir durchgemacht hat, bin ich schwer beeindruckt. Du bist ein heftiges Kaliber.«

Bei der Erwähnung von Falco wurden meine Wangen noch heißer.

»Es tut mir leid«, wiederholte ich.

»Ich tue es gern wieder«, versicherte er mir, verzog dabei jedoch das Gesicht. »Vielleicht nur nicht gleich. Mein Schädel brummt noch immer.«

»Ich mache es wieder gut«, beteuerte ich und trat zurück.

Er wackelte mit den Augenbrauen. »Du schuldest mir jetzt einfach zwei Dates.«

Ich schmunzelte und zog mir das stinkende Shirt über den Kopf. Zero und Crain hatten mich bereits in Schlimmerem gesehen als in Unterwäsche, und ich brachte es für heute nicht auf, noch mehr Scham zu empfinden als ohnehin schon. Da klopfte es an der Tür, und ich hielt inne.

»Was für ein Verkehr hier heute«, brummte Crain und riss die Tür auf.

»Ja?«, grunzte er.

»Crain.« Die vertraute Stimme ließ mich erstarren. Alle meine Sinne richteten sich gleichzeitig auf die Person im Flur. Falco stand in voller Exorzistenmontur im Gang. Sein Blick streifte den halb nackten Crain und dann mich. Nur im BH. Ein seltsamer Ausdruck huschte über sein Gesicht, doch bevor ich etwas sagen konnte, fuhr er fort: »Die Störung tut mir leid.«

»Kein Problem. Wir machen uns gerade fertig«, sagte Crain und versuchte gar nicht erst, nicht zweideutig zu klingen. Ein Nerv an Falcos Kinn zuckte, doch ansonsten blieb er völlig teilnahmslos.

»Ich habe mich gefragt, ob ihr Tempest gesehen habt.«

»Deine Verlobte? Nein, warum? Ist sie weggelaufen?«, witzelte Crain, doch Falco schüttelte den Kopf.

»Sie ist gestern weggegangen, aber kam nicht mehr zurück.«

»Vielleicht ist sie schon bei den Spielen«, wandte Crain ein.

»Ja … vielleicht«, erwiderte Falco, und sein Blick streifte mich erneut, was mir die Gänsehaut über den Rücken jagte. Alles in mir sehnte sich danach, dass er mich in die Arme nahm, mich an sich zog und in seinen Duft hüllte, bis die Angst aus meinen verspannten Muskeln wich. Doch er tat nichts dergleichen, stattdessen nickte er nur. »Viel Glück für heute.« Dann war er verschwunden.

Ich hätte alles dafür gegeben, wenn er zurückgeblickt hätte, selbst nur flüchtig, doch das tat er nicht.

Ich sank in mich zusammen, bis Crain mich an der Schulter berührte.

»Wir kriegen ihn wieder hin«, versprach er leise.

Vielleicht. Die Frage war nur, wie viel ich dafür bereit war, zu bezahlen.

Eine Dusche und vier von Zero beschaffte Milchhasen später traten wir aus dem Zimmer. Wir trugen alle drei die schwarze Uniform der Black Bird Academy von New York. Doch im Gegensatz zu Crain und Zero durfte ich keine Waffen haben. Der schwarze Mantel bauschte sich bei jedem meiner

Schritte auf, das noch nasse Haar hatte ich in einem straffen Pferdeschwanz nach oben gebunden, und ich spürte, wie er bei jedem Schritt hin- und herpeitschte.

Wir betraten die Eingangshalle, in der sich bereits die Exorzisten sammelten. Die Uniformen der Länder unterschieden sich alle ein wenig voneinander, doch so erhielt man zumindest einen knappen Überblick, wer von wo kam.

Als ich mit meinem Duo die Stufen herunterkam, wichen die Exorzisten zurück. Was mich normalerweise verletzt hätte, war für heute fast schon ein gutes Zeichen. Es half, wenn sie Angst vor mir hatten. Unauffällig ließ ich den Blick schweifen, doch es war weder etwas von Falco noch von Tempest zu sehen.

»Da seid ihr ja. Kommt, wir müssen los«, sagte Zelda, die auf uns zustrebte.

»Die nächste Prüfung wurde von den Spiritisten entwickelt, und gnade uns Gott, ihnen ist nichts Besseres eingefallen, als uns nach Highgate zu schleppen.«

»Highgate?«, wiederholte Crain sichtlich erschrocken. Zelda seufzte, während wir die Akademie verließen und in die parkende Limousine stiegen.

»Was ist denn dort?«, erkundigte ich mich.

»In Highgate liegt die Akademie der Necromancer, aber ich denke eher, wir werden zum Highgate Friedhof gehen«, antwortete Crain.

Es war weniger das Wort Friedhof als vielmehr die Art, wie er dabei aussah, die mich in Alarmbereitschaft versetzte.

»Ist ein Friedhof nicht ein ziemliches Klischee?«

»Ja, aber es wird wohl eher um die Katakomben unter Highgate gehen«, sagte er düster, während wir losfuhren.

Müde rieb ich mir die brennenden Augen und hoffte,

Katakomben wären netter, als sie klangen. Doch so, wie alle Anwesenden das Gesicht verzogen, war es wohl nicht so.

»Was passiert in den Katakomben von Highgate?«, bohrte ich nach.

Zelda schnalzte mit der Zunge. »Den genauen Plan kenne ich auch nicht, Schätzchen, aber die Katakomben sind ein Ort, an den man wirklich nur erfahrene Exorzisten lassen sollte. Im Laufe der Jahrhunderte wurde London so überfüllt, dass selbst die Friedhöfe nicht mehr wussten, wohin mit den Toten, also hatte man begonnen, unterirdische Tunnel zu graben. Die ältesten sind die Katakomben von Highgate. Im Prinzip handelt es sich dabei um eine Verästelung unterirdischer Grabgewölbe, die eine Etage tiefer als der Hauptfriedhof liegen. Die Katakomben erstrecken sich über insgesamt sechs Gewölbegänge, die beidseitig mit einer Reihe von Erkern ausgestattet sind. Früher haben sich die Varkolak dort unten versteckt, darum wurde auch die Akademie der Necromancer in Highgate errichtet. Heute hausen da jedoch nur noch Geister. Allerdings viele von ihnen.«

»Das klingt ja ganz entzückend«, gab ich zurück, während sich mein Magen zusammenzog.

Zelda tätschelte mir das Knie. »Das schaffst du schon. Wie waren deine bisherigen Testergebnisse als Conjurer?«

»Nun, ich konnte mich recht gut mit ein paar Geistern unterhalten«, gab ich verhalten zurück.

Sie zog die Augenbraue hoch. »Ich rede hier nicht von den harmlosen kleinen Hausgespenstern, die herumflackern, Schätzchen. Das sind lediglich Schatten. Ich rede von Grubengeistern, Mylingen, Gleistig, Banshees und Irrlichtern. Sie werden viel davon dort unten freigelassen haben.«

Unruhig wand ich mich im Sitz. »Ich bin in der Theorie besser als in der Praxis«, räumte ich ein.

Zelda sah aus, als bekäme sie Kopfschmerzen. »Die wichtigsten Schritte, die du beobachten musst, ist, festzustellen, um welche Art von Geist es sich handelt, oder ob es vielleicht nur verfluchte Knochen oder Gegenstände sind. Wenn du weißt, womit du es zu tun hast, kannst du dagegen vorgehen. Kannst du die Grundzüge der In- und Evokation?«

»Ja.«

»Gut. Du kannst nicht jede Art von Geist einsperren, aber die meisten, und wenn das nicht hilft, lauf weg.«

»Ich werde daran denken«, sagte ich trocken.

»Oh, Schätzchen, Denken wird dort unten dein kleinstes Problem sein. Du wirst dich zu Tode ängstigen. Versuch, einen kühlen Kopf zu bewahren, und wenn du einen Geist nicht einordnen kannst, geh ihm aus dem Weg. Verstanden?«

»Ja.«

»Gut.«

45

Lore

Dämonen der Stufe 3
Geister
Elementargeister
Erdgeister

Grubengeist Diese Geisterart wacht über einen Berg. Ob sie böse oder wohlgesonnen sind, hängt ganz von ihren Launen ab und wie sich die Eindringlinge auf »ihrem« Berg benehmen. Wenn man sich bei einem Grubengeist mit kostbaren Geschenken wie Schmuck einschmeichelt, kann er ein exzellenter Spion sein und allerhand Informationen liefern. Verscherzt man es sich jedoch mit ihm, ist er sehr schnell gekränkt und in seiner Eitelkeit verletzt. Unterart: Bergfrau. Sie ist schön, aber auch sehr blass.

So viele. Es waren zu viele! Ich hielt meinen Kopf fest, aus Angst, er würde mir gleich von den Schultern platzen. Ich sah Gesichter, die ich nicht kannte, hörte, sah, roch …

Manches waren nur flüchtige Augenblicke, manche waren ganze Bildabfolgen wie ein Film, ich hörte Laute, die nicht mir gehörten, fühlte Schmerzen, die nicht meine waren, schmeckte Verrat. Und dann waren da die Erinnerungen, die ich wollte.

Ich erstarrte. Spulte die Erinnerungen immer und immer wieder ab. Fassungslosigkeit rann durch meine Venen wie Eiswasser.

»Lore? Was ist los?« Kain stupste mich an, als wäre ich ein totes Eichhörnchen. Ich reagierte nicht. Ging nur die Erinnerungen erneut durch, ehe ich mich ruckartig aufsetzte und Kain an den Armen packte.

»Was?«, fragte dieser erschrocken. Ich sah mich selbst in der Spiegelung des Bierkrugs. Die Haare standen mir wirr vom Kopf ab, die Äderchen in den Augenäpfeln waren geplatzt, sodass sie rot aussahen, und meine Pupillen waren so klein wie Stecknadelköpfe.

»Wir haben ein Problem, Kain. Es ist schlimmer, als wir gedacht haben. Ich war davon ausgegangen, ich würde Leaf beschützen, wenn ich sie bei den Exorzisten lasse, weil Una sie dann nicht in die Finger bekommt, aber, oh Hölle, mir wird schlecht … Wir müssen Leaf finden und da rausholen. Sofort.«

»Was ist denn los?«, fauchte Kain, und ich starrte ihn erschüttert an.

»Als Una sagte, Vater wäre wieder da, dachte ich, sie versucht nur, uns Angst zu machen. Du hast selbst gesagt, dass es keine Anzeichen davon gab. Wer sollte auch stark genug sein, um Luzifer persönlich als Hülle zu dienen?«

»Komm zur Sache, Lore.«

»Es ist nur …« Ich schluckte die Übelkeit herunter und schüttelte mich. »Una hat das Q-Gen nicht entwickeln lassen, um eine Horde von Homunkuli zu züchten. Es wurde gezüchtet, um meinen Vater halten zu können, aber ein einfacher Mensch reicht als Hülle für Luzifer nicht. Man benötigt jemanden mit starkem Arcanum. Was hat das höchste Level an Arcanum?«

»Die Exorzisten.«

»Exakt. Das Q-Gen wurde also gezüchtet und sollte einem Exorzisten eingepflanzt werden.«

»Ich glaube, ich kenne alle korrupten Exorzistenfamilien,

die so etwas zulassen würden. Das grenzt es zumindest ein«, warf Kain ein und schob sich die Brille zurecht, ehe er bemerkte, dass er gar keine Brille mehr trug. Frustriert ließ er die Hand sinken.

»Ich weiß es.«

»Und wer?«

»Ich hätte mich selbst daran erinnern müssen. Aber es ist zweihundert Jahre her …«

»Spuck es aus, Lore.«

»Una brachte es vor etwa zweihundert Jahren fertig, einen Deal mit einer Exorzistin einzugehen. Sie verschaffte ihr einen Vorteil, damit diese im Rang innerhalb des Ordens aufsteigen konnte, und im Gegenzug musste sie im Namen ihrer Familie eine Blutschuld eingehen. Ich erinnere mich noch, dass sie damit angab, endlich jemanden vom Orden in der Hand zu haben. Zumindest weiß ich jetzt, warum mir der Name Chepesch so bekannt vorgekommen ist.«

»Du faselst wirres Zeug, Lore.«

Ich presste die Zähne zusammen und unterdrückte das Bedürfnis, Kain zu erwürgen.

»Nein, tue ich nicht! Der Nachname dieser Exorzistin war Chepesch. Der Plan ist eigentlich perfekt. Una verhilft einer Familie zu mehr Ruhm und Macht. Diese Exorzisten vermehren sich mit weiteren mächtigen Familien, und heraus kommt der perfekt hochgezüchtete Exorzist, bis zum Rand voll mit Arcanum. Una hat gesät, geduldig gewartet, die Forschung des Q-Gens perfektioniert, und als beides soweit war, musste sie eigentlich nur noch ernten. Sie hat die Schuld in Form des ältesten Sohnes eingefordert. Voll mit Macht und die perfekte Hülle für Luzifer.«

»Und dieser älteste Sohn ist …«

»Falco Chepesch.«

Kain runzelte die Stirn. »Du hast das Q-Gen gestohlen,

bevor es Falco Chepesch eingepflanzt werden konnte. Darum haben wir Luzifer also nicht gespürt.«

»Weil er noch nicht in seiner Hülle ist. Er pufft noch als nutzlose Wolke irgendwo herum.«

»Una weiß aber nicht, dass du das Gen in Leaf versteckt hast, oder?«

»Sie ist nicht dumm. Sie wird zumindest einen Verdacht haben.«

»Das Gen ist bereits in Leaf ausgebrochen. Es kann gar nicht mehr übertragen werden, außer sie hat noch eine Probe des Q-Gens für Falco übrig, oder …«

»Oder Leaf wird die neue Hülle von Luzifer.«

»So oder so müssen wir verhindern, dass Una einen von beiden in die Finger bekommt. Das bedeutet, wir müssen sie aus der Akademie rausschaffen. So schnell wie möglich …«

46

Leaf

Dämonen der Stufe 3
Geister
Elementargeister
Erdgeister

Waldgeist Diese Geister können die Gestalt eines Baumes, eines Steins oder auch eines Tiers annehmen. In menschlicher Gestalt zeigen sich Waldgeister meistens jedoch als schöne junge Frau. Sie haben entweder grün schimmernde Haut, oder ihr Rücken ist mit Rinde bewachsen oder gar ausgehöhlt wie ein morscher Baumstamm.

Der Eingang des Friedhofs wurde von massiven gusseisernen Toren dominiert, die so verschlungen verziert waren, dass es beinahe wie ein Kunstwerk wirkte. Ein kühler Windzug strich mir durch die Haare, und die Sonne hatte es schwer, durch die dichte Wolkendecke zu kommen, die den gesamten Friedhof in ein düsteres Licht tauchte. Ich musste mich zwingen, einen Schritt nach dem anderen zu tun. Der Weg zur Eingangspforte wurde von einer akribisch gestutzten Hecke und alt wirkenden Bäumen gesäumt. Die Pforten waren zudem von einer hohen Steinmauer umgeben, die wirkte, als wollten sie ein Geheimnis bewahren. Eine dicke Gänsehaut überzog mich, und als ich vor den Toren zum Stehen kam, konnte ich mich nicht überwinden, den letzten

Schritt zu tun. Über den eisernen Toren breiteten sich Spitzbögen aus, deren grauer Stein genauso deprimierend wirkte wie der Himmel. Die Formen der Ornamente erinnerten an gotische Kirchenarchitektur.

Insgesamt war Highgate kein Ort, an den ich freiwillig einen Fuß hineingesetzt hätte. Alles in mir sträubte sich. Ganz im Gegensatz zu den Exorzisten, die schwatzten und lachten, als wären sie gerade auf dem Weg ins Kino.

»Alles in Ordnung?« Crain blieb neben mir stehen, und zusammen blickten wir auf die spitzen Türmchen des Eingangsbereichs. »Ich habe ein ganz unangenehmes Gefühl«, gestand ich ihm leise.

»Warst du vorher auf dem Klo?«, erkundigte er sich.

»Ja.«

»Hier.« Überrascht blickte ich hinab, als er mir etwas in die Hand drückte.

»Was ist das?«

»Proteinriegel. Ich nehme an, sie werden dort drinnen nicht die beste Verpflegung haben, und du hast kaum etwas gegessen.«

»Ich habe dich gegessen«, erinnerte ich ihn.

Sein Lächeln zeigte Grübchen. »Dennoch brauchst du etwas mehr als ein wenig Seele in deinem Magen. Wer weiß, wie lange sie euch dort unten lassen. Nimm sie für den Notfall.«

»Danke«, murmelte ich und steckte die Riegel ein, ehe ich zittrig ausatmete und Highgate betrat. Vor uns breitete sich eine grüne Rasenfläche aus, zusammen mit Gebäuden, die vermutlich für die Verwaltung zuständig waren. Auf dem Rasen hatten sich bereits einige der Exorzisten versammelt, doch viele gingen weiter, tiefer hinein in ein waldähnliches Gebiet, das sich scheinbar endlos vor uns ausbreitete. Nervös wischte ich mir die Finger an der Hose ab, aber ich hob das Kinn, als die Blicke der Exorzisten mir folgten wie hungrige Raubvögel.

»Leaf! Warte kurz«, drang plötzlich eine Stimme zu uns hinüber. Überrascht blieb ich stehen.

»Vane?«, fragte ich, im ersten Augenblick völlig verblüfft, den Novizen aus New York hier wiederzusehen, bis mir einfiel, dass Vane Hillbrook und seine Schwester Venus sich damals bei der Prüfung für die Spiele qualifiziert hatten. Wie immer hatte ich das Gefühl, als wäre Vane einen Kopf zu klein, zu jung und zu freundlich, um tatsächlich Exorzist zu sein, doch der Schein trog. Ich hatte Vane bisher nur wenige Male wirklich im Unterricht in Aktion gesehen, aber der Kerl sammelte schneller Geister, als man blinzeln konnte, und meistens flog dabei noch etwas in die Luft.

»Warum rennt ihr denn so?«, keuchte er und hielt sich die Seite. Wenn jemand den Sport an der Akademie noch mehr hasste als ich, dann war es wohl Vane.

»Wo ist deine Schwester?«, erkundigte ich mich.

Er seufzte. »Sie hat sich eine Magenverstimmung geholt und kann heute nicht am Spiel teilnehmen.« Nervös fummelte er an seiner runden Brille herum. Die Uniform schien zu groß für ihn zu sein. Er ging so darin unter, dass er mehr wie zwölf als neunzehn wirkte.

»Darf ich mit euch kommen?«, bat er.

Crain und ich wechselten einen überraschten Blick. »Willst du denn mit mir gesehen werden?«, fragte ich.

Es sollte spöttisch klingen, doch Vanes Wangen liefen rot an, und er stammelte: »Ich weiß nicht, was du meinst.«

»Du weißt es. Aber klar, komm mit«, bot ich an, und Vane schloss zu uns auf. Im selben Augenblick fiel mir auf, dass wir Zero und Zelda in dem Gewühl verloren hatten. Als ich Crain darauf ansprach, winkte der jedoch nur ab.

»Sie werden schon beim Circle of Lebanon sein.«

»Beim was? Und warum sind sie dort?«

»Weil dort die Prüfung stattfinden wird«, teilte Vane mir mit und rückte seine Brille zurecht.

»Woher weißt du das?«, fragte ich überrascht, was mir einen irritierten Blick einbrachte.

»Sie haben es gestern beim Abendessen verkündet. Warst du nicht dabei?«

»Oh …« Shit. »Das habe ich wohl verpasst. Ich bin früh schlafen gegangen, um für heute fit zu sein.« Ich wünschte, es wäre wirklich so. Gerade als wir uns erneut in Bewegung setzten, hallte die Stimme des Intendanten zu uns hinüber. Als wir uns wieder umdrehten, kam der Oberste des Paracelsus-Ordens mit wehendem schwarzem Mantel zwischen den umstehenden Exorzisten auf uns zu. Sein Sohn Midas als eine dünnere, blasse Version neben ihm.

Crain seufzte. »Bitte nicht.«

»Crain. Komm. Wir haben Gäste zu begrüßen«, rief der Intendant.

»Muss ich dabei sein? Ich wollte Leaf gerade …«

»Miss Young wird genug Orientierungssinn haben, um den Weg selbst zu finden«, fuhr der Intendant scharf dazwischen.

Sein Wort in Gottes Ohr.

Crain zögerte, doch ich drückte seine Hand. »Geh. Wir treffen uns bei den Spielen.«

»Bist du sicher?«

»Ich schaffe das«, sagte ich, mehr zu mir als zu ihm.

Crain zwinkerte mir zu. »Natürlich schaffst du das, und falls nicht, pass auf sie auf, Vane«, wies er streng an.

Der Junge lief prompt noch röter an. »Ich werde mein Bestes geben«, versprach er.

»Crain!«, bellte der Intendant, und der junge Exorzist verließ uns. Ich beobachtete, wie er in der Masse an Besuchern abtauchte, ehe ich meinen eigenen Weg fortsetzte, wobei ich Vane nachging.

Zum Glück blieb Vane tatsächlich an meiner Seite. Er rückte nur wieder seine Brille zurecht, und seine Miene hellte sich auf. »Ich freue mich, den Circle endlich in echt zu sehen. Unter den Conjurern ist er eine Legende.«

»Weil hier so viele Geisterarten rumspuken?«, riet ich, und er lächelte mich schief an, während wir einen breiten Pfad betraten.

Dichte Bäume verschluckten uns, und die ersten Grabsteine kamen zum Vorschein. Die meisten waren so alt, dass nicht mehr zu lesen war, wer einst darunter begraben worden war. Und es waren so unendlich viele. Sie stemmten sich wie stumpfe Zähne aus dem Boden und verloren sich in dem üppigen Grün um uns herum. Manche der Äste hingen so tief, dass sie unsere Köpfe streiften, und manche Bäume waren so dicht mit Flechten bewachsen, dass sich die Äste unter dem Gewicht bogen, als würden sie einen Schleier tragen. Der Wind fuhr durch die Äste, brachte die Flechten in Bewegung, sodass diese knisterten und tanzten wie Geister.

»Angeblich befindet sich dort unten der größte Ley-Linien-Knotenpunkt in Europa«, begann Vane zu erklären. »Die Vegetation spielt hier immer wieder verrückt. Der Bereich des Friedhofs ist in Kreisen angeordnet, und in seinem Zentrum gibt es einen Baum, dessen Wurzeln so lang sind, dass man nicht weiß, wie tief sie in den Boden reichen. Legenden besagen, dass er die Verbindung zwischen Himmel und Hölle ist.«

»Ach ja?«, fragte ich überrascht, und wir gingen an einem Grabstein vorbei, der nicht mehr war als ein Sockel, doch ein Kopf thronte darauf, der so kunstfertig gearbeitet war, dass es aussah, als würde uns ein echter Kopf nachstarren.

»Es sind nur alberne Geschichten und Legenden, aber

ich kann es kaum erwarten, dort runterzugehen«, gestand Vane.

»Dann hoffe ich mal, etwas von deiner Begeisterung färbt auf mich ab«, murmelte ich, was mir ein Grinsen von Vane einbrachte.

»Falls es die Regeln uns erlauben, kannst du dich mir gerne anschließen.«

»Du willst ernsthaft mit mir in einem Team sein?«, fragte ich fassungslos, und Vane sah mich verlegen an.

»Warum klingst du dabei so überrascht?«

»Weil ich es bin. Bisher war niemand wirklich scharf darauf, in einem Team mit mir zu sein.«

»Nun, du wirkst nicht so, als ob du viel Hilfe bräuchtest.«

»Soll das ein Witz sein?«

»Nein. Ganz und gar nicht. Von außen betrachtet, bist du sehr beeindruckend und auch ein wenig Furcht einflößend. Du lernst Stoff, den viele jahrelang studiert haben, bevor sie in die Akademie eingetreten sind. Du bist immer von mächtigen Exorzisten wie Crain, Zero oder Falco umgeben. Du kennst den Intendanten persönlich, genauso wie die wichtigsten Amtsträger.«

»Bekanntschaften, auf die ich gut verzichten könnte«, rückte ich seinen Redeschwall gerade, doch er zuckte nur mit den Schultern.

»Viele Exorzisten reißen sich ein Leben lang den Arsch auf, um an den Punkt zu kommen, an dem du bereits nach nur einem Semester bist. Dir mag die Erfahrung als Exorzistin fehlen, doch keiner kann behaupten, dass du unfähig wärst. Die Leute kommen dir nicht nur nicht zu nahe, weil sie Angst vor dir haben, sie wollen es sich auch nicht mit einem deiner Freunde verscherzen. Der Letzte, der zu laut über dich gesprochen hat, wurde von Crain so heftig verprügelt, dass er bis heute nicht laufen kann. Und in Falcos

Gegenwart traut man sich nicht einmal, deinen Namen zu erwähnen. Du hast sehr mächtige Freunde, Leaf, aber das schafft gleichzeitig eine gewisse Isolation um dich herum.«

»So habe ich das bisher nicht betrachtet«, gab ich zu, während wir dem Weg immer tiefer in das Herz des Friedhofs folgten. Über unseren Köpfen war das Grollen eines nahen Gewitters zu hören und mischte sich mit dem Geruch nach Ozon. Ein kalter Wind fuhr durch unsere schwarzen Uniformen, was die langen Mäntel flattern ließ.

»Falls du dich nicht unterkriegen lässt, wird aus dir noch eine sehr mächtige Exorzistin, Leaf«, sagte Vane, und sein Gesichtsausdruck war absolut ernst. Mir stockte der Atem.

»Danke«, erwiderte ich leise.

Seine Mundwinkel hoben sich.

»Nichts zu danken. Ich sage nur, was ich denke.«

»Das kannst du ruhig öfter tun. Um ehrlich zu sein, habe ich immer gedacht, du kannst mich nicht ausstehen.«

Wieder lief Vane rot an, und er rückte seine Brille zurecht. »Du warst von einem Dämon besessen, und das hat dich eindeutig verändert. Es ist schwierig, über solche Dinge hinwegzusehen, wenn man ein ganzes Leben lang eingeredet bekommen hat, keinem Dämon zu trauen. Ich habe persönlich nichts gegen dich, Leaf, aber es ist schwer, über den eigenen Schatten zu springen.«

»Warum tust du es jetzt?«

Er grinste. »Weil ich jemanden brauche, der mir den Rücken frei hält. Ich weiß, was du alles einstecken kannst. Ganz im Gegensatz zu mir. Darum machen wir einen Deal. Ich helfe dir dort unten, und du mir.«

»Bittest du mich gerade, deine Partnerin zu sein?«, fragte ich überrascht.

Er druckste herum. »Je nachdem, welche Geister dort unten sind, könnte es zu körperlichen Auseinandersetzungen kommen, und ich bin wirklich übel darin. Ich heule ja schon, wenn ich mich an einem Blatt Papier schneide.«

»Dieses Papier ist aber auch böse scharf«, witzelte ich und entlockte ihm damit tatsächlich ein Lächeln.

»Also, haben wir einen Deal?« Zögerlich streckte Vane seine Hand aus. Das überraschte mich wahrscheinlich mehr als seine Worte, denn bisher hatten es die Novizen immer penibel vermieden, mich zu berühren. Selbst wenn wir in der Arena Paarübungen durchgeführt hatten, hatte Yamamato als mein Partner einspringen müssen, weil sich jeder weigerte, mir zu nahe zu kommen.

»Liebend gern«, sagte ich und schlug behutsam ein. Vane drückte erstaunlich fest zu, und so gingen wir weiter, bis der Circle of Lebanon in Sicht kam, und erst dort wurde mir bewusst, was Vane mit der runden Anordnung gemeint hatte.

Bei dem Circle handelte es sich um Mausoleen, die in einem großen Kreis gruppiert waren, eingefasst von hohen Steinmauern, sodass man Treppen nach unten gehen musste, um dorthin zu gelangen. In der Mitte des Kreises wuchs ein riesiger Baum, dessen Zweige beinahe den gesamten Circle umspannten. Ich glaube nicht, dass ich so etwas schon jemals gesehen hatte.

Zuschauer hatten sich bereits dort versammelt und blickten in den Circle hinab. Ihre Stimmen mischten sich mit dem Grollen des nahenden Gewitters.

Als wir näher kamen, schoben sich Zelda und Zero durch die Menge und hielten auf uns zu.

»Da bist du ja, Leaf, und wer ist der junge Mann an deiner Seite?«, fragte Zelda.

»Das ist Vane. Er spielt ebenfalls für New York. Ich habe ihn gegen Crain eingetauscht«, witzelte ich.

Sie seufzte. »Wir haben dafür keine Zeit. Runter mit euch. Es beginnt gleich.«

»Wo ist Crain?«, erkundigte sich Zero.

»Bei seinem Vater«, antwortete ich.

Der Homunkulus nickte. »Ich werde ihn suchen. Viel Glück, Leaf.« Er war gerade dabei, sich umzudrehen, als ich ihn aufhielt.

»Warte! Hast du Falco gesehen?«

Eine helle Augenbraue schnellte hoch. »Warum?«

»Ich habe ihn nicht mehr seit dem Hotelzimmer gesehen, und langsam mache ich mir Sorgen.«

Ein weicher Ausdruck trat in seine Augen. »Vielleicht will er sich das Spiel einfach nicht ansehen.«

»Oh.«

Auf diese Idee war ich tatsächlich nicht gekommen. Und es gefiel mir nicht. Es gefiel mir ganz und gar nicht. Meine Kehle schnürte sich zu, und ich kämpfte mit den Tränen.

»Ich werde ihn trotzdem suchen«, versprach Zero mir und verschwand in der Menge.

Zelda scheuchte uns nach unten. Dort standen bereits die meisten anderen Necromancer, die zurückwichen, als ich mich unter sie mischte. Ein erdiger Geruch hüllte uns ein. Die Eingänge zu den Mausoleen reihten sich im Kreis aneinander, eine Reihe vor und eine hinter uns. Die Türen waren alle geöffnet, und ein kalter Hauch, der nach Moder und Tod roch, streifte meine Haut. Gott, die Exorzisten hatten doch einen Knall, dass sie das hier freiwillig machten. Als ich mich umschaute, blieb mein Blick an einer schönen Frau mit kurzen schwarzen Haaren hängen.

Wren.

Falcos Schwester stand unter den Necromancern. Als sie meinen Blick bemerkte, lächelte sie mir zu und winkte.

Ich winkte verhalten zurück. Selbst wenn ich sie kaum kannte, mochte ich sie. Ein sehr dummer Teil hatte gehofft, durch eine Freundschaft mit ihr mehr Anteil an Falcos

Leben haben zu können. Doch das würde so bald nicht passieren. Ich fragte mich nur, warum Falco nicht hier war, um seine Schwester zu den Spielen zu begleiten.

»Du kennst Wren Chepesch?«, erkundigte sich Vane neugierig.

»Nur flüchtig vom Dinner aus dem Langham Hotel«, wandte ich ein. Vane sah schüchtern zu der schönen Exorzistin hinüber. Obwohl sie im gleichen Alter sein mussten, wirkten sie doch, als läge eine ganze Welt zwischen ihnen.

»Die Familie Chepesch ist wirklich mächtig. Es ist gut, wenn man sie auf seiner Seite hat.«

»Nun, die Seiten sind leider eher gegen mich«, gab ich zu und wechselte das Thema, indem ich mich erkundigte: »Wer ist eigentlich dein Tutor?«

Er deutete nach oben zu den Zuschauern, wo ein Mann mit grauen Haaren und Brille stand.

»Mein Vater. Er arbeitet als Spiritist hier in England.«

»Dein Vater ist hier Spiritist? Warum studierst du dann in New York?«

»Weil meine Schwester und ich so weit weg wie nur möglich von zu Hause sein wollten. Unsere Familie ist wirklich unfassbar anstrengend«, sagte er so ehrlich, dass er mir damit ein Lachen entlockte.

»Das tut mir leid.«

»Schon gut. Ich beende die Akademie und werde dann die Ausbildung als Spiritist machen, aber bis dahin genieße ich noch meine Freiheit.«

Bevor ich darauf etwas sagen konnte, trat der Intendant durch die Zuschauermenge und stellte sich an die Brüstung, von der aus man hinab in den Circle blicken konnte. Crain und Midas standen neben ihm, genauso wie Seraphina Hardwood. Die Direktorin der Spiritisten sah umwerfend aus. Ihr Haar hing ihr offen über die Schultern, und ihr Kostüm war in einem hellen Braun. Ein Mantel fiel ihr über die Schultern, und auf dem Kopf trug sie einen kleinen Hut mit einem Schleier, der bis über ihre Augen reichte.

»Ich bitte um Ruhe«, rief der Intendant, und die Masse an Zuschauern beruhigte sich.

Er schenkte ihnen ein breites Zahnpastalächeln.

»Verehrte Exorzisten, geehrte Gäste und Mitglieder unserer Gemeinschaft. Es ist eine große Ehre und Freude, vor Ihnen heute zu stehen und die zweite Runde für unsere traditionellen Spiele der Exorzisten eröffnen zu dürfen. Ein großer Dank gilt auch Direktorin Hardwood, die sich um die Ausarbeitung dieses Spiels gekümmert hat.«

Applaus brandete auf, und Seraphina schenkte dem Publikum ein schmales Lächeln, während der Intendant fortfuhr: »Diese Spiele, die alle vier Jahre stattfinden, sind nicht nur ein Zeugnis unserer Hingabe und unseres Mutes, sondern auch eine Feier unserer gemeinsamen Mission: die Befreiung der Seelen von den Fesseln des Übersinnlichen.

Der Highgate Friedhof, auf dem wir uns versammelt haben, ist ein Ort von großer historischer Bedeutung und spiritueller Tiefe. Die Katakomben unterhalb dieses Friedhofs bergen Geheimnisse und Geschichten aus vergangenen Zeiten, und es ist unsere Aufgabe, sie zu erkunden und die Geister, die dort gefangen sind, zu befreien. Hier, inmitten dieser ehrwürdigen Ruhestätte, wo die Geschichte und die Geisterwelt aufeinandertreffen, werden wir unser Bestes geben, um unsere Mission zu erfüllen.

Unsere Aufgabe ist klar. Jeder von Ihnen, die achtundzwanzig tapferen Exorzisten, wird vierundzwanzig Stunden in den Katakomben verbringen und so viele Geister wie möglich austreiben. Es ist eine Herausforderung, die nicht nur Ihre Fähigkeiten, sondern auch Ihre Entschlossenheit auf die Probe stellen wird. Doch seien Sie versichert, dass

Sie nicht allein sind. Ein paar der Tutoren werden Sie in die Katakomben begleiten und eingreifen, falls eine Situation nicht der Norm entsprechen sollte. Dennoch glauben wir fest daran, dass Sie diese Aufgabe mit Bravour meistern werden.

Ich möchte betonen, dass die Spiele der Exorzisten nicht nur ein Wettbewerb sind, sondern auch eine Gelegenheit für uns, als Gemeinschaft enger zusammenzurücken. Unsere Brüder und Schwestern vertrauen auf uns, und wir dürfen sie nicht enttäuschen. Wir sind eine Familie, die für das Wohl derer arbeitet, die keine Stimme mehr haben.

Um die Regeln noch einmal klar zu definieren: Sollte ein Exorzist während der vierundzwanzig Stunden aufgeben, wird dies unverzüglich zum Ausschluss des Wettbewerbs führen. Derjenige von Ihnen, der die meisten Geister erfolgreich austreiben kann, wird zum Sieger erklärt und wird die Ehre haben, die Trophäe für diesen Wettkampf zu erhalten.

Ich ermutige Sie alle, Ihr Bestes zu geben, nicht nur für den Wettbewerb, sondern auch für die Seelen, die wir befreien werden. Unsere Mission ist von größter Bedeutung, und ich bin stolz darauf, Teil einer Gemeinschaft zu sein, die sich diesem edlen Zweck verschrieben hat.

Möge der Geist der Weisheit und der Entschlossenheit unsere Schritte führen, während wir in die Katakomben hinabsteigen. Auf ein erfolgreiches und gesegnetes Turnier.

Vielen Dank und viel Erfolg!«

Wieder wurde geklatscht. Das Aufeinandertreffen der vielen Handflächen klang wie ein unheilverkündendes Omen. Unruhig trat ich von einem Bein auf das andere, während sich eine unangenehme Kälte in meine Knochen einnistete. Der Himmel grollte, und die ersten Tropfen begannen zu fallen.

Der Intendant wechselte ein paar Worte mit Direktorin

Hardwood, die sich räusperte und fortfuhr: »In den Katakomben wurden Sachen hinterlegt, die sich als nützlich herausstellen können, genauso wie Essen und Wasser. Alles davon jedoch in begrenzter Stückzahl. Ich möchte noch mal daran erinnern, dass ansonsten keine Hilfsmittel außer Ihrem Spiritus mit in die Katakomben genommen werden dürfen.«

Sehr gut. Henry durfte also mit. Das machte die Sache schon etwas besser.

»Das Verletzen anderer Mitspieler führt ebenfalls zum sofortigen Ausschluss. Sobald der Startschuss erklingt, wählen Sie einen der Wege hinab in die Katakomben. Ich sollte anmerken, dass diese sehr weitläufig sind. Es kann also sein, dass Sie längere Zeit brauchen werden, um einem Mitspieler wiederzubegegnen. Sie werden sich vermutlich verirren, doch keine Panik. Nach Ablauf der vierundzwanzig Stunden wird ein Tutor Sie wieder nach oben begleiten. Viel Glück.«

Sie trat zurück. Erneut grollte der Himmel. Ein Tropfen klatschte mir ins Gesicht und rann mir die Wange hinab. Mein Magen zog sich zusammen, während das Adrenalin meinen Blick schärfte, sodass ich kleine Details gestochen scharf wahrnahm, wie das Zittern von Vanes Finger oder das lose Blatt, das neben uns zu Boden segelte. Ein Blitz zerriss den Himmel, gefolgt von dem tiefen Grollen von Donner.

Im nächsten Augenblick erklang der Startschuss, und die Exorzisten stoben auseinander, als könnten sie es kaum erwarten, in die Katakomben hinabzukommen. Wenn ich gewinnen wollte, sollte ich mich aber vielleicht ebenfalls etwas sputen.

»Viel Glück, Leaf!«, rief Wren mir zu, ehe sie in einem der Durchgänge verschwand.

»Wollen wir?«, fragte ich Vane, der bereits dabei war, die einzelnen Eingänge zu mustern. Jeder von ihnen sah exakt gleich aus, beinahe wie die Eingänge zu einem Haus, nur aus Stein und deutlich älter. Manche von ihnen führten mit Treppen nach unten, manche wiederum liefen einfach nur schnurgerade aus.

Lautes Jubeln und Pfiffe, aber auch deutliche Beschimpfungen hallten zu uns hinüber, und nach wenigen Minuten wurde klar, dass wir die Letzten waren, die sich noch nicht für einen Eingang entschieden hatten. Immer mehr Tropfen fielen vom Himmel, durchnässten mein Haar und rannen an mir nach unten.

»Wenn wir uns nicht bald entscheiden, sind wir die nächsten Stunden nass«, stellte ich fest. Vane blieb stehen und starrte in einen der Eingänge vor uns.

»Den hier«, entschied er.

»Warum? Er sieht genau gleich aus wie die anderen«, stellte ich kritisch fest.

Vane zuckte mit den Schultern. »Es ist nur so ein Gefühl. Davon braucht man eine Menge als Conjurer.«

»Dann hoffen wir mal, dein Gefühl ist richtig«, flüsterte ich, während wir den Eingang betraten. Die Geräusche klangen nur noch gedämpft zu uns durch, und wir blickten auf eine steinerne Treppe, die nach unten ins absolut Dunkle führte.

»Wir bekommen kein Licht?«, fragte ich fassungslos.

»Keine Sorge. Ich hab was dabei«, beruhigte mich Vane und zückte eine schimmernde Kugel, von deren Inneren ein grünes Licht ausging.

»Was ist das?«, fragte ich fasziniert, während er auch mir eine Kugel in die Hand drückte. Sie fühlte sich kühl an.

»Ein Irrlicht«, teilte er mir mit.

»Davon wirst du dort unten vermutlich einige finden,

aber versuch, dich nicht täuschen zu lassen. Sie agieren wie ...«

»... eine Fata Morgana. Ich weiß. Wir hatten denselben Unterricht«, erinnerte ich ihn.

»Sorry. Ich plappere, wenn ich nervös bin«, gestand Vane, während wir die Treppe hinabstiegen. Sie war eng. Und staubig. Und es roch nach Moder, Schimmel und Stein.

Das grüne Licht flackerte heller auf, und aus meinem Schatten löste sich Henry heraus. Vane zuckte heftig zusammen und wäre beinahe nach unten gefallen, wenn ich ihn nicht im letzten Augenblick festgehalten hätte.

»Keine Sorge. Das ist nur mein Spiritus«, beruhigte ich ihn. Der Dämonenhund hatte zum Glück wieder deutlich an Masse zugenommen und sah nicht mehr aus wie ein Welpe, auch wenn ich mir einbildete, dass er noch immer etwas zerstreuter wirkte als zuvor.

»Oh«, krächzte Vane, während Henry fürsorglich wie immer die Führung übernahm. Wir folgten ihm bis zum Ende der Treppe, das von einem Steinbogen eingerahmt wurde. Wir kamen in einem kleinen Raum an, der völlig aus dem Grundstein des Hügels geschlagen zu sein schien. Als ich das Licht schwang, sah ich dicke braune Wurzeln, die an der Decke ein kompliziertes Muster bildeten und sich in die zwei Gänge verteilten, die von unserem Standort aus abzweigten. Vane beleuchtete Nischen, die in den Stein geschlagen worden waren. Manche sahen beinahe aus wie Liegeflächen, doch in anderen stapelten sich ...

»Knochen«, stellte Vane fest.

»So viele«, flüsterte ich schaudernd und leuchtete um uns herum. Es waren ein halbes Dutzend runde Nischen, und in ihnen waren Knochen feinsäuberlich aufgeschichtet. Dutzende, Hunderte, Tausende. Totenschädel starrten uns entgegen. So viele leere Augen, die nie wieder etwas sehen würden, und dennoch kam es mir so vor, als stierten sie uns alle an. Das Licht verdrängte die Schatten um uns herum und scheuchte ein paar Ratten und Mäuse auf, die sich zwischen die Knochen zurückzogen. Ihr leises Quieken und Kratzen zerrte an meinen Nerven. In diesem Augenblick hatte ich keine Ahnung, wie ich es vierundzwanzig Stunden hier unten aushalten sollte, ohne wahnsinnig zu werden.

Vane schien da weit weniger besorgt zu sein.

Er hob das Licht und leuchtete in den Gang, der rechts von uns abzweigte. »Komm, Leaf. Lass uns ein paar Geister finden.«

»Ich glaube, das dürfte nicht allzu schwer sein«, murmelte ich, folgte jedoch Vane. Henry blieb in meiner Nähe, doch er wirkte nicht allzu alarmiert, was meine Nerven etwas beruhigte. Ich wusste wieder, warum ich mich nicht für eine Laufbahn als Conjurer entschieden hatte. Die Geistersache war mir einfach zu unheimlich.

Der Gang machte schon bald eine Biegung nach links. Links und rechts von uns nur Stein und das Flechtwerk aus Wurzeln über unserem Kopf, von dem Wasser tropfte. Der Gang machte erneut einen Knick, und ein leises Wimmern war zu hören. Stocksteif blieb ich stehen. Mein Atem rasselte in den Ohren, mein Herz pochte heftig, und ich leuchtete in den Gang vor uns, doch der Schein erhellte nur Stein um uns herum, als wären wir lebendig eingemauert.

»Vane, hast du das auch gehört?«, flüsterte ich, da ertönte das Wimmern erneut. Es klang beinahe wie das Weinen eines Kindes.

»Oh Scheiße.«

Vane legte den Kopf schief und hielt sich einen Finger an den Mund. Wir lauschten, und das Wimmern und Weinen wurde lauter. Es war direkt vor uns. Wenn wir weitergingen, würden wir unweigerlich daran vorbeikommen.

Alle Härchen in meinem Nacken stellten sich auf, und ich schaffte es kaum, den nächsten Schritt zu machen, während mir die nackte Panik hinter den Augäpfeln wummerte. Vane ging voraus, und als Henry zu knurren begann, verstummte das Weinen abrupt.

»Hallo?«, rief plötzlich ein leises Stimmchen. »Ist da wer?« Es klang wie ein Junge, ein sehr kleiner Junge. »Mami?«, schluchzte es, und die Stimme hallte an den Wänden entlang.

Oh Gott, ein Kloß blockierte meine Kehle, während ich gleichzeitig sowohl gegen den Fluchtreflex ankämpfte, als auch gegen den Impuls, der Stimme zu helfen.

»Hallo? Ich habe Angst«, rief das Stimmchen und begann, wieder bitterlich zu weinen.

»Was sollen wir tun?«, flüsterte ich Vane zu.

»Nachsehen, was es ist«, gab dieser zurück und ging weiter, bevor ich ihn aufhalten konnte. Sein Irrlicht vertrieb die Dunkelheit, und vor uns kam eine magere kleine Gestalt zum Vorschein. In einer Ecke kauerte ein Kind, das höchstens vier Jahre alt sein konnte. Ein Büschel dunkles Haar stand von seinem Kopf ab. Sein Gesicht war schmutzverschmiert, und es umklammerte einen schmutzigen Haufen Lumpen.

Als es uns sah, füllten sich seine kleinen Augen mit Tränen, und es zitterte am ganzen Körper.

»Bitte helft mir. Ich weiß nicht, wo meine Mami ist«, wimmerte es.

Vane seufzte. »Es ist ein Myling«, stellte er fest.

Ein Myling. Kinder, die meist einen gewaltsamen Tod gefunden hatten. Vor allem zu früheren Zeiten, als uneheliche Kinder noch regelmäßig umgebracht wurden, kamen diese

Geister öfter vor. Nach ihrem Ableben weinten sie an dem Platz, wo sie heimlich begraben wurden.

»Ich kann meine Mami nicht finden«, wiederholte der Kleine und schluchzte herzerweichend. Allein bei dem Gedanken, dass jemand den Kleinen hier zum Sterben zurückgelassen hatte, wie lange es auch immer her sein mochte, drehte mir den Magen um. Galle kroch mir nach oben, und ich ging automatisch einen Schritt nach vorne.

»Nicht anfassen!«, hielt Vane mich zurück, was den Kleinen nur noch bitterlicher weinen ließ.

»Wir können ihn doch nicht einfach so hier sitzen lassen«, sagte ich und hatte das Gefühl, aus der Haut zu fahren.

»Denk an den Unterricht. Mylinge sind ähnlich wie Poltergeister. Etwas von seinen Überresten ist noch hier. Wir können seinen Geist darin versiegeln.«

»Und was …?«, setzte ich an, doch da fiel mein Blick auf die Fetzen, die der Geist an sich klammerte. Es war ein Teddybär. Alt, staubig und von der Zeit zerfressen, sodass kaum mehr als Lumpen übrig waren.

»Der Teddy«, stellte ich fest.

Vane nickte.

»Wie kommen wir da dran, ohne den Geist zu berühren?«, fragte ich.

Vane räusperte sich.

»Du lenkst ihn ab, und ich schnappe mir den Bären.«

»Und wie soll ich das tun?«

»Improvisier einfach«, sagte er nur und schubste mich nach vorne zu dem Geist.

Der kleine Junge hörte sofort auf, zu weinen, und als ich näher ging, huschte ein hungriger, fast schon gieriger Ausdruck durch seine Augen, die schwarz wie Murmeln wirkten.

»Ähm, hey du. Ich bin Leaf«, stellte ich mich vor. Der

Myling starrte mich nur weiter mit viel zu großen Augen an. Sein Gesicht war blass, die Wangen fahl.

»Hast du was zu essen? Ich bin so hungrig«, wimmerte der Kleine.

»Ähm, ich hab nicht viel. Magst du einen Riegel?«, bot ich an und holte das knisternde Papier heraus. Das Schimmern in den Augen des Jungen wurde größer.

»Leaf, nicht …!«, setzte Vane an, doch da schnellte der Myling bereits nach vorne und verbiss sich in meine Haut. Ein Schrei entrang sich mir, als ein stechender Schmerz meine Muskeln lähmte. Der Riegel fiel mir aus der Hand, und ich versuchte, jaulend den Geist von mir zu schütteln, der sich grinsend in meinem Fleisch verbiss.

»Vane! Tu was!«, rief ich, während Henry knurrte und nach dem Myling schnappte. Er erwischte ihn am Fuß und riss ihn von mir fort. Ich japste nach Luft. Der Myling hatte keine Wunde hinterlassen, doch das kleine Mistding hatte mir Energie abgezapft. Mein Arm war taub, als wäre er eingeschlafen. Der Myling besaß noch die Frechheit, sich lachend die Lippen zu lecken. Er grinste so breit, dass seine Mundwinkel sich überspannten, sodass sein Mund größer schien als ein Gesicht.

»Mehr!«, rief er und schoss wieder auf mich zu. Kreischend wich ich aus, und der Myling klatschte mit voller Wucht gegen die Wand, was ihn jedoch nicht abzuhalten schien, denn er krabbelte einfach an der Wand hoch wie eine verfluchte Spinne.

Das war's!

Ich rannte schreiend los.

»Leaf!«, rief Vane mir nach, doch die kleine Mistkröte über mir krabbelte in unglaublicher Geschwindigkeit an der Decke entlang. Ich stolperte fluchend in einen etwas größeren Raum hinaus, in dem sich wieder Dutzende Knochen stapelten. Der Myling ließ sich auf mich fallen. Er krallte sich an mir fest, und meine Brust wurde taub, als er reine Lebensenergie von mir abzapfte.

Der Dämon in mir wachte gereizt auf und zuckte unter meiner Haut.

»Lass mich raus. Ich mache kurzen Prozess mit ihm«, verlangte sie, doch mir war noch zu gut in Erinnerung, was das letzte Mal passiert war, als sie die Kontrolle hatte.

»Ich krieg das alleine hin«, presste ich hervor und versuchte, den Myling von mir zu zerren. Inzwischen war mir schon so kalt, dass ich meine Extremitäten nicht mehr fühlen konnte, während der Kleine gierig von mir trank. Plötzlich hielt er jedoch inne. Sein Köpfchen hob sich, und seine Haut wirkte grau wie Asche.

»Was machst du da?«, fragte er. Im selben Augenblick bemerkte ich Vane, der keuchend mit den Lumpen in der Hand vor uns auftauchte.

»Das reicht«, sagte er nur, etwas klickte, ein Feuerzeug, und er zündete den Teddybären an. Der alte Stoff brannte wie Zunder.

»Nein. Nein!«, kreischte der Myling, der sich in meinen Armen wand. Hinter seiner Haut glühte es rot auf. »Nein! Mami! Mami?« Sein Schrei gellte mir in den Ohren, und noch während der Stoffbär in Flammen aufging, zerfiel der Kleine zwischen meinen Fingern zu Staub, der auf den Boden rieselte.

Keuchend blickte ich auf die Überreste hinab, die sich mit einem leisen Flüstern in Rauch auflösten. Für einen kurzen Augenblick war nur das Knistern des Feuers zu hören.

»Was … was war das denn?«, fragte ich fassungslos und blickte zu Vane auf, der das Feuerzeug hochhielt.

»Sorry. Ich hielt es für die schnellere Lösung, ihn zu vernichten, als zu bannen.«

»Ich dachte, wir dürfen keine Waffen mitnehmen«, murmelte ich verstört von dem, was soeben passiert war. Vane warf mir einen scheelen Blick zu, während er die kohlenden Überreste zur Seite trat.

»Ein Feuerzeug ist per se keine Waffe. Wir hatten nur Glück, dass der Kleine an einen verfluchten Gegenstand gebunden war, der noch dazu leicht entzündlich war«, klärte er mich auf. Zittrig schnappte ich nach Luft und war dankbar, als Henry mich stützte.

»Ich weiß ja nicht, wie es dir geht, aber ich könnte ein Päuschen vertragen«, murmelte ich.

Vane lachte.

»Das war nur einer. Für den Sieg brauchen wir noch ein paar mehr.«

Wie sehr ich mein Leben in diesem Augenblick hasste.

47

Falco

Dämonen der Stufe 3
Geister
Elementargeister
Erdgeister

Eschenfrau (oder auch *Baumgeist*) Bäume, die von Eschenfrauen bewohnt sind, nennt man auch *Freibäume*. Sie gelten als starke Punkte für Ley-Linien, und nicht selten kommt es unter Freibäumen zu Unfällen oder gar Morden. Die Wurzeln der Bäume nähren sich viele Jahre von den Knochen der Menschen, sodass die Rinde selbst weiß wie Knochen und das Harz rot wie Blut wird. Aus dem Holz von Freibäumen können Waffen gefertigt werden, die äußerst effektiv gegen Wiedergänger sind.

Ich konnte Tempest nicht finden. Ich hatte die gesamte Akademie auf den Kopf gestellt und doch keine Spur von ihr entdeckt. Auch der Intendant wusste nicht, wo sie war. Es wirkte beinahe so, als hätte sie sich über Nacht einfach in Luft aufgelöst. Inzwischen war ich bereits viel zu spät, um noch rechtzeitig nach Highgate zu kommen. Wren würde wütend auf mich sein, dass ich ihren großen Augenblick verpasste, doch ich war inzwischen krank vor Sorge.

Etwas stimmte nicht. Mein Verstand mochte versagen, aber nicht mein Bauchgefühl. Nie mein Bauchgefühl. Nur hatte ich keine Ahnung, wohin Tempest hätte verschwinden können, außer der Intendant hatte ihr einen Auftrag gegeben, über den sie sich ausgeschwiegen hatte. Aber selbst dann hätte sie gestern Abend etwas gesagt. Oder?

Was war es, was ich nicht sah?

Die permanenten Kopfschmerzen zwangen mich, stehen zu bleiben und tief durchzuatmen, bis ich wieder klar denken konnte. Die Akademie war wegen der Spiele beinahe leer. Meine Schritte hallten laut als Echo nach, und gerade als ich den Weg in die Eingangshalle einschlug, spürte ich es. Ein Ziehen, das all meine Sinne schärfte. Das konnte doch nicht sein. Ich hob den Kopf und blickte die Treppen nach unten.

Warum spürte ich die Anwesenheit von Lord-Dämonen?

Die Spur war kaum wahrnehmbar, und in New York wäre sie mir möglicherweise gar nicht aufgefallen, doch hier in Großbritannien waren Lord-Dämonen eine Seltenheit. Es gab sie fast gar nicht, und ich wusste nicht, welche Dämonen dämlich genug waren, ausgerechnet in eine Black Bird Academy einzubrechen. Vielleicht dachten sie sich, leichtes Spiel zu haben, wenn die Akademie so verlassen war. Dennoch fragte ich mich, wie sie das Gelände hatten betreten können, ohne die Grims zu warnen.

Es dauerte einen Atemzug, bis mich der Verdacht beschlich, dass das Verschwinden von Tempest und das Auftauchen der Dämonen zusammengehören mussten.

Unweigerlich ließ ich die Glieder meines Rosenkranzes in meine Finger fallen und folgte der Spur, die die Lord-Dämonen hinterließen wie einen penetranten Geruch.

Leise schlich ich wieder die Treppen hinauf und lauschte, doch nichts war zu hören. Als ich im zweiten Stock bei den Gästezimmern ankam, hielt ich inne und runzelte die Stirn. Die Spur war kaum noch wahrnehmbar, aber sie gabelte sich. Entweder der Dämon war erst in die eine und dann in die andere Richtung gegangen, oder es gab zwei von ihnen.

Meine Muskeln spannten sich ruckartig an, während Arcanum durch meine Adern sirrte. Meine Sinne schärften sich, und ich beschloss, der prägnanteren Spur zu folgen. Ein saurer Geschmack lag mir auf der Zunge, als ich vor einem ganz bestimmten Zimmer stehen blieb. Das Zimmer des kleinen Dämons.

Doch ich war mir sicher, dass sie soeben in den Katakomben war. Was war hier los?

Leider gab es in diesem Augenblick keine andere Möglichkeit, als die Tür zu öffnen und es schlichtweg herauszufinden. Langsam streckte ich die Hand aus, schloss sie um den Türknauf und stieß sie auf. Die Scharniere knarrten, als die nur angelehnte Tür nach innen schwang, und mitten im Raum stand ein dunkelhaariger breitschultriger Dämon und hielt einen BH hoch.

Verdutzt drehte er sich um, während ich fassungslos den Dämon anstarrte, der einfach hier hereinspaziert war und an einem Büstenhalter schnüffelte.

»Falco. Was für eine Überraschung, ich dachte schon, ich müsste halb London absuchen, um dich zu finden, aber du fällst mir quasi in den Schoß. Wie praktisch.«

Fassungslos starrte ich den Dämon an, der erst jetzt zu bemerken schien, dass er einen BH in der Hand hielt.

»Ja, ähm … es ist nicht das, wonach es aussieht«, beteuerte er und warf den BH hinter sich. Ich starrte ihn weiter an, und ein Schmerz so scharf wie eine Nadel zog sich durch meine Schläfe.

»Wer bist du? Wie kommst du hierher, Dämon? Und woher kennst du meinen Namen?«, knurrte ich, während der Rosenkranz in meiner Hand blau zu glühen begann und das Arcanum den Raum schwängerte.

Der Dämon hob die Hände und lachte. »Ganz ruhig, Rambo. Du kennst mich. Wir sind quasi Freunde, du hast es nur vergessen. Und wie es der Zufall will, war ich auf der Suche nach dir.«

»Was?«, fragte ich irritiert.

Der Dämon nickte gewichtig und hob in einer unschuldigen Geste die Hände. »Wir müssen dich mitnehmen, und Leaf auch, bevor Una hier auftaucht. Weißt du, wo Leaf ist? Normalerweise habe ich ein Radar für sie, aber ich kann sie ums Verrecken nicht aufspüren.«

»Ich habe keine Ahnung, wovon du sprichst, oder was du hier willst, doch es war ein großer Fehler, hierherzukommen, Dämon«, grollte ich, hob meinen Rosenkranz und begann zu rezitieren. *»Adsisto tibi ut famulus vitae. In manibus meis pondus justitiae.«*

Der Dämon verzog das Gesicht und hielt sich den Kopf, als Blut aus seiner Nase schoss.

»Mann, Falco, das muss wirklich nicht sein«, stöhnte der Dämon, doch ich ging einfach weiter auf ihn zu, während die Macht, die von dem Exorzismus ausging, meine Haare elektrisch auflud, sodass diese zu knistern begannen.

»Sanguis temporis in corde meo fluit. In me spiritus puritas animae innocentis iacet«, setzte ich fort. Der Dämon beugte sich vor und erbrach einen Schwall dunkler Flüssigkeit. Im selben Augenblick packte mich etwas von hinten, und zwar so fest, dass ich den Kontakt zum Boden verlor und quer durch den Raum flog. Der Exorzismus blieb mir an den Lippen hängen, während ich so heftig gegen die Wand schlug, dass mein Rücken knackte.

»Na, na, na, begrüßt man so seine Gäste? Ihr Exorzisten hattet noch nie Manieren«, sagte eine rauchige Stimme, und eine Blondine rammte mir einen spitzen High Heel so fest in die Brust, dass es knackte. Keuchend biss ich die Zähne zusammen und starrte wütend auf den zweiten Dämon.

»Mann, Kain, hättest du nicht etwas früher helfen können?

Diese Exorzismen tun scheiße weh«, grollte der männliche Dämon, kam schwankend auf die Füße und wischte sich das Blut von der Nase.

»Entschuldige, Lore, aber während du hier ein Schwätzchen gehalten hast, habe ich herausgefunden, wo Leaf ist. Sie ist in Highgate.«

Lore.

Der Name hallte in mir nach wie ein Echo, und ein solch heftiger Schmerz zog durch meinen Schädel, dass mein Blick verschwamm.

»Was macht sie denn in Highgate? Es ist schrecklich da.«

»Wenn ich es richtig verstanden habe, finden gerade die Exorzisten-Spiele statt, und Leaf nimmt daran teil.«

»Das Mädchen hat die seltsamsten Hobbys. Wir müssen uns beeilen und von hier abhauen, bevor Una hier auftaucht.«

Noch während die beiden sprachen, packte ich den Fuß des weiblichen Dämons und brach ihn wie einen morschen Ast. Der Dämon fluchte und knallte zu Boden. Die blonden Haare fielen ihr wild um das Gesicht, während sie mich anknurrte, doch da rollte ich mich bereits herum, schlang meinen Rosenkranz um ihren Hals, zerrte zu, bis die Kugeln sich in ihr Fleisch gruben, und riss sie zurück.

»Ein falscher Schritt, und ich knipse deiner Freundin das Licht aus«, warnte ich den Dämon, der Anstalten machte, auf uns zuzugehen.

»Freund«, korrigierte er mich jedoch nur lapidar.

»Was?«

»Kain ist mein Freund. Er hat nur gerade seine Mädelsphase. Ich kann es ihm nicht verdenken.«

»Lore, hör auf, Witze zu reißen«, fauchte Kain, und dem konnte ich nur zustimmen.

»Es ist mir gleichgültig, wer ihr beiden seid, aber ich

werde euch nicht wieder hier rausgehen lassen. Warum seid ihr hier? Und was wollt ihr?«

Der Blick des Dämons, der sich Lore nannte, wurde schärfer, und er starrte mich ernst an.

»Ob du es glaubst oder nicht, aber wir sind hier, um dir zu helfen, Falco.«

Ich stieß ein raues Lachen aus. »Oh ja. Das glaube ich tatsächlich nicht.«

»Aber was, wenn ich sage, dass ich dich kenne?«

»Dann sage ich, dass ihr lügt. Ich würde mich an euch erinnern.« Ich zog den Rosenkranz fester zu, und die Blondine stieß ein Würgen aus.

»Sicher?« Lore legte den Kopf schief und preschte auf mich zu, von ihm ging eine Welle aus Macht aus, die ich noch nie gespürt hatte. Was passierte hier?

»Was, wenn ich sage, dass ich weiß, was mit dir los ist? Was, wenn ich dir sage, dass ich all die Erinnerungen habe, die dir fehlen, weil ich sie habe stehlen lassen?«

»Wovon redest du da?«, knurrte ich.

Der Dämon kam einen weiteren Schritt näher. »Was, wenn ich deine Erinnerungen durchsucht habe, Falco Chepesch, wie eine Ramschkiste, und dabei festgestellt habe, dass du uns alle angelogen hast? Selbst deine eigenen Leute. Was würdest du sagen, wenn ich dir erzähle, dass du von deinem Vater erfahren hast, dass eine Blutschuld auf deiner Familie liegt und der Preis für deine gierige Familie nach Macht und Geld der war, dass du an einen Dämon verkauft wurdest?«

Schmerzen zerrten an meinem ganzen Körper. Sie waren so schlimm, dass ich es kaum schaffte, auf den Beinen stehen zu bleiben.

»Hör auf!«, presste ich hervor, doch der Dämon fuhr einfach fort. Er brüllte beinahe, während die Schatten im Raum wuchsen.

»Was, wenn ich dir sage, dass du nicht nur an irgendeinen Dämon verkauft wurdest, sondern an Luzifer persönlich, und dass du so wütend darüber warst, dass du deine Familie hinter dir gelassen hast. Du bist nach New York verschwunden und hast jeden Tag deines Lebens in der Angst gelebt, dass die Dämonen dich holen kommen. Du hattest solche Angst davor, dass du Shintonist geworden bist, um jeden Lord-Dämon töten zu können, der dir zu nahe kommt. Denn in dir hat die vage Hoffnung geschlummert, dass du dein Schicksal ändern kannst, wenn du nur jeden Dämon tötest.«

»Nein, nein, nein, ich weiß nicht, wovon du sprichst«, sagte ich, doch meine Stimme klang weit entfernt, als würde ich alles nur noch unter Wasser hören. Der Dämon blieb vor mir stehen, während sein Freund in meinem Griff noch immer um Atem rang und der Geruch nach verbrannter Haut die Luft verpestete.

Lore starrte mich an, und seine Stimme wurde gefährlich leise, als er fortfuhr: »Was, wenn ich dir sage, dass du dein Schicksal tatsächlich ändern kannst? Du musst dafür nur mit uns kommen. Wir holen Leaf und verschwinden an einen Ort, an dem dich weder Una noch Luzifer finden kann.«

»Du bist wahnsinnig«, keuchte ich, was den Dämon lächeln ließ.

»Natürlich bin ich das, doch auch ein wahnsinniger Dämon kann gute Lösungen haben, oder?«

Ich fletschte die Zähne und starrte den Dämon an.

»Ich weiß nicht, was du mit deinen Lügen bezwecken willst, aber ich weiß, dass ihr etwas mit dem Verschwinden meiner Verlobten zu tun habt. Wo ist Tempest? Sag es mir, und ich töte dich schnell, anstatt qualvoll und langsam.«

»Deine Verlobte?« Der Dämon sah beinahe verdutzt aus.

»Lore!«, gurgelte sein Freund in meinem Griff. Ich zurrte so fest zu, dass auch dieser Ton versiegte.

»Wo ist Tempest?«

»Keine Ahnung, wo du deine Frauen verlegst, Falco, aber wir müssen jetzt wirklich los.«

Er ging einen Schritt auf mich zu, und im selben Augenblick explodierte die Tür. Buchstäblich. Sie zersprang in Tausende kleine Teile, und die Wucht schleuderte den Dämon quer durch das Zimmer, über das Bett.

»Klopf, klopf. Darf ich reinkommen?«, sagte eine dunkle Stimme.

»Vater?«, fragte ich verblüfft.

Tahir Chepesch drückte seine breiten Schultern durch den Eingang, den er gerade mit reiner Willenskraft hineingesprengt hatte. Sein Arcanum war schon immer beeindruckend gewesen. Eine Waffe, geschliffen, fein, präzise und absolut tödlich. Viele Jahre meiner Kindheit hatte ich davon geträumt, einmal so mächtig wie Tahir Chepesch zu sein. Doch gleichgültig, wie sehr ich mich angestrengt hatte, war es mir nie auch nur annähernd möglich gewesen, dem großen Tahir das Wasser zu reichen. Das machte er einmal mehr deutlich, als er den Raum betrat und hinter ihm eine ganze Kavallerie an Exorzisten den Raum stürmte. Innerhalb weniger Sekunden brach die Hölle los.

48

Lore

Dämonen der Stufe 3
Geister
Elementargeister
Feuergeister

Feuermännchen (artverwandt mit einem *Irrlicht*) Des Nachts kann man sein grünes Licht zwischen den Bäumen sehen, das von einer Sekunde auf die nächste Form oder Farbe ändern oder auch blitzschnell den Ort wechseln kann. Das Licht des Feuermännchens kann zum Verbrennen von Dämonenknochen genutzt werden.

Wir waren so was von am Arsch. Es stürmten so viele Exorzisten den Raum, dass es gar kein Ende nehmen wollte. Das Zimmer füllte sich mit Arcanum, und ich hatte lange genug als Dämon überlebt, um zu wissen, wann man abhauen musste – und genau das war jetzt so ein Augenblick. Aber ich würde verflucht sein, wenn ich dabei Kain zurückließ. Geschwind sprang ich auf, während mir ein Dutzend Exorzismen um die Ohren flog. Mein Körper wurde quasi in kleine Stücke gerissen.

»Kain!«, brüllte ich und sah, wie mein Freund unter einer Horde Exorzisten begraben wurde. Unsere Blicke trafen sich, und ich sah im selben Augenblick, dass er etwas Dummes vorhatte, als er mir zurief: »Hau ab. Ich kümmere mich darum.«

»Bist du von allen guten Geistern …«

»Lauf, Lore, und hol Leaf!«, brüllte er mich an, und im nächsten Augenblick zeigte Kain, warum er zu einem der gefürchtetsten Dämonen der Weltgeschichte gehörte. Seine Knochen knackten, als er seinen Körper veränderte. Haut riss, war zu klein für die Masse an Muskeln, die hervorquoll. Die blonden Haare fielen aus, das Fleisch schälte sich ab und entblößte den blanken Schädel, der sich länglich verformte, bis er mehr dem eines großen Tiers ähnelte. Hörner sprossen aus seinem Kopf. Seine Arme wurden länger, die Finger zu messerscharfen Krallen, seine Beine streckten sich ebenfalls. Der Brustkorb legte sich frei. Die Rippen schoben sich wie ein Panzer nach vorn, und Dunkelheit füllte den Korpus, bis ein fleischgewordener Albtraum im Raum stand.

Kain nahm nur sehr ungern seine wahre Form an. Sie zerstörte den Wirtskörper. Zudem brauchte man ewig, um sich von diesem Zustand zu erholen. Die wahre Form der Dämonen konnte in dieser Welt einfach nicht lange aufrechterhalten werden, und wenn wir es doch wagten, dann zahlten wir einen hohen Preis.

Ich kannte nur wenige Dämonen, die zu solch einer Metamorphose imstande waren, aber Kain war mit Abstand der Beste. Und Hässlichste.

Kain streckte die Arme aus. Pure Dunkelheit floss aus seinen Adern. Die Exorzisten verfielen völlig in Panik. Exorzismen wurden gerufen, während Kain nach vorn schnellte und ein Blutbad anrichtete.

»Kain …«, rief ich, doch dieser knurrte mich an.

»Geh!«, blaffte er.

»Shit!«, brachte ich hervor, drehte mich mit einem Fluch um und sprang aus dem Fenster, bevor mich jemand aufhalten konnte.

49
Leaf

Dämonen der Stufe 3
Geister
Geister menschlichen Ursprungs

Winselmutter Ältere Frauen, vor allem Mütter, die bei einem Unfall oder im Kindbett ihr Leben verloren haben und auf der Suche nach ihren Kindern sind. Winselmütter sind vor allem in alten Häusern vorzufinden. Zumeist sind sie harmlos, sollten sie jedoch stärker werden, können sie einen verfrühten Kindstod auslösen, da sie die Kinder zu sich holen. Darum müssen Winselmütter auch in schwacher Form umgehend ausgelöscht werden.

»Und das war Nummer drei«, rief Vane fröhlich. Seine Haare standen in alle Richtungen ab, wir waren voller Knochenstaub, und ich hatte Spinnenweben an Orten, an denen sie eindeutig nicht sein sollten.

Keuchend stützte ich mich an einer der Wände ab und hielt mir die pochende Seite, in der sich fieses Seitenstechen breitgemacht hatte. Das hier unten war die reinste Hölle. Man konnte kaum einen Schritt tun, ohne über einen Geist zu stolpern, der einem an die Gurgel gehen wollte, und zudem war ich mir sicher, dass wir uns in den Katakomben heillos verlaufen hatten.

Ich wusste nicht, wie lange wir hier unten schon waren. Jegliches Zeitgefühl war mir abhandengekommen, doch ich war so erschöpft, dass ich überlegte, auf den Haufen Knochen ein Nickerchen zu machen. Und ich war hungrig, und dieser Hunger war vermutlich noch gefährlicher als die Geister, denn der ganze Raum war von Vanes Arcanum erfüllt. Ich war hier unten eindeutig nicht die Einzige, die davon angezogen wurde. Die Exorzisten waren für die Geister wie Licht für die Motten. Sie stürzten sich praktisch auf uns, und ich ertappte mich immer wieder dabei, wie ich hungrig auf Vane starrte. Schaudernd riss ich mich am Riemen und richtete mich auf.

»Ich hasse das hier«, sagte ich voller Inbrunst.

Vane hob das Irrlicht an. Vor uns öffnete sich ein Gang, der sich schnurgerade ins Nichts verlor.

»Sieht aus, als ginge es hier weiter«, stellte er fest, und mir sträubten sich die Nackenhaare.

»Wir werden da drinnen sterben«, prophezeite ich.

»Wie aufregend«, lachte Vane.

Ich schnaubte: »Ihr Exorzisten habt so einen an der Waffel, wisst ihr das?«

Vane lachte nur wieder und betrat den engen Tunnel.

Alles in mir sträubte sich, doch ich folgte ihm. Henry hielt sich an meiner Seite. Sowohl er als auch der Dämon in mir schienen kein Problem mit der Dunkelheit hier unten zu haben. Aber warum sollten sie auch? Sie mussten keine Angst vor dem Monster in der Nacht haben. Sie waren selbst das Monster.

Diese Gefühle in mir waren vermutlich die menschlichste Anwandlung, die ich seit langer Zeit hatte, und obwohl ich hier unten vor Panik tausend Tode starb, so beruhigte mich der Gedanke doch etwas, dass zumindest ein Rest Menschlichkeit noch in mir steckte. Selbst wenn es nur die Angst war.

Ich versuchte mir gerade einzureden, dass es hier unten

gar nicht so schlimm war, als mir plötzlich ein so kalter Schauer über den Rücken rann, dass ich stocksteif stehen blieb. Meine Nackenhaare stellten sich auf, eines nach dem anderen, und panisch blickte ich hinter mir, wo sich jedoch nur gähnende Leere erstreckte. Im selben Augenblick legte Henry die Ohren an und knurrte.

»Vane? Fühlst du das auch?«

»Was?«, fragte dieser und drehte sich zu mir um.

»Ich kann es nicht beschreiben. Es ist …« Mir stockte der Atem, während ich in die gähnende Dunkelheit vor uns starrte. Es war anders als zuvor. Ich hatte keinen Schimmer, woher ich das wusste, doch mich packte ein solch drängendes Gefühl, die Flucht anzutreten, dass ich unwillkürlich einen Schritt zurückmachte.

»Wir sollten …«, setzte ich an, als etwas blitzschnell aus der Dunkelheit hervorschoss. Es war so schnell, dass ich keine Zeit hatte zu reagieren. Henry bellte wild los, während Vane erschrocken aufschrie. Etwas packte sein Bein, verdrehte es, bis ein dumpfes Knirschen zu hören war, und die leuchtende Kugel fiel ihm aus der Hand, und das Licht erlosch.

»Vane!«, schrie ich und stürmte auf ihn zu.

»Leaf!«, brüllte Vane, schlug die Nägel in den Boden, doch das Ding packte ihn und zerrte ihn in die Dunkelheit. Sein lauter Schrei hallte an den Wänden entlang. Henry bellte und rannte hinterher, verschmolz mit der Dunkelheit, während ich mit klopfendem Herzen losrannte.

»Vane!«, rief ich, stolperte, und dann passierte es. Das Irrlicht fiel mir aus den verschwitzten Händen, zerschellte am Boden, und im nächsten Augenblick stand ich in absoluter Dunkelheit. Als hätte die Welt von einem Moment auf den nächsten aufgehört zu existieren.

Mein Herzschlag dröhnte in den Ohren, während ich fluchend nach den Scherben am Boden tastete, die mir jedoch nur die Fingerspitzen aufschnitten.

»Nein, nein, nein«, fluchte ich und versuchte mich zu orientieren. Doch es gab hier kein Licht. Nichts. Die Dunkelheit hüllte mich ein, und mit ihr kam die Stille. Weder Vanes Schreie noch Henrys Bellen waren zu hören.

Die Angst presste mir den Brustkorb so fest zusammen, dass ich nach Atem rang.

Langsam richtete ich mich auf und hörte das Knirschen von Gestein unter meinen Schuhen. Mit den Fingern tastete ich mich vorsichtig an der Wand entlang, fühlte die seltsam glatte Oberfläche all der Knochen, die sich an den Wänden stapelten.

»Henry? Wo bist du?«, rief ich, doch der Dämonenhund gab keinen Laut von sich. Nichts bewegte sich vor mir.

»Henry!« Ich begann schneller zu laufen, stolperte über meine eigenen Beine und knallte im nächsten Augenblick in etwas Weiches, Nachgiebiges.

Mein Schrei war so durchdringend, dass es in den Ohren schmerzte, während ich panisch zuschlug und diesem Etwas ein schmerzerfülltes »Uff …«, entlockte.

Sagten Geister »Uff«?

»Vane?«, krächzte ich.

»Leaf?«, kam eine ungläubige Antwort. Doch die Stimme war nicht männlich, sondern weiblich.

Es brauchte ein paar Sekunden, bis ich die Stimme zuordnen konnte.

»Wren?«, krächzte ich.

»Leaf!«, wiederholte sie.

»Oh, Gott sei Dank«, keuchte ich und sackte in mich zusammen.

»Alles in Ordnung?«

»Nein. Mein Partner Vane wurde von irgendeinem Ding

mitgezerrt. Hast du ihn gesehen? Sie müssen an dir vorbeigekommen sein.«

»Ich habe gar nichts gesehen, und mein Irrlicht ging einfach aus.«

»Hier ist etwas wirklich Mieses, Wren. Ich muss Vane finden«, zischte ich.

»Warte kurz.« Ein raschelndes Geräusch war zu hören, gefolgt von einem seltsamen Klicken, und im nächsten Augenblick leuchtete ein grünes Neonlicht auf.

»Ist das ein Leuchtstab?«, fragte ich aus dem Konzept gebracht. Wrens Lächeln blitzte in dem schwachen Licht auf. Vielleicht lag es an dem Grün, doch ihre Augen wirkten genauso dunkel wie unsere Umgebung.

»Hat mir schon öfter den Arsch gerettet, als man glauben will. Irrlichter sind unfassbar unzuverlässig. Hier.«

Sie drückte mir etwas in die Hand. Ich fummelte daran herum und knickte das Plastikmaterial. In den nächsten Sekunden leuchtete es blau auf. Das Licht war kaum genug, um mehr als unsere Gesichter zu sehen, doch es genügte, um meinen hämmernden Puls etwas zu beschwichtigen.

»Was ist passiert?«, erkundigte Wren sich.

»Ich weiß es nicht. Etwas hat Vane gepackt und mit sich geschleppt, und Henry ist auch weg.«

»Wer ist Henry?«

»Mein Spiritus.«

»Ach, keine Sorge, die gehen immer gerne mal auf Wanderschaft. Er wird dich finden, egal wo du bist.«

Sie hielt den Leuchtstab hoch, doch um uns herum gab es nichts als Dunkelheit.

»Weißt du, in welche Richtung dieser Geist Vane verschleppt hat?«

»Nein, und ich habe keine Ahnung, wo ich mit der Suche anfangen soll.«

»Keine Sorge, ich helfe dir dabei«, versicherte sie mir.

Ich sank vor Erleichterung in mich zusammen.

»Das musst du nicht. Ich halte dich damit nur auf«, zwang ich mich dennoch, zu sagen, doch Wren winkte ab. »Hier unten ist es besser zu zweit. Ich habe meinen Partner ebenfalls verloren, als er einer Banshee nachgejagt ist.«

»Wie sollen wir uns hier zurechtfinden, wenn es so dunkel ist?«, wandte ich ein, doch Wren wirkte völlig unbeeindruckt ab.

»Keine Sorge, die Irrlichter kommen raus, wir fangen welche ein und haben dann wieder etwas mehr Licht.«

Sie wirkte so entspannt, als würde sie hier unten nur spazieren gehen. Ich versuchte ihrem Beispiel zu folgen, doch die Unruhe in mir ließ einfach nicht nach. Meine Muskeln zuckten nervös, während wir uns wieder in Bewegung setzten.

»Danke, Wren. Ich weiß, es muss schwierig sein, mir zu helfen«, sagte ich leise. Die Exorzistin wandte mir ihr Gesicht zu.

»Ganz und gar nicht. Ich mag dich, Leaf, und ich hatte eigentlich gehofft, dass wir Freundinnen werden können.«

»Das wäre schön«, stimmte ich überrascht zu. Wren schmunzelte. Das grüne Licht ließ ihre braune Haut gräulich aussehen, und ihre Augen wirkten in die Höhlen gesunken, als hätte sie zu wenig geschlafen.

»Darf ich dich etwas fragen?«, sagte sie nach einer Weile, in der wir durch die Gänge geschlichen waren, ohne auch nur eine Ratte zu sehen.

»Natürlich.«

»Wie stehst du zu meinem Bruder?«

Ich zögerte. »Da bin ich mir selbst nicht immer so sicher, doch er bedeutet mir etwas«, versicherte ich ihr.

»Mhm … Du hast bei uns für ganz schön viel Wirbel gesorgt«, vertraute sie mir an.

»Ja, das kann ich mir vorstellen. Aber Falco ist seiner Familie sehr treu. Ich glaube nicht, dass er euch verletzen wollte. Was auch immer zwischen euch steht, ich bin sicher, es lässt sich aus der Welt schaffen.«

»Oh nein, das denke ich nicht. Vor allem meine ich nicht Falco. Ich meine Lore«, wandte sie amüsiert ein.

»W…was?«, fragte ich irritiert, während der Gang vor uns scharf abzweigte.

Wren seufzte. »Lore ist ein Idiot. Er hat schon immer alles kaputt gemacht. Jedes Mal. Lore ist das pure Chaos. Wusstest du, dass er unseren Vater persönlich in kleine Stücke geschlagen hat?«

»Euren Vater?«, echote ich, was sie kichern ließ.

»Ich bin sicher, du hast schon einmal etwas von Luzifer gehört, oder?«

»Was?«

Sie seufzte. »Daddy war wundervoll. Er hat mich geliebt, weißt du. Mehr als meine Brüder. Ich war sein kleines Mädchen, und wir hatten große Pläne für diese Welt. Ich habe Lore nie verziehen, dass er ihn zerstört hat. Es hat mich Jahrtausende gekostet, um seine Seele wieder zusammenzustückeln. Weißt du, wie schwer es ist, Rauch zu fangen, der noch dazu in der ganzen Welt verteilt ist?«

»Wren? Wovon redest du?«, flüsterte ich, doch sie zog mich einfach weiter mit sich. Ihr Griff war so stark, dass es wehtat. Ihre Nägel bohrten sich in meine Hand wie Widerhaken.

»Ich weiß, Geschwister streiten sich ab und zu, und ich nehme an, er nimmt es mir noch immer übel, dass ich ihn von seinem kleinen Thron gestoßen habe. Aber als er das Q-Gen gestohlen hat, hat er eine Grenze überschritten, und es hat mich sehr viel Zeit und Nerven gekostet, um den Schaden wiedergutzumachen, den er angerichtet hat.

Du bist der größte Schaden. Aber nun gut, das lässt sich nicht mehr ändern. Jetzt stellt sich mir die Frage, auf welcher Seite du bist. Auf seiner oder auf meiner? Denn ich brauche dich, und es ist mir gleichgültig, ob du dabei lebst oder stirbst. Ich nehme dich auch in kleinen Einzelteilen mit, ich habe nur gedacht, es wäre nur fair zu fragen, was dir lieber ist.«

Ich hielt abrupt an. »Wovon redest du?«, blaffte ich, und das grüne Leuchten des Stabs ließ ihre Augen schwarz wie Murmeln aussehen, nur dass ich erst jetzt erkannte, dass es keine Täuschung des Lichts war. In Wrens Augen gab es kein Leben. Vor mir stand keine Exorzistin, sondern ein Lord-Dämon.

»Wer bist du?«, flüsterte ich und wich zurück. Sie kam auf mich zu. Schritt für Schritt.

»Wir haben uns bereits kennengelernt, nur musste ich nach eurem kleinen Besuch bei mir den Körper wechseln. Die kleine Wren ist nicht ganz so mächtig wie ihr Bruder, aber sie war die letzten Monate nützlich, um mich bei den Exorzisten einzuschleusen und all die Dinge in Bewegung zu setzen, die getan werden müssen. Und jetzt habe ich auch mein Q-Gen zurück. Dich.«

Die Angst schnürte mir die Kehle zu.

»Ich weiß nicht, was du meinst.«

»Aber Leaf, es gibt keinen Grund mehr zu lügen. Ich weiß, dass Lore in dir mein Q-Gen versteckt hat. Weißt du, eigentlich sollte Falco dieses Gen bekommen, doch wir werden sehen, was sich da noch machen lässt. Wir arbeiten bereits an einer neuen Generation, und bis dahin wirst du eine ganz ausgezeichnete Hülle für mich werden. Es bleibt uns einfach nichts anderes übrig, als zu improvisieren.«

Mein Hirn setzte für einen Augenblick aus. Stille füllte mich, eine Ruhe, die sich bleischwer auf meine Glieder legte, als ich endlich zu begreifen begann, was hier gerade passiert.

»Una«, flüsterte ich, und der Dämon lächelte.

»Schön, dich wiederzusehen, Leaf.«

»Wie … wie ist das möglich? Wie kannst du …?«

»In Wren Chepeschs Körper stecken? Wenn du das fragst, nehme ich an, du weißt nichts von der Blutschuld.«

»Was für eine Blutschuld?«

»Die Familie Chepesch gehört mir. Jeder Einzelne von ihnen. Allen voran Falco.«

»Nein«, flüsterte ich.

»Oh doch. Falco gehört mir. Auch wenn er das nicht allzu gut aufgenommen hat. Er wurde ausgesucht, um die neue Hülle für Luzifer zu sein, damit wir Lores Fehler ausbügeln und die Welt endlich so gestalten können, wie es sich gehört.«

»Falco … das … nein … nein …« Die Worte blieben mir im Hals stecken, während sich meine Gedanken um sich selbst drehten.

Una lachte. »Warum so überrascht? Mir haben sich in den Jahrhunderten so einige Exorzisten angeschlossen. Manche mehr oder weniger freiwillig. Im Fall der Chepeschs wurden sie verkauft von ihrer eigenen Vorfahrin. Sie sind in meine Dienste getreten und das nur für ein wenig Geld und Macht.«

Ich wich weiter zurück und stolperte über etwas, das am Boden lag. Ein Schrei entkam mir, als ich auf den Boden krachte. Der Leuchtstab fiel mir aus der Hand und blieb vor etwas liegen. Einer regungslosen Gestalt.

Klein und schmal. Die Brille lag zerbrochen daneben.

»Vane!« Mein Schrei hallte an den Wänden nach, doch als ich auf ihn zukrabbelte, blieb Blut an meinen Händen kleben.

»Oh nein, nein, nein, Vane, wach auf!« Tränen flossen mir über die Wangen. Aber er bewegte sich nicht. Kein Arcanum ging von ihm aus.

»Er ist tot«, flüsterte ich fassungslos.

»Süßes Kerlchen. Er war leider im Weg«, klärte Una mich auf. Entsetzt starrte ich sie an, bis ich eine weitere Person am Boden sah. Die Glieder seltsam verrenkt. Mir blieb das Herz stehen.

Langes Haar lag auf dem Boden ausgebreitet, und ein paar Augen blickten starr nach oben.

»Tempest?«, flüsterte ich. Die Frau bewegte sich nicht.

»Tempest!« Ich krabbelte auf sie zu und schüttelte sie, doch sie war kalt und steif. Eiswasser füllte meine Adern. Meine Gedanken waren träge wie Honig, während ich zu begreifen versuchte, was hier passierte.

»Bemüh dich nicht. Ich habe sie schon vor Stunden getötet«, sagte Wren … nein, Una.

Abfällig stieß sie die Leiche mit dem Fuß an und schnaubte: »Die Gute wurde lästig und hat viel zu viel herumgeschnüffelt. Ich habe mir immer eingebildet, unsere Spuren gut verwischen zu können, doch sie ist uns auf die Schliche gekommen. Allerdings hat sie den Fehler begangen, hier nach unten zu kommen, um mich zur Rede zu stellen. Irgendwie ironisch. Wäre sie dümmer gewesen, wäre sie wahrscheinlich noch am Leben. Sie und Falco hätten so unfassbar mächtige Kinder zur Welt gebracht. Luzifer wird enttäuscht sein.«

»Du bist doch vollkommen verrückt«, brüllte ich sie an. Una lachte gackernd, packte mich am Kinn und knallte mich gegen die Wand. Krachend schlug mein Kopf auf.

»Oh bitte, Leaf, ich bin in einem Stadium weit jenseits von Wahnsinn.«

»Du lügst«, spuckte ich aus und fühlte mich, als würde

ich jederzeit explodieren, während der Dämon in mir rumorte wie ein Wurm, der aus seiner Haut platzen wollte. Dunkle Schlieren füllten mein Blickfeld aus. »Falco würde niemals für einen Dämon arbeiten.«

»Oh, das tut er auch nicht. Noch nicht. Aber ich verzeihe jugendlichen Starrsinn. Es war nur verständlich, dass er wütend war, zu hören, dass er nur existiert, um sich für ein größeres Wohl aufopfern zu müssen. Als er dann nach New York gezogen ist, bin ich ihm gefolgt, um ein Auge auf ihn zu haben. Aber prinzipiell ist mir absolut gleichgültig, was Falco tut, solange er wächst, gedeiht und stärker wird, bis wir ihn zu dem machen können, was er ist. Den Rest hat sein Vater Tahir erledigt, der ist gerade dabei, Falco einzusammeln. Ihr werdet also beide mit uns kommen. Ist das nicht wundervoll?«

Sie zeigte ein Lächeln, bei dem zu viele Zähne zu sehen waren. »Jetzt ist es nur an der Zeit, sich zu entscheiden, ob ich dich im Ganzen oder in Einzelteilen hier rausbringen soll.«

Verächtlich verzog ich meinen Mund und schlichtweg, weil ich es konnte, spuckte ich. Direkt in ihr Gesicht. Der Schleim klatschte auf ihr Gesicht und rann langsam nach unten. »Fick dich …«, stieß ich hervor.

Unas Stimme verzerrte sich vor Wut zu einem Knurren.

»Wie du willst. Dann eben in kleinen Stücken.«

Sie zerrte mich mit purer Gewalt nach oben, und ihre Macht traf mich wie ein Faustschlag im Magen. Hart wurde ich zur Seite geschleudert, landete auf dem Boden und spuckte Blut aus. Während ich mich umdrehte, spürte ich, dass sie mir ein paar Rippen gebrochen hatte. Mit nur einem einzigen Schlag.

Una kam auf mich zu, und jetzt bemerkte ich auch, warum es hier unten so unfassbar dunkel war. Das war nicht natürlich. Es ging von ihr aus. Sie war die Quelle.

»Willst du nicht zumindest versuchen, wegzulaufen, kleines Häschen?«, fragte sie mich spöttisch, während sie über die Leichen von Tempest und Vane hinwegstieg. »Ich hatte fast gehofft, wir könnten ein wenig Katze und Maus spielen. Ich habe mich mit den Exorzisten hier unten schon aufgewärmt. Ich muss sagen, es hat etwas Berauschendes, so viele Exorzisten zu töten. Ihre Seelen schmecken einfach köstlich.«

Nicht nur Vane und Tempest.

Sie hatte alle getötet.

Meine Muskeln zitterten, während ich das Kinn hob und Una anstarrte.

»Ich werde nicht weglaufen. Ich werde dir den Arsch versohlen«, sagte ich grimmig und ließ den Dämon in mir frei, doch ich gab nicht die ganze Kontrolle ab. Es war mehr, als würde ich das Fenster kippen statt weit aufreißen.

Der Dämon kam hoch. Stück für Stück. Eines meiner Augen füllte sich mit Schwärze, und ich ließ den Dämon sich mit dem kläglichen Rest meiner Seele vermischen.

Una blinzelte überrascht, während mich die Stärke des Dämons ausfüllte, genauso wie seine Gedanken. Es war ein seltsames Gefühl. Nicht so, als würde ich weniger werden, sondern mehr.

Mein Blick veränderte sich, vertrieb die Schatten und die Angst, die sich in mir eingenistet hatten, bis sogar die Dunkelheit kein Problem mehr war, denn ich war ein Teil davon. Die Schmerzen verschwanden aus meinem Körper. Die Rippen knackten, als sie in Rekordgeschwindigkeit heilten, und langsam richtete ich mich auf.

»Ich dachte, die Dauphine hätte suggeriert, dass ich kein Interesse habe, in eurem Krieg mitzuspielen, Una«, hallte meine Stimme durch den Raum. Unsere Stimme. Sie dachte es, ich sagte es. Vielleicht war es umgekehrt, die Wahrnehmung dessen, wo ich aufhörte und sie anfing, war nicht mehr klar definierbar.

Una hob die Augenbrauen und musterte uns wie ein Raubtier, das entscheiden wollte, ob es lieber den Kopf oder das Herz fressen wollte.

»Es stimmt also wirklich. Ich dachte schon, die Dauphine will mich veralbern. Das Q-Gen hat Nebenwirkungen. Ich hätte nur nicht damit gerechnet, dass es zu einer eigenen Persönlichkeit wird.«

»Deine sogenannten Nebenwirkungen sind weitaus größer, als du ahnst, Dämon. Mich zu erschaffen, wird nicht euer Anfang, sondern Ende sein.«

Una lachte schallend. »Größenwahnsinnig ist es auch noch, wie herrlich.« Sie grinste mich breit an. »Ich werde dich aus dieser Hülle pulen wie eine kleine Made.«

Ich erwiderte das Lächeln, während sich der Hunger in mir regte, und Una war voll mit all den Seelen, die sie hier drinnen verschlungen hatte.

»Versuch es nur«, schnurrte ich, und Una schoss auf uns zu. Man musste ihr zugutehalten, dass sie wusste, was sie tat. Innerhalb eines Wimpernschlags rammte sie mich zu Boden, packte mich an der Kehle und drückte zu. Das Knacken eines brechenden Rückgrats war zu hören, doch die Wunde heilte schneller, als sie zugefügt wurde.

»Du musst mir schon den Schädel zertrümmern, um mich aufzuhalten«, fauchte ich sie an.

»Gern!«, säuselte sie, hob die Faust und donnerte sie hinab. In derselben Sekunde presste ich meine Hand an ihre Brust und entriss ihr alles an Arcanum, was ich finden konnte. Ihre Faust traf meinen Kopf und brach mir den Schädel, doch im gleichen Augenblick füllte mich so viel Macht, als hätte mich ein Blitz getroffen, und obwohl mir das Blut aus den Nasenlöchern rann, barst ein Lachen aus mir heraus.

Macht. So viel Macht. Una riss sich von mir los, doch ich packte sie nur fester und zerrte das Arcanum mit roher Gewalt aus ihr heraus.

Unas wütendes Brüllen vermischte sich mit meinem Lachen.

Ich bemerkte, wie sie Dunkelheit um sich sammelte und mir wie einen Speer in die Brust jagte. Die Wucht riss mich zurück, und ich schlug direkt durch die Wand. Stein barst bei dem Aufprall. Für eine Sekunde hüllte mich eine dichte Staubwolke ein und raubte mir die Sicht. Im selben Augenblick verdichtete sich die Schwärze um uns herum zu langen Tentakeln, die nach vorn schossen und sich um mich wanden und verschnürten. Brüllend versuchte ich, loszukommen, doch die Schwärze wand sich wie dicke, feste Ranken um meine Glieder, kettete mich zu Boden und zwang mich in die Knie.

»Ich bin Tausende Jahre alt, du glaubst doch nicht wirklich, dass ein Dämon, der gerade einmal ein halbes Jahr ist, gegen mich ankommen könnte, oder?« Una erschien in der dichten Staubwolke und sah ausgesprochen wütend aus. Das Haar peitschte ihr um das Gesicht, während sie eine Hand hob. Eine dunkle Ranke schnellte zwischen ihren Fingern hervor und wand sich um meinen Hals, bis Sterne hinter meinen Augen explodierten.

»Ich bin kein einfacher Dämon, den du aussaugen kannst. Ich bin eine Urgewalt«, fauchte Una, schnippte mit den Fingern, und weitere dunkle Ranken erhoben sich, spitzten sich zu, ehe sie in meinen Brustkorb einschlugen. Sie zerschnitten meine Haut wie Butter.

Una kam auf mich zu, riss mein Haar mit einem Ruck nach hinten und brüllte mich an: »Ich bin die Tochter von Luzifer, und du bist nicht mehr als ein verdammtes Experiment. Alles, was du bist, und alles, was du jemals sein wirst, gehört mir.« Und mit diesen Worten rammte sie mir die bloße Hand in die Brust und packte mein Herz.

50

Falco

Dämonen der Stufe 1
Wiedergänger

Lideric Allgemein das Ungeziefer der Untotenwelt. Äußerlich erinnern diese Wesen an eine zerfressene Tierleiche.

Keuchend blickte ich auf das frische Kleinod in meiner Hand. Das Medaillon, in dem wir den Dämon eingesperrt hatten, war kalt wie Eis und wirkte beinahe wütend, falls man einen leblosen Gegenstand so bezeichnen konnte, während ich es einsteckte.

»Gut gemacht, mein Junge.« Die schwere Hand meines Vaters landete auf meiner Schulter.

»Gut gemacht?«, fragte ich fassungslos und deutete um uns herum.

»Es sind soeben sechs Exorzisten tödlich verletzt worden, und der andere Dämon konnte entkommen. Sie waren auf der Suche nach Leaf. Wir müssen den Intendanten warnen. Die Spiele müssen abgebrochen werden. Lord-Dämonen sind hier. Es ist nicht mehr sicher.«

Tahir sah mich mit unlesbarer Miene an. Als er sich bewegte, war das widerlich schmatzende Geräusch des vergossenen Bluts zu hören. Das Zimmer war ein totaler Trümmerhaufen, ein Massaker. Die Körper der Exorzisten in kleine Teile zerrissen, als wären sie nicht mehr als Papier.

»Ganz ruhig, mein Sohn. Ich kümmere mich darum. Aber jetzt musst du erst mal mit mir kommen. Es ist wichtig.«

Sein Griff an meiner Schulter wurde hart, und er bugsierte mich aus dem demolierten Zimmer, als wäre ich noch ein kleiner Junge.

»Vater, wieso kommt es mir so vor, als würdest du die Sache nicht ernst nehmen? Bist du dir bewusst, was los ist? Lord-Dämonen sind hier eingebrochen, und Tempest ist verschwunden, nachdem ...«

Mir blieben die Worte in der Kehle stecken, als ein schrecklicher Gedanke sich einen Weg durch meine Gedärme bahnte.

»Nachdem was, mein Junge?«, fragte Tahir und verschränkte die Arme vor der Brust. Ich starrte ihm in die Augen, etwas, das ich schon sehr viele Jahre nicht getan hatte, und es wirkte, als würde ich in die Augen eines Fremden blicken.

»Tempest ist verschwunden, nachdem sie euch sehen wollte. Sie hat Ungereimtheiten in den Berichten gefunden.«

»Ach ja, das«, stimmte Tahir zu, jedoch ohne weiter darauf einzugehen. »Mach dir keine Sorgen. Tempest ist bei deiner Schwester. Sie werden nachkommen.«

»Nachkommen wohin? Vater, was ist hier los?«, presste ich zwischen den Zähnen hervor, und zum ersten Mal wirkte Tahir gereizt.

»Es wäre so viel reibungsloser, wenn du noch deine Erinnerungen hättest, Junge, oder vielleicht ist es auch gut so. Macht es einfacher.«

»Was macht es einfacher?«

»Deinen Platz einzunehmen. Wir haben alles vorbereitet, bald ist es vorbei.«

Meine Miene verhärtete sich, und ich wich langsam zurück, als ich bemerkte, warum mir der Blick meines Vaters zu seltsam vorkam. Er war zu schwarz, die Iriden füllten sich immer weiter mit Dunkelheit, bis vor mir nicht mehr mein Vater stand, sondern ein … »Dämon! Nein! Wie ist das möglich? Wo … was hast du mit meinem Vater gemacht?«, brüllte ich, und der Rosenkranz in meiner Hand begann zu leuchten.

Der Dämon schnippte sich nachlässig Staub von der Schulter. »Beruhige dich, mein Junge. Ich lebe schon gute dreißig Jahre in dem Körper deines Vaters. Er mag dich damals noch gezeugt haben, aber du hast mich dein ganzes Leben lang Vater genannt.«

»Nein, das ist unmöglich, das wäre aufgefallen, das kann nicht … du kannst kein Dämon sein. Mein Vater ist kein Dämon«, spuckte ich fassungslos aus.

Mein Gegenüber lächelte schmal. »Du hast den Mann namens Tahir Chepesch nie wirklich kennengelernt, Falco. Er ist schon lange tot, und sein Körper gehört mir. Mein Name ist Samedi.«

»Nein, das ist nicht möglich«, sagte ich nur und wich zurück.

»Alles ist möglich, wenn man weiß wie.«

»Nein, es würde auffallen, wenn ein Dämon einfach so herumspaziert«, knurrte ich ihn an.

Er lachte nur. »Oh, Junge. Es ist so viel mehr möglich, als du ahnst. Ich bin viele tausend Jahre alt. Ich bin gut in dem, was ich tue, meine Fähigkeiten, um meine Natur zu verbergen, sind nahezu perfekt. Genau darum wurde ich für diese Mission ausgesucht.« Nein. Nein, das hier musste ein Albtraum sein. Das hier konnte nicht real sein.

Der Dämon in Gestalt meines Vaters hob beschwichtigend die Hände.

»Ich hätte es dir lieber unter anderen Umständen beigebracht, doch bald ist das alles nicht mehr von Belang. Wir haben den Samen gepflanzt, und nun ist die Zeit der Ernte gekommen. Ich bringe dich jetzt zu Luzifer, er wird sich freuen, seinen Körper zu sehen. Du kannst stolz auf dich sein. Dein Opfer wird diese Welt verändern.«

»Wie kannst du …«, setzte ich an, doch bevor ich auch nur den Satz zu Ende bringen konnte, packten mich Hände von hinten, und ein Tuch wurde mir vor die Nase gedrückt. Ein Brüllen entwich mir, ich schlug aus und traf Knochen, ein Keuchen war zu hören, doch der Griff ließ nicht locker, und meine Gedanken begannen zu verschwimmen.

Krampfhaft versuchte ich, bei Bewusstsein zu bleiben, aber das Betäubungsmittel wirkte unfassbar schnell. Der Raum fing an, sich zu drehen.

»Keine Sorge. Das hier ist nicht dein Ende, wir fangen gerade erst an, mein Junge«, hallte eine dumpfe Stimme durch den Nebel in meinem Kopf.

Das Letzte, was ich sah, bevor ich das Bewusstsein verlor, waren die schwarzen Augen des Dämons, den ich mein ganzes Leben lang für meinen Vater gehalten hatte.

51

Lore

Dämonen der Stufe 3
Geister
Geister menschlichen Ursprungs

Myling Mylinge sind die Geister von Kindern, die einen gewaltsamen Tod gefunden haben. Nach ihrem Ableben weinen sie an dem Platz, wo sie heimlich begraben wurden. Vor allem zu früheren Zeiten, als uneheliche Kinder noch regelmäßig umgebracht wurden, kamen diese Geister öfter vor. Mylinge spielen gern Streiche und sind daher mit einer Art *Poltergeist* vergleichbar.

Ich kam zu spät. Das wurde mir klar, als ich durch die Katakomben lief und die Leichen der Exorzisten zählte. Ich kannte die Handschrift meiner Schwester, und sie machte sich aktuell auch keine Mühe mehr, sich zu verstecken. Ihre Macht pulsierte wie ein Hammerschlag durch die dunklen Gänge.

Henry bellte aufgeregt neben mir und rannte so schnell, dass ich ihm kaum folgen konnte. Der Schattenhund hatte mich im selben Augenblick gefunden, als ich den Friedhof betreten hatte. Dass er freiwillig Leafs Seite verlassen hatte, sagte mir nur, wie sehr die Kacke am Dampfen war.

Das hatte sich bestätigt, als ich die Präsenz meiner Schwester gefühlt hatte. Una war hier. Das bedeutete, ich musste die Samthandschuhe einpacken und stattdessen die

Abrissbirne herausholen. Also war ich einfach wie ein Irrer dem Schattenhund nachgelaufen und hatte jetzt eine Horde aufgebrachter Exorzisten an meinen Fersen kleben.

In den Gängen hatte ich es zumindest geschafft, sie abzuschütteln, doch wenn sie ihre toten Kameraden fanden, würde hier gleich die Hölle losbrechen. Una hatte ganze Arbeit geleistet.

In diesem Augenblick schwor ich mir, Leaf Young nie wieder alleine zu lassen. Selbst dann nicht, wenn es die einfachste Lösung war. Die Angst, sie zu verlieren, war so fundamental, dass es mich bis in die tiefsten Tiefen meiner schwarzen Seele erschütterte. Kain heute zurückzulassen, hatte mich getroffen, Leaf zu verlieren, würde mich zerstören.

Ich fand sie im selben Augenblick, als Una ihre Faust in Leafs Brustkorb rammte.

Mir blieb das Herz stehen. Für eine Sekunde sah ich nur das Blut und den Schmerz in Leafs Gesicht. Eines ihrer Augen zeigte das Grün eines Menschen, das andere war schwarz wie bei einem Dämon. Sie hustete Blut.

Bevor Una ihr bei lebendigem Leib das Herz herausreißen konnte, war ich bei meiner Schwester, packte ihren Kopf und brach ihr das Genick mit einem befriedigenden Knacken. Una erstarrte, wurde schlaff und sank in sich zusammen. Wütend riss ich ihre Hand aus Leafs Brustkorb, die hechelnd nach Luft rang.

»L… Lore?«, stammelte sie.

»Ich bin da. Hölle, ich bin da, Leaf. Es tut mir so leid.« Ich ließ mich auf die Knie fallen, zückte eine Sichel und zerschnitt Unas Ranken. Leaf sackte in sich zusammen, sie war nur halb bei Bewusstsein. Ich drückte sie an mich.

»Es ist alles gut. Ich bin bei dir«, versicherte ich ihr und hauchte einen Kuss auf ihren Scheitel. Allein, sie zu halten, beruhigte mich, als wäre ich endlich an den Ort gekommen, an den ich gehörte.

Ein Knirschen hinter uns ließ mich wütend herumfahren.

»Wie kommt es …«, röchelte meine Schwester und spuckte einen Brocken Blut aus. Ihr Genick rückte wieder an Ort und Stelle, während sie mich wütend anstarrte. »Dass du immer zum falschen Zeitpunkt kommst, du Miststück!? Am Anfang war das Ganze vielleicht noch amüsant, doch es reicht endgültig«, fauchte sie mich an.

»Du hast recht. Wir sollten das alles hier abkürzen, ich darf also wieder ein Familienmitglied zerstückeln«, bellte ich und schob Leaf hinter mich, die langsam zu heilen begann. Hätte Una ihr tatsächlich das Herz herausgerissen, wäre sie vermutlich nicht daran gestorben, doch es hätte verdammt lange gedauert, bis es nachgewachsen wäre.

Una stieß ein gackerndes Lachen aus. »Sieh dich nur an. Wie armselig du geworden bist. Wie sehr du dich an dieses Mädchen klammerst. Wie tief bist du gefallen. Hör einfach auf. Du hast doch bereits alles verloren. Wieso willst du mich so unbedingt davon abhalten, Vater zurückzubringen? Wir könnten endlich die Welt verändern.« Sie schwankte, und ich sah den Wahnsinn in ihren Augen, als sie flüsterte: »Warum lässt du mich nicht die Welt verändern, Lore? Bist du so kleinlich, dass du mir nicht mal das gönnst?«

»Das hat doch nichts mit Kleinlichkeit zu tun, Una«, spuckte ich aus. »Hol dir deine dumme Weltherrschaft, wenn du das willst, es kümmert mich nicht. Jeder braucht ein Hobby. Aber Vater zurückzubringen, ist das Dümmste, was du tun kannst. Sobald Luzifer wieder einen Körper hat, wird er alles zerstören. Das liegt schlichtweg in seiner Natur. Glaubst du, er verschont dich, weil du seine Tochter bist? Er wird dich mit Stumpf und Stiel fressen.«

»Du bist nur eifersüchtig! Das warst du schon immer. Weil Vater mich mehr geliebt hat als dich«, geiferte sie.

»Du bist absolut wahnsinnig, Una!«, brüllte ich, und sie stieß ein Giggeln aus.

»Oh nein, nein, der Wahnsinn hat noch nicht einmal angefangen. Glaubst du, ich mache all das allein? Seit Jahren sammeln sich die Dämonen und halten sich bereit für diesen längst ausstehenden Krieg. Bald schon sind wir genug, und sobald Vater seine Hülle hat, wird es nichts mehr geben, was uns aufhält. Jetzt gib mir das Mädchen, Lore.«

»Nur über meine Leiche«, brüllte ich, und Una grinste breit.

»Das lässt sich einrichten.«

Dunkelheit sammelte sich um sie herum, quoll zusammen und bildete Stränge hinter ihrem Rücken wie Tentakel. Mit einem wilden Schrei ließ sie die Tentakel auf uns los. Ich packte Leaf und rollte uns zur Seite, sodass die dunklen Ranken in den Stein krachten.

Von der Erschütterung kam Leaf wieder zu Bewusstsein, die mich verwirrt anblinzelte.

»Lore? Was ist los?«

»Wir machen etwas Dramatisches. Halte die Luft an«, teilte ich ihr mit, und während Una zu uns herumwirbelte, ließ ich meine eigene Dunkelheit los. Mit einem einzigen heftigen Stoß rammte ich sie ins Mauerwerk. Meine Macht fraß sich durch den Stein, Risse zogen sich hindurch, und die Katakomben begannen, zu beben, während ich jeden Funken Macht, den ich in mir hatte, hineinpumpte.

»Was tust du?«, brüllte Una, als die ersten Steine zu fallen begannen.

»Das nennt sich strategisch Zeit verschaffen, um wegzulaufen«, teilte ich ihr mit, und mit dem nächsten Stoß stürzte die Decke genau über uns ein.

Una riss die Augen auf und schlang die dunklen Tentakel wie einen Schutzschild um sich, als die großen Brocken hinabfielen.

»Lauf!«, brüllte ich Leaf an, obwohl mir bewusst war, dass wir ein Wunder brauchten, um es jetzt noch hinauszuschaffen. Sie zitterte am ganzen Körper, als wir davonstolperten.

Immer mehr Steine krachten aus der Decke auf unsere Köpfe hinab. Einer davon traf meine Schläfe, und ich sah Sterne. Im selben Augenblick stürzte ein so großer Brocken vor uns nieder, dass er uns den Weg abschnitt. Leaf fiel hart auf den Boden. Ich zerrte sie hoch, und wir kletterten über den Brocken hinweg.

Inzwischen bröckelten so viele Steine auf uns hinab, dass wir von allen Seiten schmerzhaft getroffen wurden. Hinter uns kam der Boden in Bewegung und begann, in sich zusammenzubrechen. Die gesamten Katakomben waren dabei, einzustürzen wie Dominosteine, die sich gegenseitig umrissen. Knochensplitter und eine Menge Staub flogen uns um die Ohren.

Keuchend rannten wir durch die Gänge. Leafs Hand fest in meiner, während ich sie um eine Ecke zerrte, und da war es: Tageslicht.

Die Katakomben flogen uns um die Ohren, und als ich spürte, wie der Boden endgültig nachgab, packte ich Leaf und stieß sie nach draußen. Mit einem Hechtsprung folgte ich ihr, knallte hart auf den Boden, rollte mich ab und hörte das ohrenbetäubende Rumpeln, als der Gang komplett kollabierte.

52
Leaf

Dämonen der Stufe 2
Dämonen

Churel Eine Unterart der Sukkubi. Der Churel saugt vor allem Männern jede Flüssigkeit aus, bis diese altern und vertrocknen.

Eine dichte Staubwolke hüllte uns ein. Hustend versuchte ich, mich zu bewegen, doch die Wunde in meiner Brust ließ nicht zu, dass ich mehr schaffte, als mich herumzurollen und auf Lore zuzukriechen, der keuchend im feuchten Gras lag. Es musste regnen, denn es war überall nass.

»Lore!«, keuchte ich. Meine Finger fanden seine, und ich brach neben ihm zusammen. Ich konnte nicht fassen, dass er hier war. Bei mir. Mit mir. Dass er mich gesucht und gefunden hatte. So lange hatte ich mir diesen Augenblick ausgemalt und überlegt, was ich sagen oder tun würde, wenn ich ihn endlich wiedersähe. Die Fantasien reichten von stürmischen Umarmungen bis hin zu Gewalt, weil er es gewagt hatte, mich alleine zu lassen und mit dem Körper meines Bruders einfach davonzulaufen. Doch ihn jetzt hier zu sehen, die beiden zu sehen, selbst wenn es nur MJs Körper war, trieb mir die Tränen in die Augen.

»Ich hasse dich so sehr, weißt du das eigentlich?«, brachte ich heraus, und Lores Blick wurde weich wie Butter.

»Ich habe dich auch vermisst«, sagte er mit rauer Stimme und zog mich in seine Arme. Für einen kurzen Augenblick drückte er seine Stirn gegen meine, und ich ließ den Tränen freien Lauf. Tropfen fielen auf uns hinab wie der Regen, der all den Staub von uns wusch.

»Was … was ist mit MJ?«, schniefte ich.

Lore seufzte.

»Dem Kleinen geht es gut.«

»Das will ich auch hoffen.« Ich rang nach Luft, und Lore löste sich von mir, während wir beide auf den zerstörten Eingang des Friedhofs blickten. Scharfe Geröllhaufen ragten aus dem ehemaligen Türeingang hinaus.

»Scheiße, ich kann nicht fassen, dass wir es da rausgeschafft haben«, sprach Lore meine Gedanken laut aus. Auf seinem Gesicht klebte so viel Staub, dass er grau aussah.

»Das war die dümmste Idee, die du jemals hattest«, gab ich zurück.

»Das hat mir schon mal jemand gesagt«, räumte er ein.

»Weil du zu viele davon hast.«

»Wohl wahr, aber zumindest wird Una jetzt eine Weile brauchen, um sich aus diesem Schutt rauszubuddeln.«

»Du meinst, sie hat das überlebt?«

Er schnaufte. »So schnell werden wir sie nicht los, doch das verschafft uns zumindest genügend Zeit, um von hier zu verschwinden. Komm. Lass uns abhauen, bevor es ungemütlich wird.«

Im selben Augenblick war ein schmatzendes Geräusch zu hören. Erschrocken blickten wir auf seine Brust, aus der eine Waffe herausragte.

»Oh Mist, ich wusste, ich habe was vergessen«, krächzte der Dämon, ehe die Waffe ruckartig aus seinem Brustkorb gezogen wurde und er in sich zusammensackte.

»Lore!« Ich stürzte auf ihn zu, doch Arme packten mich

grob von hinten und rissen mich zurück. Im nächsten Augenblick schlang sich etwas um meinen Hals. Ein Rosenkranz. Es zischte, als er auf meine Haut traf, und ich stieß einen schrillen Schmerzensschrei aus.

»Ich bin enttäuscht von dir, Leaf Young. Maßlos enttäuscht«, sagte eine Stimme.

Keuchend drehte ich mich um. Der Regen prasselte auf uns herab, und der Himmel grollte.

Da stand der Intendant, die Hände hinter dem Rücken verschränkt. Zwei Männer flankierten ihn. Der eine hielt Lore fest, der andere mich, und hinter ihnen waren Exorzisten. Dutzende. Ein Meer aus flatternden Umhängen und wütenden Gesichtern. Ein Blitz zuckte über den Himmel und zerschnitt Lores Gesicht in Schatten und Licht.

»Intendant. Es ist nicht so, wie es aussieht«, krächzte ich, doch dieser unterbrach mich mit vor Wut bebender Stimme.

»Nicht so, wie es aussieht? Nun, ich sage dir, wie das für mich aussieht, Leaf Young. Ich sehe nicht nur einen, sondern zwei Dämonen vor mir, die für den Tod von über fünfunddreißig Exorzisten verantwortlich sind und versucht haben zu fliehen.«

»Nein, bitte nicht. Ich …« Meine Stimme wurde abgeschnitten, als der Exorzist den Rosenkranz so fest zuzog, dass ich keine Luft mehr bekam.

Der Intendant ging auf Lore zu und hob mit seiner Sichel dessen Stirn an. »Lore. Wenn mich nicht alles täuscht. Es wird mir eine Freude sein, dich eigenhändig zu töten«, knurrte er.

Lore seufzte. »Das ist jetzt wirklich eine blöde Situation. Ich nehme an, wir bekommen nicht die Chance, das hier zu erklären?«

»Schluss mit Chancen. Ich habe Miss Young mehr als genug davon gegeben, und sie hat jede einzelne davon vertan.«

Er trat zurück und seine Stimme polterte über den Friedhof: »Leaf Young. Hiermit klage ich dich und den Dämon Lore wegen des Mordes an fünfunddreißig Exorzisten, des Bündnisses mit einem Dämon, vorsätzlicher Täuschung, Unterwanderung und Spionage des Ordens an.«

»Bitte, ich kann das wirklich erklären«, presste ich hervor, doch niemand beachtete mich.

Lore neben mir knurrte nur. Seine Augen waren pechschwarz, und vermutlich sahen meine Augen vor Angst nicht anders aus. Es gab nichts mehr, was das verstecken konnte. Der Dämon war jetzt Teil von mir. Ich spürte sie in meiner Brust wie einen zweiten Herzschlag und in meinem Kopf. Ihre Dunkelheit floss durch meine Venen. Es gab nichts mehr, was uns trennen konnte.

»Ich bin enttäuscht von dir, Leaf Young«, wiederholte der Intendant.

»Bitte nicht«, flehte ich, doch der Gesichtsausdruck des Intendanten wurde hart wie Stein, als er so laut verkündete, dass jeder Exorzist es hören konnte: »Wir wurden verraten, unsere Mission wurde behindert, und das Böse, das wir bekämpfen, versucht, uns zu besiegen. Aber ich sage Ihnen jetzt, mit dem Feuer der Gerechtigkeit in unseren Herzen, dass wir niemals zurückweichen werden!

Unsere Ehre wurde angegriffen, unsere Gemeinschaft geschwächt, aber wir werden aus unseren Verlusten noch stärker hervorgehen. Wir werden die Dunkelheit, die sich über uns gelegt hat, vertreiben, und die Dämonen, die unseren Pfad versperren, besiegen. Wir werden nicht zulassen, dass sie uns in die Knie zwingen, egal wie viele Verluste wir erleiden müssen.

Dieser Tag wird eine Lehre sein, eine Warnung an alle, die es wagen, sich dem Orden in den Weg zu stellen. Wir werden das Böse auslöschen, das uns bedroht, und wir werden unsere Ehre zurückgewinnen. Wir werden für die Gerechtigkeit kämpfen, für die Seelen der Unschuldigen und für die Zukunft unserer Gemeinschaft.

Lasst uns vereint gegen die Dunkelheit aufstehen und schwören, dass ein solcher Verrat nie wieder geschehen wird. Möge unser Zorn uns antreiben, unsere Entschlossenheit uns leiten und unsere Ehre uns erheben!

Wir sind Exorzisten, und wir werden niemals aufgeben!

Im Morgengrauen werden die Spiele der Spiritisten beginnen, und Leaf Young wird zusammen mit dem Dämon Lore in aller Öffentlichkeit hingerichtet.«

Fortsetzung folgt …

Danksagung

Danke!

PS: Für mehr ist nicht Zeit, das hier muss seit gestern in den Druck. Sorry! Ich mach es länger bei Band 3. Versprochen!

Lehrbuchauszug
Zweites Semester – Black Bird Academy

Handbuch der Conjurer

Methoden der Conjurer

Invokation d. h. **bannen und vereinen** – nicht sichtbar, kann mit **Reliquien** an ein Kleinod gebunden werden, um es unschädlich zu machen.

Evokation d. h. **binden und nutzbar machen** – den Geist sichtbar machen /verstofflichen, um ihn entweder zu töten, zu versiegeln oder auch **dienstbar** zu machen. Zum Beispiel: Ein Spiritus wird mithilfe von Evokation in Form eines Tiers gebunden, um ihn für die eigenen Zwecke nutzen zu können.

Beschwörung Conjurer einer hohen Ausbildungsstufe vermögen nicht nur Geister zu bannen, sondern diese auch zu beschwören. Weltweit gibt es jedoch nur eine Handvoll Conjurer, die dazu in der Lage sind. Tatsächlich ist dies eine Veranlagung, die in Familien weitergegeben wird, und erfordert vom Orden eine Genehmigung zur Ausführung, die jedes Mal neu beantragt werden muss – Ausnahme hiervon ist das Rufen eines Spiritus.

Drittes Auge Séancen können ein drittes Auge öffnen – dabei kommt es auf die Stufe des Exorzisten an, ob er den Geist hören, sehen, riechen oder anfassen kann. Ein gängiges Mittel, um in Kontakt mit Geistwesen zu treten, ist das **Ouija** (ähnelt äußerlich einer Taschenuhr, nur mit Buchstaben statt Ziffern).

Das Aufspüren verfluchter Knochen oder Gegenstände gehört meist zu den Aufgaben der Conjurer niedriger Stufe.

Was sind verfluchte Knochen? Menschen, die mit Dämonen der Stufe 2 (siehe *Dämonen* und *Shintonisten*) in Kontakt treten, von ihnen gebissen, vergiftet oder besetzt werden, können nach ihrem Tod als verflucht gelten, da ihre Überreste **verseucht** sind. Ihre Gebeine zersetzen sich gar nicht oder nur sehr langsam. Schwache Auswirkungen können sein: vergiftete oder ausgedörrte Böden oder vergiftetes Grundwasser.

Bevor Häuser oder Spielplätze an Stellen wie ehemaligen Friedhöfen oder Kultstätten erbaut werden, muss zuvor vom Orden überprüft werden, ob sich an diesem Ort verfluchte Knochen befinden, da sonst Symptome wie Schlafwandeln, Angstschweiß, Paranoia, Angstzustände, Depressionen oder auch Krankheiten ausgelöst werden können.

Das Ausgraben und Verbrennen der Knochen ist effektiv und meist ausreichend. Bei schweren Fällen wird dazu geraten, einen Shintonisten zu Rate zu ziehen, der die Knochen unschädlich macht, sollten sie mit zu viel dunklem Arcanum verseucht sein.

Was sind verfluchte Gegenstände? Gegenstände, die in Kontakt mit Dämonen der Stufe 2 (siehe *Dämonen* und *Shintonisten*) oder auch der Stufe 3 (siehe *Geister* und *Conjurer*) waren oder sich auch länger in deren Besitz befunden haben, können ähnlich wie **verfluchte Knochen** schädliche Auswirkungen auf ihr Umfeld haben. In diesem Fall sind die meisten gängigen Formen von verfluchten Gegenständen Mordwaffen, mit denen Menschen getötet wurden und an denen dunkles Arcanum haften bleibt. Es können aber auch Gegenstände sein, die von Geistern aus ihren früheren Leben zurückgelassen wurden (z. B. Puppen, Ringe oder Fotos). Das Entfernen des Gegenstands kann heftige emotionale Reaktionen bei Geistern auslösen und sollte daher von einem Conjurer übernommen werden, um möglichen Verletzungen vorzubeugen. In solchen Fällen empfehlen wir eine **Invokation**, bei der der Geist zuerst gebunden oder gebannt wird, ehe der Gegenstand entfernt wird.

Anders verhält e es sich mit Gegenständen, die im Besitz eines *Dämons der Stufe 2* (z. B. eines Lord-Dämons) waren. Diese sind mit dunklem Arcanum getränkt. In schweren Fällen wird dazu geraten, einen Shintonisten zu Rate zu ziehen, der den Gegenstand unschädlich macht.

Das Einsetzen eines Spiritus:

Können Dämonen nicht aufgespürt oder geortet werden, kann ein Spiritus zu Rate gezogen oder zu Hilfe geholt werden.

Geister menschlichen Ursprungs:

Mahr (oder auch Nachtmahr) Er nährt sich von Albträumen und ist eine der weitest verbreiteten Geisterarten.

Schatten Dies sind Menschen, die keine Erlösung finden konnten. Ein Schatten wird aus starken Emotionen wie Angst geboren, d. h., er ist die Reinkarnation purer Emotion und ähnelt äußerlich dem Bildnis des jeweiligen Verstorbenen. Seine Anwesenheit macht sich durch unheimliche Geräusche bemerkbar, aber auch durch Windböen, Temperaturabfall oder flackerndes Feuer. Wirklich gefährlich werden Schatten jedoch, wenn sich *Wiedergänger* in großen Gruppen ansammeln und damit Naturkatastrophen auslösen.

Poltergeist Stärkere Form des *Schattens*. Sie sind dazu in der Lage, für kurze Zeit körperliche Form anzunehmen, und sind nur noch sehr schwer zu beseitigen.

Banshee (auch Todesfee genannt) Menschen, die gewaltsam ums Leben kamen und von gewalttätigen Unfällen oder Morden, die dem ihrem gleichen, angezogen werden. Ihr Erscheinen kann als Warnung verstanden werden, nicht ihr Schicksal zu teilen, doch nur in den wenigsten Fällen kann das angekündigte Schicksal abgewendet werden. Ihre Schreie sind für Conjurer leicht zu hören, sollte man sie jedoch zu laut und zu lange hören, können sie Apathie, Schlaf-/Appetitlosigkeit und Verfolgungswahn auslösen.

Winselmutter Ältere Frauen, vor allem Mütter, die bei einem Unfall oder im Kindbett ihr Leben verloren haben und auf der Suche nach ihren Kindern sind. Winselmütter sind vor allem in alten Häusern vorzufinden. Zumeist sind sie harmlos, sollten sie jedoch stärker werden, können sie einen verfrühten Kindstod auslösen, da sie die Kinder zu sich holen. Darum müssen Winselmütter auch in schwacher Form umgehend ausgelöscht werden.

Die weiße Frau Ein Geist, der hauptsächlich in England gesichtet wurde. Die ältesten Berichte von ihr stammen aus dem 15. Jahrhundert. Im Allgemeinen gilt sie – sofern man sie nicht herausfordert – nicht als böswillig oder gefährlich. Tatsächlich verfügt sie über Intelligenz und ein eigenständiges Bewusstsein. Geübten *Conjurern* ist es möglich, mit der weißen Frau zu sprechen. Ob es sich bei der weißen Frau um eine oder mehrere Personen handelt, ist nicht sicher belegt, aber sie konnte dem Orden bereits nützliche Informationen zukommen lassen.

Phantom Ein Phantom von einem *Schatten* zu unterscheiden, benötigt einiges an Erfahrung und feine Sinne. Ihr Ursprung mag derselbe sein, denn Phantome entstehen meist an Orten, an denen Gewaltverbrechen verübt wurden oder starke Emotionen aufgetreten sind. Im Gegensatz zu einem *Schatten* kann ein Phantom jedoch auch von einem noch lebenden Menschen abstammen und sich wie ein Parasit von dessen Arcanum und Emotionen ernähren. Werden sie größer und wachsen an, können sie sich loslösen und einiges an Schaden anrichten.

Myling Mylinge sind die Geister von Kindern, die einen gewaltsamen Tod gefunden haben. Nach ihrem Ableben weinen sie an dem Platz, wo sie heimlich begraben wurden. Vor allem zu früheren Zeiten, als uneheliche Kinder noch regelmäßig umgebracht wurden, kamen diese Geister öfter vor. Mylinge spielen gern Streiche und sind daher mit einer Art *Poltergeist* vergleichbar.

Wechselbalg Wechselbälger sind Kinder, die zu Tode kommen und anschließend von einem Geist besetzt werden. Es sind die einzigen Geister, die dazu imstande sind und ähnlich wie Lord-Dämonen in ihrer Hülle weiterexistieren. Im Körper des Kindes leben sie unter den Menschen, vergessen jedoch oft, dass sie Wechselbälger sind. Warum Geister sich in den toten Körpern von Menschenkindern einnisten, ist bisher unbekannt, man erkennt sie jedoch daran, dass sie nicht älter werden oder wachsen können.

Dibbuk Von einem Dibbuk heimgesucht zu werden, wird oft mit einer Depression verwechselt, denn ein Dibbuk sucht sich ein Opfer aus, das bereits dunklen Gedanken nachhängt. Er sucht sich eine Körperstelle aus und agiert dort wie ein Blutegel, nur dass er sich von Arcanum und nicht von Blut ernährt. Je nach Körperstelle kann diese Extremität nach einer Weile auch absterben. Es verstärkt schlechte Eigenschaften wie Rauchen, Trinken oder Aggressionen.

Loogaroo Loogaroos sind spezielle Wesen, meist *Wiedergänger*, die ihren Geist von ihrem Körper lösen können und in einer beliebigen Gestalt (z. B. Fledermaus, Nebel oder Feuerball) ihr Unwesen treiben können. Jedoch sind nur wenige Wiedergänger dazu in der Lage. Um einen Loogaroo zu töten, muss man seinen Körper töten.

Namorodo Dies sind Geister, die mithilfe von *Nekromantie*/Totenbeschwörung erweckt werden. Eine Gruppe, die sich viel mit Nekromantie beschäftigte, waren die *Mantiker*. Nach dem schweren Unfall an der Black Bird Academy in New York, bei dem eine Gruppe Mantiker ein Dutzend Namorodo-Dämonen beschwor und ein Massaker auslöste, ist Nekromantie inzwischen verboten, daher kommen nur noch wenige Namorodo vor.

Hybriden sind halb Geist, halb Monster und vor allem in asiatischen Ländern wie Japan, China, Indien, Korea, Vietnam und Thailand verbreitet. Die häufigsten bei uns vorkommenden Arten sind:

Milchhase Ein Geist, der erschaffen werden kann und als dämonische Vorstufe eines Spiritus gilt. Dazu benötigt man ein Knochenglied des kleinen Fingers, das mit sieben verschiedenen Garnfäden oder Stoffresten umwickelt und mit Stöcken, Erde, Holz-/Metallspänen, Haaren, Fingernägeln oder Ähnlichem gefüllt wird. In einem Beschwörungsritual wird dem Geist mit genügend Arcanum und einem Blutopfer Leben eingehaucht. Im Gegensatz zu einem Spiritus muss man den Milchasen nicht an sich binden und kann ihn wieder loswerden. Da die Erschaffung eines Milchhasen jedoch zur Nekromantie zählt, ist auch sie inzwischen verboten.

Nachtrabe (auch Black Bird genannt) Namensgeber der Exorzisten. Sie gelten als vom Aussterben bedroht bzw. es gibt immer weniger von ihnen. In freier Wildbahn würden die Nachtraben wehrlose Passanten an Weggabelungen auf grausame und aggressive Weise angreifen und ausweiden. Inzwischen gelten sie als Späher und Schutzgeister der Exorzisten und werden nur noch im Notfall getötet.

Spiritus Ein spirituelles Tier oder Begleiter. Er kann vor allem Geister und andere unnatürliche Wesen aufspüren und hilft bei deren Beseitigung. Ein Spiritus kann in der Familie bis zur dritten Generation weitervererbt werden. Dabei zu beachten ist jedoch: Wittert der Spiritus den nahenden Tod seines Besitzers, hockt er sich auf dessen Brust und frisst seine Seele. Der Besitzer der dritten Generation muss den Spiritus vor seinem eigenen Tod auslöschen, sonst gelangt dieser in Freiheit. Ein Spiritus ist auf seinen Besitzer geprägt. Zweimal kann man den Spiritus weiterverkaufen, der dritte Besitzer kann ihn nicht mehr abschütteln. Man sollte also gut abwägen, sich eines Spiritus anzunehmen.

Elementargeister (Erd-, Wasser-, Luft- oder Feuergeister): Elementargeister stehen inzwischen unter Artenschutz, da sie anders als die üblichen Geister nicht von Menschen abstammen, sondern eine eigenständige Dämonenart sind und vom Arcanum der Natur selbst gespeist werden. Es können Kreuzungen zwischen Elementargeistern der Stufe 3 und Monstern der Stufe 1 vorkommen. Es ist anzuraten, sie in Ruhe zu lassen und ihnen nicht näher als mit Sichtkontakt zu kommen. Sie sind meist zurückgezogen. Zum Töten freigegeben sind nur jene, die andere Menschen gefährden oder sich zu weit von ihrem Territorium entfernen. Die bekanntesten Formen der Elementargeister sind:

Wassergeister:

Glaistig (auch die grüne Jungfrau genannt) Wird ebenfalls zur Familie der Geister gezählt.

Strandwächter Geister an Gewässern.

Bachpferd (siehe auch Hybriden) Ein bösartiges Raubtier, das an Bächen, Flüssen und Seen lauert.

Nöck Bösartiger Wassergeist, der Menschen unter Wasser zieht und sich Wasserleichen zu eigen macht.

Nixe Nixen leben in Wald- und Binnenseen und sind die weibliche Version eines Nöcks. Sie regieren wie die Waldgeister über ihr Seensystem. Wie bei der Waldfrau kann ihr Rücken ausgehöhlt oder auch von Schuppen bedeckt sein. Wenn sie in Erscheinung tritt, hat sie Beine und keinen Fischschwanz. Im Unterschied zu den Nöcks sind Nixen nicht immer bösartig und töten nur selten aus reiner Mordgier, zumindest solange sie nicht hungrig sind. Seit die Seen jedoch immer weiter verschmutzt werden, zeigen sich die Nixen zunehmend aggressiv.

Quellennymphe Quellennymphen verfügen über heilende Fähigkeiten und sind an speziellen Quellen vorzufinden. Unter bestimmten Umständen kann man durch die Quelle einer Nymphe das zweite Gesicht erlangen und als normaler Mensch Dämonen erkennen oder diese auch besser aufspüren. Allerdings läuft man dabei Gefahr, dass einem die Nymphe hierbei auch die eigene Seele raubt.

Luftgeister:

Irrlicht Sie werden meist auf Sümpfen, Moren, Grabhügeln oder Friedhöfen gesichtet und können wie Glühwürmchen in großen Schwärmen auftreten. Sie gelten als harmlos, haben jedoch eine leicht halluzinogene Wirkung und können in die Irre führen.

Leanan Sidhe (auch Muse genannt) Sie wurden in noch keiner stofflichen Form gesehen, außer in Beschreibungen jener, die durch ihren Einfluss wahnsinnig geworden sind. Dies nennt man auch den *Kuss der Muse*, da Menschen, die einen Leanan Sidhe gesehen haben, in einen kreativen Rausch fallen, der jedoch meist in Wahnsinn oder Tod endet.

Sturmgeist Diese Geister erscheinen nur bei Gewitter. Woher sie genau stammen, ist unklar, ihr Eintreffen ist jedoch meist verantwortlich für die Bildung von Kornkreisen. Sie verschwinden meist sofort wieder. Experimente, bei denen versucht wurde, Sturmgeister zu fangen und zu untersuchen, schlugen fehl.

Erdgeister:

Grubengeist Diese Geisterart wacht über einen Berg. Ob sie böse oder wohlgesonnen sind, hängt ganz von ihren Launen ab und wie sich die Eindringlinge auf »ihrem« Berg benehmen. Wenn man sich bei einem Grubengeist mit kostbaren Geschenken wie Schmuck einschmeichelt, kann er ein exzellenter Spion sein und allerhand Informationen liefern. Verscherzt man es sich jedoch mit ihm, ist er sehr schnell gekränkt und in seiner Eitelkeit verletzt. **Unterart: Bergfrau.** Sie ist schön, aber auch sehr blass.

Waldgeist Diese Geister können die Gestalt eines Baumes, eines Steins oder auch eines Tiers annehmen. In menschlicher Gestalt zeigen sich Waldgeister meistens jedoch als schöne junge Frau. Sie haben entweder grün schimmernde Haut, oder ihr Rücken ist von Rinde bewachsen oder gar ausgehöhlt wie ein morscher Baumstamm.

Vätter Sehen aus wie laufende Kröten. Sie sind im Gegensatz zu den meisten Elementargeistern nicht menschenscheu, sondern halten sich gern in Gullys und Schächten auf. Sie fressen dort Abfälle, was sie jedoch mit der Zeit mutieren ließ, sodass sie manchmal einer räuberischen Plage gleichkommen. Sie lieben Gold und stehlen wie die Elstern. Vätter sollte man vertreiben, wenn der Gestank, den sie verursachen, zu groß wird.

Vittel Das sind Geister, die mit einem *Erdwichtel* verglichen werden können. Sie sind mit dem *Vätter* verwandt, jedoch sehr viel scheuer und leben unter der Erde. Sie sind die Einzigen, die das dunkle Erz herstellen können, das für Waffen oder Bausubstanzen genutzt wird, da dieses Erz stark abschirmend für dunkles Arcanum ist.

Eschenfrau (oder auch Baumgeist) Bäume, die von Eschenfrauen bewohnt sind, nennt man auch *Freibäume*. Sie gelten als starke Punkte für Ley-Linien, und nicht selten kommt es unter Freibäumen zu Unfällen oder gar Morden. Die Wurzeln der Bäume nähren sich viele Jahre von den Knochen der Menschen, sodass die Rinde selbst weiß wie Knochen und das Harz rot wie Blut wird. Aus dem Holz von Freibäumen können Waffen gefertigt werden, die äußerst effektiv gegen *Wiedergänger* sind.

Feuergeister:

Feuermännchen (artverwandt mit einem Irrlicht) Des Nachts kann man sein grünes Licht zwischen den Bäumen sehen, das von einer Sekunde auf die nächste Form oder Farbe ändern oder auch blitzschnell den Ort wechseln kann. Das Licht des Feuermännchens kann zum Verbrennen von Dämonenknochen genutzt werden.